HEYNE

Das Buch

Die ferne Zukunft: Die Menschheit ist ins All aufgebrochen und hat unzählige Welten kolonisiert. Dabei haben die Siedler immer wieder auf Genmanipulation und Cyber-Implantate zurückgegriffen, um sich den jeweiligen Gegebenheiten perfekt anpassen zu können. Vor hundert Jahren traten die Sturm in Erscheinung, Terroristen, die diese Veränderungen ablehnen und sich selbst als die »wahren Menschen« bezeichnen. Nach einem blutigen Krieg konnte der Sturm besiegt und ins Dunkel zwischen den Sternen verbannt werden. Doch der Feind war nicht geschlagen. Im Geheimen bereitete er seinen Gegenschlag vor, der die Völker der Galaxis völlig überraschte. Raumflotten und Verteidigungsanlagen werden mit einem Schlag vernichtet. Die Menschheit steht am Rande des Abgrunds, als Lucinda Hardy das Kommando über das letzte Schiff der Königlichen Raumflotte von Armadalen übernimmt. Mit einer bunt zusammengewürfelten Truppe aus Soldaten, Gaunern und Adeligen will sie sich den Sturm entgegenstellen. Wenn sie versagt, ist das Schicksal der Galaxis besiegelt...

Der Autor

John Birmingham wurde 1964 in Liverpool geboren und wuchs in Australien auf. Er arbeitete als Journalist und Berater für das australische Verteidigungsministerium, bevor er sich dem Schreiben von Romanen widmete. Heute ist er einer der populärsten australischen Autoren der Gegenwart.

Mehr über John Birmingham und seine Werke erfahren Sie auf:
diezukunft.de»

JOHN BIRMINGHAM

DIE KALTEN STERNE

Aus dem australischen Englisch von
Maike Hallmann

WILHELM HEYNE VERLAG
MÜNCHEN

Titel der Originalausgabe
THE CRUEL STARS

Sollte diese Publikation Links auf Webseiten Dritter enthalten,
so übernehmen wir für deren Inhalte keine Haftung,
da wir uns diese nicht zu eigen machen, sondern lediglich auf
deren Stand zum Zeitpunkt der Erstveröffentlichung verweisen.

Penguin Random House Verlagsgruppe FSC® N001967

Deutsche Erstausgabe 03/2021
Redaktion: Catherine Beck
Copyright © 2019 by John Birmingham
Copyright © 2021 der deutschsprachigen Ausgabe
und der Übersetzung by Wilhelm Heyne Verlag, München,
in der Penguin Random House Verlagsgruppe GmbH,
Neumarkter Straße 28, 81673 München
Printed in Germany
Umschlaggestaltung: Nele Schütz, München,
unter Verwendung eines Motivs von James Paick
Satz: Uhl + Massopust GmbH, Aalen
Druck und Bindung: GGP Media GmbH, Pößneck

ISBN 978-3-453-32077-2
www.diezukunft.de

Für meinen Vater

1

DER FELSBROCKEN DREHTE sich lautlos im Hochvakuum, und die junge Frau mit ihm. Sie drückte die Nase ans Bullauge und wartete darauf, dass die Nacht über diesen Teil der Basis hinwegflutete. Schon bald würde die Dunkelheit kommen, schnell und eisig, und dann würde sie die Sterne des lokalen Volumens sehen, die riesige blaugrüne Perle des Planeten tief unter ihr und die Lichter des nächsten Habs, einer anderen Militärstation auf diesem ausgehöhlten kleinen Mond.

Lucinda wartete auf die Sterne. Wenn sie in der richtigen Stimmung dafür war und einen ihrer seltenen versonnenen Momente hatte, staunte sie manchmal darüber, wie sie sie einzuhüllen schienen, wie nah und zugleich unendlich fern sie ihr vorkamen.

Dämmerung floss über die kleine Gebirgskette im Osten heran, eine Flutwelle aus Schatten und sich streckenden Pfützen aus vollkommener Schwärze. Von ihrem Felsbrocken aus sah sie nicht, wie die Dunkelheit auch nach ihr griff, aber sie stellte sich vor, wie sie den Verteidigungsstützpunkt verschluckte und den klaffenden Schlund der Docks. Der Hafeneingang war immer beleuchtet, aber schon bald würden sich die Lichter gegen vollkommene Finsternis behaupten müssen.

Sie schwebte nicht, aber bei einem Zehntel Gravitation, dem Standardwert hier oben, fühlte sie sich sehr leicht, als würde sie kaum den Boden berühren. Im Panzerglas musterte sie ihr Spiegelbild.

Eine junge Frau erwiderte ernst ihren Blick. Die Uniform saß nicht richtig; zu eng an den Schultern, ein bisschen zu weit in der Taille. Etwas Besseres als diese schwarz-weiße Kluft von der Stange hatte sie sich nicht leisten können. Ihr Blick wurde noch kritischer. Sehr hübsch sei sie, so die Beteuerung mancher Männer, denen sie nicht recht traute. Abweisend und oft unnötig einschüchternd, so das Urteil einiger Freundinnen, denen sie vermutlich eher glauben konnte.

Wie auch immer. Es würde reichen müssen.

»Leutnant Hardy?«

Aus ihren Überlegungen gerissen, zuckte sie zusammen und hielt sich instinktiv an der nächstbesten Wand fest, damit sie nicht den Boden unter den Füßen verlor. Es war ihr peinlich, so ertappt worden zu sein. »Ja«, sagte sie mit fast normal klingender Stimme und wandte sich von dem Ausblick ab.

Der Transitraum war funktionell schlicht, die Leuchtstreifen an den gepanzerten Carbon-Wänden hatten ihre beste Zeit hinter sich und hätten schon vor Monaten ausgetauscht werden müssen. Die in mehreren Reihen angeordneten unbequemen Organiplast-Stühle wirkten selbst im schwachen Licht ausgeblichen und brüchig. Bis eben war sie die einzige Offizierin hier gewesen. Der einzige Mensch seit etwa einer Stunde. Zu diesem Teil der Anlage hatten nur wenige Leute Zutritt, und es kam selten mal jemand vorbei.

»Bitte entschuldigen Sie die Verspätung, Ma'am.« Der junge Mann salutierte. Er war ein Baby-Leutnant, ein Milchgesicht, dem Alter und Eifer nach frisch von der Akademie. Als er die Abzeichen an ihrer unangenehm schweren Jacke entdeckte, machte er große Augen. Er trug eine dunkelblaue Felduniform, und im Oberschenkelholster steckte eine Pistole. Lucinda in ihrer schwarzweißen Galauniform fühlte sich trotz ihres höheren Rangs und der größeren Erfahrung eigenartig linkisch. Ihre Uniform war nicht maßgeschneidert, das sah man auf den ersten Blick. Im Gegensatz zu manch anderem Offizier hatte sie kein ansehnliches Familienvermögen im Rücken.

Sie salutierte ebenfalls. Ihr war schmerzlich bewusst, wie dabei ihre Uniformjacke hochrutschte, wie eng die Ärmel waren. Bei jeder Beförderung beschlich sie dieses unangenehme Gefühl, als würde sie sich nur als Offizierin verkleiden und könne jederzeit auffliegen. So gut es ging, schluckte sie das Unwohlsein hinunter.

»Und Sie sind Leutnant ...?«

Ausdruckslos starrte er sie an, und das Gefühl, nicht am richtigen Platz zu sein und nur so zu tun, als ob, wurde schlimmer. Dann machte er »Ah!« und schüttelte den Kopf. »Tut mir leid. Sie sind ja nicht mit Shipnet verbunden. Bannon, Ma'am. Unterleutnant Ian Bannon. Ich bin heute der diensthabende Offizier. Bitte entschuldigen Sie, dass Sie so lange warten mussten, das hätte nicht passieren dürfen.« Jetzt sah der junge Mann fast verzweifelt aus, und ihr wurde noch unbehaglicher zumute.

»Ich verstehe, Leutnant«, sagte sie. »Vor dem Einsatz geht alles drunter und drüber, und alles will zugleich erledigt sein.«

»Trotzdem«, sagte er, »es tut mir leid.«

Sie reichte ihm die Hand. Wieder huschte sein Blick über ihre zahlreichen Orden, aber das nahm sie ihm nicht krumm. Er selbst hatte bis auf den aufgestickten halben Leutnantsstreifen am Uniformkragen keinerlei Auszeichnungen vorzuweisen.

»Tut mir leid«, sagte er erneut, als ihm klar wurde, dass sie ihn beim Starren erwischt hatte, aber er lächelte dabei. Ein jungenhaftes Grinsen, das ihn sicher schon von klein auf aus vielen Schwierigkeiten gerettet hatte. Es wirkte sehr geübt. »Ich habe gehört, Sie haben im Jawanenkrieg gekämpft«, sagte er, dann entdeckte er ihren Seesack unter der ersten Sitzreihe und griff danach, ehe sie es selbst tun konnte. Fast hätte Lucinda ihm gesagt, er solle ihn hergeben. Um ihr Zeug kümmerte sie sich am liebsten selbst. Aber Bannon war rangniedriger als sie, und es wäre ein Affront gegen sie gewesen, wenn er sich nicht erboten hätte, ihr Gepäck zu tragen.

Vorsichtig hob er den Seesack an, prüfte sein Gewicht in der geringen Schwerkraft. Dann nickte er. »Ich hab gehört, Sie sind mitten im Einsatz befördert worden«, sagte er und ging zum Ausgang. »Vom Fähnrich zum Leutnant. Ich selbst hab den ganzen Jawanenkrieg verpasst. Habe mich zwar eingeschrieben, aber als ich endlich mit der Ausbildung fertig gewesen bin, war alles schon wieder vorbei.«

Er achtete nicht darauf, wo er langlief, stieß sich das Knie an einem Stuhl und fluchte, dann entschuldigte er sich fürs Fluchen. Ihr Seesack entschwebte langsam nach oben wie ein eigenwilliger Nachrichtenballon.

»Oha«, sagte er und wäre bei dem Versuch, Seesack und sich selbst wieder in den Griff zu kriegen, fast umgefallen. »Verdammt.« Er grinste. »Ich hab mich zu sehr an die Schwerkraft auf dem Schiff gewöhnt.«

Mit einem Achselzucken tat er den peinlichen Moment ab – sie an seiner Stelle wäre knallrot geworden. Lucinda konnte nicht anders, als ihn zu mögen. Aber trotzdem konnte sie das, was er zuvor gesagt hatte, nicht so stehen lassen.

»Danke«, sagte sie und deutete mit einem Nicken auf den Seesack. »Aber was den Krieg betrifft – als ich einberufen wurde, war ich noch genauso grün wie Sie. Dass ich als Leutnant wieder zurückgekommen bin, liegt nur daran, dass er so lange gedauert hat, und irgendwann war es dann eben so weit.«

Bannon bedachte ihre Orden mit einem demonstrativ zweifelnden Blick, offenbar wenig überzeugt. Sie ließen den kargen Transitraum hinter sich. »Chief Higo hat mir erzählt, dass Sie in der Schlacht befördert worden sind. Und der Bootsmann irrt sich nie. Das weiß ich auch von ihm.«

Sie rang sich ein unsicheres Lächeln ab. »Ich widerspreche einem Bootsmann wirklich höchst ungern«, sagte sie – das war nicht geschwindelt –, »aber meine erste Beförderung fand nicht in der Schlacht statt. Im Feld, ja, aber wirklich nichts Bemerkenswertes. Nur ein kleiner Einsatz bei der Piraterie-Patrouille.«

»Okay.« Er grinste, als wüsste er genau, dass sie nicht die ganze Wahrheit sagte. »Wenn Sie es sagen.«

Sie gingen einen langen, breiten Gang entlang, der direkt in den Fels getrieben worden war und sich wand wie ein DNA-Strang. An der Neigung des Bodens unter ihren Füßen und der zunehmenden Gravitation durch die Drehung erkannte sie, dass sie immer tiefer ins Innere des Monds vordrangen. Hier unten gab es keine Bullaugen mehr, nur noch Monitore, auf denen die Feeds der G-Daten und Aufnahmen rings um die Basis zu sehen waren. Anfangs trafen sie keinen anderen Menschen, aber dafür waren mal mehr, mal weniger Automas und Bots unterwegs, und einmal schwebte ein Kampf-Intellekt der Flotten-Klasse an ihnen vorbei. Sie salutierten vor dem schwarzen Oval, das die Form eines Rhombus mit abgerundeten Ecken hatte. Zur Antwort pulsierte es und schimmerte kurz rötlich auf, ehe eine weibliche Stimme sagte: »Leutnant Hardy, Leutnant Bannon, Ihnen beiden einen angenehmen Tag.« Dann schwebte der Intellekt gleichmütig weiter.

Sie sahen ihm hinterher, bis er hinter der nächsten Biegung des Gangs verschwunden war. »Diese Typen«, sagte Bannon kopfschüttelnd. »Immer so unaufgeregt.« Der Gang schraubte sich fünf weitere Minuten lang in die Tiefe. Lucindas Seesack wurde ihrem Kameraden sichtlich eine immer schwerere Last. Sie machte nicht richtig Konversation, sondern parierte nur. Bannon hingegen hatte keine Hemmungen, von sich selbst zu erzählen. Als sie schließlich in einer gut gesicherten Empfangshalle standen, in der dank der Rotation und dem Massegenerator der Basis Gravitation auf Erdstandard herrschte, wusste sie alles über Bannons Familie (wohlhabend, aber nicht adlig), seinen Militärdienst (gerade erst begonnen) und die Offiziere seines Schiffs (ziemlich lockere Truppe, bis auf ...)

»Bannon! Wo im Namen des Dunkels haben Sie gesteckt?«

Hardy zuckte zusammen, nicht nur wegen Lautstärke und Schärfe der Stimme, sondern auch wegen des Akzents. Eindeutig die exaltierte Sprachmelodie von jemandem, der auf der Welt Armadale bei Hofe aufgewachsen war. Unverkennbar, zumal sich der Sprecher offenbar extra bemühte, jedes Wort mit einem Überzug aus Blattgold zu versehen.

Es war eine kleine Empfangshalle, kaum größer als der Transitraum, in dem sie stundenlang gewartet hatte. Wände und Decke bestanden, abgesehen von den eingelassenen Leuchtstreifen mit ihrer schimmernden Beschichtung, aus nacktem Fels. Drei der vier Sicherheitskontrollen waren geschlossen, die vierte freundlicherweise für späte Neuankömmlinge geöffnet. Von dem Tarnzerstörer keine Spur. Dafür warteten zwei reglose Wachdroiden vor dem Durchgang, auf deren Glacis-Brustplatten das Wort *Defiant* eingeprägt war; zwischen ihnen stand ein junger Uniformierter. Er trug die Abzeichen eines Oberleutnants, und Bannon nahm Haltung an. Hardy nicht. Der Mann war nicht ranghöher als sie. Jedenfalls nicht im militärischen Sinne.

»Ich habe Ihnen doch gesagt, ich will, dass die Lieferungen noch mal gründlich überprüft werden«, sagte der Leutnant unnötig laut. »Sie sind diensthabender Offizier, kein verdammter Hotelpage.«

»Sir, ich bitte um Verzeihung, aber Leutnant Hardy hat bereits stundenlang ...«

»Leutnant Hardy wird erst um 1800 an Bord erwartet«, sagte der Oberleutnant. »Das hat keine Priorität.«

Zwar blaffte er Bannon an, aber Lucinda war klar, dass das ganze Theater eigentlich ihr galt. Sie bemühte sich um eine ausdruckslose Miene.

Als sie sich nicht verteidigte, nicht mal eine sichtbare Reaktion zeigte, umwölkte sich seine Stirn. »Und Sie sind dann wohl die berühmte Hardy, nehme ich an«, sagte er in einem Ton, als wäre es ausgesprochen lästig, überhaupt ihren Namen aussprechen zu müssen.

»Ich bin Leutnant Hardy, Leutnant ...?«

Sie ließ die Frage offen. Fast hätte er ihr eben ein »Ja, Sir!« entlockt, fast hätten sich seine lebenslange Gewohnheit, vermeintliche Privilegien einzufordern, mit ihrem antrainierten Respekt vor der Befehlskette gegen sie verschworen und ihr einen Gehorsam abgerungen, den sie ihm nicht schuldete. Nicht, wenn sie einander im Militärdienst begegneten.

»Sie haben sich Zeit gelassen, Leutnant«, sagte der Offizier. Seinen Namen nannte er ihr nicht. Wahrscheinlich hätte sie ihn eigentlich kennen oder zumindest von ihm gehört haben sollen.

»Ich habe oben im Transitraum gewartet, ganz meiner Order entsprechend ... *Leutnant*«, sagte sie und ärgerte sich darüber, dass er mit ihr sprach wie mit einer Untergebenen. Bannon neben ihr, bemerkte sie, stand noch immer in Habachtstellung.

Lucindas Vermutung nach war ihr Gegenüber irgendein geringeres Mitglied des Königlichen Hauses und leistete gerade seinen dreijährigen Militärdienst, ehe er das Kommando auf einem der Habs oder auf einem Mond oder Planeten übernahm, vielleicht sogar auf dem Planeten unter ihnen. Ganz offensichtlich war er Berufssoldat, so wie sie. So wie sie alle. Unteroffiziere waren fast immer Berufssoldaten. Warum sonst würde jemand dabeibleiben?

Der unbekannte Fürst oder kleine Graf, oder was auch immer er sein mochte, bekam einen glasigen Blick; offenbar zog er seine neurale Datenbank zurate. Ein Leutnant, ermahnte sie sich selbst, er war nur ein Leutnant, genau wie sie, wahrscheinlich sogar mit kürzerer Dienstzeit. Er starrte durch sie und Bannon hindurch. Bannon stand noch immer stramm und schwieg. Es war das erste Mal, seit sie Ian kennengelernt hatte, dass er den Mund hielt. Fast war sie in Versuchung, das Bild des namenlosen Offiziers durch die Personalsuche zu jagen, während er sie warten ließ. Vielleicht könnte sie etwas über ihn finden. Seine offizielle Militärakte. Vielleicht würde sie sogar herausfinden, dass er zu jener Sorte zweit- und drittrangiger Großkotze gehörte, die die Skandalserver und Gerüchte-Bots gut beschäftigt hielten, bis sie irgendwann aus dem Militärdienst flogen.

Aber sie griff nicht auf ihr Neuralnetz zurück, sondern wartete mit ausdrucksloser Miene. Diese Genugtuung gönnte sie ihm nicht.

Nach einer Weile klärte sich sein Blick, und seine Mundwinkel verzogen sich abfällig. »Ein Wohltätigkeitsfall also, was?«

Ihre Wangen schienen plötzlich in Flammen zu stehen. Genau zu wissen, dass sie errötete, machte es nur noch schlimmer. Bannon neben ihr blieb so stumm und reglos wie das Vakuum draußen.

»Oh, tut mir leid«, sagte der Offizier. »Habe ich den Eintrag etwa falsch verstanden?«

Demonstrativ machte er sich daran, es noch mal zu überprüfen, allerdings bezweifelte sie, dass er sich wirklich die Mühe machte. Er erfreute sich nur an der kleinen Grausamkeit, sie noch mal warten zu lassen.

»Laut Eintrag wurden Sie von der Wohlfahrt des Coriolis-Habs für die Offizierslaufbahn vorgeschlagen, weil ...« Wieder diese Show, als würde er Informationen abrufen. »Weil, ach du liebe Zeit, Ihr Vater wegen seiner Schulden in eine Strafkolonie versetzt wurde. Oha.«

Die zweibeinigen Kampfdroiden neben ihm blieben vollkommen teilnahmslos. Aber mit einem Mal wurde ihr voller Grauen bewusst, dass sie so kurz vor dem Start womöglich von einem menschlichen Verstand gesteuert wurden, nicht vom Schiff.

O Gott, in dem Fall macht es quer durch alle Dienstgrade die Runde, noch bevor diese Schicht zu Ende ist.

Der noch immer namenlose Leutnant sog scharf Luft zwischen seine Zähne. »Der würde ich lieber kein Geld leihen, Bannon«, schnaubte er. »Sie etwa?«

Unterleutnant Bannon antwortete nicht gleich.

»Na?«, hakte der andere sofort nach, offenbar entschlossen, den Spaß bis zur Neige auszukosten. »Würden Sie?«

Bannon, noch immer in Habachtstellung, sah aus, als hätte er ein gewaltiges Gewicht zu stemmen, fast als hätte Lucindas Seesack, den er noch immer trug, soeben seine Masse verzehnfacht.

»Wenn Leutnant Hardy meine Hilfe bräuchte, Leutnant Chase«, sagte er endlich, »dann würde ich ihr mit Freuden helfen. So wie sie, da bin ich ganz sicher, auch mir.« Er klang so gequält, als müsste er sich gerade die eigenen Zehen abschneiden. »Jeder Flottenoffizier würde das tun.«

Lucinda lächelte. Jetzt wusste sie, wer dieser milchgesichtige Leuteschinder war. Oder zumindest, welcher Familie er entstammte. Und das war wirklich ein und dasselbe. Die Chase-Dynastie. »Natürlich würde ich das, Ian«, sagte sie.

Chase lächelte nicht. Er trat viel zu nah an Bannon heran und sagte so sanft, als wäre dies ein Gespräch unter Liebenden: »Sie vergessen, wo Ihr Platz ist.« Er machte eine Pause, ehe er mit schärferer Stimme weitersprach, als würde er seinen aristokratischen Akzent wie eine scharf geschliffene Klinge führen: »Und der Ihrer Familie.«

Lucinda konnte nicht mehr tun, als weiterhin eine gleichmütige Miene zu bewahren. Sie spürte, wie Bannons Widerstand bei der angedeuteten Drohung gegen seine Familie in sich zusammenbrach.

»Und Sie ... *Leutnant*«, fuhr Chase fort und betrachtete sie, als würde er sich über irgendeinen geheimen Witz amüsieren. »Sie *haben* nicht mal einen Platz. Sie sind keine von uns. Sie werden niemals dazugehören.«

Schwindelgefühl und plötzlich in ihr aufschießende Wut drohten, sie aus dem Gleichgewicht zu bringen, und Chase spürte das genau. Jetzt wurde sein Grinsen wirklich unangenehm.

»Ihnen ist sicher klar, dass Sie mit Betreten des Schiffs einer Durchsuchung Ihrer Person und Ihres Gepäcks zustimmen. Öfnen Sie die Tasche und ziehen Sie sich bis auf die Unterwäsche aus. Ist ohnehin besser für Sie, wenn Sie diese eilig zusammengeschusterte Uniform loswerden. Was für erbärmliche Lumpen. Ich nehme an, auch die hat die Wohlfahrt für Sie bereitgestellt?«

»Wie bitte?«, keuchte Bannon.

Chase schwenkte sein Grinsen zu ihm herum wie den Lauf eines Geschützturms. »Auch Sie haben übrigens das Schiff verlassen, Bannon. So kurz vor dem Start bin ich angehalten, strengste Sicherheitsmaßnahmen zu ergreifen. Also ziehen Sie diesen Overall aus, oder ich gebe den Wachdroiden den Befehl, Ihnen die Kleidung vom Leib zu schneiden.«

»Sie können nicht einfach ...«, setzte Bannon zum Protest an.

»Er kann«, unterbrach ihn Lucinda. Ihre Miene war undurchdringlich, die Stimme bar jeden Gefühls. Sie knöpfte bereits die Uniformjacke auf. Die Knöpfe allerdings waren ein bisschen zu groß für die Knopflöcher, und sie tat sich schwer.

Bei ihren Worten funkelten Chases Augen vor Vergnügen, aber noch mehr schien er sich daran zu erfreuen, wie sie mit ihrer billigen Uniformjacke von der Stange zu kämpfen hatte. Er schien drauf und dran, noch eins draufzusetzen, da nahm er plötzlich so straff Haltung an wie Bannon. Irgendetwas oder irgendjemand hinter ihr hatte der gehässigen Inszenierung des jungen Mannes ein Ende bereitet. Stampfend salutierten die Wachdroiden.

»Ah. Ausgezeichnet«, sagte eine schroffe Männerstimme. Sie klang ein wenig mürrisch, aber freundlich, wie ein Comic-Bär oder ein Montanblancischer Waldrumpler in einer Kindergeschichte.

Leutnant Chase salutierte mustergültig. »Defiant!«, sagte er.

Lucinda und Bannon taten es ihm gleich, und das gespenstisch leuchtende runde Juwel des autonomen

Kampf-Intellekts schwebte auf Brusthöhe auf sie zu.
»Defiant«, sagten sie im fast perfekten Stereo.
Dieser Intellekt war kleiner als der, dem sie oben begegnet waren. Der erste war länglich und mindestens einen Meter hoch gewesen. Dieser als männlich definierte Intellekt war deutlich kleiner, eher ein Schiffsintellekt als ein Flottenintellekt. Er war etwa so groß und rund wie ein Baseball. Bei seinem Anblick hätte man meinen können, ein waberndes schwarzes Loch hätte ein Bewusstsein entwickelt und würde frei umherschweben.
»Ist das unsere neue Taktische Offizierin?«, erkundigte sich die gespenstische schwarze Kugel, obwohl sie die Antwort bereits kannte. Intellekte wussten alles.
»Leutnant Hardy? Willkommen an Bord. Ich habe von der Admiralität nur das Allerbeste über Sie gehört, ebenso wie von dem terranischen Intellekt von der *No Place for Good Losers*, der im Bectel-System mit Ihnen gemeinsam gegen diese üblen Piraten gekämpft hat. Kommen Sie schon, Chase!«, tadelte der Intellekt. »Wir nehmen gerade eine echte Heldin an Bord. Schließlich können wir nicht jeden Tag eine Gewinnerin des Tapferkeitssterns in unseren Reihen begrüßen. Helfen Sie mir doch mal, Chase, haben Sie ebenfalls einen Tapferkeitsstern? Ich kann mich nicht daran erinnern, dass Ihnen mal einer verliehen wurde, was eigenartig ist, denn wie Sie wissen, ist mein Erinnerungsspeicher praktisch unendlich und außerdem unfehlbar.«
Majestätisch schwebte der Intellekt wieder los und summte dabei eine Melodie aus einem Musical, das Lucinda an einem ihrer wenigen freien Wochenenden auf Armadale gesehen hatte.
»Von der Medaille haben Sie mir ja gar nichts erzählt«, flüsterte Bannon absichtlich laut, als sie dem summenden Intellekt folgten. Leutnant Chase lief vor ihnen,

aber hinter dem Intellekt. Das undurchdringlich dunkle Transferfeld verschluckte Defiant und schnitt sein Lied abrupt ab.

»Die Akte zu diesem Vorfall ist eigentlich vertraulich«, sagte sie.

Der Intellekt hätte von der Medaille nichts wissen dürfen, und selbst wenn, hätte er sein Wissen für sich behalten müssen.

Aber so waren Intellekte eben.

Man wusste nie genau, was sie sich so dachten.

Vor ihr trat Leutnant Chase durch das Transferfeld. Er hatte die Schultern hochgezogen wie ein ungezogener Junge, der ins Büro des Direktors zitiert wird. Das dunkel schimmernde Feld verschluckte auch ihn.

Bannon gönnte sich ein kurzes Schnauben und ein Grinsen, ehe er seine Gesichtszüge wieder ordnete und vor der Nanofalte stehen blieb. »Willkommen auf der *Defiant*«, sagte er und machte eine einladende Handbewegung, um ihr zu bedeuten, sie solle vorausgehen. Lucinda nickte, holte kurz Luft und trat auf den ölig schwarzen Durchgang zu. Wie immer erinnerte der Anblick sie an das Auge eines Hais: obsidianschwarz, bodenlos und... hungrig. Aber auf der anderen Seite wartete ein neues Schiff auf sie. Eine neue Mannschaft. Eine neue Chance, ihrem Leben einen neuen Kurs zu geben und eines Tages irgendwann ihren Vater zu retten.

Sie ging an Bord.

Direkt von einem bestimmten Punkt der Raumzeit zu einem anderen überzugehen, ohne die Distanz dazwischen überwinden zu müssen, war immer eine unheimliche Erfahrung. Ganz gleich, ob der Sprung durch die Falte sie von einem Bereich einer kleinen Orbitalstation in einen anderen brachte oder über einen ganzen Kontinent hinweg, Lucinda fand es immer verstörend. Das ging jedem so. In einem Schiff, das sich quer durch den Raum faltete, befand man sich in einem abgeschlossenen kleinen Universum, das ersparte einem dieses eigenartige Unbehagen. Aber sich ganz unmittelbar der Quantenverschiebung auszusetzen und den eigenen Körper durch eine deformierte Realität zu bewegen... dafür waren der menschliche Körper, die menschliche Psyche, vielleicht sogar die menschliche Seele nicht beschaffen.

Als Lucinda auf der anderen Seite der Nanofalte, die die Station mit der *Defiant* verband, wieder herauskam, befiel sie sofort das unvermeidliche Déjà-vu. Sie war ganz sicher, dass dies alles schon mal geschehen war... ebenso sicher wusste sie jedoch, dass dieses Gefühl eine Auswirkung der Nanofalte war.

Sie hatte noch Glück. Vielen Leuten wurde beim Durchqueren selbst der allerkleinsten Falte schon entsetzlich übel. Und noch nie hatte jemand den direkten Übergang über eine Distanz überlebt, wie Schiffe sie jeden Tag bewältigten.

Ohne auf das beunruhigende Gefühl einer Vorahnung zu achten, trat sie aufs Deck des Kriegsschiffs. Der Ankunftsraum war eine schlichte, funktionelle Kammer mit weltraumgrauen Carbonwänden. Dahinter lag ein breiter Niedergang, der sich über die gesamte Schiffslänge erstreckte. *Defiants* Intellekt war bereits davongeschwebt oder hatte sich sogar von dannen gefaltet, und in der Ferne sah sie Leutnant Chase wegstampfen. Unhöflich. Aber Lucinda sagte nichts dazu, sondern wandte sich zackig nach rechts, um vor der Armadalen-Flagge zu salutieren, die an einem zeremoniellen Fahnenmast aus poliertem Jarraholz hing. Dann drehte sie sich wieder um und salutierte vor der jungen Offizierin, die während des Ablegens hier Dienst schob.

Bannon hinter ihr vermeldete dem Schiff und der Wachoffizierin ihre Ankunft: »Leutnant Lucinda Hardy, ehemals Besatzungsmitglied der *Resolute*, meldet sich auf Geheiß Ihrer Majestät zum Dienst auf der *Defiant*.«

Die wachhabende Unteroffizierin war biotisch noch jung und befand sich, dem diskreten lila Zeichen auf ihrem Uniformkragen zufolge, gerade im Übergang vom männlichen zum weiblichen Geschlecht. Auf ihrem Namensschild stand HAN.

»Die *Defiant* ist sehr erfreut, Ihrer Majestät einen Dienst erweisen zu können, und heißt den Leutnant an Bord willkommen«, antwortete Han.

Lucinda wusste, was jetzt kam, und hatte noch eine halbe Sekunde Zeit, um sich zu wappnen, ehe sich ihr Neuralnetz mit dem unverwechselbaren mentalen Ruck mit dem Schiff verband.

Defiant sprach zu ihr, unhörbar für die anderen und mit derselben etwas schroffen, aber freundlichen Stimme, die sie bereits von ihrer ersten Begegnung kannte.

»Willkommen an Bord, Leutnant Hardy. Wir schätzen uns sehr glücklich, Sie bei uns zu haben.«

»Defiant«, sagte sie rasch und nahm Haltung an. »Erbitte Erlaubnis, meine Empfehlungen und Unterlagen zu übertragen.«

Sie bereitete sich darauf vor, ihre Echttod-Versicherungsunterlagen, eine Kopie ihrer Flottenbefehle und die beglaubigte Aufzeichnung ihrer Notfallbelebungsdaten zu transferieren.

»Vielen Dank, Leutnant«, antwortete der Schiffsintellekt, »aber Ihre Unterlagen liegen uns bereits vor, sie wurden uns in einem beschleunigten Verfahren zur Verfügung gestellt. Ich weiß, dass Sie erst in zwei Stunden Dienstbeginn haben, aber wenn Sie sich bitte den leitenden Offizieren vorstellen möchten: Kapitän Torvaldt erwartet Sie in der Offiziersmesse.«

Lucindas Puls beschleunigte sich sachte. Der Intellekt bemerkte ihre Überraschung und sprach direkt über ihr Neuralnetz. »Kein Grund zur Beunruhigung, Leutnant, Sie stecken nicht in Schwierigkeiten. Es ist nur ein Briefing.« Zu Leutnant Bannon sagte er: »Wenn ich einen Gefallen von Ihnen erbitten dürfte, Leutnant - der Captain wünscht Miss Hardy zu sehen. Würden Sie den Seesack in ihre Kabine bringen?«

»Natürlich, Defiant«, antwortete Bannon. Er lächelte Hardy an und schüttelte den Kopf. »Ein Tapferkeitsstern«, sagte er im Weggehen, immer noch kopfschüttelnd. »Mann, davon hatte der Chief keine Ahnung.«

Lucinda sah, wie sich Unterleutnant Hans' Augen weiteten, und sie krümmte sich innerlich. Noch vor acht Glasen würde es auf dem ganzen Schiff die Runde gemacht haben. Verlegen lächelte sie dem Unterleutnant zu.

Auf ihren Netzhautdisplays leuchteten Navigationshilfen auf: eine Reihe schwach glimmender blauer Punkte, die aus dem Ankunftsraum hinaus Richtung Offiziersmesse führten. Lucinda setzte sich in Bewegung, und gleich darauf verschwanden die Punkte wieder, weil sie sich jetzt an den Weg »erinnerte«. Gedächtnis und Bewusstsein füllten sich zusehends mit Informationen über das Schiff und seine Besatzung: Dienstakten von Offizieren und Mannschaft, Ladung und Bewaffnung für die bevorstehende Mission – holla, schweres Geschütz an Bord – und ein kurzes Briefing für selbige, das allerdings wenig verriet. Es fühlte sich nicht an, als hätte sie das alles gerade erst erfahren. Eher so, als wüsste sie es schon ewig und hätte nur soeben zum ersten Mal seit langer Zeit wieder daran gedacht.

Lucinda erschauerte, verbarg es aber sorgsam. Nur vor

Defiant nicht, denn vor ihm konnte sie nichts verbergen. Das Schiff schwieg jedoch.

Hardy war nicht mit Neuralnetz aufgewachsen. Das war Leuten wie Chase oder vielleicht auch Bannon vorbehalten, deren Familien sich solche Modifikationen hatten leisten können. Sie hingegen hatte ihr erstes Implantat an dem Tag bekommen, als die Hab-Wohlfahrt sie der Obhut der Militärbasis überantwortet hatte. Eine ganze Woche lang hatte sie danach auf der Krankenstation gelegen und sich die Seele aus dem Leib gekotzt. Sie drängte die Erinnerung beiseite und nahm ihre neue Umgebung in Augenschein.

Wie alle interstellaren Kriegsschiffe der Königlich-Armadalischen Marine war die *Defiant* innen größer als außen. Nicht übermäßig; der Innenraum war nur viermal größer als die äußeren Dimensionen des Tarnzerstörers, und ein Drittel davon entfiel auf die Hyperspace-Dämpfung unter der Außenhülle – eine dicke Schutzschicht aus exotischer dunkler Materie – und das abgeschlossene kleine Universum aus Mannschaftsquartieren und dazugehörigen Einrichtungen. Dazu kamen Maschinenräume, Kommandobrücke, Kampfdecks und Stauraum.

Während des Jawanenkriegs hatte Hardy auf der HMAS *Resolute* gedient, einem älteren Schiff derselben Klasse, und sie freute sich still über die Verbesserungen, die es seither gegeben hatte. Dank der übertragenen Daten wusste sie, dass sie eine Einzelkabine für sich haben würde, was während des Kriegs ein unerhörter Luxus gewesen wäre, selbst auf den Hauptschiffen: gewaltigen Schlacht- und Titankreuzern, die die Speerspitze des armadalischen Angriffs gebildet und sich bis zum Herzen des Jawanischen Imperiums gekämpft hatten.

Während Hardy nach achtern unterwegs war, herrschte ringsum an Bord rege Betriebsamkeit. Die gesamte Crew ging ihren jeweiligen Aufgaben nach, zügig, aber mit jener ruhigen Zielstrebigkeit, wie sie nur unbarmherziges Training und die ebenso unbarmherzige Auslese der Schlacht hervorbrachte. Dies war ein höchst diszipliniertes Schiff. Kriegsbereit. Sie sah es deutlich daran, wie die Mannschaft ihre Aufgaben erledigte, aber zudem wusste Lucinda auch, dass ungewöhnlich viele Mannschaftsmitglieder Kampfveteranen waren – 96 Prozent. Die *Defiant* hatte ihr diese Information ins Hirn geworfen. Oder vielmehr in ihr Neuralnetz, das semiorganische, synaptische Gewebe aus monomolekularem Carbon, das sich durch ihren Neokortex zog und dann tief ins Hinterhirn abtauchte.

»Wir sind mit voller Besatzung unterwegs, Defiant?«, fragte sie laut, es war auch eine Feststellung. Eine volle Besatzung war in Friedenszeiten recht ungewöhnlich, ganz besonders auf einer einfachen Patrouillenfahrt wie dieser.

Das Schiff antwortete leise, nur für sie hörbar: »Die Königlich-armadalische Marine hält nichts von Nachlässigkeit, junge Lady. Das macht sie zur KAM und unterscheidet sie von der gewöhnlichen Marineinfanterie.«

Lucinda glaubte, leise Belustigung in Defiants Stimme zu hören. Ein Transportbot machte ihr Platz, und eine kleine Gruppe Soldaten trabte an ihr vorbei. Sah nach schwerer Infanterie aus. Ein Sergeant führte sie an, hundertprozentig ganz neu inkarniert. Äußerlich ein militärisch wirkender Kaukasier in den Zwanzigern, vermutlich bis obenhin vollgestopft mit den üblichen Genmodifikationen und Implantaten. Die gebräunte, auffallend unverbrauchte Haut leuchtete und hatte den typischen Frisch-aus-dem-Tank-Schimmer; sie saß ein wenig zu stramm um seine kräftige Gestalt. Aber auch wenn sein Tankalter möglicherweise weniger als eine Woche be-

trug, seine Singstimme donnerte laut und rau, als wäre seine Kehle jahrzehntelang von hochprozentigem Rum und ungefiltertem Jujakrautrauch verätzt worden. Die dröhnende Antwort seiner Truppe spülte über Lucinda hinweg und hallte durch den langen Niedergang.
»Damals, 2295...«
Damals, 2295...
»Gründete man meine Marine-Einheit.«
Gründete man meine Marineeinheit.

Das Zusammenspiel aus Ruf und Antwort folgte ihr noch weit durchs Schiff, selbst als die Soldaten dank der Krümmung der Außenhülle schon längst außer Sicht waren.

»Defiant, wir scheinen eine ganze Menge Marinesoldaten an Bord zu haben«, subvokalisierte sie stumm.

»Eine ganze Kompanie, um genau zu sein. Das ist ein bisschen übertrieben, oder nicht? Es sei denn, wir haben vor, ein paar Planeten in Trümmer zu legen.«

In ihrem Kopf lachte das Schiff leise. »Aber es sind nun mal Marinesoldaten, Leutnant. Sie sind nicht spezialisiert genug, um eigene Schiffe zu bekommen, also müssen sie bei uns mitfahren.«

»Und die Sache mit Leutnant Chase?«

»Hmm?«

»Concord war eine Geheimmission«, sagte sie sehr leise. »Unter allerstrengstem Verschluss. Diese Medaille darf ich niemals tragen. In meiner Akte wird Concord nirgendwo erwähnt. Aber Sie haben Chase davon erzählt.«

»Bitte verzeihen Sie mir, Leutnant«, sagte Defiant, »aber anscheinend wurden Sie falsch informiert, oder Sie wurden noch nicht über die neuesten Entwicklungen unterrichtet: Die Admiralität hat die Geheimhaltung dieser Mission aufgehoben.«

Fast stolperte sie über ihre eigenen Füße. »Moment! Wie bitte? Warum?«

»Ich bin nicht ganz sicher. Ein einfacher Schiffsintellekt bekommt häufig keine allzu umfangreichen Erklärungen. Aber wenn Sie Ihre persönliche Akte durchsehen, werden Sie jetzt alle relevanten Informationen darin vermerkt finden. Einschließlich Ihrer Auszeichnung und Ihrer Belobigung.«

»Aber das ist... das ist...«

Sie war völlig durcheinander.

»So ist die Admiralität«, sagte Defiant. »Macht immer das, was ihr gerade in den Kram passt. Ich bin sicher, dass es gute Gründe für die Aufhebung der Geheimhaltung gab, genau wie für die vorige Geheimhaltung. Die Erklärung dafür lautet womöglich ganz schlicht, dass die Akte noch einmal neu geprüft wurde.«

Verwirrt schüttelte sie den Kopf, aber sie fragte nicht weiter nach. Ein weiterer Transportbot rollte summend an ihr vorüber, und zwei Techniker salutierten ihr unsicher. Lucinda setzte sich wieder Richtung Offiziersmesse in Bewegung. Defiant hatte offenbar nicht vor, sie in irgendetwas einzuweihen. Vielleicht sah sie ja auch nur Gespenster, und es war überhaupt nichts Außergewöhnliches im Gange. Es wäre nicht das erste Mal. Lucinda griff auf ihre Akte zu, stellte sich das Gesuchte vor, und da war es. Schwebte direkt vor ihr.

Ihre Belobigung.

Leutnant Lucinda Jane Hardy wird für ihren herausragenden Kampfesmut gewürdigt. Ihre höchste Tapferkeit im Kampf unter allergrößter Gefahr während einer Spezialmission im Jawanischen Imperium...

Rasch schloss sie die Akte wieder, auch wenn niemand außer ihr und Defiant die Anzeige sehen konnte. Dieses Geheimnis zu wahren war ihr inzwischen unauslöschlich zur Gewohnheit geworden, und außerdem hatte sie soeben ihr Ziel erreicht: die Offiziersmesse.

Man erwartete sie bereits.

Es war eine überschaubare Offiziersgruppe. Sie hatte noch nie zuvor einen von ihnen persönlich getroffen, aber dennoch kannte sie die anderen, und die anderen kannten sie. Als die Flotte vor einer Woche ihre Versetzung genehmigt hatte, war Lucindas Akte in ihre Neuralnetze kopiert worden. Sie selbst hatte die Akten der anderen erhalten, sobald sie sich mit dem Schiff verbunden hatte. Sie erkannte Kapitän Torvaldt und seine Stellvertreterin, Kommandantin Claire Connelly, die sich beide entspannt in ihren Stühlen zurückgelehnt hatten und sich leise miteinander unterhielten. Infanteriekommandant Captain Hayes fiel durch seine Statur sofort ins Auge: Er war einen guten Kopf größer als alle anderen, und seine Schultern sahen aus wie Granitfelsen, an denen man mühelos andere, weniger harte Steinbrocken zerschmettern konnte. Der Oberingenieur der *Defiant*, Leutnant Kommandant Baryon Timuz, lächelte Lucinda zu, seine Augen waren zugleich freundlich und ein wenig traurig. Neben ihm stand Leutnant Thanh Koh, der Leiter der Nachrichtenabteilung; er nickte ihr zu, als wäre ihre Ankunft die Lösung eines schwierigen mathematischen Problems, an dem er bis zu diesem Moment gearbeitet hatte. Und natürlich war auch Defiant selbst anwesend. Der Schiffsintellekt schwebte über einem lang gestreckten, polierten Holztisch, auf dem Wasserkrüge und Gläser standen, zwei Kaffeekannen und ein kleiner Teller mit warmen Brötchen aus der Bordküche. Torvaldt, Connelly und Timuz saßen bereits, Thanh Koh rückte sich gerade einen Stuhl zurecht.

Sobald sie sie bemerkt hatten, nahmen alle Haltung an und salutierten. Fast wäre Lucinda zurückgeprallt, aber da empfing sie Defiants nur für sie hörbares Flüstern in ihrem Kopf: »Der Stern, Leutnant. Sie salutieren dem Stern.«

Wie betäubt salutierte sie ebenfalls, sah verwirrt an sich hinunter und entdeckte zu ihrer Verblüffung zwischen den anderen Orden eine neue Auszeichnung an ihrer Brust. In Mitternachtsblau und Weißgold prangte dort die höchste Auszeichnung, die der Weltenbund für Tapferkeit verlieh. Sie hatte diesen Orden noch nie zuvor getragen. Sie hatte es nicht gedurft, und eine volle Sekunde lang zweifelte sie an ihrem Verstand, als sie ihn dort erblickte, direkt über ihrem Herzen.

»Ich bitte um Verzeihung«, sagte Defiant über ihren privaten Kanal. »Ich habe mir erlaubt, den Orden hinzuzufügen, sobald Sie an Bord gekommen sind.«

»Willkommen an Bord, Leutnant Hardy, bitte kommen Sie doch herein«, sagte Kapitän Torvaldt und lächelte übers ganze Gesicht. »Die restlichen Formalitäten sparen wir uns mal. Heute Morgen ist einiges zu tun.«

Sobald sie eingetreten war, ein bisschen unsicher auf den plötzlich taub gewordenen Füßen, schloss sich ein Störfeld um die Offiziersmesse, das sie vom Rest des Schiffs abschirmte. Infanteriekommandant Captain Hayes zwinkerte ihr zu und beugte sich vor, um ihr die Hand zu schütteln. »Gute Arbeit auf Concord«, sagte er. Seine Hände waren riesig und voller Schwielen, aber sanft.

Alles kam ihr ganz leicht surreal vor. Auch weil sie um eine ganze Lebensspanne die Jüngste hier war – selbst Koh war ein Zweitinkarnierter, und Timuz, bei Gott, befand sich in seinem vierten Lebenszyklus. Lucinda in ihrer schlecht sitzenden Uniform war zumute wie einem

Kind, das Verkleiden spielt. Wieder einmal kämpfte sie gegen die ach so vertraute Furcht an, dass die Erwachsenen sie jede Sekunde erwischen und aus dem Zimmer werfen würden.

Sie setzte sich neben Hayes, der den Teller mit den warmen Brötchen heranzog und eines davon mit seinen gewaltigen Pranken entzweiriss. »Die sind ganz wunderbar«, sagte er.

Sie war peinlich berührt. Kapitän Torvaldt hatte sich noch nicht mal einen Kaffee eingeschenkt. Aber der Kapitän der *Defiant* schien sich nicht am Betragen seines Infanteriekommandanten zu stören, er lächelte ihm sogar zu. »Die sind wirklich gut, oder? Cooky vollbringt wahre Wunder an der Rührschüssel. Macht alles von Hand. Also ... sind wir dann jetzt so weit? Defiant?«

Der Intellekt, der gleichmütig am anderen Ende des Tischs schwebte, wippte einmal kurz in der Luft. Seine Art zu nicken. »Danke, Kapitän.«

Über dem Tisch erschien ein Hologramm, eine Projektion des lokalen Volumens. Im Zentrum befand sich Station Deschaneaux, die im Orbit der blaugrünen Kugel namens A3-T-3019 kreiste, der erdähnlichen Welt, die der Anlass für den Krieg zwischen Armadale und dem Jawanischen Imperium gewesen war. In dreieinhalb Lichtjahren Entfernung – oder eine Armeslänge entfernt nach den Maßstäben des Holodecks – schwebte der äußerste Außenposten dieses Imperiums über den warmen Brötchen, ein Felsbrocken-Planet namens J4-S-2989. J4, bekannter unter dem Namen Batavia, war jene Strafkolonie-Welt, auf die die Yulin-Irrawaddy ihren Vater geschickt hatte, damit er »seine Schulden abarbeitete«.

Niemand arbeitete jemals in seinem Leben diese Schulden ab. Keine Chance.

Sie zwang sich, den Blick abzuwenden, und betrachtete den Rest des Quadranten. Die Heimatwelt der Königlichen Montanblanc-Korporation bildete den dritten Punkt eines fast gleichseitigen Dreiecks, gemeinsam mit den Welten Jawan und Armadale. Die drei Planeten wurden von ihren Monden umkreist und von mehr als einem Dutzend Habs unterschiedlicher Bauart, alle an unterschiedlichen Lagrange-Punkten. Und über allem türmte sich unheilvoll... das Dunkel: ein ausgedehnter Streifen aus vollkommener Leere, der sich hinter den äußersten Randsiedlungen der menschlichen Zivilisation erstreckte. Was dahinter lag... wer wusste das schon?

Irgendwo dort draußen waren die Sturm, vorausgesetzt, es gab noch welche. Aber wenn der Große Krieg die Menschheit eines gelehrt hatte, dann, dass die Sturm zwar primitiv waren und barbarisch, dass sie moderne Technologie und die damit verbundenen Vorteile ablehnten... aber trotzdem alles andere als einfach zu töten waren. Ganz sicher waren sie noch irgendwo dort draußen im Dunkel, wo die Albträume lebten.

»Die Admiralität hat uns mit einer längeren Patrouille als üblich beauftragt«, sagte Defiant. »Normalerweise ist die KAM zuständig für einen Bogen von etwa vierzig Grad zwischen Station Deschaneaux und der entmilitarisierten Zone, die an die Hoheitsgebiete von Jawan, SanYong und das Unabhängige Unternehmen Zaitsev im System Heugens 77U grenzt. Unser Patrouillenbereich endet am Saum des Dunkels, eine Grenze, die sowohl durch die Leistungsfähigkeit unseres FTL-Antriebs als auch durch politische Vereinbarungen definiert wird.« Defiant machte eine Kunstpause, ganz wie ein menschlicher Redner, der einen dramatischen Effekt erzielen will.

»Auf dieser Mission legen wir eine doppelt so weite Strecke zurück.«

»Wow!«, entfuhr es Lucinda, und dann errötete sie ein

wenig, weil sie die Einzige war, die ihrer Überraschung hörbar Ausdruck verlieh.

Connelly sah mit hochgezogener Augenbraue Torvaldt an, der wenig überrascht und ganz gelassen wirkte. Leutnant Koh nickte, als hätte er eine Wette mit sich selbst gewonnen.

»Ihr Staunen ist ein bisschen verfrüht, Leutnant Hardy.« Defiant klang amüsiert. »Denn wir werden nicht nur sechzig Lichtjahre weit ins Dunkel vordringen, sondern wir decken zudem einen Bogen im Winkel von sechzig Grad zu Station Deschaneaux ab.«

»Boah!«, murmelte Hayes, den Mund voll mit warmem, gebuttertem süßen Brötchen.

»Ja«, sagte Defiant. »Tief hinein in die Hoheitsgebiete aller drei Parteien im Heugens-System.«

Lucinda kam es plötzlich vor, als würden in ihrem Körper sämtliche Nervenenden summen und kribbeln. Sie standen im Begriff, eine Kriegshandlung zu begehen.

»Machen Sie sich keine Sorgen, wir ziehen nicht in den Krieg«, sagte Defiant, als hätte er ihre Gedanken gehört. »Diese erweiterte Patrouille findet auf direktes Ersuchen der Erde statt, und es wurden entsprechende Vereinbarungen mit allen drei Parteien des Heugens-Systems getroffen. Man duldet diese Patrouille und wird uns nicht in die Quere kommen.«

Neben Lucinda schnaubte Hayes, immer noch mit vollem Mund. »Ha. Mussten sie dafür jemanden umlegen?«

»Nein«, sagte Defiant. »Aber die Erde hat angekündigt, dass es Tote geben wird, falls es auch nur den leisesten Hinweis darauf gibt, dass jemand die Vereinbarung bricht. Bitte gestatten Sie mir, dass ich Ihnen ein Datenpaket übertrage. Kapitän Torvaldt weiß bereits Bescheid, aber alle anderen bereiten sich bitte auf die Datenübertragung vor, ich beginne in wenigen Augenblicken.«

Lucinda und die anderen nickten, und im nächsten Moment spürte sie, wie Daten in ihr Bewusstsein sickerten. Sie nahm sich kurz Zeit, um die neuen Informationen durchzusehen, sich damit vertraut zu machen und, ebenso wichtig, sich ihre Bedeutung klarzumachen.

Ihr Puls beschleunigte sich, und sie hörte den einen oder anderen unterdrückt aufkeuchen, als allen bewusst wurde, welche Tragweite die neuen Informationen hatten.

Defiant musste es ihnen nicht erklären, sie wussten alle Bescheid. Fast ein halbes Jahrtausend lang hatte weit draußen im All, wohin sich die Sturm nach dem Großen Krieg zurückgezogen hatten, vollkommene Stille geherrscht. Aber jetzt war etwas geschehen. Kein Signal, aber ein Warnzeichen: Drei Ultralangstreckensonden waren plötzlich verstummt. 342 Jahre lang hatten diese Sonden alle Sterne abgesucht, von denen man annahm, sie könnten den Sturm als neue Heimat dienen, und hatten ihre Ergebnisse über eine Wurmloch-Verbindung in Echtzeit ans Großvolumen übermittelt. Sie hatten nie etwas gefunden, aber vor zwei Standardmonaten war bei allen dreien im Abstand von wenigen Stunden die Datenübertragung ausgefallen.

»Das ist wahrscheinlich kein Zufall«, dachte die Stellvertretende Kommandantin laut.

»Sehr unwahrscheinlich«, sagte Timuz. »Sie müssen wissen, ich habe mit diesen Sonden bereits selbst gearbeitet. Sie hätten ohne jedes Problem noch tausend Jahre lang funktionieren müssen.«

»Das stimmt«, sagte Koh, der Nachrichtendienstoffizier. »Wenn es nur eine wäre – nun, das könnte auch dem Zusammenstoß mit einem Asteroiden oder einem Gamma-Puls oder meinetwegen sogar schlicht einem Systemfehler geschuldet sein. Aber alle drei, und das innerhalb genau dieser Koordinaten? Nein. Irgendetwas hat sie gezielt ausgeschaltet.«

»Und wir werden herausfinden, was genau das war«, verkündete Kapitän Torvaldt.

2

»Sie werden alt. Schon wieder.«
»Halt die Klappe, Hero.«
Professor Frazer McLennan stemmte sich ächzend vom Boden hoch. Es missfiel ihm, sich vor Hero anmerken zu lassen, wie viel Mühe ihm das bereitete, aber seine Knie waren steif geworden, ein Bein schlief ihm gerade ein. Er hatte auf einem Gelkissen gesessen, das seinen alternden Hintern vor dem harten Boden schützte, aber der Intellekt hatte recht: Er wurde wieder alt, und das ließ sich nicht verbergen. Sie hatten das schon zu oft miteinander durch.

McLennan blinzelte in das grelle Licht, das auf die ausgedörrte Wüste im Süden von Van Maartensland herunterbrannte. Der gewaltige äquatoriale Superkontinent umschloss zwei Drittel von Batavia. Die hiesige Sonne, ein mittelalter Stern der Spektralklasse B, stand fast genau über seinem Kopf und legte sich so richtig ins Zeug. Selbst im Schatten des hoch aufragenden uralten Generationsschiffs war McLennan zumute wie einem Käfer auf einem Hitzeschild. Es würde noch volle drei Stunden dauern, bis die heißeste Phase des 27-Stunden-Tags anbrach, und schon jetzt hatte er Schwierigkeiten, in dem gleißenden Licht überhaupt die Augen zu öffnen.

Wenn sich das Sonnenlicht auf den Solarpaneelen spiegelte, die auf den Zelten ihres Lagers angebracht waren, gab es so helle Lichtblitze, dass sie sogar durch den blendend hellen weißen Nebel stachen, als den er die

Welt sah. Aber auch schon das Tageslicht allein war derart mörderisch, dass er sich nicht traute, länger als einen kurzen Augenblick hinzusehen.

»Ein paar nette kleine reaktive Kontaktlinsen würden dieses Problem sofort beheben, das wissen Sie schon, oder?«, stellte Hero fest. »Und ich rede wirklich nicht von Bio-Mods oder Gentech-Operationen. Sehen Sie? Ich halte praktisch den Mund. Verkneife es mir, Sie auf das Offensichtliche hinzuweisen. Mal wieder.«

»Du hast überhaupt keinen Mund, du verfickter, klappernder alter Schrotthaufen«, brummte McLennan. »*Das* muss wohl das Offensichtliche sein, was du gerade nicht erwähnst, und das sollte sogar einem schrottreifen kleinen Roboter wie dir klar sein. Oder wirst du jetzt allmählich doch von Demenz befallen, Herodotus?«

Der vorsintflutliche Intellekt flammte in ärgerlichem Rot auf, ehe er wieder sein undurchdringliches Obsidianschwarz annahm. »So sind Sie immer, wenn Sie fünfzig werden«, antwortete Hero mit lustloser Abfälligkeit. »Erst wird Ihr Körper wartungsbedürftig, dann Ihre Manieren. Habe ich jemals erwähnt, was für eine unerfreuliche Gesellschaft Sie in Ihren jeweils zwanzig letzten Lebensjahren sind?«

»Ununterbrochen«, knurrte McLennan, streckte die Knie durch und versuchte, die Durchblutung des tauben Beins wieder in Gang zu kriegen. Bei der Untersuchung des Artefakts, eines Chirurgie-Bots in der zweiten Krankenstation vorn im Schiff, hatte er ungünstig darauf gehockt.

Die Bruchlandung hatte die Außenhülle der *Voortrekker* im Bereich der Krankenstation aufgerissen, und im Lauf der Jahrhunderte hatte sich alles mit dem groben weißen Sand und Kies der Großen Eisenwüste gefüllt. Die Grabungsdrohnen hatten zwei Tage gebraucht, um alles behutsam auszubuddeln. Natürlich hätten sie es auch in wenigen Stunden erledigen können, aber dabei wären womöglich die Fundstücke beschädigt worden, einschließlich der drei ausgezeichnet erhaltenen Toten. McLennan lehnte sich gegen das verbogene Schott, um nicht das Gleichgewicht zu verlieren. Die Taubheit in seinem Bein wich einem Kribbeln aus lauter kleinen Nadelstichen.

»Schon wieder falsch«, sagte Hero. »Ich habe es phasenweise im Lauf von zusammengerechnet hundertsiebenunddreißig Jahren gelegentlich erwähnt, und zwar im Laufe der jeweils letzten Jahrzehnte von insgesamt sieben Inkarnationen. Ich könnte es Ihnen als Datenpaket schicken. Also jedenfalls könnte ich das, wenn Sie wenigstens das allereinfachste Neuralnetz hätten, um es zu empfangen, was nur deshalb nicht der Fall ist, weil Sie eine einfach lächerliche Person sind.«

Während Herodotus noch sprach, spürte McLennan, wie der Intellekt das von ihm erzeugte kleine Kraftfeld anpasste, um in diesem Teil des Wracks die Luft herunterzukühlen und das grelle, heiße Sonnenlicht abzublocken, das durch den Riss in der Hülle hereinflutete. Gleich darauf konnte McLennan wieder nach draußen sehen und erblickte das Lager, das sich ein paar Hundert Meter weiter südlich in ein ausgetrocknetes Flussbett schmiegte. Mit einem Mal war die Sicht so klar, dass er Hero im Verdacht hatte, das Kraftfeld an seine Sehfähigkeit anzupassen, die sich seit etwa einem Jahrzehnt langsam, aber stetig verschlechterte. So wie immer.

Durch das unsichtbare Spiegelglas von Heros elektromagnetischen Linsen und Filtern sah er die Lagerdroiden umherschwirren. Sie errichteten Unterkünfte und andere Räumlichkeiten für das Grabungsteam, das nachher eintreffen würde. Sechzehn Studenten frisch von der Universität, gemeinsam mit ihrem Mentor Professor Trumbull. Das war der wahre Grund für seine miese Laune. McLennan gefiel es gar nicht, dass hier bald ein Haufen rotznasiger Flachpfeifen über seine Grabung wuseln würde, erst recht nicht, wenn ausgerechnet der idiotische, wichtigtuerische Trumbull sie hier herumscheuchte wie Ihro Majestät Exkremento, König des Ausscheidungsimperiums persönlich.

Aber er nahm nicht an, dass Hero das kapieren würde. Der Intellekt würde nicht ...

»Und glauben Sie ja nicht, mir wäre nicht schmerzlich bewusst, dass Sie sich gerade in einen ausgewachsenen Trotzanfall reinsteigern, nur weil wir Besuch erwarten«, sagte Hero abfällig, als hätte er gerade das Neuralnetz gescannt, das McLennan bekanntlich gar nicht besaß. »Ist ja nicht so, als müsste ich immer Ihren fünfzigsten Geburtstag abwarten, bis ich endlich in den Genuss Ihres ermüdend schlechten Benehmens komme. Jedes Mal, wenn uns die Universität Hilfe schickt, legen Sie diese haarsträubenden Manieren an den Tag, oder was bei einem aus dem Tritt geratenen und immer seniler werdenden schottischen Lumpen eben so als Manieren durchgeht.«

»Ich brauche keine Hilfe«, sagte McLennan und tat so, als hätte Hero seine Gemütslage nicht unerfreulich gut erfasst. »Ich hab ja dich.«

»Tja, aber ich brauche Hilfe«, konterte der Intellekt. »Weil ich *Sie* habe und sonst nichts.«

Die geisterhafte eiförmige Gestalt – die in besseren Tagen ein Armada-Intellekt gewesen war – schimmerte wieder rötlich. Mit finsterer Miene musterte McLennan die schwebende Träne aus enorm verdichteter X-Materie und Wurmloch-Schaltkreisen auf Nanoebene und dachte darüber nach, irgendwas nach dem Intellekt zu werfen. Eine Feldflasche mit heißem Tee stand in der Nähe und bot sich an. Aber in Heros Außenschale sah er sich selbst – den Spiegeleffekt musste Hero absichtlich aktiviert haben –, und bei dem Anblick musste er zugeben: Ja, er sah wirklich lächerlich aus.

Ein mürrischer alter Sack mit hängenden Schultern, der in einem zusehends den Dienst versagenden Fleischklumpen herumlief, den jeder normale Mensch schon vor Jahren gegen einen jüngeren, genetisch modifizierten Körper eingetauscht hätte.

Ein preisgekrönter Astro-Archäologe, der durch seine Weigerung, sich mit einem anständigen Neuralnetz ausstatten zu lassen, längst nicht mehr als exzentrisch galt, sondern für die Universität, die seine Forschungen finanzierte, zu einer kostspieligen Unannehmlichkeit geworden war.

Ein Historiker, der ständig alles Mögliche vergaß, zum Henker noch mal.

Er war *wirklich* eine lächerliche Gestalt, und trotz seiner schlechten Laune brach er in Gelächter aus, das ganz haarscharf an der Grenze zum Selbstmitleid vorbeischrammte. »Tut mir leid, Hero«, sagte er. »Du hast recht. Ich benehme mich wie ein Arsch.«

»Also inkarnieren Sie? Mit allen dazugehörigen Mods und einem vernünftigen Neuralnetz?«

»Oh, auf gar keinen Fall.«

»Ha. Das dachte ich mir.«

»Aber ich reiße mich zusammen und höre auf, dir so auf den Sack zu gehen.«

»Sie vergessen, dass ich gar keinen Sack habe. Sie vergessen einfach alles, Mac.« Der Intellekt schimmerte inzwischen in einem kühlen Mitternachtsblau, und in seiner Stimme lag kein Zorn mehr, nur noch Resignation. Auch diesen Wortwechsel hatten sie im Lauf von McLennans vielen Leben schon oft durchexerziert.

»Zu vergessen ist genau der Plan«, sagte McLennan. Ehe Hero antworten konnte, unterbreitete er ein Friedensangebot: »Hör zu, ich denke über einige genetische Sanierungen und Makrotherapie nach, wenn wir wieder am Campus sind, ja?«

»In drei Jahren? Dann sind Sie siebenundfünfzig. Sie wollen diesen Körper doch hoffentlich nicht so lange mit sich herumschleppen wie den letzten, oder? An jenem erbärmlichen Kadaver haben Sie sich festgeklammert, bis er siebenundachtzig war. Bei Gottes verschrumpelten Eiern, Mac, das war so grotesk, dass Miyazaki die Kosten Ihrer Reinkarnation wieder hätte reinholen können, indem man Sie in ein Zelt steckt und Eintrittskarten für eine Kuriositätenschau verkauft.«

»Und das sagt ausgerechnet ein aufziehbarer Analplug wie du«, antwortete Mac, aber es war kein wütender Schlagabtausch. Nur eine weitere alte Szene, die sich wiederholte. Das kurze Schweigen danach war eher kameradschaftlich als feindselig. Der Intellekt beendete es, indem er sagte: »Sie wissen, dass Sie sich nicht für immer hier verstecken können.«

McLennan schnaubte, öffnete seine Thermoskanne, ebenfalls ein Artefakt der alten Republik, und kippte schwarzen, ungesüßten Tee in den Deckel, der zugleich als Becher diente. »Ist mir klar«, sagte er. »Dauert nicht mehr lange, bis sie hier sind.«

Das hatte Hero nicht gemeint, und das wussten sie beide, aber sie kannten einander gut genug, um nichts weiter dazu zu sagen. Ein Marmeladensandwich, seit heute Morgen mithilfe eines Stasisfelds frischgehalten, schwebte auf einem Trägerkraftfeld vom Intellekt zu dem Archäologen hinüber. Mac sah, wie die Schwerkraftverzerrung den in der Luft schwebenden Staub verwirbelte. »Danke«, sagte er und nahm sein Mittagessen entgegen.

Hero ließ die Welle zusammenklappen, und der Staub nahm seinen trägen Tanz wieder auf. Schweigend aß McLennan, und der Intellekt ließ ihn in Ruhe, spielte nur leise Musik ab: Brahms' *Akademische Festouvertüre*, eins der Lieblingsstücke des Schotten. McLennan spürte, wie seine Zeit verrann. Trumbull und die Studenten würden in wenigen Stunden eintreffen und sein selbstgewähltes Exil beenden. Es war unerträglich, aber er würde es ertragen müssen. Es gehörte nun mal zu den unvermeidlichen Pflichten eines emeritierten Professors der Miyazaki-Universität. Der Preis, den er für die Nachsicht seines Arbeitgebers zahlte. Und Nachsicht war oft vonnöten, das wollte er gar nicht leugnen.

Seufzend betrachtete er die Stasis-Schlafkapseln, die er jetzt nicht mehr in seinem eigenen Tempo und zu seiner persönlichen Zufriedenheit würde untersuchen können. Natürlich, ihre Energieversorgung war schon seit Jahrhunderten zusammengebrochen. Nur wenige Bereiche des Schiffs saugten noch Energie aus dem einzigen verbliebenen Fusionsspeicher. Die Sturm hatten den Antimaterie-Antrieb vor ihrer Bruchlandung ausgeschaltet. Hätten sie das nicht getan, wäre von dem Planeten nicht viel übrig geblieben. Die Kapseln waren beim Absturz beschädigt worden, und das hatte die Toten darin vor dem Zerfall bewahrt: Die trockene Hitze und der Sand hatten sie mumifiziert.

»Wir arbeiten mal besser weiter«, sagte McLennan, eher zu sich selbst, aber trotzdem regelte Herodotus die Lautstärke von Brahms herunter und schwebte ein paar Zentimeter höher. Das tiefe Schwarz hellte sich zu Mitternachtsblau auf, ein Zeichen dafür, dass sich der Intellekt von der geheimnisvollen Denkaufgabe abgewandt hatte, der er sich während McLennans Mahlzeit hingebungsvoll gewidmet hatte. Oder, präziser gesagt: Hero reservierte einen unermesslich kleinen Nanobruchteil seines erschreckenden Verstands wieder für die Kommunikation mit seinem lästigen menschlichen Gefährten. Mit Sicherheit würde der Intellekt die unzähligen Prozesse, die den wachen Teil seines Verstands beschäftigten, einfach weiterlaufen lassen, und dennoch waren seine Armada-Klasse-Kapazitäten zu weniger als zwei Prozent ausgelastet.

Um es in menschlichen Begriffen auszudrücken: Die meiste Zeit über schlief Hero.

Und das seit über fünfhundert Jahren.

McLennan wischte sich die Brotkrümel von den Händen, und Hero beförderte sie umgehend mit einer raschen Abfolge von Planck-Längen-Rupturen in der lokalen Raum-Zeit direkt ins Herz der Sonne. Die Grabungsstelle vor Kontaminierung zu schützen war einer jener unzähligen Prozesse, die der Intellekt im Hintergrund laufen ließ. Immer. Er lief automatisch, er musste daran keinen bewussten Gedanken verschwenden.

»Was für ein Kindergarten kommt denn auf uns zu?«, fragte Mac. »Keine Erstinkarnationen, hoffe ich. Ich habe extra darum gebeten...«

»Zwei Erstinkarnationen«, fiel ihm Hero ins Wort.

»Ach du Scheiße.«

»Der jüngste Prinzling des Yulin-Irrawaddy-Kombinats in seinem Überbrückungsjahr, ehe er auf die Madrasa auf Damanhur-3 geht und höchstwahrscheinlich in die Montanblanc-ul-Haq-Allianz der Korporationswelten einheiratet«, sagte Hero. »Eine sehr günstige Verbindung, da werden Sie mir sicher zustimmen.«

McLennan hörte deutlich ein Lächeln in seiner Stimme. Der Intellekt schien das Unbehagen des alten Mannes regelrecht zu genießen. Mac stützte den Kopf schwer in beide Hände. Sie rochen nach Erdbeermarmelade.

»Und eine Miss Albianiac von den Mars-Albianiacs.«
»Von den irren Mars-Albtraumgestalten, meinst du wohl eher«, sagte McLennan. Er stand auf und tigerte in der Krankenstation umher, und mit seiner immer übleren Laune verstärkte sich auch sein Akzent. »Warum hast du mir nichts davon gesagt, Hero? Du weißt, dass ich am Campus Bescheid gegeben habe, mir keine Erstinkarnationen mehr zu schicken. Wissen die überhaupt, dass hier keine Wurmloch-Übertragung möglich ist? Sie müssen alles über Remote-Speicher schicken. Wie Tiere.«

Der Intellekt wippte auf und ab, seine Version eines Achselzuckens. »Ich bin sicher, dass sich ihre Familien die bestmöglichen Remote-Speicher-Lifeübertragungen leisten können. Für sie ist das alles ein wundervolles Abenteuer. Verschollen am Rande der menschlichen Zivilisation. Kein Life-Back-up. Ein Geisterschiff der Humanistischen Republik, in dem sie herumkriechen, das sie auseinandernehmen und zu Klump schlagen können, während ein schrecklicher alter Dummkopf hinter ihnen herrennt und sie anbrüllt wie ein Golem in Erwachsenenwindel. Kein Wunder, dass ihre Familien dafür so großzügig an die Universität gespendet haben.«

McLennan stampfte zu seinem Gelkissen hinüber und ließ sich vorsichtig darauf sinken, um sich dem Speicher des Chirurgie-Bots zu widmen. Damals hatten die Sturm Informationen noch immer über DNA verschlüsselt und eingelagert – das hatte er schon immer sehr ironisch gefunden. Er hatte nicht erwartet, dass der Speicher noch perfekt erhalten war, aber DNA war ein bemerkenswert widerstandsfähiges Speichermedium mit großer Kapazität, und die bisher gesammelten Proben hatten bis zu 80 Prozent ihrer Informationen bewahren können. Mit einem Spezialwerkzeug, das sie ebenfalls aus dem Wrack geborgen hatten, arbeitete er weiter an dem sechseckigen Stab, der aus im Tank gezüchtetem Speicherknochen bestand.

»Und der Rest von der Truppe?«, fragte er über die Schulter. »Auf was muss ich mich da so einstellen?«

»Ach, das Übliche«, sagte Hero. »Dritte und vierte Lebensspanne. Die meisten sind Korporationsadel auf Auszeit. Einer von ihnen bereist sämtliche wichtigen Schauplätze des Bürgerkriegs. Die anderen ...«

»Vergiss, dass ich gefragt hab«, unterbrach ihn McLennan. »Touristen also. Sieh bloß zu, dass du sie von den wichtigen Arealen fernhältst. Sperr meinetwegen einen Teil des Schiffs mit Kraftfeldern ab. Und von mir auch. Von mir halt sie auch fern.«

»Ich befürchte, Sie gehören zum Gesamtpaket der Tour, Mac. Sie sind der Grund, weshalb diese Leute so viel dafür zahlen, herkommen zu dürfen.«

Er hörte auf, an dem Datenspeicher herumzufummeln, und ließ sich rücklings auf das Gelkissen plumpsen. Hero generierte ein schwaches Kraftfeld genau über den Bodenplatten, um zu verhindern, dass er sich schmerzhaft den Schädel stieß, falls er vorhatte, den Kopf auf den Boden zu hämmern. Hatte er aber nicht. Das unsichtbare Kraftfeld schmiegte sich wie ein Kissen an seinen alten, ergrauenden Quadratschädel.

»Warum?«, fragte er. »Warum können mich die Leute nicht einfach in Ruhe lassen?«

Hero pulsierte in einem hellen Himmelblau. Ein Lächeln. »Weil Sie die Menschheit gerettet haben«, sagte der Intellekt. »Und das werden sie Ihnen niemals verzeihen.«

3

Es blieb keine Zeit für einen Lebendscan, also hatten sie dem Yakuza-Unterboss den Kopf abgeschnitten, ihn schockgefrostet und in einen Eiskübel geworfen. Aber inzwischen schmolz das Eis zusehends, die wütenden Gangster rückten ihnen auf die Pelle, und Sephina L'trel stellte die Entscheidungen infrage, die sie an diesen Punkt ihres Lebens gebracht hatten. Die Herrin und Kommandantin der *Je Ne Regrette Rien* kauerte hinter dem Bartresen und wechselte gerade das Magazin, da pulverisierte ein Plasmasturm aus automatischen Waffen Hunderte Spirituosenflaschen in den Regalen über ihrem Kopf und entzündete den überhitzten Alkohol. Es gab eine gewaltige Explosion. Geschmolzenes Glas regnete auf sie und ihre Leute herab, und gezackte Scherben bohrten sich in die Nanopanzerung ihrer langen Mäntel.

Ihnen gingen die Autodrohnen aus, die Munition, das Glück. Aber woran es ihnen nicht fehlte, waren Scheißkerle, die sie umbringen wollten. Von denen waren noch eine Menge übrig, und Nachschub war schon unterwegs.

Ach, und natürlich der Kampftrupp der Hab-Sicherheit.

Sie würden jeden Augenblick hier sein, mit dem Befehl, jeden umzunieten, der sich noch bewegte. Oder sich reglos hinter seine Deckung kauerte. Im Augenblick tat sie genau das; sie duckte sich und versuchte, sich nicht in die Luft sprengen oder durchsieben zu lassen. Und hoffte, dass der abgetrennte Kopf nicht zu warm wurde.

Vier Grad oder mehr über die Dauer einer halben Stunde, und das Einzige, was sie noch aus dem Schädel extrahieren würden, war graue Suppe.

Eine der Drohnen schoss eine auf sie zufliegende Granate ab, ehe sie hinter der Bar landen und sie alle in menschliches Geschnetzeltes verwandeln konnte, und eine gewaltige Explosion erschütterte den Raum. Rasch schob Ariane die Mündung ihrer Skorpyon über den Tresen und gab auf gut Glück ein paar ungezielte Schüsse ab. Eine Mischung aus Wuchtgeschossen, Leuchtspurmuni und einer Handvoll Hex-Patronen, um die Hab-Bewohner in Angst und Schrecken zu versetzen. Grelle Mündungsblitze und Explosionen flackerten und zuckten wild durch die Bar.

Direkt neben Ariane duckte sich mühsam der riesige Jaddi Coto hinter den Tresen und steuerte museumsreif via Headset und Controller die verbliebenen Drohnen. Überall an seiner hünenhaften Gestalt baumelten Waffen, mit Karabinerhaken in die Knochenschlaufen gehakt, die in seinen eigenen Körper eingelassen oder darin gewachsen waren – in der dicken, genetisch gezüchteten schwarzen Rhinodermis, die ihn vor kleinkalibrigen Schüssen und Explosionen ebenso zuverlässig schützte wie die Mäntel, die Sephina und Ariane trugen. Trotzdem trug er zusätzlich noch einen der besagten Mäntel. So wie alle Mannschaftsmitglieder der *Regret*. Es kennzeichnete sie als Clan. Als Familie.

Ich sollte den Scheiß mal besser nicht so romantisieren, dachte Sephina, und im nächsten Augenblick erhaschte sie in einem der zersplitterten Spiegel hinter der Bar eine geisterhafte Bewegung: Einer von Tantos Männer versuchte, ihnen von links in die Seite zu fallen. Auch der Yamaguchi-gumi-Soldat, der sich geschmeidig zwischen Trümmern und Leichen hindurchwand, hatte seinen Clan, und dieser Clan hatte vor, den ihren auszulöschen.

Das Sperrfeuer der anderen Gumis legte noch einen Zacken zu, vermutlich, um sie von dem Killer abzulenken, der sich zu ihnen vorarbeitete wie eine menschliche Schlange. Sephina fragte sich, ob dieser Bursche wohl ein Spezialist war, ob man ihn gezielt für diesen Zweck designt und in einem Tank herangezüchtet hatte, oder ob die YG erst nachträglich sein Erbgut bearbeitet und die körperliche Entscheidung angepasst hatten.

Egal.

»Coto! Auf drei Uhr, ganz unten!«, rief sie.

»Nee«, ächzte der Drohnenpilot. »Kann nicht.«

Er war vollauf damit beschäftigt, sie gegen das Bombardement abzuschirmen. Was, wie sie annahm, Sinn und Zweck eines derartigen Bombardements war.

»Scheiße.«

»Ich kümmere mich drum, Süße«, zischte Ariane, rammte ein neues Magazin Chamäleon-Munition in ihre Pistole und versuchte, über Sephina hinweg zum anderen Ende des Tresens zu krabbeln und von Angesicht zu Angesicht auf den herankriechenden Killer zu schießen. Sie war regelrecht mit Alkohol getränkt, nass und klebrig. Aus einem tiefen Schnitt lief Blut über ihr wunderschönes Gesicht, in dem ein freches Lächeln erblühte, als sie die Gelegenheit nutzte, sich rasch im Vorbeikriechen an Sephina zu reiben.

»Wag es nicht, Mädchen!«, schrie Seph gegen Kugelhagel und die Schreie der Sterbenden an. Sie packte Ariane an der Schulter und riss sie zurück. Die junge Frau protestierte, leistete aber keinen Widerstand.

»Zielübungen«, rief Sephina und zog eine Flasche mit durchsichtiger Flüssigkeit unter der Bar heraus. Das Etikett pries den Inhalt als 90-prozentigen echten Bal-

kan-Wodka an, aber Taros Bar führte so extravagante Spezialitäten nicht. Sie war sicher, dass es einfach nur irgendeine billige Ghetto-Plörre war, hier im Hab gebrannt. »Leuchtspurgeschosse. Weit streuen.«
Ariane begriff, was sie vorhatte, und lächelte. Es war kein freundliches Lächeln. Sie schnippte den Schalter ihrer Skorpyon auf die richtige Position und hielt sich bereit. In einem hohen Bogen warf Sephina die Flasche über die Bar, ungefähr dorthin, wo sie den Killer vermutete. Ariane traf ihr Ziel bereits mit dem ersten Schuss, und beide zuckten zurück und schlossen fest die Augen, um sie vor der gleißenden Helligkeit und der Hitze zu schützen, die glühend über sie hinwegstrich.

Sie sahen nicht, ob sie den Typen erwischt hatten, aber sie konnten seine Schreie *hören*. Seine und die der anderen Gumi-Soldaten, den *gunsotsu*.

»Hübsch«, dröhnte Coto. Seine Stimme klang, als würden sich die tektonischen Platten eines froststarren Monds krachend gegeneinander verschieben.

»Der Kopf!«, brüllte Sephina. Im Gefecht hatte sie den Eimer umgestoßen, und der Unterboss, zumindest der wichtigste Teil von ihm, war auf den Boden gekullert und lag in einer Pfütze aus rasch schmelzendem Eis.

Fluchend schnappte sie sich eine Handvoll langen schwarzen Haars, stopfte den Kopf zurück in den Eimer und schaufelte so viel Eis dazu, wie sie erwischen konnte. Ariane und Coto erwiderten das Feuer und vereitelten einen weiteren Vorstoß der Gegner, derweil Sephina hektisch die Vitrinen unter dem Tresen nach mehr Eis durchwühlte. Oder eisgekühltem Wodka. Eisgekühlter Wodka wäre gerade ganz fantastisch. Gleichermaßen brauchbar für die Lagerung und als perfekte Grundlage für einen Vesper Martini. Doch diesmal, befand sie, mussten Cocktails mal hintanstehen.

Der Kopf würde bald auftauen, und dann würden sich die synaptischen Verbindungen zwischen Kortex und Neuralnetz rasch auflösen – und damit ihre einzige Chance, die wertvollen Daten zu extrahieren.

»Das ist eine verdammte Bar. Es muss hier ja wohl irgendwo Eis geben«, fluchte sie, krabbelte hierhin und dorthin und über die Leiche des Barkeepers hinweg, der bereits bei der Eröffnung des Feuergefechts gestorben war – und zwar wirklich gestorben. Kein Back-up, keine Wiederauferstehung.

Es tat ihr leid um ihn und um die Hab-Ratten, die versehentlich ins Kreuzfeuer geraten waren. Auch von ihnen würde keiner ein Back-up haben. Aber das Einzige, was sie noch für sie tun konnte, war, den guten alten Satomi San hier so schnell wie möglich wieder kaltzustellen. Wenn sie doch nur fünf Minuten Zeit hätten, um die Daten auszulesen, wenigstens einen flüchtigen Hirnscan, dann würden sie ihr Geld bekommen, ihre Prozente bezahlen und sich absetzen. Hier, da war sie vollkommen sicher, war für sie der Boden verbrannt. Nicht nur in diesem Hab, sondern auch in allen anderen, die den Yulin-Irrawaddy gehörten oder auf die sie Anspruch erhoben.

»Das war die letzte Drohne«, sagte Coto, und seine Stimme klang, als würde er ihnen mitteilen, dass die Kekse alle waren. Er streifte das Headset ab, mit dem er die Drohnen gesteuert hatte: eine Energiebrille, die er selbst hatte zusammenbasteln müssen. Normale Modelle aus dem Laden passten ihm nicht; sie waren meist zu klein, außerdem störte das riesige schwarze Horn, das mitten auf seiner Stirn prangte. Coto hakte zwei sehr technisch wirkende Apparate von seinem Oberkörper los. Es sah aus, als wollte er irgendwas festnieten oder verschweißen, aber es waren Schusswaffen, keine Werkzeuge, und er fing an zu schießen wie alle anderen auch.

Fügte der entsetzlichen Katzenmusik ein paar eigene Noten hinzu, ein paar weitere Schmerzensschreie und entsetztes Aufheulen inmitten des Chors aus Kampfrufen, Todesschreien und unverständlichem Gebrüll.

Sephina schlug auf einen Knopf an ihrem Headset und versuchte, eine Verbindung zur *Regret* herzustellen. Nichts als statisches Rauschen. Noch immer keine Verbindung, oder irgendetwas blockierte das Signal, oder was auch immer.

Ein Störsignal war am wahrscheinlichsten. Die Verbindung zum Schiff war unterbrochen worden, sobald das Treffen mit den Yakuzas aus dem Ruder gelaufen war. Als hätte man von Anfang an geplant, sie in die Pfanne zu hauen. So, wie Seph und ihre Leute geplant hatten, die anderen in die Pfanne zu hauen. Beide Parteien hatten sich beeilt, um die Ersten zu sein, die den anderen beschissen.

»Okay. Wir machen es hier«, rief sie. Eine Brandgranate prallte von den Zapfhähnen ab und explodierte vor dem Bartresen. Die heiße Druckwelle trocknete ihre Haut aus und bekräftigte ihre Entscheidung. »Wir kriegen den Kopf nicht gekühlt. Wir müssen die Daten hier runterladen. Coto, gib mir deine Granaten. Dann hackst du Satomi. Ich brauche nichts von dem Scheiß, für den die Russen bezahlt haben. Ich will nur diesen Autorisierungscode.«

Cotos gewaltige Stirn umwölkte sich. Wirklich ein bemerkenswerter Anblick bei einem zwei Meter fünfzehn großen Brocken wie ihm, vollgestopft mit Affen- und Nashorngenen. Die gewaltige Stirn krauste sich um den Ansatz seines Horns wie Hügel um ein Gebirge. »Aber das war nicht der Plan«, wandte er ein, sehr langsam und in feierlichem Ernst.

»Nein, *das* hier ist es, was wir nicht geplant hatten«,

brüllte Sephina über den Lärm hinweg und ließ einen Finger durch die Luft kreisen, als wollte sie das ganze aus den Fugen geratene Desaster umfassen.

»Also passen wir unseren Plan an«, sagte er. Es klang, als hätte er mitten im Chaos auf einmal ein neues physikalisches Naturgesetz entdeckt.

»Wir passen den Plan an.« Sie nickte.

»Und improvisieren«, schrie Ariane und schoss das Magazin leer, das sie gerade in die Waffe gerammt hatte. Mehr Schreie. Mehr Schüsse. Sie klopfte Coto auf die Schulter, beugte sich zu ihm und sagte, flüsterte fast in sein Ohr: »Und wir werden gewinnen.«

Er nickte entschlossen. Diesen neuen Weg würde er mit derselben sturen Entschlossenheit gehen wie alle anderen Wege seines Lebens, die ihn hierher gebracht hatten.

Sephina reichte Coto den abgetrennten Kopf. Er war kühl und feucht. Aber nicht kalt. Sie hatte Angst, dass sie ihre Chance bereits verpasst hatten.

»Er hat keinen Datenport«, verkündete Coto, während Sephina anfing, blind und aus der Deckung heraus die ersten Granaten zu werfen. »Aber ich pass mich an.«

Er zog ein Kampfmesser aus dem Gürtel und trieb es mit einem widerlichen, feuchten Knirschen von oben in den Schädel, dann drehte er das Messer hin und her, bis er einen etwa daumengroßen Spalt hergestellt hatte.

»Es wird in einem gut geschützten Bereich sein, irgendwo Richtung Knochenmark«, sagte sie. »Mach das Kortikalnetz kaputt, wenn's sein muss. Wir brauchen nur diesen Code.«

Sephina ließ ihn arbeiten, lud ihre Waffe neu und beschloss, zum anderen Ende des Bartresens zu huschen und eine neue Idee auszuprobieren. Aber vorher stahl sie sich rasch noch einen Kuss von Ariane. Die Lippen ihrer

Geliebten waren kalt und schmeckten nach Spiced Rum. Ariane grinste, ertappt, aber nicht beschämt. Sie hatte während des Kampfs auf Leben und Tod, den sie sich gerade mit den Yak lieferten, hin und wieder an einer Flasche genippt, die sie unter der Bar gefunden hatte. Sephina hatte keinen Schimmer, wie viele Yamaguchi-*gunsotsu* noch übrig waren, aber es klang, als wären es noch mehr als genug. Ob Banks oder Falun Kot ihre Warnung noch erhalten hatten, ehe die Datenspezialisten der Yak sie abgeschnitten hatten, wusste sie nicht. Und sie hatte verdammt noch mal nicht die blasseste Ahnung, ob sie hier lebend rauskommen würden.

Genau wie der Barkeeper und die meisten Barbesucher, die bei dem ersten Schusswechsel gestorben waren, hatten Seph und ihre Leute weder integrierten Netzzugang noch Back-up. Deshalb ja die Headsets und das alles. Natürlich hatte sie dafür ihre Gründe, und meistens war sie fest überzeugt, dass es *gute* Gründe waren. Ausgezeichnete Gründe. Aber hin und wieder, wenn sie sich mitten im Kugelhagel wiederfand, umzingelt von Leuten, die sie ins Jenseits befördern wollten, fragte sich die Kommandantin der wunderbaren *Je Ne Regrette Rien*, ob sie die ganze Angelegenheit mit dem Offline-Leben nicht eindeutig zu weit trieb.

Sie warf einen Blick über den Tresen und tauchte sogleich wieder ab, als direkt über ihr ein Plasmastrahl durch die Luft zischte und ihr die schmutzigblonden Dreadlocks versengte. Dem heißen Blitz aus ionisierter, bläulich-weißer Energie folgte ein Schauer aus hülsenlosen kinetischen Geschossen. Dutzendweise schlugen sie hinter ihr ein und zerlegten wie ein Dreschflegel die ohnehin schon ramponierten Regale zu Kleinholz. Sie rollte sich ab, mitten über Glasscherben und brennende Alkoholpfützen. Ariane – schöne, furchtlose Ariane –

brüllte die Männer an, die sie fast getötet hätten, und verschoss blendend weiße Lichtbögen aus Cotos Hauptwaffe. Das riesige Teil war so schwer, dass Ariane sie nur wenige Zentimeter über den zerborstenen und versengten Marmortresen gewuchtet bekam, aber die langen, tödlichen Quantum-Flux-Strahlen peitschten völlig unberechenbar durch die ganze Bar jenseits des Tresens. Wischten funkensprühend, aber harmlos über die gegenüberliegende Wand und schnitten im nächsten Augenblick einen Gangster entzwei, der sich erhob, als sie vorbeigezischt waren, und nicht damit gerechnet hatte, dass sie zurückschnellen würden wie ein Gartenschlauch an einem Hochdruckwasserhahn. Kurz kreischte der Mann auf, dann war er still, und seine Leiche fiel säuberlich zerteilt und kauterisiert zu Boden wie zwei rauchende japanische Rinderhälften.

In einer Ecke des Raums, die Ariane bereits mit den Lichtbögen eingedeckt hatte, eröffnete erneut jemand das Feuer. »Runter!«, brüllte Sephina Ariane zu. Sie entdeckte mehrere Schützen, die einen großen steinernen Tisch, fast eher einen Altar, umgekippt hatten und sich in seinem Schutz zusammendrängten. Der Tisch war so groß und wuchtig, dass sofort klar war: Da musste jemand schwer modifiziert sein, um ihn überhaupt nur bewegen zu können. Falls und wenn ihr und Ari die Munition ausging, waren sie so was von tot. Coto konnte sich im Nahkampf durchaus gegen drei oder vier Yaks behaupten, aber sie und Ariane würden nicht lange genug leben, um sich das anzusehen.

»Komm schon, JC«, schrie sie und zuckte zusammen, als ein Leuchtspurgeschoss funkensprühend vom Energiespeicher der Arclight abprallte. Ariane ging hastig wieder in Deckung. Kugeln flogen durch die Luft, wo sie eben noch gewesen war. Und Sephina warf ihre letzte

Granate in die Ecke, in der die Schützen hockten und Ariane aufs Korn nahmen. Sie landete direkt vor dem umgestürzten Altar und explodierte mit gewaltigem Getöse, aber bis auf eine kurze Feuerpause schien es keine nennenswerte Wirkung auf ihre Gegner zu haben.

»Ich hab's«, sagte Coto zu ihrer Verblüffung, als sie gerade wieder in Deckung ging. Er zeigte ihr einen kleinen Bio-Chip, der klebrig und besudelt von Blut und grauem Gewebe auf der Spitze seines kleinen Fingers lag. Satomis Sicherungschip.

»Der Code! Extrahier den Zugangscode!«, brüllte sie ihm zu.

Ariane war inzwischen dazu übergegangen, einzelne Schüsse aus ihrer Skorpyon abzugeben.

»Hab ich schon«, sagte Coto. »Ist hier drin.«

Kurz hielt er ein Tablet hoch. In seiner Pranke sah es winzig aus.

»O mein Gott. Coto! Hochladen! Ins Deuce! Jetzt! Zum Teufel noch mal!«

»Das ist eine gute Idee«, sagte er und nickte würdevoll, »aber unseren Zugang zum Deuce haben die Datenspezialisten von Satomi San blockiert.«

»Improvisieren!«, brüllten beide Frauen gleichzeitig.

»Ah«, grollte er, als die wunderschöne Logik dieses Vorschlags in seinem Verstand aufblühte wie eine Blume am frühen Morgen. »Anpassen«, sagte er und streckte einen Finger. »Improvisieren.« Der zweite Finger folgte, dann der dritte: »Und siegen.«

Streng genommen hatte er vier Finger ausgestreckt, wenn man den kleinen Finger der anderen Hand mitzählte, auf dem noch immer der Bio-Chip lag. Er sah aus wie ein vierhundert Kilo schweres Kind, das sich fragte, wie denn bloß die ganze geschmolzene Schokolade an seine Hände gekommen war.

Dann kroch er unter den Tresen und fing an, Kabel und Drähte herauszureißen.

»Keine Munition mehr«, zischte Ariane und kroch zu Coto hinüber, um seine Taschen zu durchwühlen, während er unter der Bar herumräumte.

Sephina rammte ihr letztes Magazin in die Waffe und verschoss aufs Geratewohl ein paar Kugeln in der Hoffnung, den ganz sicher drohenden Sturmangriff ihrer Gegner noch ein wenig hinauszuzögern. Ariane fand in den Falten von Cotos Mantel eine abgesägte Dragon-Kanone, und zu dem asthmatischen Bellen von Sephinas Dreiersalven gesellten sich laute Donnerschläge.

Coto widmete sich seiner Aufgabe mit der Gemütsruhe eines Klempners, der nichts weiter zu tun hat, als ein Haarknäuel aus einem Rohr zu entfernen. Sein Mantel war zur Seite gerutscht, und die Klempneranalogie, dachte Sephina, war wirklich ausnehmend passend: Über dem Bund der Cargohose gähnte sie die tiefe Spalte seines gewaltigen, verschwitzten haarigen Hinterns an. Seine Gorilla-DNA ließ sich eindeutig nicht leugnen.

»Ich hab improvisiert, Kommandantin«, ließ sich Coto unter dem Tresen vernehmen. »Wir haben eine verschlüsselte Verbindung zu Deuce2, sie läuft über die Wurmlochfelder des Habs.«

»Großartig, JC!«, schrie Sephina.

»Wahnsinn«, brüllte Ariane über das Dröhnen eines Dragon-Schusses hinweg.

Vielleicht kamen sie hier doch noch lebend raus, dachte Seph. Genau in dem Augenblick, als die Scheiße so richtig zu dampfen anfing.

4

Prinzessin Alessia Szu Suri sur Montanblanc ul Haq war stinksauer. Ihre Gouvernante hatte sie aufgespürt, und jetzt musste sie den Garten verlassen, in dem sie mit Caro und Debin gespielt hatte, und ins Musikzimmer zurückkehren. Zum Flötenunterricht. Tonleitern üben.

Dutzende und Aberdutzende Tonleitern.

Die sie schon hundertfach und aberhundertfach gespielt hatte.

Konnte ein Mensch seine Zeit überhaupt sinnloser verbringen?

»Nur noch fünf Minuten«, bettelte sie Lady Melora an. »Ach, bitte! Nur fünf Minuten!«

Den flehenden Unterton in ihrer Stimme konnte sie selbst nicht leiden, aber was sollte man denn anderes von ihr erwarten?

Dutzende und Aberdutzende Tonleitern. Das erwarteten sie.

Hunderte und Aberhunderte Male hintereinander.

»Schschhh«, machte Lady Melora und scheuchte Caro und Debin fort wie gewöhnliche Straßenkinder. »Weg mit euch, ihr schmutzigen kleinen Blagen.«

Debin, der mit seinen zehn Jahren zwei Jahre jünger war als Alessia, starrte in der Tat nur so vor Schmutz. Er hatte sich im kühlen Schatten unter den Kugelgoldbüschen versteckt. Es war einer seiner Lieblingsplätze. Sie wussten schon die ganze Zeit, wo er steckte, hatten aber woanders gesucht, um ihm die Freude zu lassen, sie ausgetrickst zu haben. Jedenfalls so lange, bis Caro die immer schrilleren Rufe der gestrengen Lady Melora vernommen hatte und die Mädchen hastig zu Debin unter die dicken grünen Blätter und hellorangen Blüten gekrochen waren. Aber sie konnten sich vor Lady Melora ebenso wenig verstecken wie Debin vor ihnen.

»Rück mal. Und leise«, zischte Alessia, während sie alle übereinanderpurzelten.

»Rück doch selbst. Das hier ist mein Versteck«, protestierte Debin.

Vielleicht wären wenigstens die beiden anderen der Entdeckung entgangen, wenn sie nicht so schrecklich hätten kichern müssen, als sich Alessias Gouvernante, flankiert von zwei Palastwachen in all ihrer Pracht, vor den Kugelgoldbüschen aufbaute, die Hände in die Hüften gestemmt, und verlangte, dass Alessia augenblicklich herauskam. Als sich Alessia weigerte, hatte Sergeant Reynolds der jüngeren Wache befohlen – Alessia kannte seinen Namen nicht –, in den Busch zu kriechen und die Kinder herauszuholen. Jetzt stand er da, über und über voller Kratzer und Erde, und wirkte sogar noch unbeeindruckter von ihrem Flehen als Lady Melora.

»Scheucht sie weg«, fauchte sie die Wachen an, und Reynolds pellte einen langen Lederhandschuh von seinem Arm, wohl um damit nach den Gärtnerskindern zu schlagen. Sie quietschten laut auf, halb vor Angst, halb vor Entzücken. Der alte Sergeant, der immer freundlich zu Alessia war, ließ sich Zeit mit seinem Handschuh.

»Du bist dran«, rief Caro und versetzte Alessia im Fortlaufen einen Klaps auf den Rücken. Die Gouvernante sah drein, als würde sie jeden Augenblick einen Hirnschlag erleiden, und Alessia bekam schon wieder einen Kicheranfall.

Die Wachen verfolgten die flüchtigen Kinder nicht. Sergeant Reynolds sah aus, als wäre er so alt wie die Sterne. Er rannte gar nicht gern. Und außerdem hatte Lady Melora ja nur verlangt, dass sie die Kinder verscheuchten, nicht, dass sie sie schlugen.

Manchmal kam es Alessia vor, als würde Lady Melora am liebsten alles, was Alessia glücklich machte, aus ihrem Leben vertreiben. Für die Gouvernante zählte nichts weiter außer Pflicht und Ehre und das zu tun, was sich schickte, ganz gleich, wie Alessia dabei zumute war.

Mal ehrlich, dachte sie, während sie ihren Freunden, ihren einzigen echten Freunden, hinterhersah, während die beiden lachend über den Hügel davonliefen – wozu war es denn gut, eine Prinzessin zu sein, wenn man nicht tun konnte, was man wollte? Caro und Debin hatten mehr Spaß als sie. Sie lebten gemeinsam mit ihrem Großvater in den Gärtnerquartieren, rannten nach Belieben durch die Gärten von Skygarth, spielten in den Ställen, schwammen in den zahlreichen Seen und Flüssen, wann immer sie Lust darauf hatten. Es dauerte fast einen ganzen Tag, die Mauern des Grundstücks abzuschreiten. Es war ein gewaltiges Anwesen. Für Alessia die ganze Welt. Caro und Debin fehlte es nicht an Ecken und Winkeln, in die sie sich flüchten konnten. Keine Flötenstunden für die beiden. Kein Rhetorikunterricht. Keine Lehrer für Diplomatie, Geschichte, Mathematik oder sonst irgendwas. Erst kürzlich hatte Lady Melora Alessia mitgeteilt, dass sie jetzt auch Fechtstunden nehmen würde, was im ersten Augenblick nach einem großen Vergnügen geklungen hatte. Denn mal im Ernst – Schwertkampf? Das musste man doch einfach lieben?

Musste man nicht, wie sich herausstellte. Und wer anderer Meinung war, sollte liebend gern mal eine Stunde am Tag unter Lord Guillaumes Aufsicht herumstehen.

Ja, richtig gehört.

Herumstehen! Mit einem blöden Stock in der Hand. Und sich gelegentlich bewegen, um dann wieder blöd herumzustehen und dabei diesen dummen Stock zu halten. Und manchmal ein bisschen herumtaumeln, wenn einem Lord Guillaume eins überzog, weil man nicht genau so stand oder sich bewegte oder den Stock hielt, wie er es von einem verlangte.

Schwertkampf, so hatte sich herausgestellt, war ebenso langweilig wie Flötenstunden.

»Was hast du zu deiner Entschuldigung zu sagen, junge Dame?«, fragte die Gouvernante. Ihre Stimme klang wie ein Dolch, der über Kristallglas kratzt. Alessia beschattete mit einer Hand die Augen, obwohl die Sonne sie überhaupt nicht blendete. Sie wollte sich einfach nur verstecken. Die Kugelgoldbüsche säumten einen Koi-Teich – etwa zehn, fünfzehn Gehminuten vom Hauptanwesen entfernt – einer riesigen, weitläufigen weißen Villa, die unter irrwitzigen Kosten Stein für Stein von der Erde hierhertransportiert worden war, weil... Warum denn nicht? So etwas konnte man tun, wenn man ein Montanblanc war. Nur mit seinen Freunden konnte man nicht spielen, ebenso wenig wie auf Bäume klettern, im See schwimmen...

»Nun? Junge Dame?«

»Es tut mir leid, Madame Gouvernante«, murmelte Alessia.

»Es klingt ganz und gar nicht so, als täte es dir leid.«

Weil es mir ja auch nicht wirklich leidtut, du alte Hexe. Na schön, es tut mir leid, dass du uns gefunden hast. Aber weißt du...

»Deine Mutter und dein Vater kommen am Wochenende her, und bilde dir ja nicht ein, dass sie nichts von deinem Betragen und deiner Widerborstigkeit erfahren.

Wenn die Zukunft des Hauses Montanblanc in deinen Händen liegt, dann, möge der Himmel es verhüten, werden uns alle die Sturm holen.«

Oh, verschon mich damit, dachte Alessia. Die Zukunft des Hauses Montblanc lag nicht in ihren Händen. Sie war nur Zuchtvieh. Man würde sie an den Höchstbietenden verschachern, und momentan sah es leider ganz so aus, als wäre das der Zweite Prinz Vincent Pac Yulin, den Alessia bisher erst einmal getroffen hatte. Das allerdings reichte ihr völlig. Er hatte sie kein bisschen beeindruckt, stattdessen hatte er ihr mitgeteilt, sie sei fett, und den Großteil ihres eigens arrangierten Kennenlernens damit verbracht, ein von seinem Neuralnetz simuliertes Spiel zu spielen.

Haus Yulin hielt im Gegensatz zu Haus Montanblanc nichts davon, mit Implantaten zu warten, bis der Nachwuchs älter war.

»Und dir implantier ich auch so schnell wie möglich, was nötig ist, du hässliche Sau«, hatte Pac ihr zugeflüstert, als er sicher war, niemand sonst würde es hören. »Und dann kann ich wieder zu meinem Harem zurück.«

Aber wenn sich Alessia eingebildet hatte, dass die Beleidigung ihrer Familie durch diesen erbärmlichen kleinen Schnösel zur Auflösung des Abkommens mit dem Yulin-Irrawaddy-Kombinat führen würde, wurde sie rasch eines Besseren belehrt.

»In dem Alter sind alle Jungs fürchterlich«, erklärte ihre Mutter, als sich nach dem scheußlichen Kennenlernen eine der seltenen Gelegenheiten ergab, da sie miteinander allein waren. »Und du bist nicht fett, Liebling. Du hast nur ein paar Energiereserven für den Wachstumsschub, der im Lauf der nächsten sechzehn Monate kommen wird. Bis zur Hochzeit wirst du das ganze Fettgewebe längst verbrannt haben. Mach dir keine Sorgen. Du

wirst absolut hinreißend aussehen, und Prinz Vincent wird seine Hände nicht von dir lassen können.«
»O Gott, Mutter, das hilft mir wirklich gar nicht.« Lady Meloras schneidende Stimme riss Alessia zurück in die Gegenwart.
»Deine Mutter wird dir ganz sicher nicht helfen, junge Dame. Jetzt hör auf, vor dich hinzunuscheln, und geh dich waschen. In spätestens zwanzig Minuten bist du im Musikzimmer, wenn du weißt, was gut für dich ist.«
Alessia verlor sich wieder in Gedanken, hob in ihrer Fantasie von den Gartenanlagen rings um den Koi-Teich ab, während Lady Melora einen nicht geringen Teil besagter zwanzig Minuten darauf verwendete, ihr einen weiteren Vortrag über die entsetzlichen Folgen falscher Entscheidungen zu halten. Die Palastwachen hatten sich hinter Lady Melora gestellt, einer links, einer rechts. Sie blickten auf irgendeinen entfernten Punkt der sonnendurchfluteten, wunderschön gepflegten Gärten. Wenige Minuten hügelabwärts standen einige Bäume von Alt-Erde, und sie fragte sich, ob sich Sergeant Reynolds wohl vorstellte, wie er sich dahinter versteckte. Sie hatte belauscht, wie er und die anderen Wachen sich über Lady Melora unterhielten. Sie schienen Alessias Abneigung gegen sie zu teilen.
»Es ist jetzt fast drei Uhr«, sagte die Gouvernante, und ihr Blick wurde glasig, so wie es bei Erwachsenen immer war, wenn sie auf ihr Neuralnetz zugriffen. »Du hast gerade noch so eben genug Zeit für deine Flötenübungen, ehe Doktor Bordigoni von der Universität für den Französisch- und Italienischunterricht eintrifft. Vor dem Essen werde ich mir dann deine Hausaufgaben ansehen, und ich erwarte, dass sie vollständig und mit ausreichender Sorgfalt erledigt sind. Und heute Abend wirst du lernen, statt diese alten Bücher zu lesen, die du unter dem

Bett versteckst. Und ja, ich werde mir die Ergebnisse ansehen, denn du wirst Notizen machen. Ja, richtig, Notizen. Geschriebene Notizen. Von Hand. Von deiner Hand. Nicht von einem der Bediensteten, so wie letzte Woche.«

Ihr Nachmittag, eben noch ein fröhlicher Wirbel aus Spiel und Fantasie und Spaß mit Caro und Debin, verwandelte sich in einen dunklen, hässlichen, engen Tunnel, der sich erstickend um sie zusammenzog. Und es war ja nicht nur der Nachmittag. Es war ihr ganzes Leben.

»Warum?«, protestierte sie deutlich lauter, als sie eigentlich vorgehabt hatte.

Lady Melora fuhr richtig zusammen, was sich gut anfühlte, obwohl sich Alessia schon jetzt vor dem Preis fürchtete, den sie dafür würde zahlen müssen. »Wie bitte?«

»Warum?«, wiederholte Alessia. Aus dem Augenwinkel glaubte sie zu sehen, wie Sergeant Reynolds den Kopf schüttelte. Sie warnte. Aber jetzt hatte sie schon einen Zeh ins Wasser gesteckt, da konnte sie ebenso gut ganz hineinspringen. »Warum muss ich das alles machen? Warum kann ich nicht einmal das tun, was ich selbst will? Ich bin die Einzige, die dieses ganze Zeug lernen muss. Prinz Vincent muss das nicht. Das hat er mir gesagt. Er hat gesagt, es ist dämlich, das alles auf die altmodische Art zu lernen. Er spricht ungefähr hundert Sprachen, dabei hatte er nie eine einzige Stunde Unterricht. Keine einzige! Er lädt sie einfach übers Neuralnetz, wenn er sie braucht. So wie jeder andere auch.«

Alessia ließ die Hand sinken, beschattete ihre Augen nicht mehr, versteckte sich nicht länger. Zu ihrer eigenen Überraschung war sie richtig wütend. Und sie hatte es satt. Sie hatte diesen ganzen blöden Scheiß so satt. Eine Prinzessin zu sein. Eine Montanblanc zu sein. Irgendetwas anderes zu sein als einfach nur ein Mädchen, so wie Caro, die tun und lassen konnte, was sie wollte.

»Hast du mir etwa gerade nicht zugehört?«, fragte Lady Melora. Ihre Stimme war noch schärfer als sonst. Es lag keine Spur von Mitgefühl darin. Alessias Antwort schien sie überhaupt nicht zu interessieren, denn sie redete sofort weiter: »Du bist eine sehr privilegierte und ausgesprochen verwöhnte junge Dame. Du hast ja nicht die geringste Ahnung, wie privilegiert du bist. Oder wie verwöhnt.«

Nicht weit entfernt summten Gartendrohnen: Caros und Debins Großvater mähte das Gras am Rand der gewundenen Wege, die sich im Formschnittgarten zwischen lauter Heckentieren entlangwanden. Caro hatte erzählt, dass er das heute Nachmittag tun würde, und sie hatten vorgehabt, nach dem Versteckspielen ebenfalls hinüberzugehen. Der Garten lag in der Biegung eines kleinen, schattigen Flusses, der zum großen See führte, und dort gab es so viele dieser Heckentiere, dass sie ein richtiges Labyrinth bildeten. Es war einer von Alessias Lieblingsplätzen hier in der ummauerten Welt des Anwesens, weil man sich dort völlig verlieren und so tun konnte, als wäre man überhaupt nicht mehr in Skygarth. Ebenso gut hätte man in Narnia oder Mittelerde oder Montival sein können. Irgendwo, bloß nicht hier.

»Ich bin nicht verwöhnt«, murmelte sie finster in sich hinein, aber Lady Melora schien das als persönliche Kränkung aufzufassen.

»Was hast du gerade gesagt?«

»Ich bin nicht verwöhnt«, sagte sie, diesmal laut. »Oder privilegiert. Ich kann *überhaupt* nichts von dem tun, worauf ich Lust habe.«

Meloras Miene bewölkte sich. Alessia vermutete, dass sie gleich einen Wutanfall bekommen würde. Sie konnte ganz schön jähzornig sein, das wusste hier jeder. Aber als Lady Melora das Wort ergriff, klang ihre Stimme kalt. Als würde sie jedes Wort aus einem Eisberg schneiden, den sie tief in sich verbarg. »Du triffst keine Entscheidungen«, sagte Melora. »Für dich wurden alle Entscheidungen bereits vor deiner Geburt getroffen. Das ist dein *Privileg*.«

Alessia blickte rasch zu den Wachen hinüber, um zu sehen, ob sie ebenso verwirrt waren wie sie, aber die Gesichter der Männer waren so ausdruckslos und maskenhaft wie meistens. »Das ergibt doch überhaupt keinen Sinn!«, protestierte sie. »Gerade eben haben Sie mir noch gesagt, dass ich falsche Entscheidungen treffe, und jetzt sagen Sie, dass all meine Entscheidungen bereits für mich getroffen worden sind. Was soll das überhaupt heißen? Sie sind einfach nur dumm, und Sie sind genauso ungern hier wie ich, *aber Sie könnten gehen, und deshalb sind Sie dumm. Weil Sie es nicht machen.*«

Die letzten Worte hatte sie fast geschrien.

Sie würde bestraft werden. Das wusste sie. Vielleicht würde sie sogar hier und jetzt eine Tracht Prügel beziehen. Aber es war ihr egal. Sie hasste Melora. Sie hasste Skygarth. Sie verabscheute es, eine Prinzessin zu sein, und sie hasste, hasste, hasste ihre Tonleitern. Alessia wappnete sich innerlich, aber auf das, was dann geschah, war sie nicht vorbereitet.

Lady Meloras zu einem dünnen weißen Strich zusammengepresste Lippen bewegten sich. Aber nicht, um zu sprechen. Sie bebten. Ihre Augen, starr und ausdruckslos, wurden feucht, und ihr Gesicht wechselte die Farbe – von zornigem Rot zu fast farbloser Blässe, dann wurde es wieder rot. Rasch wandte sie sich ab. »Sergeant«, sagte sie mit heiserer Stimme, »sorgen Sie dafür, dass sie zu ihrem verdammten Unterricht geht.« Und damit marschierte Alessias Gouvernante davon, den langen, gewundenen Weg zum Haupthaus entlang.

Im ersten Moment regten sich die Wachen nicht; dann riskierte Sergeant Reynolds einen Blick über die Schulter und sah der davonstampfenden Lady Melora nach. Jetzt hörte Alessia sie weinen. Noch nie zuvor hatte sie Lady Melora oder einen der anderen Erwachsenen weinen sehen. Der zweite Wachmann, der ins Gebüsch gekrochen war, Debin am Fußgelenk gepackt und herausgezerrt hatte, sah besorgt aus. Er war neu, und Alessia kannte seinen Namen noch nicht, aber Sergeant Reynolds war schon hier, seit... tja. Schon immer.

Er runzelte die Stirn. »Sie sollten jetzt wohl besser ins Haus gehen und sich waschen, Mistress«, sagte er, den Blick noch immer auf die entschwindende Melora gerichtet. »Na los, schnell. Ein kurzes Bad. Saubere Kleidung. Und spielen Sie ein bisschen Flöte. Ich glaube nicht, dass es eine Rolle spielt, ob Sie all Ihre Tonleitern üben oder nicht. Spielen Sie einfach etwas, das Sie gern mögen. Vielleicht dieses Lied, das so klingt wie umherhüpfende Kaninchen. Das mag ich.«

»Die Arie des Tamino. Die mag ich auch«, gab Alessia zu. »Aber es geht nicht um Kaninchen. Es ist einfach nur eine weitere blöde Geschichte mit Prinzessinnen und solchem Zeug.«

»Na, ich jedenfalls mag es. Und ich glaube«, Reynolds machte eine kurze Pause und zog die Brauen zusammen, »ich glaube, dass Sie sich wohl bei Lady Melora entschuldigen sollten.«

Fast wäre Alessia wieder hochgefahren, aber ein Blick in Sergeant Reynolds' Gesicht löschte den aufflammenden Ärger. Er war nicht wütend auf sie, so wie Melora. Er war enttäuscht. »Tut mir leid«, sagte sie leise, dann seufzte sie. Holte tief Luft und wandte sich an den anderen Wachmann. »Und es tut mir leid, dass Sie unseretwegen ins Gebüsch kriechen mussten. Sie haben sich dabei ganz schmutzig gemacht, und das ist unsere Schuld.«

Der Wachmann sah drein, als hätte sie ihn mit einem Stock gepiekt oder ihm einen Frosch in den Ausschnitt gestopft, so wie Debin es bei ihr mal gemacht hatte.

»Ich ... äh ...«, versuchte er zu antworten, schien aber sogleich den Faden zu verlieren.

»Nun mach dir mal nicht gleich ins Hemd«, sagte Reynolds. »Sie ist nur ein kleines Mädchen.«

Wäre das doch nur wahr, dachte Alessia.

5

DER MANN IN ZELLE M23 – und er war ein Mann, ganz egal, was irgendwer sagte – spritzte sich Wasser ins Gesicht. Es war kalt, fast ein Schock. Er spürte es. Die Kälte. Die verfluchte *Nässe* des Wassers, in einer Eindringlichkeit, wie man sie normalerweise nicht empfindet, wenn man gedankenlos durch den Tag schlendert und nicht weiter über seine Existenz nachdenkt. Das Wasser, das in das Waschbecken in seiner Zelle sprudelte, war *da*. Und es würde immer noch *da* sein, hier in der wirklichen, berührbaren Welt, wenn der Mann, den man einmal Korporal Booker3-212162-930-Infanterie genannt hatte, nicht mehr da oder auch dort oder irgendwo sonst sein würde. Und das würde schon sehr bald der Fall sein. Denn Booker war ein Verurteilter.

Nicht nur zum Tode verurteilt. Zu etwas Schlimmerem. Zur Löschung.

Er schüttelte die letzten Wassertropfen von den Händen und staunte darüber, wie die Tröpfchen von seinen Fingerspitzen fortflogen. Staunte darüber, dass er es bemerkte. Darüber, dass er *spürte*, wie das Wasser weggeschleudert wurde. Er versuchte, sich bewusst zu machen, dass er schon sehr bald nicht mehr in der Lage sein würde, es zu spüren. Es würde kein *Er* mehr geben, das fühlen oder denken oder sich erinnern konnte.

Man würde ihn auslöschen.

Er drehte den Wasserhahn zu. Aber obwohl er ihn sehr fest zudrehte, tropfte es noch. Es tropfte die ganze Zeit, schon seit sie ihn vor drei Tagen in diese Zelle gesperrt hatten. Booker wischte sich die Hände an seinem leuchtend orangen Overall ab. In der Zelle gab es kein Handtuch. Nicht mal ein ganz kleines, denn das hätte er ja in Streifen reißen und sich daran aufhängen können. Das würde sie der Genugtuung berauben, ihn auszulöschen. Der Overall war aus Papier. Eigentlich sollte man in der Todeszelle einen frischen bekommen, aber dieser hier fühlte sich an, als hätte ihn vor ihm schon jemand anders getragen. Schon bevor er ihn übergestreift hatte, war ihm der Geruch nach altem Schweiß, ein bisschen Pisse und Angst in die Nase gestiegen.

Die Angst roch Booker noch immer. Die Fähigkeit war in seinen Gencode programmiert, weil es auf manchen Missionen nützlich sein konnte. *Diesen* Code hatten sie nicht abgeschaltet. Vermutlich mit Absicht. Er sollte seine eigene Angst riechen. Das würde zu ihnen passen.

»Hey, Book, Mann, da kommt der Priestertyp!«

Er drehte sich nicht um.

Diese Stimme. Guttural. Spöttisch. Sie gehörte Keller aus der gegenüberliegenden Zelle. Keller hatte einen Flottenoffizier ermordet, aber seine Exekution war verschoben worden, weil sich mehrere Parteien eine lächerliche Juristenschlacht über der Frage lieferten, wer ihn exekutieren durfte. Die Flotte wollte ihn exekutieren. Die Marine wollte ihn exekutieren. Die verfluchten Zivilisten unten auf der Erde wollten ihn exekutieren. Und dieses Fetzenzerren dauerte nun, zu Kellers großer Belustigung, schon Monate an. Aber irgendwann würden sie ihn töten. Nicht auslöschen. Keller würden sie ordnungsgemäß exekutieren, mit einem Mindestmaß an Würde und Hoffnung für seine unsterbliche Seele.

»Hey, Book. Da kommt er, Bruder. Du stirbst nich, Book. Du wirst ausgelöscht, Bruder. Als wärste niemals da gewesen.« Keller lachte. Brüllte fast vor Lachen. Ein raues Lachen, aber anscheinend kam es von Herzen.

Booker ging zu seiner Pritsche. Setzte sich. Stand auf. Ging wieder ein paar Schritte in seiner kleinen Zelle auf und ab. Seine Hände zitterten. Eigentlich hatte er gedacht, über das Stadium sei er hinaus.

Zelle M23 war größer als die, die er sich drüben im Genetischen Säuberungstrakt mit Injara geteilt hatte. Er hatte es ausgemessen. Und er musste sich den Block mit niemandem teilen, mit Ausnahme Kellers. Das war zwar scheiße, aber immerhin saßen sie nicht in derselben Zelle. Er musste das Arschloch nur hören. Sie waren die einzigen Insassen im Todes- und Auslöschungstrakt. Die anderen vier Zellen waren leer.

Manchmal dachte Booker an die ganzen Leute, die vor ihnen in diesen Zellen gewesen waren. Jetzt waren sie alle fort. So, wie auch er bald fort sein würde.

»Mein Sohn.«

Booker wandte sich zu der Stimme um. Keller rief: »Hey, Vater! Wie geht's mit meinem letzten Wunsch voran? Haben Sie dem guten alten Keller die Pussy besorgt, um die ich gebeten hab? Todeskandidaten dürfen sich ihre Henkersmahlzeit aussuchen, und mir ist nach einer leckeren *Puuussy*.«

Lärmend traf ein Schlagstock auf Stahlgitter. »Halt's Maul, Arschloch.«

Keller hielt das Maul.

Korporal Orr machte heute den Geleitschutz für Vater Michael. Mit dem legte man sich besser nicht an. Er hatte alle nur denkbaren Nahkampf-Codes in seinen Hirnspeicher geladen. Nicht nur aus beruflichen Gründen. Er war ein Sammler. Reiste bei jeder sich bietenden Gelegenheit quer durchs All und suchte nach neuen exotischen Codes. Es ging das Gerücht, dass er aus eigener Tasche ein Lacuna-Upgrade bezahlt hatte, damit er seine ganzen Extracodes für die instinktive Anwendung auf Abruf hatte. Alle Codes auf einmal. Er musste sie also nicht einmal laden. Es war einfach alles die ganze Zeit da. Lauerte auf die richtige Gelegenheit.

Er stand hinter Vater Michael, hatte Haltung angenommen wie auf dem Exerzierplatz, ohne Keller anzusehen. Der Mann war ihm nicht mal die Mühe wert, den Kopf zu drehen. »Zurücktreten«, sagte er.

Booker tat wie geheißen. Er machte Orr niemals Ärger. Er machte überhaupt niemandem Ärger. Außer sich selbst.

»Alles in Ordnung, Vater?«, fragte Orr den Priester.

Vater Michael sah aus wie in seinen späten Fünfzigern. Vermutlich entsprach sein biotisches Alter seinem tatsächlichen. Die meisten Kirchen auf Alt-Erde gestatteten ihren Vertretern keine Wiederauferstehung. Kein Wunder, dass sie so eifrig außerhalb rekrutieren mussten, in den ärmeren Habs.

Ihre Priester waren meist auch nicht gerade die Hellsten.

»Ich komme zurecht, Sam, danke«, sagte dieses Exemplar hier gerade. »Booker hat mich niemals attackiert, nicht einmal mit groben Worten. Ich bezweifle, dass er jetzt damit anfangen wird.«

Vater Michael legte den Kopf schief, lächelte und sah den Verurteilten fragend an.

»Ihnen passiert nichts, Vater«, sagte Booker. Er hatte um diesen Besuch nicht gebeten, aber es gehörte zum Standardprozedere. Von jetzt an bis zum Ende war alles Standardprozedere. In Ewigkeit, amen. Er blickte Korporal Orr an. »Ich will keinen Ärger, Korporal. Und selbst wenn ich doch welchen wollte – man hat mir, wie Sie sicher wissen, eine Sicherung in die Amygdala implantiert. Wenn ich wütend werde, schlafe ich augenblicklich ein.«

Orr wusste das natürlich. Er wusste alles über seinen Verantwortungsbereich, aber er war nicht der Typ, der auch nur das kleinste Risiko einging. Doch jetzt schien er zufrieden zu sein. Zumindest mit Booker. »Du hältst das verdammte Maul und machst es nicht wieder auf«, sagte er über die Schulter zu Keller. Es klang fast gelangweilt.

Keller antwortete nicht. Er saß auf seiner Pritsche und nickte nur mürrisch. Mit Korporal Orr legte man sich besser nicht an.

Der Priester zog die Zellentür hinter sich zu, es gab einen lauten metallischen Klang. Die Magnetschlösser aktivierten sich. Orr bedachte Booker mit einem Blick, der ihm für den Fall, dass er etwas Dummes tat, einen sehr elenden und entsetzlichen Rest seines nur noch kurzen Lebens verhieß.

»In einer Stunde bin ich wieder zurück«, sagte er. »Dann ist auch der Captain dabei, Booker, und wir gehen rüber. Bereiten Sie sich besser schon mal darauf vor.«

Booker nickte. »Ja, Korporal«, sagte er leise.

Vater Michael machte es kein bisschen nervös, mit einem Terroristen allein gelassen zu werden. Einem Verräter. Aber es war ja auch nicht sein erster Besuch. Und Booker hatte diese Sperre in seinem limbischen System.

»Darf ich mich setzen?«, fragte der Priester und deutete auf die Pritsche. »Ich bin heute Morgen mit einem Wadenkrampf aufgewacht. Sehr schmerzhaft.«

Booker zuckte mit den Schultern. »Machen Sie es sich bequem, Vater.«

Er selbst blieb stehen. Es wäre eine Verschwendung, wenn er seine letzten Stunden damit verbrachte, sich den Arsch auf einer Gefängnispritsche platt zu drücken, oder etwa nicht?

»Mir wurde gesagt, Sie essen nichts, mein Sohn. Ihnen steht eine letzte Mahlzeit zu.«

Booker schüttelte den Kopf. »Wäre nicht fair dem nächsten Burschen gegenüber, den sie in diesen Körper stecken, der wacht dann auf und hat die Mahlzeit eines anderen im Bauch. Unangenehm, vor allem wenn es schon eine Weile her ist. Hab ich selbst schon erlebt, Vater. Fühlt sich scheußlich an.«

»Das ist sehr rücksichtsvoll von Ihnen, Booker.«

»Sie haben Ihre Grundsätze, Vater. Wir haben unsere.«

Er lächelte ein wenig.

Auf der gegenüberliegenden Seite des Gangs lief Keller wieder in seiner Zelle auf und ab und starrte sie beide finster an, ohne etwas zu sagen. Sein Gesicht wirkte blass und hinterhältig, das grelle Licht in seiner Zelle spiegelte sich in unzähligen metallischen Oberflächen ringsum, löschte sämtliche Schatten aus und betonte seine unreine Haut und die dunklen, tiefen Ringe unter seinen Augen.

Keller sah echt angekotzt aus. Wahrscheinlich hatte er den ganzen Morgen an seinem Pussy-Witz gearbeitet. Aber er schwieg.

War ja möglich, dass Korporal Orr sie beobachtete.

»Sie wissen ja, Booker, der Code sagt nicht, dass Sie nicht um Erlösung bitten können. Haben Sie über mein Angebot nachgedacht? Auch jetzt noch nimmt die Kirche Sie gern auf.«

»Ist schon gut, Vater. Ich habe noch ungefähr eine Stunde, es bleibt also noch reichlich Zeit für eine Konvertierung auf dem Totenbett.«

Vater Michael nickte traurig, als hätte er diese Enttäuschung bereits vorausgesehen. »Dann werde ich für Ihre Seele beten.«

Booker lehnte sich gegen das kalte Schott. Das Vakuum

des leeren Raums war weit fort, das wusste er. Zwischen innerer und äußerer Hülle lagen mindestens fünfzig Meter Technologie. Aber trotzdem kam ihm die stumpfgraue Karbonpanzerung eisig vor. Als würde sie die Wärme aus dem Raum saugen, kaum dass er ihn verlassen hatte. »Verschwenden Sie ihre Bemühungen nicht an mich, Vater«, sagte er. »Meine Seele wird gleich ausgelöscht.«

Der Priester schüttelte den Kopf. Nachdrücklich. »Nein, Booker, das glaube ich nicht, und Sie sollten es auch nicht glauben. Die Seele entsteht mit dem ersten Funken des Lebens selbst. Sie lässt sich nicht übertragen oder aufzeichnen, und in einem neuen Körper steckt nichts weiter als eine bloße Kopie.«

Er klang, als würde er in seine Handfläche gekritzelte Notizen ablesen.

Es hatte eine Zeit gegeben, da hätte die Gegenwart eines Priesters Booker genervt, ja sogar wütend gemacht. Jetzt aber, so kurz vor seiner vollständigen Auslöschung, brachte er nicht die nötige Energie auf, um wütend zu werden. Allerdings zeichnete womöglich auch die Klammer um seine Amygdala für einen Teil dieser zenartigen Ruhe verantwortlich.

»Vater«, sagte er, »ich bin dankbar, dass Sie hier sind. Das ist deutlich angenehmer, als wenn ich meine letzten Augenblicke mit Keller verbringen müsste. Aber ganz ehrlich, Sie verschwenden Ihre Zeit.«

Der andere Zelleninsasse plusterte sich bei dieser beiläufigen Beleidigung auf, aber nur kurz. Gleich darauf saß er wieder auf seiner Pritsche, die Knie bis unters Kinn hochgezogen und mit so tief herabgezogenen Mundwinkeln, dass er wie eine Comicfigur aussah. Der Priester sagte nichts zu Bookers Schmähung. Er arbeitete gerade mit aller Kraft daran, eine Seele zu retten. Er versuchte es bereits seit zwei Wochen. Aber es war nutzlos. Der Grund dafür, dass sie Bookers Quellcode extrahierten und löschten, war ja gerade, dass sie nicht nur seine körperliche Existenz auslöschen wollten, sondern auch seine Seele. Zumindest nahm er das an.

»Booker«, sagte Vater Michael, dann hielt er inne, um seine Gedanken zu ordnen. »Booker, wenn es Ihnen doch ohnehin nichts bedeutet, warum erlauben Sie mir dann nicht einfach, dass ich Sie taufe? Was hätten Sie denn zu verlieren?«

Darüber musste Booker lachen, der Zynismus weckte seinen Galgenhumor. Er hatte Vater Michael für naiver gehalten. Aber andererseits waren vielleicht auch diese Worte nur wieder auswendig aufgesagt. »Was hätten Sie denn davon, Vater? Eine Konvertierung ganz ohne Glauben – das würde doch ohnehin nicht zählen, oder?«

Der Ältere winkte ab. »Glauben Sie denn, dass sich ein Neugeborenes bei der Taufe vollauf bewusst ist, was da gerade geschieht und was es bedeutet? Natürlich nicht. Vor Gott wären Sie ganz wie ein neugeborenes Baby. Eine reine Seele, die er mit seiner immerwährenden Liebe willkommen heißt.«

Seufzend rieb sich Booker die Augen. Er war müde, und unter seinem Handrücken spürte er die Stoppeln an seinen Wangen. Ihm stand nicht der Sinn nach theologischen Diskussionen mit diesem wohlmeinenden Trottel. Ja, seine letzte Stunde verbrachte er lieber mit Vater Michael als in der Gesellschaft Kellers. Aber er hatte keine Lust darauf, seinen eigenen Glauben an den Quellcode verteidigen und rechtfertigen zu müssen.

Immerhin in einem hatte der Priester recht: Viele Coder gehörten zusätzlich irgendwelchen anderen Glaubensgemeinschaften an. Geringeren Glaubensgemeinschaften natürlich. Es konnte nicht jeder so glaubensstark sein wie Booker3-212162-930-Infanterie.

Er atmete tief durch. Beschloss, mit dieser Diskussion keine Zeit mehr zu verschwenden. »Okay, ich sag Ihnen was. Ich bin einverstanden, dass Sie mir Wasser über den Kopf spritzen und Ihren Text dazu aufsagen, wenn Sie schnell machen und danach Ruhe geben und nicht mehr darüber reden. Ich wüsste gern noch so einiges über die Welten dort draußen, ehe ich meinen Abschied nehmen muss.«

Verblüfft lehnte sich der alte Priester auf der Pritsche zurück. Dann stand er rasch auf, offenbar entschlossen, diese unerwartete Gelegenheit beim Schopf zu packen.

Er zog ein langes violettes Band aus der Tasche, mit goldenem Faden bestickt, und legte es sich hastig um den Hals. Klopfte auf seinen Taschen herum, auf einmal abgelenkt, sogar fahrig. »Mein Weihwasser«, sagte er. »Ich glaube, ich habe es draußen vergessen ...«

»Nehmen Sie einfach welches von dort.« Booker deutete mit dem Kinn auf das Waschbecken. Der Wasserhahn tropf-tropf-tropfte noch immer.

»Aber ich ...«, wehklagte der Priester.

Booker stieß sich von der Wand ab, griff nach einem Pappbecher, der auf dem schmalen Regalbrett über dem Waschbecken stand, und reichte ihn dem Priester. »Versuchen Sie es hiermit, Vater. Geben Sie einfach ein bisschen magischen Staub oder Funken oder was weiß ich hinzu.«

»Danke.« Vater Michael füllte den Becher mit Wasser, sprach murmelnd ein Gebet darüber und schlug ein Kreuz.

»Sehr hübsch«, sagte Booker. »Zack, und schon ist es heilig.«

Noch ein paar Worte, ein paar Gesten, das kühle Tröpfeln von Hab-Wasser auf seiner Stirn, und das war's. Er war Christ.

Ein Katholik? Er war ziemlich sicher, dass Vater Michael Katholik war.

Egal. Für ihn alles dasselbe.

»Sie haben die richtige Entscheidung getroffen, Booker. Sie werden es nicht bereuen, das verspreche ich Ihnen. Möchten Sie jetzt Ihre Beichte ablegen?«

»Klar«, antwortete Booker. »Ich hab das alles getan. Was man über mich behauptet? Hab ich alles gemacht.«

»Dann wollen wir jetzt beten«, sagte der plötzlich sichtlich jünger und frischer wirkende Vater Michael. »Damit Ihnen Vergebung zuteilwird.«

»Ich würde lieber einfach nur reden, Vater.«

»Das Gebet ist ein Gespräch mit Gott, Booker.«

»Nun ja, Sie sind Gottes Stellvertreter hier im Hab, stimmt's? Also rede ich ja sozusagen mit Gott, wenn ich mit Ihnen rede.«

Vater Michael betrachtete ihn nachdenklich. Vermutlich versuchte er einzuschätzen, ob Booker doch noch einen Rückzug machte, wenn er aufs Gebet bestand. »Na schön. Sie sind jetzt im Zustand der Gnade, möchte ich meinen.«

»O Mann, das ist so peinlich«, beschwerte sich Keller in seiner Zelle gegenüber. »Booker, ich hätte mehr von dir erwartet. Du hast behauptet, du würdest dich nie und nimmer verkaufen.«

Eine Lukentür flog krachend auf, und Orr kam den Gang entlanggerannt. In der Hand hielt er einen Schlagstock, und Keller fing sofort an zu betteln. »Ich hab's nicht so gemeint, Korporal. Ich hab's nur kurz vergessen, mehr nicht. Ich hab's nur vergessen.«

Aber Orr vergaß nie. Vater Michael zuckte zusammen, und Booker grinste, als der Korporal in die Zelle stürmte und Keller mit einer sorgsam choreografierten Abfolge von Schlägen zu einem kleinen blutigen Häuflein zusammenprügelte. Wenige gewalttätige Sekunden, und es war schon wieder vorüber.

Die Zellentür fiel klirrend hinter ihm zu, und er stand wieder auf dem Gang.

Er war nicht mal außer Atem geraten.

»Vater. Booker«, sagte Orr. »Es tut mir leid, wenn ich Sie gestört habe. Bitte machen Sie einfach weiter.« Er machte sich wieder auf den Rückweg.

Erbleichend betrachtete der Priester die geschwollene Ruine, in die sich Kellers Gesicht verwandelt hatte.

»Hier unten muss man sich eben irgendwie beschäftigen, Vater. Hier, trinken Sie mal einen Schluck.«

Er reichte dem Priester das übrig gebliebene heilige Wasser. Vater Michael stürzte es hastig hinunter, ohne nachzudenken. Ein paar Tropfen rannen ihm übers Kinn und fielen auf den gummiartigen, rutschsicheren Zellenboden.

»So. Was gibt es denn Neues über die Rebellion, Vater? Sie können es mir ja jetzt ruhig sagen. Schon sehr bald bin ich nicht mehr da.«

Der Mann brauchte einen Augenblick, um sich zu sammeln. »Ähm«, machte er, und dann hatte er auch schon wieder den Faden verloren.

»Glauben Sie, dass eine Chance besteht – und sei sie noch so gering –, dass die Erde den Code als eigenständigen Glauben anerkennt?«, fragte Booker. »Ich bin jetzt seit drei Jahren hier eingesperrt. Wir erfahren hier gar nichts. Aber hin und wieder kommen mir Gerüchte zu Ohren.«

Vater Keller wandte den Blick von dem laut stöhnenden Keller ab. »Ich ... ich glaube, es hat sich nicht viel geändert, Booker. Es tut mir leid ...« Wieder warf er über die Schulter Keller einen Blick zu.

»Aber es wird noch immer gekämpft?«, zog Booker die Aufmerksamkeit des Priesters wieder auf sich.

»Letzte Woche gab es einen Angriff«, sagte Vater Michael. »Das Netz auf dem Mars ist zusammengebrochen oder so. Ich glaube, die Wurmloch-Kommlinks sind für mehrere Stunden ausgefallen.«

»Klingt nach Win-win für alle«, befand Booker. »Hat keinem wehgetan, abgesehen von den Jaebeol und der Zentralregierung. Das ist gut.«

Vater Michael schielte wieder zu Keller hinüber, der inzwischen still und reglos dalag. »Es ist immer besser, wenn niemand verletzt wird«, sagte er. Seine Stimme bebte.

Booker setzte sich ans andere Ende der Pritsche. Lehnte den Kopf gegen das Schott. »Ihr Typen werdet nicht angeschlossen, oder?«, fragte er.

Der Priester schien nicht zu verstehen, was er meinte, und Booker tippte sich an den Kopf. »Ihr bekommt keine Implantate«, erklärte er. »Keinen Zugriff aufs Netz.«

»Oh. Nein. Priester nicht, nein. Die Bischöfe und Erzbischöfe und so weiter, die schon. Es geht nicht anders. Aber nein. Die meisten von uns haben keine ... können keine ...«

»Sie können es sich nicht leisten«, schlug Booker vor.

»Nein.«

»Haben Sie sich darüber noch nie Gedanken gemacht, Vater? Über diese Ungerechtigkeit?«

Der Priester runzelte die Stirn. »Es ist nicht ungerecht, Booker. Es ist schlicht und einfach die natürliche Ordnung. Ein einfacher Priester braucht keine Modifikationen. Aber ein Kardinal, der Verantwortung für ein Hab oder einen ganzen Planeten trägt? Ohne Implantate könnten sie ihren Verpflichtungen nicht nachkommen. Könnten Gott nicht dienen.«

»Deshalb also bekommen sie auch ein Back-up, ja? Um Gott wie lange zu dienen – drei oder vier Lebensspannen lang? Wenn ich mich recht entsinne, hat der letzte Papst es auf sechs gebracht, richtig, ehe er eingelagert wurde?«

Die Unterhaltung wurde ausreichend ungemütlich, um Vater Michael von Keller abzulenken. Er runzelte die Stirn und schürzte die Lippen. Wälzte diese bedeutsamen Fragen in seinem Kopf hin und her. Booker unterdrückte ein Grinsen.

Dieser Mann war nur ein kleines Rädchen im Getriebe. So wie er selbst.

Nur dass er selbst sich irgendwann gegen die Maschine gewandt hatte, um es ihr so richtig zu besorgen. Und jetzt war er hier und stand kurz vor seiner Auslöschung.

»Ich verstehe nicht, worauf Sie hinauswollen«, sagte der Priester. Und Booker sah seiner Miene an, dass es die Wahrheit war.

»Denken Sie nicht weiter drüber nach, Vater. Tut mir leid, dass ich damit angefangen habe. Ich hab Sie nur ein bisschen auf den Arm genommen. Warum erzählen Sie mir nicht ein bisschen was über Ihre Gemeinde? Sie gehören doch einer Gemeinde an, oder? Man hat Sie doch mit Sicherheit nicht hier oben eingesperrt?«

Das Gesicht des Priesters leuchtete auf. »Ich habe eine Gemeinde, ja. Die Gemeinde des heiligen Simon. Wir sitzen im zweiunddreißigsten Stock des Raízen-Hochhauses im vierten Distrikt der Stadt Amaggi auf Habitat Suzano.«

»Ein Bursche hier aus der Gegend also. Das ist toll.«

»Ja«, sagte Vater Michael und redete sich zusehends warm. »Die Gemeinde des heiligen Simon kümmert sich um die Stockwerke 25 bis 40, und unsere Außeneinsätze decken die Hälfte des vierten Distrikts ab.«

Booker ließ den Priester reden.

Immerhin: Er war ein guter Redner. Gehörte wohl zu seinem Beruf.

Und es vertrieb Booker die Zeit, bis sie kamen, um ihn zu holen.

6

ARCHON-ADMIRAL WENBO STROMS kampfbereites Brüllen dröhnte durch den Trainingsraum seines Schiffs und hallte zwischen den Grafit-Schotts wider. Unter seiner Haut zeichneten sich überdeutlich die Muskeln ab, die dicken blauen Venen an Armen und Brust sahen aus, als würden sich Regenwürmer durch sein Fleisch graben. Die schiefen weißen Zähne hatte er vor lauter Konzentration fest zusammengebissen, und Schweiß rann ihm über die Schläfen. Über seiner Brust sah er die leicht durchgebogene Gewichtsstange zittern, die Lichtstreifen an der Decke meißelten ihre Konturen aus der Luft. Er konzentrierte sich noch mehr. Vom Stahl würde er sich nicht besiegen lassen, nicht jetzt und auch sonst niemals.

Mit einer letzten mächtigen Anstrengung stemmte Strom seine Last die letzten fehlenden Zentimeter hoch. Immer noch hoch konzentriert, bewegte er die ungeheure Masse ein Stück zurück und ließ sie langsam auf die Halterung der Hantelbank sinken. Sobald die Stange einrastete, hörte Strom das leise Murmeln der anderen, die sich ringsum versammelt hatten. Irgendwer fing an zu klatschen, und aus diesem ersten Klatschen wurde begeisterter Applaus. Er lächelte kurz. Für mehr Theatralik hatte er weder genügend Atem noch Kraft übrig.

Strom hatte gerade sechs Wiederholungen mit 185 Kilo hingelegt. Er war ein lebendes Beispiel dafür, was mit einem unmodifizierten menschlichen Genom alles möglich war, wenn man sein eines Leben dem Diktat von Disziplin, unbarmherzigem Training und ausgewogener Ernährung unterwarf. Sein Blut, seine Knochen, sein Fleisch – nichts war mit genetischer Mogelei kontaminiert. Weder Mutationen noch profane Biomodellage hatten seinen gewaltigen Körper geschaffen. Er war vollkommen menschlich.

So wie die anderen auch.

Strom atmete aus, setzte sich auf und hob die Hand. Schweiß strömte ihm über die Flanken und tropfte auf die Gummimatten. »Spart euch eure Kräfte fürs Training auf. Ich bin ein alter Mann. Lasst nicht zu, dass ich euch übertreffe.«

Er hörte Gemurmel.

»... persönlicher Rekord... der macht keine Späße... seht euch nur diese verdammten Muskelberge an!«

Strom stand auf, rollte mit den Schultern und bewahrte eine ausdruckslose Miene, während er sich einen kurzen Augenblick lang gönnte, sehr mit sich zufrieden zu sein. Hundertfünfundachtzig war in der Tat seine persönliche Bestleistung. Er trocknete sich ab und sah sich mit ernstem Blick um. Hunderte Männer und Frauen – und zwar ausschließlich Männer und Frauen – rackerten sich in den letzten Trainingsminuten hier in der Trainingsanlage der *Liberator* tüchtig ab, aber ungefähr ein Dutzend von ihnen hatte sich um ihn versammelt. Allesamt junge Offiziere. Das Gemurmel verstummte, es wurde vollkommen still.

»Ich bin achtundfünfzig Jahre alt«, sagte er, nachdem er sehr bedacht Luft geholt hatte. Es käme gar nicht gut, wenn er umkippte, während er gerade eine kleine Ansprache hielt. »Der Tag wird kommen, da ich mich nicht mehr verbessern kann. Dann werde ich immer schwächer, bis ich irgendwann sterbe.«

»So wie es sein soll«, sagte jemand, und Strom nickte. »So wie es sein soll«, stimmte er zu. »Aber nicht heute. Heute werde ich besser. Und morgen. Und am darauffolgenden Tag ebenso. Genau wie ihr. Und zwar ihr alle.« Er ließ das schweißfeuchte Handtuch durch die Luft zischen. Es knallte wie ein Peitschenschlag. »Na los, schafft eure faulen Ärsche zurück an die Arbeit. Wir haben noch viele Welten zu befreien.«

Wie mit einer Stimme dröhnten sie: »Ja, Sir!«

Archon-Admiral Wenbo Strom nickte. »Weitermachen.«

Miteinander schwatzend, verteilten sich seine Leute wieder auf unterschiedliche Geräte. Strom verließ den Trainingsraum, ohne sich anmerken zu lassen, dass ihm seine Wirbelsäule ein wenig zu schaffen machte. Das tat sie schon seit einigen Monaten. Es war nur Kleinkram, und es hielt ihn beim Training nicht weiter auf, aber es trug doch zu der Erinnerung an das bei, was sie alle irgendwann erwartete. In seiner Lendenwirbelsäule begannen sich die ersten Bandscheiben zu versteifen und klemmten manchmal eine Handvoll Nerven ein. Es war eine vollkommen natürliche Begleiterscheinung des Alters, die sich drei Jahre, nachdem sie Redoubt verlassen hatten, bemerkbar gemacht hatte.

Der leitende Chirurg des Schiffs hatte vorgeschlagen, die Verschleißerscheinung zu operieren, aber die Operation barg ein kleines Risiko, alles noch zu verschlimmern oder ihn sogar zum Krüppel zu machen. Unter normalen Umständen, zu Hause, hätte er trotzdem zugestimmt. Aber jetzt waren sie unterwegs, und ein bisschen Schmerzen waren keine Lähmung. Mit dem ständigen Stechen und Ziepen in seinem Bein und der gelegentlichen Taubheit seiner Zehen konnte er leben. Schon sehr bald, es war nicht einmal mehr ein Tag Zeit bis dahin, würden seine

Männer und Frauen etwas sehr viel Schlimmerem die Stirn bieten müssen.

Im Vorbeigehen schnappte sich Strom einen Proteindrink aus dem Spender vor dem Trainingsraum und stürzte ihn auf dem Weg zur Umkleide runter. Dort angekommen, schälte er sich aus seinen klatschnassen Trainingsklamotten, warf sie in den Wäscheschacht und stellte sich in die Duschkabine. Augenblicklich wurde er mit einem feinen, heißen Nebel aus Seifenwasser eingesprüht, gefolgt von einem kühleren Regen. Der Admiral stand da und gestattete sich das kleine Vergnügen zu genießen, wie ihm das Wasser über den Rücken rann und seine Poren öffnete.

Als der Wasserstrahl versiegte und ein warmer Luftstoß ihn trocknete, erlaubte er seinem Verstand, zum bevorstehenden Kampf zu wandern: der Befreiung der Heimatwelt und all ihrer Kinder. Ihrer wahrgeborenen Kinder jedenfalls, versteht sich. Tausendmal war er die Mission in Gedanken durchgegangen, hatte alles hin und her gewendet und ihre Strategie auf kleinste Schwachstellen untersucht, als wäre sie ein Gegner beim Bodenkampf, den er überwältigen wollte.

Sie waren Legion.

So war es eben in diesem Krieg. Strom oblag die Verantwortung, sich in seinem Zuständigkeitsbereich um so vieles wie möglich zu kümmern. Er nahm eine frische Uniform aus einem Fach der Duschkabine. Sein Pistolengurt und der Dolch lagen fein säuberlich darauf.

Er stand kurz bevor, der Moment, auf den sie alle sich schon ihr ganzes Leben lang vorbereiteten. Ein Moment, den ihre Vorfahren bereits seit fast zweihundert irdischen Standardjahren planten. Strom streifte seine Uniform über und befestigte die eisernen Rangabzeichen am Kragen. Von den Orden abgesehen, unterschied sich seine Uniform nicht von der aller anderen Flottenmitglieder. Noch immer von der aufs intensive Training folgenden Endorphinwelle beflügelt, schloss er die Gürtelschnalle, schnürte seine Stiefel zu und marschierte aus der Umkleide. Die Flotte war tief in den Bereich vorgedrungen, den die Mutanten den Saum der Dunkelheit nannten. Aufklärungseinheiten hatten die Sonden beseitigt, die sie unterwegs fanden, aber das führte natürlich wiederum zu einem neuen Problem. Die TST oder einer ihrer Bündnispartner würde jemanden schicken, um der Sache nachzugehen. Und Strom vermutete stark, dass es sich bei diesem Jemand um ein Schiff, vielleicht sogar ein Einsatzkommando der Königlich-armadalischen Marine handeln würde.

Diese Aussicht rief bei ihm sowohl Vorfreude als auch Besorgnis hervor, und zwar zu gleichen Teilen, aber er versuchte, nicht weiter darüber nachzugrübeln, während er den langen Weg vom Achterdeck der *Liberator* bis zur Brücke zurücklegte. Unterwegs kam er an Hunderten Leuten vorbei, viele davon gehörten zum Expeditionskorps. Gemäß seiner Anweisungen salutierte kaum einer von ihnen vor ihm, sie zollten seinem Rang nur mit einem knappen Nicken Respekt. Nicht mehr lange, und schon eine so schlichte und automatisierte Geste wie das Salutieren vor einem ranghöheren Offizier würde die Zielalgorithmen sämtlicher intelligenter Robot-Einheiten aktivieren, die den Erstschlag überlebt hatten. Oder es würde, dachte er, die Aufmerksamkeit jener nichtmenschlichen Mutantensoldaten auf sich ziehen, die noch wussten, wie man den Abzug betätigte.

Nach zehn Minuten strammen Fußmarschs erreichte Strom die Brücke.

»101. Division, Achtung!«, brüllte der Chief bei seinem Eintreten. Diesmal nahmen alle Anwesenden Haltung an, und Archon-Admiral Strom salutierte ebenfalls vor ihnen.

»Weitermachen«, sagte er dann so laut, dass seine Stimme bis in den hintersten Winkel der riesigen, achteckigen Kommandozentrale drang. Hundert Offiziere nahmen ihre Arbeit wieder auf, die zu diesem Zeitpunkt der Mission allerdings eher aus Überwachungsaufgaben bestand als aus wirklicher Tätigkeit.

Doch die hektische Phase ihrer Operation würde schon in wenigen Stunden beginnen.

Der Admiral machte sich auf den Weg zu seinem Bereitschaftsraum auf der gegenüberliegenden Seite der Kommandozentrale. Wieder nahmen lauter uniformierte Soldaten ringsum Haltung an, stampften unisono mit den Füßen auf, und einer von ihnen hielt ihm die Tür auf. Strom nickte ihm zu und trat ein. Am Konferenztisch standen bereits vier Offiziere und warteten auf ihn.

»Bitte setzen Sie sich«, sagte er. »Dies ist das erste von vielen Meetings, denen ich heute beiwohne. Lassen Sie es uns so rasch wie möglich erledigen. Oberst Dunn?«

Marla Dunn, die ihren beeindruckenden Stammbaum lückenlos bis zur Wiege der Menschheit in der südafrikanischen Sterkfontein zurückverfolgen konnte, blieb stehen, während ihre Kameraden sich setzten.

»Der erste Punkt ist die Firewall, die unsere Angriffstruppen vor den Säuberungstruppen schützen soll, Admiral.«

»Ach verdammt, nicht das schon wieder«, knurrte Strom und spürte, wie sich die beim Training aufgebaute Energie wieder verflüchtigte. Allein an Bord der *Liberator* befanden sich mehr als zweihundert Säuberungs-Agenten, und die hatten ihm mehr Ärger gemacht als die Viertelmillion Besatzung und Soldaten, die dieses Schiff ihre Heimat nannten. Er begriff, dass die Säuberungstruppen unverzichtbar waren. Wenn er seine Pflicht erfüllt und den Feind vernichtend geschlagen hatte, würde ihre Zeit kommen. Dann würden sie das gesamte von Menschen besiedelte Großvolumen von parasitären Maschinen und Mutanteninfektionen säubern. Aber bis dahin schienen sie sich vor allem als gewaltige Nervensägen zu erweisen.

Dunn zuckte mit den Schultern. »Sie verlangen noch immer, dass wir eine Kompanie von jedem Bataillon abstellen«, sie warf einen Blick auf eine handgeschriebene Notiz, »um auf den befreiten Welten die Zahl der überlebenden Mutanten auszudünnen.«

»Wir werden sie wohl kaum befreien, wenn wir jedes Mal, wenn den Säuberungstruppen der Arsch juckt, zusätzliche Bodentruppen abstellen«, knurrte der Offizier neben ihr.

»Captain D'ur, bitte«, schalt ihn Strom sachte.

Mit einem knappen Nicken bat der Kommandant der Aufklärungstrupps stumm um Verzeihung. Strom akzeptierte die stumme Reue, allerdings nur, weil er der gleichen Meinung war wie Captain D'ur.

»Ein solcher Haufen Biomasse.« Seufzend nahm er Platz. »Bitte, Marla, setzen Sie sich.«

Oberst Dunn zog ihren Stuhl zurück und setzte sich. »Ich hätte einen Vorschlag, Sir.«

»Bitte«, sagte Strom und bedeutete ihr fortzufahren.

»Selbst bei zügiger Arbeit wird die Beseitigung von Mutanten und Borgs eine zeitintensive und ressourcenlastige Angelegenheit. Und aus dem Bürgerkrieg wissen wir, dass es auch die Moral belastet, so wichtig und gerechtfertigt es auch ist. Nicht jeder Mutant sieht aus, als wäre er einem Albtraum entsprungen. Nicht jeder Borg hat Kameras statt Augen und Plastikstahlklauen. Die meisten sehen genau aus wie wir. Soldaten töten, aber sie morden nicht. Und wir wissen, was passiert, zwingt man sie trotzdem zu Letzterem. Die Moral bricht zusammen. Depressionen oder sogar Psychosen breiten sich aus. Jedenfalls beeinträchtigt es entschieden die Leistung unserer Soldaten. Aber was wäre, wenn wir aus dem entsprechend motivierten Teil der befreiten Bevölkerung Miliztrupps rekrutieren?«

Kogan D'ur wollte protestieren, aber Strom hob eine Hand und brachte ihn zum Schweigen. »Reden Sie weiter, Oberst«, sagte er.

»Diese Milizen könnten während der Säuberungen, aber auch später während der ersten Besetzungsphase einen Großteil der Drecksarbeit übernehmen. Dem Plan zufolge werden sowohl die 101. Division als auch das Expeditionskorps mit einer ganzen Reihe Folgemissionen betraut, aber seien wir ehrlich: Wir haben nicht annähernd genug Besatzungstruppen, um die befreiten Zonen zu sichern. Wir brauchen die Milizen.«

Strom antwortete nicht.

Er bezweifelte nicht, dass sie unter den frisch befreiten Sklaven der Korporationswelten willige potenzielle Verbündete finden würden. Und die Kolonie Batavia, so heilig sie der Republik auch sein mochte, zählte zu den übelsten Standorten überhaupt und gehörte zu dem schlimmsten Unternehmen von allen: dem Yulin-Irrawaddy-Kombinat.

Niemand ergriff das Wort, während der Archon-Admiral nachdachte. Einer Sache zumindest war sich Strom vollkommen sicher: Seine Pläne würden unweigerlich schiefgehen. Einige Streitkräfte mitsamt ihrer Intellekte würden den Erstschlag ganz sicher überleben, das war unvermeidlich. Er würde jeden Soldaten unter seinem Kommando dringend brauchen, um den gewonnenen Boden zu verteidigen. Die Säuberungstruppen würden eine Weile selbst alle Hände voll zu tun haben, aber es war die Natur der Säuberungstruppen, trotzdem sämtliche derartigen Entscheidungen infrage zu stellen. Es war am besten, sie hatten ein bisschen Zeit, um sich an unangenehme Tatsachen schon im Voraus ein bisschen zu gewöhnen.

Er traf seine Entscheidung. »Oberst, ich nehme an, dass Sie bereits einen Plan zur Aushebung Ihrer Miliz ausgearbeitet haben.«

Dunn lächelte. »Eine ganze Reihe von Plänen.«

»Daran hege ich keinen Zweifel. Bestellen Sie den Kommissar der Säuberungstruppen für heute 1600 Uhr zu einem Meeting ein. Vielleicht fällt Ihnen ja bis dahin etwas ein, wie Sie ihm schmackhaft machen können, dass er nicht meine Truppen verliert, sondern vielmehr seine eigene schlagkräftige Miliz aus dankbaren, wahrgeborenen Freiheitskämpfern gewinnt. Oder irgendwie so.« Er wedelte mit der Hand durch die Luft, um anzudeuten, dass er sich mit den Details keinesfalls befassen würde.

»Ich gebe mein Bestes, Admiral.«

»Gut. So. Captain D'ur. Soweit ich informiert bin, wurde Ihnen die Verantwortung übertragen, sämtliche möglicherweise verbliebenen Bedrohungen durch Montanblanc zu eliminieren.« Strom warf demonstrativ einen Blick auf die Uhr. »Sie machen ja gern schnell, nicht wahr, Captain?«

Kogan D'ur tat, als hätte er die Spitze nicht bemerkt. »Ich habe mir das montanblancsche Organigramm angesehen, Admiral, und ich denke, ich habe Ihre Kandidatin gefunden. Ihr Name ist Alessia, und sie ist eine Prinzessin.«

7

LAUTLOS GLITT DIE *Defiant* durch den tiefen Saum der Dunkelheit. Seit Wochen bestand ihre einzige Verbindung nach Hause aus gelegentlichen, allerkürzesten Bruchstücken verschlüsselter Daten, die sie über eine komplizierte Wurmlochverbindung schickten. Lucinda machte die Isolation nichts aus. Sie war schon lange auf sich allein gestellt. Als man ihren Vater geholt hatte, war sie über Nacht praktisch zum Waisenkind geworden, und ihre beiden längeren Kommandos vor der *Defiant* waren nicht gerade prädestiniert dafür gewesen, lebenslange Freundschaften zu gründen. Auf der *Resolute* – auf der sie den Großteil einer Mission verbracht hatte, über die sie lange Zeit vollkommenes Stillschweigen hatte bewahren müssen – hatte sie ein Shuttle voller Nachrichtendienstler und Spione befehligt, von denen sie später nie wieder etwas gehört oder gesehen hatte. Und als Unteroffizierin auf dem terranischen Flottenschiff *No Place for Good Losers* hatte sie schön den Kopf unten und die Klappe gehalten vor lauter Angst, den guten Namen der KAM zu besudeln. Und auch später, als sie endlich das Vertrauen der Leute von der Erde errungen und sich gerade weit genug geöffnet hatte, dass einige wenige an ihrer Verteidigung vorbeischlüpften und sich mit ihr anfreundeten, hatte sie doch immer ganz klar gewusst, dass sie nach diesem Einsatz keinen von ihnen je wiedersehen würde. Wurmloch-Kommlinks waren ein sehr schneller Weg, Daten ins Herz des Volumens zu senden. Innerhalb der menschlichen Besiedlungszone war die Kommunikation so nah an Echtzeit, dass der Unterschied praktisch nicht ins Gewicht fiel. Aber mithilfe althergebrachter Raumfaltung zur Erde zu reisen bedeutete von ihrer Heimatwelt Coriolis aus eine mehr als achtzehn Monate lange Reise. Und die Kosten für diese Reise waren, tja, astronomisch. Die Wahrscheinlichkeit, dass sie jemanden von der *Good Losers* jemals wiedersehen würde, war verschwindend gering.

Also nein, Lucinda Hardy machte die Einsamkeit auf langen Raumreisen nicht allzu viel aus. Aber die Angst davor, es zu versauen und den guten Namen der Königlich-armadalischen Marine in den Schmutz zu ziehen, hatte sie immer noch nicht ganz abgeschüttelt. Um 09:10 Uhr Schiffszeit hatte sie gerade das Kommando auf der Brücke, und unweigerlich flatterten in ihrem Magen Schmetterlinge auf, so wie immer, wenn die Pflicht sie zwang, im Zentrum der Aufmerksamkeit zu sitzen, während sie eigentlich nichts Besonderes zu tun hatte.

Kapitän Torvaldt war ebenfalls auf der Brücke, ebenso wie die Zweite Kommandantin. Die Arbeitsstationen waren kreisförmig angeordnet, und die beiden saßen an den Posten schräg links hinter Lucinda und bereiteten gerade einen abgesicherten Datenaustausch mit der Flotte vor. Auf dem Hauptbildschirm war eine Darstellung des hiesigen Systems zu sehen: drei Gasgiganten und vier Felsplaneten, einer davon verfügte laut ihrer Messdaten über eine primitive Biosphäre, ähnlich dem Mesoproterozoikum einer jüngeren Erde. Der automatische Abgleich der *Defiant* förderte keinerlei Hinweise darauf zutage, dass die Sturm jemals durch dieses System gereist waren. Die Darstellung auf dem Bildschirm war im Grunde rein dekorativ.

Die Brückenbesatzung bedienten ihre Posten über

Neuralverbindung mit Shipnet. Lucinda wurde in Echtzeit über alle Bereiche des Tarnzerstörers informiert: Ihr eigener Posten, die Taktik, vermeldete ungestörte Datenübertragung an Bord des gesamten Schiffs, und auf der Krankenstation erholten sich zwei Soldaten von einem etwas zu handfest geratenen Trainingskampf. Selbst die Kombüse hatte Neuigkeiten: Das heutige Mittagessen, bestehend aus Erbsensuppe mit Speck, kochte vor sich hin und würde um 1200 fertig sein. Chief Trim, die Bordkatze, hatte den Schinken zuvor überprüft und ihn für genießbar befunden. Insgesamt waren es zwölf Offiziere, die schweigend auf der Brücke vor sich hinarbeiteten, darunter Leutnant Varro Chase am Navigationspult, der Lucinda im Dienst stets höflich und respektvoll begegnete und den sie außerhalb ihrer Dienstzeit mied wie eine jhan-duranische Makrophage. Weitere 268 Flotten- und Marinesoldaten verrichteten ihre Pflicht irgendwo auf dem Schiff, während die *Defiant* lautlos über die größte nördliche Landmasse des Planeten dahinglitt. Lucinda konzentrierte sich voll und ganz darauf, möglichst still zu sitzen und keinesfalls irgendwen darauf aufmerksam zu machen, dass im Augenblick, so kurz er auch sein mochte, ausgerechnet sie das Kommando über den Tarnzerstörer hatte.

Um 0911 öffneten sie über das in sich geschlossene Taschenuniversum der *Defiant* eine Wurmlochverbindung in jene Wirklichkeit, in der Station Deschaneaux darauf wartete, ihnen ein quantenmechanisch verschränktes Datenpaket zu senden und ein ebensolches von ihnen zu empfangen. Das Protokoll verlangte, dass die Zweite Kommandantin – oder, falls sie verhindert war, der ranghöchste anwesende Offizier – bei der Datenübertragung zugegen war.

»Um sicherzugehen, dass der alte Mann keine anzüglichen Gespräche führt«, witzelte Kommandantin Connelly und übermittelte Lucinda die Verbindung. Die Verbindung war sicher, unaufspürbar, das Quantum-Komm-Äquivalent eines toten Briefkastens und die einzige Form des Kontakts, den sie mit dem Großvolumen haben würden, während sie lautlos durch das Dunkel glitten. Obwohl die Daten durch eine Falte in der Raumzeit gesendet wurden, dauerte es bei derartigen Entfernungen mehrere Sekunden, bis sie am Bestimmungsort eintrafen.

Das letzte Datenpaket war nicht weiter bemerkenswert gewesen. Bisher hatte die *Defiant* keine der vermissten Raumsonden ausfindig gemacht. Die Flotte hatte keinerlei Planänderung vorgesehen.

Diesmal lief die Übertragung nicht so glatt wie beim letzten Mal.

Um 0910 heulte Kapitän Torvaldt plötzlich auf wie ein wildes Tier und griff die Zweite Kommandantin an.

Lucinda hörte Connellys Schrei und Torvaldts lautes Geheul, ein tierischer Laut, in dem Schmerz mitklang und Schreck und... etwas anderes.

Aber im ersten Augenblick bemerkte sie es gar nicht richtig, weil überall auf der Brücke und ihrem Netzhaut-Display Alarmlichter und Warnungen aufleuchteten.

SCHADPROGRAMM REGISTRIERT.

SHIPNET WURDE INFILTRIERT.

Sirenen schrillten in ihren Ohren. Im ganzen Schiff. Eine Stimme, nicht die von *Defiant*, bellte ihr Mitteilungen, Informationen über mögliche Gefahren und Befehle ins Ohr. Ihr, weil sie das Kommando hatte. Die Divisionsleiter erhielten nur die Warnungen, die ihren Verantwortungsbereichen entsprachen, Lucinda hörte, wie sie knappe Befehle subvokalisierten und Fragen über den Status des Schiffs und potenzielle Bedrohungen stellten.

Alles spülte auf einmal über sie hinweg.

Das Schiff schlingerte, ja wirklich, es *schlingerte*, wie ein altes Segelschiff, das in ein Wellental stürzt, und Lucinda war zumute, als würde ihr das Herz bis in den Magen sacken. Kriegsschiffe befanden sich in einem eigenen kleinen Universum, einer durch X-Materie stabilisierten Blase. Sie schlingerten nirgendwohin.

Und hochrangige Offiziere sollten nicht schreien wie kleine Hunde, die ins Getriebe einer riesigen Maschine geraten waren. Doch die Zweite Kommandantin tat genau das.

Noch ehe sich Lucinda auch nur zur Hälfte zu Torvaldt und Connelly umgedreht hatte, hatte sie die Aufnahmen der Kameras geladen. Hirnstimulanzien und Nootropika beschleunigten ihren Verstand ebenso wie ihren Körper, und in der halben Sekunde, die sie brauchte, um herumzuwirbeln, hatte sie die letzten drei Sekunden des Videos viermal abgespielt.

Viermal sah sie, wie Kommandantin Connelly ganz entspannt und den Vorschriften gemäß neben dem Kapitän stand. Viermal sah sie Torvaldts körperliche Reaktion im Augenblick der Übertragung.

Sein Gesicht verlor jede Muskelspannung, wurde so schlaff, als hätte er einen Schlaganfall. Dann wurde es urplötzlich wieder lebendig. Blitzschnell. Die Nasenlöcher weiteten sich; ein wilder Hund, der Blut roch. Die Lippen zogen sich zurück und entblößten die Zähne, kein Lächeln, sondern eher das Grinsen eines Totenschädels; sämtliche Zähne waren zu sehen, dazu das obszön feuchte rosa Zahnfleisch. Sein Kopf rollte zurück, zwischen Ober- und Unterkiefer spannten sich Speichelfäden, sein Adamsapfel hüpfte, und dann ... Torvaldts Kopf schoss vor und ruckte herum, und seine Kiefer schlossen sich um die blasse Haut von Kommandantin

Connellys Hals. Der Kapitän versenkte die Zähne tief in ihrem Fleisch, riss und zerrte und wühlte sich noch tiefer, grub nach der Schlagader, kaute und saugte und trank den heißen Geysir aus hellrotem Blut, das aus der Wunde spritzte, während die Zweite Kommandantin schrie und vergeblich versuchte, ihn von sich wegzustoßen.

Viermal binnen einer halben Sekunde sah sie es vor sich, diese rasche Wiederholungsschleife der Aufnahmen, die sie nur dank ihres modifizierten Hirns überhaupt verarbeiten konnte.

Und dann war Connelly nicht mehr die Einzige, die schrie. Leutnant Nonomi Chivers' entsetzte und entgeisterte Schreie stimmten mit ein. Chase fluchte lautstark und mit der ganzen bei Hofe erlernten Farbenpracht.

Shipnet fiel aus.

Überall ringsum erschienen Hologramme, Daten manifestierten sich mitten in der Luft, als Projektoren die Informationen einblendeten, die eben noch direkt ins Neuralnetz der leitenden Offiziere eingespeist worden waren.

Das Video, das eben noch in Dauerschleife gelaufen war, verschwand. Die Warnungen auf ihrer Netzhaut erloschen. Der automatische Alarm, eben noch ein ungeheurer Lärm in ihrem Kopf, verstummte.

Stattdessen befand sie sich auf einmal inmitten eines gewaltigen holografischen Schneesturms aus wirbelnden Zahlen, Infografiken und Buchstaben.

»Defiant!«, schrie sie. »Bericht! Was ist passiert?«

Aber das Schiff antwortete nicht.

»Mercado! Kampfbereitschaft.« Sie versuchte, ihre Stimme in den Griff zu bekommen. Kämpfte darum, Autorität und Ruhe mitklingen zu lassen, statt bloß herumzukreischen. »Über Ihren Posten abwickeln. Jetzt!«

»Was abwickeln?« Leutnant Mercado Fein starrte sie verwirrt an.

Sie verlor die Geduld. Deutete wütend auf die blendende Holomatrix ringsum. »Waffen! Alles!«, brüllte sie, gab die Sache mit der befehlsgewohnten Autorität und Ruhe auf und setzte sich in Bewegung, hastete auf Torvaldt zu. Die Informationswolke folgte ihr. Durch den dichten Datennebel sah Lucinda, wie Torvaldt Connelly übers Deck schleifte und sich rittlings über sie schwang. Eine Jawanische Wolfsbestie mit ihrer Beute. Er tötete sie. Fickte sie. Fraß sie. Alles gleichzeitig. Sein Kopf ruckte von einer Seite zur anderen. Tierische Laute, von den roten Fetzen ihres zerrissenen Fleischs gedämpft. Torvaldt grub beide Hände in dunkles, blutverschmiertes Haar und schlug Connellys Kopf aufs Deck, brach den Schädel auf, der Inhalt ergoss sich übers Deck. Wie eine rasende Bestie fiel er über die heiße, rosafarbene Mahlzeit her. Eins von Connellys Beinen zuckte, dann bewegte sie sich nicht mehr. Ihr Blut, das eben noch in weitem Bogen durch die Luft gespritzt war, strömte jetzt aus ihrem Körper, ein pulsierender Schwall nach dem anderen. So viel Blut. Ein ganzes Meer aus Blut.

»Kapitän! Aufhören!«, brüllte Lucinda verzweifelt. Er hatte sie bereits getötet, aber jetzt *vernichtete* er sie. Wenn er nicht sehr bald aufhörte, würden sie sie nicht zurückholen können.

Niemand außer ihr schritt ein. Alle waren hektisch mit ihren jeweiligen Posten zugange, bereiteten sich auf einen Kampf vor, ohne zu verstehen, was geschehen war, arbeiteten mit manuellen Kontrollen, statt ihre Anweisungen direkt übers Neuralnetz zu geben.

Das Wesen, das einmal Kapitän Torvaldt gewesen war, ließ von seinem Opfer ab. In seinen Augen stand nichts als rasende Wut. Lucinda teilte mit den Händen die Informationswolke wie ein Voyeur einen Vorhang. Sie sah, wie sich die Schenkel des Kapitäns unter dem Stoff seiner Uniformhose spannten. Wie sich die Zehen durch die Stiefel gegen das Deck zu stemmen versuchten, sich die Finger zu Klauen krümmten. Das Vieh griff sie an. In einem weit entfernten Teil ihres Verstands, in dem sie ausreichend Zeit für solche banalen Beobachtungen hatte, bemerkte sie, dass sich Torvaldt die eigene Unterlippe durchgebissen hatte. Er hatte sie durchgebissen und abgekaut. Wahrscheinlich hatte er sie gegessen. Der fehlende Halbmond aus zerrissenem Fleisch entblößte einen Mund voll mit Blut und Zähnen.

Er flog auf sie zu. Wortwörtlich.

Er war wahnsinnig geworden, aber sein neuromuskuläres Gewebenetz verlieh ihm immer noch unmenschliche Geschwindigkeit und Kraft. Lucinda dachte nicht nach. Sie versuchte nicht, irgendwelche Nahkampfcodes zu laden oder auch nur den holografischen Datennebel beiseitezufegen. Ihr organisches Muskelgedächtnis war das Einzige, was sie in der Eile abrufen konnte. Kurz bevor Torvaldt sie erreichte, drehte sie ihm eine Schulter zu, und als er gegen sie krachte, drehte sie sich bereits mit, ließ sich fallen, leitete die Kraft des brutalen Zusammenstoßes um, verwandelte sie in einen halbwegs kontrollierten Fall und bekam den Kapitän in einer Art *tawaragaeshi* zu fassen – einem Wurf aus dem Shudokan-Judo.

Er war schlampig und improvisiert, eine Beleidigung des Andenkens Meister Ipos, und er funktionierte ausgezeichnet. Torvaldt flog über ihre Schulter und krachte in die Navigationskonsole. Chase ging mit einem erschrockenen Japsen in Deckung. Der Kapitän drehte sich im Flug, Kopf nach unten, und krachte mit der Lendenwirbelsäule in einem hässlichen Winkel gegen eine Kante.

Hässlich für ihn jedenfalls.

Lucinda war sicher, dass sie beim Aufprall das Knacken eines brechenden Wirbels gehört hatte. Mit einem dumpfen Laut stürzte Torvaldt aufs Deck, sein Unterleib blieb eigenartig reglos, aber Oberkörper und Arme zappelten wie wild, als er versuchte, sich wieder zu ihr umzudrehen. Er war mehr Tier als Mensch, schwer verwundet, aber trotzdem noch völlig im Blutrausch verloren. Wieder richtete er quer durch die in der Luft schwebende Datenmatrix den Blick auf Lucinda. Schwarze Punkte, in denen besinnungslose Wut und Hass brannten. Knurrend zog sich Torvaldt über den Boden auf sie zu. Mit vor Abscheu verzerrter Miene trat Chase zu, erwischte den Kapitän mit einem Tritt gegen die Schläfe, der ihn endgültig fällte. Anders als Lucinda hatte Chase ganz offensichtlich irgendwelche Wetware geladen: Er bewegte sich mit einer Geschwindigkeit, der das bloße Auge kaum folgen konnte, und sein Tritt traf mit millimetergenauer Präzision und massiv erhöhter Körperkraft das Ziel. Torvaldts Kopf platzte auf wie eine verrottete Melone.

Synthetische Hormone und nootropische Drogen kreisten durch Lucindas Adern und verlangsamten die Welt. Wie in Zeitlupe sah sie das Hirn des Kapitäns explodieren, ein Regen aus zerschmetterten Schädelknochen und herumfliegendem grauem Gewebe. Überall zuckten Warnlichter, und die Brückenbesatzung schüttelte die Betäubung des ersten Schocks ab.

Noch immer erschüttert vom Schweigen – nein, dem *Verschwinden* – von Defiant und Shipnet, verpasste sich Lucinda eine Dosis Adrenalinregulatoren und drehte ihren nootropischen Implantaten den Saft ab. Es würde einen Moment dauern, das wusste sie, ihre Gedanken würden noch minutenlang rasen wie verrückt. Sie faltete die Holomatrix ringsum zusammen, indem sie die gewölbten Hände ausstreckte und dann zusammenführte, als würde sie die Wolke zu einem dicken Ball zusammendrücken, und genau das geschah auch.

Die Steuerbordluke ging zischend auf, dahinter tauchte Captain Hayes auf. Er trug Shorts und ein graues T-Shirt mit großen Schweißflecken. »Was zum Teufel ist los?«, fragte er. Alle drehten sich zu Lucinda um. Sie war jetzt die ranghöchste Offizierin auf der Brücke. Alle sahen sie an. Warteten auf Befehle. Selbst Chase war in diesem Moment anscheinend bereit, ihren Anweisungen Folge zu leisten. Ihr Puls raste noch immer, und ihr Blickfeld schien mit jedem Herzschlag zu pulsieren.

»Wir brauchen Sanitäter«, sagte sie. Ihre Stimme bebte. Es fühlte sich an, als zersplittere sie, sobald sie den Mund aufmachte.

»Die Zweite Kommandantin ist tot, Ma'am«, sagte Leutnant Fein und starrte Connellys Leiche an. »Und ... und der Kapitän ebenfalls.«

Lucinda zwang sich, die sterblichen Überreste der Zweiten Kommandantin in Augenschein zu nehmen. »Holt die Daten aus ihrem Speicher«, sagte sie. »Systeme, hat sie am Ende ihrer letzten Schicht ein Back-up gefahren?«

Ian Bannon, das Gesicht blass und fleckig, schüttelte den Kopf, eher verwirrt als verneinend. »Ich ... ich bin nicht ganz sicher«, stammelte er.

»Na, dann überprüfen Sie das, verdammt noch mal. Und irgendwer soll die Sanitäter herholen. Falls der Speicher beschädigt oder kontaminiert wurde, brauchen wir einen Direktscan.«

Dann zwang sie sich dazu, das rote Schreckensbild zu betrachten, in das Chase Torvaldts Schädel verwandelt hatte. Eher unwahrscheinlich, dass sein Neuralnetz das überstanden hatte, und ein Direktscan des Kortex war unmöglich.

Alles passierte viel zu rasch.

Im Lärm der noch immer plärrenden Sirenen kam

durch die Luken auf drei und neun Uhr je ein kleiner Sicherheitstrupp in das Rund des Kommandozentrums gestürmt. Sie trugen unterschiedliche Waffen, die durchweg für den Kampf auf engem Raum geeignet waren. Shipnet war immer noch offline. Defiant regte sich nicht, aber noch lebten sie. Die Blase war intakt. Sie war nicht kollabiert, und das Schiff war nicht durch die Geburt und zeitgleiche Zerstörung eines neuen Universums ausgelöscht worden.

»Keine Bedrohung außerhalb des Schiffs feststellbar«, sagte Leutnant Fein, klang aber selbst nicht ganz überzeugt. Er überprüfte seine Datenwolke ein zweites, dann ein drittes Mal, noch während er verkündete, dass von draußen keine Gefahr drohte. Zum Zusammenbruch des Shipnet sagte er nichts.

»Wir... äh, wir befinden uns noch immer über dem Planeten«, steuerte Chase bei. Sie sah, wie er erfolglos seine internen Displays zurate zu ziehen versuchte und dann gezwungenermaßen das Back-up-System konsultierte, das über der Navigationskonsole schwebte. Zu seinen Füßen lag die deformierte Leiche Torvaldts.

Auch die anderen Divisionen erstatteten verbal Bericht.

Es klang unbeholfen, ungeübt.

»Krankenstation. Es gab keine ernsthaften Verletzungen, Ma'am.«

»Defiant ist immer noch offline«, sagte Bannon, »wir haben auf manuelle Bedienung und Subroutinen umgestellt.«

»Was zum Teufel ist hier passiert?«, fragte Hayes und stellte sich neben sie.

»Ich... ich weiß es nicht«, gab Lucinda zu. »Wirklich nicht. Keinen Schimmer. Aber...«

Rasch fuhr sie zum Kommunikationsoffizier herum.

»Leutnant Wojkowsky. Steht die Verbindung zu Deschaneaux immer noch?«

Der Komm-Spezialist, den alle nur *der Woj* nannten, überprüfte es und runzelte die Stirn. »Tut mir leid. Ja, ich glaube schon, Ma'am.«

»Unterbrechen«, blaffte sie. »Und nicht...«

Ehe sie ihm befehlen konnte, sich nicht direkt in den Feed einzuklinken, hatte sich der junge Mann bereits einen Stöpsel ins Ohr gesteckt. Es war eine unbewusste Handlung. Muskelgedächtnis. Eine antrainierte Bewegung für den Fall, dass Shipnet offline war.

Es brachte ihn um.

8

BATAVISCHE SONNENUNTERGÄNGE waren auf diesem Längengrad spektakulär, aber kurzlebig. Als sich die hiesige Sonne anschickte, hinter dem Horizont mit dem säbelzahnartigen Goroth-Gebirge abzutauchen, färbte sich der weite blaue Himmel rosa, dann orange, und leuchtete schließlich in einem tiefen, feurigen Rot. Mac spürte, wie die Hitze aus dem Tag sickerte und dann kurz vor Einsetzen der Dunkelheit gänzlich floh. Die Eisensteinwüste, tagsüber ein Ofen, aus dem die Hitze alles Leben brannte, fing langsam an, sich zu regen. Steinkrabben flitzten über Felsen und Sand, ihre kleinen Scheren erzeugten eine so rasche Abfolge von Klicklauten, dass es an terrestrische Zikaden erinnerte. Sandmilben und Feuermücken schwärmten in dichten schwarzen Wolken aus und umschwärmten McLennan, angezogen von seiner Atemluft. Heros elektromagnetisches Feld hielt sie auf Abstand, andernfalls wären sie über ihn hergefallen.

Er hörte, wie sich auch im Generationsschiff Wildtiere bewegten. Lederschwingen, Blauzungendrachen und, ganz weit fort in einem der hintersten Bereiche des Schiffs, ein gepanzertes Tunnelfaultier, das ihn oft in den frühen Morgenstunden weckte, indem es mit dem gewaltigen gepanzerten Schwanz gegen die Schottwände der *Voortrekker* schlug.

»Meinst du, du könntest dich vielleicht fürs Abendessen umziehen?«, erkundigte sich Hero, als Mac unter der Med-Bot-Konsole der arg in Mitleidenschaft gezogenen Chirurgiestation herauskam, wo er über eine Stunde lang auf seiner Gelmatte gelegen und versucht hatte, ein fummliges Teilchen aus dem Datenspeicher zu extrahieren. Sein Rücken schmerzte. Eine Hüfte fühlte sich an, als wäre der Knochen aus der Gelenkpfanne gerutscht, und er war ganz klebrig von altem Schweiß. Sein Hemd war dunkel verkrustet und roch sogar für seine eigene Nase übel.

»Was kümmert's dich?«, murrte er. »Du riechst doch eh nix.«

»Ich kann sämtliche Moleküle erkennen, die von deinen apokrinen Drüsen ausgeschieden werden, und ihre Umwandlung zu einer üblen Hautausdünstung quantifizieren, die deine Achselhöhlen und andere ungewaschene Körperspalten in eine gefährliche Chemiewaffenhalde verwandelt hat. Unsere Gäste, die schon sehr bald eintreffen, werden finden, dass du wie ein ranziger, widerwärtiger Schinken auf zwei Beinen stinkst.«

»Na schön«, brummte Mac, streifte die Stiefel ab, knöpfte das Hemd auf und öffnete den Gürtel, der seine Cargohose hielt. Er musste zugeben – wenn schon nicht vor Hero, so doch vor sich selbst –, dass der Hosenbund unangenehm feucht war, und als er seine Unterhose auszog, war es, als würde er sonnenverbrannte Haut abschälen.

»Du bist nackt«, sagte Hero.

»Unvermeidliche Begleiterscheinung des Ausziehens«, antwortete Mac. Es war angenehm, die schmuddeligen Klamotten los zu sein und kühle Abendluft auf der Haut zu spüren.

»Aber sie sind bald hier.«

»Aye, und wie bald?«, fragte Mac ohne echtes Interesse.

»Der Wüstenrover-Konvoi ist keine fünf Minuten

mehr entfernt«, protestierte Hero. Es klang, als würde die drohende Demütigung einer hosenlosen Begegnung mit dem neuen Grabungsteam ihn ziemlich aus der Fassung bringen.

»Dann beeilst du dich wohl besser, was?« Mac grinste. »Sieh zu, dass du keine Falte und keinen Winkel vergisst, ja?«

Er schlüpfte wieder in die Stiefel und trat durch den Riss in der Schiffshülle nach draußen. Herodotus folgte ihm, hielt das Magnetfeld aufrecht, um die Blutsauger auf Abstand zu halten, und ergänzte es um ein Bad aus kurzwelliger Strahlung, die McLennans Körper oberflächlich reinigte. Wenige Sekunden später roch er nach gar nichts mehr. Aber der trockene Schweiß und die Krusten aus körpereigenen Salzen blieben.

Nackt bis auf die Stiefel schlenderte er zum Lager, das im Lauf des Tages für die erwarteten Neuzugänge erweitert worden war. Die Droiden, die sich darum gekümmert hatten, waren inzwischen mit der Zubereitung des Abendessens beschäftigt. Über einem Lagerfeuer drehte sich eine Bergziege am Spieß – beziehungsweise das hiesige sechsbeinige Äquivalent aus dem Goroth-Vorgebirge. Der rosa Rauch der Kupferholzkohlen trug den Bratenduft zu McLennan, und er schwankte zwischen Vorfreude aufs Festmahl und Ärger über die ganze Mühe, die sich Hero machte. Meist aß er abends nur eine Feldration und morgens zum Frühstück schlichtes Porridge. Normalerweise war ein Keks zum Mittagessen der kulinarische Höhepunkt seines Alltags.

Er entschied sich für die Reaktion, die seinem natürlichen Wesen am meisten entsprach: Gereiztheit. »War es echt nötig, das Lager in das verdammte Ritz zu verwandeln?«, fragte er. »Professor Trumbull ist ein neurotischer Eierschaukler, und sein kleiner Trupp titeltragender verfluchter Dummschwätzer und wertloser Schwanzlurche wird als Gesellschaft wohl kaum mehr taugen als er.«

»Sagt der nackte Verrückte. Der vor sich hintropfende nackte Verrückte. Könnten Sie vielleicht ein klein wenig schneller machen? Unsere Besucher sind in wenigen Minuten hier.«

McLennan stapfte weiter aufs Lager zu, ohne seinen Schritt im Mindesten zu beschleunigen. »Ich werde sicher nicht hektisch mit schaukelnden Fettpolstern durch die Gegend rennen, nur weil wir Babysitter für diese albernen Nichtsnutze spielen müssen«, teilte er dem Intellekt mit, gerade als starke Scheinwerfer über einen niedrigen Hügelgrat im Osten hinwegblitzten. Das vorderste Fahrzeug des Konvois. »Das wäre würdelos, das wäre es nämlich.«

»Wenn ich eine Stirn und eine Hand besäße, würde ich sie jetzt ganz sicher miteinander bekannt machen«, nörgelte Hero. »Beeilen Sie sich.«

McLennan spürte, wie ihn eine Gravitationswelle erfasste, in die Luft hob und ihn mit großer Geschwindigkeit quer durchs Lager beförderte. Nach der Tageshitze fühlte sich die kühle Abendluft wunderbar an auf seiner nackten Haut.

Hero setzte ihn in der Mitte der kreisförmig angeordneten Unterkünfte ab und schwebte davon, um das Grabungsteam aufzuhalten, ehe sie den berühmten Professor Frazer McLennan dabei erwischten, wie er sich mit einem Feuchttuch abwischte.

Aber es half alles nichts.

Als Professor Trumbull und seine Gäste auftauchten, war McLennan gerade hingebungsvoll dabei, sich die Arschritze abzuwischen.

»Was glauben Sie eigentlich, was Sie da tun?«

Kurz glaubte McLennan, die Frage ginge an seine Adresse. Eine naheliegende Vermutung, wenn man bedachte, dass er seinen Gästen zur Begrüßung seinen schottischen Prachtkörper darbot, splitternackt bis auf die Stiefel und einen kleinen, siffigen Lappen, den er nicht einmal zur höflichen Bedeckung gewisser Körperteile benutzte.

Der Astroarchäologe, bis zu diesem Moment vollkommen überzeugt von seiner Entscheidung, die unwillkommenen Neuankömmlinge mit frei im Wind schwingendem faltigem Pimmel zu begrüßen, verspürte einen plötzlichen Gefühlsumschwung, und eine unvertraute, sogar unangenehme Empfindung stieg in ihm auf: Verunsicherung.

»Nun?«, sagte die Stimme. »Erklären Sie sich.«

Der Sprecher war ein junger Mann, sehr jung sogar, seiner schlaksigen, nur aus Ellbogen und Knien bestehenden Gestalt nach zu urteilen im biotischen mittleren bis späten Teenageralter. Er warf nur einen kurzen Blick auf den nackten McLennan, schnaubte abfällig und wandte sich ab, um einen Diener auszuschimpfen, der aus dem großen Wüstenrover gestolpert war und gerade versuchte, einen Signalverstärker für einen transportablen Satelliten-Uplink aufzubauen.

Der Rover, ein zwölfrädriges Monstrum, erbrach noch mehr Insassen, die ihr Bestes gaben, jeden Kontakt mit dem aufgebrachten Prinzling zu vermeiden – sicherlich der königliche Schwachkopf Pac Yulin –, und ausschwärmten, um so viel Abstand zwischen sich und die Feindseligkeiten zu bringen wie irgend möglich. Die meisten wirkten überrascht beim Anblick des nackten McLennans, der nur seine Stiefel trug, schüttelten aber nur die Köpfe, als würden sie sich innerlich für die letzte

Episode des Irrsinns wappnen an einem langen Tag voller irrwitziger Ereignisse. Mehrere der jünger aussehenden Passagiere wuselten zu den Lagerdroiden hinüber, um sich auszuweisen und ihre Quartiere zugeteilt zu bekommen. Andere stampften zum Buffet hinüber, wo eine bescheidene kleine Bar aufgebaut worden war. Mac nahm an, dass das die Leute im zweiten und dritten Lebenszyklus waren. Auf Heros Anweisung hin hatten die Droiden Eis für die Drinks bereitgestellt, und er hörte Eiswürfel im Cocktailshaker klirren. Mit unschicklicher Eile folgte das metallischflüssige Knirschen, mit dem ein Martini ins Dasein gerüttelt wurde.

»Lieber Himmel, Mann, hast du eigentlich schon irgendwann mal eine Gelegenheit ausgelassen, deinen Schwanz rauszuholen und den Leuten damit im Gesicht rumzuwedeln?«

Trumbull.

Wie Mac sah er älter aus als die restliche Truppe. Biotisch befand er sich in seinen frühen Vierzigern. Anders als Mac würde er in ein paar Jahren neu inkarnieren: das Privileg seines Status als ordentlicher Professor. Das allerdings hatte seinen Preis: Die Urheberschaft an allem, was Trumbull in dieser Zeit an geistigem Eigentum hervorbrachte, gehörte Miyazaki, und falls er sich entschied, seinen Vertrag nicht zu verlängern, verbot ihm die Wettbewerbsklausel in seinem Vertrag für die Dauer von zwei Lebensspannen, in der Astroarchäologie oder irgendeinem verwandten Fachbereich zu arbeiten.

Er gehörte ihnen mit Haut und Haar. In diesem Leben wie auch im nächsten. Für immer.

»Es ist natürlich undenkbar, dass du mich einfach mal ungestört arbeiten lässt, ohne mit einer gefräßigen Touristenhorde von lauter reichen Flachpfeifen und verdammten Schwanzköpfen hier einzufallen«, schoss Mac zurück.

»Warum ziehst du nicht einfach mal eine Hose an?«, fragte Trumbull.

McLennan zuckte grunzend mit den Schultern. Das hier war nicht so gelaufen wie geplant.

Prinz Vincent Pac Yulin schenkte McLennan immer noch keine Beachtung, sondern war vollauf damit beschäftigt, seinen Untergebenen zusammenzuscheißen, und am Ende trat er sogar auf ihn ein. McLennan wusste jetzt ganz sicher, dass es Pac Yulin war, denn der kleine Scheißer redete praktisch von nichts anderem.

»Weißt du, wer ich bin? Weißt du, was du getan hast?«, brüllte er den armen Kerl an, der sich unter seinen Tritten krümmte. Vermutlich war dem Verprügelten völlig klar, wer Pac Yulin war. Ansonsten hätte er sich eine solche Misshandlung wohl kaum gefallen lassen, während er zugleich versuchte, mit der Uplink-Ausrüstung klarzukommen? Aber der Prinzling ließ nicht locker.

»Ich bin der zweite Prinz Vincent Pac Yulin!«, schrie er. »Und du wirst dich für den Schaden verantworten, den du dem Haus Yulin mit deiner Inkompetenz zugefügt hast.«

»Was hat er getan?«, fragte McLennan Trumbull mit gedämpfter Stimme.

Wenn das Grabungsteam während der ganzen achtstündigen Fahrt durch die Wüste dieses Theater durchgestanden hatte, begriff er, weshalb sein unbekleideter Zustand ihnen keine Reaktion entlockte. Ein nackter McLennan würde sicher nicht der Höhepunkt ihres Tages sein, das stand fest. Aber der Tiefpunkt war er offensichtlich auch nicht.

Hinter ihm röhrte der Martini-Shaker wieder los, als würde er ihm halbherzig zujubeln.

»Zwei Stunden hinter Fort Saba haben wir die Echtzeitverbindung verloren«, sagte Trumbull. Er klang müde. »So wie immer, und wir haben es ihnen schon vorher gesagt. Also haben wir das Echtzeit-Engramm-Streaming verloren und damit natürlich auch das Echtzeit-Back-up.«

»Das ist alles?«, fragte McLennan. »Er hat zwei Stunden verloren, in denen er hinten im Bus an seinem winzigen Taschenfrettchen rumgeknetet und sich dabei vorgestellt hat, wie sich wohl richtige Titten anfühlen?«

Pac Yulin hatte seinem Opfer zum Abschluss einen besonders üblen Tritt versetzt und verlegte sich jetzt wieder auf verbale Misshandlung, machte das aber durch besonderen Eifer wieder wett. »Ich lasse dich auspeitschen. Dafür wirst du gehäutet und eingesalzen und ausgelöscht. Und dann peitsche ich deine dämliche Familie aus und sorge dafür, dass sie den Rest ihres Lebens in Armut verbringen, und ...«

Hero kam zu den beiden Akademikern herübergeschwebt. Auf einem Trägerfeld folgten ihm eine saubere Hose und ein frisches T-Shirt, und Mac nutzte die Gelegenheit, sich anzuziehen. Allmählich fühlte er sich furchtbar albern mit seinem frei im Wind schwingenden Genital.

Und dabei war ihm die Idee anfangs so gut vorgekommen.

Von der Bar her wehte Gelächter herüber. Irgendwo in den Unterkünften klang Musik auf, und während sich Mac die Hose hochzog, knirschten Schritte über den sandigen Kies auf sie zu.

»Einen Martini, Professor Trumbull? Und für Sie einen Highland Park, Professor McLennan, wenn ich mich nicht irre.«

Es war einer der Touristen. In biotischer Hinsicht

schien er in seinen mittleren Zwanzigern zu sein, aber zusätzlich zu den beiden Gläsern in seinen Händen trug er im Gesicht ein ironisches Grinsen, das Bände sprach. Dies war nicht sein erstes Leben, und der Zweite Prinz Vincent war höchstwahrscheinlich nicht der erste königliche Mistkäfer, dem er über den Weg lief.

»Jay Lambright«, stellte er sich vor und reichte Mac den Whiskey. Pur, so wie es Gottes Wille war.

»Guten Abend, Sir. Ich bin tatsächlich Professor McLennan, aber wenn Sie mein kleines Dram hier nicht versaut haben, können Sie mich Mac nennen.« Er nippte an dem Single Malt, während Pac Yulin ein Stück entfernt weiter herumtobte. »Ah, dann also Mac«, stellte er fest. »Sie haben was drauf, wie ich sehe, Mister Lambright. Zumindest haben Sie ausreichend Verstand, um einen ausgezeichneten Drink nicht zu ruinieren, indem sie Wasser in irgendeiner Form dazupanschen. Vielleicht sind Sie hier draußen ja nicht vollkommen nutzlos für mich.«

Lambright bot Trumbull den gekühlten Martini an, der aber lehnte ab.

»Nach dem Essen vielleicht.«

Lambright zuckte mit den Schultern und trank ihn selbst. Das edle Kristallglas war mit feinen Kondensationströpfchen überzogen. Einige davon rannen auf den Wüstenboden. Die mangelnde Reaktion des Publikums schien den Zweiten Prinzen Vincent noch mehr in Rage zu versetzen als der Verlust seines Echtzeit-Engramm-Back-ups.

McLennan hatte den Verdacht, dass er hart auf den Abgrund einer Eskalation zuhielt, nach der es kein Zurück mehr geben würde. Kombinatsadel neigte dazu, Leibeigene – und rechtlich gesehen waren all ihre Untertanen praktisch Leibeigene – als Eigentum zu betrachten, das sie nach Belieben benutzen und entsorgen konnten. Pac

Yulin kam ihm vor wie ganz genau das Stück Scheiße, das dieses Privileg mit Genuss öffentlich demonstrieren würde.

»Hoheit«, sagte er und drehte seinen schottischen Akzent voll auf. Natürlich nur zur Show. Sein Akzent war seit mindestens drei Lebensspannen zur Unkenntlichkeit verblasst, aber rein technisch gesehen war er gebürtiger Gutsherr, und diese kleinen Pissbeutel von Außensystem-Despoten hatten immer noch eine Tendenz dazu, in Gegenwart alten Adels von Alt-Erde, und sei das Blut noch so verwässert, ein bisschen zappelig zu werden.

»Hoheit«, wiederholte er, jetzt ein bisschen lauter, und mengte seiner Stimme eine winzige Spur des alten Kommandantentons bei. »Vielleicht überlasst Ihr den Mann jetzt seinen Pflichten, damit es ihm möglich ist, sie auszuführen.«

Der Zweite Prinz Vincent riss die Augen auf, und der Diener zuckte sichtlich zusammen und erwartete offenbar, dass gleich noch üblere Schläge auf ihn herabprasseln würden. Aber bevor Vincent auf sein hohes Ross klettern und tönen konnte, dass es noch nie jemand gewagt hatte, so mit ihm zu sprechen, fügte McLennan hinzu: »Ich habe hier einen Single Malt von der alten Insel, den ich mir für Besuch aufgespart habe, und ich hatte gehofft, Ihr würdet ein Glas mit mir trinken. Die Weingüter Eurer Familie sind berühmt, aber mein Bruder ist Destillateur der Krone sowohl in Edinburgh als auch in London. Ich habe nicht oft würdige Gesellschaft, um einen so guten Tropfen zu teilen, und ich bin sicher, Herodotus hier kann Eurem Mann jede erdenkliche Hilfe leisten, die er braucht, um die Verbindung herzustellen.«

Er sah die widerstreitenden Impulse in dem jungen Mann um die Vorherrschaft kämpfen. Oder eher: in dem Jungen. Er war klug genug, um zu erkennen, dass sich ihm hier eine Möglichkeit bot, halbwegs würdevoll aus seiner Vorführung auszusteigen, aber das übersteigerte Bewusstsein seiner eigenen Wichtigkeit verlangte danach, allen klarzumachen, dass er McLennan einen Gefallen tat, nicht andersherum.

Der Augenblick dehnte sich unbehaglich aus, bis Pac Yulin schließlich knapp nickte. »Ich denke, ich nehme Ihre Einladung an, Lord McLennan. Ich befinde mich schon zu lange in schlechter Gesellschaft.« Er starrte Trumbull und Lambright an. Der Professor betrachtete konzentriert seine Schuhe, und Lambright, für den sich Mac zusehends erwärmte, zwinkerte dem unverschämten kleinen Scheißkerl zu.

»Ganz meinerseits, Junge.«

Das hätte Macs ganze Ablenkungsstrategie zunichtemachen können, aber in diesem Augenblick schrie der Diener plötzlich auf: »Ich hab's, Euer Hoheit. Eine Live-Verbindung.«

Er legte einen Schalter an der mobilen Einheit um und blickte seinen Meister hoffnungsvoll an.

Es überraschte niemanden, dass der Zweite Prinz Vincent ihn augenblicklich wieder attackierte, aber die drei älteren Männer waren trotzdem ein wenig verblüfft, als Pac Yulin ein Knurren ausstieß wie ein Zentaurischer Terrorwolf und sich auf den schreienden Diener stürzte.

Der gellende Schrei währte nicht lang. Prinz Vincent Pac Yulin riss dem Mann mit bloßen Zähnen die Kehle heraus.

Aber das war das Finale.

Vorher biss er dem armen Mann als Appetithappen einen ordentlichen Brocken Fleisch direkt aus dem Gesicht.

9

Sobald sie in der Villa ankam, wollte sich Alessia, die niemals die Dienerinnen zu Hilfe rief, wenn es sich vermeiden ließ, auf die Zugklingel stürzen, die sie herbeischwirren lassen würde. Zweimaliges Klingeln würde ein halbes Dutzend Dienerinnen um sie versammeln, die ihr ein Bad einlassen und Kleidung heraussuchen würden, ihr verknotetes Haar glattbürsten und ...

»Heute nicht, Prinzessin«, sagte Sergeant Reynolds, griff nach der Zugklingel, die vom Rahmen der weit offen stehenden Terrassentüren baumelte, hielt sie außer Reichweite und machte damit Alessias Plan zunichte, ihre Flötenübungen so lange zu verzögern, dass sie heute Nachmittag nichts weiter zu tun hatte als Doktor Bordigonis Sprachunterricht. »Eine rasche Dusche reicht auch. In fünf Minuten schicke ich jemanden, der Euch saubere Kleidung bringt. Und zwar Lady Melora, falls ihr sechs Minuten braucht.«

Sie starrte ihn böse an, was Sergeant Reynolds allerdings nicht sonderlich beeindruckte.

Eine sehr eilige Dusche, frische Kleidung – zum Glück nichts mit Rüschen –, und Alessia saß im Musikzimmer über dem Rosengarten und spielte das Stück, bei dem Sergeant Reynolds an Kaninchen dachte. Er blieb neben ihr stehen, bis er sicher war, dass sie sich in ihr Schicksal gefügt hatte, dann überließ er seinem jungen Kameraden die Aufsicht, während er ihren Sprachlehrer abholte und hinaufbegleitete. Außenstehenden war es nicht erlaubt, ohne bewaffnete Begleitung durch die Villa zu spazieren. Nicht einmal Doktor Bordigoni, der in seinen beiden letzten Lebensspannen schon ihre älteren Geschwister, ihre Onkel und Tanten und sogar ihre Mutter unterrichtet hatte.

Alessia spielte Taminos Arie dreimal, während Sergeant Reynolds fort war. Es war das erste Stück, das sie wirklich gemeistert hatte, und es entspannte sie, es zu spielen, ohne dabei nachzudenken. Der Sergeant hatte recht. Es klang wie ein Kaninchen. Sie verlor sich so sehr in der Musik und Bildern von einer Familie weißer Häschen, die über die gewundenen Pfade draußen zwischen den Rosenbüschen umhersprangen und tanzten, dass sie Reynolds, der gemeinsam mit Doktor Bordigoni zurückkehrte, zuerst gar nicht bemerkte.

»Wundervoll. Einfach wundervoll«, sagte der Lehrer, als sie ihre dritte Wiederholung beendete, und applaudierte. Er applaudierte laut und begeistert, und es überraschte sie, erschreckte sie sogar ein bisschen, wie laut er mit seinen kleinen, vogelartigen Händen und den langen, zarten Fingern klatschen konnte. Doktor Bordigoni war ein kleiner Mann, sein Kopf viel zu groß für den zwergenhaften Körper. Manchmal dachte Alessia, dass dieser gewaltige Quadratschädel doch den zarten Hals, auf dem er saß, verbiegen müsste, und sie hatte sich lange gefragt, weshalb er sich nicht einen besseren Körper besorgte.

»Weil bessere Körper ein Vermögen kosten«, hatte Caro ihr erklärt und die Augen verdreht.

Caro erklärte Alessia oft, was sie nicht verstand. Gute Körper kosteten ein Vermögen, und nicht einmal Professoren, die für Könige arbeiteten, konnten sie sich so einfach leisten.

»Ihr müsst mir noch ein Lied vorspielen, wenn wir mit dem Unterricht fertig sind, Euer Hoheit«, sagte Doktor

Bordigoni. »Das wäre der Höhepunkt meines Tages, selbst dann, wenn Ihr die Alighieri-Passagen, die ich Euch aufgegeben hatte, perfekt auswendig gelernt haben solltet, wovon ich auf jeden Fall ausgehe.« In seinem entzückten Lächeln lag nicht die leiseste Spur Argwohn, dass Alessia das möglicherweise keinesfalls getan hatte, weil sie das Auswendiglernen verstaubter italienischer Gedichte fast ebenso langweilig fand wie das hundertfache Wiederholen derselben immergleichen Tonleitern.

Unsicher erwiderte sie sein Lächeln, aber dann fiel ihr ein Fluchtplan ein, und ihr Gesicht leuchtete auf. »Ich hatte gehofft, dass wir uns wieder über Levi Primo unterhalten könnten«, sagte sie. »Er hat mir sehr gefallen.«

Darauf, dass Doktor Bordigoni sich im Gespräch über irgendeinen toten Dichter verlor, war stets Verlass.

»Primo Levi«, korrigierte er und hob mahnend einen spinnenartigen Zeigefinger. Keine Sekunde lang fiel er darauf herein. »Sobald wir mit unserer Arbeit fertig sind, können wir uns selbstverständlich über ihn und andere alte Meister unterhalten. Ich lade die Dateien schon mal herunter.«

O nein, dachte Alessia. Jetzt stand ihr ein weiterer Vortrag über schlechte Entscheidungen und ihren mangelnden Einsatz bevor und zu allem Überfluss, als besondere Strafe für ihre Sünden, eine ganz besonders öde Lektion über irgendeinen toten Dichterlangweiler von Alt-Erde, der sie wirklich kein Stück ...

Sergeant Reynolds, der diskret seinen Posten am Haupteingang des Musikzimmers bezogen hatte, runzelte die Stirn und neigte den Kopf zur Seite, als würde er konzentriert auf etwas lauschen, das er übers Netz hörte. Auch der andere Wachmann verzog das Gesicht und sah Reynolds an, als erwarte er die Antwort auf eine Frage, die er noch gar nicht gestellt hatte.

Doktor Bordigoni sah ebenfalls abgelenkt aus, vielleicht sogar verärgert. Tiefe Falten gruben sich in seine mächtige, vorgewölbte Stirn, und seine Augen bekamen jenen eigenartigen, nach innen gewandten Ausdruck, den man an Erwachsenen immer dann sah, wenn sie über der seltsamen Welt in ihren Köpfen die Wirklichkeit fast vergaßen.

»Sergeant ...«, setzte er an.

Aber Reynolds hörte Doktor Bordigoni nicht zu. Sergeant Reynolds zog seine Waffe und gab dem anderen Wachmann ein Zeichen, dass er sich an Alessias Seite begeben sollte.

»Sergeant? Gibt es ein Problem mit dem lokalen Netz? Ich scheine keine Verbindung zu meinen Daten zu bekommen. Oder zu irgendetwas sonst.«

Da hörte Alessia einen Schrei. Er war gedämpft, stammte aber aus dem Innern des Haupthauses, da war sie ganz sicher.

»Ich bin offline«, sagte Bordigoni, immer noch ganz in seiner inneren Welt gefangen. »Alles ist offline.«

Über Alessias Arme kroch Gänsehaut. Sie spürte, wie sich in ihrem Nacken die feinen Härchen aufrichteten. Das Netz war nicht offline. Niemals. Es konnten keine Back-ups erstellt werden, wenn die Leute offline waren. Niemand konnte etwas herunterladen.

Noch ein Schrei.

Lauter diesmal und näher. Gleich darauf ein mehrfaches Krachen und eine Reihe donnernder Schläge, und der junge Wachmann neben Alessia zog seine Waffe, eine Pistole oder so, und feuerte ebenfalls seine Fragen auf Sergeant Reynolds ab. »Sarge? Was ist mit dem Netz passiert? Was ist mit unseren Skripten, Sarge?«

»Ganz ruhig, Junge«, sagte Reynolds. »Erledige deine Arbeit. Pass auf die Prinzessin auf.«

Als Schüsse ertönten, zuckten sie alle zusammen. Schüsse! Im Palast! Alessia, der jüngere Wachmann und Doktor Bordigoni fuhren heftig zusammen. Sergeant Reynolds duckte sich lediglich ein wenig tiefer.

Er ließ das Türschloss einrasten und wirbelte herum, betrachtete mit zusammengekniffenen Augen die breite, vom Boden bis zur Decke reichende Fensterfront, die eine so wunderschöne Aussicht über die Gärten bot.

»Was passiert da draußen?«, fragte Bordigoni, der endlich aus seiner kleinen inneren Welt aufgetaucht war, nur um festzustellen, dass es in der Wirklichkeit ebenso chaotisch zuging, wenn nicht gar schlimmer. Alessia hörte noch mehr Schreie, eindeutig von mehr als nur einem Menschen. Es klang, als würden wilde Tiere im Haus wüten. Viele wilde Tiere. Die Wachen, nahm sie an, kämpften mit ihnen. Und schon bald, so der logische Schluss, würden auch Sergeant Reynolds und sein junger Kamerad ihre Waffen abfeuern und Bomben werfen und gegen das kämpfen, was immer dort draußen diese entsetzlichen Geräusche machte. In diesem Zimmer hier, in dem auch sie sich befand.

Ein noch viel lauteres Donnern ertönte und erschütterte das ganze Gebäude. Sie spürte es unter ihren Füßen und sah die Wände erbeben. Gemälde fielen von ihrer Aufhängung und schlugen mit splitternden Rahmen auf den Boden. Der kleine Kronleuchter an der Decke schwang hin und her.

»Sergeant, ich kann meine Skripte nicht laden«, sagte der namenlose Wachmann. Er klang nervös. Mehr als nervös. Er klang verängstigt.

»Wir werden angegriffen«, rief der Doktor. »Es kann nicht anders sein. Wir müssen die Prinzessin in Sicherheit bringen.«

»Schon gut, schon gut. Ruhe bewahren«, sagte Reynolds.

»Aber meine Skripte!«

»Scheiß auf deine Skripte, Junge«, herrschte Reynolds den jungen Wachmann an, und Alessia machte vor Schreck fast einen Satz, fast ebenso entsetzt wie über das Geschrei und die unsichtbaren Kämpfe dort draußen. Noch nie hatte sie solche Worte aus dem Mund eines Erwachsenen gehört. Sie wusste, dass einmal ein Wachmann entlassen worden war, weil er in Gegenwart ihrer Mutter geflucht hatte, ausgepeitscht und dann entlassen, und er hatte nicht einmal direkt vor ihren Augen geflucht. Nur nahe genug, dass sie es hören konnte.

»Du hast deine Waffe und deine Ausbildung, Junge«, knurrte Sergeant Reynolds. »Und jetzt hast du Gelegenheit, beides mal zu benutzen. Der Doktor hat recht. Wir müssen die Prinzessin hier wegschaffen. Wir wissen nicht, wie schlimm die Dinge im Palast stehen, aber wir wissen, dass das Netz ausgefallen ist, und das bedeutet, wir haben es weder mit Rebellen noch mit Aufständischen zu tun. Das ist der Angriff eines anderen Konzerns. Vielleicht koordiniert von einem Intellekt auf Armada-Niveau.«

Er sah Alessia an.

Die Schüsse und Schreie waren inzwischen viel näher.

Ein weiterer, diesmal unerhört heftiger Schlag erschütterte den Palast, und aus den oberen Stockwerken regneten Glasscherben auf den Rosengarten hinunter. Reynolds achtete nicht darauf. »Eure Freunde, Euer Hoheit?«

Alessia brauchte einen Augenblick, um zu begreifen, dass er mit ihr redete und Caro und Debin meinte. »Ja?«

»Sind sie um diese Zeit zu Hause? Es ist kurz nach vier.«

Sie konnte nicht klar denken. Sie erinnerte sich an überhaupt nichts. Was machten Caro und Debin nachmittags? Sie hatten keine Schule oder irgendwelchen Unterricht. Nicht an einem Samstag. Nicht so wie sie. Deshalb konnten sie spielen. Sie konnten spielen, so viel sie wollten...

»Prinzessin!«

Reynolds Stimme, barscher und lauter, als sie ihn je zuvor sprechen gehört hatte, brachte sie in die Gegenwart und das Musikzimmer zurück.

Sie erinnerte sich. »Sie müssten jetzt zu Hause sein«, sagte sie. »Caro muss das Essen für ihren Großvater vorbereiten. Debin hilft ihr dabei und macht sauber, aber ...«

»Gut«, unterbrach Reynolds sie mitten im Satz. Auch das zum ersten Mal. Wachleute fielen einer Prinzessin nicht ins Wort. Niemals. »Hussein«, sagte er zu dem jüngeren Wachmann. Hussein hieß er also. »Such Captain Graham. Berichte ihm, dass ich die Prinzessin bei mir habe und Plan Magenta folge. Er weiß, was er zu tun hat. Verstanden?«

Hussein sah nicht aus, als ob er irgendwas verstehen würde. Sein Blick zuckte hin und her, und er verlagerte das Gewicht von einem Fuß auf den anderen, als wollte er jede Sekunde losrennen, so unberechenbar wie sein wild umherirrender Blick. Alessia duckte sich in der Erwartung, dass Sergeant Reynolds ihn noch einmal anbrüllen würde, aber das tat er nicht. Er legte dem jungen Mann nur eine Hand auf die Schulter und drückte leicht zu. Als er ihn ansprach, war seine Stimme leise und nicht unfreundlich.

»Hussein. Du bist hier, weil du auserwählt wurdest. Du gehörst hierher. So gut bist du, Junge. Jetzt zeig mir, wie gut du bist.«

Der Wachmann schien sich zu fangen. »Ich suche Captain Graham«, sagte er. »Ich berichte ihm, dass Sie Euer Hoheit bei sich haben und Plan Magenta folgen.«

»Guter Junge.« Reynolds klopfte ihm auf die Schulter. Sein Lederhandschuh erzeugte ein lautes Geräusch auf der Schulterpanzerung der Gardeuniform, aber die sogleich darauffolgende Serie von Explosionen draußen war lauter. »Los geht's«, sagte Reynolds.

»Was ist mit mir?«, fragte Doktor Bordigoni. »Was soll ich tun?«

Reynolds schüttelte den Kopf. »Ich weiß es nicht, Doktor. Aber ich würde vorschlagen, dass Sie sich bewaffnen und jeden töten, der aussieht, als hätte er es verdient.«

Bordigoni stand neben einem Notenständer, die zarten Hände ineinandergekrampft, und drehte den eigenartig deformierten Kopf erst in die eine, dann in die andere Richtung auf der Suche nach einer möglichen Waffe. Wachmann Hussein, mit gezogener Waffe und grimmig entschlossener Miene, nickte Reynolds zu und machte sich auf den Weg zur Tür. Der Sergeant beugte sich zu Alessia hinunter.

»Wir werden rennen, Euer Hoheit. Den ganzen Weg bis zu Mister Dunnings Unterkunft unten beim Kräutergarten. Wenn Ihr schneller seid als ich und mich hinter Euch zurücklasst, dann ist es gut so. Dann rennt Ihr einfach weiter.«

»In Ordnung.«

»Wenn mir etwas zustößt«, sagte er, jetzt sehr ernst, »dann lauft ihr ebenfalls weiter.«

»Aber Sergeant ...«

Er hob die freie Hand, in der er keine Waffe trug, um sie zum Schweigen zu bringen. »Sagt Mister Dunning, dass Sergeant Reynolds Euch schickt. Erinnert ihn an unsere Zeit in Port Qrzhaad. Könntet Ihr das für mich wiederholen?«

Sie tat wie geheißen, und ihre Zunge stolperte über den Namen. Er ließ es sie wiederholen. Dreimal.

Beim dritten Mal zuckte sie zusammen, weil Hussein die Tür des Musikzimmers öffnete.

Überrascht sagte er: »Lady Melora.«

Und dann starb er, von einer Fusionsklinge in zwei Hälften geschnitten. Er schrie nicht einmal. Aber Lady Melora schrie, und Doktor Bordigoni ebenfalls.

Alessias Gouvernante stürmte ins Musikzimmer, mitten durch die rauchenden Hälften von Wachmann Husseins Leiche, noch bevor sie von selbst auseinanderfallen konnten. Ihre Kleidung war blutig und zerrissen. Ein Stück von ihrer Schulter fehlte. War einfach fort. Alessia sah Knochen und Gewebe und alles mögliche scheußliche Zeug, das sich in der Wunde bewegte.

Es war grauenhaft, aber das Schlimmste war ihr Gesicht. Alessia war mit Lady Meloras »Wutgesicht« außerordentlich vertraut, aber das hier war etwas anderes. Es war eher, als hätte jemand ein pergamentdünnes Stück menschlicher Haut über ein brodelndes Gewimmel aus schwarzen Bergvipern und Jawanischen Spinnenkatzen gezogen. Sie zischte, genau wie eine Spinnenkatze, ihre Oberlippe zog sich weit zurück, und die Unterlippe...

Jetzt fing Alessia an zu schreien.

Lady Melora hatte keine Unterlippe mehr, nur noch einen ausgefransten fleischigen Halbmond dort, wo ihre Unterlippe gewesen war, ehe sie sie abgebissen hatte.

Doktor Bordigoni schrie auch noch einmal, aber diesmal lag weniger Angst in seiner Stimme. Er hatte den Notenständer gepackt wie einen sehr eigenartigen Knüppel und rannte damit auf die heranstürmende Lady Melora zu.

Die Fusionsklinge zuckte in einer Abfolge wilder Schläge durch die Luft, weniger ein gezieltes Muster als ein zufallsgesteuertes Hacken und Schwingen. Schnitt sägespänesprühend durch den Notenständer und blutsprühend durch Doktor Bordigonis Arme, öffnete seine Bauchdecke, und alles darin ergoss sich über den Boden.

Sergeant Reynolds Waffe brüllte los.

Die altmodischen Kugeln trafen Lady Melora dreimal. Dreimal feuerte er seine Waffe ab, und dreimal zuckte sie unter den Treffern zusammen. Aber sie fiel nicht zu Boden. Ihr Kopf fuhr herum, als wäre er nicht richtig am Körper befestigt. Keine ihrer Gliedmaßen sah aus, als wäre sie richtig am Körper befestigt. Es wirkte, als wäre sie eine Puppe, gelenkt von jemandem, der nicht so recht wusste, was er tat.

Lady Melora allerdings wusste, was sie tat.

Gewissermaßen.

Wieder zischte sie, ein Geräusch, als würde giftiges Gas aus den aufgerissenen Eingeweiden eines Vulkans strömen. Sie hob das glühende Schwert und kam auf sie zugerannt, mit seltsam unkoordinierten, ruckartigen Bewegungen. Alessia wollte weglaufen, aber sie konnte sich nicht bewegen. Es war, als würden ihre Füße am Boden festkleben.

Wieder brüllte Sergeant Reynolds Waffe auf, und Lady Meloras Kopf verschwand.

Sie hörte damit auf, auf sie zuzurennen.

Alessia war schwindlig. Das Musikzimmer büßte an den Rändern ihres Sichtfelds die Farbe ein, wurde grau, dann weiß. Es kippte weg, und sie spürte, wie sie flog.

Wie konnte sie fliegen, wenn sie nicht einmal rennen konnte?

Sie flog zur Tür hinaus in den Rosengarten, ritt auf Sergeant Reynolds Schultern, als wäre er ein Einhorn und sie eine Prinzessin. Oder etwas in der Art. Die Welt hüpfte auf und ab, während er von der Villa wegrannte.

Sie sah Rauch und Flammen aus zwei Fenstern im oberen Stockwerk züngeln. Die Sonne funkelte wunderhübsch auf den Hunderten oder gar Tausenden Glasscherben, die den Garten übersäten.
Irgendwer würde sie später alle aufheben müssen, dachte sie.
Wahrscheinlich Caros Großvater.
Sie waren gerade zu Caros und Debins Großvater unterwegs, fiel ihr wieder ein, während sie die Augen schloss und von irgendwo aus großer Höhe die Nacht auf sie herunterstürzte.

10

Als sie ihn schliesslich holten, kamen sie mit schwerem Aufgebot: ein Captain in Paradeuniform, Orr und zwei Krawallbekämpfungsmechs. Die Mechs waren so groß, dass sie nicht nebeneinander in den Gang passten. Einer ging voran, der andere bildete das Schlusslicht. Booker wusste nicht, ob sie vom Intellekt des Habs gesteuert wurden oder Geisterreiter an Bord hatten.

Er fragte nicht nach.

Eventuelle Reiter wären nicht wie er. Kein Coder würde sich dafür hergeben, an etwas so Ruchlosem teilzuhaben wie der Auslöschung einer menschlichen Seele.

»Oh, mein Freund«, sagte Vater Michael, als die Sprengschutztüren, die den Todes- und Auslöschungstrakt vom restlichen Gefängnis-Hab trennten, aufglitten und der erste Mech krachend den Gang zwischen den Zellen entlanggestampft kam. Er war mindestens zweieinhalb Meter hoch, mehr Maschine als Biomech-Verbund, und war aufgerüstet worden, um in kritischen Situationen als Begleitung zu dienen. Einer seiner Arme war mit einer Greifklaue ausgerichtet, der andere mit einer Schusswaffe, die höchstwahrscheinlich mit Gelgeschossen geladen war.

Alles seinetwegen.

»Oh, mein Freund, es tut mir leid«, wiederholte der Priester, als die Eskorte die Zelle erreichte. Korporal Orr trug eine ausdruckslose Miene spazieren. Der ihn begleitende Captain bestand ganz aus geraden Linien und scharfen Winkeln, polierten Schuhen und messerscharfen Bügelfalten. Er nahm Haltung an und ließ die Fersen auf den Boden knallen, als wollte er die Mechs übertrumpfen.

»Verurteilter Booker3-212162-930«, verkündete er. Rief es direkt in die Zelle, starrte dabei aber ins Leere, als wäre Booker gar nicht da. »Auf Weisung des Militärgerichts des 7. Militärdistrikts werden Sie von diesem Zellentrakt aus zu Ihrer Hinrichtungsstätte verbracht, wo man Sie aus dem Eigentum der Terranischen Schutztruppen extrahieren und Sie anschließend löschen wird, ohne Hoffnung auf künftige Reinstallation. Ihr Quellcode wird niemals wieder in einen Körper übertragen.«

Vater Michael murmelte irgendetwas Sinnloses vor sich hin und fuchtelte mit einer noch sinnloseren Geste herum, um seine Absolution oder seinen Segen zu erteilen oder was auch immer das für ein verrücktes, erniedrigendes Ritual war, mit dem er seinen unsichtbaren Freund in solchen Zeiten um Beistand anflehte. Die Krawallmechs standen stumm und vollkommen reglos da.

Orr nickte ihm zu. »Es ist so weit, Booker«, sagte er.

»Ich weiß.«

Es kümmerte ihn nicht. Er wusste, dass sie ihm über die Einspritzvorrichtungen in seinem Rückenmark ohne seine Einwilligung irgendwelche Drogen verpasst hatten, gerade genug, damit er artig gehorchte. Wegen der Neuralklammer in seinem Hirn konnte er ohnehin keinen aktiven Widerstand leisten. Aber vermutlich war es für alle Beteiligten eine Belastung, wenn sich Gefangene wie heulende Babys auf den Boden warfen und versuchten, sich an den Gitterstäben festzuklammern. Das würde die ganze Feierlichkeit empfindlich stören, nicht wahr?

Keller hätte ihn natürlich liebend gern so gehen sehen.

Ein ausreichender Grund, es nicht zu tun, fand Booker. Er schüttelte dem Priester die Hand. »Danke, Mann«, sagte er und spürte jetzt deutlich, wie die Wirkung der Drogen einsetzte. »Wenn ich drüben ankomme und alles so ist, wie Sie es sagen, dann sehe ich zu, dass ich Ihnen ein Zeichen sende.«

Über Vater Michaels Gesicht huschte ein Lächeln, aber es war flüchtig, unsicher. »Wohlan«, sagte er.

»Korporal Orr.« Booker nickte dem Aufseher zu, ohne dem Captain Beachtung zu schenken. Das Beruhigungsmittel machte ihn wirklich ganz weich und milde. Er fragte sich, ob Orr ihm ein bisschen was extra verpasst hatte. Fürs gute Betragen. »Ich bin bereit.«

Die Magschlösser entriegelten sich, und der vordere Mech öffnete und schloss seine dreifingrige Greifklaue, um ihm in Erinnerung zu rufen, dass sie es bei Bedarf auch auf dem groben Weg hinter sich bringen konnten. Also wahrscheinlich ein Geisterreiter. Ein Intellekt würde sich mit so theatralischem Scheiß nicht abgeben.

Booker zwinkerte Orr zu. »Ich wette, mit Ihnen hätte ich's aufnehmen können«, sagte er.

»Bisschen spät, um das noch rauszufinden«, antwortete Orr, ehe er hinzufügte: »Viel Glück.«

»Dafür ist es auch ein bisschen spät.«

»Booker. Hey, Booker.«

Es war Keller. Orr runzelte die Stirn, und der Captain, auf dessen Namensschild trotz seiner urnordischen äußeren Erscheinung LAO TZU stand, starrte den anderen Gefangenen mit mörderischem Blick an.

»Schon okay«, sagte Booker. »Wir sind Kumpels.«

Tatsächlich streckte Keller ihm durch die Gitterstäbe die Hand entgegen. Sein mit Blutergüssen übersätes Gesicht war ein entsetzlicher Anblick, die Augen fast gänzlich zugeschwollen. Kellers Hand zitterte, einer seiner

Finger wirkte übel deformiert, aber er schien fest entschlossen zu sein, sich von Booker zu verabschieden.

»Na gut«, sagte der Captain.

Booker ergriff die dargebotene Hand, sehr behutsam, damit der verletzte Finger nicht noch mehr schmerzte als ohnehin schon. Keller grinste ihn mit gesplitterten Zähnen an, und Booker spürte in seiner Hand die Kanten des Zettels, den Keller ihm soeben gegeben hatte.

Er konnte nicht anders.

Er war jetzt völlig auf Droge. Er las, was auf dem Zettel stand.

Hilfe, hatte Keller geschrieben. *Ich werde hier gefangen gehalten.*

Booker kicherte.

Orr stieß Keller mit seinem Schlagstock vor die Brust und zwang ihn zurück in die Zelle.

»Korporal, wie viel Beruhigungsmittel hat dieser Gefangene bekommen?«, fragte Captain Lao Tzu.

»Genug, um sicherzugehen, dass er uns keinen Ärger macht«, erwiderte Orr. »Wenn Sie wünschen, kann ich einen Teil der Dosis neutralisieren, aber ich würde es nicht empfehlen, Sir. Booker war ein gefährlicher Krimineller. In seine Skripte wurde unauslöschlicher schwarzer Code eingeschleust. Dieser Code ist inaktiv, und Booker wurde eine Neuralklammer eingesetzt, aber ich habe gelernt, keine Risiken einzugehen. Nicht bei Quellcodern, Sir.«

Der nordische Lao Tzu sah nicht gerade glücklich aus, was eine Schande war, weil heute ein verflixt schöner Tag war und Booker es gern gesehen hätte, wenn alle anderen sich lockergemacht und ihn ebenso sehr genossen hätten wie er selbst.

»Gehen wir«, schlug Booker vor. »Na los. Keine Zeit verschwenden!« Er winkte ihnen aufmunternd zu und ging auf die Sprengschutztüren zu, hinter denen die Hinrichtungskammer lag. Einer der riesigen Mechs trat ihm krachend in den Weg, und ein Greifarm schoss vor und packte ihn mit der gepolsterten Klaue.

Er schnaufte. »Hey, das kitzelt.«

»Das hier soll für ihn kein Vergnügen sein«, protestierte der Captain. »Regeln Sie ihn bitte runter, ja? Nicht ganz, aber doch so weit, dass er nicht aussieht, als ginge er zu einer Party statt zu seiner Hinrichtung.«

»Ja, Sir«, sagte Orr.

Für Booker war es, als hätte jemand die Sonne ausgeschaltet. Die Leuchtstreifen, die den Zellblock eben noch in so weiches, warmes Licht getaucht hatten, verloren ihre schmeichelnde Schönheit. Noch Augenblicke zuvor hätte sich Booker ohne Weiteres vorstellen können, er wäre am Strand von SoCal und aalte sich noch eine Runde in der Sonne, ehe sie zum ersten Mal mit dem Schiff hinausfuhren.

Jetzt.

Jetzt würden sie.

Jetzt.

Sie würden ihn löschen.

Ach du Scheiße, nein!

Aber der Mech hatte ihn fest im Griff, und als er dagegen ankämpfte, wurde er augenblicklich so müde, dass er einschlief. Sein Kopf kippte nach vorn, und alles wurde grau.

»Korporal Orr. Bitte.«

Eine weitere Einspritzung über seine Implantate. Es war, als rinne ihm ein Tropfen kühl das Rückgrat hinunter. Weckte ihn auf. Aber zugleich wurde alles seltsam fern und flach.

Booker betrachtete die Welt ringsum mit derselben Sachlichkeit, die er dem Lesen eines Handbuchs entgegenbringen würde. Eines fachspezifischen Handbuchs für eine schon lange untergegangene Technologie. Hatte alles nichts mit ihm zu tun. Nichts zu sehen, weitergehen.

Er ließ zu, dass man ihn aus dem Zellblock trug. Zwischen den stampfenden Schritten des drei Tonnen schweren Mechs hörte er den Priester Gebete murmeln. Für seine Seele. Die sie gleich löschen würden. Warum interessierte das den Typen überhaupt? Der Weg zur Hinrichtungskammer war kurz. Zwei Gänge, eine Abzweigung. Keine Minute nach Verlassen des Zelltrakts legte der Mech Booker auf die Liege, auf der sie den Code aus seinem Körper extrahieren würden. Sein Engramm, seine Seele, würde in einen Speicherkristall übertragen werden, und dann würden sie die Daten mit einem elektromagnetischen Puls löschen. Danach würde man den Kristall in einem Plasmabad zerstören, und es würde Booker nicht mehr geben.

Dieser Körper, dieses Fleischbehältnis, war nicht er. Es würde schon bald mit einer anderen Seele befüllt werden, binnen Stunden oder Tagen. Das Schicksal seines Körpers kümmerte ihn nicht weiter. Er war nicht das Gefäß. Ganz gleich, was diese Barbaren glaubten, er war eine menschliche Seele, und diese Seele steckte im Quellcode.

Im dumpfen Betäubungsnebel kam ihm die Hinrichtungskammer irgendwie vertraut vor. Eine Kammer mit Wänden aus gebürstetem Stahl, zwei Liegen. Ein Steuerpult. Er war schon in ähnlichen Räumen gewesen, allerdings erheblich größeren, und es hatten Tausende Liegen darin gestanden, allesamt von im Tank gezogenen Kriegerkörpern belegt, die auf Download oder Extraktion warteten. Nur selten reiste ein Ausrüstungsstück, wie sein Körper eins war, über die Grenzen seines eigenen Sonnensystems hinaus. Normalerweise machte nur der reine Code solche weiten Reisen, bewegte sich mithilfe einer Wurmlochverbindung in Sekundenschnelle durch die gesamte Ausdehnung des menschlich besiedelten Raums und wurde in irgendeinen Körper transferiert, den die TST für geeignet hielten. Booker hatte auf Hunderten solcher Liegen geruht. War in Mechs und Biomechs und Fleischbehältnisse transferiert worden und wieder hinaus, vom Perseus-Archipel bis zum Orion-Gürtel.

»Ich bin nicht das Behältnis«, murmelte er leise durch den Nebel der Betäubungsmittel. »Ich bin die Seele.«

Captain Lao Tzu trat an das kleine Steuerpult. Der Offizier hätte ebenso einfach das Hab anweisen können, sich um Extraktion und Löschung zu kümmern, aber hier ging es nicht um nüchterne Zweckmäßigkeit.

Dies war eine Zeremonie, und bei Zeremonien ging es stets um die Form.

Der Captain, als offiziell bestellter Vertreter der Terranischen Verteidigungsstreitkräfte, würde eigenhändig sämtliche Knöpfe drücken und Hebel umlegen. Ja, analoge Knöpfe und Hebel. Altmodisch, fast wie ein Henker mit seiner Schlinge auf einer der Grenzwelten.

Booker fiel es schwer, klar zu denken. Er blickte Orr an, der ihn mit einem schmalen Lächeln bedachte. Warum machte Orr das eigentlich? Warum ließ er zu, dass sie ihm das antaten? Booker hatte ihm nie das kleinste bisschen Ärger gemacht.

Der Krawallmech, der ihn auf die Liege gedrückt hatte, stand jetzt dicht neben der Sprengschutztür der Kammer. Für beide Mechs war hier nicht genug Platz, also wartete der andere draußen. Ein eigenartiger Gedanke, dass er gleich imstande sein würde, von hier fortzugehen, Booker aber nicht.

»Und erlöse uns vom Bösen...«, rezitierte der Priester

aus irgendeinem alten Ritual, das Booker nicht das Geringste bedeutete.

Wenn nicht sehr bald jemand ihn von dem Bösen, das in dieser Kammer vorging, erlöste ...

Eine Sirene heulte auf.

Rote, zuckende Lichter blitzten.

Endlich, dachte Booker. *Jemand hat gemerkt, was diese Typen gerade machen. Jemand kommt mir zu Hilfe.*

Die bösen Männer, die seine Seele auslöschen wollten, waren über die Unterbrechung nicht erfreut. Eine barsche Stimme hallte durch die Kammer, so laut, dass sie die Nebel seiner Betäubung zerriss.

»*Schadsoftware entdeckt!*«, donnerte die Stimme. »*Habnet kompromittiert*«, brüllte sie.

Der Krawallmech schien davon so erschüttert zu sein, dass er einfach aufgab. Booker sah ihn in sich zusammensinken wie einen Menschen, der gerade eine schlimme Nachricht bekommen hat. Die schlimmste von allen.

Vater Michael drückte sich den Rosenkranz und eine kleine schwarze Bibel an die Brust. Sein verängstigter Blick zuckte von Korporal Orr zu dem guten alten blonden, blauäugigen Captain Lao Tzu.

Das war traurig, fand Booker. Vater Michael war ein feiner Kerl. Ein bisschen beschränkt, aber ansonsten in Ordnung. Es betrübte ihn, den Mann so verängstigt zu sehen.

»Ich bin offline«, sagte der Captain.

»Ebenfalls«, antwortete Orr. »Die Mechs auch.«

Na sieh mal an, dachte Booker. Das hätte er ihnen auch sagen können.

»*Schadsoftware entdeckt!*«, plärrte die Stimme wieder. »*Habnet kompromittiert!*«

Hmmm, dachte Booker. *Jemand sollte was dagegen unternehmen.*

Schlimme Sache, solche Schadsoftware. Manche Coder betrachteten sie als eine Art Dämon. Aber Booker nicht. Er war nicht abergläubisch.

Ein tiefer, grollender Donner rollte durch die Kammer und rüttelte sie alle durch. Booker, dem zumute war, als ginge ihn das alles nichts an, begriff, dass Habs so etwas eigentlich nicht tun sollten. Ob ringförmig oder zylindrisch, Habs waren gewaltige Gebilde. Nichts konnte sie erbeben lassen.

Aber dann fiel ihm wieder ein, dass dieses Hab ungewöhnlich klein war. Ein Gefängnis innerhalb einer TST-Basis. Allzu groß war es wirklich nicht.

Eine weitere dumpfe Explosion erschütterte die Kammer, und er entspannte sich.

Schlichte Kinetik oder Sprengstoff konnten ein kleines Hab wie dieses hier wahrscheinlich durchaus beschädigen, dafür brauchte es nicht mal zwingend Gravitonladungen oder so. Die Kammer erbebte, und das gesamte Hab-Gebilde ringsum vibrierte wie ein Gong, weil sie angegriffen wurden. Das Rätsel war gelöst. Wieder erklang die Stimme. Immer noch sehr laut.

»*Schadsoftware entdeckt! Habnet kompromittiert!*«

Aber nein, jetzt war es eine andere Stimme. Menschlich, nicht maschinell erzeugt. Sie klang verängstigt. So wie Vater Michael.

Sie hatten Booker ein Skript eingespeist, mit dem er die Angst ringsum wahrnehmen konnte. Angst hatte einen eigenen Geruch. Aber er hätte dieses Skript gar nicht gebraucht. Er hörte der aus den Lautsprechern hallenden Stimme die Angst an.

»*Feindliche Streitkräfte entdeckt. Gegenmaßnahmen eingeleitet. Der Intellekt ist ausgefallen. Habnet wurde infiltriert. Es sind die Sturm. Die Sturm sind zurück!*«

Tja, dachte Booker und streckte sich entspannt auf sei-

ner Liege aus, während Orr hektisch auf dem Steuerpult herumfuhrwerkte und Lao Tzu ihn beobachtete, ein großer, hilfloser Zuschauer. *Die Sturm sind also zurück, was? Damit hab ich nicht gerechnet!*
Er schloss die Augen.
So tiefenentspannt wie vorhin im Zellentrakt, als man ihm eine ordentliche Dosis verpasst hatte, war er nicht. Aber trotzdem war ihm zumute, als ginge ihn all das nicht viel an. Beiläufig fragte er sich, was wohl als Nächstes geschehen würde. Wollten sie ihn immer noch löschen? Würde es einen Krieg geben? Hey, dachte er. Vielleicht war es ja auch der Quell. Vielleicht war jemand gekommen, um ihn zu retten.
Aber selbst dieser Gedanke entlockte ihm keine rechte Begeisterung.
Und außerdem sagte der Typ über Lautsprecher etwas anderes.
Oh. Ach ja. Die Sturm.
Diese Typen kann keiner leiden.
Booker öffnete die Augen.
Sein Verstand hatte sich geklärt, als wäre ein kühler Wind hindurchgegangen.
Er lag noch immer auf der Liege, Arme und Fußgelenke waren mit Flüssigmetallklammern fixiert.
»Booker? Sind Sie wieder bei uns?«, fragte Orr.
»Ja«, sagte er. Sie hatten die Drogen neutralisiert. Seine Konzentrationsfähigkeit, seine Geistesgegenwart waren mit einem Mal wieder da. Als wäre er völlig stoned über eine Blumenwiese gerannt und unvermittelt gegen eine Mauer geknallt, die einen Augenblick zuvor noch nicht da gewesen war. »Ich bin wieder da. Und die Sturm auch? Echt jetzt?«
»Ich weiß es nicht. Aber wir werden angegriffen. Schadsoftware und Eindringlinge im Hab«, sagte Orr rasch.

Captain Lao Tzu starrte das Steuerpult an, als sähe er so etwas zum ersten Mal. Booker brauchte keinen schwarzen Code, um zu sehen, dass der Mann gleichermaßen verwirrt und verängstigt war.

»Wir können nichts hochladen«, erklärte Orr. »Habnet ist eingefroren oder so. Anscheinend hat eine Art elektromagnetischer Impuls die Puffer gegrillt.«

In einiger Entfernung, aber lauter als zuvor, hörte Booker Schüsse und Explosionen. Der Priester war neben Lao Tzu getreten und schien ihm seine Unterstützung anzubieten, was ihm aber offenbar nicht besonders überschwänglich gedankt wurde. Der Typ war ernsthaft außer sich, und als Vater Michael ihm eine Hand auf die Schulter legte, stieß er sie weg.

»Der Captain weiß nicht, wie man das Steuerpult bedient«, erklärte Orr. »Er hatte das Skript noch nicht geladen.«

Fast hätte Booker schnaubend aufgelacht.

Der Mann, der ihn eben noch aus der Schöpfung hatte ausradieren wollen, wusste nicht, wie es funktionierte. Er hatte die Anleitung nicht runtergeladen. Aber Booker lachte nicht. Am Ende des dunklen Tunnels sah er einen leisen Hoffnungsschimmer.

»Wir können Sie losmachen, wenn Sie uns zusichern, dass Sie uns beim Bekämpfen der Eindringlinge helfen«, sagte Orr. »So lautet das Protokoll.«

Jetzt lächelte Booker. Ein dünnes Lächeln. »Warum sollte ich das tun? Wer auch immer das ist, die haben vermutlich nicht vor, mich zu löschen.«

Captain Lao Tzu schüttelte erneut Vater Michaels Hand ab und wandte sich an seinen Gefangenen. »Seien Sie sich da nicht zu sicher. In den Augen der Sturm sind Sie nicht einmal menschlich. Aber ich werde bei einem strafmildernden Verfahren für Sie aussagen, wenn Sie bei der

Verteidigung des Habs helfen.« Dann schien ihm noch etwas anderes einzufallen. »Und falls Sie sterben, geht Ihre Seele auf direktem Weg zum Quellcode-Umwandler im Himmel. Das wäre für Sie doch ein Vorteil, oder?«
Booker starrte ihn beleidigt an. »Nein. Wollen Sie nun meine Hilfe, oder nicht?«
»Wir könnten sie durchaus gebrauchen«, sagte Orr und bedachte den Captain mit einem gereizten Blick. »Ich kann überhaupt nichts laden. Komme nicht an den Hauptspeicher heran. Nicht mal den lokalen Speicher kann ich abrufen. Nur meinen eigenen Hirnspeicher.«
»Ich bin sicher, *Sie* kommen zurecht«, sagte Booker betont. »Was ist mit Ihnen, Captain? Was haben Sie dabei?«
»Verwaltungsskripte.« Der Captain klang fast beschämt. »Ich habe seit drei Jahren keinen Einsatzcode mehr benötigt.«
»Und Sie arbeiten überhaupt nicht mit Code, Vater, oder?«
»Nein«, sagte Vater Michael.
»Na schön«, sagte Booker, gerade als eine weitere Explosion die Wände erschütterte. »Ihr habt mir eine Neuralklammer implantiert. Physikalisch, keine Software, richtig? Holt mich aus dieser Haut hier raus und steckt mich in den Mech. Der Reiter ist entweder gegrillt oder abgeschnitten. Ich versuche, zum nächsten Arsenal zu kommen und die Arbeitsmodule gegen Kampfmodule auszuwechseln. Aber zuerst«, er richtete den Blick geradewegs auf Lao Tzu, »müssen Sie als Offizier mir Ihr Wort geben, dass Sie Ihr Versprechen halten und ein Begnadigungsgesuch für mich unterstützen. Ganz egal, wer die Angreifer sind. Selbst wenn es die Quelle sein sollte.«
»Das sind nicht Ihre Freunde«, sagte der Captain – wenigstens in Bezug darauf schien er sich ganz sicher zu

sein, wenn auch über sonst nichts. »Ich gebe Ihnen mein Wort.«

»Und ich habe Zeugen.« Booker deutete mit einem Nicken auf Orr und Vater Michael.

Ein Augenblick verstrich. Noch einer. Nur die Sirenen füllten die Stille, bis Booker fragte: »Was nun?«

»Äh. Ich weiß nicht mehr, wie man dieses Steuerpult benutzt«, erinnerte Lao Tzu die anderen.

Korporal Orr schloss ganz fest die Augen. »Ich glaube, ich kann es auch tun«, sagte er. »Ich habe im Arsenal gearbeitet. Ich kann einen manuellen Austausch vornehmen. Jedenfalls bin ich einigermaßen sicher, dass ich es kann. Reicht Ihnen das, Booker? Ich kann für nichts garantieren. Das ist nicht mein Fachgebiet. Aber immerhin habe ich es schon mal selbst gemacht.«

Booker zuckte mit den Schultern. »Na, dann tun Sie mal, was Sie nicht können.«

»Gesegnet sollen Sie sein«, sagte Vater Michael.

»Vater, Sie passen bitte gut auf sich auf und bleiben in Deckung. Ich brauche Sie noch, um diesen vergesslichen Idioten dort an sein Versprechen zu erinnern.« Er nickte zu Lao Tzu hinüber.

»Okay«, sagte Orr. »Wir müssen einen knallharten Direktwechsel machen. Tut mir leid, Booker. Wir haben keine Zeit für Fußmassagen oder schöne Worte.«

»Ist ja nicht das erste Mal, dass ich in den Hals gefickt werde«, sagte Booker. »Na los, fangen Sie schon an.« Er drehte den Kopf zur Seite, um den Korporal an die subdermale I/O-Buchse zu lassen, die direkt unter dem Kiefer in den Hals implantiert war. Orr zog ein Kabel aus dem Heck des Mechs. Ein Ende stöpselte er in die Maschine und legte einen Schalter um, dann kam er zu Booker. Das Kabelende sah fies aus, ein mit Widerhaken besetzter Dorn. Elektrisch geladen.

»Wenn Sie irgendwelche Gebete für eine Seele in großer Gefahr kennen, Vater, dann wäre jetzt der richtige Moment dafür«, sagte Booker.

»Vater unser, der Du bist im Himmel...«, legte der Priester los.

Booker spürte, wie Orr mit der Spitze des Datendorns sein menschliches Fleisch berührte.

Dann stieß er ihn tief hinein, und Booker hörte sich selbst aufschreien.

Als seine Seele den Körper verließ, wurde die Welt dunkel um ihn.

11

Captain Hayes tötete Wojkowski mit einem Schuss mitten ins Herz, aber erst nachdem der Komm-Offizier die Zähne tief in den Arm eines neben ihm stehenden Soldaten geschlagen hatte. Seinen Angriffen wohnte dieselbe mörderische Wut inne wie denen von Kapitän Torvaldt. Aufknurrend riss der Soldat seinen Arm fort, wodurch er zwar einen Brocken Fleisch verlor, aber seinem Kommandanten freies Schussfeld auf den Berserker verschaffte.

Lucinda zuckte zusammen, als er feuerte und das intelligente Geschoss Wojs Oberkörper aufriss. Ein Fleischfresser. Eigens konstruiert, um organische Materie zu zerstören, während er beim Kontakt mit jedem anderen Material harmlos zerfiel. Die meisten Waffen der Soldaten hier waren glatt imstande, ein Loch in die innere Schiffshülle zu reißen. Keine gute Idee in einem sich selbst stabilisierenden Blasenuniversum.

»Navigator«, brüllte sie Chase an. »Sprung einleiten. Sofort. Chivers, halten Sie sich am Steuer bereit.«

»Aber Defiant ist offline«, protestierte Chase.

»Darum sage ich Ihnen ja, Sie sollen den Sprung einleiten. Wissen Sie, wie man navigiert?«

Seine Antwort bestand aus einem finsteren Blick, aber er trat über die Leichen und den ganzen Schmodder hinweg, so gut es ging, und beugte sich über die Holomatrix auf seiner Konsole, um Echtzeit-Telemetriedaten heranzuziehen.

Hayes näherte sich der Leiche des Mannes, den er gerade getötet hatte, die Waffe noch immer schussbereit in der Hand.

Am Steuer stand Leutnant Chivers und nickte Lucinda nervös zu, um zu signalisieren, dass sie bereit war, auf Chases Freigabe hin augenblicklich den Sprung zu machen und sie hier wegzubringen. So ein Sonnensystem war verdammt groß, und das Risiko, durch Zufall ausgerechnet in einem Gasriesen zu landen, war ausgesprochen klein, aber passieren konnte es trotzdem. Der Intellekt der *Defiant* hätte den Kurs, über den sie sich durch den Raum davonfalten konnten, in Sekundenbruchteilen berechnet. Genau genommen hatte Defiant bereits vor drei Tagen, als sie das Sonnensystem erreicht hatten, eine Notfallroute berechnet.

Aber Defiant war offline.

Der Intellekt war nicht tot. Denn dann wären sie es ebenfalls. Sie würden nicht mehr existieren – ihre Blase wäre kollabiert und die Materie, aus der sie bestanden, schlicht und einfach aus dem Universum verschwunden.

»System, irgendeine Idee, was mit Defiant passiert ist?«, fragte Lucinda Bannon, während sich die Soldaten um ihren verletzten Kameraden kümmerten und seine Wunde versorgten. Seine Gefasstheit war womöglich eher das Ergebnis schmerzstillender Wirbelsäulenimplantate als das besonderer Zähigkeit.

»Nein... äh, Ma'am«, antwortete Bannon, der gerade mit mehreren Hologrammen zugleich zugange war. »Defiant hat sich weit zurückgezogen. Ich komme nicht durch, aber immerhin kann ich erkennen, dass er sehr beschäftigt ist. Zieht eine Menge Energie. Sechsundzwanzig Prozent des gesamten Antimaterie-Outputs.«

Das ließ alle Umstehenden aufhorchen.

Normalerweise nippte der Intellekt nur an den Energiereserven des Antimaterie-Antriebs, aber jetzt trank er in vollen Zügen davon. Zwar konnte das Schiff problemlos um die vierzig Prozent der Kapazitäten für den Bedarf des Intellekts erübrigen, aber das war für Kampfhandlungen gedacht, wenn sich das Schiff in einer Schlacht um Leben und Tod befand.

Für gewöhnlich reichten zwei Prozent völlig.

Defiant war in einen Krieg verwickelt.

Lucinda fragte sich, ob sie das hier wohl überleben würden.

Was auch immer es war.

Nachdem er sich vergewissert hatte, dass keiner der Toten wiederauferstehen würde – eine Möglichkeit, die man bei kompromittierten Leichen voll neuromuskulären Gewebes stets in Betracht ziehen musste –, kehrte Hayes an Lucindas Seite zurück. In diesem Augenblick trafen die Sanitäter ein, um die Verwundeten zu versorgen und die Engramme der Toten einzusammeln. Sie warfen nur einen kurzen Blick auf Torvaldts Überreste und wandten sich Connelly zu. Aber sie war in kaum besserem Zustand.

»Ich glaube nicht, dass wir da noch etwas rausholen können... Sir«, sagte einer von ihnen zu Hayes.

»Leutnant Hardy befehligt die Brücke, mein Sohn«, sagte Hayes. »Sie hat das Kommando. Erstatten Sie ihr Bericht.« Hayes wechselte einen Blick mit Lucinda, nur ganz kurz, aber bedeutungsschwer. Dies hier war jetzt ihr großer Auftritt.

Lucinda ließ den Blick über die Brücke schweifen, betrachtete die erschütterten und verängstigten Gesichter ihrer Kameraden. Männer und Frauen, die sie kannte, ohne sie auch nur im Geringsten zu kennen. Ian Bannon sah völlig fertig aus. Es war seine erste Lebensspanne; es war das erste Mal, dass er jemanden eines gewaltsamen

Todes sterben sah, und man sah es ihm an. Sein Gesicht war ausdruckslos, die leeren Augen schienen tief in den Schädel eingesunken zu sein, als wollten sie das Gesehene ungesehen machen. Die anderen beiden Neuzugänge auf dem Schiff, Mercado Fein und Nonomi Chivers, waren sichtlich froh, ein gutes Stück weiter unten in der Befehlskette zu stehen.

»Moment mal. Was ist mit Timuz und Koh? Die beiden müssten doch höherrangig sein als ... *Leutnant* Hardy.«

Es war Chase, natürlich, er erholte sich rasch. Einen Kommandanten totgetreten zu haben schien seinen Appetit darauf, sich einen weiteren vorzunehmen, deutlich angefacht zu haben. Hayes betrachtete ihn missbilligend.

»Tut mir leid, Sir«, sagte ein Sanitäter, »Leutnant Kommandant Koh ist auf der Krankenstation. Er ist während der Turbulenzen gestürzt und hat eine schwere Kopfverletzung erlitten. Sehr schwer. Er ist bewusstlos, vielleicht sogar tot, bis wir ihn wieder holen können.«

Lucinda rief den Datenstrom wieder auf, isolierte rasch die Daten der Krankenstation und fand den entsprechenden Bericht. Er war keine Minute alt. Die Liste der Opfer wuchs stetig. Überwiegend Verstauchungen, ein paar Brüche. Aber es waren viele. Und Koh war unter den Körperverlusten gelistet.

»Was ist mit Leutnant Kommandant Timuz?«, kam sie Chases Frage zuvor. »Er kommt im Rang direkt hinter Connelly. Wir sollten ihn auf die Brücke holen, er muss das Kommando übernehmen.«

Hayes schüttelte den Kopf. »Das wird ihm nicht gefallen.«

»Das spielt wohl kaum eine Rolle«, erwiderte Lucinda. »Er ist der befehlshabende Offizier.«

Sie versuchte, ihn über Neuralverbindung zu erreichen – eine tief verwurzelte Gewohnheit –, aber sie waren noch immer offline. Also musste sie in der Datenwolke nach ihm suchen. Sie spürte, wie ihr das Blut ins Gesicht stieg, während die Sekunden verstrichen, ohne dass sie ihn in dem tosenden Sturm aus Informationen ausfindig machen konnte.

»Leutnant, wenn ich mal dürfte?« Es war Bannon. Er öffnete einen Audiokanal zum Maschinenraum, direkt zur Leitung.

»Ich hab zu tun«, blaffte Timuz.

»Kommandant, hier spricht Leutnant Hardy, Sir. Auf der Brücke gibt es ein Problem, das Ihre sofortige Aufmerksamkeit erfordert.«

»Hier unten gibt es auch ein Problem, bei dem ich gebraucht werde, kleine Miss«, erwiderte Timuz scharf.

»Defiant steckt in großen Schwierigkeiten, wir also auch.«

»Haben wir die nötigen Kapazitäten für einen Sprung?«, fragte Lucinda.

»Aye, haben wir.«

»Kommandant«, sagte sie. »Ich befürchte, der Kapitän ist tot, Sir. Die stellvertretende Kommandantin ebenfalls. Sie haben jetzt das Kommando.«

Dieser Eröffnung folgte kurze Stille, nicht mal eine Sekunde, dann antwortete Timuz: »Tut mir leid, das zu hören, aber wir können sie später zurückholen. Kümmern Sie sich um den Sprung, Leutnant. Wenn ich den Maschinenraum verlasse, sind wir alle tot, und dann kommt keiner mehr zurück.«

Er unterbrach die Verbindung.

Hayes beantwortete Lucindas wortloses *Was jetzt?* Mit einem Schulterzucken. »Leutnant, Sie haben das Kommando«, sagte er. *Tun Sie irgendetwas*, schien er stumm hinzuzufügen.

»*Mister* Chase«, sagte sie scharf. »Sind Sie mit meinen Zwischenstationen für den Sprung so weit?«

Der Navigator sah stinkwütend aus, nickte aber. »Sind bereits eingegeben.«

»Steuer«, sagte sie zu Nonomi Chivers. »Sprung einleiten.«

Leutnant Chivers Finger legten eine Tanzeinlage über ihrer persönlichen Daten- und Steuerfeld-Konstellation hin, bis sich endlich zwei große rote Knöpfe herausbildeten. »Wir springen«, sagte sie und drückte sie nacheinander. Lucinda gab keine Warnung ans Schiff weiter. Es gab keinen Masseträgheitseffekt, keine spürbare Bewegung. Der AM-Antrieb des Schiffs setzte eine ungeheuerliche Menge Energie frei, und die *Defiant* klappte die Entfernung zwischen ihrer ursprünglichen Position und dem nicht allzu weit entfernten Zielpunkt einfach zusammen. Wenn Chivers oder Chase irgendeinen Fehler gemacht hätten, wäre das Schiff zerstört worden, ehe einer von ihnen begriff, was geschehen war.

Die *Defiant* materialisierte sich unbeschädigt eine AE weit in die Heliopause hinein, den interstellaren Raum außerhalb der Reichweite der Sonnenwinde des hiesigen Sterns.

Kurzer Applaus brandete auf, als feststand, dass sie nicht durch ein Loch in der Realität geblasen und vollkommen vernichtet, auf der Quantenebene aus der Existenz gelöscht worden waren.

Chivers lächelte angespannt.

Leutnant Chase verbeugte sich, es wirkte eigenartig theatralisch.

»Geschafft. Gute Arbeit«, sagte Lucinda so laut, dass es das Klatschen und die Pfiffe übertönte. Es war nicht gerade alltäglich, dass man ohne die Unterstützung eines Intellekts Raum und Zeit faltete. Aber andererseits waren sie genau dafür ausgebildet. »Taktik, irgendwelche Bedrohungen?«

»Nichts auf den passiven Sensoren, Ma'am. Soll ich aktiv suchen?«

Schweigen senkte sich über die Brücke. Alle warteten ihre Entscheidung ab, ob sie den Sternen ringsum mit den monströsen Aktivsensoren der *Defiant* ihre Geheimnisse entreißen würden. Mit ihrer Hilfe würden sie in einem Radius von drei Standard-AEs nahezu alles entdecken. Aber zugleich würden sie sich auch jedem lauernden Feind überdeutlich bemerkbar machen.

»Nein«, sagte sie. »Wir gehen in den Tarnmodus. Aber halten Sie die Gegenschlagprotokolle bereit.«

»Aye, Ma'am«, sagte Mercado Fein.

Die Besatzung der Brücke erholte sich allmählich, jeder arbeitete an seinem zugewiesenen Posten. Selbst Chase war damit beschäftigt, die Koordinaten für einen möglichen weiteren Notsprung zu berechnen. Lucinda wandte ihre Aufmerksamkeit den Sanitätern zu, die ihr bestätigten, dass sie die Engramme Torvaldts und Connellys nicht extrahieren konnten. Der Hirnschaden war zu schwerwiegend. Stattdessen arbeiteten sie am Woj, dessen Daten durch den tödlichen Schuss in die Brust unbeschädigt geblieben waren.

Allerdings hatten sie auch sein Engramm noch nicht extrahiert.

Weil das Netz kompromittiert worden war, mussten sie den toten Komm-Offizier als Bioware-Gefahrenstoff einstufen. Mithilfe einer Drohne machten sich die Sanitäter an die grausige Arbeit, seinen Kopf abzutrennen und für den Transport in die EM-Quarantäne vorzubereiten, wo Wojs Engramm, die verlustfreie Aufzeichnung seines Bewusstseins, gefahrlos extrahiert werden konnte.

Lucinda fragte sich, wie viel von dem Mann sie noch würden bergen können.

»Ich will so bald wie möglich einen vollständigen Bericht über die Scan-Ergebnisse«, sagte sie zu Bannon.

»Ich sage auf der Krankenstation Bescheid«, antwortete er.

»Tun Sie das. Und ich brauche außerdem einen vollständigen Scan des Schiffs. Wir können es uns nicht leisten, dass auch nur eine Zeile dieses Codes Defiant entkommt, wo auch immer er dieses Ding eingesperrt hat. Von ihm irgendetwas Neues?«

Der Systemoffizier schüttelte den Kopf. »Nein, Ma'am. Aber inzwischen zieht er drei Prozent weniger Energie aus dem AM-Antrieb. Also entscheidet er den Kampf womöglich gerade für sich.«

Vielleicht stirbt er aber auch gerade, dachte Lucinda, behielt den Gedanken jedoch für sich.

»Captain Hayes, wie steht es um Ihre Leute?«, fragte sie. Sie hätte auch noch mal die Liste der Opfer aufrufen können, aber so war es höflicher, außerdem verschaffte es ihr ein paar Extrasekunden, um zu überlegen, was zum Teufel sie als Nächstes tun sollte.

»Ein großer Zeh gebrochen, im Trainingsraum. Ein gebrochener Finger. Ein paar verdrehte Knöchel und Blutergüsse hier und da. Nichts Lebensbedrohliches.« Mit finsterer Miene sah er zu, wie die Drohne Wojkowskis Kopf abtrennte. Als sie damit fertig war, wehten lange, silbrige Fäden des Neuralnetzes aus der Schnittstelle. Ein Meer aus Blut ergoss sich aufs Deck.

Lucinda holte tief Luft und stieß sie ganz langsam wieder aus. Sie fühlte sich zittrig, und ihr war ein wenig schwindlig. »Gut«, sagte sie und bemühte sich um eine ruhige, feste Stimme. »Bitte halten Sie einen Trupp bereit, falls wir Eindringlinge entdecken oder jemand versucht, aufs Schiff zu kommen.«

»Ich bin Ihnen schon um mehrere Schritte voraus,

Hardy«, sagte er. »Meine Leute besetzen just in diesem Augenblick kritische Punkte und Engpässe auf dem Schiff. Ablösung alle vier Stunden.«

Mitten in seinem Satz öffneten sich die Türen, und zwei Soldaten in voller Kampfmontur stampften herein, blieben aber kurz hinter der Schwelle stehen. In ihrem Aufzug wirkten sie dreimal so groß wie alle anderen.

»Erbitten Erlaubnis, die Brücke zu sichern, Ma'am«, sagte der kleinere von ihnen. Auch er überragte sie noch deutlich, und er sprach Lucinda direkt an.

»Bitte«, sagte sie und nickte ihm zu.

Die beiden postierten sich auf zehn und zwei Uhr im runden Kommandozentrum. Mit gezogenen Waffen.

Wieder glitten die Türen auf, und Lucinda erkannte den gedrungenen, kraftvollen Mann mit dem glatt rasierten Schädel und dem japanischen oder vielleicht auch koreanischen Erscheinungsbild.

Chief Higo mit zweien seiner Leute im Schlepptau.

»Wir sind das Aufräumkommando, Ma'am«, sagte er. Es klang fast, als ersuche er ihre Erlaubnis, die Brücke zu betreten, und sie nickte ihm zu, zittrig vom nachlassenden Adrenalinschub. »Danke, Chief.« Doch die drei waren bereits auf dem Weg zu den Leichen, einen Wartungsbot auf den Fersen. Eine mit deutlichen Worten geführte Diskussion über Zuständigkeiten entspann sich; die Sanitäter bestanden darauf, dass sie erst ganz sicher sein mussten, dass sie keinerlei Daten mehr aus den Neuralnetzen des Kapitäns und der Zweiten Kommandierenden extrahieren konnten, während Chief Higo brummte, dass die Sanis eigenhändig schrubben würden, wenn Blut oder andere Widerwärtigkeiten ihm das Deck ruinierten.

Rasch rief Lucinda den Datenstrom der Taktik auf, ihrer früheren Zuständigkeit, eine Datenwolke, die sie in- und auswendig kannte. Lauter grüne Lichter auf der Bedrohungsanzeige.

Sie atmete die angehaltene Luft aus. Ein langes, zittriges Ausatmen voller Anspannung. »Ian. Wie steht es um Defiant?«

»Saugt jetzt nur noch zwanzig Prozent aus der Reserve, Ma'am«, antwortete er. »Stetig sinkend. Sieht gut aus, würde ich sagen. Anscheinend hat er die Sache im Griff.«

»Sagen Sie mir Bescheid, sobald er auf zehn Prozent runter ist. Ich will rechtzeitig einen Einsatztrupp bereithalten. Und ich würde es wirklich gern sehen, wenn der Chefingenieur mit von der Partie ist.«

»Na, dann viel Glück«, sagte Hayes. »Und hier. Machen Sie sich mal das Gesicht sauber, Leutnant.«

Er reichte ihr ein kleines steriles Tuch. Die Sanitäter hatten Chief Higo ein ganzes Paket davon in die Hand gedrückt, um es zu verteilen, damit er etwas zu tun hatte, bis sie fertig waren.

Sie wischte sich damit übers Gesicht. Es fühlte sich klebrig an, und das feuchte Tuch färbte sich sogleich hellrot.

»Ich würde Ihnen ja mein Handtuch aus dem Training geben«, sagte Hayes, »aber das wäre ekelhaft.«

»Danke«, sagte Lucinda, nicht ganz sicher, ob ihre Stimme mitspielen würde. Das Sprechen fiel ihr schwer, so als müsse sie jede Silbe durch einen Filter zwingen, der Panik und Entsetzen daran hinderte, sich in ihrer Stimme bemerkbar zu machen.

»Haben Sie jemals ... etwas Derartiges miterlebt?«, fragte sie den Offizier. »Es war ein Angriff, aber ...«

»Aber wo bleibt die zweite Welle? Ich weiß. Und um Ihre Frage zu beantworten: Nein, ich habe noch nie eine so effektive Schadsoftware gesehen. Jedenfalls nicht auf einem Schiff. Von den Quellcodern habe ich einiges an üblem Scheiß miterlebt, aber das war alles auf der taktischen Ebene. Das hier kommt mir ... größer vor.«

Lucinda starrte zum Komm-Posten hinüber, wo drei ihrer Kameraden gestorben waren.

»Es ist über die Übertragung hereingekommen«, sagte sie. »Ganz sicher können wir erst sein, wenn Defiant wieder online ist, aber ich bin sicher.«

»Das heißt, es kam von der Flotte«, sagte Hayes.

»Ich weiß. Irgendwas ist passiert, aber wir können nichts Näheres darüber herausfinden, ohne uns selbst wieder angreifbar zu machen.«

Noch nie zuvor hatte sie sich so allein gefühlt. Sie blickte Hayes in die Augen. »Was machen wir jetzt?«

»Die Frage ist, was machen *Sie* jetzt?«

12

Sephina wusste, dass irgendetwas gewaltig schieflief, als immer mehr Schreie gellten, nachdem ihnen die Munition ausgegangen war. Nicht ihre Schreie. Die der YGs. Coto hatte gerade einen Transfer zu Deuce2 improvisiert. Neuneinhalb Millionen gestohlene Yen, zu gut versteckt, als dass die Gumis es hätten zurückstehlen können. Seph versuchte, ihre Chancen einzuschätzen, mit der Yakuza zu verhandeln. Den sicheren Rückzug von Eassar zu erkaufen, indem sie ihnen das Geld wiedergab. Das Geld und das Versprechen, ihnen nie wieder vor den Karren zu scheißen. Ein Versprechen, das sie natürlich nicht einhalten würde. Und ein sicherer Rückzug, auf dessen Sicherheit sie nicht bauen konnte.

Aber ein gewinnendes Lächeln und ein Haufen charmanter Lügen waren alles, was sie jetzt, da ihnen die Munition ausgegangen war, noch anzubieten hatte.

Und genau in diesem Moment fingen die *Gunsotsu* an zu schreien.

Zuerst hörte sie keinen Unterschied zum Kriegsgebrüll und den Schlachtrufen der letzten Viertelstunde. Aber Ariane warf ihr einen Was-zum-Teufel-ist-da-los-Blick zu, und Jaddi Coto zuckte mit den gebirgsartigen Schultern, und ihr fiel auf, dass der Kampf auf der anderen Seite der Bar heftiger geworden war, sie aber nicht mehr daran beteiligt waren.

»Hab-Sicherheit?«, schrie Ariane. Noch immer wurden Schüsse abgefeuert und ganz sicher enorme Sachschäden angerichtet, aber es war nicht mit dem mörderischen Kugelhagel von eben zu vergleichen. Und irgendwas war noch anders. Aber Seph konnte den Finger nicht drauf legen.

Sie beschloss, einen Blick über den Tresen zu riskieren, aber sie war ja nicht dämlich: Mit einem kleinen Stück Klebeband befestigte sie eine Spiegelscherbe an einem Sektquirl.

Klebeband war einer der zahlreichen nützlichen Gegenstände, die an den Knochenhaken in Cotos Oberkörper baumelten. Eigentlich hatte er auch ein Periskop dabei, aber es hatte das Feuergefecht nicht überlebt.

»Glaube nicht, dass es die Hab-Sicherheit ist«, murmelte sie und starrte den kleinen Ausschnitt des Durcheinanders an, den sie über ihren kleinen Spiegel am Stiel sehen konnte.

Es war wirklich nicht der Sicherheitsdienst des Habs, so viel stand fest. Die Typen wären garantiert mit Mechs angerückt. Aber ebenso offenkundig war es, dass die Gangster jedes Interesse an Sephina und ihren Leuten verloren hatten. Sie kämpften gegen ihre eigenen Kollegen.

Sie rutschte ein Stück zur Seite und spähte rasch um den Tresen herum, wo eben noch der Schlangenmann versucht hatte, ihnen in die Flanke zu fallen.

Er war so was von tot. Knusprig geröstet von ihrer improvisierten Bombe und, wie sie jetzt sah, von einem verirrten Strahl aus Cotos Arclight. Was sie auch sah, war einer seiner Gumi-Brüder, der sich offenbar zu einem spontanen Grill-Imbiss eingeladen fühlte. Auf allen vieren hockte er neben dem Toten, das Gesicht tief in die verkohlte Mitte des Schlangenmanns versenkt. Er erinnerte an einen halb verhungerten wilden Hund, der große Streifen und Brocken aus einem gefundenen Kadaver riss. Sein Gesicht war mit Blut und Gewebe besudelt, die Augen leer bis auf den darin brennenden rohen Hunger. Der trotz seiner Ausdruckslosigkeit eindringliche Blick richtete sich geradewegs auf Sephina, und statt der Kau- und Schluckgeräusche drang auf einmal ein tiefes Knurren aus seiner Kehle.

Ein weiß-blauer Plasmastrahl traf ihn und ließ seinen Schädel explodieren.

Sephina, die angesichts der Szene wie gelähmt gewesen war, zuckte vor dem umherspritzenden Nebel aus heißem Gewebe zurück in Deckung. Coto und Ariane schossen hoch, brüllten leere Drohungen und zielten mit den noch leereren Waffen auf die letzten verbliebenen YG-Soldaten.

Einer von ihnen hatte gerade seinen eigenen Boss erschossen.

Dass der tote Kannibale ein Unterboss war, sah sie an den Tattoos an seinem linken Arm. Der rechte Arm fehlte. Der Plasmablitz hatte ihn glatt abgerissen. Es war, als klaffe eine riesige rauchende Bisswunde im Oberkörper des Typen.

»Haut ab. Verpisst euch von hier, und zwar sofort«, schrie Ariane.

Coto wiederholte alles, was sie sagte, aber erheblich lauter; seine dröhnende Stimme vibrierte bis tief in Sephinas Brustkorb. Das war keine Übertreibung – diesen Effekt hatte er bei dem Phänotyp-Upgrade vor ein paar Jahren absichtlich mit einbauen lassen.

Die überlebenden Yakuza brauchten jedoch nicht mehr eingeschüchtert zu werden. Es waren nur zwei, und sie sahen aus, als wären sie drauf und dran, durch die nächste Luftschleuse zu springen. Sephina erschauerte. Der Typ, der eben jemanden aus den eigenen Reihen getötet hatte, hätte ebenso gut auf sie schießen können.

Stattdessen hatte er sich entschieden, seinen eigenen Boss zu ermorden. Er war ein toter Mann. Die einzige verbleibende Frage war, wie er aus der Welt der Lebenden scheiden würde. Sehr langsam und wie am Spieß schreiend, nahm sie an.

Und trotzdem hatte er es getan. Hatte ihr das Leben gerettet. Seph legte eine Hand auf Cotos gewaltigen Unterarm und zog ihn sachte nach unten. Er senkte die Arclight. Ariane starrte Seph an, als hätte die den Verstand verloren. Aber der Mann, der ihr das Leben gerettet und dafür ganz sicher sein eigenes verloren hatte, erwiderte ihren Blick. Nickte ihr einmal rasch zu, wandte sich ab und rannte davon. Der andere überlebende *Gunsotsu* folgte ihm.

»Wartet...«, wollte sie ihnen hinterherschreien, aber die Worte erstarben ihr in der Kehle. Sie waren fort, rasten mit einer übernatürlichen Geschwindigkeit davon, die ausgezeichnetes Neuralgewebe der neuesten Generation verriet.

Sie waren ganz allein in den Ruinen von Taros Bar.

Im selben Moment wurde ihr klar, dass sie sich geirrt hatte.

Die Kämpfe hatten sich bis auf die Straßen ausgebreitet. Sie hörte es jetzt ganz deutlich, zwar gedämpft, aber ohne jeden Zweifel.

Niemand sagte ein Wort. Sephina zog die Schultern hoch. Coto, wie es seine Gewohnheit war, imitierte sie und übertrieb es dabei gewaltig. Ariane ergriff wie immer als Erste die Initiative, sauste hinter dem Tresen hervor und schnappte sich die erstbeste Waffe, eine Maschinenpistole, an deren Abzug noch eine abgetrennte Hand hing. Sie löste den Griff der toten Finger, hob die Waffe und schwang sie hin und her. In der ganzen Bar züngelten Flammenherde, entzündet durch Plasmasalven, Arclight und gute alte Kinetik. Der Feuerschein tanzte hell in ihrem metallisch blonden Haar.

Sephina und Coto schlossen sich ihr an, verließen ihre Deckung und den abgetrennten Kopf Satomi Sans, der an der ganzen Misere schuld war. Wenn er ihnen einfach die Codes gegeben hätte, um die sie ihn gebeten hatten, wäre das alles gar nicht nötig gewesen. Sephina entwand einem toten Gangster das Sturmgewehr. Coto sah sich nach einer Energiezelle um. Unter ihren Füßen knirschten Glasscherben und die Leichen toter Gumi-Soldaten. Es gab keinen Feueralarm. Keine Sprinkleranlagen oder sonstigen Feuerschutzmaßnahmen sprangen an. Aber der Intellekt des Eassar-Habitats würde dafür sorgen, dass das Feuer nicht völlig außer Kontrolle geriet.

Das warf die Frage auf, was Eassar jetzt gegen diese Scheiße hier unternehmen würde, oder? Eigentlich hätten längst Arbeitsmechs herumstampfen müssen, und sei es nur, weil irgendein Hab-Sicherheitskommandant seinen Teil von dem Geschäft abstauben wollte, das es hier in seine Bestandteile zerlegt hatte.

Aber nirgendwo eine Spur der Hab-Sicherheit. Nicht in Taros Bar. Keine Spur des Intellekts. Und auch keine Hab-Ratten, die sich über die Toten hermachten und irgendwelche Trümmer unter den Nagel rissen.

Dem Lärm nach zu urteilen gingen sie sich dort draußen auf der Straße alle gegenseitig an die Kehle.

»Coto«, sagte Seph, »ist unsere Verbindung immer noch blockiert?«

»Immer noch blockiert«, bestätigte er.

»Ich glaube, ich möchte jetzt zurück aufs Schiff«, sagte Ariane. Sie sammelte noch immer Waffen von den Toten ein. Als sie eine brauchbare Energiezelle fand, warf sie sie Coto zu. Er wechselte sie gegen die leere Zelle aus und schaltete die Arclight wieder ein.

»Danke, Miss Ariane«, sagte er und steckte die leere Zelle in eine der tiefen Taschen seines übergroßen Mantels.

»Du bist halt mein Lieblingsmensch«, sagte Ariane und schlug ihm auf den Rücken.

Er sah verwirrt aus.

»Aber ich dachte, Sephina wäre dein Lieblingsmensch«, sagte er.

Ariane würgte ihn ab, aber sanft: »Sie ist auch mein Lieblingsmensch.«

»Coto«, sagte Sephina. »Versuch weiter, eine Verbindung zur *Regret* zu bekommen.«

Er zog sein altmodisches Headset heraus, verband es mit einem noch altmodischeren Komm-Gerät und versuchte, das Störsignal zu umgehen, das sie von ihrem Schiff abschnitt. Seph hatte angenommen, dass es das Werk der Yaks gewesen sei, die ihrem Angriff zuvorkommen wollten. Aber als die Minuten verstrichen, ohne dass jemand hereinkam, um etwas gegen das Feuer zu unternehmen oder die Toten auszuplündern, kamen ihr Zweifel, und sie fragte sich, was hier los war.

Vor allem, was dort draußen im Hab passierte.

»Ich weiß nicht, was da auf der Straße los ist«, sagte sie, »aber es scheint nichts mit uns zu tun zu haben. Lasst uns zum Dock zurückgehen.«

Sie verstauten die Waffen, so gut es eben ging, unter ihren langen Mänteln. Coto trug ein Holster für die Arclight. Seph und Ariane hielten sich einfach die Mäntel über den erbeuteten Waffen zu. Sie waren aus einer Falle entkommen, nur um... in irgendeinen anderen Scheiß reinzugeraten. Dieser Distrikt, etwa zwei Kilometer vom Nebenhafen der dritten Ebene Eassars entfernt, befand sich ganz an der Innenhülle des Habs. Er war ein Slum, und die Bewohner waren es gewohnt, dass hier bewaffnete Yakuza-*Gunsotsu*, Händler, Freie, Söldner und Piraten durch die Straßen spazierten. Gelegentliche Schusswechsel gehörten zum Lokalkolorit. So war es in allen ärmeren Distrikten der Yulin-Irrawaddy-Habs. Der einzige Anlass, den das Kombinat sah, um gegen kriminelle Syndikate auf seinen Habs tätig zu werden, war, wenn sie ihre fünfzehn Prozent Provision nicht zahlten.

Nicht vom Gewinn. Vom Umsatz.

Das machte Nachbarschaften wie diese hier sehr lebhaft.

Sie traten aus der Bar in die Nacht hinaus, drei Gestalten in langen Ledermänteln, umwabert von Rauch, Schattenrisse vor den von Alkohol genährten Flammen.

Auf der Straße sah es noch schlimmer aus als in der Bar. Die Straße, sonst vollgestopft mit Fußgängern und Händlern und billigen Magnetluftgleitern und Hunderten selbst zusammengezimmerter Verkaufsstände und Imbisse, sodass man kaum ein paar Schritte geradeaus laufen konnte, war jetzt nahezu leer, jedenfalls, was Fußgänger betraf – abgesehen von ein paar Dutzend Hab-Ratten, die wild aufeinander feuerten, einigen Gumi-Soldaten, die sich ein Stück entfernt verkrochen hatten, und einem Trupp der Hab-Sicherheit, der sich hinter einer improvisierten Wagenburg aus drei gefallenen Mechs verschanzt hatte. Es schien überhaupt keinen Sinn zu ergeben, der Gewaltausbruch hatte keinen ersichtlichen Anlass. Jeder kämpfte gegen jeden.

Coto prallte eine Kugel gegen die Schulter, kaum dass er einen Fuß auf die Straße setzte. Das reaktive Nanogewebe des Mantels verhärtete sich und verhinderte das Durchdringen des Geschosses, das ohnehin keinen Kratzer auf seiner Rhinodermis hinterlassen hätte, aber trotzdem hob er aufbrüllend seine Arclight und entfesselte einen regelrechten Sturm aus künstlichen Blitzen, der quer übers Deck jagte und in den Mag-Wagen einschlug, hinter dem der Schütze kauerte. Es war ein *Gunsotsu*, aber keiner der beiden Überlebenden aus Taros Bar.

Die beiden waren auch gar keine Überlebenden mehr. Einer von ihnen lag direkt zu Sephinas Füßen. Oder jedenfalls ein großer Teil von ihm.

Seph sah nicht, was mit dem Wagen passierte oder mit dem YG, der ihn als Deckung benutzte. Ihr war bewusst, dass es eine Explosion gab, aber sie hechtete bereits in Deckung, zog im Sprung die erbeutete Dragon-Kanone und deckte die Umgebung aufs Geratewohl mit Schüssen ein. Das Husten und Prusten zweier Maschinenpistolen verriet ihr, dass auch Ariane schon bei der Arbeit war und ihre Feuerkraft mit ins allgemeine Chaos warf.

Leuchtspurgeschosse, wild zuckende Blitze, Impulsschüsse und intelligente Raketen rasten durchs Raumhafenviertel. Die Kämpfe tobten nicht nur in der Straße vor Taros Bar. In dem kurzen Augenblick, ehe sie mit einem Grunzen auf dem Deck landete, hatte Sephina den Eindruck, dass es sich sehr viel weiter ausgebreitet hatte. Ihr Mantel aus gepanzertem Gewebe hielt Treffer aus leichten Waffen und Klingenwaffen auf, aber der heftige Aufprall auf dem Deck schmerzte ebenso sehr, als hätte sie sich nur in Unterwäsche in Deckung geworfen. Sie schlug sich den Ellbogen an, und schmerzhafte Blitze zuckten durch ihren Arm. Neben ihr krachte Ariane gegen das Fahrzeug. Der Magnetfeldgenerator war ausgefallen, vermutlich hatte er zu viele Schüsse absorbiert, und jetzt lag der Wagen platt auf dem Deck und bot einen eigenartig falschen Anblick. Es musste ein Yakuza-Fahrzeug sein. Kein anderer hier unten konnte sich ein Auto leisten. Wenn die normalen Bewohner dieses Distrikts überhaupt ein Fahrzeug besaßen, dann einen der billigen kleinen Magnetluftgleiter, die ein kleines Stück über dem Boden dahinschwebten, den Gehweg verstopften und immer wieder auf die Straße ausscherten. Noch immer blockierten Tausende von den Dingern überall den Weg, aber jetzt lagen sie reglos da, umgekippt und ohne Energieversorgung. Hunderte weitere waren auf der Straße zurückgelassen worden, als der Antrieb versagte.

»Warum ist es dunkel?«, fragte Ariane.

»Weil es kein Licht gibt«, rief Coto über das Schlachtgetümmel hinweg.

»Ich glaube, Ariane geht es um einen tieferen Sinn«, sagte Sephina und feuerte einen weiteren Schuss ab. Sie zielte auf niemanden. »Es ist Nachmittag. Um diese Zeit sollte es nicht so dunkel sein, und die Straßen sollten nicht so, du weißt schon, so voller schießwütiger Leute und verdammter Leichenteile sein. Ist ja noch nicht mal Happy Hour.«

»Der Verkehr ist auch ausgefallen«, brüllte Ariane.

Coto kam zu ihnen und duckte sich ebenfalls hinter das Autowrack, aber mit seinen deutlich über zwei Metern bekam er trotzdem etwas ab, obwohl er sich so klein machte wie möglich. »Ich verbessere unsere Deckung«, sagte der riesige Hybrid, griff unter den Wagen und kippte ihn auf die Seite. Eine Weile schwankte das Auto bedenklich, bis er mit einer Hand ins Fahrwerk griff und es festhielt, während er mit der anderen über den Wagen hinwegfeuerte. Seph und Ariane hatten jetzt die dicke Kompositplatte des Magnetfeldgenerators zwischen sich und ihren Angreifern; ein erheblich besserer Schutz gegen kinetische Geschosse und Energiestrahlen als zuvor.

»Dieses Viertel ist wirklich im Arsch«, schrie Ariane über den Lärm hinweg.

»Wir sollten in die Bar zurückgehen«, schlug Coto vor. »Da ist es viel friedlicher, seit alle tot sind.« Er feuerte Blitze in das allgemeine Chaos ab, mangels konkreter Ziele eher nach dem Zufallsprinzip. Sogar die Hab-Sicherheit schien völlig durchgedreht zu sein. Als Seph hinter dem Wagen hervorspähte, um nach einem Fluchtweg Ausschau zu halten, sah sie einen Mann im grau gefleckten Kampfeinsatz-Overall der Eassar-Sicherheitskräfte aus einem Gebäude stürmen, in einer Hand ein Energieschwert, in der anderen... nun ja... einen menschlichen Kopf. Sein Gesicht war starr vor bösartiger Wut. Er blieb stehen und riss einen großen Fleischbrocken aus dem abgetrennten Kopf. Ehe er ihn herunterschlucken konnte, nahm einer seiner eigenen Gefährten ihn mit einer schweren Impulskanone unter Feuer und zerlegte ihn in lauter rauchende Einzelteile.

»Also«, sagte Ariane. »Das ist ja echt ein Ding.«

»Ich möchte euch beiden hiermit gern versichern, dass ich überhaupt kein bisschen hungrig bin«, sagte Sephina, »es ist also nicht nötig, mich zu erschießen.«

Sie feuerte die Drachenkanone auf ein paar Typen ab, die auf der Straße aufgetaucht waren und auf sie zielten. Sahen aus wie Hab-Ratten. Unter dem Beschuss stoben sie auseinander, aber wahrscheinlich hatten sie keinen ernsthaften Schaden davongetragen.

Wahrscheinlich.

Die Distriktbewohner würden, ebenso wie Sephina und ihre Mannschaft, wohl kaum über eine Neuralverbindung verfügen. Selbst wenn sie wollten, konnten sie keine Codes laden oder ihre Engramme sichern. Sie würden nicht mal Engramme *haben*. Cotos Phänotyp war radikalen Veränderungen unterzogen worden, aber für diese Modifikationen hatte er nicht selbst bezahlt. Seine jetzige Gestalt hatte er nach dreißig Jahren im Dienst der

TST erhalten. Die Basisversion des Quellcodes, eine einfache Phänotyp-Modifikation und drei Monatsgehälter statt einer Pension.

Kein Wunder, dass er auf der *Regret* gelandet war.

»Ich glaub, Coto hat recht«, sagte Sephina und traf eine Entscheidung.

»Im Ernst?«, fragte Ariane.

»Im Ernst?«, wiederholte Coto.

»Japp. Das hier ist Bockmist«, brüllte Sephina gegen das erneute Krachen der Arclight an. »Ich glaube, auf die Art kommen wir hier nicht weg. Keinen Schimmer, was hier los ist, aber es ist 'ne große Sache. Seht nur.«

Sie hob die Mündung der Dragon-Kanone, und beide sahen in die angedeutete Richtung.

Eassar war ein Hab der Klasse C, ein fünfzig Kilometer langer, im Durchmesser sechzehn Kilometer breiter Zylinder, der mit einer Viertelumdrehung pro Minute rotierte, um an der inneren Hülle, wo sie sich gerade befanden, eine Gravitation von einem Erdstandard zu erzeugen. In der Mitte gab es eine Enklave für die hohen Tiere, dort säumten hohe Wohn- und Gewerbetürme, mindestens zwei Kilometer hoch, ein kleines »Inland-Meer« – die Gravitation in den oberen Stockwerken regulierte der Hab-Intellekt. Aber ein Großteil der neunzig Millionen Einwohner lebte unten »auf den Platten«, durch nichts weiter vom leeren Weltall abgeschirmt als von hundert Metern Karbonpanzerung, Technik und einer Beschichtung aus Regolith, den man aus dem Asteroidengürtel gewonnen hatte, der sich in ein paar AU Entfernung zur Sonne zwischen zwei heliumreichen Gasriesen befand.

Ein Durchmesser von sechzehn Kilometern reichte nicht, um die Illusion einer flachen Welt zu erzeugen. Überall war die Krümmung des Habs zu sehen.

Selbst in den sogenannten *Grand Halos* wie Cupertino oder St. Peter's World war es kaum möglich, auch nur kurz zu vergessen, dass man sich inmitten eines riesigen, von Menschenhand geschaffenen Bauwerks befand, einem Ring aus X-Materialie und Energiefeldern mit einem Umfang von über einer Million Kilometern und zwölftausend Kilometern Breite. Wo auch immer man hinsah, erstreckte sich das schöne und beängstigende Schauspiel weit bis in den Himmel.

Aber Eassar war im Grunde nur eine Kombinatsfabrik und ein Verkehrsknotenpunkt. Hier herrschte fast klaustrophobische Enge. Mit den entsprechenden genetischen Modifikationen oder Retina-Implantaten, notfalls auch einem Fernglas, konnte man vom inneren Rand aus bis zum äußeren Rand des Zylinders blicken und dort immer noch Details ausmachen. Noch mehr schäbige Verkaufsstände, mehr Spelunken, mehr Armut und überfüllte Straßen.

Sephina hatte keine Bio-Mods. Aber was sechzehn Klicks entfernt geschah, sah sie trotzdem.

Eassar brannte. Natürlich sah man hier überall offene Feuer, zumindest in den ärmeren Distrikten, wo die Leute in ihren Wohnröhren lebten und arbeiteten; ihr Privatleben quoll ständig aus ihrer Behausung auf die Deckplatten hinaus. Die Leute kochten und aßen auf der Straße, versorgten sich oft bei den Schlachtständen draußen mit den notwendigen Proteinen. Aber die Feuersbrunst, die Seph erblickte, war kein aus dem Ruder gelaufenes Kochfeuer.

Überall im Hab fielen Schüsse. Über ihren Köpfen zuckten und gleißten und funkelten Abertausend Lichter in der geschlossenen Biosphäre. Gewaltige Infernos spien Rauch. Explosionen erblühten und lösten weitere Explosionen aus.

Sie spürte, wie Ariane an ihrem Ellbogen zupfte, um ihre Aufmerksamkeit nach Norden zu lenken. Dort lag die Enklave, in der die Hab-Elite lebte und arbeitete.

Aus dieser Entfernung war es schwer zu sagen, aber möglicherweise ging es dort sogar noch schlimmer zu.

»Ja«, sagte sie. »Gehen wir wieder in die Bar.«

13

DER TOBENDE und um sich schlagende Zweite Prinz des Hauses Yulin schwebte zwei Meter über dem Boden, weit genug von den Mitgliedern des Grabungsteams entfernt, dass er niemanden in die Finger bekam. Sein Diener, namenlos und frisch verblichen, lag in einer dunklen Pfütze im Sand, noch immer quoll ein schwaches Blutrinnsal aus den schrecklichen Wunden in Hals und Gesicht. Die Satellitenstation, die er aufgebaut hatte, war nur noch ein Haufen Schlacke. Ein schwelender Trümmerhaufen aus geschmolzenem Metall, von Hero mit einem schimmernden Kraftfeld sicher abgeschirmt.

»Was in drei Teufels Namen ist hier eigentlich passiert?«, donnerte McLennan Trumbull an, denn es war ja wohl zweifelsfrei dessen Schuld. Bis Trumbull mit seinem Haufen Oberklasse-Vollidioten und nutzloser Trottel hier aufgekreuzt war, hätte McLennans Grabungsstelle schließlich glatt als Vorzeigemodell für anständige Arbeitsdisziplin herhalten können. Und jetzt lag ein halb aufgefressener Leichnam zu seinen Füßen, in der Luft schwebte ein plappernder Irrer, und sein Intellekt hatte einen subatomaren Vernichtungsschlag gegen eine tragbare Satellitenstation entfesselt. Ein winzig kleiner subatomarer Vernichtungsschlag, zugestanden, der in aller Diskretion die Molekularverbindungen der Höllenmaschine aufgelöst hatte, ohne dass brennende Trümmer oder radioaktive Teilchen durch die Luft geflogen wären. Aber trotzdem.

»So habe ich mir diesen Abend nicht vorgestellt, Professor«, knurrte McLennan. Trumbull, zittrig und mit bleichem Gesicht, erlangte gerade ausreichend seine Fassung zurück, um zu kontern: »Nein, Sie haben sich sicherlich vorgestellt, dass Sie alle mit Ihren alten, faltigen Genitalien terrorisieren würden.«

»Hey, äh, vielleicht sollten wir den Intellekt mal fragen, was eigentlich passiert ist«, schlug Lambright vor. Er wirkte ein bisschen blass und mitgenommen, aber nicht völlig aus den Fugen.

Herodotus schwebte näher an Pac Yulin als an den drei anderen Männern. Der Prinz knurrte und wand sich wie eine gefangene Bestie, die verzweifelt versuchte, aus einer Falle zu entkommen. Sein Körper schien von innen heraus zu leuchten – Hero nahm gerade diverse Scans vor.

McLennan starrte den Intellekt finster an. »Irgendeine Idee, wieso der kleine Klugscheißer beschlossen hat, seinen Diener zu fressen, als wäre er Haggis frisch aus dem Ofen?«

»Ein Virus«, sagte Hero schlicht. »Schadsoftware. Im selben Augenblick, als der Zweite Prinz Pac Yulin eine Verbindung zum planetaren Server des Kombinats hergestellt hat, habe ich Anomalien bemerkt. Die getarnten Angriffscodes waren im Datenstrom versteckt. Innerhalb von zwanzig Mikrosekunden sind sie in das Neuralnetz des Prinzen eingedrungen und haben ihn überschrieben.«

McLennan warf einen raschen Blick auf die beiden Männer an seiner Seite. Sie waren zwar mit Neuralnetzen ausgestattet, sahen aber nicht aus, als wollten sie in den nächsten Sekunden ihre eigene Version eines kannibalistischen Holocausts hinlegen. Hinter ihm knirschten zögerliche Schritte auf dem Sand: Weitere Mitglieder des

Grabungsteams, die nachsehen wollten, was es mit den Schreien auf sich hatte und der Explosion, mit der Hero die Satellitenstation zerstört hatte. Auch sie schienen sich nicht in rasende Zombies verwandelt zu haben.

»Die unmittelbare Gefahr war mit der Unterbrechung des Links zum planetaren Netzwerk neutralisiert«, sagte Hero, der McLennans Sorge spürte.

»Lieber Himmel«, krächzte Trumbull und ließ sich in den Sand plumpsen. »Ach du meine Güte.«

»Moment mal. Du sagst, jemand hat ihn gehackt?«, fragte Lambright. »Über ein Update?«

»Es sieht ganz danach aus, Mister Lambright«, antwortete Hero.

»Und was ist mit diesen ganzen jämmerlichen Spitzeln hier?«, fragte McLennan. »Von denen ist keiner betroffen? Nichts für ungut, Lambright.«

»Kein Problem.«

»Der Zweite Prinz Pac Yulin hat sich über einen Privatkanal mit dem Konzernknoten seiner Familie verbunden«, sagte Hero. »Ich würde mich zu der Behauptung versteigen, dass er wohl nicht gern teilt.«

McLennan bedachte den sich nähernden Pulk mit einem angewiderten Blick. Sie zeigten auf Pac Yulin, der noch immer in Heros Kraftfeld hing und wie wild zuckte und zappelte, als hätte ihn irgendein bösartiges Nervengift erwischt. Sein wutverzerrtes Gesicht sah aus, als trüge er eine groteske Maske.

»Wir müssen ihn so schnell wie möglich ins Krankenhaus bringen«, sagte Professor Trumbull, aber er saß mit weit ausgestreckten Beinen auf dem Boden wie ein Kind, und seine Worte entfalteten nicht die Autorität, die er sich vermutlich gewünscht hätte. »Seine Familie ...«, endete er kläglich.

»Seine Familie soll zum Teufel gehen«, fluchte Mc-

Lennan, gerade als die anderen Touristen sie erreichten. »Sklaventreiber und Parasiten allesamt.«

»Was ist passiert?«, fragte eine junge Frau. Sie hatte irgendeinen Cocktail in der Hand, starrte Pac Yulin an und trank mithilfe eines bunten Strohhalms einen Schluck von ihrem Drink.

»Ein Hirnhack«, sagte Lambright.

»O mein Gott. Besteht für uns irgendeine Gefahr?«

»Für den Augenblick sind hier alle in Sicherheit«, sagte Hero. Er war zu dem Grüppchen geschwebt, das sich um McLennan gesammelt hatte, und hatte sich diskret zwischen sie und den Prinzen geschoben. Beim Sprechen leuchtete er in beruhigendem Königsblau. Zudem spürte Mac die beruhigende Wirkung der Alphawellen, die der Intellekt aussandte.

»Der Virus, der Prinz Pac Yulins Neuralnetz infiziert hat, wurde durch einen verschlüsselten Link zu einem Privatnetzwerk übertragen«, erklärte Hero. »Keiner von Ihnen ist damit in Berührung gekommen. Wäre es anders, wären Sie auf dieselbe Weise davon betroffen wie er.«

Sie alle blickten zu dem jungen Erstinkarnierten, der von psychotischem Zorn beseelt in seinem Kraftfeld schwebte. Sein Gesicht war blutverschmiert, die Augen leer. Er wirkte vollkommen geistesgestört.

»Wir müssen ihn nach Fort Saba zurückbringen«, sagte Trumbull.

»Wohl kaum«, antwortete McLennan, ehe Hero antworten konnte.

Alle drehten sich zu ihm um, und insgeheim war er froh, dass er inzwischen eine Hose trug.

»Herodotus, ist es denkbar, dass es sich um einen zielgerichteten Angriff gehandelt hat? Ein Feind des Yulin-Clans? Oder eher eine breiter gefächerte Attacke?«

Bei seinen Worten stieg ein Raunen in der kleinen Versammlung auf. Inzwischen waren alle da.

»Ihren Anweisungen gemäß bin ich nicht online, Professor McLennan«, erwiderte Hero. »Also kann ich nicht mit Sicherheit sagen, ob das Planetarnetz infiziert ist, aber es gibt Anzeichen, die darauf hindeuten.«

»Meinst du damit die Landefähren, die gerade durch die obere Atmosphäre runterkommen?«, fragte McLennan.

»Unter anderem«, sagte Hero.

Ein paar Touristen keuchten auf. Alle starrten in den Nachthimmel hinauf, wo sich drei helle Lichtpünktchen aus dem dichten Gedränge der Sterne gelöst hatten und rasch heller und größer wurden.

»Das steht so nicht in unserem Reiseplan«, protestierte Trumbull. »Nichts von alldem steht in unserem Reiseplan.« Mac hätte sich nicht gewundert, wenn er eine Liste gezückt und ihnen damit vor den Nasen herumgewedelt hätte. Der Mann war wirklich ein Schwachkopf.

»Herodotus, würdest du die Droiden bitte anweisen, die Energiezellen von Professor Trumbulls Fahrzeug gegen neue auszutauschen? Ich fürchte, wir müssen unser Lager bald woandershin verlegen, und der Wüstenrover ist wahrscheinlich ziemlich runter.«

»Ich habe bereits entsprechende Anweisungen erteilt«, sagte Hero.

»Was ist passiert?«, wiederholte die Cocktailschlürferin. Diesmal schien sie sich mehr für McLennans Antwort zu interessieren als für ihren Drink.

Wieder sah der Astroarchäologe zu den Sternen hinauf.

»Tja, Mädchen, vielleicht schmeiße ich ja mein Geld zum Fenster hinaus, aber ich würde ein ordentliches Sümmchen drauf verwetten, dass die verfluchten Sturm endlich wieder zurückgekehrt sind.«

Seine Worte schlugen ein wie eine Bombe. Die Hälfte der kleinen Gruppe behauptete, er habe den Verstand verloren. Sie lachten ihn aus oder verfluchten ihn ob der bloßen Idee. Ein paar stampften sogar auf und davon, nachdem sie verkündet hatten, sie würden den Rest dieses unglaublich beschissenen Tags an der Bar verbringen. Etliche derer, die blieben, wurden panisch und theatralisch, rannten davon, um die eben erst ausgepackten Taschen wieder zu packen, und verlangten, auf schnellstem Wege zum nächsten Raumhafen gebracht zu werden. Nur Lambright und Trumbull warteten auf Macs Erklärung.

Trumbull wirkte tief erschüttert, schien aber entschlossen zu sein, mehr in Erfahrung zu bringen.

Lambright blickte zweifelnd drein, war aber anscheinend bereit, auch extremere Erklärungen in Betracht zu ziehen. »Warum die Sturm, McLennan?«, fragte er.

Mac lächelte. Fast hätte er Lambright den Kopf getätschelt wie einem begabten Schüler, der eine einfache, aber angemessene Frage gestellt hatte. Stattdessen deutete er mit dem Daumen auf Pac Yulin. »Euer Bengel hier wurde sehr rücksichtslos von einem hoch aggressiven Programm überschrieben. Der Code wurde via Life-Übertragung vom gesicherten Netzwerk seiner Familie direkt in sein Hirn eingespeist und hat augenblicklich seine Wirkung entfaltet. Wenn sich nicht irgendwer die ungeheure Mühe gemacht hat, es manuell an Ort und Stelle zu installieren, dann ist es über Wurmloch-Direktübertragung in diesen abgelegenen Teil des Volumens gesandt worden.« Er unterbrach sich und wandte sich an den Intellekt. »Ist das so weit richtig, Herodotus?«

»Ich überprüfe die vorliegenden Daten noch einmal, Professor, aber im Wesentlichen stimmen unsere Schlussfolgerungen überein, ja.«

»Abgesehen von ein paar Bergbau-Außenposten des Kombinats und dem Hafen auf Port Saba gibt es hier auf Batavia keinerlei Infrastruktur von größerem Wert. Anders als in den Habs bei den Asteroidenfeldern.« McLennan sah wieder zu den Sternen auf, besonders zu den dreien, die immer größer wurden und sich langsam über den dunklen Himmel auf sie zubewegten. »Und diese drei Landefähren sind, wenn ich mich nicht irre, genau hierher unterwegs. Zu uns. Was befindet sich hier? Tja nun: Es ist das Wrack des einzigen Generationsschiffs der Republik, das während des Großen Rückzugs verloren ging. Eine heilige Stätte für die Sturm. Die wir mit unserer bloßen Anwesenheit hier besudeln, Mister Lambright. Dem Gebot der Voraussicht folgend würde ich also vorschlagen, dass wir unsere frevlerischen Ärsche so schnell wie möglich hier wegschaffen, ehe ein paar verärgerte Inquisitoren sie über dem Lagerfeuer rösten.«

Lambright starrte mit gerunzelter Stirn zu den sich bewegenden Lichtpünktchen hoch. »Und das ist alles?«

»Oh, das ist ganz sicher nicht alles, darauf kann man sich bei Professor McLennan verlassen, machen Sie sich mal nur keine Sorgen«, blaffte Trumbull. Er rappelte sich auf, klopfte sich den Staub ab und gewann offenbar rasch seine Fassung wieder. »Seit fünfhundert Jahren pflegt er diese Obsession, weil man seine Theorie damals widerlegt hat.«

»Nun, ich muss ja nur einmal recht behalten«, McLennan grinste ihn wölfisch an, »und ich bin ziemlich sicher, jetzt ist meine Zeit gekommen, Professor.« Er wandte sich wieder an Lambright, griff nach seinem Ellbogen und zog ihn Richtung Lager. »Falls Sie schon irgendwas ausgepackt haben sollten, Junge, dann packen Sie's jetzt mal schön wieder ein und verstauen Sie's in Ihrem

Wagen. Ich nehme an, Sie haben ein Neuralnetz implantiert. Wenn ich Sie wäre, würde ich's nicht nur ausschalten, ich würde es runterfahren, es verstoffwechseln und so schnell wie möglich ausscheißen. Es sei denn, Sie möchten Ihro Majestät dort oben gern Gesellschaft leisten in seinem gewalttätigen Psychopathenreich.«

Lambright warf einen Blick über die Schulter, während McLennan ihn vorwärtsschob. Hero schwebte hinter ihnen, gefolgt von Professor Trumbull. Vor ihnen lag das Lager, und es war in hellem Aufruhr. Einige der Besucher packten hastig ihre Sachen, um hier zu verschwinden, andere standen an der Bar. Droiden zischten hin und her und erfüllten einen ganzen Haufen Aufgaben, die ihnen Hero ohne jede Absprache mit Mac übertragen hatte.

»So«, sagte der Astroarchäologe, als sie die mit Speis und Trank gedeckten Tische erreichten. Eine Drohne zerteilte bereits den Ziegenbraten, um ihn transportfertig zu machen, eine andere räumte die Bar, trotz der Proteste eines Mannes, der schon betrunken war und offensichtlich vorhatte, es auch zu bleiben. »Verzeihung«, rief McLennan und klatschte laut in die Hände, damit alle ihm zuhörten.

»Wir wurden einander noch nicht richtig vorgestellt«, dröhnte seine Kommandostimme durchs Lager, die er schon sehr lange nicht mehr benutzt hatte. Hero tat irgendwas, um sie noch zu verstärken, sodass man ihn bis in den letzten Winkel des Lagers hörte.

»Ich bin Professor Frazer McLennan vom Astroarchäologischen Institut der Miyazaki-Universität. Einige von Ihnen kennen mich vermutlich auch als ehemaligen Admiral McLennan von der Terranischen Flotte.«

Er erwartete einen sarkastischen Einwurf von Hero. Der Hauptgrund, weshalb diese nutzlosen Trampel der Universität so gewaltige Summen für die Exkursion gezahlt hatten, war nicht, dass sie sich so für Archäologie begeisterten. Sie wollten sich damit rühmen, den gefürchteten Mann, der die Erde zum Sieg geführt hatte, persönlich getroffen zu haben. Aber der Intellekt, der sich im Augenblick bemerkenswert vorbildlich betrug, sagte nichts.

Jetzt hörten die meisten Neuankömmlinge damit auf, hektisch herumzuwuseln, und lauschten seinen Worten.

Er zeigte zum Himmel hinauf. Die Landefähren waren inzwischen deutlich größer. »Vielleicht irre ich mich. Das kann jedem mal passieren, sogar mir. Aber ich habe Grund zu der Annahme, dass hier sehr bald Stoßtrupps der Republik eintreffen werden. Aus naheliegenden Gründen habe ich nicht vor, ihnen meine Aufwartung zu machen. Ich schlage vor, dass ihr alle euch mir anschließt und beim Zusammenräumen helft. Des Weiteren schlage ich vor, angesichts der Tatsache, dass Prinz Pac Yulin offenbar Opfer eines Virusangriffs wurde, dass ihr alle eure Neuralnetze ausschaltet und sie, wenn ich es so unverblümt sagen darf, so rasch wie nur möglich ausscheidet.«

Diesmal bekam er eine Antwort. Eine sehr klägliche. Aber ehe sie sich gründlich festjammern konnten, wischte Mac ihre Einwände hinweg. »Ihr habt vermutlich alle ein Back-up erstellt, ehe ihr hier gelandet seid. Ihr verliert also nur wenige Tage.«

Er verriet ihnen nicht, dass er annahm, dass es auch diese Back-ups gegrillt hatte. Einen Panikausbruch konnte er gerade gar nicht gebrauchen.

»Aber wenn ihr noch eure Implantate tragt, wenn die Sturm hier auftauchen, dann grillen sie euch ebenso das Hirn wie eurem hübschen Prinzen. Herodotus hier«, er deutete auf den Intellekt, »kann euch vor rein elektronischen Angriffen schützen. Aber sobald die Sturm landen und euch persönlich in die Finger kriegen, seid ihr komplett am Arsch, und zwar so richtig. Sie werden euch allein dafür hinrichten, dass ihr Implantate tragt. Oder auch für jedwede genetische Modifikation. Oder wenn es nicht eure erste Lebensspanne ist. Und selbst wenn nichts davon auf euch zutreffen sollte, werden sie euch in Arrest stecken, weil ihr die himmelschreiende Scheißunverschämtheit besessen habt, mit eurer widerwärtigen Gegenwart ihre heilige Stätte zu besudeln. Also«, endete er und klatschte noch einmal in die Hände, »sehen wir zu, dass wir hier so schnell verschwinden wie das Nachthemd einer frischvermählten Braut, was?«

»Aber woher wollen Sie wissen, dass es die Sturm sind?«

Es war die Frau mit dem Cocktail. Sie sah drein, als wartete sie verzweifelt auf Beschwichtigung. Wahrscheinlich hoffte sie, er würde mit den Schultern zucken und zugeben, dass er es nicht wirklich begründen konnte. Dass es nur eine fixe Idee war. Schließlich hatte Trumbull gesagt, er sei besessen.

Er zuckte mit den Schultern. »Ich weiß nicht, dass es die Sturm sind«, sagte er. »Aber ich glaube es. Also verschwinde ich von hier. Ihr alle seid herzlich eingeladen, hierzubleiben und es selbst herauszufinden.«

Und dann schob er sich durch den kleinen Menschenauflauf und tat, als würde er die Fragen und Forderungen nach mehr Informationen, die sie ihm hinterherbrüllten, gar nicht hören. Sie würden es selbst sehen oder auch nicht. Es waren die Sturm oder auch nicht. Sie würden bleiben oder gehen. Sie würden leben, oder sie würden sterben.

Er hatte seine Schuldigkeit getan.

14

DER TRANSFER LIEF SAUBER. Booker fand keine Spur von dem anderen, der vor ihm hier gewesen war. Er nahm den Mech so vollständig in Besitz wie ein Brüter den ersten natürlichen Körper, in den er geboren wurde. Der Hautsack, den er zurückließ, lag reglos und leer im Koma und wartete darauf, dass eine neue Seele in ihn übertragen wurde.

Genau so hätte er auch dagelegen, wenn sie ihn gelöscht hätten, dachte er. Warum die Leute nicht begriffen, dass die Essenz eines Menschen der Quellcode war, aus dem er wiederauferstand, und nicht das ihn beherbergende Gefäß, wollte sich ihm nicht erschließen.

Er ragte über Orr und Lao Tzu auf. Der Korporal machte ein Gesicht, als fragte er sich, ob es wirklich eine so kluge Idee gewesen war, einen verurteilten Sträfling in einen drei Tonnen schweren gepanzerten Mech zu transferieren. Der Captain starrte ihn nervös an. Vater Michael stand zwischen den beiden. Er hob das Kinn, als wollte er Booker an den gerade abgeschlossenen Handel erinnern, ihn auffordern, die angebotene Erlösung anzunehmen.

Die Neuralklammer, die sämtliche aggressiven Anwandlungen unterbunden hatte, während er sich noch im fleischlichen Leib befunden hatte, war sicher verankert im Rautenhirn der komatösen Gestalt auf der Liege zurückgeblieben. Beim Mech wirkte keine derartige Bremse, und wenn er gewollt hätte, dann hätte er seine Gefängniswärter jetzt fein säuberlich auseinandernehmen können wie langsam gegrillten Schweinebraten. Deshalb ihre Anspannung.

»Ich bin drin«, sagte er, und sie alle zuckten zusammen. Sofort regelte er die Lautstärke runter. »Ich will mich nicht ins Habnet einloggen, wegen des Schadcodes«, fuhr er in einer normaleren Lautstärke fort. »Wir müssen selbst nach Informationen suchen, mal sehen, was wir finden. Korporal Orr, haben Sie Zugriff auf irgendwelche abgesicherten Komm-Frequenzen?«

»Nein«, antwortete Orr. »Ich bin ebenfalls offline. Und ich werde nicht wieder online gehen, ehe wir wissen, dass der Virus aus dem System getilgt ist.«

»Lokale Verbindungen?«

»Alles tot.«

Er hielt sich gar nicht erst damit auf, Lao Tzu zu fragen. Wenn sein bestellter Henker nicht in der Lage war, online zu gehen und die notwendigen Anleitungen herunterzuladen, um die Zeremonie durchzuführen, dann hatte er auch keinen Zugriff auf irgendwelche anderen Kanäle.

»Sicher, dass Sie sich nicht in den anderen Mech transferieren lassen wollen?«, fragte Booker Orr.

»Ich habe weder die Codes noch die entsprechende Ausbildung.«

Booker sah ihm das nicht nach. Der Mann hatte sich auf den Nahkampf spezialisiert. Und dafür brauchte man nun mal einen menschlichen Körper. Die dreifingrigen Greifklauen eines Krawallmechs waren kein vernünftiger Ersatz für Fäuste. Es war tatsächlich besser, wenn Orr in seinem Körper blieb. Der Priester hatte keine Neuralimplantate, von ihm war also nichts zu erwarten. Außerdem war er Bookers Zeuge. Er wollte auf keinen Fall, dass irgendwer oder irgendwas, das sie dort draußen erwartete, Vater Michael den Kopf wegpustete.

Und was immer dort draußen los war, es wurde noch viel schlimmer.

Inzwischen fielen immer mehr Schüsse. Über die Propriorezeptoren des Mechs spürte er die Vibrationen und Erschütterungen, die das Hab durchrüttelten, ebenso deutlich wie eben noch als Mensch. Er vermied es sorgsam, auf irgendwelche Breitbandsensoren zuzugreifen, die die Maschine, und damit ihn, einem feindlichen Übernahmeversuch aussetzen mochten.

Er hielt es für unwahrscheinlich, dass dies ein Angriff der Sturm war, auch wenn es über seinen Verstand ging, weshalb irgendwer sonst so dämlich sein sollte, eine TST-Anlage anzugreifen. Also konnte er nur den verfügbaren Code laden und loslegen.

Ohne die Neuralklammer hatte er Zugriff auf seinen Lacuna-Speicher. Die Basisskripte für die Mechsteuerung hatte er natürlich bereits geladen. Jetzt griff er zusätzlich auf ein paar umfassendere Programme zurück. Natürlich kein schwarzer Permacode, aber doch erheblich krasser als die schlichten Instruktionen, die er beim Transfer in die Maschine automatisch geladen hatte.

»Ich habe keine Karte des Habs, und ich habe nicht vor zu versuchen, auf eine zuzugreifen«, sagte er. »Captain? Bitte zeigen Sie uns den Weg zum Arsenal. An den erinnern Sie sich doch hoffentlich noch?«

Der Offizier starrte ihn feindselig an, widersprach aber nicht. Vater Michael wollte ihnen folgen, aber Booker hob die schwere Greifklaue und öffnete sie.

»Vater. Es ist besser, wenn Sie hierbleiben und den Kopf unten halten. Wortwörtlich. Klingt ganz schön sportlich da draußen, und es wäre mir lieb, wenn Sie noch leben würden, wenn das alles hier vorbei ist.«

»Ich habe keine Angst, Booker«, behauptete der Priester mit merklich zitternder Stimme.

»Freut mich für Sie, Vater. Aber *ich* habe Angst, und zwar am allermeisten davor, dass irgendwer wieder versuchen wird, mich zu löschen, wenn das hier vorüber ist. Sie sind mein Ass im Ärmel. Ich werde mich an meinen Teil der Abmachung halten. Ich will, dass Sie dafür sorgen, dass er das ebenfalls tut.« Er schwang die Greifhand Richtung Lao Tzu. »Und falls er getötet werden sollte, brauche ich Sie ebenfalls, damit Sie seinem Back-up erklären, welche Verabredung er getroffen hat. Also bitte bleiben Sie hier, ja?«

Der Priester schien drauf und dran zu widersprechen, aber Korporal Orr legte ihm eine Hand auf die Schulter und schob ihn sanft auf die leere zweite Liege zu. »Booker hat recht, Vater«, sagte er. »Diese Kammer ist taktisch gesehen vollkommen uninteressant. Hier sind Sie gut aufgehoben.«

»Aber ich werde da draußen gebraucht«, widersprach Vater Michael. »Bestimmt gibt es Verletzte. Wissen Sie, ich bin ausgebildeter Ersthelfer. Richtig ausgebildet, nicht nur irgendein Programm. Und die Sterbenden brauchen ihre Sterbesakramente. Viele der Gefangenen und einige Ihrer eigenen Leute, Korporal, werden sterben. Richtig sterben. Wenn Habnet mit einem Virus infiziert ist, sind ihre Back-ups wertlos.«

»Und das ist unser Problem, Vater. Nicht das Ihre«, sagte Orr. »Jetzt bleiben Sie schon hier, wo Sie sicher sind. Bitte.«

Endlich erklärte sich der Priester bereit zurückzubleiben, und Booker verließ als Erster die Hinrichtungskammer. Keiner von ihnen führte eine Schusswaffe mit sich. Orr hatte seinen Schlagstock, der ihnen nicht viel nützen würde, aber er nahm ihn trotzdem mit. Booker steuerte den Mech mit langen, gleitenden Schritten vorwärts, um den Krach, mit dem der Dreitonnenkoloss durch den

Gang stampfte, so gut wie möglich zu reduzieren. Sie kamen an dem zweiten Mech vorbei, der in sich zusammengesunken war, als würde er schlafen. Und in gewisser Weise, wie Booker wusste, tat er das ja auch. Dieser Teil der Anlage war für die Öffentlichkeit nicht zugänglich. Sie hatten keine Ahnung, was hier passierte, und auch keine Möglichkeit, es herauszufinden. Als der Intellekt ausfiel, hatte das Hab auf autonome Subroutinen umgestellt. Gravitation, Lebenserhaltungssysteme, Energieversorgung und Beleuchtung funktionierten wie gewohnt. Die Türen öffneten sich, wenn sie sich näherten, und glitten hinter ihnen wieder zu.

Nach etwa einer Minute sahen sie die erste Leiche. Booker scannte sie auf der Suche nach einem Herzschlag oder Hirnaktivität, aber das Gefäß war leer. Die Seele hatte sich verabschiedet.

Orr kniete sich neben die Leiche. Booker sah ihm die Verstörung an. »Er wurde ... gebissen ...«, sagte der Wachmann.

Booker scannte die Leiche erneut und bestätigte, dass das Opfer tatsächlich mehrere tiefe Fleischwunden erlitten hatte, die mit von Tieren gerissenen Bisswunden übereinstimmten. Eine Masseanalyse ergab, dass mindestens zwölf Prozent der betroffenen Bereiche fehlte.

Gefressen?

Bei dem Gedanken jagte ein Schauder durch seine Schaltkreise. Der ferne Kampflärm ebbte allmählich ab. Entweder hatte das Sicherheitspersonal den Angriff niedergeschlagen, oder sie waren gerade dabei zu verlieren. Lao Tzu hockte sich neben Orr, um ebenfalls einen Blick auf die Leiche zu werfen, und Booker ragte hoch über ihnen auf und hielt Wache. Er beschäftigte sich, indem er mithilfe eines seiner komplexeren Mech-Skripte die Gelgeschosse in seiner Waffe umprogrammierte. Ein paar kleine Code-Anpassungen, und die Waffe, die eigentlich nur der Niederschlagung von Aufständen diente, hatte erheblich mehr Wumms; die Gelgeschosse wandelte er in gehärtete Kompositprojektile um. Das würde ausreichen, um Löcher in die Art Panzerung zu schlagen, deren Schutz er momentan genoss. Wandelnde Säcke voller Innereien wie Orr oder Lao Tzu würden sie in verzehrfertige Portionen reißen.

Vielleicht hätte er früher, als er noch jünger gewesen war und ein frisch eingeschworener Quellcoder, einfach das Feuer auf sie eröffnet und versucht, sich mit dem unbekannten Angreifer zu verbünden.

Der Feind meines Feinds und dieser ganze Scheißdreck.

Aber Booker3-212162-930-Infanterie hatte zwar laut, aber erst spät den Ruf des Quellcodes gehört. Er war weder ein Feigling noch ein Mörder, wie die Brüter behaupteten. Diese Verleumdung sagte mehr über ihre furchtsame Ignoranz als über seinen Glauben und seine Ziele. Sein Glaube führte nicht dazu, dass er sich vor dem Tod fürchtete. Sein Glaube war der *Grund*, weshalb er ohne Furcht dem Tod entgegentreten konnte. Also wachte er über die Männer, die ihn aus der Existenz ausradieren wollten, und als ohne Vorwarnung ein Angreifer aus einer Tür zu ihrer Linken auftauchte, zögerte er keine Sekunde lang.

Die Sensoren des Mechs waren nicht imstande, den Raum hinter der Tür zu erfassen. Weder über Infrarot noch über Bewegungssensoren, und weder Massenverlagerung noch Schallinterferometer erfassten den Berserker, ehe er in den Gang hinaustrat. Vielleicht war der Raum absichtlich derart abgeschirmt. Wahrscheinlicher war allerdings, dass es einfach an den beim Bau verwendeten Materialien lag. Wie auch immer, jedenfalls tauchte der Mann urplötzlich auf und stürzte sich auf den Captain.

Der Offizier kreischte auf und riss abwehrend die Hände hoch.

Er hatte tatsächlich nichts weiter geladen als irgendwelche Verwaltungsskripte, dachte Booker. Da hatte er längst schon den Greifarm ausgestreckt und den Angreifer gepackt, als wäre er eine riesige Gottesanbeterin. Booker hob seine Beute vor das Arrangement aus acht Kameras, die in seine Visierplatte eingelassen waren. Irgendetwas stimmte ganz und gar nicht mit dem Typen. Er schlug im Griff des Mechs wild um sich. Sein Gesicht war ein einziges Durcheinander aus seltsam widersprüchlichen Zuckungen und völlig grotesk verzerrten Zügen. Außerdem war es über und über voller Blut. Als er ihm einen Elektroschock versetzte, wurde er sofort schlaff. Booker streckte den beiden anderen die bewusstlose Gestalt hin, damit sie sich den Mann ansehen konnten. »Ich bin nicht für forensische Untersuchungen programmiert«, sagte er. »Aber ich würde mal sagen, wir haben unseren geheimnisvollen Fleischfresser gefunden. Was soll ich mit ihm machen?«

»Einfach fesseln«, sagte Orr. Lao Tzu schien sich inzwischen komplett ausgeklinkt zu haben.

Booker band dem Mann Hände und Füße mit schnell härtender synthetischer Spinnenseide zusammen, die er aus einer Düse aus dem Waffenarm ausstieß.

»Würden Sie sich mal den Raum dort ansehen?«, fragte Orr.

»Na klar.« Booker öffnete eine verborgene Klappe, und eine Drohne erhob sich in die Luft. Sie war weder für einen heimlichen Einsatz geeignet noch mit sonderlich vielen Sensoren ausgestattet. Ein Großteil des faustgroßen Apparats bestand aus den Feldgeneratoren, die ihm ermöglichten zu fliegen. Aber um den Nebenraum auf Lebenszeichen hin zu untersuchen, reichte er vollkommen aus.

»Sauber«, sagte Booker kurz darauf.

»Ich glaube, wir sollten den Captain dort zurücklassen«, sagte Orr. »Er... äh...«

»Er hat keine Skripte geladen«, beendete Booker den Satz für ihn. »Also ist er nutzlos.«

Kurz sah der Offizier aus, als wollte er wütend widersprechen, aber dann sackte er in sich zusammen. »Sie haben recht«, sagte er. »Wenn dieses Problem nicht mit organisatorischer Arbeit zu lösen ist, bin ich nur... ich kann nichts tun.«

»Wenn Sie sich verstecken«, sagte Booker, »dann bleiben Sie auch in Ihrem Versteck. Wir haben eine Abmachung. Sie müssen sich daran halten.«

Ehe der Offizier darauf antworten konnte, ertönte eine neue Stimme, sie dröhnte durch alle Gänge.

»Achtung. Hier spricht Archon-Admiral Wenbo Strom, Kommandant der 101. Division. Diese Anlage wurde von einer Angriffsflotte des Zweiten Schockregiments befreit. Sie steht ab sofort unter dem Schutz und Gesetz der Humanistischen Republik. Jeder Widerstand ist zwecklos und reine Verschwendung. Wir kommen als Freunde der Unterdrückten und Retter unserer Spezies. Wenn Sie ein Wahrer Mensch sind, sind wir Ihre Verbündeten. Schließen Sie sich uns an. Liefern Sie uns Ihre Kommandanten und die Korrumpierten aus. Menschliches Leben ist kostbar. Lasst uns heute nicht noch mehr davon vergeuden.«

Orr und Lao Tzu wechselten entsetzte Blicke. Booker, derzeit mit Leib und Seele ein drei Tonnen schwerer kampftauglicher Mech, mit dicken Platten aus einer Graphen-Matrix gepanzert, war anders als sie nicht imstande, sich mimisch auszudrücken. Ersatzweise fluchte er ausgesprochen laut. »Verdammte Scheiße! Es sind tatsächlich die Sturm. Ich hasse diese verfluchten Mistkerle!«

15

Das Deck der *Liberator*, einer fünf Kilometer langen Astralfestung, neigte sich unter Archon-Admiral Stroms Stiefeln um fast dreißig Grad. Der selbstmörderische Angriff einer armadalischen Korvette hatte das Flaggschiff zu diesem extremen Manöver gezwungen. Die urplötzliche Wendung fort von dem kleinen, sich selbst zerstörenden schwarzen Loch, das die Armadalen ihnen in die Flugbahn gepflanzt hatten, überforderte für einen Augenblick die Masseträgheitskompensatoren. Der Admiral stand ganz ruhig im Zentrum der Brücke und ging leicht in die Knie, um den unerwarteten Kurswechsel abzufedern. Als die g-Kräfte an ihm rissen, hätte er fast eine Hand auf den glatt polierten hölzernen Handlauf gelegt, der sein Podest von der direkt unter ihm liegenden Ebene trennte, auf der die diensthabenden Offiziere an ihren Posten arbeiteten. Aber er widerstand dem natürlichen Reflex, sich abzustützen, zuversichtlich, dass die Effektoren der *Lib* das Manöver ausgleichen konnten. Ihm war klar, dass die Brücke ihn beobachtete – die ganze Flotte tat das –, also verlagerte er nur seinen Schwerpunkt, als stünde er auf einem alten Segelschiff, das über eine besonders wilde Woge hinwegglitt, und wartete darauf, dass die Astrale Festung die unvorstellbaren Newtonschen Kräfte bezwang, die sie auseinanderzureißen drohten.

Das Deck richtete sich unter ihm wieder auf, und er löste die hinter dem Rücken fest verschränkten Hände voneinander. Die *Lib* im Kampf zu manövrieren war nicht seine Aufgabe, sondern die von Captain Trudeau, der gut drei Kilometer entfernt im Taktischen Zentrum saß. Aber Strom zeichnete für die 101. Division als Gesamtes verantwortlich, und ihr Vorstoß in dieses System war durch die Schuld eines einzigen Schiffs aus den Fugen geraten. Er blickte auf den Hauptbildschirm. Das kleine Icon, das für eine Korvette der Königlich-armadalischen Marine stand, hielt nur mühsam Schritt mit den unablässigen und scheinbar völlig willkürlichen Sprüngen des kleinen Schiffs. Im einen Augenblick verbarg es sich in der Chromosphäre des weißen Hauptreihensterns und pflanzte winzige Explosionen quer durch die sieben Lichtminuten weite Lücke zum Zentrum von Stroms rasch zerfallender Schlachtformation; im nächsten tauchte es urplötzlich aus dem gefalteten Raum auf, gefährlich nah an der Astralen Festung oder einem der Megaschlachtkreuzer, die sie flankierten, als hätte es vor, das Schiff mit der Graviton-Bugwelle, die mit dem Sprung einherging, zu beschädigen.

Sosehr ihn die Störung seiner Flottenordnung auch ärgerte, Archon-Admiral Strom konnte sich einer gewissen Bewunderung dieses Kampfgeists nicht erwehren. Überraschend war es allerdings nicht, dachte er. Laut Nachrichtendienst legte die Königlich-armadalische Marine bei der Ausbildung Wert darauf, sich dem alten Kampfgeschick der Menschheit so sehr anzunähern, wie es in diesem der Verderbnis anheimgefallenen Teil des Universums überhaupt möglich war. Kleinere Schiffe wie beispielsweise die Korvette, die ihnen so erbitterten wie vergeblichen Widerstand entgegensetzte, wurden häufig noch von Menschen gesteuert und nicht von Maschinen. Nur deshalb machte ihnen die Korvette überhaupt solche Schwierigkeiten.

»Gibt es schon Informationen darüber, weshalb sich dieses Schiff überhaupt hier im System befindet?«, fragte Strom so ruhig, als würde er um eine Speisekarte bitten. Die Frage richtete sich an seine G2-Stabsoffizierin der Abteilung Nachrichtendienst, Leutnant Xi. Strom hielt sich nicht mit der Frage auf, warum das Schiff noch kampftüchtig war. Es war ja offensichtlich, dass es irgendwie sowohl dem Störimpuls als auch der Nanophagenübertragung entgangen war.

»Es handelt sich um eine armadalische Aufklärungskorvette, Admiral«, antwortete Leutnant Xi sofort. Sie rief etwas in ihrem schwebenden Holo-Datenfeld auf, dessen Informationen überwiegend aus einer Live-Übertragung von den Sensoren der *Lib* stammten. »Nur leicht bewaffnet, aber mit der allerneuesten armadalischen Tarn- und Flugtechnik ausgestattet. Wir überprüfen die Theorie, dass sie das System infiltriert hat, um die Fabrikhabs im Asteroidengürtel und auf dem großen Mond, der den zweiten Gasriesen umkreist, auszuspionieren. Dort draußen gibt es eine ganze Menge Anlagen für die Gewinnung von Helium, Sir, aber das ist keine ausreichende Erklärung dafür, dass unsere Drohnen seit fünf Jahren eine hohe Aktivität der Jawanischen Flotte hier im Sektor beobachten. Vermutlich werden viele der Industrieanlagen inoffiziell auch militärisch genutzt.«

»Aber es gibt keine Spur von TST-Streitkräften?«, fragte er. Als Friedenswächterin des Großvolumens würde sich die Erde ebenso sehr für Vertragsverletzungen durch die Jawaner interessieren wie die Armadalen.

»Wir haben keine entdeckt, Sir.«

Sie sagte es ganz neutral, aber Strom spürte ihre Skepsis dennoch deutlich. Wenn sich hier im System Streitkräfte der TST befanden und sie den Präventivangriff überlebt hatten, dann hätten sie bereits angegriffen.

Dem Genom sei Dank für die kleinen Gnaden, dachte er. »Danke, Leutnant«, sagte er laut. Sie hatte nicht darüber spekuliert, weshalb das KAM-Schiff noch immer kampftauglich war, aber Strom ging davon aus, dass es keinen Intellekt an Bord gab, der lahmgelegt werden konnte, und die Mannschaft während ihres Aufenthalts in einem feindlichen System absolute Funkstille eingehalten hatte. Und jetzt hatten sie sich ohne Rücksprache mit ihrem Oberkommando für den Kampf entschieden. *Bemerkenswerter Kampfgeist und vorbildliche Eigeninitiative*, dachte er. *Kommt nur leider verdammt unpassend.*

Und es warf die Frage auf, wie viele Verweigerer, Einsiedler und Fanatiker wohl noch den beiden Klingen ihres vernichtenden Doppelschlags entgangen waren. Das Oberkommando hatte mit dem Überleben von zwei bis fünf Prozent der Militärstreitkräfte gerechnet, aber natürlich waren nicht alle Streitkräfte gleichwertig. Die Begegnung mit einer terranischen Fregatte oder einem Königlichen Montanblanc-Kampfschiff mit einem voll funktionstüchtigen Intellekt oder auch einer kompetenten Mannschaft aus Mutanten und Borgs war sehr viel bedrohlicher als beispielsweise der Zusammenstoß mit einem Jawanischen Goliath oder einem der Söldner-Piratenschiffe, die das Yulin-Irrawaddy-Kombinat anzuheuern pflegte.

Dieser nervtötende armadalische Rassenverräter war der lebendige Beweis.

Die Korvette verschwand wieder vom Bildschirm, und eine Sekunde später kamen Alarmsignale von zwei der schnellen Zerstörer herein, die seine Eskorte bildeten: Während sie noch damit beschäftigt gewesen waren, den Torpedos auszuweichen, die aus den Tiefen des gefalteten Raums auf sie zujagten, hatte ihnen die Korvette Antimaterie-Minen vor den Bug geworfen, die ihnen erheblichen Schaden zugefügt hatten.

Strom grunzte.

Es war demütigend, aber eigentlich nicht anders zu erwarten, dass ihnen ein kleines Schiff derart große Probleme machte. Die Republik gab sich keinerlei Selbsttäuschungen hin, was die Gefährlichkeit ihrer Gegner betraf. Die Mutanten waren ihnen technologisch gesehen zweifelsfrei überlegen. Dazu kam ihre gewaltige Zahl. Ob man es anhand der besiedelten Planeten maß oder an den Orbit-Habitaten, dem Ausmaß des besiedelten Raums oder der schieren Menge jener sogenannten Menschen – gegen dieses vielgestalte Durcheinander von biologisch modifizierten Freaks und kalten Roboterhirnen nahm sich die Republik winzig aus.

Der kleine, ums Überleben ringende Außenposten der Wahren Menschheit, der vor vielen Jahrhunderten von den Raumhäfen des Sulu-Archipels ins Exil aufgebrochen war, hatte nur diese eine Chance. Ein Versuch, das zu gewinnen, was die alten Japaner – eine edle und traditionsreiche Kultur der Wahren Menschen – *Kantai Kessen* genannt hatten. Die Entscheidungsschlacht. Die Republik würde der Schlange, die die Menschheit verschlungen hatte, den Kopf abschlagen, oder sie würde ihrerseits verschlungen werden.

»Flottenbefehl«, blaffte Strom.

Sein zweiter Kommandant Martaine Husserl nahm Haltung an. »Ja, Admiral.«

»Entsenden Sie die verbliebenen Kampfflieger«, sagte Strom. »Alle«, fügte er hinzu, ehe Husserl sich rückversichern konnte.

Strom war sehr zufrieden damit, dass der Mann seinen Befehl nicht infrage stellte. Andere Stabsoffiziere hätten es womöglich getan, denn um ehrlich zu sein, setzte er mit seiner Entscheidung Tausende Piloten einer tödlichen Gefahr aus, nur um ein kleines gegnerisches Schiff auszuschalten, das sie früher oder später wahrscheinlich auch mit einem Glückstreffer erwischen würden.

Aber dafür brauchte es, wie Strom sehr wohl wusste, tatsächlich einen Glückstreffer. Und wenn der armadalische Kapitän als Erster Glück hatte, verlor die 101. Division womöglich ein wichtiges Schiff und büßte einen bedeutenden Teil ihrer Schlagkraft ein. Die Aufklärungskorvette war winzig. Die Graviton-Wellen, die sie mit jedem Sprung auslöste, waren es nicht. Sie konnten einen mittelgroßen Mond spalten.

»Admiral, die Landefähren über Batavia vermelden Angriffe durch Schwarmdrohnen. Sie haben eine armadalische Kennung, Sir, keine jawanische.«

»Natürlich«, antwortete Strom zähneknirschend. Eine unerfreuliche Entwicklung. Wenn eine der großen Fähren beschädigt wurde und in die letzte Ruhestätte der *Voortrekker* stürzte, würde die Entehrung allein auf ihn fallen.

»Teilen Sie sämtliche Kampfflieger von *Normandie* und *Tsushima* den Landefähren zu. Keine weiteren Landungen mehr, ehe wir das armadalische Schiff ausgeschaltet haben. Die verbleibenden Kampfflieger schützen die Flotte, autorisieren Sie die eigenständige Entscheidung, den Gegner unter Feuer zu nehmen.«

»Aye aye, Sir«, antwortete Husserl und gab den Befehl weiter: »Sämtliche Kampfflieger von *Normandie* und *Tsushima* geben den Landefähren Deckung. Alle Landungen auf Batavia sind vorerst ausgesetzt. Die verbleibenden Kampfflieger fliegen im Umfeld der gesamten Flotte Patrouille. Admiral Strom autorisiert die Piloten, eigenständig Feuerbefehl zu geben.«

Die Anweisungen wurden über die Befehlskette weitergegeben und erreichten Tausende Männer und Frauen in den hundert großen und kleinen Schiffen der Angriffsflotte, verteilt über ein Areal, das fast drei Vierteln des Sonnensystems entsprach. Tausende Menschen, die über eine Nullpunkt-Wurmlochverbindung fast zeitgleich die Anweisungen des Admirals empfingen. Unvermeidlich, wenngleich trotzdem heftig umstritten, übergab er einige Sekunden lang das Heft an ein weit gestreutes Computernetzwerk, das die 101. Division wie eine einzige riesige Kampfeinheit koordinierte. Diese Computer waren mit den Intellekten des Volumens nicht vergleichbar. Erstens und am wichtigsten: Sie verfügten nicht über ein Bewusstsein, auch wenn sie die fortschrittlichsten Computer waren, die die Republik je gebaut hatte. Der Umfang und das Tempo, mit dem sie Daten aufnahmen und analysierten, lagen weit jenseits dessen, was selbst der begabteste menschliche Verstand zustandebrachte. Und ebenso effizient rechneten sie mögliche Lösungen aus.

Die Lösung für Stroms Problem wurde ihm zwölf Sekunden später präsentiert. Das Netzwerk schickte drei Kampfflieger der *Liberator*, FX8 Korsaren, über eine kleine Raum-Zeit-Verwerfung an einen Punkt dreihundert Kilometer hinter der Astralen Festung. Die schweren Superkampfflieger nahmen eine volle Sekunde lang die gleiche Stelle unter koordinierten Beschuss, dann tauchte das armadalische Schiff dort auf und fand sich unvermittelt inmitten der Hölle wieder, von Bug bis zum Heck in Plasmafeuer eingeschlossen, lauter winzige Teilchen aus ionisierter Materie, von den plumpen, aber leistungsstarken Bordkanonen der Korsaren auf einen durchaus beachtenswerten Bruchteil der Lichtgeschwindigkeit gebracht. Die Feuerströme durchdrangen die nur schwach gepanzerte Außenhülle der Korvette, noch ehe sie ihre Schilde wieder hochfahren konnte.

Das feindliche Schiff schien zu explodieren, aber der Eindruck hielt sich nur für einen Sekundenbruchteil.

Dann brach die sich ausbreitende Detonation unvermittelt in sich zusammen, und das Schiff verschwand einfach aus der Wirklichkeit.

Ringsum erhob sich ein Raunen auf der Brücke der *Liberator*. Admiral Strom, der das Ende dieses würdigen Gegners auf dem Hauptbildschirm beobachtet hatte, schwankte zwischen Erleichterung, weil er eine sehr ernst zu nehmende Bedrohung für seine Flotte ausgeschaltet hatte, widerwilliger Bewunderung für die tapferen Armadalen, die ihn in ernstliche Bedrängnis gebracht hatten, und einem kreatürlichen Unbehagen wegen dem, was er gerade mit angesehen hatte. Zwar hatte die Aufklärung nur wenig Informationen über die Technologie der KAM geliefert, mit der sie mittels einer Hyperspace-Blase die Kampfkraft eines Raumkreuzers in ein wesentlich kleineres Schiff hineinstopften. Aber in einem Punkt hatte man sich beim Briefing sehr unmissverständlich ausgedrückt: Wenn ein solches Schiff zerstört wurde, pustete es sich selbst aus diesem Universum hinaus und landete in einem anderen. Es war sogar denkbar, dass die Zerstörung des Blasenuniversums ein neues Universum erzeugt hatte, eins, in dem womöglich andere physikalische Gesetze galten. Einige Leute hielten es für möglich, dass die Menschen, die er gerade getötet hatte, jetzt dazu verurteilt waren, bis in alle Ewigkeit schreiend in einer alternativen Raumzeit zu sterben, in der sich Nanosekunden in einer Endlosschleife zu Ewigkeiten stapelten.

So ehrenvoll ihr Opfer auch gewesen sein mochte, es bestätigte Strom nur umso nachdrücklicher, wie bitter notwendig es war, die grauenhafte Entartung zu bekämpfen, die sich derzeit Menschheit nannte und einen so großen Teil des bekannten Alls besiedelte.

16

DIE KABINENTÜR schloss sich hinter Lucinda, und sobald niemand sie mehr sehen konnte, sackte sie in sich zusammen. Es blieben ihr nur wenige Minuten bis zum Beginn der Einsatzbesprechung, und sie musste aus ihrer Uniform raus, die steif war von all dem Blut, das nicht ihres war. Aber wenn sie ehrlich war, brauchte sie auch einfach einen Moment für sich allein.

Es war ein Zeichen von Schwäche, das war ihr klar, aber sie brauchte diesen kurzen Augenblick dringend.

Bei ihrem Eintreten aktivierte sich die Photonenskulptur ihrer Eltern, und sie blaffte den Projektor an, er solle sofort damit aufhören. Ihre Stimme klang zittrig und schrill. Kein Vergleich mit der kommandogewohnten Stimme, die sie sich eben auf der Brücke noch abgerungen hatte.

Es war dumm. Irrational. Aber sie wollte nicht, dass ihre Eltern sie in diesem Zustand »sahen«. Wenn sie allein war, führte sie häufig Gespräche mit ihnen, viel häufiger, als sie sich eingestehen wollte. Es war ein großer Segen, so frei heraus sprechen zu können, und sie hatte nicht vor, sich dieses etwas mitleiderregende, aber segensreiche Ritual kaputt zu machen, indem sie es mit den grauenhaften Eindrücken des heutigen Tags besudelte.

Sie schälte sich aus ihrem T-Shirt und stopfte es in den im Schrank versteckten Wäschekorb, ehe ihr aufging, dass sie jetzt vermutlich ihre Wäsche nicht mehr selbst erledigen musste. Sie war Kapitänin und Kommandantin der *Defiant*. Lucinda kramte das T-Shirt wieder heraus, stand eine Weile da, das Shirt in der Hand und unschlüssig, was sie jetzt damit tun sollte, und stopfte es schließlich mit einem unterdrückten Fluch wieder zurück. Warf ohne nachzudenken einen raschen Blick über die Schulter, in der Erwartung, dass Defiant etwas Aufmunterndes und Lustiges zu ihr sagte, aber der Intellekt des Schiffs war noch immer offline, und selbst wenn es anders gewesen wäre, hatte sie die Privateinstellungen in ihrer Kabine so justiert, dass niemand anders hier hereinkonnte, nicht einmal das Schiff selbst, es sei denn, es trat ein Notfall ein.

Die Kapitänin der HMAS *Defiant* ließ sich auf ihr Bett plumpsen und vergrub den Kopf in den Händen. Wieder aktivierte sich das Hologramm ihrer Eltern. Sie lächelten und umarmten einander. Diesmal wies sie den Projektor nicht an, damit aufzuhören. »Was mach ich denn nur?«, fragte Lucinda leise und mit der bizarren Angst im Nacken, dass jemand sie belauschen könnte. »Was soll ich denn jetzt bloß tun?«

Ihre Mutter, schon lange tot, und ihr Vater, der auf die Kombinats-Strafkolonie auf Batavia deportiert worden war, hatten keine Antworten für sie. Sie blieben sorglos, so blind für das Schicksal ihres eigenen Kinds, wie sie blind für die eigene Zukunft gewesen waren an dem lang zurückliegenden Tag, als das körnige Bild aufgenommen worden war. Lucinda starrte sie an, sehnte sich verzweifelt nach einer Antwort und spürte die alte Einsamkeit in sich wühlen. Sie hatte ihre Mutter nicht einmal mehr vor Augen. Da war nichts als die vage Erinnerung daran, einmal eine Mutter gehabt zu haben. Und dass sie von ihrem Vater etwas gehört hatte, war inzwischen auch schon über ein Standardjahr her. Das Kombinat berechnete seinen Strafkolonisten alles extra: das bisschen Platz, das sie in den Baracken für sich beanspruchten, die ausgefransten, fadenscheinigen Decken, die die eisige Kälte der Nächte am Rand der Eisensteinwüste nicht fernhalten konnten, die erbärmlichen Rationen, das schmutzige Wasser und natürlich jedwede Kommunikation mit der Außenwelt. All das mussten die Gefangenen bezahlen, damit auch ganz sicher keiner von ihnen jemals seine Schulden begleichen konnte. Sooft sie konnte, schickte sie Geld, genau genommen mindestens die Hälfte dessen, was sie bei der Flotte verdiente, aber die »Bearbeitungsgebühren« und »Verwaltungsbeiträge« des Kombinats schmolzen jeden Dollar zu einem kleinen Häuflein Cents zusammen, ehe das Geld ihren Vater erreichte.

Ihr war elend zumute, sie fühlte sich vollkommen verloren.

Alles, was sie jetzt tun konnte, war, sich nicht der Hoffnungslosigkeit zu ergeben.

Lucinda stand so hastig auf, dass das Blut aus ihrem Kopf strömte. Kurz schwankte sie, ehe ihre Bioware die plötzliche Bewegung ausglich und das Schwindelgefühl wich.

Sie schaltete das Hologramm manuell aus und schob die Erinnerungen an ihre Familie beiseite.

Die Einsatzbesprechung fand in der Offiziersmesse statt. Die Versammlung kam ihr ohne den Kapitän, die Zweite Kommandantin und Leutnant Kommandant Koh seltsam unvollständig vor, aber Chefingenieur Timuz war anwesend, und auf Lucindas Bitte hin auch Doktor Saito, die leitende Chirurgin des Schiffs.

Beim Anblick von Timuz, dem alten Mann – dem sehr alten Mann –, der mit kerzengeradem Rücken Haltung annahm, wäre sie fast wie angefroren stehen geblieben. Sie wusste nicht recht, was sie tun, wie sie reagieren sollte. Timuz war ranghöher als sie, behandelte sie aber als Kapitänin, und zwar deutlich bereitwilliger als die anderen Offiziere – vor allem Chase, dem dieses neue Arrangement vermutlich nicht im Geringsten in den Kram passte.

Lucinda salutierte ebenfalls und trat an ihren Platz am Kopf des Tischs. Ihre Füße waren taub, die Beine fühlten sich schwer an, und sie befürchtete, sie könnte stolpern und vor den Augen aller Versammelten lang hinschlagen. Ihr war klar, dass Saito ihre steigende Nervosität allein anhand ihres seltsamen Gangs bemerken musste. Timuz stand auf der einen Seite des polierten Tischs, Hayes auf der anderen, neben dem Chefchirurgen. Wie Hardy hatte sich der Captain umgezogen. Er trug jetzt einen eng anliegenden Overall, den man problemlos unter dem gepanzerten Kampfanzug tragen konnte. Das Nanogewebe bot seinerseits ein wenig Schutz und auch einige Modifikationen, aber sein Hauptzweck war es, sich mit der wuchtigen Panzerung kurzzuschließen, die Marinesoldaten in der Schlacht trugen. In Plastikstahl-Superlegierung und hochverdichteten Ceraplatten hätte er sich nicht an den Tisch setzen können.

Die Teilnehmer der Einsatzbesprechung nahmen Platz, sobald Lucinda es tat. Leutnant Bannon, der noch immer Defiants Kampf im Auge behielt, wirkte geistesabwesend. Die anderen leitenden Offiziere machten ernste Mienen, aber wenn sie Angst hatten, verbargen sie es gut. Anders als sie selbst, dachte sie und war sicher, dass alle anderen ganz deutlich sehen mussten, was für ein zerrüttetes Neurosenbündel sie da zur Kapitänin hatten.

Apropos ...

»Kommandant Timuz«, fing sie an.

Der Ingenieur lächelte kaum merklich. »Wenn Sie gestatten ... Leutnant?«

»Selbstverständlich«, sagte sie, hatte aber wenig Hoffnungen, dass er sie um Verzeihung bitten würde, zu beschäftigt mit seinen Ingenieursbelangen gewesen zu sein, um seine Verantwortung als der höchstrangige überlebende Offizier des Schiffs wahrzunehmen, jetzt allerdings gern ...

Er schob ihr ein Blatt Papier über den alten Holztisch. Mit gerunzelter Stirn nahm Lucinda es in die Hand und überflog den Text:

Auf Befehl von Kommandant Baryon Timuz, KAM, in Übereinkunft mit Captain Adam Hayes, KAMK, wird Leutnant Lucinda Hardy ignis in tempore *in den Rang einer Kommandantin der Königlich-armadalischen Marine erhoben, mit ...*

Lucinda sah auf. Sie hatte die Wörter gelesen, aber sie ergaben keinen Sinn. Die anderen Offiziere blickten sie neugierig an, hatten aber offenbar auch keine Ahnung, was es mit ihrer plötzlichen Feldbeförderung auf sich hatte.

»Kommandantin Hardy«, sagte Timuz, und sofort hatte er die Aufmerksamkeit aller Offiziere sicher, besonders aber die von Leutnant Chase. »Ich habe auf persönliches Ersuchen von Kapitän Torvaldt eingewilligt, in den letzten Monaten des Jawanenkriegs unter ihm zu dienen. Später bin ich zurückgekehrt, um ein rein auf meinen Bereich bezogenes, nicht militärisches Kommando zu übernehmen. Das war die Bedingung, die ich bei meiner Rückkehr gestellt habe.« Timuz zuckte fast entschuldigend mit den Schultern. »Ich kann die technische Abteilung leiten. Aber das Schiff kann und werde ich nicht kommandieren. Ich schäme mich nicht, das zuzugeben. Scham wäre nur dann angebracht, wenn ich meine Mängel nicht eingestehen würde, vor allem dann, wenn ich das Kommando über das Schiff übernehmen würde, obwohl ich weiß, dass es meine Fähigkeiten übersteigt. Und Kommandantin Hardy, ich kenne meine Grenzen gut. Ich hatte vier Lebensspannen Zeit, um sie sehr gründlich kennenzulernen. Ich bin nur hier auf der *Defiant*, weil Jens mich darum gebeten hat und ich es ihm schuldig war. Ich werde bleiben, bis mein Vertrag ausläuft, damit ich nach meiner Entlassung reinkarnieren kann.«

Ein unbehagliches Schweigen folgte auf seine Worte. Captain Hayes wirkte regelrecht schmerzlich berührt ob dieses ... ja, was war das eigentlich gerade gewesen? Ein Geständnis?

Timuz hatte eindeutig geklungen wie bei der Beichte.

Doktor Saito, die als Chefchirurgin ebenfalls ein rein bereichsbezogenes Kommando führte, beugte sich vor, sodass sie an Hayes vorbeisehen konnte. Sie wirkte zögerlich, aber dennoch entschlossen. »Wenn mir ein paar Worte gestattet sind, Kommandantin Hardy. Baryons Entscheidung, das Kommando abzulehnen, ist richtig. Würde er sich auf Ihren Befehl hin doch dazu bereit erklären, sähe ich mich leider gezwungen, ihn per ärztlicher Anweisung aus dem Kommando zu entfernen. Er ist gesundheitlich außerstande, diese Aufgabe wahrzunehmen.«

Lucinda riss die Augen auf. Sie konnte nichts dagegen tun.

Rasch sah sie zu Timuz hinüber, in Erwartung einer wütenden oder beschämten Reaktion, aber zu ihrer Überraschung, sogar Erschütterung sah sie, wie der Chefingenieur Saitos Hand ergriff, sie drückte und leise einen Dank murmelte. Ganz offensichtlich gab es hier eine Hintergrundgeschichte, die ihr niemand verraten hatte. Rasch sah sie zu Hayes hinüber, aber er wich ihrem Blick aus.

»Ich würde eher abdanken, als das Kommando über dieses Schiff zu übernehmen«, sagte Timuz leise und ließ Doktor Saitos Hand los. »Nach dem Krieg habe ich mir geschworen, dass ich nie wieder jemanden in den wahren Tod schicken werde. Diesen Schwur werde ich nicht brechen. Also, Kommandantin Hardy, gehört dieses Schiff jetzt Ihnen. Herzlichen Glückwunsch.«

»Was zum Teufel soll das?«, fragte Chase. »Sind Sie ein Marineoffizier oder nicht, Sir? Es mag ja sein, dass Sie unter normalen Umständen keine Einsatzleitung übernehmen, aber so, wie zumindest ich die Definition verstehe, haben wir es hier keinesfalls mit normalen Umständen zu tun, die Gefahr für unser Schiff ist klar ersichtlich, und Ihr persönlicher Widerwille dagegen, das Kommando zu übernehmen, spielt überhaupt keine Rolle. Das ist keine Verwaltungsfrage. Wir befinden uns im Einsatz, und es haben Kriegshandlungen stattgefunden. Sie sind der dienstälteste Offizier, Timuz. Sie sind verpflichtet, das Kommando zu übernehmen.«

Der Ingenieur lächelte, die Miene so kalt und ohne jede Herzlichkeit wie die frostigen Ebenen eines eisverkrusteten Monds. »Ich werde das Schiff nicht kommandieren, *Leutnant*«, betonte er Chases niedrigeren Rang. »Und von Ihnen werde ich mich über meine Verantwortlichkeiten nicht belehren lassen. Kommandantin Hardy ist ordnungsgemäß und nach geltendem armadalischem Militärgesetz befördert worden. Sie ist zur Übernahme eines Einsatzkommandos befugt, was sie zur Kapitänin dieses Schiffs macht, bis Defiant oder Admiralität anderslautende Befehle geben. Ich befürchte allerdings, dass es eine ganze Weile dauern wird, bis wir wieder mit dem Schiff sprechen oder sicher Kontakt zur Admiralität aufnehmen können, also rate ich Ihnen, sich mit den neuen Umständen abzufinden. Sie befinden sich im Krieg, Junge. Und sie ist jetzt Ihre Kapitänin.«

Eine schreckliche halbe Sekunde lang, die sich zu einer Ewigkeit ausdehnte, war Lucinda sicher, dass der junge Adlige die Fassung verlieren und brüllen würde, sie sei »nichts weiter als eine Hab-Ratte« und ihr Vater »ein verurteilter Krimineller«.

Stattdessen schwieg er eine Weile, und als er dann lächelte, lag darin die kaum wahrnehmbare Andeutung einer Entschuldigung. »Aber natürlich. Ich bitte um Verzeihung, wenn ich irgendwem Unannehmlichkeiten bereitet habe. Ich hätte nur niemals angenommen, dass ein Offizier mit einer so verdienstvollen Laufbahn wie der Ihren, Kommandant, nicht zur Übernahme eines Einsatzkommandos zugelassen ist.«

Fast hätte Lucinda bewundernd den Kopf geschüttelt. Chase war nicht auf dem nackten Deck eines Habs aufgewachsen. Er entstammte einer stolzen, edlen Familie, und die damit einhergehende Erziehung war ohne jeden Zweifel sehr umfassend gewesen und hatte ihn gut auf feine Nuancen und Änderungen in geltenden Hierarchien und den Umgang mit Macht und Einfluss vorbereitet. Trotzdem – falls Varro Chase gehofft hatte, er würde jetzt etwas über Timuz' Gründe für die Verweigerung des Kommandos erfahren, tat ihm der Ingenieur ganz sicher nicht den Gefallen.

»Ich habe darum ersucht, dass mein Status auf ein rein technisches Kommando beschränkt wird, Leutnant«, sagte Timuz. »Kapitän Torvaldt hat mein Ersuchen unterstützt.«

Mehr sagte er nicht.

Leicht hätte Lucinda der Versuchung erliegen können, in seiner Akte nach Hinweisen zu suchen, weshalb er seine militärische Karriere aufgegeben hatte, aber Shipnet war offline, und, noch wichtiger, sie war eine Offizierin der KAM, und es wäre eine Beleidigung eines mit Orden ausgezeichneten Helden und Kameraden, wenn sie aus lauter Neugier eine Entscheidung hinterfragte, die er offensichtlich aus zutiefst persönlichen Gründen getroffen hatte.

Wenn jemand sein Bedürfnis nach Privatsphäre verstand, dann sie.

Sie blickte Leutnant Chase direkt in die Augen. »Meine Hochachtung gilt Ihnen und Leutnant Chivers für die manuelle Einleitung eines Sprungs unter Kampfbedingungen«, sagte sie. »Es ist Ihnen ausgezeichnet gelungen, trotz der widrigen Umstände und ohne jede Vorbereitung. Ich werde einen diesbezüglichen Eintrag im Logbuch vornehmen.«

Chivers strahlte, errötete und nahm das Lob mit einem Nicken an.

»Danke, Kommandantin«, antwortete Leutnant Chase, ohne dass ihm irgendeine Verlegenheit anzumerken wäre. In seinem Arsch würde nicht mal Butter schmelzen, sagte ihr Vater zu solchen Leuten gern. Aber Jonathyn Hardy war kein Offizier der Königlich-armadalischen Marine. Sie schon, und von ihr erwartete man mehr.

»Systeme«, sagte sie und wandte ihre Aufmerksamkeit Leutnant Bannon zu. »Wie steht es um Defiant?«

Bannon runzelte die Stirn und konzentrierte sich ganz auf das kleine Holofeld, das vor ihm über dem Tisch schwebte. »Zieht immer noch ordentlich Energie aus dem AM-Antrieb, Ma'am«, antwortete er. »So was habe ich noch nie gesehen. Noch nicht mal von so etwas *gehört*. Der Intellekt hat sich vollständig vom Schiff isoliert und die Steuerung gänzlich uns und den autonomen Systemen überlassen.« Ihm schien aufzufallen, dass er gerade mit seiner Kapitänin redete, oder zumindest seiner Kapitänin auf Zeit, und er riss die Aufmerksamkeit kopfschüttelnd von seinem Hologramm los. »Hier und jetzt... Ma'am, sind wir ganz auf uns allein gestellt. Das Schiff verfügt nicht über einen Intellekt, und ehe Defiant offline gegangen ist, hat er gründliche Vorkehrungen dagegen getroffen, dass er wieder die Kontrolle über das Schiff übernehmen kann, ohne dass es von menschlicher Seite aus genehmigt wird. Die drei ranghöchsten Offiziere und Captain Hayes müssen es durchwinken, Kommandantin. Und die Entscheidung, Defiant wieder zurückzuholen, muss einstimmig sein.«

»Verdammt«, sagte Hayes. »Ein Keuschheitsgürtel für einen Intellekt. Damit hab ich nicht gerechnet, als ich heute Morgen aufgestanden bin.«

»Kommandant?«, sagte Lucinda zu Timuz. »Damit wären Sie der dritte Entscheidungsträger. Ich hoffe, das ist für Sie in Ordnung.«

»Kein Problem, Ma'am«, sagte Timuz. »Aber ich treffe keine Entscheidung, ehe wir nicht wissen, was mit Defiant passiert ist und was geschieht, wenn er wieder ans Netz geht.«

»Einverstanden«, sagte Lucinda, denn was hätte sie sonst sagen sollen? So verloren hatte sie sich noch nie gefühlt. Oder so jung. Sie musste weitermachen, ehe das leichte Beben in ihrer Stimme so stark wurde, dass sie nicht mehr sprechen konnte. »Irgendwelche Neuigkeiten über das kompromittierte System, Ian? War es ein direkter Zugriff, ein zeitgeschalteter Virusangriff, irgendetwas, das über die Nullpunkt-Verbindung reinkam?«

Bannon setzte sich ein wenig aufrechter hin und fing an, in seiner kleinen Wolke aus holografischen Projektionen Icons und Datensätze hin und her zu schieben. Bei dieser Frage schien er sich seiner Sache deutlich sicherer zu sein. »Defiant hat in der halben Sekunde, ehe er sich isoliert hat, einen großen Teil der forensischen Arbeit für uns erledigt. Über die Verbindung zu Station Deschaneaux waren Wojkowski und Kapitän Torvaldt einem Nanophagen-Angriff ausgesetzt, der ihre Bioware umgeschrieben hat. Eine Variante dieser Nanophagen ist über Komm direkt in Defiants Substrat gegangen, wo es gleichzeitig die basale Matrix und den gespeicherten Besatzungskodex angegriffen hat.«

Lucinda starrte ihn an. Überall am Tisch reagierten die anderen ähnlich.

»Der Kodex ...«, sagte sie.

»Und das Substrat, Ma'am«, sagte Bannon. »Ganze Verzeichnisse und Datensätze fehlen, noch mehr sind infiziert.« Er holte kurz Luft, es klang fast wie ein Keuchen. »Das Back-up all unserer Engramme ist verloren. Wir können ... wir sind ...« Seine Stimme wurde immer leiser.

»Wir sind sterblich«, beendete Lucinda seinen Satz.

»Heilige Scheiße«, flüsterte irgendwer.

Zum ersten, zum allerersten Mal kam ihr ihre Herkunft wie ein Vorteil vor. Ihr war klar, dass die wenigsten Offiziere ihre Abstammung direkt auf das nackte Hab-Deck zurückverfolgen konnten, so wie sie. Sie war die Einzige hier, die arm und sterblich geboren worden war, in dem Bewusstsein aufgewachsen, dass sie eines Tages wirklich sterben und man ihre biotischen Überreste in die Faultanks ihres Heimathabs werfen würde.

Kommandant Timuz schien von der Eröffnung vollkommen unbeeindruckt zu sein, und Captain Hayes legte professionelle Gelassenheit an den Tag. Aber Fein und Chivers wirkten erschüttert, und Chases Gesicht hatte eindeutig eine grünliche Färbung angenommen.

»Ian«, sagte Lucinda sehr langsam und deutlich. »Wir brauchen den Kodex nicht. Jeder hier ist organisch in seinem jeweiligen Fachgebiet ausgebildet. Aber ich will wissen, was damit passiert ist. Die Nanophagen – wie ist der Status?«
»Sie sind dank Defiants Maßnahmen isoliert.«
»Ist Defiant deshalb offline? Um den Virus in Schach zu halten?«
»Ich glaube nicht«, sagte er. »Das würde nicht erklären, wofür er so viel Energie braucht. Ich glaube ...« Unsicher verstummte er.
»Sprechen Sie weiter«, sagte Lucinda.
»Ich glaube, Defiant kämpft gerade um sein Leben. Die Nanophagen-Variante, die sein Substrat angegriffen hat, war ... aggressiv.«
Für einen Augenblick sagte niemand ein Wort.
Mit dem Kodex hatte sie recht. Darin waren Millionen Skripte für unterschiedlichste militärische und zivile Belange gespeichert, aber wie Chase und Nonomi Chivers gerade erst demonstriert hatten, war das KAM-Personal in ihren jeweiligen militärischen Fachgebieten auch organisch ausgebildet worden. Sie mussten keinen Code laden. Das unterschied sie von allen anderen Raumstreitkräften. Einen Menschen organisch zu trainieren war unglaublich zeitraubend, kostspielig und führte im Gegensatz zum einfachen Einspeisen der benötigten Codes auch nicht immer zum Erfolg. Die meisten Militärorganisationen – und auch die meisten Konzerne und Regierungen innerhalb des Volumens – verzichteten auf das organische Training für ihre Rekruten, Mitarbeiter, Sklaven oder was auch immer, solange nur die grundsätzlichsten Basiskompetenzen und die kulturelle Anpassung stimmten. Nicht aber das armadalische Militär, nicht nach dem letzten und finalen Krieg mit den Sturm.

Es war einer der Gründe, weshalb die KAM trotz der ausgezeichneten Finanzierung vergleichsweise klein war. Und es war einer der Gründe, weshalb sie die jawanische Flotte bei den Schlachten im Langen Herbst und Medang in ihre Einzelteile zerlegt hatte.

Der Verlust der gespeicherten Engramme allerdings war ...

Sie versuchte, sich in jemanden hineinzuversetzen, der sein ganzes Leben in der Gewissheit verbracht hatte, dass er, wenn nicht irgendeine unvorhersehbare Katastrophe eintraf, ewig da sein würde.

Sie war nicht dazu imstande.

Für Lucinda war die Unsterblichkeit etwas Neues, und sie ... ja, was eigentlich? Sie glaubte nicht aus vollem Herzen daran?

Das Weiterreden fiel ihr schwer, sie suchte nach den richtigen Worten. »Ian«, sagte sie, »ich will, dass Sie gemeinsam mit Kommandant Timuz herausfinden, ob es eine Möglichkeit gibt, den Kodex wiederherzustellen, aber ...« Sie hielt inne, noch immer unsicher, wie sie es sagen sollte. Eigentlich wollte sie es nicht aussprechen. »Es ist nicht unsere oberste Priorität. Ich erteile an die gesamte Besatzung den Befehl, und zwar ohne Ausnahme, die Sicherung für den Fall einer Fehlfunktion des Neuralnetzes zu aktivieren.«

Schweigen.

»Was?«, fragte Chase schließlich. Seine ungläubige Stimme klang erstickt. »Wir können das Netz nicht einfach ausscheißen. Sind Sie verrückt geworden?«

»Leutnant!«, blaffte Hayes. »Sie reden mit einem vorgesetzten Offizier. Entschuldigen Sie sich augenblicklich, oder ich stelle Sie höchstpersönlich unter Arrest wegen ungebührlichen Verhaltens, Befehlsverweigerung und ...«

»Ist schon gut«, sagte Lucinda laut genug, um sich über Hayes Stimme hinweg Gehör zu verschaffen – er schrie fast. »Es ist ein fürchterlicher Befehl. Aber es ist dennoch mein voller Ernst. Deshalb habe ich Doktor Saito gebeten, der Besprechung beizuwohnen. Doktor, abgesehen von der naheliegenden Folge, dass wir keinen Code mehr laden oder uns direkt mit Shipnet verbinden können – welche anderen medizinischen und sonstigen Folgen haben wir zu erwarten, wenn wir ...«

Lucinda wusste nicht einmal, wie sie es nennen sollte. Saito beendete den Satz für sie.

»Wenn ein Patient die Verbindung trennt und sein Neuralnetz verstoffwechselt«, sagte sie, »verliert er neben der Möglichkeit, im Kodex gespeicherte Fertigkeiten abzurufen oder ein Back-up zu erstellen, auch Kommlink-Zugang und Telepräsenz, außerdem gibt es häufig eine bis zu vierundzwanzig Stunden anhaltende Anpassungsphase, die geprägt ist von starker Übelkeit, Kopfschmerzen und, in extremen Ausnahmefällen, psychotischen Ausfallerscheinungen von unvorhersehbarer Dauer und Heftigkeit.«

»Himmel«, sagte Lucinda leise. »Ich kann nicht fassen, dass ich zugelassen habe, dass sie mir diesen Scheiß in den Kopf stecken. Okay, vielen Dank, Doktor. Würden Sie dann bitte die Krankenstation darauf vorbereiten, diejenigen aufzunehmen, deren Symptome so stark sind, dass sie ihre Aufgaben nicht mehr wahrnehmen können?«

»Natürlich. Wenn Sie erlauben, Kommandantin, dann schlage ich vor, dass die Durchführung Ihres Befehls in Intervallen erfolgt, sodass nicht alle Besatzungsmitglieder zur gleichen Zeit betroffen sind. Drei Gruppen mit einer zeitlichen Versetzung um sechs Stunden zu bilden sollte ausreichen, und dann sind wir mit den Auswirkungen auch durch – abgesehen von etwaigen Psychosen –, sobald wir den Inneren Saum des Dunkels erreichen.«

»Einverstanden«, sagte Lucinda.

Die anderen Offiziere, einschließlich Chase, hatten schweigend zugehört. Niemand erhob Einspruch. Die meisten hatten mit angesehen, was mit Torvaldt und dem Woj passiert war, als die Nanophagen zugeschlagen hatten.

»Captain Hayes«, sagte Lucinda, »Ihre Leute sind nicht meinem direkten Befehl unterstellt, aber ich möchte auch Sie dringend bitten, die Sicherung zu aktivieren.« Sie wappnete sich innerlich für eine Diskussion, aber Hayes hob die Hände, als würde er sich ergeben.

»Darum müssen Sie mich nicht bitten, Kommandantin. Wenn es sein muss, können wir jederzeit neue Netze implantieren. Allerdings nicht, wenn wir bereits gehackt wurden. Ich weise meine Leute an, ihre Neuralnetze auszuscheißen.«

»Vielen Dank. Dann bleibt nur noch ein Thema. Defiant. Das ist noch schwieriger, aber unser Intellekt wurde kompromittiert. Er hat sich selbst geopfert, um Schiff und Besatzung zu retten. Er würde nicht wollen, dass wir einer zusätzlichen Gefahr ausgesetzt werden. Falls die Nanophagen den Kampf gewinnen, haben wir keine andere Wahl: In diesem Fall wird der Intellekt terminiert.«

Niemand sagte ein Wort, und sie selbst sah sich ebenfalls außerstande weiterzusprechen. Wer war sie eigentlich, hier als Unbekannte, als Außenseiterin an Bord zu kommen und Geist und Seele des Schiffs zum Tode zu verurteilen? Sie wartete darauf, dass Chase ihr widersprach. Vielleicht würde er behaupten, sie litte bereits unter der durch Verlust des Neuralnetzes bedingten Psychose. Aber er starrte auf seine Hände und dachte über wer weiß was nach. Stattdessen ergriff Kommandant Timuz das Wort.

»Das ist eine schwerwiegende und entsetzliche Entscheidung, aber ich stimme Ihnen zu. Wir haben keine andere Wahl.«

Hayes nickte, und die anderen schlossen sich an, bekundeten murmelnd ihre Zustimmung und blickten dabei drein, als hätten sie ein Familienmitglied zum Tode verurteilt.

»Danke, Kommandant«, sagte Lucinda leise. Zu leise. Sie räusperte sich und versuchte, eine Prise Befehlsgewalt in ihre nächsten Worte zu legen, aber in ihren eigenen Ohren klang ihre Stimme nur schrill und schwach. »Ich kann nicht ...«, begann sie, hielt inne, sammelte sich und setzte erneut an. »Ich kann diese Entscheidung nicht treffen, ohne mit Ihnen allen Rücksprache zu halten. Die endgültige Entscheidung und damit die Verantwortung obliegt mir.«

Timuz nickte ernst.

»Aber vorher werde ich mich mit Ihnen beraten.«

Sie wandte sich an den Offizier, der in der Befehlskette am nächsthöchsten stand.

Leutnant Varro Chase.

Zum ersten Mal, seit sie ihn kannte, wirkte er vollkommen verloren.

»Ich weiß es nicht«, gestand er ein, und ihr fiel ein, dass er sich, ebenso wie sie, in seiner ersten Lebensspanne befand. Ehe er den Pflichtdienst angetreten hatte, war seine schwierigste Entscheidung vermutlich die gewesen, welches Dienstmädchen er heute begrapschen wollte. In den übers ganze Großvolumen verteilten gesicherten Datenspeichern seiner Familie würden Kopien seines Engramms ruhen, die sein Leben allerdings nur bis zum Aufbruch des Schiffs von Station Deschaneaux abdeckten. Machte ihm das etwas aus? War Chase der Ansicht, dass diese Mission, die bis vor einer Stunde reine Routine gewesen war, ihn in irgendeiner Weise entscheidend geprägt hatte?

Lucinda hatte keine Ahnung.

Sie wusste einfach noch nicht, wie die Niemalstoten über so etwas dachten.

»Können wir das Schiff im Kampf handhaben, ohne Defiant?«, fragte Chase. »Ich meine, wenn es sein muss? Und was ist mit der Reinkarnation? Können wir Torvaldt und die anderen aus den Flottenspeichern zurückholen? Was, wenn wir alle sterben? Also richtig sterben?«

Mit einer derartigen Kränkung konfrontiert, wandte sich Timuz zu ihm um. »Dies ist die Königlich-armadalische Marine, Leutnant Chase«, knurrte er. »Wir werden dieses Schiff bis zum letzten Mann in den Kampf führen, selbst wenn das bedeutet, dass wir den Feind rammen und sein Schiff aus dem All heraus entern, mit nichts als Messern zwischen den Zähnen, wenn uns nichts anderes mehr geblieben ist.«

Nichts erinnerte mehr an die leise, fast entschuldigende Stimme, mit der er zuvor gesprochen hatte.

Jetzt stand ein Killer vor ihnen.

»Wir haben deutlich mehr als nur ein paar Messer zu unserer Verfügung, Kommandant«, sagte Lucinda. »Als ich an Bord gekommen bin, habe ich mich über das Waffenarsenal gewundert. Und jetzt frage ich mich, ob Defiant und die anderen Intellekte gewusst haben mögen, was vielleicht auf uns zukommen könnte.«

»Was geschehen ist«, korrigierte Hayes.

»Ja«, sagte sie, akzeptierte es jetzt. »Wir sind isoliert. Wir können nicht riskieren, eine Nullpunkt-Verbindung zu öffnen. Ich breche unsere ursprüngliche Mission ab.

Leutnant Chase, planen Sie eine Route zurück ins Großvolumen. Meine Damen und Herren, bitte kehren Sie an Ihre Posten zurück und bereiten Sie die *Defiant* auf eine Schlacht vor.«

17

Autonome Subroutinen waren angesprungen und dämmten den Brand in Taros Bar ein, wahrscheinlich sobald Seph und die anderen hinausgestürmt waren. Nun waren sie wieder da, schleiften ihre Ärsche aus der Gefechtszone draußen auf den Platten wieder zurück in die Bar und hofften darauf, irgendein Schlupfloch zu finden, um heimlich auf die *Regret* zu schlüpfen.

Nichts hatte sich verändert. Die Leichen und Körperteile lagen noch immer dort, wo sie gefallen waren. Taros Bar sah aus wie am Morgen nach einer verdammt übel aus dem Ruder gelaufenen Schlägerei.

Ariane ging voran, ihre Skorpyons auf die Toten gerichtet. Jaddi Coto sah aus, als sei er drauf und dran, alles und jeden mit seiner Arclight zu rösten. Bei Toten mit Neuralnetzen konnte man nicht vorsichtig genug sein. Ein einziger Impuls konnte die Scheißkerle wieder ins Leben zurückholen, und sie stürzten sich auf einen wie blitzschnelle Zombies.

Diese hier rührten sich nicht.

Sephina drehte sich um, die Dragon im Anschlag, während Ariane und Coto in die Küche gingen, aus der Taros im ganzen Hab berühmte Ramen stammten. Keine Spur von ihm oder irgendwelchem Küchenpersonal. Wahrscheinlich waren sie abgehauen, sobald nebenan die Scheiße explodierte. Seph wandte sich von dem Massaker ab, hob die Mündung, um nicht versehentlich Coto oder Ariane zu erwischen, und hastete hinter den beiden her.

Rasch durchquerten sie die Küche und traten auf die enge Gasse hinter dem Gebäude hinaus. Dort brannte ein kleines Kochfeuer, und von dem schwarz verkohlten Körper irgendeines Tiers stieg Rauch auf. Mehrere Magnetluftgleiter lagen auf dem Boden, aber ansonsten war die Gasse leer.

»Wir hätten gleich diesen Weg nehmen sollen«, befand Ariane und steckte eine ihrer Maschinenpistolen ins Holster, das sie unter dem Nanomantel trug.

Die Gasse war eng, aber sie passten hindurch. Es stank nach verbranntem Fleisch, Müll, verrottendem Zeug, fauligem Habwasser und sich zersetzendem Organoplast. Das Deck unter ihren Füßen war fast weich, begraben unter einer verdichteten Schicht aus nekrotischen biologischen Abfällen. Dass Eassar das Zeug nicht wieder der Nahrungskette zugeführt hatte, sagte einem alles über diesen Distrikt, was man wissen musste. Seph legte den Kopf in den Nacken und blickte durch den schmalen Spalt zwischen den umstehenden Gebäuden in die entfernteren Bereiche des Hab-Runds. Über den Dächern tanzten wilde Lichtstrahlen, und mehrere unregelmäßig verteilte dunkle Flecken deuteten darauf hin, dass ganze Viertel ohne Strom waren. Schlimme Aussichten für die Bewohner, garniert mit erblühenden Explosionen und Schüssen. Ihr animalisches Rautenhirn, das sich im Laufe vieler Millionen Jahre weit fort auf einem kleinen blauen Planeten entwickelt hatte, bestaunte das Spektakel. Ihr Verstand aber wusste, dass sie so schnell wie möglich von dieser Blechkonserve verschwinden mussten, sonst gingen sie hier drauf. »Lasst uns bloß abhauen«, murmelte sie.

Sie trabten die Gasse entlang, duckten sich hier und

da hinter gestapelte O-Plast-Kisten oder kleinere Transportbehälter, Müllhaufen, reglose Roboter, die eine oder andere Leiche und einmal sogar eine aus dem Himmel gestürzte Sicherheitsdrohne, vom Feuer mindestens dreier unterschiedlicher Waffen angesengt. Alle drei schwiegen, und sie bewegten sich so schnell, wie es in der Enge eben möglich war. Hinter einigen Gittern und Sicherheitstüren hatten sich Anwohner verbarrikadiert. Draußen auf den Hauptplatten tobte noch immer eine gewaltige Schießerei. Seph hörte das Zischen und Knistern der Plasmastrahlen, dazwischen das unheimliche Summen von Strahlenkanonen. In der Ferne rumpelte das tiefe Dröhnen schwerer militärischer Granaten wie ein Echo terrestrischen Donners. Und mittendrin und überall mischte sich das Zirpen und Bellen kleinerer Feuerwaffen hinein, Pistolen, Maschinenpistolen, Bolzenschusswaffen und Mikroraketen.

Plötzlich flutete grellweißes Licht die Straße vor ihnen, und alle drei pressten sich an die nächste erreichbare Wand. Coto quetschte sich so weit wie möglich in einen Hauseingang, aber es blieb trotzdem noch eine ganze Menge Nashornmann ungeschützt.

Das Flutlicht wanderte weiter, aber gleich darauf nahm Sephina das Brüllen von Schubdüsen wahr. Sie sah auf und erblickte mindestens acht oder neun Flugtransporter, die über die Gebäude hinwegschwebten. Sie hatten das schwerfällige, funktionale Aussehen von Militärshuttles, allerdings war sie halb geblendet und außerstande, Details auszumachen.

»Coto, erkennst du, zu wem die gehören?«, brüllte sie über das Dröhnen der Turbinen hinweg.

»Nein«, brüllte er zurück.

»Wer im Namen des Dunkels ist ...«

Sephina wurde mitten im Satz von einer lauten, künstlich verstärkten Männerstimme unterbrochen, die auf Standard-Englisch etwas verkündete. Sie kam von hoch oben und hallte dröhnend in der engen Gasse wider.

»Achtung. Hier spricht Archon-Admiral Wenbo Strom, Kommandant der 101. Division. Dieses Habitat wurde von einer Aufklärungseinheit des Dritten Schockregiments befreit. Das Hab steht ab sofort unter dem Schutz und Gesetz der Humanistischen Republik. Jeder Widerstand ist zwecklos und reine Verschwendung. Wir kommen als Freunde der Unterdrückten und Retter unserer Spezies. Wenn Sie ein Wahrer Mensch sind, sind wir Ihre Verbündeten. Schließen Sie sich uns an. Liefern Sie uns Ihre Kommandanten und die Korrumpierten aus. Menschliches Leben ist kostbar. Lasst uns heute nicht noch mehr davon vergeuden.«

»Was zum Teufel?«, schrie Seph.

Ariane sah sie an und zuckte mit den Schultern.

»Ach so«, sagte Coto. »Es sind die Sturm.«

Kurz folgte Stille. Eher ein Zögern als ein Innehalten, weil diese Lautsprecherdurchsage so vollkommen jenseits und vollkommen grotesk und irrsinnig war, dass Millionen Menschen atemlos erstarrten. Finger lagen reglos am Abzug. Entscheidungsprozesse kollabierten. Kurzschlüsse legten ungezählte Schaltkreise lahm.

Seph hörte die Verkündigung oder was zum Teufel das auch sein sollte durch das gewaltige Rund Eassars hallen, vielleicht nur ein Echo, wahrscheinlicher aber von anderen Shuttles weitergegeben. Sie war ganz sicher, dass all diese hübschen Shuttles dort oben sich förmlich überschlugen, um die gute Nachricht zu verkünden, dass die Sturm wieder da waren.

»Die verfluchten Sturm?«, sprudelte Ariane hervor. »Wollen die mich verarschen?«

Und als hätte ihre Frage das ganze Hab aus der Schockstarre gerissen, fielen wieder Schüsse, nach der kurzen Stille sogar noch lauter und wütender.

»Wir müssen hier weg«, sagte Seph.

Sie stieß sich von der Wand ab, in deren Deckung sie Schutz vor dem Flutlicht gesucht hatte, rannte los und wäre fast in einer schmierigen Pfütze ausgerutscht.

Ariane packte sie mit der freien Hand am Oberarm und bewahrte sie vor dem Sturz. »Vorsicht, Schatz.« Sie lächelte. »Du versaust dir noch dein Ballkleid.«

Seph gab ihr einen flüchtigen Kuss. Ariane machte etwas Längeres daraus. Sephina musste sie wegschieben. »Wirklich, Baby, wir müssen uns hier so schnell wie möglich verpissen.«

Diesmal entschieden sie sich für Tempo statt für Unauffälligkeit. Coto rannte voran, stürmte durch die Gasse, ließ sein inneres Rhinozeros von der Leine. Wenn es wirklich die Sturm waren, würden sie das Feuer auf ihn eröffnen, sobald sie ihre Zielvorrichtungen am Start hatten. Der gewaltige Hybrid hatte seine Hauptwaffe in der Hand und deckte den Weg vor ihnen ab und zu mit einzelnen, unvermittelten Lichtbögen ein. Einmal, um eine defekte Überwachungsdrohne auszuschalten. Mehr als einmal, um menschliche Gegner aus dem Weg zu räumen. Als die Schießerei rings um Taros Bar ein Stück hinter ihnen lag, begegneten sie hin und wieder Hab-Ratten, die sich entweder vor dem Chaos und den Gewaltausbrüchen auf den Hauptplatten versteckten oder rannten, offenbar mit einem klaren Ziel. So wie sie selbst.

Niemand hielt Coto auf.

Die, die zu langsam waren, stieß er aus dem Weg oder trampelte sie sogar nieder. Die wenigen Idioten, die sich ihm wirklich entgegenstellen wollten, riss er mit kurzen, peitschenden Bögen aus weiß-blauem Feuer in Stücke.

»Stopp!«, schrie Ariane plötzlich auf, als sie gerade an einer schmaleren Querstraße vorbeikamen. Sie gehörte zu einem Sex-Distrikt, ungefähr einen Kilometer von den Docks entfernt, ein kleiner Abschnitt Hab-Krümmung, vollgestopft mit Fleisch-Bot-Hallen, Sensorischen Salons und natürlich, weil dieses Hab zum Kombinat gehörte, Bordellen. Richtigen Bordellen, in denen Sex mit Menschen geboten wurde, manche von ihnen biologisch verändert, manche aus dem Tank, aber die meisten waren auf natürlichem Weg geboren worden und hatten noch ihr Originalgenom. Keine Mods, keine Optimierungen, kein einziges Basenpaar außer der Reihe. Weil sie es sich nicht leisten konnten. Weil es nicht erlaubt war. Weil dies hier das Kombinat war. Natürlich machten sie das nicht allesamt aus freiem Willen. Im Kombinat war jeder ein Sklave, auf die eine oder andere Weise.

Coto blieb stehen, als hätte Ariane einen Schalter umgelegt. Seph wäre fast in ihn hineingerannt.

»Beim verdammten Dunkel«, fluchte sie. »Was ist los?« Aber Ariane war schon verschwunden, rannte in die Dunkelheit der anderen Gasse davon. Seph hatte die Dragon in der Hand und lud gerade durch, da hörte sie Arianes Stimme aus dem Zwielicht.

»Was verdammt noch mal glaubt ihr, was ihr da tut?«

»Coto. Rückendeckung«, befahl Seph. Sie wusste, dass er ihr ohne zu zögern folgen würde. Seine wuchtige Gestalt schob sich vor das bisschen Licht aus der breiteren Gasse, das überwiegend von schäbigen Leuchtstreifen und altersschwachen Bioden stammte, die wahllos in Hauseingängen und über Kellertreppen angebracht waren. Dazu kam ein schwaches Flackern in der Luft von den fernen Feuern und Energieblitzen, die in Eassar wüteten; es war schwächer als Sternenlicht.

Seph richtete die Dragon nicht nach vorn. Wenn sie in

dieser Enge das Feuer eröffnete, würde sie Ariane vermutlich am schlimmsten erwischen, schlimmer jedenfalls als die beiden Männer, die ihre Geliebte auf den Stufen eines winzigen Stundenhotels gestellt hatte. Ariane stand Sephina im Schussfeld, eine so unglaubliche Dummheit, dass sich Sephina ratlos fragte, was das sollte. Doch dann zerrte einer der Männer an etwas, das sie von hier aus nicht sehen konnte, und es regte sich und gab einen schrillen, angsterfüllten Schmerzenslaut von sich.

Ein Mädchen. Vielleicht fünf oder sechs Erdstandardjahre alt, auch wenn man das hier unten auf den Platten oft schlecht schätzen konnte. Kinder wurden häufig nicht mit den notwendigen Nährstoffen versorgt. Die Habs, sogar die des Kombinats, waren gesetzlich dazu verpflichtet, ausreichend Wasser, Soylent und Suppen zur Verfügung zu stellen, aber Seph wusste von ihrer Zeit auf Coriolis, dass das, was sein sollte, und das, was wirklich passierte, oft nicht dasselbe war. Das Kind konnte durchaus auch schon zehn oder zwölf sein.

Wie auch immer. Es war unwahrscheinlich, dass die Kleine ihren nächsten Geburtstag noch erlebte, wenn niemand diese beiden Männer aufhielt.

Als Seph und Coto mit gezogenen Waffen hinter ihr auftauchten, steckte Ariane ihre Maschinenpistole weg und griff nach dem Arm des Mädchens, versuchte, sie mit sich zu ziehen. Das Mädchen weinte, schrie fast. Der zweite Mann, der kleinere der beiden, hatte die Hände gehoben und faselte etwas davon, dass er keinen Ärger wollte. Sein Hab-Kumpan jedoch wollte offenbar gern jede Menge Ärger, denn er hatte eine gewaltige Schweinshaxe von einem Arm um den Kopf des kleinen Mädchens geschlungen und knurrte, er würde ihn ihr »einfach von ihren verfluchten Schultern reißen«, wenn Ariane nicht

losließ. Dieser eigenartige kleine Tanz wurde untermalt von dem wilden Lärm aus Schüssen, Sirenen, Explosionen und diesem Wenbo-Strom-Arschgesicht, das aus allen Richtungen in Wiederholungsschleife verkündete, wie kostbar menschliches Leben sei.
Lasst uns heute nicht noch mehr davon vergeuden.
Weder Seph noch Coto hatten freies Schussfeld, nicht mit den weit streuenden Waffen, die sie bei sich trugen. Aber das wussten die Hab-Ratten nicht. Wahrscheinlich.
»Lasst das Mädchen los«, blaffte Seph.
»Lasst das Mädchen los«, rumpelte Coto. »Das kleinere Mädchen«, fügte er hinzu, »nur für den Fall, dass unsere Anweisung euch verwirrt. Wir wollen, dass ihr das kleinere Mädchen gehen lasst. Wenn das größere euch loswerden will, dann tötet sie euch einfach. Ihr Name ist Ariane. Sie macht so was.«
Seph unterdrückte den plötzlichen Impuls aufzuseufzen.
Mit seinen zweieinhalb Metern – das Horn nicht mitgezählt – und fast dreihundert Kilo aus genetisch aufgemotzter Muskelmasse, dreifach verdichteten Knochen und Rhinodermalhaut war Jaddi Coto es nicht gewohnt, dass man nicht tat, was er sagte. Aber die größere der beiden Hab-Ratten war nur eine Handbreit kleiner als Coto, und Seph ging davon aus, dass der Typ nicht zum ersten Mal in die Mündung einer Waffe blickte. Wahrscheinlich war ihm klar, dass sie diese großen Kanonen auf so engem Raum nicht abfeuern konnten.
»Sie gehört mir«, knurrte der Mann, und Seph zuckte zusammen, als sein fauliger Atem sie anwehte, eine Mischung aus synthetischem Hab-Gin und Jujakraut.
»Äh, du meinst wohl, uns«, quäkte sein Kumpel.
»Ich hab sie gefun'n, und werd sie auch verdamm' noch ma...«

Seine undeutliche, dünne Stimme, schwer von irgendwelchen Rauschmitteln, erstarb. Das Mädchen schrie und war plötzlich frei, denn die Hände des Mannes schnellten an seinen Hals und betasteten panisch die klaffende Wunde, die sich dort aufgetan hatte. Coto hob das Mädchen hoch. Heißes schwarzes Blut schoss aus dem Hals des Sterbenden zwischen seinen Fingern hindurch. Ariane ließ das Gila-Messer zuschnappen, das sie in einer Federklemme am Handgelenk trug. Das Assassinenmesser verschwand im Ärmel ihres Mantels, und sie wich einen Schritt vor dem Mann zurück, den sie soeben aufgeschlitzt hatte. Er stürzte schwer auf die Knie, und sie platzierte einen kurzen, kraftvollen Tritt gegen seinen Kopf. Der lange Mantel wirbelte wie ein Umhang um ihre Gestalt, und der Mann stürzte mit einem endgültigen Krachen vor ihr auf die Platten und blieb liegen.

Ariane betrachtete die überlebende Hab-Ratte mit schief gelegtem Kopf, als wollte sie die Absichten des Mannes ergründen. Er warf die Hände hoch, plapperte irgendwas davon, dass er mit der ganzen Sache überhaupt nichts zu tun haben wollte, fuhr herum und rannte los. Er knallte geradewegs gegen die schwere Plastikstahltür auf der Rückseite des Gebäudes, vor der sie das Mädchen gefunden hatten. Oder geschnappt.

Aufstöhnend taumelte der Mann zurück und presste die Hände an sein Gesicht. Ariane verpasste ihm zum Abschied einen Tritt in den Hintern.

Das Mädchen weinte immer noch, jetzt allerdings in Cotos gewaltigen Armen.

Schlachtlärm umtoste sie.

Der Himmel brannte.

Und Archon-Admiral Strom forderte noch immer die Wahren Menschen von Eassar auf, sich gegen ihre Unterdrücker zu erheben.

Wir kommen als Freunde der Unterdrückten und Retter unserer Spezies.

»Hey, Kleine«, sagte Ariane sanft und streichelte dem Kind über den Kopf. »Hast du Familie, Freunde? Wohnst du hier in der Gegend?«

»Hey, Kleine«, äffte Seph sie nach. »Wir wohnen nicht hier in der Gegend, und ich glaube, es ist an der Zeit, dass wir zu unseren Freunden auf dem Schiff zurückkehren.«

»Meine M...Mutter arbeitet hier«, sagte das Mädchen und zeigte auf das Gebäude. »Aber... aber...«

»Geht es ihr gut?«, fragte Ariane.

... sind wir Ihre Verbündeten...

Das Mädchen war nicht in der Lage, ihr zu antworten. Sie hatte wieder angefangen zu weinen, verlor sich in immer größerem Kummer. »M...M...Mamaaaaaaa...«

»Das Kind ist sehr unglücklich«, sagte Coto. »Wahrscheinlich ist seine Mutter gestorben. Gewaltsam. Kleines Mädchen, ist deine Mutter vor Kurzem gestorben? Leidest du unter einem traumatischen Schock?«

»Coto, halt dein verdammtes Maul«, sagte Ariane und verpasste ihm einen leichten Schlag. »Du regst sie auf.«

»Nein. Sie war schon vorher aufgeregt, Miss Ariane. Wahrscheinlich, weil ihre Mutter eines gewaltsamen Todes gestorben ist. Es gibt hier eine Menge Gewalt. Vielleicht hat sie mit angesehen...«

»Coto!«, brüllte Seph. »Im Ernst, halt den Mund.«

»Ich halte den Mund«, stimmte Coto zu.

»Hey, Kleine«, sagte Seph. »Deine Mama. Geht es ihr gut? Ist sie auf der Arbeit? Bist du deshalb hier? Wartest du auf sie?«

»Sie ist tooooot«, heulte das Mädchen.

»Durch Gewalt.« Coto nickte zufrieden. Es gefiel ihm, wenn er etwas richtig verstand.

»Wir müssen sie mitnehmen«, sagte Ariane. Sie klang fest entschlossen.

»Keine Reue, keine Kinder und keine Kätzchen«, erinnerte Seph sie. »Du kennst die Regeln.«

»Aber Süße, wir lassen niemals jemanden zurück. Nie und nimmer. Das ist der Coriolis-Code.«

»Nein«, wiederholte Seph.

Eine steile Falte grub sich zwischen Arianes Brauen, und ihre Miene verfinsterte sich. Sie konnte schon wegen Kleinigkeiten gut und gern eine ganze Woche aufs Übelste einschnappen, und das hier war keine Kleinigkeit. »Das Kind ist ganz allein, Sephina. Auf einem verfluchten Kombinats-Hab.«

Seph zuckte mit den Schultern. »Wir waren auch allein. Du, ich, Cinders, die anderen? Weißt du noch?«

»Und es war unglaublich beschissen«, konterte Ariane. »Also holen wir sie von diesem Scheißhaufen hier weg und hauen ab.«

Eine Explosion erschütterte das Deck unter ihren Füßen, und aus dem Gebäude über ihnen lösten sich Karbonplatten und Scherben und prasselten auf sie herunter. Die beiden Frauen zuckten zusammen, und Coto beugte sich vor und gab ihnen mit dem eigenen Körper Deckung.

»Ich glaube nicht, dass die Hab-Wohlfahrt die Kapazitäten hat, sich richtig um das Kind zu kümmern«, sagte er.

Über ihnen zischten weitere Truppentransporter hinweg.

Dieses Habitat wurde von einer Angriffsflotte des Zweiten Schockregiments befreit ...

»Die Hab-Wohlfahrt könnte sich nicht mal mit einem Sonnensegel den eigenen Arsch abwischen«, übertönte Ariane brüllend die körperlose Stimme.

Plasmablitze zuckten den fliegenden Transportern entgegen und hüllten eins der Shuttles in eine wunderschöne Feuerblume. Brennend scherte es aus der Formation aus und zog eine Rauchfahne hinter sich her.

»Drauf geschissen«, murmelte Ariane. »Scheiß auf die Sturm. Und scheiß auf dich, Sephina.« Sie streckte die Arme nach dem Mädchen aus, und Coto gab sie ihr. »Hey, Kleine«, sagte Ariane leise und wiegte das Kind in ihren Armen. »Das mit deiner Mutter tut mir leid. Ich hab meine auch verloren.«

»Sie ist weg«, sagte das Kind. »Und ich habe Angst.«

»Ich glaube, ihre Mutter ist tot«, hielt Coto fest, nur für den Fall, dass irgendwer es nicht begriffen hatte. »Zu sagen, dass jemand weg ist, ist ein häufiger Euphemismus für ...«

»Coto.«

»Ja?«

»Du solltest jetzt aufhören zu reden«, sagte Sephina.

Ariane, das Kind auf den Armen, zog sich ein Stück in die Schatten zurück, um ein wenig Deckung vor den Sturm zu suchen.

Was brüllte die Stimme dort oben am Himmel? Sie kamen als Freunde der Unterdrückten und Retter der Rasse und solcher Scheiß? Seph hörte die dröhnende Stimme noch immer irgendwo im Hintergrund herumdröhnen, eine unaufhörliche Schleife, aber dank der zunehmenden Entfernung und des Kampflärms immer undeutlicher. Sie würden jeden töten, der Implantate in sich trug, was okay war, denn sie hatte keine. Und das galt für all ihre Leute. Aber jemand wie Coto mit seinem alles andere als reinen Genom würde garantiert zum Ziel ihres genozidalen Zaubers werden. Sie hatte keinen Schimmer, was die Doktrin der Republik so als rein klassifizierte. Vielleicht hatten sie nichts dagegen, wenn man angeborene Krankheiten und Deformierungen genetisch behandelte. Aber sie war verdammt sicher, dass sie stinksauer auf jeden sein würden, der seine menschliche DNA mit einem ordentlichen Schuss Silberrücken-Gorilla und afrikanischem Nashorn aufmotzte.

Von Coto wären diese Typen gar nicht begeistert.

Sanft nahm Seph das Gesicht des Kinds zwischen die Hände. »Hast du noch mehr Familie, Kleine?«

»Nur meine M...Mutter, und sie ist weg«, sagte das Mädchen leise.

»Sie ist tot«, berichtigte Coto.

Das Mädchen nickte und kämpfte mit den Tränen.

»Sie ist t...t...t...«

»Tot. Das Wort, nach dem du suchst, ist ›tot‹, kleines Mädchen.«

Seph wirbelte herum und stellte sich auf die Zehenspitzen, um dem Tech-Wunderkind wütend ins Gesicht zu starren. Oder zumindest aufs Kinn. Sie streckte sich und hämmerte ihm die Faust gegen das Horn. »Das. Ist. Nicht. Hilfreich.«

»Aber sie war durcheinander. Ihr ist das Wort ›tot‹ nicht mehr eingefallen.«

»Versuch... versuch einfach nur, eine Verbindung zum Schiff zu bekommen.«

»Mach ich«, sagte er und fuhrwerkte wieder mit Headset und Komm herum.

Seph drehte sich wieder zu dem Kind um. Inzwischen hatte Ariane es in den Arm genommen. »Okay«, sagte Seph. »Das mit deiner Mutter tut mir leid, Kleine. Ich hatte mal eine Freundin, die ist in mehr oder weniger demselben Alter zur Waise geworden. Es war wirklich schlimm für sie. Ich schätze mal, wenn du willst, kannst du mitkommen.«

Ariane strahlte Seph an und schlang einen Arm um sie, ohne dabei das Mädchen loszulassen. Seph schüttelte sie ab.

»Aber unser Schiff befindet sich noch im Dock, und diese Typen da«, sie wedelte mit einer Hand gen Himmel, damit klar war, dass sie die Sturm meinte, »die wären sehr gemein zu unserem Freund Coto, wenn sie ihn sehen.«

Das Mädchen sah sie an, als versuche es herauszufinden, was sie meinte. Sein Gesicht glänzte vor Tränen, und aus der Nase blubberte dicker Rotz. »Gemein?«, schniefte es. »Nein, ich glaube, sie würden ihm in den verdammten Kopf schießen und ihm den haarigen Arsch aufreißen, weil er ein Mutant ist. Das sind die Sturm da oben, Lady. Das sind richtige Arschgeigen.«

Schweigen.

Dann ergriff Coto das Wort. »Dieses Kind scheint über die aktuellen Vorgänge bestens informiert zu sein.«

»Ich liebe dieses Kind, aber so was von«, rief Ariane und hielt das Mädchen ein Stück von sich weg, um es anzustrahlen. »Wir behalten sie.«

Seph warf die Hände in die Luft. »Na gut. Wie heißt du, Kleine?«

»Jula.«

»Okay, Jula. Wir haben an der Dreizehn in Bucht sieben angedockt. Du wohnst hier auf den Platten, richtig? Kannst du uns zum Dock bringen, ohne dass die Sturm uns bemerken?«

»Das müsste ich schaffen«, sagte Jula. »Wir holen ständig irgendwelchen Scheiß von der Dreizehn. Da landet das ganze gute Zeug.« Sie hielt inne. »Kann ich wirklich mitkommen? Weg von Eassar, meine ich?«

»Ja, klar.« Sephina zuckte mit den Schultern, gab jeden Widerstand auf und erntete dafür ein weiteres strahlendes Lächeln von Ariane, die mit den Lippen lautlos *Ich liebe dich* formte.

»Das hätte meiner Mutter gefallen«, sagte Jula mit leiser, trauriger Stimme, ehe sie Ariane bedeutete, sie solle sie absetzen, und dann die drei Piraten hinter sich herwinkte.

»Gut, dass du immerhin eine Mutter hattest«, sagte Sephina leise. Eigentlich nur zu sich selbst.

18

EINE DER LANDEFÄHREN in der oberen Atmosphäre explodierte, und der Widerschein badete die flache Ödnis der Eisensteinwüste in grellweißes, kaltes Licht. Hinter den unzähligen Gesteinsbrocken und einsamen, weit verstreuten Granitfelsen sprangen scharf umrissene Schatten hervor. Knorrige, blattlose Distelbüsche schienen Phantome heraufzubeschwören, die wie die Geister der hier Umgekommenen über den Boden tanzten, und die gewaltige Silhouette der *Voortrekker* schien auf der Seite, die dem gleißenden Licht abgewandt war, Dunkelheit zu erbrechen; die aufgerissene, verformte Panzerung ließ schattenartige, dunkle Klauen und Fänge über den Wüstenboden scharren.

McLennan lächelte. »Ich würde meine alten verschrumpelten Eier darauf verwetten, dass wir dieses hübsche kleine Feuerwerksgefunkel der Königlich-armadalischen Marine zu verdanken haben. Altmodische, knallharte Hunde sind das, nicht solche armseligen Nichtsnutze wie die meisten anderen.«

»Die Passivsensoren zeigen keine KAM-Signaturen an«, teilte ihnen Hero mit. »Aber laut der Republik-Komms befindet sich in der Tat eine armadalische Aufklärungskorvette im System. Ich glaube, Sie sollten jetzt meine Kriegsprotokolle freigeben.«

»Und ich glaube, ich bin es, der hier die Entscheidungen trifft«, knurrte McLennan den Intellekt an. »Wir packen hier jetzt erst mal ein, und deine Protokolle blei-

ben fürs Erste gesperrt. Ich dulde nicht, dass du dich in irgendein Abenteuer verabschiedest und ich hier mitten in der Eisensteinwüste mit ein paar winselnden Idioten allein zurückbleibe – nichts für ungut, Lambright.«
»Kein Problem.«
»Apropos, Herodotus – auch wenn ich gesagt habe, dass ich keinen feuchten Furz darauf gebe, ob dieser Haufen nichtsnutziger Verschwender lebt oder stirbt, will ich, dass du alle, die zurückbleiben wollen, am Kragen packst und hier rausschleifst. Alle bis auf diesen nutzlosen Haufen Scheiße dort.« Mit dem Daumen deutete er auf Prinz Pac Yulin, der noch immer im Kraftfeld festhing. Noch immer wahnsinnig und voller Mordlust. »Der wird mehr Ärger machen, als er wert ist.«
»Einverstanden«, sagte der Intellekt so leise, dass nur sie drei – McLennan, Trumbull und Lambright – ihn hörten. »Ich schlage vor, dass wir den Wirt terminieren und die Überreste beseitigen. Und geben Sie meine Kriegsprotokolle frei.«
»Nein. Ich bin nicht einverstanden«, protestierte Trumbull.
»Ihre Meinung spielt keine Rolle, Professor«, sagte Hero.
»Ich glaube, euch beiden ist nicht ganz klar, wer hier das Sagen hat. Ich stehe in der Hierarchie des Instituts am höchsten. Nicht Professor McLennan.«
»Genau genommen lautet sein Titel Admiral«, sagte Hero. »Er wurde wieder in den Dienst zurückberufen.«
McLennans zunehmend soldatischer wirkender Gang, mit dem er ins Herz des Lagers voranschritt, geriet bei diesen Worten nicht ins Wanken. Die Bots und Lagerdrohnen rasten mit beängstigender Geschwindigkeit überall herum und bauten die kleine Siedlung ab, sausten mit solchem Tempo über die wie betäubten, langsam dahintaumelnden Menschen hinweg, dass es fast

aussah, als würden sich diese überhaupt nicht bewegen. Ein Mann protestierte panisch, als ihm eine Drohne geschickt das Weinglas aus der Hand wand, ohne einen Tropfen zu verschütten.

»Seien Sie nicht albern, Trumbull. Das hier ist keine Fachkonferenz. Sie befinden sich mitten in einer Kampfzone, in der es bald vor Schocktroopern nur so wimmeln wird. Der Prinz ist hin. Das verdammte Ding dort drüben ist nur noch eine leere Hülle mit wild um sich schnappenden Zähnen. Der junge Meister Pac Yulin kann aus dem Datenspeicher wiederauferstehen.«

Lambright sah drein, als sei er drauf und dran, etwas sehr Unpassendes zu sagen, aber nach einem warnenden Blick von McLennan hielt er den Mund. Die brennende Landefähre flackerte auf, erlosch, und die Nacht schwappte wieder in die Wüste zurück. Ungefähr die Hälfte der Touristen war bereits zu den Fahrzeugen unterwegs, das eigene Gepäck geschultert, statt darauf zu warten, dass die Bots es für sie trugen. Einem Mann entglitt der Koffer und sprang auf. Er zögerte, fluchte und überließ seinen Besitz dem Sand.

Also kein völliger Idiot. Möglich, dass er die Nacht überlebt, dachte McLennan, während er zu seiner eigenen Unterkunft eilte. Es gab da ein paar persönliche Besitztümer, die er ungern zurückgelassen hätte.

Trumbull riss an seinem Arm und brachte ihn abrupt zum Stehen. Biotisch in seinen frühen Vierzigern, befand er sich McLennan gegenüber um zehn, fünfzehn Jahre im Vorteil, und er hatte sich genetischen Modifikationen nicht verweigert. Er war gut in Form. Mac nicht. Er fühlte sich so langsam wie ein sehr alter Mann. Er entfernte Trumbulls Hand ohne weitere Umstände von seiner Schulter, indem er den kleinen Finger des Mannes packte und brach.

Trumbull heulte vor Schreck auf. McLennan war sicher, dass sein Neuralnetz das Schmerzsignal binnen eines Sekundenbruchteils ausgefiltert hatte. Vermutlich löschte es auch die Erinnerung daran. Aber die Erschütterung, die die meisten Menschen verspürten, wenn ihnen jemand absichtlich Schmerz zufügte, war nicht ganz so leicht zu überschreiben, und Mac sah Kränkung und Zorn in der Miene des Professors aufblitzen.

Den Finger konnte das Neuralnetz auch nicht einfach wieder zusammenfügen. Der musste auf ganz altmodische Weise geschient werden. Aus dem Augenwinkel sah er bereits einen MedBot auf sie zusummen, vermutlich hatte Hero ihn geschickt.

»Ich glaube, ich habe Sie angewiesen, Ihr Neuralnetz auszuschalten, Professor«, sagte Mac. »Und es abzustoßen.«

»Sie verdammter Wahnsinniger!«, brüllte Trumbull und umklammerte seine verletzte Pranke, als täte es immer noch weh. Der Bot kümmerte sich ohne weitere Umstände um den Finger und umgab die anschwellende Hand mit einem hellblauen Stabilisierungsfeld. Professor Trumbulls Finger streckte sich wie von selbst, und um die beiden letzten Glieder bildete sich eine Art weißer Kokon. Ohne die analgetischen Skripte wäre es für ihn nicht gerade schmerzfrei gewesen.

»Wir lassen Prinz Pac Yulin nicht hier zurück«, brachte Trumbull mit fest zusammengebissenen Zähnen heraus, und seine Kiefermuskeln traten hervor. McLennan interpretierte es eher als Anzeichen von Zorn denn als Anzeichen von Schmerz. »Er ist ein natürlich geborener Erbe der Ersten Familie des Kombinats. Die werden das so nicht dulden, neu inkarniert hin oder her.«

McLennan grinste ihn an. Es war kein freundliches Grinsen. »Aye, was sind Sie doch für ein erbärmlicher

Wichser, was, Mann? Aber machen Sie sich keine Sorgen. Wenn die Erste Familie nicht schon jetzt kopfüber von den Palastwänden baumelt, dann kann es immerhin nicht mehr lange dauern. Es sei denn, die Sturm entscheiden sich dafür, lieber die Hab-Wände aufzureißen und das Vakuum reinzulassen. Wie auch immer, ich würde mir an Ihrer Stelle jetzt ganz sicher keinen Kopf um irgendwelchen Stumpfsinn machen, um später gut dazustehen. Das Kombinat, die Erste Familie, die Universität ... ich versichere Ihnen, dass Sie auf keiner ihrer Listen von Dingen, um die sie einen Scheiß geben, auch nur ansatzweise weit oben sind. Sie stehen nicht mal drauf, Professor. Da steht keiner von uns drauf.«

Weil Trumbulls Hand noch immer von dem MedBot versorgt wurde, blieb es ihm versagt, seinem gerechten Zorn gebührend Ausdruck zu verleihen, aber er gab sein Bestes und stieß McLennan den Zeigefinger seiner freien Hand gegen die Brust. »Als stellvertretender Vorsitzender der Universität erteile ich Ihnen hiermit die Anweisung, Vorkehrungen für den sicheren Transport von Prinz Pac Yulin zu treffen, damit wir ihn gemeinsam mit dem gesamten Grabungsteam zu einem sicheren Hafen schaffen können, wo ...«

»Na schön, na schön.« McLennan hob die Hand und brach Trumbull einen zweiten Finger. Den, mit dem er ihn in die Brust stach. Als Trumbull erneut in schnell vergänglichem Schmerz und wachsendem Zorn aufjaulte, zuckte er mit den Schultern. »Hero, verbrenn die Leiche und verstau die Asche transportsicher. Sobald wir können, bringen wir sie nach Fort Saba.«

»*Nein!*«, schrie Trumbull und versuchte, sich auf ihn zu stürzen, aber inzwischen hing er in zwei stabilisierenden Med-Feldern fest und kam nicht vom Fleck.

Das Kraftfeld, in dem der schwebende Prinz knurrte

und tobte wie ein Verdammnisraptor von Urcix, leuchtete erst rot und dann weiß, ehe es mit einem Ploppen in sich zusammenfiel. Kurz schwebte ein kleines graues Quadrat in der Luft. Dann war es fort. Der deutliche Gestank von Asche und verbranntem Fleisch wehte ihnen in die Nase.

»Ich habe die Asche des Prinzen im Laderaum des Hauptrovers verstaut«, sagte Hero.

»McLennan, Sie Idiot«, schrie Trumbull. »Dafür bringen die uns um.«

»Die Sturm? Glaub ich nicht. Die haben einen ganzen Haufen wichtigerer Gründe, um uns umzubringen.«

»Nein! Das Kombinat, Sie elender Schwachkopf. Sie haben gerade einen Kombinatserben getötet.«

»Nein, hab ich nicht«, erwiderte Mac, inzwischen hörbar gereizt. »Der Virus oder Agent oder was auch immer das für eine Software gewesen sein mag, die die Sturm Pac Yulin über seinen Link verpasst haben, *die* hat ihn getötet. Er war tot, sobald er sich mit dem Netz verbunden hat. Die Software hat nur deshalb seinen Körper nicht ebenfalls umgebracht, weil sie ihren Wirt als Waffe verwendet. Ich garantiere Ihnen, dass genau dieser Angriff zeitgleich das ganze Sonnensystem, vielleicht sogar das gesamte Volumen getroffen hat.«

»Uff.« Lambrights Kopfschütteln wirkte eher verblüfft als abwehrend. »Woher wissen Sie das?«

McLennan zog die Schultern hoch und setzte eine reuige Miene auf. »Es ist das, was ich getan hätte«, sagte er. »Ich warne seit mittlerweile drei Lebensspannen vor dieser Sicherheitslücke. Seit Nullpunkt-Wurmlöcher im Komm-Bereich eingesetzt werden. Ich habe Paper geschrieben, Reden gehalten, die TST haben sogar ein Schiff geschickt, den ganzen Weg bis nach Miyazaki, um mich abzuholen. Eine vierjährige Reise war das, mehr als hundert Sprünge weit, mit einer zweimonatigen Verzögerung mittendrin, weil ich einen neuen Körper brauchte. Ein hinterhältiges Sarkom hat den damaligen Körper zerlegt.«

»Das wäre nicht passiert, wenn Sie sich mal einer einfachen Gentherapie unterzogen hätten«, sagte Hero leise. Es klang, als hätte der Intellekt mit den Augen gerollt, wenn er denn welche besäße.

»Ich bin noch da, oder nicht?«, schoss McLennan zurück. »Und ein kleiner Krebs hin und wieder ist das geringste meiner Probleme. Schließlich hab ich seit einem verschissenen halben Jahrtausend dich an den Hacken kleben. Wie auch immer«, er wandte sich an Lambright, »als ich wieder auf der Erde war, habe ich den entsprechenden Leuten genau die gleichen Vorträge gehalten, aber sie haben einfach nicht zugehört, denn wer, der noch bei Verstand ist, würde das Nullpunkt-Netzwerk runterfahren?«

»Ha! Auf der Erde jedenfalls niemand, so viel steht mal fest«, sagte Lambright.

»Nein«, sagte McLennan. Er musterte den jüngeren Mann nachdenklich. »Sie sind also nicht live? Zu Hause auf Ihrem Hab?« Lambright musste eine Menge Geld investiert haben, um für die Fahrt nach Batavia und seinen Platz im Grabungsteam zu bezahlen – eine Reise, auf der er im Grunde nichts weiter war als ein besserer Tourist.

»Wer kann sich das schon leisten, mal abgesehen von den Großen Familien und der Elite? Wenn mein eigener Speicher voll ist, fahre ich mein Back-up über einen sicheren lokalen Speicher, so wie alle anderen auch.« Lambright lächelte angespannt. »Ich habe zwei Spannen lang für diese Reise gespart. Es ist nicht nur die Reise meines Lebens. Es ist ganz wortwörtlich die Reise zweier Leben.«

McLennan schlug ihm auf die Schulter. »Na, Kopf hoch und immer frisch voran, Junge«, dröhnte er und drehte seinen verbliebenen schottischen Akzent voll auf. »Auf Sie wartet ein noch viel größeres Abenteuer als das, wofür Sie bezahlt haben. Wenn wir die Sache überleben, würde es mich ganz und gar nicht wundern, wenn Miyazaki versucht, Ihnen nachträglich einen saftigen Aufpreis aufzubrummen, weil Sie so verdammt viel Spaß hatten.«

Trumbull trottete schweigend hinter ihnen her, beide Arme ausgestreckt, damit die Med-Bots seine Verletzungen behandeln konnten. Als er jetzt wieder etwas sagte, klang seine Stimme fast bußfertig. »Sind sie es wirklich? Dort oben?«

Mac blieb nicht stehen, wurde aber ein wenig langsamer und warf Trumbull über die Schulter einen Blick zu. Der Professor stolperte fast über ein paar Felsen. Es sah aus, als würden die Med-Bots ihn tragen. Trumbull starrte in den Nachthimmel hinauf, und auf seinem Gesicht lag kaum wahrnehmbar der letzte Schimmer der brennenden Landefähre.

»Aye«, sagte McLennan und ließ seine Karikatur eines schottischen Gutsherrn fallen. »Der vom Dunkel verfluchte Abschaum höchstpersönlich.«

Eine Viertelstunde später hatten sie das Lager abgebrochen. Hero musste einen Teil der Ausrüstung auf der Molekularebene zerlegen und schob sie durch eine Falte direkt ins Herz von Sujutus, der Sonne dieses Systems. Nicht dass sie darauf hoffen konnten, die Sturm zu täuschen. Sie würden sofort merken, dass ihre heilige Stätte entweiht worden war. Aber man musste ihnen ja keine Hinweise darauf geben, wer dafür verantwortlich war.

McLennan war sicher, dass die Puritanischen Inquisitoren – oder wie auch immer sie sich inzwischen nennen mochten – es zehn Minuten nach der Eroberung Fort Sabas wissen würden. Aber mit zehn Minuten Vorsprung ließ sich manchmal eine ganze Menge anfangen.

Wüstenrover rasten in drei Richtungen davon, als würden sich die Krallen eines Bergfalken in der riesigen verbrannten Senke des Sukaurno-Beckens ausstrecken. Zwei Rover kurvten hintereinander nach Süden davon, mit Kurs auf den breiten, langsam dahinströmenden Fluss Karnas. Einer fuhr mit halsbrecherischer Geschwindigkeit nach Osten, flog nur so über die festgebackene weiße Siliziumwüste davon, Richtung Fort Saba. Ein weiterer schlingerte auf die Ausläufer des Goroth-Gebirges zu. In diesem Gefährt saß McLennan. Und auch alle anderen.

Hero hatte die anderen Wüstenrover darauf programmiert, diesen offensichtlichen Wegen zu folgen und gerade eben ausreichend Spuren zu hinterlassen, um einen Großteil der Aufmerksamkeit seitens der Sturm auf sich zu ziehen. Jedenfalls hofften sie darauf. Im Augenblick allerdings konnten sie zum Glück nicht allzu viel darüber nachdenken, sondern konzentrierten sich ganz darauf, die Fahrt zu überleben. Das Dach des Wüstenrovers bestand zum Teil aus durchsichtigem Plastikstahl, und McLennan verscheuchte einen der Touristen vom Platz mit der besten Aussicht auf die Schlacht, die hoch über ihnen tobte. Vom armadalischen Schiff war keine Spur zu sehen. Es konnte gut und gern eine halbe AE entfernt sein und war es vermutlich auch. Es zischte wie wild durch die Reihen des Stoßtrupps, der ins System vorgedrungen war. Der armadalische Grundsatz lautete, dass man die äußeren Verteidigungslinien des Feinds so rasch wie möglich überwand, um ihn direkt ins Herz zu treffen.

Die wirbelnden energetischen Entladungen und aufblühenden Explosionen und das täuschend zarte Funkeln kinetischer Effekte schienen die Landefähren in ein hauchfeines Netz einzuspinnen, ausgeworfen von irgendeiner pyromanischen Gottheit. Für McLennan sah es nach einem Drohnenschwarm aus, und er fragte sich, wo die Armadalen ihre Drohnen versteckt haben mochten. Kurz machte er sich sogar Hoffnungen, der Schwarm könne die Schiffe besiegen, aber irgendwann erstarb das Feuer, und die verbliebenen Landefähren drangen mit einer Serie aus Donnerschlägen in die untere Atmosphäre vor.

Einige der Passagiere weinten. Alle hatten die Köpfe in den Nacken gelegt, um das Spektakel besser zu sehen.

»Keine Sorge«, sagte McLennan zögernd. Er war immer noch gereizt, weil er jetzt mit diesen nutzlosen Schwachköpfen hier festsaß. »Sie schießen nicht auf uns. Momentan schießen sie auf überhaupt niemanden. Die Schiffe sind nur in die Atmosphäre eingetreten, das ist alles. Es dauert noch sicher zwanzig Minuten, bis sie landen, und eine Stunde oder sogar zwei, ehe sie jemanden hinter uns herschicken können, erst müssen sie die Landestelle sichern.«

»Und was dann? Hm? Was dann?«, wollte einer der hysterischeren Passagiere wissen. Sein biotisches Alter lag etwa in seinen mittleren Dreißigern, aber er hatte sich nicht gut um seinen Körper gekümmert und ordentlich Speck angesetzt. Mac hatte sich nicht die Mühe gemacht, sich seinen Namen zu merken, und ohne Neuralnetz konnte er die Daten dieses Idioten nicht abfragen. Aber das spielte auch keine Rolle.

Er unterdrückte den Impuls, dem weinerlichen Arsch zu sagen, er solle einfach die Schnauze halten, und deutete stattdessen nach vorn. Vor ihnen erstreckte sich noch gut zwanzig Kilometer weit das Sukaurno-Becken, eine fast ebenmäßige flache Vertiefung, die zum in einiger

Entfernung aufragenden Vorgebirge sachte anstieg. Die Lichter des Wüstenrovers waren ausgeschaltet, aber auf der Windschutzscheibe sahen sie im verwaschenen Blau der Restlichtverstärker den Weg. Hero flog hundert Meter voraus und schirmte sämtliche Signale ab, die die Sturm auf sie aufmerksam machen könnten. Er hätte ihnen einen Riesenhaufen Daten über ihr Vorankommen, die Annäherung der Sturm und auch über den Verlauf des im ganzen System tobenden Kampfs liefern können, aber McLennan war der Ansicht, das sei eine wohlmeinende, aber schlechte Idee.

»Besser, wir lassen sie im Dunkeln tappen und geben ihnen nur ein paar kleine Informationen, auf die sie ihre leeren Köpfe konzentrieren können«, hatte er zu Herodotus gesagt.

»Ja«, hatte der Intellekt zugestimmt. »In der Dunkelheit sehen sie den gähnenden Abgrund nicht, auf den sie zurasen.«

»Wir können uns in den Bergen verstecken«, verkündete Mac laut genug, dass auch die Leute ganz hinten im Wagen ihn hörten. Das dumpfe Raunen und besorgte Geschwätz verstummte, und er spürte, wie sich die allgemeine Aufmerksamkeit auf ihn richtete. »Unsere Ausrüstung und die Vorräte reichen aus, um sich zwei Monate lang zu verkriechen. Dort draußen gibt es außerdem ein paar Straflager. Minenschächte. Eins davon steht leer. Falls das Wetter umschlägt, kann man dort ganz brauchbar Schutz suchen. Momentan sollten wir es aber noch meiden. Die Sturm werden sich hier erst einmal gründlich umsehen.«

»Das ist alles? Das ist Ihr Plan?« Es war derselbe Mann, der seine Entscheidungen schon vorher in Zweifel gezogen hatte. Mac stellte fest, dass es derselbe Mann war, dem vorhin ein beharrlicher Bot drüben bei der *Vor-*

trekker das Weinglas weggenommen hatte. »Wir verkriechen uns unter irgendeinem Stein, bis die uns finden?«

Lächelnd erhob sich Mac. Der Wüstenrover raste auf seinen dicken, übergroßen Reifen mit mehr als hundertdreißig Stundenkilometern über die flache Ebene. Trotz der guten Federung traute Mac bei diesen Geschwindigkeiten seiner Standfestigkeit nicht ganz und hielt sich an einer Stange über seinem Kopf fest. Er war biotisch mindestens dreißig Jahre älter als der andere, und ohne Implantate oder Gentherapie knirschte sein momentaner Körper in allen Gelenken und trat praktisch überall und jederzeit weh. Trotzdem wich der andere ein Stück zurück. Alle hatten entweder mit eigenen Augen gesehen, wie Mac Professor Trumbull die Finger brach, oder die Geschichte inzwischen mehrfach gehört. Um beide Hände Trumbulls hatte sich ein heilender Kokon geschlossen.

»Nein. Das ist nicht mein Plan«, sagte Mac. »Ich habe etwas anderes vor.«

Und mit diesen Worten öffnete sich die Tür des Wüstenrovers, kalte Luft strömte herein, und Frazer McLennan sprang in die Nacht hinaus.

19

Alessia befand sich nicht mehr in Skygarth. Sie hatte keine Ahnung, wo sie jetzt war. Sie sah nichts. Nur vage erinnerte sie sich daran, wie der alte Sergeant Reynolds sie auf dem Rücken getragen hatte, huckepack, wie bei einem Spiel oder einer Gartenparty.

Es war dunkel und heiß, und es juckte sie am ganzen Körper.

Dann fiel ihr Lady Melora ein, und sie schrie.

Die Welt drehte sich einmal um sich selbst, und sie stürzte mitten hinein, wurde aus einem Sack aus grobem Leinen gekippt und blinzelte in das schwindende Licht eines späten Nachmittags. Sergeant Reynolds Gesicht tauchte auf und füllte ihr ganzes Sichtfeld aus. Er legte ihr einen Finger auf den Mund. Am Finger war Blut, sie schmeckte es klebrig und metallisch auf ihren Lippen.

Schscht, formte er mit den Lippen.

Sie verstummte, obwohl sie zitterte und ihr Kopf sich so sehr zu drehen schien, als wollte er abfallen, und sie hätte am liebsten geweint, und sie wollte zu ihrer Mutter.

Alessia wollte fast nie zu ihrer Mutter, aber jetzt schon. Zumindest sehnte sie sich nach der Idee von einer Mutter. Der Verheißung von Freundlichkeit und Trost. Nicht nach der strengen und immer distanzierten Fremden, die sie meist nur bei irgendwelchen offiziellen Anlässen traf. Diese Mutter würde ihr nur sagen: »Reiß dich zusammen, Prinzessin!« Aber eine Prinzessin zu sein war schon schlimm genug.

Sie waren irgendwo draußen. Das immerhin konnte sie mit Sicherheit sagen. Über ihr erstreckte sich der freie Himmel, ein paar Wolken zogen über sie hinweg und schimmerten rosa im Sonnenuntergang. Eine Hand griff nach ihrer. Eine kleine, weiche Hand.
Debins Hand!
Fast hätte sie aufgeschrien, aber Reynolds schüttelte nachdrücklich den Kopf und drückte ihr wieder einen Finger gegen die Lippen. Sie nickte langsam, um zu zeigen, dass sie verstanden hatte. Das Spiel hatten sie erst vorhin noch gespielt.
Sie versteckten sich.
Vorsichtig spähte Alessia nach links und rechts. Sie sah Caro, die geweint hatte. Tränen hatten saubere Linien in ihr schmutziges Gesicht gewaschen. Und Mister Dunning, Caros und Debins Großvater, war ebenfalls da. Er kniete neben Sergeant Reynolds und hielt eine Art Waffe in den Händen. Keine Pistole wie Reynolds. Sie war größer und außerdem sehr hässlich. In seinen Händen sah sie irgendwie falsch aus. Alessia war es gewohnt, dass diese alten, leicht gekrümmten Finger in den Gärten Weinreben festbanden oder die Rosenbüsche vor dem Zeichensalon zurückschnitten. Dass sie sich jetzt stattdessen um eine so schrecklich aussehende Waffe geschlossen hatten, schien ihr gegen alle Naturgesetze zu verstoßen.
Ihr Unbehagen schien Mister Dunning jedoch nicht zu teilen; er hielt die Waffe mit der gleichen Selbstverständlichkeit in den Händen, mit der er auch einen neuen Farn eintopfte.
Caro griff nach Alessias anderer Hand und drückte sie. Sie versuchte eine tapfere Miene aufzusetzen, was ihr auch fast gelang. Ferner Donner rollte über sie hinweg, und die Pflastersteine des kleinen Hofs, auf dem sie sich versteckten, schienen im heraufziehenden Sturm zu zittern.

Aber am Himmel waren keine Gewitterwolken zu sehen.

Unschöne, unerwünschte Erinnerungen an die grauenhaften Ereignisse in Skygarth drängten sich in Alessias Gedanken. Es war dasselbe Donnergrollen, und es klang nicht wie das sanfte Rumpeln eines Sommergewitters, das hier auf Montrachet zugegebenermaßen auch nie wirklich furchterregend war, sondern es klang wie das unstete Brüllen von ...

Schüssen.

Die Menschen schossen aufeinander? Sergeant Reynolds und Mister Dunning hielten Waffen in den Händen, und mit ihren finsteren, unglücklichen Mienen sahen sie aus, als könnten sie jederzeit ebenfalls damit anfangen, auf Menschen zu schießen. Alessia fragte sich, was eigentlich los war, aber Caro schüttelte heftig den Kopf, und Sergeant Reynolds hob wieder den blutbeschmierten Finger an die Lippen.

Schscht.

Alessia erschauerte, und aus dem Schaudern wurde ein starkes, unkontrolliertes Zittern, das ihre Zähne klappern ließ. Sanft legte ihr Debin eine Hand über den Mund und schüttelte ebenso wie seine Schwester nachdrücklich den Kopf.

Schscht.

Alessia holte tief und leise Luft, so wie Lady Melora es ihr beigebracht hatte, um vor einer Flötenvorführung ihre Nerven zu beruhigen. Sie atmete ein, hielt ein paar Sekunden lang die Luft an und atmete dann so langsam aus, wie sie konnte. Danach tat sie es noch mal. Und noch einmal.

Nach einer Weile zitterte sie nicht mehr wie ein panisches Kätzchen. Zwar hatte sie noch immer Angst, aber sie erkannte, dass die Erwachsenen, Sergeant Reynolds und Mister Dunning, keine Angst hatten. Sie sahen auf jene Weise wütend aus, bei der Erwachsene häufig ganz leise wurden. Ihre Blicke und die Art, wie sie ihre Waffen hielten, machten ihr sogar noch mehr Angst als das Donnern ferner Waffen, die sie nicht sah. Allerdings schien es ihr, als werde der Lärm lauter. Alessia wandte den Blick von den beiden Männern ab und sah sich um. Das hätten auch die Prinzessinnen aus ihren Geschichten in dieser Situation getan. Galadriel von den Elben würde nicht in einem Leinensack hier herumsitzen und sich selbst bedauern. Prinzessin Órlaith und ihre Freundin Prinzessin Reiko hätten längst ihre Schwerter gezogen und bestimmt schon eine halbe Armee hingeschlachtet.

Alessia besaß kein Schwert, aber sie war fest entschlossen, nicht in Selbstmitleid zu versinken. Sie versteckten sich – jedenfalls war sie ziemlich sicher, dass sie sich versteckten – auf dem kleinen gepflasterten Hof hinter einem steinernen Cottage. Nein. Es war kein Cottage. Dafür war es viel zu groß. Zwei Stockwerke hoch, mit drei Schornsteinen, die durch das stark geneigte dunkle Schieferdach brachen. Die Pflastersteine unter ihren Füßen waren mit einer Schmiere aus Schlamm und totem Laub bedeckt. Es stank. Sobald sie den Gestank wahrnahm, rümpfte Alessia die Nase und kämpfte gegen den Würgreiz an. Auf dem Hof befand sich mindestens ebenso viel Scheiße wie Schlamm. Eine Menge davon Dumbohörnchenscheiße, Hunderte ekliger Kügelchen, von Tritten zerdrückt, die niemand weggefegt hatte. Aber hier und da zeugten stinkende Häufchen davon, dass auch ein kleiner Hund oder eine große Katze den Hof als Toilette benutzte.

Am anderen Ende des Gebäudes waren Holzfässer und O-Plast-Tonnen aufgestapelt. Dunkelgrüne Würgeranken schlängelten sich die Wand hinunter und über die

Fässer, gruben ihre kleinen scharfen Dornen ins Holz. Dem O-Plast konnten die Dornen nichts anhaben, aber ringsherum waren die Ranken zu einem solchen Dickicht herangewuchert, dass die Gärtner bestimmt ein Fusionsschwert brauchten, um den Pflanzen beizukommen. Doch dann korrigierte sie sich: Hier gab es keine Gärtner. Sie versteckten sich hinter irgendeiner Taverne oder einem Gasthaus, womöglich in der Nähe des Hafens. Der unerfreuliche Gestank nach Tierfäkalien war nicht stark genug, um den salzigen Geruch des Meeres zu überdecken.

Ganz langsam drehte sich ihr der Magen um.

Sie war ... draußen.

Zum ersten Mal, seit in Skygarth alles so entsetzlich schiefgegangen war, begriff Alessia richtig, wie sehr sich alles geändert hatte.

Sie war draußen.

Im ersten Moment wollte sie vor der Welt zurückschrecken, wollte zurück in die Dunkelheit des alten Leinensacks kriechen. Aber sie riss sich zusammen. Bisher hatte sie Skygarth noch nie verlassen, ohne dass ein ganzer Tross Wachen sie umringte. Und sie hatte bisher nur Port au Pallice durchquert, die detailgenau nachgebaute typisch europäische Hafenstadt, die Skygarth, das Hinterland und den Orbitalhafen in Cape Caen sechzig Kilometer weiter südlich mit Waren versorgte.

Sie war draußen. Und allein. Oh, sie hatte ihre Freunde an ihrer Seite, Caro und Debin. Und Sergeant Reynolds und Mister Dunning. Aber wie ihre Mutter ihr so oft eingebläut hatte: Eine Prinzessin ist keine Person im eigentlichen Sinne, sondern die Verkörperung von Macht und Glanz des Unternehmensstaats. Wo auch immer sie hingeht, stets gehen die Konzerne und ihre Besitztümer, Investitionen, Optionen und sämtliche anderen Belange mit ihr. Aber Alessia, die auf dem nassen, verdreckten Pflasterstein hockte, während über ihr ein unsichtbarer Sturm tobte und die beiden alten, grimmig dreinblickenden Männer leise darüber berieten, was jetzt zu tun sei, war nicht besonders mächtig oder glanzvoll zumute. Sie wollte etwas tun. Ein Schwert ziehen oder ein paar Befehle bellen. Denn genau das taten echte Prinzessinnen, wenn ihnen die Hörnchenscheiße bis zum Hals stand. Aber sie nahm nicht an, dass Sergeant Reynolds es besonders begeistert aufnehmen würde, wenn sie ihm Befehle erteilte. Und was sollte sie ihm überhaupt befehlen?

Bringen Sie mich hier weg, ich bin eine Prinzessin?

Caros Großvater drehte sich um und starrte die Kinder an. Gestikulierte kurz und legte dann genau wie Sergeant Reynolds zuvor einen mahnenden Finger auf die Lippen. Caro und Debin nickten. Leise, ganz leise standen sie auf und zogen auch Alessia auf die Füße, wobei sie ihr ebenfalls bedeuteten, so leise wie nur möglich zu sein.

Auf Zehenspitzen schlich sie durch den Dreck und bemerkte weitere Kleinigkeiten – sie trug eins von Caros alten Kleidern über ihren eigenen Sachen, in der Ferne hörte sie irgendwelche seltsamen Stimmen, die wie Lautsprecherdurchsagen klangen, und Sergeant Reynolds trug nicht mehr seine Uniform, sondern einen schäbigen alten Mantel –, und dann wäre sie vor Schreck fast aus der Haut gefahren, als eine dröhnend laute Stimme erklang. Es war die Stimme eines Mannes, und obwohl er nicht brüllte, war er doch so laut zu hören, dass sie glaubte, diese Stimme müsse ganz Port au Pallice durchdröhnen.

»*Achtung. Hier spricht Archon-Admiral Wenbo Strom, Kommandant der 101. Division. Diese Stadt wurde von einer Angriffsflotte des Zweiten Schockregiments befreit. Sie steht ab sofort unter dem Schutz und Gesetz der Humanistischen Republik ...«*

Caro musste Alessia am Ellbogen fassen, um sie weiterzuziehen. Die dröhnende Stimme aus dem Himmel hatte sie zur Salzsäule erstarren lassen. Wieder war ihr, als befände sie sich taumelnd im freien Fall, genau wie in dem Moment, als man sie aus dem Sack auf den schmutzigen Boden gekippt hatte. Ihr war eigenartig schwindelig. Wer war dieser Mann? Warum war er mit seiner Flotte, seiner Angriffsflotte, nach Skygarth gekommen?

»Beeil dich«, zischte Caro. »Sie sind gleich hier.«

Aber sie waren doch schon hier! Dieser seltsame Admiral und seine Angriffsflotte.

»Jeder Widerstand ist zwecklos und reine Verschwendung ...«

Schüsse übertönten seine nächsten Worte, deutlich lauter und näher als zuvor. Alessia fuhr zusammen und setzte sich wieder in Bewegung, hetzte durch die Hintertür der Taverne und fand sich in einer Art Lager wieder. Sie hatte gerade eben genug Zeit, um festzustellen, dass hier drinnen dieselben Fässer standen wie draußen und sich auf einem Tisch Kisten mit frischer Ware stapelten, da schleuderte eine gewaltige, gleißend helle Explosion sie zu Boden. Sie schlug sich die Ellbogen an. Schmerzhafte Nadelstiche zuckten durch ihre Arme, und zu allem Überfluss landete Debin genau auf ihr.

»Geh von mir runter«, beschwerte sie sich, aber ihre Stimme ging im Krachen weiterer Schüsse und Explosionen unter und im Gebrüll und Geschrei von Männerstimmen. Es schien niemals enden zu wollen, als würden sich ein paar Sekunden zur Ewigkeit ausdehnen. Ihre Ohren klingelten, und sie fing wieder an zu zittern. Alessia rang nach Luft. Das Lager war mit einem Mal voller Staub.

»Seid ihr unverletzt? Los, kommt!«

Es war Sergeant Reynolds. Erst vor wenigen Augenblicken hatte sie ihn zuletzt gesehen, jetzt aber sah er vollkommen verändert aus. Voller Dreck und Staub und anderem Zeug, über das sie lieber nicht genauer nachdachte. Seine Augen schienen tief in die Höhlen gesunken zu sein.

»Großvater! Nein!«, schrie Debin.

Alessia schrie auf. Sie konnte nicht anders.

Mister Dunning taumelte aus der Dunkelheit auf sie zu. Sein Gesicht hatte einen entsetzlichen, starren Ausdruck. Ein Arm fehlte unterhalb des Ellbogens. Der Ärmel hing in Fetzen, und dazwischen hingen noch mehr Fetzen, aber das war kein Stoff, das waren ...

Alessia schrie wieder auf.

Es waren Fetzen von seinem fehlenden Arm.

Alessia schrie, und Caro stimmte mit ein, und Debin rannte auf seinen Großvater zu, prallte gegen ihn und hätte den alten Mann beinahe umgestoßen. Nur dank Sergeant Reynolds, der ihn am anderen Arm packte, konnte sich der alte Gärtner auf den Füßen halten.

Im Hof lagen Leichen, noch mehr Leichen lagen in der dahinterliegenden Gasse, die Alessia vage durch den wirbelnden Staub sehen konnte, weil die Rückwand des Gebäudes fehlte. Es sah aus, als hätte ein Riese einfach die Faust durch die Fässer und Tonnen gerammt und die steinerne Gebäudemauer zerschmettert, und überall lagen Brocken und Fetzen von ...

... Menschen ...

Am Rand ihres Sichtfelds erblühten schwarze Blumen, und Sergeant Reynolds herrschte mit seiner Soldatenstimme Caro und Debin an: »Bringt euren Großvater rein. Sofort!«

Beide fuhren bei diesem barschen Befehl zusammen. Es war ein Befehl, da bestand kein Zweifel. Alessia hatte unzählige Male gehört, wie er den jüngeren Wachleuten welche erteilte. Auf ihre Freunde hatte es dieselbe Wirkung: Sie beeilten sich, ihm zu gehorchen.

Sergeant Reynolds übergab ihnen seinen Freund und packte Alessia am Arm, nicht gerade sanft. Er drehte sie so rasch herum, dass sie taumelte und er sie stützen musste, eine riesige Faust in das billige Kleid gekrallt, das sie trug. Caros Kleid. Und er versuchte, sich so vor sie zu stellen, dass sie die grauenhaften Dinge im demolierten Hof nicht sehen konnte, aber es waren einfach zu viele.

Sie erkannte ... Brocken und Fetzen von ...

... Menschen ...

Sie schüttelte den Kopf. Versuchte, daran vorbeizusehen.

Aber sie waren überall.

»Wir kommen als Freunde ...«

Da war sie wieder, die Stimme aus dem Himmel, oder vielleicht war sie auch nie verstummt. Aber plötzlich nahm sie sie wieder wahr. Sie versuchte, nicht hinzuhören. Einige dieser neuen Freunde lagen in Einzelteilen quer über den Hof verteilt. Sie trugen Uniformen, das sah sie auch. Eine Prinzessin bekam jeden Tag reichlich Uniformen zu Gesicht, selbst auf einem so abgeschiedenen, weit vom Hofe entfernten Anwesen wie Skygarth. Es waren allerdings keine Galauniformen. Sie erkannte Teile wuchtiger Panzerung. Genau diese Art Panzerungen hatte sie noch nie gesehen – sie erinnerten an die Königliche Marine von Montanblanc oder sogar die schweren Energiekampfanzüge und Kampfchassis der Terranischen Schutztruppen, aber sie wusste, was sie da vor Augen hatte. Prinzessinnen der Hohen Börse lernten mehr als nur Dichtung und Musik.

»Kommen Sie, Euer Hoheit«, sagte Reynolds leise. »Wir müssen hier weg.«

Alessia ließ sich von ihm umdrehen und tiefer in die Taverne hineinschieben. Sie fand die besorgte Caro neben ihrem Großvater, der an die Wand gelehnt neben einem großen, kalten Kamin saß.

»Binde den Arm ab, Mädchen«, sagte er mit grauen Lippen.

Caro zog an einem um den Stumpf geschlungenen Gürtel und stieß dabei ein leises Wimmern aus. Debin, das sah Alessia ihm an, versuchte nach Kräften, nicht zu weinen. Er hielt mit beiden Händen die verbliebene Hand seines Großvaters. Sergeant Reynolds ging vor seinem Freund auf ein Knie. Alessia war ziemlich sicher, dass sie Freunde waren. Sie schienen einander sehr gut zu kennen.

»Wie geht es dir, Tosh?«, fragte Reynolds.

»Ging mir schon besser, Sergeant.«

»Du warst schon immer ein Weichei. Immer der Erste, wenn's ums Jammern ging.«

Mister Dunning brachte ein schwaches Lächeln zustande, aber welchen Grund er zum Lächeln haben mochte, begriff Alessia nicht. »Erwischt, Sergeant. Du hast mich durchschaut. Hast du schon immer.«

»Wird sich auch nicht ändern, du Glückspilz. Wir kümmern uns um deine Reinkarnation. Und dann treten wir diesen verd...« Offenbar fiel ihm ein, dass mehrere Kinder anwesend waren, und er schluckte den Fluch hinunter. »Um diesen Wenbo Strom werden wir uns schon kümmern, was?«, verkündete er stattdessen und drückte Mister Dunnings Schulter. Die Schulter seines gesunden Arms.

»Klar«, sagte Dunning, hob Debins Hand an seine Lippen und küsste sie. »Klar machen wir das. Aber erst musst du die Prinzessin zu Jasbo bringen. Er wartet am Freihafen. Er bringt sie hier weg. Um mich kannst du dich später kümmern.«

»Nein, Großvater, du musst mitkommen«, protestierte Caro.

Debin klammerte sich noch fester an die Hand des Alten. »Du kannst uns nicht allein lassen, Opa«, sagte er. »Dann haben wir niemanden mehr.«

»Ich komme schon klar«, sagte Dunning, aber er klang nicht, als käme er klar. In seiner Kehle rasselte es. »Und ihr seid nicht allein. Ihr habt Sergeant Reynolds und Prinzessin Alessia und das ganze Haus Montanblanc, das auf euch aufpasst. Nicht wahr, Euer Hoheit?« Dunnings Blick wurde ganz klar. Vorher hatte er geblinzelt, und ein seltsamer Nebel hatte seine Augen getrübt, aber jetzt, als er Alessia ansah, waren sie hell, der Blick scharf.

»Ja«, sagte sie. »Mein Haus wird immer auch das eure sein.«

Die Worte klangen sehr erwachsen, als sie sie aussprach, und sofort fragte sie sich, ob sie etwas Falsches gesagt hatte. Ihre Mutter hatte sie oft ermahnt, dass jemand von königlichem Blut niemals leichtfertig ein Versprechen geben durfte. Mit seinem Wort verpflichtete sie den gesamten Konzern. Es war ein verbindlicher Vertrag.

Na gut. Dann sollte es eben so sein.

Für einen Moment schob sie alles beiseite, was heute passiert war, und stand hoch aufgerichtet vor Mister Dunning und Sergeant Reynolds und ihren beiden besten Freunden. Ihren einzigen Freunden. Caro und Debin.

Sie sagte die Worte, die sie auswendig konnte. Worte, die bis zu diesem Augenblick nichts für sie bedeutet hatten. Nicht mehr als Tonleitern, Geschichtslektionen, Zeilen toter Dichter, die sie mechanisch hergebetet hatte.

»Sie sollen der Zeuge meines heiligen Eids sein, Sergeant Reynolds.«

Reynolds zog eine Braue hoch, nickte aber. Stand in Habachtstellung vor ihr. Caro und Debin sahen mit großen Augen zu. Reynolds legte eine Hand auf seine Brust, über dem Herzen. »Ich bin Euer Zeuge, Hoheit.«

Alessia holte tief Luft. Ihr Herz raste.

Sie schluckte.

»Unter Berufung auf die Firma und mein Geburtsrecht und als Inhaberin eines Stimmrechtsanteils garantiere ich, Prinzessin Alessia Szu Suri sur Montanblanc ul Haq, der Familie Dunning die volle Unterstützung und den Schutz des Hauses Montanblanc, und ich erkläre hiermit die Verbindlichkeit dieses Schutzes, jetzt und in alle Zukunft.«

Caros und Debins Großvater gab ein leises Stöhnen von sich, aber es klang eher erleichtert als schmerzlich. Alessia fragte sich, ob seine Implantate ihn mit Schmerzmitteln versorgten oder er ein Med-Skript gestartet hatte, und dann wurde ihr klar, dass sie nicht wusste, ob ihm so etwas überhaupt zur Verfügung stand. Vielleicht hatte er nicht einmal ein Neuralnetz.

Falls er hier starb ...

»Bring sie hier weg, Sergeant«, sagte er. »Bring sie zu Jasko. Hier tauchen bestimmt gleich noch mehr von diesen Scheißkerlen auf. Ich mach mich hier nützlich.«

Reynolds ergriff seine ausgestreckte Hand und schüttelte sie.

»Kommt her«, flüsterte Dunning seinen Enkelkindern zu. Er umarmte sie mit seinem gesunden Arm und flüsterte beiden etwas ins Ohr, ganz leise, als verrate er ihnen ein Geheimnis. Beide weinten. Aber sie nickten tapfer.

Irgendwo im Himmel über ihnen dröhnte wieder Wenbo Stroms Stimme: »*Menschliches Leben ist kostbar. Lasst uns heute nicht noch mehr davon vergeuden.*«

20

Die Sprengschutztüren am anderen Ende des Gangs explodierten nach innen. Booker warf seinen gewaltigen gepanzerten Körper zwischen die beiden organischen Lebewesen und die Explosion. Seine Mech-Sensoren sandten ihm einen alles entscheidenden Sekundenbruchteil vorher eine Warnung, und weil seine Reaktionszeit eine Frage von Software und Schaltkreisen war statt von primitiven Innereien, schaffte er es, immerhin Orr gegen das Schlimmste abzuschirmen.

Der Korporal mit seinen aktiven Kampfskripten war der schnellere der beiden Brüter und ging hinter einem der gewaltigen Beine des Krawallmechs in Deckung. Lao Tzu, bei dem wer weiß was für ein Dreckscode aktiv war, wich nur um eine Winzigkeit zurück und wurde von einem Trümmerteil getroffen, das ihm ein Bein fast vollständig abriss. Schreiend ging er zu Boden, und Booker riss seinen Waffenarm hoch und deckte den Gang mit einer Flut aus Gelgeschossen ein, die er zu gehärteten Projektilen umgewandelt hatte. Er zielte auf nichts und niemanden im Besonderen, es war eher ein Sperrfeuer.

»Orr, sind Sie getroffen, können Sie laufen?«, fragte er.

Seine Audiosensoren filterten Orrs Antwort aus dem gewaltigen maschinellen Röhren der Schüsse heraus: »Ich lebe noch.«

Er entdeckte den Korporal, der inzwischen hinter seinem riesigen Metallarsch kauerte. Auch dort hatte er eine Kamera.

»Kommen Sie mit und bleiben Sie in Deckung«, sagte Booker und nahm mit seiner Geschossflut jetzt Einzelziele aufs Korn. Die Angreifer trugen Tarnanzüge, vermutlich verstärkt mit irgendeinem Nanopanzergewebe. Für seine Infrarotsicht und Bewegungssensoren waren sie nahezu unsichtbar, aber sie nahmen dennoch physikalischen Raum ein, und dieser eingenommene Raum manifestierte sich auf seinen Sensoren als Loch, als mannsgroße Leerstelle, unberührt von Rauch und Feuer.

Booker feuerte auf diese beweglichen Leerstellen. Sein Waffenarm arbeitete mit einem schlichten Massebeschleuniger, dessen Sicherheitsbeschränkungen er außer Kraft gesetzt hatte. Die improvisierten Geschosse rasten nur so aus der Mündung, und das peitschende Stakkato der vielen winzigen Überschallknalle hörte sich an wie das Rattern einer Maschinenpistole. Mit einiger Befriedigung bemerkte er die vernichtende Wucht, mit der sein Kugelhagel in die Schocktrooper einschlug, während er zugleich fiebrig die Umgebung nach Lao Tzu absuchte. Dann entdeckte er den Offizier – er lehnte am Schott und blutete aus. Booker fluchte.

Ihm blieb kaum genug Zeit, um Orr in die relative Sicherheit des Nebenraums zu geleiten, ehe die Sturm den Mann unter Feuer nahmen.

Lao Tzus Kopf explodierte, und Booker brüllte auf.

Er stürmte los und überbrückte die Entfernung zu den Angreifern mit nur drei krachenden Schritten. Ohne sich darum zu scheren, dass das konzentrierte gegnerische Feuer seinen Mech in einen Schrotthaufen verwandelte, packte er den erstbesten Soldaten. Sein Zielerfassungssystem, bei einem Krawallmech eine sehr schlichte Angelegenheit, markierte neun Gegner. Sieben davon erledigte er mit Schüssen, und den achten knüppelte er mit dem Soldaten nieder, den er gepackt hatte.

Dieser Gewaltausbruch mitten im Zentrum der feindlichen Stellung beendete das Feuergefecht mit sofortiger Wirkung. Er ließ den neunten Mann fallen und zertrat seinen Kopf, um sicherzugehen, dass er liegen blieb. Wenn es wirklich die Sturm waren, dann hatten sie keine Neuralnetze. Es bestand also keine Gefahr, dass sie per Zombie-Code reanimiert wurden. Aber das hieß nicht, dass nicht eine dieser durchgeknallten Arschgeigen eine Miniaturbombe zündete, wenn er sich davon versprach, einige Mutanten oder Borgs mitzunehmen.

Diese Wichser waren im permanenten Bestienmodus.

»Danke, Mann.«

Es war Orr, der aus seinem Versteck gekommen war, eine Waffe in der Hand, die er wer weiß wo aufgetrieben hatte. Er ging hinter dem Krawallmech in Deckung, auch diesmal von Bookers Arschkamera erfasst, und betrachtete den Haufen Hackfleisch, der mal Captain Lao Tzu gewesen war. Geschosse und Impulskanonen hatten ihn derart zu Klump zerlegt, dass man nicht einmal mehr seinen Phänotyp hätte bestimmen können.

»Tut mir leid, Booker«, sagte Orr. »Sieht nicht aus, als wäre da noch was zu retten. Aber ich... äh... ich verbürge mich für das Abkommen, das Sie mit ihm getroffen haben. Sie haben sich an Ihren Teil der Abmachung gehalten. Ich sage es auch dem Priester. Sie wissen schon, nur für alle Fälle.«

Booker manövrierte den Mech herum, bis er Korporal Orr gegenüberstand. Für einen Brüter, der seinen Quellcode auslöschen wollte, war er gar kein so übler Kerl.

»Danke«, sagte er und regelte die Lautstärke etwa auf normale Gesprächslautstärke runter. Das Klirren und Scheppern des Mechs verriet ihm, dass er Schaden genommen hatte, und als er kurz die Diagnose drüberlaufen ließ, blinkten Dutzende roter Warnleuchten auf. Der

Mech hatte wirklich ordentlich was abgekriegt. »Was jetzt?«, fragte Booker.

Noch immer gellte Alarm, heulten Sirenen. Aber die automatischen Durchsagen, die vor Eindringlingen in Netz und Hab warnten, waren verstummt. Die autonomen Subroutinen funktionierten. Die Belüftung arbeitete. Die Gravitation zog an ihnen. Und die Feuerschutzanlage bedeckte die brennenden Trümmer, die der Kampf mit den Sturm hinterlassen hatte, mit Löschschaum.

Orr schüttelte zur Antwort auf Bookers Frage den Kopf. »Ich weiß es nicht. Wenn die Sturm so weit gekommen sind, dann gehört ihnen bereits ein Großteil des Habs. Die Komm-Anlagen sind immer noch tot. Niemand da, der irgendwelche Anweisungen gibt. Ich habe es kurz überprüft, während Sie mit diesen Arschlöchern beschäftigt waren.« Er deutete mit der Waffe auf die in Tarnanzüge gekleideten Leichen, die inzwischen halb unter dem Löschschaum begraben waren.

»Wird nicht lange dauern, bis ihre Kollegen Verstärkung schicken«, sagte Booker. »Jetzt, wo von diesem Trupp hier keine Rückmeldung mehr kommt. Gibt es irgendeine Möglichkeit, das Hab zu verlassen, ohne dass wir uns mitten hindurchkämpfen müssen? Das hier ist kein Kampfmech, und Sie haben nichts weiter als diese Spielzeugpistole.«

Orr sah auf die Waffe in seiner Hand hinunter und schnaubte. »Nicht mal ein volles Magazin. Aber ja, wir können auch auf dieser Seite von der Blechkonserve runter. Eine Etage tiefer ist ein Shuttle-Landeplatz. Nicht das Hauptdock. Das werden die Sturm besetzt haben. Und vielleicht haben sie den Landeplatz auch schon besetzt. Ist nur für Personal, und zwar hochrangiges. Stabskommando und bei Bedarf auch Einsatztrupps. Bei Aufständen und solchem Scheiß, Sie wissen schon.«

»Wie stehen Sie dazu, Ihren Posten zu verlassen?«, fragte Booker. »Denn das tun Sie dann. Und Sie helfen mir dabei zu entkommen. Sie könnten ebenfalls in der Hinrichtungskammer enden. Der Captain wird nicht zu Ihren Gunsten aussagen.« Mit dem Greifarm zeigte er auf das, was von Lao Tzu noch übrig war.

»Solange ich mich schnellstmöglich bei der nächsten erreichbaren TST-Einheit melde, ist alles in Ordnung.« Orr zuckte mit den Schultern. Kurz schien er nachzudenken. »Ich habe gesagt, ich bürge für Sie, Booker. Und das werde ich auch tun, ganz gleich, was passiert. Aber ich kann nicht dafür garantieren, dass meine Vorgesetzten auf mich hören. Wenn Sie an irgendeinen vorurteilsbeladenen Frischling in seiner ersten Spanne geraten, kann es sein, dass Sie sich auf einmal doch wieder in der Kammer wiederfinden. In den nächsten Stunden dürfte alles drunter und drüber gehen, jede Menge Verwirrung, Panik und dämliche Entscheidungen.«

»Ich versuche, selbst nicht allzu viele Entscheidungen der Sorte zu treffen«, sagte Booker. »Wie kommen wir zu diesem Landeplatz?«

»Zwei Segmente hinter der Hinrichtungskammer, ein Deck tiefer. Was ist mit dem Priester? Nehmen wir ihn mit?«

»Ich würde mich besser damit fühlen... wenn er mitkommt«, sagte Booker. Er setzte sich in Bewegung, zurück in Richtung Todes- und Auslöschungstrakt. Die nach hinten weisenden Sensoren richtete er auf die im Gang aufgehäuften Toten. Orr begriff es als Hinweis und ging vor, die Pistole mit beiden Händen erhoben.

Obwohl sein Bewusstsein über die kalten Schaltkreise und die Software des Krawallmechs lief, war Booker nervös, fürchtete um die Sicherheit des Mannes. Er hatte bereits den wichtigsten Zeugen für seine Abmachung mit

Lao Tzu verloren, namentlich also seine Abmachung mit der TST. Orr war ungepanzert, nahezu unbewaffnet und steckte auf einem gefallenen Hab fest, voller Weltraumnazis, die ihm den Kopf abreißen und zu Brei stampfen würden, nur aus Prinzip.

Bei ihrer Rückkehr saß Vater Michael auf einer Liege, drehte angespannt den Rosenkranz in Händen und murmelte Gebete vor sich hin. Auf der anderen Liege, seiner Seele beraubt, lag noch immer Bookers ehemaliger Körper.

»Sie sind wieder da!« Der Priester stand auf. Die Überraschung war ihm deutlich anzusehen, ebenso wie der Schreck, als er die schweren Schäden des Mechs und das Fehlen Captain Lao Tzus bemerkte.

»Vater, Sie wollen sicher mit uns kommen«, sagte Orr. Booker schwieg. Dass er den Priester aus lauter Eigennutz in Sicherheit bringen wollte, wussten sie schließlich alle.

»Aber ich kann nicht weg«, sagte Vater Michael. »Wenn es hier wirklich so schlecht steht, dann werde ich gebraucht. Ich kann meine Schützlinge nicht im Stich lassen.«

In seiner Stimme lag kein Vorwurf, aber Orr schien das anders zu empfinden. »Vater, es geht hier nicht mehr darum, den Schein zu wahren. Das Hab ist gefallen. Wir haben gerade nur deshalb knapp einen Kampf mit den Sturm überlebt, weil sie nicht dafür ausgerüstet waren, einen Mech auszuschalten, und weil Booker seine Waffe umprogrammiert hatte. Der nächste Trupp wird schwere Waffen mitbringen und Bookers Panzerung knacken wie eine Eierschale. Sie werden ihn auslöschen und mich töten. Genau das tun sie, Vater. Sie löschen, und sie töten.«

Der Priester maß ihn mit tadelndem Blick. »Mein

Sohn, genau das hatten Sie selbst noch vor nicht allzu langer Zeit mit Booker vor.«

Booker, der sich mühsam durch die Tür hätte manövrieren müssen, war vor der Kammer im Gang stehen geblieben. »Vielen Dank für Ihre Unterstützung, Vater«, sagte er, »aber ehrlich gesagt würden Sie mir am allermeisten helfen, wenn Sie mitkommen. Den Captain hat es völlig zerlegt. Von Korporal Orr abgesehen habe ich keinen Bürgen mehr.«

Der Priester lächelte. Er sah betrübt aus. »Ich könnte Ihnen helfen, Booker. Aber im Habitat gibt es noch viel mehr Menschen, denen ich ebenfalls helfen könnte.«

Orr sah ihn an. »Die werden Sie töten, Vater.«

»Das glaube ich nicht. Die Sturm pflegen keine Staatsreligion. Soweit ich weiß, sind sie allen Religionen gegenüber offen.« Entschuldigend neigte er den Kopf Richtung Booker. »Abgesehen vom Code, versteht sich.«

»Versteht sich«, erwiderte Booker trocken.

»Ich stamme von Eassar, von den Platten, Korporal Orr. Mein Genom ist unverändert. Rein, wie die Sturm sagen würden. Und ich habe keine Neuralimplantate. Sie haben Ihre Durchsage gehört. Sie wissen um ihren krankhaften Wahn, ihre Besessenheit. Die Sturm sind durch und durch davon überzeugt, dass sie solche wie mich vor solchen wie Ihnen retten müssen. Mir wird nichts geschehen. Und ich werde für Sie bürgen, Booker. Irgendwie. Ich werde meine Aussage in Ihrem Sinne aufzeichnen, nur für den Fall, dass mir doch etwas passieren sollte. Aber jetzt ist es meine Aufgabe, hierzubleiben und mich um jene zu kümmern, die mich am dringendsten brauchen.«

Er verschränkte die Hände ineinander und schien sich extra schwer zu machen, als wollte er Booker sagen, er solle ruhig versuchen, ihn mit seinem riesigen mechanischen Arm zu packen. Aus den Hauptsegmenten des Habs drang noch immer Kampflärm herüber, und Orr überprüfte rasch den Korridor. Booker war ernstlich in Versuchung, sich den heiligen Mann einfach zu schnappen und ihn mit zum Landeplatz zu schleifen, aber nach Jahren in den Reihen der Quellcoder erkannte er die Sturheit eines wahren Gläubigen, wenn er einen vor sich hatte.

»Gehen wir, Orr«, sagte er. »Vater, ich bin Ihnen dankbar für jede Aussage zu meinen Gunsten, die Sie aufzeichnen. Und ganz besonders für eventuelle Sicherheitskopien, die Sie außerhalb dieses Habs unterbringen.«

»Ich werde sofort, wenn Sie gegangen sind, mit der Aufzeichnung anfangen und mein Bestes geben, sie zu versenden.«

Booker seufzte. Weil er in einem Mech steckte, klang es, als würden gerade die Kompressorventile eines riesigen Lastfahrzeugs mehrere Hundert Kilo Gewicht loswerden. »Danke«, sagte er. »Und viel Glück. Korporal?«

Orr zuckte mit den Schultern und reichte dem Priester zum Abschied die Hand. »Viel Glück, Vater«, sagte er. Dann schien ihm etwas einzufallen. »Moment. Keller, ganz hinten im Zelltrakt. Er ist offline, aber er hat Implantate. Die Sturm werden ihm den Kopf abreißen, nur zur Sicherheit.«

Er dachte nach. Traf eine Entscheidung.

»Der Türcode ist 070894. Lassen Sie ihn raus. Er sollte wenigstens eine Chance haben, so wie alle anderen auch.«

»Warum nehmen Sie ihn nicht mit?«, fragte Vater Michael.

Die beiden anderen antworteten gleichzeitig:

»Weil er ein Arschloch ist.«

Sie ließen den Priester, der sogleich mit der Aufzeichnung seiner Aussage begann, in der Kammer zurück. Booker wusste nicht, ob jemals irgendwer diese Aussage hören würde, und so langsam kam ihm der Verdacht, dass es ohnehin keine Rolle spielte. Mit jeder Minute verschlechterten sich ihre Chancen, lebend vom Hab zu fliehen. Und eine andere Möglichkeit als die Flucht gab es nicht. Es hatte keinen Sinn, sich in einen Kampf zu werfen, den man nicht gewinnen konnte.

Dieser Teil des Gefängnis-Habs bestand überwiegend aus Lagerräumen und Maschinen. Auf dem kurzen Weg zum hintersten Segment, wo sich der Fahrstuhl befand, begegneten sie niemandem, weder Personal noch Gegnern. Booker bemühte sich, Orr in der Enge der Fahrstuhlkabine so viel Platz zu lassen wie möglich. Als die Türen zuglitten, verblasste der Kampflärm zu einem fernen Donnern, begleitet von gelegentlichen Erschütterungen. Noch immer plärrten Sirenen, und überall blinkten rote Lichter. Booker nutzte die kurze Fahrt, um so viele Diagnoseprogramme wie möglich anzuwerfen und ausfallgefährdete Teile der Hardware mit einer Anpassung der Programmroutinen zu umgehen. Der Mech war in katastrophalem Zustand. Ein scheppernder, knirschender, drei Tonnen schwerer Haufen aus überbeanspruchtem, zerfetztem Metall und rauchender, zertrümmerter Keramik. Immerhin war das Substrat mit seinem Quellcode unbeschädigt. Aber trotzdem musste er so bald wie möglich auf einen anderen Wirt umsteigen.

Der Fahrstuhl kam mit einem Ruck zum Stehen, und die Türen glitten auf.

Ein weißer Strom aus Plasma und kinetischen Geschossen ergoss sich in die Kabine und überlastete Bookers Sensoren. Er riss den Waffenarm hoch und feuerte blindlings drauflos, schwenkte die Mündung hin und her und versuchte verzweifelt, etwas zu treffen, irgendwas, bis ihm bewusst wurde, dass er womöglich gerade ihr einziges verfügbares Fahrzeug zerlegte. Er hörte auf zu schießen. Sprang aufs Deck hinaus, winkelte die gigantischen Beine des Mechs an und sprang in die Höhe, ohne zu wissen, wie viel Platz er nach oben überhaupt hatte. Kurz erhob sich der beschädigte Koloss aus dem Dauerfeuer, und er entdeckte die Schützen: Zwei Trupps kauerten drüben am anderen Ende des Landeplatzes und hatten Deckung gesucht, wo sie eben gerade welche fanden. Er verbrauchte den Rest seiner umfunktionierten Munition dafür, eins der Grüppchen unter Feuer zu nehmen, ließ aus seiner erhöhten Position heraus gehärtete Gelgeschossse auf sie herabregnen.

Der Mech landete krachend wieder auf dem Deck, im spürbar reduzierten Feuersturm, und angesichts seiner vollständig verbrauchten Munition griff Booker auf die einzigen ihm verbliebenen Waffen zurück: Masse und Geschwindigkeit. Er rannte auf die Sturm zu und schwang beide Arme, Waffenarm und Greifer, als wären es höchst eigenartige Knüppel. Beim Zustürmen auf den Feind erlitt der Mech noch mehr Schaden, aber er war über ihnen, ehe sie ihn mit ihrem konzentrierten Beschuss auseinandernehmen konnten.

Stattdessen nahm er sie auseinander. Mit roher Gewalt.

Das Gemetzel währte nur kurz, dann hatten sich die Sturm in roten Brei und verschmierte Innereien verwandelt.

Orr!

So schnell er konnte, drehte sich Booker um und stampfte zum Fahrstuhl zurück.

Seine Sensoren waren schwer beschädigt, aber er brauchte ihre volle Leistung auch gar nicht, um zu sehen, dass Orr nicht mehr war.

Die Sturm hatten die Wände des Fahrstuhls mit ihm gestrichen.

In diesem Augenblick hätte Booker fast aufgegeben. Wäre fast in den Fahrstuhl gestiegen und zum im Hab tobenden Kampf zurückgekehrt, zu dieser bereits verlorenen Schlacht. Wenn er in dem Mech starb, wäre sein Code verloren, aber seine Seele wäre frei.

Das war der Glaube der Quellcoder.

Das war sein Schicksal.

Einen Augenblick lang sackte er in sich zusammen, stützte sich auf den blutverschmierten Greifarm. In einem demolierten Mech gefangen, in einem Hab voller Wahnsinniger auf der einen und der TST auf der anderen Seite, dämmerte ihm, dass dieser Tag doch tatsächlich noch beschissener gelaufen war, als er es sich hätte träumen lassen, als er am Morgen in seiner Zelle erwacht war.

Booker 3-212162-930-Infanterie kauerte inmitten brennender Trümmer und Leichenteile.

Das Shuttle, mit dem Orr sie beide hier hatte rausbringen sollen?

Ja, in der Tat, er hatte es natürlich zu Klump geschossen. Das würde nirgendwohin mehr fliegen.

Er überlegte, mit Gewalt die Schleusentore des Landeplatzes zu öffnen und ins All hinauszuspringen. Aber als er da so kauerte, zugleich Ehrengast und Gastgeber einer Selbstmitleidsparty, zu der niemand außer ihm erschienen war, ging ihm auf, dass noch nicht alles verloren war.

Ein Ass hatte er noch im Ärmel.

21

Niemand würde die *Defiant* jemals mit einem Vergnügungskreuzer verwechseln. Das Design des Kriegsschiffs war zweckdienlich und ohne jeden Schnörkel. Aber Lucindas Kabine war größer als ihr Zimmer an der Akademie, das sie nicht einmal für sich allein gehabt hatte, und erheblich sauberer und ordentlicher als der schmuddelige dreizellige Hab-Tank, in dem sie gemeinsam mit ihrem Vater gehaust hatte, vor Hab-Wohlfahrt und Waisenhaus. Bis auf das Holobild ihrer Eltern, das auf dem kleinen Tisch neben dem Schrank schwebte, fehlte ihrer Unterkunft jede persönliche Note. Auf dem Holo waren die beiden noch jung, und sie fand ihre Mutter ausnehmend hübsch. Aber es war eine zerbrechliche Schönheit, die die Gefahr einer Frühgeburt bei der späteren Schwangerschaft mit Lucinda bereits ahnen ließ. Jonathyn Hardy war weder ein großer noch ein starker Mann, aber seine stille, brennende Liebe zu Asha Hardy war in den wenigen Sekunden, die die Aufnahme einfing, deutlich zu spüren. Die Holo-Aufzeichnung war das Einzige, was die Schuldeneintreiber Lucinda aus dem Hab-Tank mitzunehmen erlaubt hatten.

Für die Eintreiber war es wertlos gewesen.

Lucinda saß am Fußende ihrer Pritsche, starrte das kleine Erinnerungsstück an und rieb sich die Hände, als könnte sie die Verantwortung abwischen, die sie auf sich genommen hatte. Sie stand auf. Setzte sich wieder. Dann stand sie erneut auf und lief in ihrer kleinen Kabine auf und ab, versuchte, die Zweifel abzuschütteln, die sie einhüllten wie eine zweite Haut.

»Du schaffst das«, sagte sie laut zu sich selbst. »Komm schon. Du musst. Mach es einfach.«

Aber sie konnte sich selbst nicht überzeugen. Nicht hier, wenn sie ganz allein war. Sie kannte die Wahrheit. Chase hatte recht. Sie gehörte nicht hierher.

Leutnant Varro Chase war natürlich nicht der erste adlige Scheißtyp in der Flotte, der ihr Kummer bereitete. Ein gewisser Unterleutnant Tok Yulin, der frisch von den Kolonialen Streitmächten des Hauses Yulin-Irrawady eingewechselt worden war, hatte ihr bereits bei ihrem ersten Einsatz auf der Schnellangriff-Patrouille *HMAS Taipan* das Leben zur Hölle gemacht. Die *Taipan* war klein, alt und nicht mehr besonders schnell und griff auch während ihrer Zeit an Bord nicht sonderlich viel an, aber für Yulin war sie eine wunderbar intime kleine Kulisse gewesen, um seine grausame Dramaturgie zu inszenieren.

Lucinda blieb stehen und betrachtete das Hologramm ihrer Eltern. Damals waren sie glücklich gewesen. In der Photonenskulptur, die sie immer bei sich hatte, würden sie immer glücklich sein. Die Bilder würden sie überdauern, so wie sie Yulin überdauert hatte. Sie versuchte, den Beschluss zu fassen, dass sie auch Chase und alle Tok Yulins und Varro Chases der Zukunft überdauern würde. Es war nicht das erste Mal, dass sie diesen Beschluss fasste, und ehe sie es geschafft hatte, sich selbst zu überzeugen, klingelte es an der Tür ihrer Kabine.

Lucinda schaltete mit einem Sprachbefehl das Holo aus und rief: »Herein.«

Die Kabinentür glitt auf, und Ian Bannon stand mit verlegener Miene auf der Schwelle. Rasch schob Lucinda ihre eigenen Unzulänglichkeiten und die Angst davor, nicht zu genügen, beiseite. »Leutnant?«, sagte sie.

»Kann ich Ihnen helfen? Hat sich bei Defiant etwas geändert?«

»Nein, Ma'am«, antwortete er und warf rasch einen Blick den Gang entlang, erst in die eine Richtung, dann in die andere. »Wenn Sie erlauben, Ma'am ... es ist nicht ... ich wollte nur ...« Er sah aus, als würde er vor lauter Verlegenheit jeden Moment in sich zusammensinken.

»Leutnant«, sagte sie mit fester Stimme. »Kommen Sie herein und schließen Sie die Tür.« Er sah so verunsichert aus, dass sie hinzufügte: »Das ist ein Befehl.«

Viel fehlte nicht, und er wäre vor lauter Erleichterung einfach auf ihrer Schwelle zusammengebrochen. Er kam herein, und hinter ihm glitt die Tür leise wieder zu. »Sie sollten in die Kapitänsunterkunft umziehen, Ma'am«, sagte er fast stammelnd. »Dort gibt es einen kleinen Konferenzraum für ... für, äh ...«

»Was ist los, Ian?« Inzwischen war sie sicher, dass es nichts mit dem Virus zu tun hatte. Zumindest nicht unmittelbar.

Bannon warf wirklich und wahrhaftig einen Blick über die Schulter, als wollte er sich vergewissern, dass dort niemand stand. »Es geht um Chase«, sagte er dann leise, aber eindringlich, und ihr drehte sich ein ganz klein wenig der Magen um. »Leutnant Chivers sagte mir, er habe sie gefragt, ob sie glaubt, dass Sie ... ob Sie in der Lage sind ...«

Bannon hatte Schwierigkeiten, die Worte über die Lippen zu bringen, aber Lucinda war sicher, dass sie bereits wusste, was er sagen wollte. »Das Schiff zu kommandieren?«, beendete sie seinen Satz.

Er stieß heftig die Luft aus und nickte kurz, und dieses Nicken war ebenso sehr Ausdruck seiner tiefen Erleichterung, dass die schreckliche Wahrheit jetzt auf dem Tisch war, wie es eine Bestätigung ihrer Frage war.

In Lucinda regte sich ein alter und bitterer Zorn. Sie dachte an die klaustrophobische Enge an Bord der *Taipan* und daran, wie sie versucht hatte, sich unsichtbar zu machen, um Konfrontationen mit Tok Yulin zu vermeiden.

»Hat er Sie das ebenfalls gefragt, Leutnant? Hat er mit irgendeinem anderen Offizier oder Besatzungsmitglied gesprochen? Oder ist das etwas, das Sie nur von Nonomi wissen?«

»Mit mir nicht, nein. Ich meine, Entschuldigung, Chase hat nichts zu mir gesagt. Wir reden eigentlich nicht miteinander. Aber ich weiß, dass er vorhin in der Mannschaftskantine war. Und er geht sonst nie dorthin. Er hält die Leute für Plattenabschaum.«

»Ich verstehe. Und was sollte ich Ihrer Meinung nach deswegen unternehmen, Leutnant?«

»Ich, ich weiß es nicht... Kommandantin.«

An der Art, wie seine Zunge über die Anrede stolperte, sah sie deutlich, dass er ebenso große Schwierigkeiten hatte wie sie selbst, sich mit der Veränderung zu arrangieren. Aber nicht so große Schwierigkeiten wie manch anderer.

»Viel lässt sich damit nicht anfangen, oder?«, fragte sie, aber ihre Stimme war freundlich. »Das sind wohl kaum Taten, die vors Kriegsgericht gehören.«

»Aber Lucin... ich meine, argh, tut mir leid. Kommandantin. Er zieht Ihre Autorität in Zweifel.«

»Aber nicht Ihnen gegenüber?«

Bannon errötete. »Nein, Ma'am. Aber Nonomi... Leutnant Chivers und ich, wir...« Seine Stimme erstarb.

Sie lächelte und kniff leicht die Augen zusammen, als verriete sie ihm ein Geheimnis. »Ich weiß Bescheid. Alle wissen Bescheid.« Dann seufzte sie. »Ist Leutnant Chase zurzeit im Dienst, Ian?«

Normalerweise hätte sie Shipnet zurate gezogen, aber es war immer noch offline, und ihr Neuralnetz zersetzte sich gerade irgendwo in ihren Därmen.
»Nein, Ma'am. Er hat gerade frei.«
»Gut. Bitte bestellen Sie Leutnant Chase und alle anderen Offiziere und Bereichskommandanten, die gerade keinen Dienst versehen, in die große Trainingshalle. Sagen wir, in fünf Minuten. In Trainingskleidung. Das schließt Sie mit ein.«
Verblüfft starrte Bannon sie an. Sie beide befanden sich in ihrer ersten Lebensspanne, und sie war nur wenige Jahre älter als er, aber in seiner Arglosigkeit wirkte er bisweilen nahezu unglaublich unschuldig. Schließlich war er nicht inmitten von Plattenabschaum groß geworden.
War sie jemals wie er gewesen?
Sie bezweifelte es. Sie stammten von demselben Habitat, aber aus gänzlich unterschiedlichen Welten.
Lucinda beantwortete seine unausgesprochene Frage nur mit einem Schulterzucken. »Mir ist nach ein bisschen Training«, sagte sie.
Ian Bannon nickte. Ganz langsam dämmerte in seinem Gesicht Begreifen.

Biofunktionale Wetware hatte körperliches Training schon vor langer Zeit nahezu überflüssig gemacht. Die KAM verlangte von ihren Angestellten, dass sie für eine moderate Fitness und ein paar grundlegende Fähigkeiten Sorge trugen, aber richtig trainieren ... das machte nur noch die Infanterie.
Die Infanterie ... und Lucinda Hardy.
Sie war eine einsame Ausnahme. Schon immer gewesen. Während die allermeisten Leute sich ihre Unterhaltung direkt in die Synapsen luden, las sie Bücher. Echte

Bücher auf einem echten Tablet. Ein Wort nach dem anderen. Sie mochte Theater, richtiges Live-Theater mit Schauspielern, und besuchte Vorstellungen, wann immer sich eine Gelegenheit ergab, aber sie ging stets allein. Sie trainierte Nahkampf, was eine schwere körperliche Anstrengung bedeutete, der sich eigentlich nur sehr arme Menschen aussetzten oder aber sehr reiche Exzentriker.

Und die Infanterie der Königlich-armadalischen Marine.

Rasch zog sie sich um und versuchte, die Nervosität abzuschütteln, die sie stets begleitete, sich jetzt aber ganz um die von Chase gestellte Frage herum zusammenballte: *War sie in der Lage, das Schiff zu kommandieren?*

Lucinda marschierte von ihrer Kabine aus schnurstracks zum Trainingsraum, in dem Captain Hayes' übergroße Kampfmonster so viel Zeit verbrachten.

Als sie eintraf, wimmelte es nur so von ihnen. Manche, überwiegend die Offiziere, trugen Körper um die dreißig. Andere wirkten wie frisch aus dem Tank gezogen. Zwar schimmerte ihre Haut nicht mehr feucht und hellrosa wie in den allerersten Tagen, aber sie erinnerten noch immer an seltsame, stark geäderte Riesenmännerbabys. Keine Falten, keine Narben, keinerlei Makel entstellten ihre glatte Haut.

Lucinda fand dieses Stadium gruselig.

Außerdem waren sie allesamt echte Riesen. Jeder Infanteriesoldat brachte mindestens die doppelte Masse eines Besatzungsmitglieds der *Defiant* auf die Waage, manche noch mehr. Und soweit sie es beurteilen konnte, trainierten sie alle nackt.

Natürlich trugen sie Kleidung.

Aber sie hatten keinerlei Modifikationen aktiviert. Die Gewichte, die sie stemmten, bewegten sie mit echter menschlicher Muskulatur. Sie rannten auf den Laufbändern, ohne Stimulantien oder Sauerstoffbooster zuzuschalten. Wenn sie kämpften – untereinander oder gegen Trainingsattrappen –, taten sie es, ohne irgendwelche Codes zu laden.

Als sie hereinkam, brüllte ein Obersergeant, der einen melanesischen Phänotyp trug: »Kommandantin zugegen!«, und alle Aktivitäten kamen ruckartig zum Erliegen. Sogar die Gewichtheber ließen ihre Gewichte einfach aufs Deck fallen und nahmen Haltung an.

Nach achtundvierzig Stunden gewöhnte sich Lucinda so langsam an ihren neuen Rang und den damit einhergehenden Status, der sie umgab wie die Stacheln eines dornenbewehrten Unterwasserwesens, aber es war ihr noch immer unangenehm, und sie fragte sich, ob sie sich in der Rolle der Kommandantin je wirklich wohlfühlen würde.

»Danke, Sergeant Harjus. Bitte. Einfach weitermachen.«

»Ihr habt die Lady gehört. Los, los, weitermachen mit dem Kotzen und Schluchzen, ihr verdammten Heulsusen!«

Das metallische Klirren und der Lärm setzten wieder ein.

Die Marines hatten ihren Trainingsbereich in einem Lagerraum auf dem untersten Deck eingerichtet, direkt neben den Maschinenräumen. Es war die lauteste Ecke auf dem gesamten Schiff, aber das lag nicht am Maschinenraum. Dort war es ganz ruhig. Aber im Trainingsbereich hallte das Krachen von Gewichten wider, das angestrengte Grunzen der Gewichtheber und die hämmernden Schritte der Soldaten auf den Laufbändern. In einer Ecke sprang eine Frau mit kürzlich aus dem Tank gezogenem Native-American-Körper Seil, die lange Lederschnur knallte so oft pro Sekunde mit einem peit-

schenden Knall aufs Deck, dass es wie eine schwere Rotordrohne im Landeanflug klang.
Lucinda erkannte am natürlichen Ablauf der Trainingskämpfe – an kleinen Fehlern und Unsicherheiten, Unsauberkeiten bei Schlägen und Blocks, der sichtlichen Anstrengung –, dass die Marines ohne die neuromuskuläre Unterstützung des Neuralnetzes kämpften und sich allein auf das hart erarbeitete Muskelgedächtnis verließen. Sie nahm an, dass sie auch ohne jegliche Modifikationen oder Sicherheitsbeschränkungen arbeiteten. Wie Lucinda hatten sie ihre Netze ausscheißen müssen.
Sie stellte sich an den Rand der Kampfmatte und wartete auf das Eintreffen ihrer Leute.
»Kann ich helfen, Ma'am?«, fragte der Obersergeant.
»Würden Sie für mich eine Ihrer Attrappen mit Code bestücken, Sergeant Harjus?«, bat ihn Lucinda.
»Kann ich schon machen, wenn Sie mir sagen, wozu, Ma'am.«
»Damit ich das Ding vermöbeln kann.«
Er schnaubte. »Und warum wollen Sie das tun?«
Chase und Bannon kamen herein, gefolgt von Nonomi Chivers, drei Unteroffizieren und Chief Higo. Chase sah ein bisschen nervös aus. Higo neugierig. Bannon schluckte die ganze Zeit trocken.
»Vergessen Sie die Frage«, brummte der Obersergeant in sich hinein.
Lucinda nickte Bannon und Higo zu. Lächelte Chivers an.
Sie drehte sich wieder von den Neuankömmlingen weg. »Sergeant«, sagte sie, »bitte bestücken Sie eine Kampfdrohne mit einem Nahkampfcode-Paket. 50/40 Großmeister Hasemans Tohkon Ryu Jujitsu, zweiter Dan, und Meister Ipos Shudokan Judo, erster Dan. Und eine zufällige Auswahl verschiedener Schlagtechniken. Ka-

rate, Boxen, egal, das überlasse ich Ihnen. Jeweils Drei-Minuten-Intervalle. Vielleicht auch noch ein bisschen Zaitsev-Systema dazu. Und keine Beschränkungen.«

»Ma'am, ich kann die Beschränkungen nur aufheben, wenn ich dazu autorisiert werde«, sagte Harjus.

»Ich autorisiere Sie dazu.«

»Äh...«

»Sie können das für Ihren eigenen Kampf nicht autorisieren, Ma'am«, erklärte Chief Higo.

»Aber ich kann es«, mischte sich eine Stimme ein. Captain Hayes.

Der Marinekommandant war gerade aus den Duschräumen hereingekommen, fast trocken, nur rings um die Ohren war noch Restfeuchtigkeit zurückgeblieben, und er wischte mit einem Handtuch darüber. Sein Oberkörper sah aus, als hätte jemand aus dicken Tafeln menschlichen Proteins einen Titankreuzer nachgeschnitzt. Er nickte Harjus zu. »Die Lady möchte sich anständig prügeln, Sergeant.«

»Na dann«, sagte Harjus. Er klang nicht sehr überzeugt, nahm aber ein kleines Gerät zur Hand und tippte auf dem Display herum.

Ein paar weitere Marines fanden sich am Rand der Kampffläche ein, um zuzusehen, und wahrscheinlich auch, um sich über ihre Bemühungen zu amüsieren. Sie beachtete sie nicht weiter. Auf der Matte erwachte die unbewaffnete Drohne zum Leben.

Sie sah wie ein ganz normaler Trainings-Dummy aus... bis sie in Kampfstellung ging, knapp außerhalb der Reichweite von Lucindas distanztauglichstem Angriff – einem aus *irimi-senkai*, einer Eröffnungsdrehung heraus entwickelten Rückwärtstritt.

»Runter von der Matte«, knurrte Hayes ein paar Marines an, die sich zu nah an den Gel-Tatami drängten.

Wie unzählige Male zuvor trat Lucinda auf die Matte und nahm Aufstellung an der ihr zugewiesenen Startposition.

»Was soll das eigentlich werden?«, fragte irgendwer. Es klang nach Chase.

Lucinda antwortete nicht.

»Der Kampf beginnt!«, rief Hayes.

Die Drohne griff mit einem lauten, für alle hörbaren *kiai*-Schrei an. Kam auf Lucinda zugerast, nicht mit übermenschlicher Geschwindigkeit, sondern mit dem Tempo und der Sicherheit eines Kämpfers, der auf dem von Lucinda erbetenen Niveau ausgebildet war. Ein Kämpfer, ein klein wenig fortgeschrittener als sie selbst.

Sie wehrte ab, duckte sich weg, blockte und glitt über die Matte, arbeitete nicht mit den Füßen, sondern auch mit Hüften und Schultern. Man konnte wie eine Primaballerina auf den Zehenspitzen herumtanzen, das half einem rein gar nichts, wenn man dabei nicht die Körpermitte aus der Angriffslinie entfernte. Bewegt man die Hüften, bewegt man zugleich den ganzen Körper.

Mit ihrem persönlich zusammengestellten Kampfcode hätte sie den Dummy binnen Sekunden ausschalten können. Als der Kampf länger währte, als die erste Minute verstrich und dann die zweite, als sie zu schwitzen begann und tief in ihr *hara* atmete, dämmerte dem Publikum, was sie gerade tat. Sie ließ keine Wetware für sich arbeiten. Sie hatte die Wetware gelöscht. Sie kämpfte richtig. Weitere Marines verließen ihre Geräte und kamen näher, um zuzusehen.

Ein Glockenton verkündete das Ende des ersten dreiminütigen Intervalls.

Die Drohne verbeugte sich und kniete auf der Matte nieder.

Lucinda tat es ihr gleich. Als Harjus ihr sagte, sie solle

sich erheben und verbeugen, und den Beginn der zweiten Runde verkündete, hatte sie sich bereits wieder erholt.

Diesmal jubelten ihr einige der Marines zu, als sie ihrerseits angriff, und am lautesten jubelten sie, als Lucinda antäuschte und mit einer blitzschnellen Kombination von guten altmodischen Aufwärtshaken und kurzen Schwingern die Deckung des Dummys unterlief, einen Fuß hinter sein Standbein hakte, sich vorbeugte und Druck auf sein Knie ausübte. Die Straßenkampftechnik brachte ihn aus dem Gleichgewicht, und er taumelte zurück. Rasch setzte Lucinda hinterher und hämmerte ihm einen Ellbogen seitlich gegen den Kopf. Einem menschlichen Gegner hätte dieser Treffer das dünne Schläfenbein zertrümmert.

Die Drohne fing sich und verneigte sich.

Dann nahm sie wieder Kampfstellung ein und griff erneut an.

Lucindas Schätzung nach hatte sich das Kampftempo des Dummys um etwa fünf Prozent erhöht. Rein technisch war er ihr inzwischen spürbar überlegen und zwang sie allmählich in die Defensive. Sie erwehrte sich ihres Gegners fast bis zum Ende der Runde, und kurz vor der nächsten Unterbrechung landete sie mit einem Roundhousekick einen anständigen Treffer in die Rippen ihres Gegners und setzte mit einer rechten Geraden hinterher, der den Dummy am Schlüsselbein erwischt hätte, wäre er nicht gerade noch rechtzeitig ausgewichen.

Diesmal brandete Applaus auf. Und ein paar Pfiffe.

Auch diesmal achtete sie nicht weiter darauf. Kniete da und atmete tief, aber keuchend durch.

Harjus rief zur letzten Runde, und sie brachte sie hinter sich, landete einige weitere Tritte und einen sauberen Wurf, als der Dummy bei einem zu schwungvollen

Fauststoß aus der Hüfte nicht schnell genug wieder im Gleichgewicht war und sie ihm das Standbein wegsichelte.

Insgesamt hatte sie keine zehn Minuten gekämpft, aber sie war schweißüberströmt, das Gesicht knallrot. Sie verneigte sich vor der Drohne – was faktisch bedeutete, sie verneigte sich vor den Marines – und dann noch ein zweites Mal beim Verlassen der Matte. Während des Kampfs hatte sie keinen Zuschauer verloren. Im Gegenteil, es waren noch einige dazugekommen.

Leutnant Bannon starrte sie an. Nonomi Chivers machte regelrecht Stielaugen.

Captain Hayes lächelte ihr entgegen und verbeugte sich vor ihr, als sie die Matte verließ. Es war eine förmliche Verneigung, Dojo-Tradition, und sie verbeugte sich ebenfalls. »Beeindruckende Leistung«, sagte er.

Sie rang nach Atem, aber trotzdem blickte sie Chase an und sagte: »Die Sache ist die: Man braucht weder Codes noch Skripte oder Bio-Mods, um zu kämpfen. Man braucht nur Entschlossenheit und Training. So haben es die Armadalen immer gehalten.«

Er antwortete nicht.

»Captain Hayes«, sagte sie und sah den Marinekommandanten an. »Hätten Sie ausreichend Kapazitäten, um ein paar neue Schüler aufzunehmen?«

Hayes grinste. »Lässt sich machen.«

»Danke. Ich will, dass all meine Offiziere eine Nahkampfausbildung erhalten. Ich erwarte nicht, dass sie bei unserer Rückkehr ins Volumen schon viel können. Aber ich erwarte, dass sie angefangen haben zu lernen. Auf die althergebrachte Weise.«

»Die althergebrachte Weise ist die beste, Kommandantin.«

Sie nickte und richtete den Blick wieder auf Chase.

»Wenn Sie glauben, dass Sie bereit dazu sind, Leutnant, freue ich mich auf Ihre Herausforderung zum Kampf.«
Kommandantin Lucinda Hardy wartete nicht auf seine Antwort. Sie setzte sich Richtung Duschraum in Bewegung und sah nicht zurück.

22

Mit diesem einen plötzlichen Sprung war er frei.

Frei von Trumbull, frei von Problemen, frei von diesen schnatternden Schwachköpfen, die Miyazaki ihm aufgenötigt hatte. Frazer McLennan stürzte sich aus dem überfüllten, ihm zusehends widerwärtigen Innern des Wüstenrovers in die Nacht hinaus. Der Rover fuhr fast mit Höchstgeschwindigkeit, und augenblicklich erfasste ihn der Wind, der durch die Eisensteinwüste fegte, und riss an seiner Kleidung.

Sein früheres Ich, um fünf oder sechs Spannen jünger, hätte bei einem solchen Sprung aus einem Fahrzeug, das über Felsen und scharfkantiges Geröll dahinjagte, vermutlich Zweifel oder Angst verspürt. Aber Heros Kraftfeld hob ihn so sanft auf, als wäre er ein kleines Kätzchen, bremste mit Rücksicht auf zahlreiche kleine Gebrechen und drohende Risiken seinen alternden Körper ganz behutsam ab und stellte ihn auf dem Wüstenboden ab. Mac sah dem davonrasenden Wüstenrover nach, der förmlich mit dem dunklen Nichts des hoch aufragenden Goroth-Gebirges zu verschmelzen schien, und stellte sich vor, wie seine einstigen Reisegefährten sich jetzt an der Heckscheibe zusammendrängten und versuchten, noch einen letzten Blick auf ihn zu erhaschen, ehe sie im Dunkel verschwanden.

Trumbull würde vor Wut schäumen. Der Gedanke amüsierte ihn. Er winkte ihnen hinterher.

Zwei Schatten trieben über die nur von Sternenlicht

erhellte Ödnis. Eine tiefschwarze Leere wie ein Negativabzug, eiförmig und vor lauter Missbilligung geradezu vibrierend, und dahinter eine lang gestreckte, schmale Ellipse, die die Dunkelheit förmlich in sich einzusaugen schien. Es war unmöglich, sie anzusehen, selbst wenn man wusste, wonach man suchte. Nur die vage Ahnung einer Bewegung wies darauf hin, dass dort überhaupt etwas war.

»Sie wissen ja sicherlich, nicht wahr, dass diese Aktion gerade das Verantwortungsloseste war, was Sie je getan haben?«, schalt ihn Hero.

»*Och*, das sagst du so oft, dass es überhaupt nichts mehr bedeutet«, gab McLennan zurück.

»Verschone mich mit deinem *Och*, du pseudoschottischer Gartenzwerg. Die Touristen können dich nicht mehr hören, also kannst du ruhig den Kilt ausziehen und dir wieder die Erwachsenenwindeln überstreifen.«

»Aye, hast du eigentlich irgendeinen Timer gesetzt, damit du ja nicht vergisst, mir schön regelmäßig die Ohren vollzunörgeln? Denn ich könnte glatt meine Uhr danach stellen, Herodotus, wirklich, das könnte ich.« McLennan ging vorsichtig in die Richtung, in der seiner Einschätzung nach der Schlitten zum Halt gekommen sein musste. »Du könntest mir wenigstens eine klitzekleine Kerze anzünden, damit ich was sehe«, beschwerte er sich.

»Du könntest dir wenigstens mal wie ein erwachsener Mann Retina-Implantate zulegen, statt hier rumzuheulen wie ein Neandertalerbaby«, erwiderte Hero, aber am Schlitten leuchtete kurz ein kleines rotes Licht auf. Der Intellekt regelte den Tarnmodus runter, und vor McLennan tauchte ein längliches, tränenförmiges, knapp drei Meter langes Fahrzeug auf. Eine Flüssigmetallluke öffnete sich und gab den Blick auf zwei Sitze frei. Auf einem davon lag ein Seesack.

»Ah, supi«, sagte Mac. »Hatte schon befürchtet, den hättest du in der ganzen Eile im Lager vergessen.«

»Ich vergesse nie etwas. Du bist hier derjenige, der darauf besteht, von einem mobilen Fleischklumpen in den nächsten zu springen und keinen davon mit zusätzlichem Erinnerungsspeicher auszurüsten.«

McLennan streifte seine Kleidung ab. Die Hose verfing sich an seinen Schuhen, also musste er sie ebenfalls ausziehen. »Ich nehme mal an, meine Gelmatte hast du nicht eingepackt? Diese Steine sind verflucht scharfkantig.«

Heros Antwort war knapp und missbilligend. »Wenn du mich darum gebeten hättest, dann hätte ich sie mitgenommen, aber das hast du nicht getan, also nein.«

Mac spürte, wie ihn ein Kraftfeld erfasste und ein paar Zentimeter in die Luft hob.

Er stopfte Hose und Hemd hinten in den Schlitten, anschließend zog er einen Overall aus dem Seesack und stieg vorsichtig hinein, erst mit einem Bein, dann mit dem anderen.

»Ich glaube, wir sollten jetzt die Einsatzregeln festlegen, insbesondere was mich betrifft«, sagte Hero, während McLennan den Tarnanzug überstreifte. Als er alle Gliedmaßen darin untergebracht hatte, zog sich der Overall um ihn zusammen und passte sich an. Die nicht genutzte Kapuze schmiegte sich an seinen Nacken.

»Meinetwegen«, sagte er. »Gemäß Artikel drei des Terranischen Kriegsrechts entbinde ich, Admiral Frazer Donald McLennan, dich hiermit von deiner Pflicht, dich an den Friedensbund zu halten, und autorisiere dich, alle notwendigen Maßnahmen zu ergreifen, um während des laufenden Angriffs das Großvolumen vor seinen Feinden zu schützen. Zufrieden?«

»Sehr zufrieden.«

»Dein erster Auftrag lautet, zu Trumbull und diesen nutzlosen Hodensäcken im Rover zurückzukehren und dafür zu sorgen, dass sie sich nicht gefangen nehmen lassen. Ich kann hier schlecht den inkarnierten William Wallace spielen, wenn die Sturm sie erwischen und damit anfangen, ihnen die Fingernägel auszureißen und ganz klassisch auch mal den einen oder anderen Kopf vom Körper zu trennen.« McLennan blinzelte in die Dunkelheit, in die der Wüstenrover verschwunden war, entdeckte aber keine Spur mehr von ihm. Die ausgedörrten Weiten des Sukaurno-Beckens erstreckten sich ringsum endlos weit ins Nichts. Hero wusste sicherlich auf den Millimeter genau, wo sie waren, aber McLennan fragte den Intellekt nicht danach. Er wollte sie nur als lästigen Faktor von der Rechnung streichen, mehr nicht. Er auf der einen Seite. Die Sturm auf der anderen.

»Ich bin nicht der Ansicht, dass die beste Verwendung meiner Fähigkeiten darin liegt, den Babysitter für Professor Trumbulls Bustour durch die Eisensteinwüste zu spielen«, beklagte sich Hero.

»Und mir ist es egal, wie du das siehst. Mit dem Rang sind gewisse Privilegien verbunden, und mein ganz besonderes Privileg ist es, dir zu sagen, dass du deine verdammten Befehle befolgen sollst. Dieses Vergnügen war mir fünfhundert Jahre lang nicht mehr vergönnt, also mach mir das jetzt bitte nicht kaputt. Sorg einfach dafür, dass sie den Sturm nicht über den Weg laufen, bis ich fertig bin. Sobald ich ansatzweise herausgefunden habe, was diese bösartigen Fotzen vorhaben, können wir ihnen den einen oder anderen Klumpen Scheiße ins Getriebe werfen.«

»Fäkalien in die Maschinerie der Humanistischen Republik zu werfen klingt mir nicht nach einem Erfolg verheißenden Schlachtplan«, sagte Hero.

»Aye, aber zumindest fühl ich mich dann besser«, erwiderte McLennan. Er stieg in den Schlitten und setzte sich auf den freien Platz. Es war weniger bequem und enger als in seiner Erinnerung. Schon jetzt schmerzte sein Rücken, und in einem Bein pochte es dumpf. Aber eins seiner Beine pochte immer dumpf. Manchmal sogar beide.

Wenigstens würde der Tarnanzug seine Pisse recyceln. Er verspürte wenig Lust darauf, das Ding mehrmals am Tag aus- und wieder anzuziehen, um Wasser zu lassen.

»Zwei Tage, Herodotus. Mehr brauche ich nicht. Du kannst dich ja in der Zwischenzeit damit beschäftigen, ihr Komm zu knacken.«

Wären sie beide Männer gewesen, hätten sie sich jetzt wohl die Hand geschüttelt.

McLennan erwartete, dass sich der Intellekt zum Abschied ein wenig nach vorn neigte, aber er schwebte nur ein paar Zentimeter fort. »Sie haben kein Back-up Keine Gedächtnisspeicher. Kein Neuralnetz. Nichts«, sagte er. »Wenn Sie jetzt sterben, dann sterben Sie wirklich. Keine Scans. Kein gar nichts. Sie wären einfach weg. Sind Sie ganz sicher, dass Sie es sich nicht noch mal überlegen wollen?«

»So sicher, wie ich mir überhaupt sein kann. Die Sturm haben auch nichts von alldem. Jeden von denen, den wir erledigen, erledigen wir für immer.« Er schaltete das terrainsensitive Kraftfeld des Schlittens ein, und sein Gefährt erhob sich ein, zwei Handbreit höher über den Wüstenboden.

»Und diesmal«, sagte Mac, »habe ich vor, sie alle zu erledigen.«

Sobald sich das Verdeck über Mac geschlossen hatte, schien der Schlitten wieder aus der Wirklichkeit zu verschwinden. Die Fahrt zurück zur *Voortrekker* würde fast die ganze Nacht dauern. McLennan konnte nicht einfach mit voller Geschwindigkeit drauflosrasen – so raffiniert die Tarnsysteme des Schlittens auch waren, bei hoher Geschwindigkeit produzierte er dennoch ausreichend Störungen und Luftverwirbelungen, um die aktiven Sensoren der Sturm zu alarmieren. Also machte er langsam, fuhr kreuz und quer, hielt hier an und scherte dorthin aus und gab sein Bestes, die Bewegungen der nächtlichen Wüstenkreaturen zu imitieren. Rannte wie ein Sandfuchs, flog große, ausgedehnte Schleifen wie ein Erdfalke, kroch träge durchs Becken wie ein Steindrache. Der Schlitten glich seine Hitzesignatur an jedes imitierte Tier an. Das militärische Tarnfahrzeug, auf sein Beharren hin von Miyazaki zur Verfügung gestellt, besaß keinen eigenen Intellekt. Aber seine KI-Systeme waren trotzdem sehr leistungsfähig. Die Annäherung an die *Voortrekker* bekamen sie mühelos geregelt. Den Großteil der Nacht pendelte McLennan zwischen Dösen und Nachdenken und vertraute ganz auf die Frühwarnsysteme.

In einer Hinsicht zumindest, musste er einräumen, hatte Hero recht: Mit Neuralnetz und kortikalen Modifikationen hätte er jetzt auf gewaltige Datenarchive zurückgreifen können. Die Geschichte der Sturm, der Bürgerkrieg, der Rückzug ins Dunkel. Stattdessen musste er auf sein allzu fehlbares menschliches Gedächtnis zurückgreifen, das unter dem Gewicht der Jahrhunderte immer unzuverlässiger zu werden schien, und hatte große Schwierigkeiten, sich an kleinere Details zu erinnern. Sogar der grobe Ablauf des siebenhundert Jahre umfassenden Zeitraums erwies sich als widerspenstig, dabei hatte er diesen Ereignissen einen Großteil seiner wissenschaftlichen Studien gewidmet.

Auf der Grabungsstätte wäre es etwas ganz anderes

gewesen, dort hatte ihm eine umfangreiche Bibliothek zur Verfügung gestanden. Oder, noch besser, in seinem Büro auf dem Haupt-Hab der Universität, wo er auf die gesamten Bibliotheken des Großvolumens zugreifen und jederzeit mit seinen Kollegen auf dem Campus oder via Wurmloch-Link auch mit denen auf der Erde Rücksprache hatte halten können. Aber während er durch die Wildnis des Sukaurno-Beckens flitzte, das seinerseits nur eine kleine Einöde in der sehr viel größeren Einöde der Eisensteinwüste war, fühlte sich Frazer McLennan einsam und verloren. Inzwischen hob sich die schimmernde Halbkugel der hell erleuchteten Grabungsstelle deutlich gegen den dunklen Horizont ab. Die Landungsfähren waren angekommen, und inzwischen würden sie das Lager schon gut gesichert haben.

Seine eigene Arbeit in ihrem geheiligten Dreckswrack hatten sie inzwischen mit Sicherheit schon bemerkt, vielleicht wussten sie sogar schon Genaueres darüber, und bestimmt hatten sie sich ob dieser Blasphemie längst in zornige, selbstmitleidige Rage reingesteigert.

Was für ein erbärmlicher Haufen sie doch waren mit ihrem riesigen religiösen Stock im Arsch und ihrer kostbaren Scheißfrömmigkeit und Reinheit und...

McLennan bremste seine immer finstereren Gedanken aus.

Die Sturm. Er hasste diese Tiere, aber Hass allein reichte nicht aus, um ihnen beizukommen.

Er hatte sie schon einmal zurückgeschlagen. Zu einem hohen Preis, aye, aber geschlagen hatte er sie. Und wenn er diesmal seinen Verstand beisammenhielt, da war er ganz sicher, konnte er sie auch ein zweites Mal erwischen.

Mit geschlossenen Augen erlaubte er sich, ein wenig auszuruhen, ließ die Frage, was er über sie wusste und was er mit diesem Wissen anfangen konnte, erst einmal ruhen und ließ seine Gedanken einfach frei auf Wanderschaft gehen.

Hundert Jahre weit wanderte er in die Vergangenheit, durch die dunkelste Episode der Neuzeit und die helleren Tage einer mühsam erkämpften zweiten Renaissance. Streifte im Vorübergehen Krieg und Erinnerungen und die ewige Frage, was Menschsein inzwischen überhaupt bedeutete. Er selbst war in gewisser Weise ein Erbstück. Dieser alternde Kadaver, in dem er lebte und der ihn, so wie immer, zusehends im Stich ließ, war mit dem identisch, mit dem er in seiner ersten Inkarnation geboren worden war. Natürlich geboren. Auf der Erde auf die althergebrachte Weise gezeugt, weder von Genscheren noch von Modifikationen berührt. Seine Eltern – sie waren schon lange, lange tot – waren weder reich noch mächtig noch auf irgendeine andere Weise bedeutend gewesen. Einfach nur zwei schottische Arbeiter, die im übelsten Bezirk von Glasgow lebten. Und üble Bezirke gab es in Glasgow zuhauf. Für sie hatte es weder Genkorrekturen noch Neuralverbindungen noch eine Live-Verbindung zu einem sicheren Datenspeicher gegeben.

Abrupt schrak McLennan hoch, Hunderte Lichtjahre entfernt vom Schauplatz seiner Jugend, an die er sich nur noch verschwommen erinnerte. Schrak hoch, als wollte er etwas abschütteln. Seine Kindheit vielleicht. Inzwischen erinnerte er sich kaum mehr daran. Nicht einmal an die Gesichter seiner Eltern. Eher als an konkrete Ereignisse erinnerte er sich an sein allgemeines Lebensgefühl – finster und trostlos – und seine Flucht, die ihm dank eines Stipendiums der Wohlfahrt gelungen war. McLennan strich sich übers Gesicht, spürte die grauen Stoppeln unter seinen trockenen Fingern und rieb sich den Schlaf aus den Augen. Ein breiter, hell leuchtender Streifen aus Sternen zog sich quer über den Nachthimmel. Kurz fragte er sich, ob sich die Erde irgendwo in diesem sanft schimmernden Fluss verbarg. Er hatte es nie überprüft.

Regierten dort jetzt Gewalt, Chaos und Wahnsinn? Wenn die Republik keinen aufsehenerregenden neuen Antrieb entwickelt hatte, befand sich die Erde von hier aus gesehen noch immer zwei Jahre und viele Sprünge weit entfernt. Aber Mac befürchtete, dass die Sturm einen Vernichtungsschlag entfesselt hatten, vielleicht sogar deren zwei, und zwar, indem sie genau die Schwachpunkte ausgenutzt hatten, vor denen er schon vor Jahrhunderten warnte – erfolglos.

Sein Herz wurde langsamer, setzte vielleicht sogar einen Schlag aus.

War es seine Schuld?

Habe ich den Sturm einen Schlachtplan an die Hand gegeben?

Auf jeden Fall hatte er das Netz aus Nullpunkt-Wurmlochverbindungen und die immer weiter verbreitete Gewohnheit, selbst die grundlegendsten Fertigkeiten einfach als Code zu laden, als gefährlich ungeschützte mögliche Einfallstore identifiziert. In McLennans Augen waren die Risiken ganz offenkundig. Unterbindet den Zugriff der Leute auf ihre Codes oder grillt ganz einfach die großen Datenknoten, und schon waren alle, die nicht auf natürlichem Weg ausgebildet waren, so nutzlos wie gehäkelte Kondome. Schleust einen Virus in das Nullpunkt-Netzwerk, und es verbreitet sich in Echtzeit über das gesamte von Menschen besiedelte Großvolumen. Ein Vernichtungsschlag, genauer gesagt, eigentlich eine Enthauptung, denn ein solcher Angriff würde vor allem die Elite der Konzerne und Regierungen erwischen. Nur sie konnten sich die irrwitzigen Kosten der virtuellen Omnipräsenz und Unsterblichkeit leisten.

»Haben wir Kaffee? Ich brauch welchen«, sagte McLennan. Selbst in seinen eigenen Ohren klang er noch älter, als er war.

»Der Intellekt hat das vorausgesehen«, antwortete der Schlitten. »In der mittleren Konsole befindet sich eine Thermoskanne mit ungesüßtem schwarzem Kaffee mit einem doppelten Schuss Whiskey.«

Mac fand den Kaffee und dazu eine Packung Shortbread zum Eintunken. Er schraubte den Deckel der Thermoskanne auf und trank daraus. Es war dasselbe Gefäß, das er auch auf der Grabungsstätte benutzt hatte. Das Gemisch aus Kaffee und Whiskey knallte übel in seinem leeren Magen, und er aß ein paar Kekse hinterher. Es war die erste Nahrung, die er seit dem Marmeladensandwich vor fast zwölf Stunden zu sich nahm. Seinem Bauchgefühl gehorchend, griff er noch mal in das Fach und zog eine Isoliertasche heraus, in der er ein Brötchen fand, schon ein bisschen altbacken, aber noch essbar und dick mit gebratenem Ziegenfleisch und HP-Sauce belegt. Leise murmelte er einen Dank an Herodotus.

»Ich werde Ihr Lob weitergeben, sobald wir eine sichere Verbindung aufbauen können«, sagte die KI.

»Du hältst mal schön die Klappe und lässt mich nachdenken, du redender Dildo«, sagte Mac.

Es war möglich, nahm er an, dass die Sturm ihre Rückkehr von so langer Hand geplant hatten, dass ihre Agenten erhebliche Teile des Großvolumens infiltriert hatten. In den äußeren Systemen war das keine sonderlich anspruchsvolle Aufgabe, allerdings wurde es schwieriger, je näher man der Erde kam, vor allem, wenn sie auch die TST, die terranische Regierung oder die Hohe Börse anvisiert hatten. Schwierig, aber nicht unmöglich.

Ihm war übel bei dem Gedanken, dass womöglich er es gewesen war, der irgendeinen Spion der Republik auf die

Idee für diesen Angriff gebracht hatte, aber er verschwendete nicht viel Zeit damit, sich als Idioten zu beschimpfen. Die Sturm waren hier. Wenn sie hier waren, dann waren sie auch woanders, wahrscheinlich sogar überall, um zu verhindern, dass sich die Streitmächte des Großvolumens gegen sie vereinigten. In einen galaktischen Krieg, selbst einen mit kleineren Ausmaßen, stürzte man sich nicht so gedankenlos wie ein Besoffener, der fröhlich mitten durch eine Wiese voller Kuhfladen latscht. Sie hatten geplant. Sie hatten sich vorbereitet. Und sie hatten Informationen eingeholt. Vielleicht war einer von ihnen auf einer der vielen Konferenzen und Meetings gewesen, auf denen er vergeblich versucht hatte, die terranische Regierung davon zu überzeugen, das verwundbare Nullpunkt-Netzwerk besser zu schützen.

Aber – na und?

Er war mit seinen Befürchtungen nicht allein gewesen. Es hatte Konferenzen und Papers und Gespräche gegeben. Die Jawaner hatten sich während des Kriegs mit den Armadalen sogar an so etwas Ähnlichem wie einem Nullpunkt-Nanophagenschlag versucht, wenngleich in bescheidenerem Ausmaß. (Eine Strategie, die sie rasch zu den Akten gelegt hatten, als ihnen die anderen Häuser der Börse den Krieg zu erklären drohten.)

Frazer kaute auf einem Bissen Sandwich herum und blickte durch das transparente Verdeck zu dem breiten Pinselstrich der Milchstraße hinauf. Hier war er so viel heller als von der Erde aus betrachtet.

Es spielte keine Rolle, befand er, was die Sturm auf diese Idee gebracht hatte. Gut möglich, dass sie sogar selbst darauf gekommen waren. Wichtig war nur, sie zurückzuschlagen.

Aber wie fing man das an?

Seiner Schätzung nach hatten sie gut und gern an die

sechsundneunzig, vielleicht sogar siebenundneunzig Prozent des Militärs ausgeschaltet.

Und die gesamte Führungsetage.

Die Hohen Räte und Parlamente und Behörden des Volumens wurden genau in diesem Augenblick von einem unnatürlichen, blutgierigen Schwarm völlig durchgeknallter mörderischer Wahnsinniger wie Prinz Pac Yulin überrannt. Und viele von denen, die womöglich noch aufrecht standen und das Kommando übernommen hatten, waren wahrscheinlich nicht einmal mehr in der Lage, sich selbst die Schuhe zuzubinden.

23

EASSAR WAR EIN FABRIK-HAB des Yulin-Irrawaddy-Kombinats, Klasse C. Es gab siebzehn unterschiedliche Docks, die unterschiedlichen Aufgabenbereichen zugeordnet waren. Die *Je Ne Regrette Rien* hatte in Nummer 13 angedockt, hier wurden Nahrung und Wasser angeliefert. Obwohl Eassar alles Verwertbare recycelte, einschließlich der toten oder ausgemusterten Körper der Bewohner, war das Hab auf regelmäßige Lieferungen von außerhalb angewiesen. Die Plantagen auf Batavia, sämtlich von Sträflingskolonien bewirtschaftet, waren für einen Großteil dieser Importe zuständig, aber es kamen auch einige Langstreckenschiffe von anderen Systemen hierher. Batavia steckte in Phase zwei der Kolonialisierung. Es würde noch mehrere Jahrzehnte dauern, bis man dort Luxusgüter beziehen konnte, die über, sagen wir mal, kleine Lieferungen frischer Meeresfrüchte für das obere Management hinausgingen.

Die Zollbeamten, die auf Docks wie Nummer 13 den Warenein- und ausgang kontrollierten, waren noch korrupter als ihre Hab-Kollegen anderswo, ungeachtet der drastischen Strafen für Korruption, die im Yulin-Irrawaddy-Volumen verhängt wurden. Das Kombinat lief wie alle anderen kriminellen Syndikate der Menschheitsgeschichte zur bestialischen Höchstform auf, wenn es darum ging, sich vor der kriminellen Konkurrenz zu schützen. Pech für die vereinten Häuser Yulin und Irrawaddy, dass die Beamten, die mit der Durchsetzung der

Gesetze beauftragt waren, sich zugleich in der denkbar günstigsten Position befanden, um sie zu brechen.

Immer, verdammt noch mal immer und überall dasselbe, dachte Seph. Als sie damals endlich den Klauen der Wohlfahrt entkommen war, hatte sie eine Bande von Hab-Ratten angeführt, die für einen betrügerischen Expedienten auf Coriolis arbeitete. Der Typ hatte ihnen Bescheid gegeben, wenn was Gutes reinkam, und dafür gesorgt, dass sie ein Schlupfloch fanden. Sie hatte schon früh gelernt, dass nicht unbedingt derjenige das Sagen hatte, dem all die Waffen und Schiffe gehörten. Das hatte ihr Cinders beigebracht. Der Typ, der das Ladungsverzeichnis abhakt, *das* ist derjenige, der Sachen ins Rollen bringen kann.

Sie hatten mit einer kleinen Palette Alkoholika von der Erde an der 13 angedockt. Der richtig gute Scheiß. Das Zeug stammte von einem Börsentypen auf Coriolis, der die Fässer mit französischem Brandy und Kentucky-Bourbon von einer größeren Lieferung abgezweigt hatte, die Richtung Cupertino unterwegs gewesen war. Diese reichen Arschlöcher würden es nicht vermissen, und für Seph und ihre Crew bot es die passende Tarnung für ihren eigentlichen Deal: das Treffen mit den Yaks. Soweit sie wusste, befanden sich die Fässer noch immer im Laderaum, minus einiger Flaschen, die der zuständige Zollbeamte sicherlich für sich selbst abgefüllt hatte.

Er war inzwischen vermutlich tot.

Dock 13 gehörte jetzt den Sturm.

»Was zum Henker machen diese stolzen Nazis eigentlich außerhalb einer Horror-Sim?«, flüsterte Ariane und winkte Seph und Coto zu, damit sie wieder in Deckung gingen. Der Sex-Distrikt, die Bars und billigen, aufeinandergestapelten Wohnkapseln waren Zollstationen, Lagerhallen und ein bisschen Leichtindustrie gewichen, während sie Jula auf verschlungenen Schleichwegen

Richtung Docks folgten. Im Augenblick hockten sie hinter einem mit Soylent-Konzentrat vollgestopften Lagerhaus und beobachteten die Schocktrooper, die die Anlage bewachten.

»Coto«, flüsterte Ariane und drehte sich trotz der Enge zu ihm, um sicherzugehen, dass er sie gehört hatte. »Glaub mir, du willst nicht da rausgehen und denen dein sexy Schädelhorn präsentieren. Bleib bloß in Deckung, Freundchen.«

Sephina quetschte sich an ihrem riesigen Schiffsgefährten vorbei und verpasste ihm dabei einen tröstenden Klaps auf den Rücken. »Ganz ruhig, JC. Ich sehe mir das mal an.«

»Ich könnte sie einfach umlegen«, sagte Coto. »Spart uns später Zeit.«

»Ja, gute Idee, ich weiß, aber wenn du einen von diesen paleofaschistischen Irren umlegst, hast du danach einen zehn Jahre langen interstellaren Krieg mit der ganzen Sippe aus blutgeilen Genozid-Arschgeigen am Hals. Versuchen wir doch, ob wir den Teil nicht überspringen und einfach da weitermachen können, wo wir uns mit der geklauten Yakuza-Kohle aus dem Staub machen und die ganze Arbeit, der Herrenrasse in den Arsch zu treten, anderen Leuten überlassen.«

»Okay«, sagte Coto. »Das ist auch eine gute Idee.«

Ein paar Minuten lang beobachteten sie die Soldaten am Kontrollpunkt und versuchten einzuschätzen, wie viele Leute die Sturm für Dock 13 eingeteilt hatten. Ringsum wütete die Schlacht um Eassar, noch immer erhellten Schüsse die weite Krümmung des Habs. Aber diesen Bereich hier schienen die Invasoren bereits erobert zu haben. Vor den gewaltigen Toren der 13 hockte eine riesige, vor Waffen starrende Landefähre. Der Durchgang war offen, und eine ganze Einheit Soldaten in schwarzen Kampfanzügen bewachte ihn. Es war, als hätten sie sich in eine Geschichts-Sim eingestöpselt. Die schwarzen Uniformen erkannte man sofort wieder, obwohl sie sich seit dem Design aus der Bürgerkriegszeit deutlich weiterentwickelt hatten. Gegen die Uniformen etwa der Terranischen Diplomatievollstrecker oder der schweren Infanterie größerer Konzerntruppen wirkten sie vergleichsweise leicht gepanzert, aber Panzerung und Waffen reichten trotzdem aus, um jede Lust darauf, sich mit ihnen anzulegen, im Keim zu ersticken.

»Ich glaube nicht, dass wir uns den Weg freischießen können«, sagte Seph leise.

Fahrzeuge waren weit und breit nicht zu sehen, aber ab und zu kamen Leute zu Fuß auf die Soldaten zu, die Hände erhoben. Die Sturm behandelten sie mit Argwohn, brüllten die Hab-Ratten – und es waren alles Hab-Ratten – auf die gute altmodische Weise an und befahlen ihnen, sich bäuchlings auf den Boden zu legen, Arme und Beine so weit ausgestreckt wie möglich. Dann näherte sich ihnen ein einzelner Soldat und scannte sie mit einem kleinen mobilen Gerät, während die anderen die Waffen auf die Hab-Ratten gerichtet hielten.

»Laserzielvorrichtungen«, sagte Ariane erstaunt. »Scheiß die Wand an. Die benutzen doch echt Laser als Zielhilfe. Wahrscheinlich für ihre Speere und Pfeile.«

»Nein«, sagte Sephina. »Ich glaube, dass Lasermarkierer den Leuten eine Scheißangst machen. Damit zeigen sie ihnen, dass jemand auf sie zielt und sie in Fetzen gerissen werden, wenn sie auch nur das kleinste bisschen zucken.«

Sie sahen sich die ganze Pantomime dreimal an: Ein Hab-Bewohner näherte sich vorsichtig den Sturm, ließ die Überprüfung über sich ergehen, sprach mit dem Soldaten am Kontrollpunkt und wartete. Nach etwa einer

Minute löste sich aus dem Pulk ein Trupp von drei bis vier Mann und ging fort, angeführt von der Hab-Ratte.

»Ist nicht schwierig zu erraten, was die da machen«, sagte Ariane verächtlich.

»Eigentlich«, brummte Coto, »ist es ganz schön schwierig ...« Unsicher verstummte er.

»Sie helfen den Sturm, weil sie das Kombinat hassen«, erklärte Jula dem gehörnten Riesen. »Alle hassen das Kombinat. Sieh mal.« Sie zeigte mit der freien Hand, wohin er sehen sollte, mit der anderen hielt sie einen von Jaddi Cotos gewaltigen Fingern umschlossen.

Drei Soldaten kamen am anderen Ende des Docks um eine Ecke gelaufen, angeführt von einem Bewohner. Seph brauchte keine näheren Informationen und auch keine Datenverbindung, um zu wissen, dass er ein Bewohner war: Er hatte das bleiche, untergewichtige, leicht gebückte, fast insektenhafte Aussehen von jemandem, der auf den Platten geboren worden war. Mangelernährung, nur durch Rotation erzeugte Gravitation und die ständige Not eines Lebens am unteren Ende der Kombinats-Nahrungskette beugten früher oder später jedem den Rücken.

Der Gefangene hingegen bot ein ganz anderes Bild.

Seph erkannte ihn sofort als Mitglied der leitenden Elite, vielleicht war er sogar ein Erbe. Keine Spur von gebeugten Schultern oder einem krummen Rücken. Aber die übliche Arroganz lag nicht in seinem Schritt, dafür war er zu verängstigt. Seine Arme waren an Handgelenken und Ellbogen auf den Rücken gebunden, und ein- oder zweimal stolperte er, als wäre er nicht ganz sicher auf den Füßen. Das passierte, wenn das Herz vor lauter Angst wie verrückt raste und das Reptilienhirn einen wilden Cocktail aus Stresshormonen direkt in den Blutkreislauf pumpte. Sie fragte sich, warum er sich nicht selbst eine Dosis stresslindernder Substanzen verpasst hatte, um diesem Wirbelsturm aus Neurotransmittern entgegenzuwirken, aber es war angesichts der Situation nicht ihre drängendste Frage, und sie vergaß sie rasch wieder. Der Mann war teuer gekleidet und wohlgenährt, sein Phänotyp nordischer Standard.

»Was macht der Wichser denn in diesem Teil des Habs?«, fragte Ariane.

»Hat sich vielleicht in einer Fickkapsel amüsiert«, spekulierte Sephina. »Aber wahrscheinlicher ist, dass er irgendwo die Buchführung überprüft hat, um sicherzugehen, dass die Ersten Familien ihre 45 Prozent Standardprovision vom Bruttoeinkommen der Bordelle bekommen.«

»Bah. Der sollte sich mal einen richtigen Job besorgen.«

»Zum Beispiel als Weltraumpirat?« Seph lächelte.

»Weltraumpirat zu sein ist ein sehr guter Job«, sagte Coto.

»Kann ich auch Weltraumpirat werden?«, fragte Jula hinter dem riesigen Hybriden.

»Süße, wir machen aus dir die beste Weltraumpiratin aller Zeiten«, versprach ihr Ariane. »Sobald wir von dieser Konserve runter sind.«

Sie waren nicht die Einzigen, die die Docks beobachteten. Seph sah sich sorgfältig in der Straße um und entdeckte ein paar weitere Leute, die sich die Show gaben. Die Soldaten schien das Publikum nicht weiter zu stören. Die Waffensysteme der Landefähre hatten wahrscheinlich längst sämtliche möglichen Störenfriede erfasst. Seph und ihren Trupp eingeschlossen.

Sie zog sich ein Stück hinter das Gebäude zurück.

Ein Schuss krachte, und Ariane zuckte fluchend von ihrer Beobachtungsposition an der Hausecke zurück.

»Was ist passiert?«, fragte Seph, die gerade nicht hingesehen hatte.

Ariane spähte wieder um die Ecke. »Sie haben ihn erschossen«, sagte sie, ehe sie hinzufügte: »Kopfschuss. Sie haben ihm einfach einen Kopfschuss verpasst. Ohne jeden Grund.«

»Oh, ich bin sicher, dass sie ihre Gründe hatten«, sagte Seph. Sie setzte sich in Bewegung, während sie zugleich Coto signalisierte, sich mit Jula noch weiter zurückzuziehen. Sie und Ariane schoben sich etwas linkisch aneinander vorbei.

Der Gefangene lag zuckend auf dem Boden, und ein Schocktrooper, vermutlich ein Offizier, steckte gerade seine Waffe weg. Mit der anderen, in einem schweren Handschuh steckenden Hand klopfte er der verräterischen Hab-Ratte auf die Schulter, dann deutete er auf die Leiche, und der Mann schoss los, um den Toten zu durchsuchen. Er fand ein bisschen Kleinkram in dessen Taschen und zeigte sie den Sturm, die mit den Schultern zuckten und abwinkten. Zwei Soldaten packten den Toten an den Füßen und schleiften ihn davon. Die fast kopflose Leiche hinterließ eine dunkel glänzende Schleifspur.

Die Hab-Ratte winkte den Soldaten zum Abschied zu, und sie winkten zurück.

»Nette Gegend, das«, sagte Ariane.

»Meine Mama fand es nicht gut, wenn ich hierhergekommen bin«, flüsterte Jula.

Seph betrachtete die anderen Anwohner, die aus Fenstern und Hauseingängen zusahen und sich genau wie sie selbst an den Ecken der Hauptstraße und in diversen Seitengassen zusammendrängten. Ein paar zeigten auf die Soldaten. Einer applaudierte sogar. Niemand schien besonders betroffen wegen des Mordes zu sein.

»Die Kombies sind hier nicht besonders beliebt«, sagte

Seph. »Na kommt. Die lassen uns auf gar keinen Fall durchs Haupttor, nicht, wenn wir Coto dabeihaben. Jetzt kannst du dir deinen ersten Piratenorden verdienen, Jula. Zeig uns, wie du und deine kleinen Freunde dort reinkommen.«

»Es gibt Orden?«, fragte Coto. »Wieso habe ich keinen?«

Wie sich herausstellte, war das Hauptproblem nicht, zur *Regret* zu gelangen. Das Problem war, mit der *Regret* von Eassar wegzukommen. Jula führte sie zwei Minuten lang durch die kleinen Gassen, bog hier links ab und dort rechts und brachte sie immer tiefer in das Labyrinth des leichten Industriegebiets mit seinen zahlreichen Lagerhallen, ehe sie schließlich hinter einer Verzollungsstation stehen blieb.

»Hier bewahrt Mister Shinobi seinen ganzen Alk auf«, sagte sie. Jula erklärte ihnen nicht, wer Mister Shinobi war, aber sie zog einen kleinen schwarzen Kasten aus der Tasche und drückte ihn auf das Schloss der Plastikstahl-Tür. Mit vernehmlichem metallischem Klacken öffneten sich die Magnetschlösser, und sie trat einen Schritt zurück. »Manchmal funktioniert es nicht, und dann bekommt man einen Stromstoß«, erklärte sie.

»Von hier an übernehmen wir, Kleine«, sagte Sephina und zog ihre Dragon. »Was ist dort drinnen?«

»Nur Zeug für Mister Shinobis Bordelle und Bars. Alkohol und Drogen und solches Zeug, du weißt schon.«

Die drei Erwachsenen sahen einander schweigend an, und jetzt zogen auch die beiden anderen ihre Waffen. Falls Shinobi eine Art Geschäftsmann war, würde er dieses Lager besser gesichert haben als nur durch ein Magschloss mit einer unzuverlässig funktionierenden, eher harmlosen Falle.

Aber sie irrten sich.

Jula bedachte ihren Argwohn mit einem Augenrollen. »Die ganzen *Gunsotsu* kämpfen gerade gegen die Sturm. Und gegen die Hab-Sicherheit. Und die Wahnsinnigen«, sagte sie.

Seph musterte sie mit zusammengekniffenen Augen. »Jula, hat dieser Mister Shinobi etwa für die Yakuza gearbeitet?«

»Nein. Mister Shinobi *war* die Yakuza. Er war der Boss hier auf den Platten. Aber er ist verrückt geworden. Er hat versucht, alle anderen aufzufressen. Das hier hat ihm gehört.« Sie hielt den Magnetschlüssel in die Höhe. Jetzt erst fiel Sephina auf, dass er blutverschmiert war. Julas Finger waren fleckig, als klebte Kirschsaft daran.

Seph warf Ariane einen außerordentlich vielsagenden Blick zu. »Na, das ist ja einfach super«, sagte sie. »Das Kind gehört zu den Gumis.«

Ariane winkte ab. »Pffft, als ob die uns noch mehr hassen könnten. Und du hast wohl schon ganz vergessen, dass wir auf Coriolis für die Russen gearbeitet haben. Auf den Platten tut man, was man tun muss, Seph.«

»Cinders nicht.«

»Und wo ist Cinders jetzt? Wahrscheinlich Futter für die Faultanks, so wie Shinobi.« Ariane wandte sich an das Mädchen. »Jula, Schatz, wo lang jetzt?«

Sie führte sie mitten durchs Lager. Zu jeder anderen Zeit wäre Seph versucht gewesen, den Laden auszuräumen oder wenigstens ein paar ausgewählte Proben mitzunehmen. Sie liefen zwischen schwerbeladenen Paletten voller vakuumversiegelter Medikamente und sechzig Jahre altem tasmanischem Whiskey entlang. Sie roch Cannabis und Jujakraut. Coto schnappte sich eine Kiste mit echten jamaikanischen Zigarren, und Ariane steckte im Vorbeigehen eine kleine Flasche Chanel-Pheromonkonzentrat ein.

»Für später, wenn wir ein bisschen mehr Zeit haben.« Sie grinste. Ihr machte das Ganze offenbar Spaß.

Seph spürte, wie ihr Körper darauf reagierte, wie er immer reagierte, wenn Ariane sie so ansah, aber sie schüttelte es ab. »Erst müssen wir hier weg«, erinnerte sie die anderen.

Jula führte sie nach oben zu einer Zwischenetage und von dort aus an mehreren Büros und Lagerräumen vorbei. Sie wirkte hier völlig heimisch. Schließlich kletterten sie über eine Leiter aufs Dachgeschoss hinauf, und während die anderen geduckt liefen, musste Coto dort oben auf dem Bauch kriechen. Fünfzehn Minuten lang durchquerten sie einen Irrgarten aus miteinander verbundenen Gebäuden, und Seph verlor völlig die Orientierung, bis sie endlich wieder hinabstiegen und auf Plattenhöhe in einer Art Maschinenhalle landeten. Jula ging zu einer Tür. »Bucht sieben«, verkündete sie.

Sephina wischte ein verdrecktes kleines Guckloch sauber und lächelte, als sie hindurchsehen konnte.

Die *Je Ne Regrette Rien*.

»O Baby, wir sind wieder da«, sagte sie.

Von hier aus hatten sie keinen guten Blick auf das Dock. Immerhin sah Sephina, dass das Schiff nicht mehr in der Klammer hing. Genau genommen sah es aus, als wäre es startklar, und ihr Herz setzte ein oder zwei Schläge aus. Auf gar keinen verdammten Fall würden Banks und Kot sie jemals im Stich lassen, aber bei dem Anblick der *Regret*, die mit blinkenden Startlichtern und leise summendem Kraftfeld in ihrer Bucht schwebte, befiel sie trotzdem kurz Misstrauen. Der Argwohn eines Kindes, das zu oft erfahren hatte, dass es zum natürlichen Lauf des Lebens gehörte, im Stich gelassen zu werden und Verluste zu erleiden.

Dann passierte einiges auf einmal.

Coto verkündete: »Wir können wieder mit dem Schiff

reden«, und winkte Falun Kot zu, der unter dem gewölbten Kuppelverdeck der *Regret* auf dem Pilotensitz saß. Kot winkte zurück. Hektisch.

Die nächstgelegenen Türen hinten im Verladebereich am Heck des Schiffs glitten auf, wegen des Druckausgleichs zischte es laut.

Und nur wenige Meter von ihnen entfernt standen zwei Schocktrooper, die Seph eben noch nicht hatte sehen können, hoben die Waffen und fingen an, Obszönitäten zu brüllen, vor allem, dass sie ihre Scheißwaffen fallen lassen und die Scheißhände hochnehmen sollten.

Dann trat Coto ganz in die Landebucht hinein, und sie hörten mit dem Gebrüll auf und fingen an zu schießen. Zwei hellorange gleißende Ströme automatischen Plasmafeuers richteten sich auf ihn und fraßen blitzschnell das Nanogewebe seines Mantels auf, und er brüllte vor Schmerz und Wut auf. Seph gab zwei Schüsse aus der Dragon ab, die die Trooper zurückwarfen, aber keinen nennenswerten Schaden anrichteten. Immerhin jedoch brachten die Treffer sie aus dem Gleichgewicht, und die Plasmastrahlen aus ihren Waffen schmierten ab und richteten sich nach oben, wo sie tiefe Löcher in das dichte Gewirr aus Kabeln und Rohren fraßen. Explosionen donnerten, gefolgt von Alarmsirenen. Im nächsten Moment strömte aus alle Richtungen Löschgas, und eine volle Sekunde lang war Seph taub für alles andere bis auf den tiefen, donnergleichen Bass von Kanonen: Die *Regret* hatte die Trooper mit den Bordgeschützen unter Feuer genommen. Die wild umherpeitschenden Plasmastrahlen verloschen so plötzlich, als hätte man sie ausgeknipst, und ebenso plötzlich verschwanden die Trooper, die sich in rosa Nebel verwandelt hatten.

»Lauft!«, schrie Seph, aber sie alle hetzten bereits auf die offene Schiffsluke zu.

Durch Lautsprecher verstärkte Stimmen brüllten auf Altstandard, sie sollten sich ergeben und ihre Waffen fallen lassen, und zugleich folgte ihnen eine Flut aus Betäubungsgeschossen und Plasmastrahlen durch den Nebel aus Löschgasen und dem plötzlich aus den Kühltanks der *Regret* strömenden Dampf.

Coto sprang vor Sephina, brachte seinen riesigen gepanzerten Körper zwischen sie und die Sturm. Aber sie glaubte nicht, dass er auch länger als ein paar Sekunden überleben würde, wenn sich die Sturm mit ihren militärischen Waffen erst einmal auf ihn eingeschossen hatten.

»Rein mit dir ins verfluchte Schiff, Coto«, brüllte sie ihm über den tosenden Lärm zu und trat ihm zur Sicherheit in seinen gewaltigen Hybridenarsch. Sie gab zwei weitere nutzlose Schüsse gen Heck ab, sah Ariane ins Schiff springen und verspürte einen ganz leichten Anflug von Beruhigung. Es würde klappen, sie würden es an Bord schaffen.

Ariane sprang wieder aufs Deck hinaus und rannte zurück ins Kreuzfeuer. »*Jula!* Wo steckst du, Baby?«

»Oh, verfickte Scheiße noch mal, *nein*!«, schrie Seph auf. Sie wirbelte herum und rannte los, fort von der lockenden Sicherheit. Ariane stand fast reglos da, eine Hand ans Ohr gehoben wie irgendeine dämliche Figur aus einer alten Sim. Die verrückte Lady, die im verfluchten Moor herumspukt, sucht in Nebel und inmitten der nächtlichen Schrecken nach ihrem ...

»Ariane, schaff den Hintern auf das verdammte Schiff!«, schrie Sephina.

Aber ihre Worte gingen in dem apokalyptischen Gebrüll der Bugwaffen der *Regret* unter, die jetzt zum Leben erwachten und die Sturm unter Feuer nahmen. Die beiden TenixAMD-Kanonen, beide mit drei rotierenden Läufen bestückt, die pro Minute auf tausend Umdrehungen kamen, erbrachen einen dichten Strom aus supergehärteten Hexa-Bor-Nitridprojektilen, beschleunigt auf einen kleinen, aber effektiven Bruchteil der Lichtgeschwindigkeit. Natürlich war alles effektiv, was einen auch nur mit einem kleinen Bruchteil der Lichtgeschwindigkeit erwischte, wegen dieser ganzen Sache mit Masse, Geschwindigkeit und Energie und so weiter.

Die Trooper lösten sich auf, wurden von den winzigen Projektilen, die ihre kinetische Energie auf alles übertrugen, was sie trafen, förmlich atomisiert. Fleisch, Blut, Panzerung, Schott, Carbonplatten, Plastikstahl, aus was auch immer die schwere Landefähre der Sturm bestehen mochte, alles wurde in diesem kleinen Sturm aus entfesselter Relativitätstheorie in seine Bestandteile zerlegt.

Das Getöse holte Seph von den Füßen. Hitze und grelles Licht versengten ihre ungeschützte Haut, und einen Moment lang war sie blind. Kämpfte sich zurück auf die Füße und beugte sich vor in den brüllenden Wind, der an ihrem verbrannten Gesicht zerrte und den zerfetzten Mantel um ihren Körper flattern ließ.

Banks, dieser durchgeknallte Scheißkerl, hatte geradewegs quer durch das Hab geschossen. Durch die geschlagene Wunde strömte Eassars Atmosphäre zischend ins All hinaus.

»*Ariane!*«

Wieder verlor sie den Boden unter den Füßen, diesmal dank Coto, der sie packte und zur *Regret* zurücktrug.

»Coto, nein! Lass mich runter! Ich muss Ariane suchen.«

Und da war sie auf einmal.

Ihre Schiffsgefährtin und ihre Seele. Ihre große Liebe. Sie rannte vom anderen Ende der Bucht auf die *Regret* zu, das Mädchen über ihre Schulter geworfen.

»Beeil dich!«, schrie Seph ihr durch das Getöse zu.

Ariane sah auf, erblickte ihre Geliebte und strahlte sie an.

Sie liebte diesen Scheiß.

Ein halbes Dutzend Laserpunkte richtete sich auf ihre Körpermitte.

Seph versuchte eine Warnung zu schreien, aber vor Entsetzen brachte sie keinen Ton heraus. Es war, als hätte sich eine unsichtbare Hand um ihre Kehle geschlossen. Der wilde Triumph und die Freude in Arianes Gesicht wichen Verwirrung, als sie die Laserzielpunkte bemerkte. Verwirrung wurde zu schierer Panik, als sie sah, dass zwei der Laserpunkte auch Jula erfassten.

Die Sturm feuerten, aber sie bewegte sich mit animalischer Gewandtheit, wich ihren Jägern mit blitzschnellen, fließenden Bewegungen aus, denen man mit bloßem Auge nicht folgen konnte. Sephs Herz schmerzte vor Erleichterung. Ariane war ein lebendig gewordener Funken. Eine körperlose, schimmernde Bewegung. Sie fädelte sich durch das dichte Gewebe aus weißglühenden Plasmastrahlen, als könnte sie stundenlang so tanzen. In diesem Augenblick war ihre Geliebte so wunderschön, wie Sephina L'trel sie noch nie zuvor gesehen hatte.

Und dann starben Ariane und Jula im Feuer dreier sich kreuzender Plasmastrahlen.

24

In all den Büchern, die Alessia gelesen hatte – echte Bücher aus Papier und Tinte, seltene und kostbare Erbstücke von Alt-Erde –, war es immer am allerspannendsten gewesen, wenn ihre Lieblingsfiguren Hals über Kopf vor tödlichen Gefahren flohen. Häufig hatte Lady Melora sie dabei erwischt, wie sie lange nach ihrer Schlafenszeit noch las, das Licht gelöscht, die Seiten nur schwach erleuchtet vom Licht einer winzigen Kolibri-Drohne unter ihrer Bettdecke. Es war nicht leicht einzuschlafen, wenn Frodo und Sam Gefahr liefen, von Shelob der Spinne gefressen zu werden, oder wenn Reiko und Órlaith Seite an Seite den Kannibalenhorden von Pyongyang entgegentraten. Diese Abenteuer waren wundervoll aufregend. Sie hatten sie begeistert.

Dieses Abenteuer hingegen war nichts anderes als eine riesengroße Scheiße.

Manchmal krochen sie, manchmal rannten sie durch die immer dunkler werdenden Straßen – manche voller Menschen, manche vollkommen leer –, und immer saß ihnen die Angst im Nacken, dass die Soldaten sie fanden. Sie durch die Stadt jagten. Allein das war für Alessia eine ganz neue Vorstellung, die zu begreifen ihr schwerfiel. Sie war ihr Leben lang von Soldaten umgeben gewesen. In Skygarth hatte es immer mehr als hundert Wachen gegeben, in den Baracken in Port au Pallice sogar noch viel mehr. Und wenn sie an den Hof reiste, waren dort sogar noch mehr von ihnen, Tausende Soldaten, die geschworen hatten, ihr Haus und sie selbst unter Einsatz ihres Lebens zu beschützen.

Und jetzt auf einmal war die ganze Welt voller Soldaten, die entschlossen waren, sie zu töten, und der einzige Soldat, der ihr geblieben war, war Sergeant Reynolds.

»Wartet hier, kleine Lady«, warnte er sie, als sie irgendwann in einer kleinen Nebenstraße kauerten, die sich zu einer großen, vor Menschen wimmelnden Piazza öffnete. Sergeant Reynolds hatte aufgehört, sie »Euer Hoheit« zu nennen. Es war zu gefährlich.

Die Piazza vor ihnen war groß, aber nicht die größte Piazza in Port au Pallice. Alessia war hier schon oft gewesen und hatte Paraden, Reden und Stadtfesten und sogar Märkten beigewohnt. In der Mitte der Piazza stand eine Bronzestatue, die den Gründer ihres Hauses darstellte, Louis Montanblanc; er hatte einen Fuß auf einen Fels gestellt und deutete auf den Horizont. Die Statue stellte ihn einfach als Louis dar. Nicht als Präsident und Vorsitzenden der Montanblanc-ul-Haq-Allianz der Korporationswelten. Einfach nur Louis, Gründer eines Asteroidenminen-Start-ups. Ein junger Mann in seiner zweiten Spanne, der gerade im Begriff war, den Grundstein eines der großen Hohen Häuser zu legen.

Louis konnte sie von hier aus nicht sehen. Aber vor der Bühne, auf der am Wochenende auf den Märkten Musiker aufspielten, hatte sich eine Menschenmenge versammelt. Allerdings versperrte ihr Sergeant Reynolds die Sicht, er hatte sie und Caro mit einem Arm hinter sich geschoben.

Debin schlüpfte unter dem ausgestreckten Arm hindurch, um besser zu sehen. »Das sind sie. Die Sturm«, sagte er und drehte sich zu ihnen um. Seine Augen waren rot, und ihm lief die Nase, aber er weinte nicht mehr. Sie alle waren zu erschöpft und, ehrlich gesagt, auch zu verängstigt, um jetzt an seinen Großvater zu denken. Er hatte ihnen gesagt, er würde klarkommen. Caro und Debin klammerten sich voll verzweifelter Hoffnung an dieses Versprechen.

»Wer sind die ganzen Leute?«, fragte Caro. Noch ehe sie ihren Satz beendet hatte, erklang von drüben Jubel. Alessia begriff nicht, warum. Wer würde denn den Invasoren zujubeln?

»Vorwiegend Schmarotzer und Nichtsnutze«, grollte Reynolds. »Und Unruhestifter mit Sicherheit. Agitatoren und verfluchte Aktionäre. Querulanten und Aufwiegler.«

»Aber ich bin auch Aktionärin«, protestierte Alessia.

Reynolds beugte sich zu ihr herunter und flüsterte: »Ihr seid stimmberechtigte Erb-Aktionärin der Klasse A, Euer Hoheit. Es sind immer die kleinen Aktionäre ohne Stimmrecht, die auf den jährlichen Vollversammlungen Ärger machen. Jämmerliche Idioten sind das, wenn sie ernsthaft glauben, dass sie von den Sturm etwas anderes zu erwarten haben als einen Strick um den Hals. Na los, hier kommen wir nicht weiter. Wir müssen zurück und uns einen anderen Weg suchen.«

»Wartet«, sagte Caro. »Seht mal.«

Alessia zwängte sich an Reynolds breiter Gestalt vorbei. Er trug einen alten Mantel und eine abgetragene Hose. Beides hatte Mister Dunnings gehört, sie hatte ihn gesehen, wie er in dieser Kleidung in den Gärten arbeitete. Sie passte Sergeant Reynolds nicht gut, und sie roch auch nicht gut. Aber Alessia trotzte dem Gestank, um zu sehen, was Caro da entdeckt hatte.

Irgendwer, vermutlich die fremden Soldaten, hatte vorn auf der Bühne einen riesigen Bildschirm aufgebaut. Ein altmodisches Teil, einfach nur eine große weiße Leinwand, so wie gewöhnliche Leute sie manchmal an warmen Abenden im Freien aufbauten, um klassische Filme zu zeigen, wie man so etwas nannte. Nur bewegte Bilder und Worte, keine richtigen Sims. Eine Kunstform, die so alt war wie ihre Bücher, aber viel beliebter. Wahrscheinlich weil es billiger war.

Die Piazza lag noch nicht völlig im Dunkeln, aber die Dämmerung hatte sich bereits tief über sie gesenkt, und als Bilder auf der Leinwand erschienen, waren sie hell und gestochen klar.

Alessia erstarrte. Reynolds versuchte, ihr die Augen zuzuhalten, und da erwachten ihre Glieder wieder zum Leben, und sie wand sich aus seinem Griff. Sie hörte nichts weiter als Rufe und den Jubel der Menge, aber was im Film geschah, sah sie ganz deutlich.

Ihre Mutter, ihre Brüder und Schwestern am Hof, ihre Onkel und Cousins und Cousinen – sie hörte rasch auf, sie alle zu zählen. Anscheinend befanden sie sich auf dem Gelände des Palasts in der Hauptstadt. Und sie alle knieten auf dem Boden. Hinter jedem stand ein schwarz gekleideter Soldat. Ihre Mutter wehrte sich, ebenso wie ihr ältester Bruder Danton. Er war fast erwachsen und würde bald seinen Platz im Vorstand einnehmen. Ihr Onkel Benjamin sah aus, als wäre er ohnmächtig geworden, schlaff hing er im Griff eines feindlichen Soldaten. Die meisten Mitglieder ihrer Familie allerdings waren offenbar Opfer derselben gewalttätigen geistigen Umnachtung, die auch Lady Melora erfasst hatte. Sie waren mit Ketten oder Stricken oder Plastikstahl-Streifen oder sonst was gefesselt. Aus der Entfernung war es schwierig zu sagen.

Reynolds versuchte, sie fortzuziehen, aber sie schrie ihn an: »Nein!«

Die Macht der Gewohnheit nach langjährigen treuen Diensten machte es ihm unmöglich, sich einem so nachdrücklichen Befehl zu widersetzen, und er ließ ihre

Schultern los. Später würde sie sich wünschen, er wäre weniger gehorsam gewesen.

Die Soldaten bewegten sich wie ein Mann. Gleichzeitig zogen sie lange, gebogene Messer hinter dem Rücken hervor. Die Klingen schimmerten, von irgendeiner Energie erfüllt, und der Lärm der Menge schien aufs Doppelte anzuschwellen. Alessias Herz raste, und mit einem Mal musste sie dringend pinkeln.

Sie keuchte auf, und als die Soldaten ihre Familie mit diesen grausamen, gebogenen Messern töteten, wurde das Keuchen zu einem Schrei. Es war ... was sie taten, war so schlicht und so entsetzlich. Sie zogen die Köpfe ihrer Opfer nach hinten. Öffneten die Kehlen. Ermordeten Alessias Familie. Eine Hand legte sich über ihren Mund, klein und weich. Es war Debin. Er drehte ihren Kopf weg, fort von dem entsetzlichen Anblick, aber viel zu spät.

Sie hatte es gesehen.

Dunkelheit spülte über sie hinweg, und fast hätte sie in Debins Armen das Bewusstsein verloren. Rasch hob Reynolds sie hoch, und Alessia spürte, wie er sie wieder über seine Schulter legte. Aber diesmal wurde sie nicht ohnmächtig. Ihr war schwindlig und übel vor Grauen. Sie hasteten die schmale Straße hinunter, zwischen zwei weiß getünchten Häusern entlang, aber die echte Welt wurde von der Erinnerung überlagert. Ein Soldat, der ihrer Mutter den Kopf abschnitt und ihn vor dem Publikum hin und her schwenkte. Sie versuchte, das Bild zu verdrängen, aber es ließ sich nicht abschütteln. Ausgelassener Jubel und Geschrei folgten ihnen von der Piazza die Seitenstraße entlang. Alessia spürte ein Zittern ganz tief in ihrem Innern, das ihren ganzen Körper zu erfassen drohte.

Sie erbrach sich über Sergeant Reynolds' Rücken, aber er sagte nichts dazu und wurde auch nicht langsamer.

»Warum haben die das gemacht?«, wimmerte sie und wusste selbst nicht, ob sie die Soldaten meinte oder die Menschenmenge.

Debin rannte voraus, Caro folgte ihnen dichtauf. Sie sah so elend aus, wie Alessia sich fühlte. Die Seitenstraße befand sich in einem Viertel voller Speisehäuser und Bierstuben. Der widerliche Gestank des Mülls, der in Recycling- und Komposttanks vor sich hinrottete, verstärkte ihre Übelkeit noch.

»Lassen Sie mich runter. Bitte«, sagte sie. »Ich komme klar.«

Zu ihrer Überraschung wurde Sergeant Reynolds langsamer und setzte sie auf dem Pflasterstein ab.

Eine absurde Frage stieg in ihr auf.

Warum Pflasterstein und keine Magnetbahnschienen?

Sie schüttelte den seltsamen Gedanken ab.

»Seid Ihr in Ordnung, Euer Hoheit?«, fragte Reynolds und sah sich in der spärlich beleuchteten Straße nach etwaigen Verfolgern um. Erschrocken bemerkte Alessia, dass er weinte. Er heulte nicht, wie sie es tat, wenn sie stolperte und sich das Knie aufschlug. Er war erwachsen und außerdem ein Soldat. Aber in seinen Augen standen Tränen.

»Es tut mir leid, Prinzessin«, sagte er. »Ich hätte nicht zulassen dürfen, dass Ihr das mit anseht.« Er blinzelte, und die Tränen in seinen Augen lösten sich und rannen ihm übers Gesicht.

Alessia wischte mit dem Handrücken über seine Wange. »Ich habe meinen Vater nicht gesehen. Oder sonst irgendwen aus dem Vorstand«, sagte sie. Ihr Atem kam in zittrigen, keuchenden Stößen, und sie kämpfte darum, ihn in den Griff zu bekommen.

»Nein.« Reynolds zog die Nase hoch. Er rieb sich über Augen und Gesicht, viel gröber, als sie es eben getan hatte. »Sie sind momentan nicht auf diesem Planeten. Euer Vater war auf Montanblanc eins, zusammen mit Louis. Die anderen Vorstandsmitglieder ...« Er zuckte mit den Schultern. »Ich bin nicht ganz sicher, aber wahrscheinlich waren sie mit diversen Verwaltungsaufgaben beschäftigt und im ganzen Volumen verstreut.«

Debin und Caro kamen zu ihr. Caro umarmte sie, und nach kurzem Zögern schloss auch Debin die Arme um die beiden Mädchen.

»Es tut mir leid, Alessia. Es tut mir so leid«, sagte Caro.

»Mir auch«, sagte Debin. Er hatte das Gesicht an ihrem Hals vergraben, seine Stimme klang erstickt. Sie spürte, wie er zitterte.

»Danke«, sagte Alessia leise. Sie sah zu Reynolds auf. »Und danke, Sergeant. Ich werde dafür sorgen, dass mein Vater erfährt, wie sehr Sie mir geholfen haben.«

Reynolds sah aus, als würde ihm etwas auf der Seele liegen, aber er schob es beiseite. »Zuallererst, Ma'am, müssen wir Euch zu Jasko Tan schaffen und runter von dieser Welt, oder zumindest weit weg von hier.«

Sie nickte.

Von der Piazza her drangen die Geräusche eines Fests an ihre Ohren. Darunter mischten sich ferne Schüsse und laute Explosionen. Die Welt war völlig verrückt geworden.

»Warum haben sie ...«, setzte Alessia an. Dann hielt sie inne, sammelte sich und fing noch einmal von vorn an: »Warum sind diese Leute alle so fröhlich? Hassen sie mich? Meine Mutter? Uns alle?«

Das war die eigentliche Frage, die sie umtrieb. Sie wusste, warum die Sturm sie hingerichtet hatten. Sie war von den besten Geschichtslehrern des gesamten Volumens unterrichtet worden, und den eigenartigen Bräuchen ihrer Familie gemäß war sie auf althergebrachte Weise ausgebildet worden: Lesen, Schreiben, Reden.

So. Viel. Reden.

Sie wusste, dass die Sturm ihre Familie als »Unterdrücker« und »Rassenverräter« hingerichtet hatte. Sie wusste auch, dass sie noch viel mehr Leute töten würden, weil in ihren Augen jemand mit »unreinem« Genom gar kein richtiger Mensch war. Und fast genauso streng sahen sie Neuralnetze oder Bioware. Sie nannten das »Gotteslästerung«. Aber warum waren die Menschen auf der Piazza, Alessias Volk, so fröhlich gewesen, so bereit und willens, zum Feind überzulaufen?

Reynolds dachte über ihre Frage nach. Kurz hörte er damit auf, sich voller Sorge nach Verfolgern umzusehen. »Dies ist eine gute Stadt, Prinzessin«, sagte er. »Port au Pallice, Skygarth. Diese ganze Welt ist gut. Aber sie ist auch sehr groß. Sie ist voller Menschen, und Menschen sind sehr unterschiedlich. Nicht jeder hat ein so leichtes Leben wie Ihr.«

Bei diesen Worten richtete sie sich empört auf, und es entging ihm nicht.

»Ich will damit nicht sagen, dass Ihr nicht viel gearbeitet hättet«, sprach Reynolds schnell weiter. »Ich habe gesehen, wie Ihr Eure Lektionen gelernt und Eure Pflichten erfüllt habt. Ihr seid ein gutes Kind. Aber die meisten Menschen arbeiten viel, Alessia.«

Sie war so überrascht, ihren Namen aus seinem Mund zu hören, dass sie fast den Faden verlor.

»Und nicht jeder kann in einem Palast leben und es so gut haben wie Ihr.«

Sie starrte ihn an. »Die haben meiner Mutter den Kopf abgeschnitten. Und diese Leute haben ihnen zugejubelt.«

Reynolds seufzte. Mit einem Mal sah er sehr müde und alt aus. »Das haben sie. Und wenn die Sturm uns erwischen, wird genau dasselbe noch mal geschehen. Also beeilen wir uns besser und nutzen es aus, dass jetzt noch großes Durcheinander herrscht. Schon sehr bald werden sie die ganze Stadt abgeriegelt haben.«

Sergeant Reynolds schien sich in der Stadt ebenso gut auszukennen wie Debin und Caro in den Gärten von Skygarth. Sie liefen durch Hinterhöfe, nahmen Abkürzungen und umgingen sorgsam jene Gegenden, in denen die Kämpfe und Ausschreitungen am wildesten tobten, und schließlich, tief in der Nacht, erreichten sie eine still daliegende Straße am äußersten Stadtrand. Alessia taten die Beine weh. In ihren Füßen pochte es schmerzhaft, und sie war so hungrig, dass es sich anfühlte, als würde sich ein stumpfes Messer in ihren Bauch graben. Und die ganze Zeit über, bei jedem Schritt, suchten sie die Erinnerungen daran heim, was man ihrer Mutter und dem Rest ihrer Familie angetan hatte. Es war entsetzlich. Aber sie versuchte, sich mit dem Gedanken zu beruhigen, dass sie alle per Life-Stream ein Back-up gemacht hatten, das in sicheren Datenspeichern hinterlegt wurde. Ein ununterbrochenes Back-up immer und immer wieder.

Wie genau das funktionierte, wusste sie nicht. Es würde noch viele Jahre dauern, bis sie die Universität auf Montanblanc eins besuchte ...

Wenn das jetzt überhaupt noch so sein wird, dachte sie.

Aber während sich die Nacht über die Stadt senkte und sie durch die umkämpften Straßen und Gassen von Port au Pallice schlichen, zwang sich Alessia dazu, an einen glücklichen Ausgang zu glauben. Die Sturm mochten hier eingefallen sein, aber der Erde konnten sie nichts anhaben. Nicht einmal Montanblancs Haupt-Habs und Koloniewelten würden sie erreicht haben. Die nächste dieser Welten lag auf der allerschnellsten Sprungroute sechs Monate weit entfernt. Zur Erde brauchte man selbst mit dem schnellsten Schiff zwei Jahre. Der Rat würde via Wurmlochverbindung inzwischen längst von dem Angriff wissen. Das kostete überhaupt keine Zeit. Und die Hohen Häuser und die freien und verbündeten Staaten wie Armadale und Cupertino würden jetzt in diesem Augenblick ihre Flotten und Streitkräfte zusammenziehen. Die Ersten Schiffe der mächtigen Terranischen Schutztruppen, größer und mächtiger als die gesamte Flotte der Börse, waren vermutlich schon jetzt auf dem Weg, um wütende Vergeltung an der Kriegsflotte der Sturm zu üben.

Am Ende würde alles wieder gut werden. Das stand fest.

Aber Alessia machte sich trotzdem Sorgen. Was, wenn ihre Mutter aus irgendeinem Grund nicht reinkarnieren konnte? Was, wenn sich die Sturm bereits durch den Raum gefaltet hatten, direkt über die Erde? Was, wenn sie und die anderen es nicht bis zu diesem Jasko Tan schafften? Was, wenn ...

»Wir sind da, Prinzessin«, sagte Reynolds leise.

Inzwischen waren sie aus der Stadt raus, die hinter und unter ihnen in der Pallice-Bucht lag. Noch immer hallten gelegentliche Schüsse durch das sanfte Hügelland rings um die Bucht, und alle paar Minuten erhellten die Lichter von abgefeuerten Energiewaffen die Nacht. Mehrere Gebäude, manchmal sogar ganze Straßen, standen in Flammen. Aber hier oben, weit entfernt von der Gefahr, war es still. Sie liefen quer über gepflügte Felder und Wiesen und schließlich auch durch Weinberge, hin und wieder sahen sie andere Menschen, die ebenfalls aus der Stadt flohen. Gelegentlich flogen Luftfahrzeuge über sie hinweg, die seltsamen, altmodischen Antriebe dröhnten und kreischten laut. Das Geräusch war ebenso grauenhaft wie die Angst, dass sie das Feuer eröffnen könnten.

»Schubdüsen«, erklärte Reynolds, als sie beim ersten Flugfahrzeug dieser Art zusammenzuckte. »Das ist gut, Euer Hoheit. Wenn sie noch Schubdüsen nutzen statt Kraftfeldern, dann hat sich ihre Technologie nicht nennenswert weiterentwickelt.«

Es schien zu reichen, soweit Alessia es beurteilen konnte.

Am Ende einer langen Reihe von Weinreben kauerten sie sich hin. In einiger Entfernung standen ein paar landwirtschaftliche Gebäude. Ein steinernes Wohnhaus und ein paar deutlich größere, moderne Schuppen voller schimmernder Metallwannen, einige Silos. Es brannten nur wenige Lichter, gerade so eben ausreichend, um dort draußen herumzulaufen, ohne ständig über irgendwas zu stolpern oder irgendwo gegenzulaufen. Alessia kauerte neben Caro und Debin, ein Knie auf dem Boden. Sie roch Traubensaft und den lehmigen Boden. Die friedliche Schlichtheit erinnerte sie an Skygarth.

»Ich gehe vor und sehe nach, ob alles in Ordnung ist«, sagte Reynolds leise. »Ihr drei bleibt hier und wartet auf mich. Falls irgendwas passiert, wenn irgendwas schiefgeht, dann werde ich schießen. Sobald ihr Schüsse hört, müsst ihr weglaufen.« Er wandte sich an Caro. »Dein Großvater hat eine Fischerhütte in den Blauen Hügeln, am Run o'Waters Creek. Hat er euch mal dorthin mitgenommen?«

Sie nickte.

»Kannst du notfalls allein den Weg dorthin finden?«

Die Geschwister sahen einander unsicher an, aber Caro sagte: »Ja.«

»Gut«, antwortete Reynolds. »Ich erwarte keine Schwierigkeiten, aber falls doch etwas passiert, bringt ihr beiden die Prinzessin dorthin. Und ihr bleibt am Creek, bis ich oder jemand anders kommt, um euch abzuholen.

Einige andere Wachen kennen euren Großvater ebenfalls. Sie wissen, wo sie suchen müssen. Da seid ihr in Sicherheit, und es gibt genug Essen für ein bis zwei Wochen. Der alte Tosh hat die Vorräte regelmäßig aufgestockt.« Reynolds musterte Debin gespielt finster. »Trink ja nicht das Bier aus.«

Eilig schüttelte Debin den Kopf. »Nein, Sir.«

»*Nein, Sergeant* heißt das, junger Mann. Ich bin kein Sir. Ich arbeite für meinen Lebensunterhalt.«

Alessia lächelte. Das hatte sie ihn schon so oft sagen hören.

»Na gut«, sagte Reynolds. »Es hat keinen Sinn, noch länger zu warten, es geht ja nicht anders. Haltet euch bereit, um wegzurennen, wenn es sein muss. Bleibt zusammen. Passt aufeinander auf. Aber macht euch keine Sorgen. Jasko ist ein Strauchdieb, aber er schuldet mir etwas, und wir können ihm vertrauen.«

»Seien Sie vorsichtig«, sagte Alessia.

Reynolds nickte und setzte sich in Bewegung. Er näherte sich dem Bauernhof nicht auf direktem Weg, sondern schlich sich am Rand des beleuchteten Bereichs entlang und verschwand in der Dunkelheit.

Die drei Kinder waren allein.

»Weißt du wirklich, wie wir zur Hütte deines Großvaters kommen?«, fragte Alessia.

Caro antwortete nicht gleich, da ergriff Debin das Wort. »Ganz bestimmt«, sagte er. »Ich war schon oft da. Es ist toll. Ich liebe die Hütte.«

»Ja, aber findest du den Weg?«, fragte seine Schwester.

»Ich ... ich bin nicht ganz sicher, ob ich es schaffe.«

Er verdrehte die Augen, das Weiße darin leuchtete im Dunkel gespenstisch hell. »Wir müssen doch einfach nur immer der Straße zur Halbinsel folgen, bis wir zum Wirtshaus kommen«, sagte er. »Dann nimmt man die schmalere Straße und biegt bei der überdachten Brücke ab. Ein Stück am Fluss entlang, und schon ist man da. Ich schaffe das.«

»Aber woher wissen wir, dass auch wirklich jemand kommt und uns abholt?«, fragte Caro. Ihre Stimme klang atemlos vor Anspannung. »Und wenn jemand kommt, woher wissen wir, dass wir ihm vertrauen können, wenn es jemand anders ist als Sergeant Reynolds?«

»Wenn es ein Wachmann ist, können wir ihm vertrauen«, antwortete Debin.

»Oder ihr«, sagte Alessia. »Es gibt auch weibliche Wachen.«

»Aber woher wissen wir das?«, wiederholte Caro, jetzt eindringlicher. »Sie werden keine Uniform tragen, oder? Sergeant Reynolds trägt jedenfalls keine.«

»Ich werde sie erkennen«, versicherte ihr Alessia. »Ich kenne alle Wachen. Ich muss sie kennen. Es könnte sogar dein Großvater sein, der kommt, Caro. Sergeant Reynolds sagt, er ist furchtbar zäh und hat schon viel Schlimmeres überstanden als das hier.«

»Ja!« Bei der Vorstellung hellte sich Debins Miene auf. »Das könnte sein, Caro. Es könnte Großvater sein.«

Caro antwortete nicht, sondern schüttelte nur stumm den Kopf.

Debin fing an, mit ihr zu streiten, aber da tauchte plötzlich Reynolds auf der Türschwelle des größten Schuppens auf. Neben ihm stand ein kleinerer Mann, eine Waffe in den Händen. Sie winkten die Kinder zu sich.

»Aber...«, sagte Debin. »Aber ich will mit Opa zur Fischerhütte gehen.«

Caro zog ihn auf die Füße, gröber als nötig. Fast hätte Alessia sie ermahnt, sanfter zu sein. Debin war nur ein kleiner Junge. Aber ehe sie etwas sagen konnte, hatte Caro den Jungen schon vorangeschubst, und Alessia sah, dass sie wieder weinte. Kein Tränenstrom oder so. Nur ein stummes Weinen.

»Na komm«, sagte Alessia. »Bestimmt geht es ihm gut.«

Sie liefen zu Reynolds und dem anderen Mann hinüber.

»Euer Hoheit, darf ich vorstellen: Mister Jasko Tan, ehemals Mitglied der Wache, inzwischen im Ruhestand.« Der kleine, dunkelhaarige Mann schien sehr überrascht zu sein, sie zu sehen. Er musterte Alessia gründlich von Kopf bis Fuß, als wollte er sich überzeugen, dass sie es wirklich war und nicht etwa ein Sim-Charakter. »Es tut mir leid«, sagte er und verneigte sich. »Euer Hoheit, ich habe mich kurz vergessen. Ich bin Euch selbstverständlich ganz zu Diensten.«

»Vielen Dank, Mister Tan«, sagte sie. »Und dies sind meine Freunde Caro und Debin. Sie müssen mit uns kommen, wo auch immer wir hingehen.«

»Dunnings Kinder, richtig?«, fragte Tan Sergeant Reynolds.

»Enkelkinder.«

»Okay, gut. Das ist gut.«

Er hob seine Waffe und schoss Reynolds in den Kopf, dann richtete er die Mündung auf die drei Kinder. Alessia schrie. Caro ebenfalls. »Auf den Boden! Sofort hinlegen!«, schrie er.

Debin starrte Sergeant Reynolds an. Der alte Soldat schlug mit einem fürchterlich feucht klingenden Plumpslaut auf den Boden. Die Hälfte seines Kopfs fehlte.

Krachend flogen Türen auf, und Schocktrooper der Republik stürmten hindurch. Weitere sausten blitzschnell an Seilen aus den Dachsparren über ihren Köpfen herunter, richteten die Waffen auf die Kinder und brüllten: »Keine Bewegung!«

Jasko Tan legte behutsam die Waffe neben Reynolds. Sie wurde nass von der immer größer werdenden Blutpfütze.

Alessia starrte Tan an. Er wirkte so... so normal.

Ein weiterer Mann, bärtig, sehr groß und breitschultrig, kam auf sie zu, die Schritte seiner Kampfstiefel hallten laut auf dem Betonboden. Er sah auf die drei Kinder hinunter, und einen grauenhaften Augenblick lang war Alessia sicher, er würde sie an Ort und Stelle töten.

»Alessia Montanblanc«, sagte er. »Ich bin Captain Kogan D'ur, Angriffsflotte, Zweites Schockregiment der Streitmacht der Humanistischen Republik. Ihr steht hiermit für Eure Verbrechen gegen die Menschheit unter Arrest.«

25

McLennan regelte den Kraftfeld-Antrieb herunter, als Batavias grelle Sonne über den Horizont der Eisensteinwüste lugte. Das kleine Tarnfahrzeug hatte seine Schuldigkeit getan; er war unentdeckt zu seinem auserwählten Aussichtspunkt gelangt. Hatte seine Thermoskanne mit Kaffee aromatisierten Whiskeys bis auf den letzten Tropfen geleert und wartete darauf, dass seine Drohnen an ihrem Bestimmungsort ankamen. Bis dahin musste er sich mit der Zoomfunktion begnügen, den die Kuppel des Schlittens bot. Eine anständige fünfzehnfache Vergrößerung bei klarem Bild, aber er musste das Fahrzeug immer genau dorthin ausrichten, wo er hinsehen wollte.

Die Sturm waren fleißig gewesen. Der gewaltige Körper der *Voortrekker* allerdings lag natürlich noch immer genau so da, wie er seit Jahrhunderten dalag, ein verformter, rot-schwarzer Koloss, der an einen gestrandeten Wal erinnerte und ganz langsam im Wüstensand versank. Soweit er sehen konnte, hielten die Sturm respektvollen Abstand zu dem uralten Wrack. Vermutlich würden schon bald ihre eigenen Grabungsteams eintreffen.

Am liebsten hätte er die Bilder Hero zur Analyse gestreamt. Vieles von dem, was er sah, ergab für ihn keinen rechten Sinn. Aber er konnte sich das Risiko eines Signallecks nicht leisten, also wartete er ab und beobachtete die Sturm aus der Ferne, so gut es eben ging.

Ihre Basis war höchst zweckmäßig aufgebaut; jeder römische Legionär hätte die Reihen aus rautenförmigen Unterkünften auf den ersten Blick als Baracken erkannt. Allerdings hätte besagter Legionär sie nicht wirklich »gesehen« – sie waren kunstvoll getarnt und für das menschliche Auge beinahe unsichtbar. Ohne die Sensoren des Schlittens hätte McLennan mit seiner nachlassenden Sehkraft kaum mehr erkannt als sich bewegende Gestalten. Aber davon immerhin gab es eine Menge: Tausende Soldaten stampften über Sand und Geröll hinweg, Ingenieure errichteten größere und komplexere Bauten, Versorgungszüge eilten unablässig zwischen Basis und Landefähre hin und her.

Und beim Anblick dieser Landefähren, mutmaßte McLennan, wäre wohl selbst der unerschütterlichste Zenturio vor Entsetzen ausgeflippt. Sie waren riesig, dunkel und über und über mit den unvermeidlichen Narben bedeckt, die eine monate-, vielleicht sogar jahrelange Reise durchs All mit sich brachte. Ihre Diskusform wäre das Einzige, was dem Zenturio vertraut erschienen wäre. Alles andere müsste ihm unaussprechlich bizarr vorkommen. Die Zukunft war nicht nur ein fremdes Land, dachte McLennan, sehr zufrieden mit seiner Analogie, sie war eine andere und zutiefst fremdartige Welt.

Die Expeditionsbasis hatte, ebenso wie die Landefähren, die das Material dafür ausgespien hatten, den Grundriss eines großen Rads. Straßen teilten es in vier Bereiche auf, und jeder dieser Bereiche schien einer bestimmten Funktion zugeordnet zu sein. Das Viertel, das am weitesten von seinem Versteck entfernt war, war ganz der *Vortrekker* gewidmet. Dort war nicht viel los. Frazer zupfte an einem Stück Ziege, das zwischen seinen Zähnen steckte. Er fragte sich, ob die Scheißkerle wohl Priester und Imame und ihre ganzen anderen heiligen Typen schickten, um das Wrack zu segnen und zu reinigen. Er fragte sich, ob die Sturm überhaupt noch irgendeine Religion pflegten.

Ein anderes Viertel der Basis schien Unterkünfte und Verwaltung zu beherbergen. Dieser Teil lag von ihm aus gesehen am nächsten. Er sah zu, wie die Sturm-Soldaten durchs Lager flitzten, und fragte sich, wo sie wohl ihre Scheißhäuser haben mochten. Anscheinend gab es irgendeinen Befehl, dass nicht in der Nähe einer heiligen Stätte geschissen werden durfte. Gab es irgendein Reinigungsritual, das über das bloße Verbrennen ihrer Würstchen hinausging, oder recycelten sie ihre Ausscheidungen, so wie man es auf Schiffen und Habs tat? Er wollte alles wissen. Jedes Detail, ob bedeutend oder nicht. Es war so lange her, seit sich diese Kreaturen aus der Entwicklungsgeschichte der Menschheit verabschiedet hatten, so lange, seit sie im Dunkel verschwunden waren. Und hier saß er, der führende Experte, was die Sturm betraf, und wusste nicht einmal, wie sie heutzutage aufs Klo gingen.

McLennan zoomte näher an eine der Soldatinnen heran und beobachtete sie ein paar Minuten lang. Dunkelhäutig, an die eins achtzig groß, muskulös. Wie er selbst würde auch sie »reinblütig« sein. Darauf ließen sich die Überzeugung und die Bräuche der Sturm letztlich runterbrechen. Keine Eingriffe am Genom. Keine Implantate. Keine Bioware.

Beim Anblick der Frau hegte er keinen Zweifel daran, dass sie ihm sämtliche Knochen im Leib brechen könnte, ohne in der Hitze der Eisensteinwüste auch nur im Geringsten in Schweiß auszubrechen. Davon abgesehen fiel ihm nichts Bemerkenswertes an ihr auf, und so ließ er den Blick weiterschweifen.

Er starrte zu dem Viertel hinüber, in dem Shuttles und Truppentransporter untergebracht waren. Hier war höllisch was los. Als er die Filter ausschaltete und versuchte, es sich mit bloßem Auge anzusehen, erblickte er nichts weiter als jede Menge Staub und ein paar eigenartige Formen, die aussahen wie Luftspiegelungen über dem Wüstenboden. Hier und da machte er eigenartige Formen aus, wo die Tarnung noch nicht ganz funktionierte. Er schaltete die Sensoren und Filter wieder zu und wurde mit einem glasklaren Bild der Bodentruppen und Transporter belohnt.

Das letzte Viertel gab ihm Rätsel auf. Welchem Zweck es diente, erschloss sich ihm nicht. Er sah seltsame, längliche Formen, geheimnisvolle Apparate und lange Reihen von... Zeug. Soldaten liefen zwischen den Geräten hin und her, so es denn überhaupt Geräte waren, und... taten irgendwas. Er schnaubte. Das gäbe ja einen preisverdächtigen Rapport ab. Er konnte sich richtig vorstellen, wie er als junger Offizier einem imaginären Vorgesetzten Bericht erstattete.

»Ja, also in einem Bereich der Basis war also dieses ganze Zeug, und die bösen Jungs haben irgendwas gemacht.«

Was war es, das er nicht sah?

Ein Satz, den er sich vor langer Zeit eingeprägt hatte, stieg in seiner Erinnerung auf: »Prioritätensetzung. Erster Schritt: vor Ort alle notwendigen Sicherheitsvorkehrungen treffen.« Was auf jeden Fall feststand: Jetzt gehörte dieser Teil der Wüste den Sturm. Wenn ihm ein Fehler unterlief, war er tot. Und zwar wirklich tot. Seine linke Hand zitterte fast unmerklich. Er musste unbedingt wissen, was sich in diesem geheimnisvollen letzten Viertel abspielte.

Aber zuerst musste er durch ihre Verteidigung durchkommen. Mit Sicherheit hatten die Sturm rings um die Basis Lauschposten stationiert. Und Patrouillen waren garantiert auch unterwegs. Vor einer halben Stunde hatte er eine Bewegung bemerkt, etwa einen Kilometer entfernt zu seiner Linken. Möglicherweise waren es nur Wüstenratten oder Feuervipern gewesen, möglicherweise aber auch ein bewaffneter Trupp. Irgendwo dort draußen war jemand unterwegs.

McLennan würgte seine Angst hinunter und traf eine Entscheidung.

Aye. Zeit, endlich zu scheißen oder vom verdammten Klo aufzustehen, Mann.

Wie auch immer er es anstellte, er würde sich ansehen, was es dort zu sehen gab, und dann zusehen, dass er dort wegkam, so schnell er nur konnte. Sein Gesicht wurde vor Entschlossenheit ganz kantig, und eine Schweißperle rann ihm brennend ins Auge. Er markierte den Punkt in der Basis, den er sich näher ansehen wollte, und sagte zur KI: »Schlitten, flieg zu der markierten Position 43.157. Tarnfunktionen auf Maximum hochfahren.«

»Zu Ihrer Information: In diesem Modus befinden wir uns bereits seit unserer Trennung vom Hauptkonvoi.«

»Halt einfach die Klappe und mach voran. Und so leise auftreten wie ein Babypopo, klar?«

»Das ist ein sehr verwirrendes Bild. Bitte drücken Sie sich klarer aus.«

»Ich drück dir gleich deinen verdammten Arsch aus. Flieg einfach in die verdammte Basis, wo ich die verdammte Markierung hingepflanzt habe, und lass dich nicht erwischen.«

Frazer spürte nicht, wie sie höherschwebten, aber seine Perspektive veränderte sich. Der kleine Miyazaki-Schlitten glitt auf einer Luftströmung auf Umwegen seinem Ziel entgegen. Mac schluckte trocken und spürte auf diesem Flug durch die Dämmerung deutlich das Gewicht seines Alters auf den Schultern.

Nach einer gefühlten Ewigkeit drangen sie in den Luftraum über der Basis ein. Direkt unter ihm fuhr ein Fahrzeug an der äußeren Befestigung entlang. Er stieß die angehaltene Luft aus. Fast hatte er damit gerechnet, von irgendeinem ihm unbekannten Verteidigungssystem aus dem Himmel gepustet zu werden. Und bestimmt, dachte er, ploppten in diesem Augenblick auf irgendeinem Bildschirm diverse Alarmsignale auf und vermeldeten einen Eindringling. Aber der Schlitten flog ohne irgendwelche Vorkommnisse über die Außengrenze der Basis hinweg. Er war *inside the wire*.

Inside the wire, dachte er. Die Redewendung war sogar noch älter als er selbst, und es gab heutzutage nicht mehr vieles, von dem man das behaupten konnte. Die Falten in seinem Gesicht gruben sich noch tiefer, als er verbittert das Gesicht verzog. Warum machte er das hier überhaupt? Warum hatte er sich nicht schon vor Jahrhunderten endlich zur Ruhe gesetzt? Es war einfach lächerlich – ein Mann in seinem Alter, der hier auf einer Welt am äußersten Rand des bekannten Universums herumkroch und dem vor lauter peinlicher Angst regelrecht der Arsch zitterte. Das hier war eine Aufgabe für einen jungen Mann.

Aye, aber die jungen Männer, ebenso wie die Frauen, die er vor der unvermeidlichen Rückkehr der Sturm gewarnt hatte – sie hatten sich dafür nicht sonderlich interessiert, oder? Vor allem als er angedeutet hatte, dass ausgerechnet die Vorteile eines Nullpunkt-Wurmlochnetzes, einschließlich virtueller Omnipräsenz und Allwissenheit, leider zugleich sämtliche strategischen Vorteile in der Verteidigung aushebelten, die die schiere Weite des Großvolumens mit sich brachte. Die Humanistische Republik könnte mit ihrer gesamten Flotte im äußeren Grenzbereich des Volumens angreifen und womöglich sogar die vereinten Streitkräfte der Großen Häuser bezwingen. Aber das Herz der menschlichen Zivilisation war nach wie vor die Erde, und die Erde war vom äußeren Saum zwei Reisejahre entfernt, selbst wenn man mit dem schnellsten Schiff reiste, das jemals die Raumzeit in Falten gelegt hatte. Das Wissen um diese Sicherheit hatte zu einer unverzeihlichen Selbstgewissheit geführt, und deshalb war er hier, nicht wahr? Weil irgendjemand hier sein musste.

Der Schlitten glitt in fünfzig Metern Höhe über die feindliche Basis hinweg, hoch genug, um mit keinem der von den Sturm errichteten Gebäude zu kollidieren. Unter sich entdeckte er zwei Soldaten, die etwas trugen, das ihm ganz nach einem schweren Kampfanzug aussah. Ohne Probleme erfassten die Sensoren, worüber sie sich unterhielten. Sie sprachen altes Volumen-Standard, die Sprache, mit der er aufgewachsen war, und er strengte sich an, um sie zu verstehen. Es war viele Spannen her, dass er es in dieser archaischen Form gehört hatte, obwohl er es nahezu jeden Tag las: Dokumentation und Beschilderung der *Voortrekker* waren sämtlich in VS verfasst.

Als McLennan genau über ihnen war, sagte der Mann mit dem langläufigen Gewehr: »Rodriguez ist schon wieder scheißen gegangen.«

»Schon wieder?« Die Frau, asiatischer Phänotyp, vielleicht ursprünglich koreanische oder japanische Abstammung, verdrehte die Augen.

»Ja, verdammt. Kampfeinsätze bringen sein zartes Gedärm durcheinander.« Der Mann mit dem Gewehr lachte, und die Frau stimmte ein.

Mac nahm sie aus dem Fokus und flog weiter. Er brannte darauf, ihre Kampfanzüge zu scannen; sie bestanden aus einem biegsamen Material, das er noch nie zuvor zu Gesicht bekommen hatte. Aber er wagte es nicht, die leistungsfähigeren Sensoren einzuschalten. Was seine passiven Sensoren auffangen konnten, zeichnete er akribisch auf, aber da gab es nicht viel. Diese Scheißkerle passten gut auf ihre Daten auf.

Eine Vorkehrung hatte er für den Ernstfall getroffen: Wenn sein Schlitten entdeckt und unter Feuer genommen wurde, würden alle gespeicherten Daten verschlüsselt rausgehen, in einem einzigen Schwung und binnen einer Nanosekunde. Herodotus würde sie empfangen und so viel aus den Informationen herausholen, wie er eben konnte. Und das war auch ohne Schiff immerhin so einiges.

Aber diesen dämlichen Hineinschleichen-und-ausspionieren-Mumpitz zu überleben wäre McLennan dennoch erheblich lieber gewesen. Sein Schlitten glitt dahin wie eine Staubwolke im Wind, hielt sich nur mit allerkleinsten Stößen komprimierter Luft auf Kurs. Lautlos schwebte er über die feindlichen Baracken hinweg. Die thermalen Signaturen ihrer Bewohner waren gründlich getarnt, aber allein anhand dessen, was er mit bloßem Auge sah, konnte er sich ausrechnen, dass unter ihm, der er sich in langsamem, unregelmäßigem Flug V4 näherte, Tausende Soldaten lagern mussten.

Zu seiner Rechten hob ein Shuttle ab, die mit Brennstoffzellen betriebenen Schubdüsen röhrten laut auf. Ziel unbekannt. Es war ein fettes, wuchtiges Biest. Sein erfahrenes Auge sagte, dass mindestens eine ganze Kompanie in voller Montur hineinpasste. Er runzelte die Stirn und wünschte ihnen alles Pech der Welt. Leider stürzte es trotzdem nicht ab, sondern stieg mit einer hellen weißen Rauchfahne in den Himmel empor. Wohin es unterwegs war, wusste er nicht. Er überprüfte sein eigenes Ziel, Koordinaten 43.157, und erblickte eine Art Turm, der sich noch im Bau befand. Das Gerüst schien vor seinen

Augen aufzublitzen und wieder zu verschwinden, während die Tarntechnologie der Sturm versuchte, es vor seinen technologisch überlegenen Sensoren zu verbergen. Oder zumindest nahm er an, dass seine Technologie der ihren überlegen war. Bisher schienen sie ihn jedenfalls nicht entdeckt zu haben.

Er fragte sich, ob der Turm wohl irgendwelchen Kommunikationszwecken dienen sollte, schüttelte dann aber den Kopf. Etwas so Primitives benutzte man seit Jahrhunderten nicht mehr. Aber andererseits – was wusste er schon über diese Leute? Ein weiterer Punkt, über den es Genaueres herauszufinden galt.

Seine Blase platzte fast, aber er widerstand der Versuchung, sich einfach an Ort und Stelle zu erleichtern. Zwar würde der Anzug das Wasser zu hundert Prozent recyceln und von den Abfallstoffen trennen, aber er hatte die Erfahrung, sich einzupinkeln und dann in seiner eigenen Pisse dazuhocken, noch nie so recht genießen können. An so etwas gewöhnten sich nur Leute aus Yorkshire.

Der Schlitten schlich mit der Geschwindigkeit der leichten morgendlichen Brise auf sein Ziel zu: vier Knoten. Immer wieder warf er einen Blick auf die Anzeigen, es kam ihm vor, als würde er jede halbe Sekunde auf die Risikoauswertung schielen. Sein Mund war staubtrocken, aber die Hände blieben ruhig.

Frazer erinnerte sich, dass es schon immer so gewesen war. Vor der Mission: Angst. Während der Mission: Konzentration. Nach der Mission: Erschöpfung. Tja, diese Mission war allerdings noch lange nicht vorbei. Noch immer dreihundert Meter bis zum Ziel. Auf dem Display blinkte ein roter Punkt auf, daneben ein Schriftzug. Er hatte den Schlitten angewiesen, während der Annäherung nur visuell mit ihm zu kommunizieren, sonst hätte das Fahrzeug jetzt etwas gesagt.

McLennan schluckte, aber seine Kehle war trocken. Was für hässliche kleine Überraschungen hielten die Arschlöcher da unten wohl bereit? Noch immer kroch er im Schleichflug näher. Zweihundert Meter. Unter ihm trabte in Formation ein Trupp Soldaten entlang, fast nah genug, um sie zu berühren. Sie marschierten nicht, aber sie hatten eindeutig ein klares Ziel.

Und ihr Ziel, dachte er, war Mord. Er wollte es ja nicht überdramatisieren, aber sie hatten nun einmal vor, die Zivilisation auszulöschen, deren Schutz er all seine Leben gewidmet hatte. Mit rasendem Puls trieb er näher heran. Griff auf eine erprobte Atemtechnik zurück, um nicht zu hyperventilieren. Sein Gesicht war zu einer Grimasse verzerrt. Datenströme der Passivsensoren jagten über die Anzeigen seines kleinen Flugfahrzeugs. Anscheinend lag unter ihm eine Mischung aus Artillerie und Kommandozentrale. Das vierte Viertel war das Herz der Sturm hier auf diesem Planeten.

Zwar waren ihm Aufbau und Ausrüstung vollkommen fremd, aber er war sich seiner Sache sicher: Dies hier war die Stelle, an der er zuschlagen musste. Hinreichend zufrieden mit dem Ergebnis seiner Mission, leitete McLennan den Rückzug ein.

Vielleicht war es eine kleine Auffälligkeit im Luftstrom, die ihn verriet. Vielleicht auch ein winziges, unzureichend getarntes Signal des Antriebssystems. Vielleicht hatte irgendwer gerade im richtigen Moment und im richtigen Winkel zu ihm hinaufgesehen.

Sein gesamtes Sichtfeld flammte rot auf. Auf einen Schlag versuchten sämtliche Waffensysteme der Basis, ihn ins Visier zu bekommen, aber noch gelang es ihnen nicht. Alles in ihm schrie danach, seinem Schlitten zu befehlen, ihn so schnell wie irgend möglich von hier fortzubringen, aber er wusste, das wäre sein sicherer Tod gewesen. Also kroch es davon wie ein Dünenhund, der nach seiner Höhle Ausschau hält. Unter sich hörte Mac Schreie. Sturm-Soldaten sahen zum Himmel hoch. Einer sah ihn direkt an, dann wanderte sein Blick weiter.

Verflucht sollt ihr sein, dachte er. Aber sie hatten ihn immer noch nicht gefunden; kein Waffensystem hatte ihn erfasst. McLennan hätte seinen kleinen Miyazaki-Flieger am liebsten gestreichelt. Er wollte den Entwickler des Tarnsystems küssen.

Und dann traf irgendwer dort unten eine Entscheidung, und alles ging schief. McLennan konnte nur hilflos zusehen, wie sämtliche Soldaten in Sichtweite ihre Waffen gen Himmel richteten und einfach ins Blaue schossen. Gestochen scharf sah er, wie einer der Soldaten aus einer Entfernung von zwanzig Metern das Gewehr genau auf ihn richtete. McLennan wies seinen getreuen Schlitten an, Tempo zu machen, zum Teufel mit der Tarnung. Aber der Soldat war schneller.

Alles passierte viel zu rasch, um einzelne Eindrücke aus dem Chaos herauszugreifen. Einschlagskrater auf der Windschutzscheibe. Blinkende Alarmleuchten. Der Antrieb gab ein gequältes Winseln von sich. Die Welt überschlug sich. Der Boden raste auf ihn zu. Aufprall. Trümmer.

Eine unbestimmbare Zeit später kam er zu sich. Schmerzen. Vor seinem Gesicht die Mündung eines Sturmgewehrs, dahinter ein Schocktrooper.

»Im Namen der Humanistischen Republik, du bist mein Gefangener, Arschloch.«

26

Das Wartungsskiff war eher ein Beiboot als ein richtiges Raumfahrzeug. Hätte Booker nicht im Krawallmech gesteckt, dann hätte er es überhaupt nicht zur Flucht nutzen können. Im Grunde war es nicht viel mehr als ein Exoskelett mit Schubraketen, das Tech-Mechs Außenbordeinsätze auf Schiffen oder Habs ermöglichte. Booker durchsuchte das zersiebte Shuttle, mit dem sie ursprünglich hatten fliehen wollen, und hielt nach irgendwelchen nützlichen Teilen Ausschau, vor allem nach Waffen und Energiezellen, aber das Ding war völlig im Arsch und noch ein bisschen mehr. Er hatte nur das Skiff, sonst gar nichts.

Er versuchte, seinen schwer beschädigten und geschwächten Mech-Leib mit dem Skiff zu verbinden, doch es war zwar groß genug für seine wuchtige Gestalt, aber die Anschlüsse saßen nicht an den richtigen Stellen. Er konnte problemlos eine drahtlose Datenverbindung herstellen, allerdings war das Skiff nicht dafür vorgesehen, an einen Krawallmech angeschlossen zu werden. Dass er in einem Zustand war, als käme er gerade aus der Verschrottungsanlage, machte die Sache auch nicht besser, ebenso wenig wie der Umstand, dass einer seiner Arme eine riesige improvisierte Kanone war und der andere in einem dreifingrigen Greifer endete, der dazu geschaffen war, menschliche Gefangene zu packen, und nicht etwa dafür, Maschinen zu bedienen.

Booker stampfte wieder aus der Mechhalterung des

Skiffs heraus, baute sich davor auf und betrachtete es nachdenklich. Mit den Propriozeptoren des Mechs spürte er, wie eine Reihe aufeinanderfolgender Explosionen das Hab erbeben ließ, und sein letzter verbliebener Audiosensor registrierte das Knistern von Schüssen. Er musste das Skiff an den Start bekommen, und zwar schnell. Er durfte auch nicht zu lange darüber nachdenken, dass sein Plan nach dem Punkt, an dem er ins All hinaussprang, rasch reichlich dünn wurde. Um die Frage, was dann, musste er sich später kümmern. Falls er es nicht schaffte, sich vor den Sturm in Sicherheit zu bringen, hatte er sowieso keine Verwendung mehr für genauere oder raffiniertere Pläne oder sonst irgendwas. Sie würden ihn löschen, ihn in die Luft jagen oder ihn einfach über dem nächsten Planeten abwerfen und der alles versengenden Hitze beim Eintritt in die Atmosphäre die Drecksarbeit überlassen.

Laut rasselnd, scheppernd und mit einem lang gezogenen Schleifgeräusch umkreiste er die Mechhalterung. Überlegte, sich mit der synthetischen Spinnenseide am Skiff festzubinden. Sein Tank war noch fast voll, aber trotzdem kam es ihm wie eine ausgesprochen schlechte Idee vor, einen tonnenschweren Krawallmech mit Spinnenseide an einem Wartungsskiff festzuzurren und nur mithilfe seiner Antriebsraketen vom Hab wegzutreiben. Die Seide war dazu gedacht, weiche, leicht zu zermatschende Gefangene zu sichern, keine schweren Maschinen. Aber diese Shuttlebucht war zugleich eine Wartungshalle, und es musste hier irgendwo etwas geben, das für seine Zwecke brauchbarer war.

Ohne auf den Schlachtlärm und die gelegentlichen, das ganze Hab erschütternden Detonationen zu achten, durchsuchte Booker die kleine Halle systematisch. Zehn Minuten später hatte er eine fünfeinhalb Meter lange schwere Kette gefunden – das ganz solide Zeug sogar, kein beschissener Plastikverbundstoff, sondern gehärteter Graphenstahl. Und, in seinen Augen sogar noch besser: eine dicke schwarze Rolle Duct Tape aus Carbon-Nanostäbchengewebe. Um auf Nummer sicher zu gehen, band er den beschädigten Mech zuerst mit synthetischer Spinnenseide am Exoskelett fest, sicherte dann seine Hüftgelenke mit der schweren Kette und befestigte sich ganz zum Schluss mit Duct Tape so fest und gründlich wie nur irgend möglich am Gestell. Dank zweier Kugelgelenke war der Greifarm viel beweglicher als der eines Menschen, aber das Ergebnis fühlte sich trotzdem an wie eine Notlösung, und Booker sah aus wie einer jener Trottel aus gewissen Amateur-Sims, die irgendeine dämliche Wette verloren hatten.

Hey, wartet nur mal ab, wie ich hier gleich mit wehenden Auspufffahnen abdampfe!

Er war so gründlich festgezurrt, dass schon der Weg zur Luftschleuse eine echte Herausforderung darstellte, und er verfluchte sich dafür, dass er nicht daran gedacht hatte, sich erst außerhalb der Wartungshalle zu vertäuen. Seiner Schätzung nach verblieben ihm dank der Beschädigungen und seiner Selbstfesselung noch etwa fünfzehn Prozent der ursprünglichen Beweglichkeit. In fast fünf Tonnen Altmetall und Schrott gefangen, watschelte er unbeholfen und unter lautem Scheppern zur inneren Luftschleuse. Bei einer besonders heftigen Erschütterung wäre er um ein Haar gestürzt. Booker schwankte vor und zurück, und obwohl er im Augenblick eine durch und durch aus Metall bestehende Konstruktion beseelte, sah er sich vor seinem geistigen Auge heftig mit den Armen rudern, um das Gleichgewicht wiederzufinden. Für eine Sekunde, die sich zu einer Ewigkeit zu dehnen schien, sah er praktisch vor sich, wie er rücklings umfiel und die Sturm ihn fanden, während er platt auf dem Hintern lag und schwach mit den festgeketteten und mit Duct Tape fixierten Armen und Beinen wackelte, vergeblich bemüht, wieder auf die Füße zu kommen. Wie eine umgekippte Schildkröte.

Er fand sein Gleichgewicht wieder und schob sich Zentimeter um Zentimeter weiter auf die Schleuse zu. Mit dem Greifarm hätte er problemlos die Knöpfe bedienen können, wenn er nicht seine Reichweite mit Massen an Duct Tape erheblich begrenzt hätte. Zwar war der untere Teil des Greifarms frei, denn man konnte sich nun mal nicht ohne Hilfe selbst kreuzigen, auf den letzten Zentimetern stieß man an die Grenzen des Möglichen. Aber die beiden oberen Segmente des Arms waren gründlich befestigt, und bei dem Versuch, den großen roten Knopf zu betätigen, mit dem man die Schleuse öffnete, hätte Booker um ein Haar den ganzen Schaltkasten zertrümmert. Er probierte es ein zweites Mal, und diesmal manövrierte er den ganzen Krawallmech so hin, dass sich die gepolsterte Klaue direkt vor dem Schaltkasten befand, aber als er die riesigen Roboterfinger ausstreckte, setzte ein beschädigter Teil der künstlichen Hand aus, und er verfehlte den Knopf gänzlich. Tief im Innern der mechanischen Schaltkreise des Mechs tobte Bookers Bewusstsein vor Wut über die widrigen Umstände. Er hatte kein Herz, dessen Schlag sich beschleunigen, keinen Blutdruck, der ansteigen konnte. Aber seine Frustration war dennoch eine sehr eindrückliche, fast körperliche Empfindung. Sorgsam trat er ein Stück zurück, was ihn eine weitere wertvolle Minute kostete, und dachte nach. Seine improvisierte Kanone hatte nicht genügend Durchschlagskraft, um ein Loch in die Tür zu schießen, und die Kraft der Greifklaue reichte nicht aus, um sie durchzuschlagen oder aus der Halterung zu reißen.

Eine seiner Heckkameras registrierte Bewegung.

Die Fahrstuhltür schloss sich vor den Überresten Korporal Orrs. Jemand war auf dem Weg zu ihm. Booker wollte eine weitere Ladung umgewandelter Gelgeschosse aktivieren ... und hielt inne. Er hatte keine Munition mehr übrig. Fast hätte er laut geflucht, aber dann fiel ihm ein, dass er auch einen Teil der restlichen Synth-Spinnenseide verwenden konnte; der dünne Organocarbon-Faden ließ sich ebenso gut umwandeln wie die Gelgeschosse.

Er zielte mit der Kanone auf den Schaltkasten der Luftschleuse, regelte die Geschwindigkeit, mit der die Geschosse abgefeuert wurden, auf einen Bruchteil der Normalstärke herunter und ließ ein einzelnes Geschoss auf den großen roten Knopf ploppen.

Sirenen jaulten auf, Warnleuchten blinkten los, und die innere Luftschleuse öffnete sich mit vernehmlichem Rumpeln.

Langsam kroch er hinein.

Hätte er mehr Zeit zur Verfügung gehabt und einen etwas geschickteren Körper als diesen schrottreif geschossenen Mech, dann hätte er versucht, das System neu zu verkabeln und die äußere Schleusentür zu öffnen, sodass er ganz einfach ins All hinausschweben konnte. Aber in seiner derzeitigen Gestalt? Keine Chance. Also schoss er noch einmal, um die innere Schleuse zu schließen, wartete den Druckausgleich ab und öffnete dann die äußere.

Das dunkle All erwartete ihn.

Booker watschelte gerade zum Rand der Schleuse, da öffneten sich hinter ihm die Türen.

Er wartete nicht ab, um herauszufinden, wer oder was da gekommen war.

Er befahl dem Skiff, die Raketendüsen zu zünden. Volle Schubenergie.

Das Skiff schoss aus der Shuttlebucht und ins All hinaus. Warnsignale erfüllten Bookers virtuellen Geist und überlagerten die paar Daten, die seine beschädigten Sensoren noch auffingen.

Das Gefängnis-Hab der TST, eine einfache rotierende Röhre aus gepanzerten, regolithbeschichteten Platten, wurde hinter ihm rasch kleiner. Als sie ihn nach der Verhandlung hierhergeschickt hatten, hatte er das Hab nicht von außen gesehen, aber er hätte einen silberglänzenden terranischen Dollar darauf verwettet, dass es damals wohl kaum von Dutzenden landender Schiffe umschwirrt worden war. Und wahrscheinlich war es damals auch nicht von fünf Kampfschiffen der Humanistischen Republik umzingelt gewesen.

Er schaltete die Raketen aus und überließ es der Impulserhaltung, ihn weiterzutragen. Von seiner Position aus entdeckte er nur ein Schiff, in seinen Augen sah es nach einer terranischen Fregatte aus. Ein brennendes Wrack, das zwischen der hiesigen Sonne und dem Gefängnis-Hab durchs Nichts trieb.

Booker ging seine verbliebenen Kameras durch und hielt nach Batavia Ausschau, der Koloniewelt des Yulin-Irrawaddy-Kombinats. Das kleine Hab der TST lag auf L1, dem ersten der fünf Lagrange-Punkte des Planeten. Er konnte Batavia nicht entdecken, geriet darüber aber nicht in Panik. Es hatte einen Großteil seiner Kameras gegrillt, und Planeten verschwanden nicht einfach. Jedenfalls nicht, wenn niemand sie mit einer hinreichend großen Bombe spaltete, aber das erzeugte ein Riesendurcheinander, und abgesehen von den Kampfschiffen der Republik sah hier alles sauber aus. Er zündete die kleinen Navigationsdüsen und schlug ganz langsam ein Rad. Direkt unter seinen Füßen tauchte die blau-grün-rote Kugel Batavias auf. Ein paar weitere Luftstöße aus den Düsen, und er kam wieder zum Stillstand.

Was jetzt?

Er konnte nicht auf Batavia landen. Weder das Skiff noch der Mech, in dem er steckte, waren für eine solche Landung geschaffen. Auf jeden Fall, das stand fest, musste er weg vom Gefängnis-Hab. Was das Kombinat auf L2 gesetzt hatte, wusste er nicht. Wahrscheinlich einen Außenposten, der ein Auge auf das TST-Habitat auf L1 hielt.

Aber es gab noch eine weitere Möglichkeit. Das Habitat Eassar auf L5.

Es war absurd weit entfernt, und es würde eine echte Mammutaufgabe werden, die Route auszurechnen. Aber Booker brauchte weder Nahrung, Wasser noch Luft, nicht einmal Schlaf. Er konnte das Skiff Richtung Eassar ausrichten und ... ja, und was? Das Beste hoffen?

Wenn die Sturm das kleine Gefängnis-Hab besetzt hatten, dann hatten sie sich mit Sicherheit auch um das große Industrie-Hab des Kombinats gekümmert. Aber das bedeutete für Booker: Von dort flohen voraussichtlich Tausende Schiffe. Er war bereit, eine kleine Wette einzugehen – na gut, eigentlich war es eine verflucht große Wette, es ging hier nämlich um sein Leben –, dass er sich an eins davon anhängen konnte, vielleicht sogar an Bord gelangte, und so aus dem Volumen entkam. Wenn er richtig großes Glück hatte, erwischte er sogar eins, das mit der richtigen Technologie ausgestattet war, um ihn aus diesem übel zugerichteten Krawallmech rauszuholen und in etwas Bequemeres mit mehr Stil zu transferieren. Ein organischer Phänotyp vielleicht, oder ein Kampfmech.

Er überprüfte das Militärgefängnis, das hinter ihm

sehr schnell immer kleiner wurde. Soweit er sagen konnte, verfolgte ihn niemand.
Na schön.
Zeit für ein paar Berechnungen.

Drei Stunden.
Ariane war seit drei Stunden tot, und Sephina war noch immer rasend vor Zorn. Sie raste vor Zorn, während sich die *Regret* ihren Weg von den Docks Eassars freikämpfte. Sie raste vor Zorn, als Banks den Raum faltete und sie erst einmal ein Stück fortbrachte, ehe er eilig zusah, eine sichere Entfernung zwischen sie und das Hab zu bringen. Ihr Zorn wuchs ins Unermessliche, während sich ein Kriegsschiff aus der Formation der Republik löste, um die Verfolgung aufzunehmen.
Drei Stunden.
Ariane war seit drei Stunden tot, und Sephinas Trauer war wie ein bodenloser Brunnen, ein alles in sich aufsaugendes schwarzes Loch, eine Leere, so kalt wie der Raum zwischen den Sternen.
Drei Stunden.
Ariane war seit drei Stunden tot, als die Sturm die *Regret* einholten und ihre Steuerung mit einem gezielten elektromagnetischen Puls lahmlegten.
»Wir sind erledigt«, schrie Banks, derselbe Pilot, der ein riesiges Loch in ein noch riesigeres Hab geschossen hatte, um aus Eassar zu entkommen. Als sich Dutzende Magnethaken an ihre Außenhülle hefteten, hallte das Schiff wider wie eine riesige zerbrechende Glocke. Das Zischen und Kreischen von Schneidlasern erfüllte den Laderaum, wo sich die Mannschaft versammelte, um die Anweisungen ihres Kapitäns zu hören. Sephina wischte sich die Tränen aus dem Gesicht und sagte nur ein Wort zu ihnen.
»Waffen.«

»Gute Entscheidung«, sagte Jaddi Coto. »Ich mag Waffen.« Schwungvoll öffnete der riesige Hybrid das Waffenlager – einen Frachtcontainer hinten im Lager – und legte seine kunterbunte Sammlung aus Rüstungsteilen an, alles eigenhändig zusammengeplündert im Lauf der Jahre, seit er sich Sephina und Ariane an Bord der *Regret* hinzugesellt hatte.

Beim Festzurren einer übergroßen Ceraplattenweste hielt er auf einmal inne. »Ich vermisse Ariane«, sagte er, und seine Haut warf Falten rings um das gewaltige Rhinozeroshorn, das mitten auf seiner Stirn wuchs. »Ich bin traurig darüber, dass sie tot ist.«

»Ihren Tod werden noch viel mehr Leute bedauern, wenn wir erst mit ihnen fertig sind«, zischte Falun Kot. Der zart gebaute Ingenieur verzichtete auf jegliche Panzerung. Er behängte sich nur am ganzen Körper mit Waffen und Munition. Und Klingen. Unmengen von Klingen.

Banks, der Pilot, der nichts zu tun hatte, seit man ihre Steuerung lahmgelegt hatte, besah sich das bunte Arsenal kurz, ehe er ein kleines Gerät auswählte. Es sah aus wie ein Handstaubsauger.

Sephina nahm ein terranisches Sturmgewehr aus der Halterung und programmierte das Magazin auf eine ausgewogene Mischung aus langsamer, panzerbrechender Munition und höchst illegalen, mit Gift versetzten Fleischfressergeschossen.

Ein Stück entfernt ließen die Schneidlaser einen Funkenregen aufs Deck regnen. Die *Je Ne Regrette Rien* kreischte und stöhnte im festen Griff des Sturm-Kriegsschiffs.

»Wissen wir, was das für ein Schiff ist? Wie viel Besatzung?«, fragte Falun Kot. Er klang, als würde dieser lästige Angriff ihn langweilen.

Banks schraubte einen silbernen Flachmann auf, während er ihm antwortete. »Keine Infos in der Datenbank. Wahrscheinlich ein neues Design. Von der Größe her ungefähr wie ein Orbitalpatrouillenschiff. Sagen wir mal, vierzig, fünfzig Mann an Bord. Mindestens die Hälfte davon wird versuchen, uns zu entern.« Er deutete mit einem Nicken auf den Regen aus weißglühenden Funken und hob den Flachmann. »Für Ariane.«

Er nahm einen Schluck und reichte die Flasche an Sephina weiter. Es war eine kleine Kostprobe des Bourbons, den sie nach Eassar gebracht hatten. Sie goss sich einen großen Schwung davon in den Mund, schluckte ihn runter und sagte: »Bringt sie alle um. Bis zum verschissenen letzten Mann.«

Jaddi Coto nippte nur an der Flasche, es wirkte fast anmutig. »Für Ariane«, murmelte er. »Und für das kleine Mädchen, Jula. Ich mochte sie. Für sie bringe ich noch mehr von denen um.«

Kot, ein gläubiger Sufi, trank keinen Alkohol, aber er zog eins seiner Messer und küsste die Klinge, ehe er sie aktivierte. »Für Ariane, *inshallah*«, flüsterte er, dann drehte er sich um und ging zu dem Wasserfall aus fliegenden Funken hinüber. Kurz bevor er dort ankam, fiel mit metallischem Krachen eine grob kreisförmige Stahlplatte aufs Deck. Er stieg gerade darüber hinweg, als eine Granate hinterhergeflogen kam.

Mit einer beiläufigen Bewegung fing der Ingenieur die kleine Bombe auf und warf sie zurück durch das frisch geschnittene Loch. Als kleine Dreingabe warf er eine seiner eigenen Granaten hinterher.

Eine doppelte Explosion und Schreie. Eine versengte Leiche fiel aus dem Loch. Ein Arm und die untere Hälfte beider Beine fehlten.

Mit einem einzigen glatten Schwung seiner Kaltfusionsklinge, gekrümmt und schimmernd wie eine dünne Scheibe des Wintermonds, schnitt Kot dem Toten den Kopf ab.

Die Mannschaft der *Je Ne Regrette Rien* schwärmte aus, um Vergeltung zu üben und dabei zu sterben, sollte es das Schicksal so wollen.

Booker hatte die Schiffe fast erreicht, als er sie sah.

Das All war dunkel, und die Sensoren seines halb demolierten Krawallmechs waren nicht für Außeneinsätze gedacht. Das Wartungsskiff verfügte über Näherungssensoren und eine einfache Trümmerdetektoreinheit, die Booker umprogrammiert und zu einem primitiven LADAR-Gerät umfunktioniert hatte. Nicht dass es ihm angesichts seiner erbärmlichen Manövrierfähigkeiten von großem Nutzen gewesen wäre. Die drei Näherungsalarme, die während seines Flugs Richtung Eassar bereits ausgelöst worden waren, hatten ihn fast dazu bewogen, das primitive improvisierte Sensorsystem wieder auszuschalten. Anscheinend taugte es zu nichts weiter als für die Mitteilung, dass er noch etwa zwei Sekunden zu leben hatte, bevor ein hyperbeschleunigtes Stück Weltraumschrott ihn zerschmetterte wie die Faust Gottes.

Aber nachdem er sich schon mal die Mühe gemacht hatte, das Ding zu programmieren, ließ er es jetzt auch weiterlaufen.

Falls er sterben sollte, wäre es immerhin nicht die schlimmste Art abzutreten. (Die Auslöschung durch einen geifernden Brüter, der sich ohne die Hilfe der entsprechenden Skripte nicht mal daran erinnern konnte, welche Knöpfe er drücken musste, war eindeutig schlimmer.) Auf seiner rasend schnellen Reise durchs Vakuum, die kein atmender, lebender Mensch überlebt hätte, sah er ein Habitat, in dessen unteren Docks ein riesiger Riss klaffte, durch den rot glühend die Atmosphäre entströmte. Er sah ein Raumjäger-Geschwader, das eine Kombinatsfregatte umschwirrte, die wie wild Leuchtkugeln in alle Richtungen abfeuerte, ganz sicher nicht von einem Intellekt gesteuert, möglicherweise nicht einmal von menschlicher Hand. Ein ferner Komet zog einen langen Schweif aus verglühendem Staub und Eis hinter sich her auf seinem Weg am Rand des Sujutus-Systems, vollkommen unberührt von den nichtigen Belangen der Menschheit. In hundert oder tausend Jahren würde er wieder hier vorbeikommen, und kurz lenkte sich Booker mit der Überlegung ab, was er bei seiner Rückkehr wohl vorfinden mochte.

So schoss er zwölfeinhalb Stunden lang durchs All, bis ihm plötzlich gellendes Sirenengeheul in dem, was seine Subroutinen als »Ohr« bezeichneten, eine unmittelbar bevorstehende Kollision ankündigte. Diesmal verstummte der Alarm nicht, nachdem er an irgendeinem unsichtbaren Stück Weltraumschrott vorbeigerast war, und gleich darauf sah Booker auch den Grund dafür: Er raste auf zwei Schiffe zu. Das größere hatte das kleinere gepackt, die Außenbeleuchtung des großen Schiffs beleuchtete die Konturen seiner Beute. Hätte er gerade in einem Körper aus Fleisch und Blut gesteckt, wäre dies wohl sein Ende gewesen, er hätte nur noch wenige, wenn auch unendlich lange Sekunden Zeit gehabt, sich zu fragen, was er da sah und was er tun sollte. Aber er beseelte die Schaltkreise eines Krawallmechs, seine Gedanken liefen über die Quantenprozessoren der Maschine, und so stand ihm das luxuriöse Äquivalent zu dreiundzwanzig Menschenjahren an Zeit zur Verfügung, um zu überlegen, was er damit anfangen sollte.

Siebzehn Jahre später, die er damit verbracht hatte, über

sein Leben nachzusinnen, über seinen winzigen Winkel inmitten des Universums, traf er eine Entscheidung.

Er würde ein paar Leuten in den Arsch treten und mit ein bisschen Glück eine neue Mitfahrgelegenheit gewinnen.

Sephina wusste, dass sie sterben würde. Das hatte sie schon immer gewusst, dafür hatte ihre Mutter gesorgt. Aber selbst wenn sie nicht zumindest in den ersten Jahren von einer völlig durchgeknallten Quellcoderin aufgezogen worden wäre, deren Kopf randvoll war mit Hindenbugs und septischem Hydra-Code, hätte sie es früher oder später auch ganz allein herausgefunden. Nur die Reichen lebten ewig. Sie hingegen würde auf ihrem Schiff sterben, aber ein paar von diesen Wichsern nahm sie noch mit.

Seph hatte keine Ahnung, was ihre Leute anstellten und ob sie noch am Leben waren. Eine Weile hatte sie Seite an Seite mit Banks gekämpft. Der gepflegte kleine Pilot hatte sieben Sturm erledigt, ehe sie im Kampf getrennt wurden. Aus der Deckung heraus versah er seine Ziele mithilfe seines kleinen Apparats mit einer Photonenmarkierung, zog sich wieder zurück und ließ eine Handvoll Mikroraketen los. Die flohgroßen Sprengköpfe rasten überschallschnell durch die *Regret*, wichen sämtlichen nicht markierten Objekten aus, ob stillstehend oder beweglich, folgten den Photonenmarkierungen und schlugen in ihre Ziele ein, wo sie detonierten. Kaum ein Wimpernschlag, und schon waren sieben Sturm-Soldaten tot. Bei den meisten explodierte ohne Vorwarnung oder von außen ersichtlichen Grund der Kopf.

Es war Sephina ungeheuer schwergefallen, sich zurückzuhalten, während Banks seinen Angriff aus dem

Hinterhalt startete, aber sie hatte es geschafft. Die überlebenden Soldaten drehten fast durch, zumindest einige Sekunden lang, dann nahm Seph sie mit dem Sturmgewehr unter Feuer. Die Halb-und-halb-Geschosse gingen durch die Panzerung ihrer Gegner wie ein heißer Pfennigabsatz durch Wackelpudding. Im Innern der Soldaten blieben sie stecken, brachen auf und setzten einen aggressiven Nanovirus frei, der blitzartig Blut, Knochen, Organe und Muskeln zersetzte. Die getroffenen Sturm schrien und lösten sich praktisch auf.

Aber es kamen immer mehr von ihnen. Und sie feuerten aus allen Rohren. Stück für Stück wurde Seph zurückgetrieben, Richtung Maschinenraum, wo zwei Gänge aufeinandertrafen. Dort stieß sie auf Falun Kot. Der Ingenieur war über und über mit Blut, Gewebebrocken und Fetzen von schwarzen Uniformen bedeckt. Es sah aus, als würde er übers ganze Gesicht grinsen, aber sie erkannte, dass seine Grimasse eher dem Schmerz geschuldet war als Tapferkeit. Er blutete aus mindestens einem halben Dutzend über Wunden.

»*Inshallah*, wir sollten diese Teufel mitnehmen in die Dunkelheit«, keuchte er.

»So Gott will«, sagte sie und feuerte auf die vorrückenden Soldaten, um sie ein Stück zurückzutreiben. Kurz darauf klickte die Waffe nur noch. Ihr war die Munition ausgegangen.

Kot bot ihr ein Messer an. Griff und Parierstange waren klebrig vor Blut, aber die kalt brennende Fusionsklinge leuchtete in einem sauberen, stummen Weiß. »Mein Käpt'n, wollen wir hier auf sie warten oder vorrücken, um unsere Gäste persönlich zu empfangen?«, fragte er.

Der Kugelhagel im Gang wurde mit einem Mal erheblich dichter. Verstärkung.

Vermutlich waren Coto und Banks tot, und die Sturm hatten mit einem Mal mehr freie Kapazitäten, um sie und Kot zu jagen.

»Scheiß drauf. Die sind den ganzen langen Weg aus dem Dunkel bis hierher gekommen. Das kleine Stück dürfen sie ruhig noch selbst laufen, um zu bekommen, was sie verdienen«, sagte Sephina. Sie nahm das angebotene Messer, wusste aber ehrlich gesagt nicht recht, was sie damit anfangen sollte.

Koto hatte es im Messerkampf zu wahrer Meisterschaft gebracht, und er hatte Ariane unterrichtet, bis sie fast ebenso tödlich war wie er.

In die Deckung gezwängt und in Erwartung des unvermeidlichen Endes, versuchte Sephina L'trel, sich an die schönsten gemeinsamen Momente mit ihrer Seelengefährtin zu erinnern, aber alles, was sie vor sich sah, waren diese Laserzielpunkte und die Plasmastrahlen, die sich dort kreuzten, wo Ariane und Jula waren.

So tief hatte sie sich in Trauer und Zorn verloren, dass sie zuerst nicht mitbekam, wie der Angriff der Sturm stockte und dann gänzlich zum Erliegen kam. Erst als Kot sanft ihren Ellbogen drückte, kehrte sie in die Gegenwart zurück und bemerkte, dass der Lärm, der an ihre Ohren drang, nicht die vereinte Feuerkraft heranrückender Sturm-Soldaten war, die ihnen bis in die Eingeweide der *Regret* folgten.

Es war etwas vollkommen anderes.

Der Beschuss hatte aufgehört, der Kampf jedoch war noch nicht vorbei.

Sie riskierte einen raschen Blick den Gang hinunter, und kurz traute sie weder ihren Augen noch ihrem Verstand.

Eine Art riesiges gepanzertes Insekt war mitten zwischen den am weitesten vorgerückten Schocktroopern aufgetaucht. Es ließ eine schwere Kette durch die Luft wirbeln, so schnell, dass das bloße Auge den Bewegungen nicht folgen konnte. Die umherpeitschende Kette trennte Köpfe ab oder wickelte sich um gepanzerte Körper, und dann schleuderte das Rieseninsekt um sich schlagende Soldaten und Soldatinnen gegen das Schott oder die verstärkten Rippenbögen des Schiffs. Panzerung und Knochen zersplitterten, und die meisten der Opfer am Ende seiner Kette überlebten den Aufprall nicht.

Binnen weniger Sekunden war es vorüber.

Vorsichtig wagten sich Seph und Kot aus der Deckung, die Hände beschwichtigend erhoben. Vor ihnen stand eine Art Dämonenmech direkt aus der Hölle, der sich in der Enge des Schiffs ducken musste, um nicht oben anzustoßen. Er war über und über mit Blut besudelt, und in seinen Gelenken hatten sich glänzende menschliche Überreste verfangen, die in der vom Mech abgestrahlten Hitze qualmten.

Aus dem dunklen Gang hinter ihm tauchten Jaddi Coto und Mister Banks auf.

Banks wirkte argwöhnisch.

Coto lächelte.

»Wir haben einen neuen Freund gefunden«, sagte er.

Eins der Beine des Mechs gab unter seinem Gewicht ein bisschen nach, und er krachte gegen das Schott. Irgendwo aus dem Innern des Plaststahl- und Ceraplattenwracks drang eine männliche Stimme, leise und blechern.

Coto wischte einen Lautsprecher auf der schwer beschädigten und von Einschusskratern übersäten transparenten Visierplatte sauber, und die Stimme wurde lauter.

»Korporal Booker3-212162-930-Infanterie, Ma'am. Äh... im Ruhestand. Es war ein höllisch langer Weg bis zu

Ihnen. Über ein klein wenig Hilfe würde ich mich freuen, wenn das möglich wäre?«

Drei Tonnen mechanischer Berserker stürzten krachend aufs Deck der *Je Ne Regrette Rien*.

27

DIE HMAS *Defiant* arbeitete sich mit der vollen Kraft ihres militärischen Antriebs durch den Raum, faltete sich Stück für Stück durch die Weite des Alls. Ohne zugewiesene Patrouillenpunkte oder näher zu untersuchende Rätsel waren sie jetzt auf dem Rückweg erheblich schneller. Statt Chase anzuweisen, den Kurs auf Station Deschaneaux zu berechnen, hatte Hardy ihm befohlen, das nächste Sonnensystem im Großvolumen anzusteuern.

Als der letzte Sprung ihres neuen Kurses auf dem Hauptholo der Brücke angekündigt wurde, saß sie im Kapitänssessel. Noch immer kam es ihr falsch vor, auf Torvaldts Platz zu sitzen und seine Aufgaben zu übernehmen.

»Navigation, bitte Austrittspunkt bestätigen.« Mehr sagte sie nicht, sie traute ihrer Stimme nicht recht.

Chases Antwort war ebenso knapp und professionell. »Sujutus, Ma'am, Punkt 73 AE von unserem Startpunkt entfernt.« Der rasche Blick, den er ihr zuwarf, entging ihr nicht. Als sie zum letzten Mal von ihrem Vater gehört hatte, war er in einem Kombinat-Arbeitslager auf der Koloniewelt Batavia inhaftiert gewesen, und zwar in genau dem System, das jetzt vor ihnen lag.

»Gute Arbeit, Mister Chase«, sagte sie mit neutraler Stimme. »Taktik?«

»Im System befinden sich Hunderte Schiffe, Ma'am«, vermeldete Leutnant Fein. »Keine erkennbare Verkehrsregulierung. Unseren Anzeigen nach treibt eine Vielzahl der Schiffe steuerlos durchs All. Manche brennen, Kommandantin...« Er machte eine Pause und schluckte. »Einschließlich Habitat Eassar.«

Zu behaupten, dass ein Raunen aufstieg, wäre nicht korrekt gewesen. Dafür war die Besatzung der *Defiant* zu diszipliniert. Dennoch spürte Lucinda deutlich, wie überrascht, ja schockiert alle waren.

»Drei gegnerische Schiffe auf unserem unmittelbaren Kurs. Eins hat sich an ein ziviles Handelsschiff angeheftet, mit Sicherheit versuchen sie zu entern. Die beiden anderen sind als Unterstützung unterwegs.«

»Können Sie die feindlichen Schiffe identifizieren?«

»Nein, Ma'am. Ungefähr Korvette-Klasse. Ich habe die feindlichen Schiffe als Ziele markiert.«

Lucinda betrachtete das Schlachtfeld-Holo. Ein stilisiertes Schiff, der Händler, war grün hervorgehoben, ein rotes Schiff mit dem Vermerk »Feind eins« hatte sich daran angeklammert. »Zwei« und »Drei« näherten sich den beiden anderen. Die Benennung der vom System als feindlich eingestuften Schiffe bezog sich auf die Nähe zu dem bedrohten Händlerschiff.

»Mit dem einen Gegner muss der Händler vorerst selbst klarkommen«, sagte Lucinda. »Die zwei sich nähernden Schiffe unter Feuer nehmen. Nummer zwei ausschalten, Nummer drei lahmlegen.«

»Nummer drei lahmlegen, Kommandantin?«, erbat Leutnant Fein die Bestätigung ihres Befehls.

»Bestätigt. Wir brauchen Informationen.«

»Roger. Marinesoldaten sind bereit. Erbitte Feuererlaubnis.«

Lucinda setzte sich aufrechter hin. »Feuererlaubnis erteilt.«

Auf ihr Kommando hin schoss ein Cordova-327-Schiffsbrecher aus seiner Röhre und beschleunigte rasch auf einen ansehnlichen Prozentsatz der Lichtgeschwindigkeit. Seine Mission war sehr einfach: Er musste nur in die Nähe von Feind zwei gelangen und seinen Dreißig-Megatonnen-Sprengkopf zünden. Die zweite Rakete, eine Speleron 115 mit Kurs auf das andere Schiff, brauchte ein paar Millisekunden länger. Es war eine Spezialrakete mit einer erheblich komplizierteren Aufgabe als die Cordova. Sie musste auf einen Kilometer an ihr Ziel herankommen, um ihre Ladung abzufeuern: Tausende Flechette-Geschosse aus abgereichertem Uran. Diese kleinen Pfeile waren eigentlich dazu gedacht, den Antrieb auszuschalten, aber sie gingen auch problemlos durch Fleisch und Blut der Schiffsbesatzung.

Fein meldete sich wieder zu Wort. »Ma'am, sie haben den Raketenstart bemerkt.«

»Steuerung. Ausweichmanöver«, befahl sie.

Die *Defiant* beschleunigte und schleuderte wie wild durchs All. Ihre Gegner taten dasselbe.

»Zwei und Drei haben ebenfalls Raketen gezündet, Kommandantin. Gegenmaßnahmen sind eingeleitet.«

Lucinda antwortete nicht. Wenn die feindlichen Schiffe die *Defiant* erwischten, würde sie in wenigen Sekunden tot sein. Auf dem Display vor ihr blitzte es hell auf, und Feind zwei verschwand vom virtuellen Schlachtplan. Das Icon, das für Drei stand, wurde schwächer. Ein Teil von ihr, der Teil, der sich noch immer fragte, was zum Henker sie eigentlich in Torvaldts Sessel tat, befürchtete, dass sie es völlig versaut und einen Krieg ausgelöst hatte. Der rationalere Teil erinnerte sie daran, dass sie sich bereits im Krieg befanden, die Beweise schwebten überall ringsum im All. Brennende Habs und Kriegsschiffe. Zivile Handels- und Passagierschiffe, die so schnell wie möglich aus dem System flohen.

Fein vermeldete: »Feind zwei neutralisiert, Feind drei manövrierunfähig.«

»Und ihre Raketen?«

»Suchen noch nach uns, Kommandantin, bisher aber erfolglos.«

»Ausgezeichnete Arbeit, allesamt«, sagte Lucinda und zwang sich, mit fester Stimme zu sprechen. »Jetzt sind wir am Zug.«

Sie atmete durch und musste auf einmal dringend pinkeln. Kalter Schweiß sammelte sich in ihren Achselhöhlen. Ihr Blick wanderte von einem Besatzungsmitglied zum anderen. Für manche von ihnen, beispielsweise Chase, war es die erste Schlacht. Andere waren alte Hasen. Und sie alle sahen Lucinda an, offen oder verstohlen. Sie wusste, was sie zu tun hatte.

»Navigation, Annäherung an Feind drei. Kommunikation, versuchen Sie, Kontakt aufzunehmen. Machen Sie ihnen ein Kapitulationsangebot. Wenn sie es annehmen, bleiben sie am Leben. Wenn nicht, sterben sie. Waffensysteme bleiben auf Feind drei ausgerichtet. Beim geringsten Anzeichen einer Bedrohung erfolgt die sofortige Zerstörung des Gegners. Informationen sind wichtig, aber nicht um den Preis unseres Schiffs.« Sie sah, wie einige Leute nickten. »Miss Chivers, Sie haben das Kommando. Ich begleite die Marinesoldaten.«

Schweigen senkte sich über die Brücke. Nonomi Chivers räusperte sich nervös. »Ma'am?«

Lucinda machte eine ungeduldige Geste. »Leutnant Chivers, die Kommandantin begleitet den Hauptvorstoß. Die Führung führt.« Sie sah ihre Belegschaft der Reihe nach an. Chase wich ihrem Blick aus. »Leutnant Chivers, setzen Sie Captain Hayes davon in Kenntnis, dass ich sein Team begleite.«

Die junge Frau nickte und subvokalisierte einige

Worte, ehe sie sich wieder an Lucinda wandte. »Sie erwarten Sie, Ma'am.«

Lucinda nickte und machte sich auf den Weg zum Arsenal, mit einem kurzen Zwischenstopp, um ihre Blase zu leeren. Und Himmel, Arsch und Zwirn, was für eine Erleichterung das war. Eben auf der Brücke hatte sie Angst gehabt, sie könnte sich in die Hose machen. Mit zitternden Händen spritzte sie sich kaltes Wasser ins Gesicht. Die junge Frau, die sie aus dem Spiegel heraus anblickte, sah gehetzt aus und fremd. Sie atmete tief ein und wieder aus. Noch einmal. Entspann dich.

Ihr schoss ein gefährlicher Gedanke durch den Kopf.

Zum ersten Mal, seit sie getrennt worden waren, befand sie sich im selben System wie ihr Vater. Und sie hatte nicht nur die Mittel, aus den Sternen zu ihm herabzusteigen und ihn zu retten, sie hatte sogar eine halbwegs brauchbare Ausrede dafür: die Suche nach feindlichen Bodenstellungen. Die Sturm waren mit Sicherheit auf Batavia gelandet. Das wusste sie, ohne dass sie es erst überprüfen musste. Denn dort unten lag das Wrack der *Voortrekker*, ihres ersten Generationsschiffs, dessen Einzelteile in mehr als viertausend Missionen vom riesigen Gagarin-Komplex in der Sandokan-Bucht auf Borneo in den Orbit verbracht und dort montiert worden waren.

Für die Sturm war es eine heilige Stätte, und bei näherem Nachdenken verdichteten sich die Argumente für einen Angriff. Die Sturm würden dort eine starke Streitmacht zusammengezogen, ihre Basis aber zu einem so frühen Zeitpunkt noch nicht ausreichend gesichert haben. Ein vernichtender Schlag gegen die Basis würde vermutlich einen entscheidenden Teil ihrer Streitmacht hier im System ausschalten.

Sie schob die Gedanken beiseite.

Alle hier an Bord hatten Familie, Freunde, geliebte

Menschen, die sie nicht beschützen konnten. Sie war nicht anders und nicht wichtiger als irgendein anderer. Ihr Vater würde selbst für sich sorgen müssen. Dort unten war er vermutlich ohnehin sicherer als bei ihr. Er hatte keine genetischen Modifikationen, keine Implantate, und er war ein Gefangener des Kombinats. Höchstwahrscheinlich würden die Sturm seine Aufseher töten und ihn befreien.

Sie wischte sich das Gesicht trocken und machte sich wieder auf den Weg zum Arsenal, an den Shuttle-Buchten vorbei, der Weg dauerte nicht mal eine Minute. Unterwegs salutierte sie jedem Besatzungsmitglied, an dem sie vorüberkam. Sie war noch unsicherer als damals an ihrem ersten Tag auf Station Deschaneaux und erleichtert, als sie das Arsenal erreichte.

Lucinda lief an einer Reihe in Halteklammern hängender Kampfanzüge vorbei, die allesamt unglaublich tödlich aussahen. Vor einem in Braun-Olive gehaltenen Anzug, auf dessen Namensschild LT. HARDY stand, blieb sie stehen und versuchte, per Neuralnetz eine Verbindung herzustellen. Natürlich passierte rein gar nichts. Ihr Netz war nicht mehr da. Sie legte eine Hand auf die gepanzerte Brustplatte und wartete darauf, dass der Anzug ihre DNA erkannte.

Er öffnete sich wie eine Muschel. Sie stieg hinein und schloss ihn von innen. Ein Flüstern teilte ihr mit, dass sich die Umgebungssensoren kalibrierten; der leichte Ozongeruch verriet eine sorgsam gewartete Killermaschine.

Sie rief die Systemanzeigen auf und überprüfte sorgfältig sämtliche Kategorien. Ihr Gewehr, ein L-55, war einsatzbereit und mit normaler Munition sowie Fleischfresserprojektilen bestückt. Die Pistolenanzeige war ebenfalls grün. Sie verfügte über ein vollständiges Sortiment Granaten. Alle Dichtungen waren intakt. Sie hatte den Anzug überprüft, gleich nachdem sie an Bord gekommen war. Binnen einer Minute hatte sie sich überzeugt, dass alles voll funktionstüchtig war. Sie gab Befehl, die Halteklammer zu öffnen. Der Kampfanzug plumpste die kurze Distanz von nicht mal ein, zwei Zentimetern aufs Deck runter, und Lucinda Hardy begab sich zu Bucht 2, wo sich die Marines bereits versammelt hatten.

Jemand rief: »Kommandantin an Deck!«

Sofort nahmen die versammelten Marines Haltung an. Captain Hayes, der bereits seinen Kampfanzug, nicht jedoch den Helm trug, drehte sich zu ihr um und salutierte mustergültig. Sie tat es ihm gleich.

»Ma'am?«

»Weitermachen, Marines.«

»Gutes Timing, Ma'am. Ich wollte gerade mit der Einsatzbesprechung anfangen.«

»Lassen Sie sich von mir nicht aufhalten, Captain.«

Er nickte. »Herhören, Marines. Die Lage ist wie folgt: Wir nähern uns einer feindlichen Korvette, Besatzung und Bewaffnung unbekannt. Sie ist manövrierunfähig, wir haben sie mit einer Speleron erwischt.« Er lächelte. »Ihr wisst, was das heißt. Brei und Eis am Stiel.« Mehrere Soldaten kicherten. »Freundlich gesinnte Truppen: nur wir. Der Gegner ist unbekannt, also betrachtet alles nicht klar Identifizierbare mit Puls als feindlich gesinnt. Wir haben es mit den Sturm zu tun. Und einige werden noch leben. Unsere Mission lautet, das feindliche Schiff zwecks Informationsgewinnung zu erobern.« Er sah Lucinda an. »Gefangene?« Fragend zog er eine Braue hoch.

Sie schüttelte den Kopf und hob die behandschuhte Rechte, den Zeigefinger ausgestreckt. Ein Gefangener würde verschont bleiben, wenn möglich.

»Oorah«, dröhnten die Marines.

Hayes nickte und wandte sich wieder an seine Soldaten. »Ein Gefangener, möglichst ein Offizier, Standardprozedere. Wir gehen vor wie folgt: Zweiter Zug, Team eins, ihr entert und haltet die Position. Team zwei, ihr findet die Brücke und nehmt sie ein. Team drei: Maschinenraum. Vier: Kommando.« Er blickte wieder Lucinda an. »Ma'am, mit Ihrem Einverständnis, Sie begleiten mich und Team vier.«

»Einverstanden, Captain Hayes.«

Er wandte sich an die verbliebenen Trupps. »Erster Zug und die beiden übrigen Teams: Ihr haltet euch bereit, um Lücken zu stopfen, die die Kommandantin oder ich im Einsatz ausfindig machen. Roger?«

Ein Chor aus gegrunzten »Oorahs« und »Yessirs« antwortete ihm.

Die Uhr tickte. Hayes gab noch einige Anweisungen zur Kommunikation im Einsatz und anderen Belangen, dann wies er die Truppführer an, die finale Überprüfung abzuschließen.

Er drehte sich zu Lucinda um. »Letzte Überprüfung, Ma'am?«

»Legen Sie los.«

Schnell und erbarmungslos überprüfte er ihre Ausrüstung, und sie überprüfte im Gegenzug die seine. Alles tadellos. Hayes hob ganz leicht die Brauen, beugte sich vor und sagte, für alle anderen unhörbar: »Verdammt gute Arbeit, Ma'am. Normalerweise besteht niemand von der Schiffsbesatzung meine Erstinspektion.«

Lucinda lächelte und wurde sogar ein bisschen rot, aber ihr war klar, dass sie gerade einen wichtigen Test bestanden hatte.

»Marines, in die verdammten Sättel und los«, brüllte Hayes, stellte sich neben die Tür des Shuttles und schlug sämtlichen Soldaten und Soldatinnen, die an ihm vorbei ins Shuttle gingen, kurz auf die gepanzerte Schulter. Lucinda stand neben ihm.

»Kommunikation«, subvokalisierte sie, »gibt es Antwort von Feind drei?«

»Nein, Ma'am.«

»Gut. Dann kommt es für sie jetzt, wie es eben kommt.« Der letzte Marine kam an ihnen vorbei. Hayes bedeutete Lucinda, sich ebenfalls ins Shuttle zu begeben, und folgte direkt hinter ihr. Sie ging zu einer freien Halteklammer, lehnte sich hinein und war »vertäut und bereit«. Hayes nahm die Klammer neben ihr. Der Chief der Shuttle-Besatzung ging die Reihen ab und überprüfte jeden Soldaten. Lucinda hörte seine Stimme übers Netz, er sprach mit dem Piloten.

»Skyfall, hier Chief: Unsere Fracht ist vertäut und bereit.«

»Verstanden, Chief. Schnallen Sie sich an; wir haben Startfreigabe.«

»Roger.«

Zischend schloss sich die Tür, und Lucinda spürte, wie sich das Shuttle in die Luft erhob. Dasselbe Grauen wie im Jawanenkrieg ergriff von ihr Besitz, sie schmeckte Galle. Sie hörte die Pilotin mit dem Spitznamen Skyfall mit ihrer Altstimme sagen: »Wir sind unterwegs zu Feind drei. Nehmen Gegner in die Klammer in fünfzehn Minuten, Eindringen fünf Minuten nach Andocken am feindlichen Schiff. Lehnt euch zurück, entspannt euch und genießt den Flug.«

»Roger, Skyfall«, antwortete Lucinda. Eine kurze Pause. »Sind wir schon da?«

Leises Gelächter ging durchs Shuttle.

In den nächsten fünfzehn Minuten geschah nichts. Kaum Geschwätz über Troopnet. Hayes' Leute waren konzentriert und diszipliniert. Und bewegen konnten sie sich ja ohnehin nicht, die Klammern hielten die Passagiere des Shuttles in eisernem Griff, damit bei einer plötzlichen Beschleunigung nichts passierte. Und wozu wäre Geschwätz gut gewesen?

Lucinda dachte an ihren Vater. Sie konnte nichts dagegen tun. Schon vor langer Zeit hatte sie aufgehört, sich mit dem Gedanken herumzuquälen, dass sie an seiner Notlage schuld war. Er hatte Geld für ihre Schulgebühren geliehen, ja, aber er hatte nicht gewusst, dass der Kreditgeber seine Ansprüche an einen Eintreiber des Kombinats verkaufen würde. Die FinTechs des Kombinats durften auf staatlichem Grund keine Geschäfte abwickeln, aber die Gesetze des Großvolumens garantierten den freien Kapitalfluss, und sobald Jonathyn Hardy seinen Kreditvertrag bei einem zugelassenen, wenn auch zwielichtigen armadalischen Broker unterzeichnet hatte, durfte der frei mit seinen Ansprüchen handeln. Zwar waren die Kredithaie des Kombinats innerhalb des Weltenbunds nicht befugt, selbst Geschäfte abschließen, aber die Gesetze verboten nicht, dass sie ihre Schuldeneintreiber schickten.

Lucinda hoffte, dass es ihm gut ging, und verspürte eine absurde Dankbarkeit dafür, dass er sich auf einem Planeten befand und nicht in einem Hab gefangen war. Eassar sah übel aus.

Sie zwang sich dazu, sich wieder auf die Mission zu konzentrieren. Wer waren diese Leute? Was hatten sie drauf, wo lagen ihre Stärken und Schwächen? Sie hoffte, auf dem Schiff einige Antworten zu finden. Sie hoffte, dass sie das Leben der Marines nicht umsonst aufs Spiel setzte.

Hatte sie die richtige Entscheidung getroffen? Wer würde sterben? Würden die Ergebnisse die Opfer wert sein? Ohne ein Back-up via Neuralverbindung war tot wirklich tot.

Skyfall unterbrach ihre Grübeleien. »Kurs und Geschwindigkeit an Feind drei angeglichen. Der Antrieb ist definitiv ausgefallen, keine Außenbeleuchtung und keinerlei Beschuss. Andocken in dreißig Sekunden.«

Lucinda wartete im schwachen bläulichen Schimmer des ansonsten dunklen Frachtraums. Nach einer gefühlten Ewigkeit rummste das Shuttle mit etwas zusammen.

Skyfall meldete sich wieder zu Wort: »Kommando, wir haben mit dem Zugriff begonnen. Beginn der Fünfminutenfrist: jetzt.« Bei dem Wort *jetzt* öffneten sich alle Klammern. Lucinda schwebte zur Decke hinauf und bekam mit der Leichtigkeit der Routine das Seil zu packen, das sie zum Heck des Shuttles bringen würde. Unterwegs hatte sie eine Tablette gegen Übelkeit in der Schwerelosigkeit genommen, damals auf der Akademie hatte sie ihre Lektion gründlich gelernt: In einen Anzug zu kotzen war überhaupt nicht witzig.

Hayes machte eine Durchsage an alle. »Ihr wisst, was zu tun ist. Sobald der Durchgang offen ist, gehen wir rein. Ein paar dieser Wichser werden noch am Leben sein. Legt sie alle um. Nur einen nicht. Wir sehen uns drinnen.«

Hayes zupfte an Lucindas Panzerung und bedeutete ihr, sie möge ihm folgen. Das tat sie, schwang sich von einem in die Decke eingelassenen Griff zum nächsten und rempelte dabei gelegentlich einen wartenden Soldaten an. Captain Hayes hangelte sich voran bis ins Heck, von dem aus der Durchbruch durchgeführt wurde. »Alte Tradition unter meinen Leuten, Ma'am. Beim Entern wartet der Kommandant beim Durchbruch.«

»Die alten Traditionen sind die besten, Captain.«

Sie hielten neben einer flachen runden Stelle im Boden des Hecks an und sahen zu, dass sie dem ersten Team nicht im Weg waren. Sie würden schnell und rücksichtslos entern. Die Zeit spielte nicht für sie, und alle Überlebenden im Schiff würden alles daransetzen, rechtzeitig den Durchbruch ausfindig zu machen, von dem sie wussten, dass er kommen würde.

Auf Lucindas Helmdisplay erschien ein Timer. Er zählte von dreißig runter. Der Marine ganz vorn gab testweise ein winziges bisschen Schub, dann schwebte er da und wartete.

Drei, zwei, eins.

Der Boden des Shuttles ploppte auf, und zwei bereitstehende Marines jagten Granaten durch die wartende, schimmernde Öffnung. Die Teamchefin hob eine Hand, die Finger ausgestreckt. Präzise krümmte sie einen Finger nach dem anderen. Sobald ihre Hand zur Faust geballt war, raste der erste Marine durchs Loch und starb. Der zweite Marine folgte direkt dahinter und schaltete den Verteidiger aus. In rascher Folge rauschte das gesamte erste Team ins gegnerische Schiff.

Troopnet erwachte zum Leben.

»Jones, hinter dem Schott...«

»Wo ist der Wichser...«

»Fünfzig-fünfzig abgefeuert, Achtung, wird hell...«

»Zwei erledigt.«

Hin und wieder flog irgendein Sonstwas-Trümmer durch die Öffnung. Ein solches Teil prallte von Lucindas Rüstung ab. Nach einer Minute meldete sich Team eins.

»Position gesichert. Bereit für nächsten Schritt. Vorsicht, hier drinnen brennt die Luft.«

Hayes antwortete: »Roger. Team zwei, los.«

Lucinda sah zu, wie der nächste Trupp durch das Loch jagte. Schüsse hörte sie natürlich nicht, aber über Troopnet wurde unmissverständlich deutlich, dass dort unten ein wilder Kampf tobte. Marines starben aufgrund ihrer Befehle. Starben wirklich.

Sie kämpfte die aufsteigende Panik nieder.

Hayes ergriff erneut das Wort. »Team drei. Rein da.«
Wieder sah Lucinda zu, wie Marines an ihr vorbeischossen. Wie viele von ihnen würden zurückkehren?
Hayes gab einen letzten Befehl von Bord des Shuttles aus. »Erster Zug, Team fünf, wir brauchen euch. Sind da drinnen ganz schön aufgerieben worden. Folgt uns, verstanden?«

»Verstanden, Sir.«

Hayes schwebte zum Durchbruch hinüber und zündete seine Schubdüsen. Schoss ins feindliche Schiff hinunter. Lucinda und der Rest von Team vier folgten ihm.

Sobald sie durch das mit Plasmastrahlen geschnittene Loch hindurch waren und sich im Sturm-Schiff befanden, schaltete sie auf Infrarotsicht um. Der Gang war nicht beleuchtet. Knapp über dem Boden schaltete sie die Schubdüsen aus, und ihr Anzug fing den Aufprall automatisch ab und verhinderte, dass sie in der Schwerelosigkeit ins Trudeln geriet. Ein abgetrennter Arm prallte von ihrem Visier ab. Rasch scannte sie ihre Umgebung auf Bedrohungen, aber da war nichts. Sie bewegte sich weiter den Gang hinab. Vor ihr zuckten Lichter. Lucinda überprüfte ihre Anzeigen. Team zwei war Richtung Bug unterwegs, Team drei bewegte sich zum Heck, wo sich vermutlich der Maschinenraum befand. Wer vom ersten Team noch übrig war, sicherte weisungsgemäß die Position.

Hayes meldete sich bei ihr: »Wir rücken vor zur Brücke, Kommandantin. Alle sind mit Kameras ausgestattet; wir sammeln alle verfügbaren Daten und streamen sie live der *Defiant*. Diese Rakete hat das Schiff wirklich übel erwischt, ansonsten würden wir bis zum Hals in der Scheiße stecken, so wie diese Typen kämpfen. Heftiger Widerstand vorn im Schiff. Würde mich nicht wundern, wenn sie versuchen, es in die Luft zu jagen.«

Damit sprach er aus, was auch sie befürchtete. Ihr Kiefer spannte sich, und sie arbeitete sich vorwärts, umgeben von den Spuren eines gnadenlosen Kampfs und plötzlichen Druckabfalls. Tiefgefrorene, in graue Overalls gekleidete Besatzungsmitglieder in grotesken Körperhaltungen prallten von Schotts ab und trudelten durch den Gang. Erfrorene Marines mit in die Anzüge gebrannten Löchern. Eine tote gegnerische Soldatin, die es halb aus ihrer Rüstung geblasen hatte, ihr Oberkörper war aufgerissen, und die inneren Organe froren ein, noch während Lucinda sie betrachtete. Maschinenteile, Schaltkreise, Gegenstände – alles schwebte durch die durchlöcherten Gänge wie Luftballons in einem Horrorzirkus.

Lucinda schwebte einfach daran vorbei. Ein rätselhaftes Geschoss durchschlug das Schott direkt vor ihr, trat auf der anderen Seite aus und flog... irgendwohin. Sie sah eine zuckende Gestalt in ihr unbekannter Uniform und gab zwei schnell aufeinanderfolgende Schüsse darauf ab. Vorsicht war besser als Nachsicht. Am Rande registrierte sie die Information, dass die KAM-Munition die Panzerung der Sturm sauber durchdrang.

Die zuckenden Blitze vor ihr kamen zum Erliegen. Kurz darauf knisterte es im Troopnet. »Team zwei, Achtung, wir haben die Brücke besetzt. Eine Offizierin gefangen genommen, sie ist mehr oder weniger am Leben. Sofortige Verwundetenrettung vonnöten.«

»Gute Arbeit, Marines«, antwortete Lucinda. »Wir sind gleich da.«

Etwa eine Minute später erreichten Team vier und das Kommando die Brücke, wo Marines eifrig damit beschäftigt waren, alles einzupacken, was danach aussah, als könnte es relevante Daten enthalten. Ein Soldat stand über einem schwebenden Anzug der Gegner Wache; ein Bein fehlte.

»Sieht nach der Brücke aus«, sagte Hayes. »Was meinen Sie, Kommandantin?«

»Zustimmung. Zehn Minuten, um Material einzusammeln, dann ziehen wir uns wieder zurück.«

Zwanzig Minuten später waren die Marines und Lucinda wieder im Shuttle. Im Heck lagen vier glänzende schwarze Säcke, darin die Leichen von vier ihrer Marines. Als sich ihre Klammer um sie schloss, fragte sie sich wieder, ob es das wohl wert gewesen war.

Vielleicht, dachte sie.

Der Rückweg verlief ereignislos. Lucinda hing stumm in ihrer Klammer. Sie roch ihren eigenen Schweiß und fühlte sich so leer wie eine billige Kombinatsbatterie. Zum ersten Mal hatte sie Zeit, um nachzudenken. Welche freundlich gesinnten Einheiten mochten den Angriff der Sturm überlebt haben? War die *Defiant* allein? Ein einsames Schiff ohne Intellekt?

Einige Antworten, dachte sie, würden sie in den auf dem feindlichen Schiff geborgenen Daten finden. Kopfschüttelnd stellte sie fest, dass sie nicht einmal den Namen von Feind drei kannte.

»Weiß jemand den Namen des Schiffs?«, fragte sie.

Hayes gab die Frage über Troopnet weiter. Wenige Sekunden darauf meldete er sich wieder bei ihr. »*Rorke's Drift*«, sagte er.

»Oh, heilige Scheiße.«

Das Shuttle dockte wieder an der *Defiant* an, der Luftdruck wurde wiederhergestellt. Die Marines gingen von Bord, aber Lucinda und Hayes blieben zurück. Sie verließen das Shuttle als Letzte und wechselten einige Worte.

»Gute Arbeit, Kommandantin.«

»Hatte ja nicht viel zu tun, Captain.«

»Sie hatten das Kommando, Ma'am.« Er salutierte ihr.

»Mit Ihrer Erlaubnis, Kapitän.«

Sie salutierte ihm ebenfalls. »Wegtreten, Captain. Und gut gemacht. Glückwunsch an Ihre Leute und ... auch mein Beileid. Es tut mir leid.«

Hayes nickte, wandte sich ab und ging davon. Lucinda schlug eine andere Richtung ein als er, sie ging zum Arsenal. Mit erleichtertem Ächzen hakte sie ihren jetzt nicht mehr brandneuen Anzug wieder in seiner Halterung ein, befreite sich aus der Schale und machte sich auf den Weg zur Brücke. Nach nichts sehnte sie sich mehr als nach einer Dusche und ihrem Bett, aber sie musste das Kommando wieder übernehmen.

Auf der Brücke ging sie als Erstes zu Chase. Sie sah den Ekel in seinem Gesicht, als ihr Geruch ihm in die Nase stieg, dann setzte er rasch wieder seine professionelle Miene auf. »Willkommen zurück, Kommandantin.«

»Schön, wieder hier zu sein, Leutnant Chase. Leutnant Chivers, ich übernehme ab sofort wieder das Kommando. Haben wir zwischendurch etwas von dem Händler gehört?«

»Sie haben den Zusammenstoß ohne Verluste überstanden«, berichtete Nonomi. »Mit der Hilfe eines zufällig vorbeitreibenden Mechs konnten sie anscheinend die Besatzung des dritten Schiffs auseinandernehmen, so wie es aussieht.«

»Wirklich? Ein Händler? Der es mit dem Sturm aufgenommen hat?« Lucinda war die Überraschung deutlich anzuhören. Der Argwohn. »Was für ein Händler ist das?«

»Leichtfrachter.« Chivers zuckte mit den Schultern. »Laut Ladungsverzeichnis waren sie mit ein paar Paletten original gebranntem Whiskey nach Eassar unterwegs. Mitgenommen haben sie nichts. Die Kapitänin hat sich gemeldet, um sich dafür zu bedanken, dass wir die beiden anderen Schiffe aufgehalten haben. Sie hat gesagt, es sei das erste Mal, dass sie froh war, ein Linienschiff zu sehen.«

Lucinda lächelte schwach. »Ich verstehe. Schmuggler also, ja? Wie ist der Name dieses glücklichen Schiffs, und wer ist die Kapitänin?«

Chase warf einen Blick auf seine Anzeigen. »Irgendein Dreckskahn namens *Je Ne Regrette Rien*, und seine *Kapitänin*«, er sagte es mit spöttischer Überbetonung, »ist Sephina L'trel.«

Lucindas Lächeln gefror.

28

LUCINDA SCHWANKTE, und als der Hormonrausch des Einsatzes allmählich abklang, wurde ihr ein bisschen schwindlig. Zwar hatte sie sich den Weg auf die *Rorke's Drift* nicht freikämpfen müssen, war nicht derselben Gefahr ausgesetzt gewesen wie die Marines, die als Erste hineingegangen waren. Es war nicht ihr erster Kampfeinsatz gewesen.

Aber es war das erste Mal gewesen – zumindest in ihrer Funktion als Offizierin –, dass sie ohne Back-up gekämpft hatte. Wortwörtlich.

Zum letzten Mal hatte sie ihr vollständiges Engramm zwei Tage vor Torvaldts Tod im verschlüsselten Substrat der *Defiant* gespeichert. Seit diesem Tag hatte niemand mehr ein Back-up gefahren. Nach der Infiltration war es zu riskant, sich per Neurallink mit dem Schiff oder auch untereinander zu verbinden. Auf Lucindas Befehl hin hatten alle ihre Neuralnetze ausgeschieden. Niemand fuhr ein Back-up und niemandem standen künstliche Neurotransmitter zur Verfügung. Sie flogen und kämpften splitternackt.

Lucinda war ein bisschen übel, aber sie wusste nicht, ob es an den Nachwirkungen des Einsatzes lag oder an dem, was Chase ihr gerade mitgeteilt hatte.

»Sephina L'trel, sagten Sie, Leutnant Chase?«

Chase wirkte ein wenig verärgert, weil seine Aussage vor der ganzen Besatzung in Zweifel gezogen wurde. »Ja, das ist korrekt, Kommandantin.«

»Mister Bannon, würden Sie bitte aus den Bordsystemen sämtliche Informationen über eine armadalische ... Bürgerin« – sie stolperte ein wenig über das Wort – »aus Shogo City auf Hab Coriolis heraussuchen? Der Name ist Sephina L'trel.« Sie buchstabierte es. »Eigentümerin und Kommandantin des Handelsfrachters *Je Ne Regrette Rien*.«
»Ja, Ma'am«, antwortete Bannon.
»Leutnant Chivers«, fuhr sie fort. »Ich muss mit unserer Kapitänin L'trel sprechen.«
»Ja, Ma'am«, erwiderte Chivers. »Ich stelle für Sie eine Verbindung her.«
»Kommandantin, wenn ich kurz etwas sagen dürfte?«, unterbrach Leutnant Fein.
Lucinda nickte ihm zu.
»Sechs feindliche Schiffe nähern sich unserer Position. Drei von einem Typ ähnlich einem Zerstörer. Zwei Korvetten. Und einer, der an einen Titankreuzer erinnert, allerdings mit ein paar Unterschieden. Das vorderste Schiff, einer der drei Zerstörer, kommt in etwa fünfundvierzig Minuten in Reichweite unserer Bordwaffen. Über die Reichweite der Gegner kann ich keine Aussage treffen. Der Kreuzer ist am weitesten weg, wird aber voraussichtlich der gefährlichste Gegner sein.«
Lucinda musste sich setzen.
Sie waren mitten in den Krieg geraten. Nein, Unsinn. Lucinda hatte sie alle mitten in einen Krieg geführt.
»Mister Chase«, sagte sie mit sorgsam beherrschter Stimme. »Bitte berechnen Sie zwei Sprünge. Einen, um uns so weit wie möglich aus diesem System fortzubringen. Arbeiten Sie bei der Berechnung des zweiten, anschließenden Sprungs mit Mister Fein zusammen. Der zweite Sprung bringt uns hinter den Kreuzer, und zwar in eine Position, die uns erlaubt, ihn unter Feuer zu nehmen.«

»Einen Kreuzer?«, sagte Chase. »Meinen Sie das ernst?«

Auf der Brücke wurde es vollkommen still.

Chase schien kurz zu wittern. Die Stimmung war nicht offen feindselig, aber freundlich war sie auch nicht.

»Ich meine, bei allem gebotenen Respekt... Kommandantin. Aber wir wissen doch überhaupt nichts darüber, zu was unsere Gegner in der Lage sind. Wir hatten noch keine Zeit, die Gefangene zu befragen oder die Daten vom gegnerischen Schiff auszuwerten. Und... und es ist gut möglich, dass wir uns auf dem einzigen funktionstüchtigen Kriegsschiff in diesem System befinden.«

Lucinda sagte nichts. Sie sah ihn nur an. Wartete.

Chase wandte sich an Mercado Fein. »Fein. Sie sind der taktische Offizier. Haben Sie eine Idee, wie man ein Schiff von der Größe eines Titankreuzers bekämpfen sollte? Mit seiner eigenen Eskorte aus Kriegsschiffen?«

»Mister Chase?«, fragte Lucinda leise, ehe Fein antworten konnte.

»Was?«

»Haben Sie meine Sprungpunkte fertig berechnet?«

Wieder vollkommene Stille. Diesmal sehr viel unbehaglicher als zuvor.

»Nein«, sagte er. »Natürlich nicht.«

»Dann schlage ich vor, Sie fangen damit an«, sagte sie. »Jetzt.«

Sie starrten einander an, aber Chase sah als Erster weg. Er beugte sich über das Navigations-Holofeld und machte sich an die Berechnungen.

Klatsch.

Klatsch.

Klatsch.

Lucinda sah auf, das Gesicht gerötet, aber niemand von der *Defiant* hätte es gewagt, die kommandierende Offizierin derart zu verspotten.

Sie wusste, wer es war, noch ehe sie das Kommunikations-Holo sah.

»Hallo Seph«, sagte sie und war auf einmal sehr müde. »Es ist viel zu lange her.«

Sephina L'trels Abbild schwebte genau in der Mitte der Brücke. Die ganz große Bühne. So wie immer.

»Zu lange?«, fragte das Holo. »Soweit ich mich erinnere, hast du bei unserer letzten Begegnung versucht, mich so richtig zu ficken. Und zwar nicht auf die spaßige Art.«

Lucinda spürte, wie ihre Schiffsgefährten Blicke wechselten. Sie errötete noch tiefer, aber sie biss die Zähne zusammen. Beschämung konnte, wenn man es richtig anstellte, wie Zorn wirken.

»Ich meinte, dass du schon viel zu lange frei im All unterwegs bist, Sephina. Du gehörst ins Gefängnis.«

Das Abbild der anderen Frau zuckte mit den Schultern, lächelte sogar, wenngleich es ein etwas trauriges Lächeln war. »Das ganze Leben ist ein Gefängnis, Baby. Das hast du mir beigebracht.«

Lucinda rieb sich über die Augen und fluchte stumm. Atmete tief durch und wappnete sich. »Hör zu, im Zweifel für den Angeklagten«, sagte sie. »Ich gehe mal davon aus, dass du wahrscheinlich nicht diejenige bist, der wir diesen Mist hier zu verdanken haben.« Sie machte eine Handbewegung, als wollte sie das gesamte hiesige System umfassen. »Und ich habe zu tun. Also sag mir einfach, was du weißt. Ich schicke dir Techniker rüber, die euch von diesem anderen Schiff befreien, und wir verschieben unseren kleinen Plausch auf später. Ich gehe davon aus, du hast niemanden gefangen genommen.«

Sephinas Miene verfinsterte sich. Fast schien es, als wollte sie die Verbindung unterbrechen, aber dann ergriff sie doch noch einmal das Wort. »Sie haben Ariane getötet.«

Lucinda schloss die Augen. Ließ sie eine Weile geschlossen. Sie war froh, dass sie saß. Ihr war zumute, als hätte sich das Deck unter ihr aufgelöst.

Sie öffnete die Augen wieder. »Es tut mir leid«, sagte sie. »Es tut mir wirklich leid.«

»Ja. Sie hat dich immer gemocht. In der Hinsicht war sie eine Idiotin.«

Lucinda wandte sich an Leutnant Fein. »Irgendetwas Neues?« Ihr war peinlich bewusst, wie bizarr und unprofessionell die Szene auf die anderen wirken musste.

»Nein, Ma'am«, antwortete Fein vollkommen neutral. »Die feindlichen Schiffe nähern sich noch immer mit gleicher Geschwindigkeit.«

Nonomi Chivers versuchte, sie mit einem entschuldigenden Blick um Verzeihung zu bitten, weil sie die Verbindung hergestellt hatte, ohne sie vorher zu warnen, aber Lucinda winkte ab. Chivers hatte ja nicht geahnt, mit wem sie es zu tun hatte.

»Ihr wart also nach Eassar unterwegs, als die Sturm angegriffen haben?«

»Wir waren auf Eassar.«

»Und habt ganz legale Geschäfte mit einem der vielen achtbaren Tochterunternehmen des Yulin-Irrawaddy-Kombinats abgewickelt, nehme ich an.«

»Nein. Ich habe neuneinhalb Millionen Yen von der Yakuza gestohlen.«

»Na, das ist ja einfach großartig«, erwiderte Lucinda trocken. »Und dann?«

»Dann ist uns die Scheiße ins Gesicht explodiert. Nicht nur unsere eigene Scheiße. Das ganze verdammte Hab. Sah aus, als ob die irgendwelchen schwarzen Code ins Netz gejagt haben. Ich glaube, dass alle gehackt wurden, die gerade mit dem Livestream verbunden waren. Also hat es nicht alle erwischt. Und bei uns hat es fast keinen erwischt, mal abgesehen von dem lokalen Yak-Boss und ein paar Typen von der Hab-Sicherheit. Hohe Tiere, du weißt schon. Solche wie dich. Neuralnetz-Leute.«

Lucinda tat, als hätte sie den Seitenhieb gar nicht gehört. »Woher weißt du, dass sie gehackt wurden?«

»Sie haben angefangen, Leute zu essen. Und sie waren echt scheißhungrig.«

Auch darauf antwortete Lucinda nicht, aber sie dachte sofort an die wilde, irrsinnige Gewalt, die von Kapitän Torvaldt und Leutnant Wojkowski Besitz ergriffen hatte, als sie sich mit dem toten Briefkasten verbunden hatten.

»Hast du Gegenwehr beobachtet? Von der Hab-Sicherheit oder dem Kombinat? Oder sogar den TST?«

»Nichts dergleichen. Die meisten Leute, die wir kämpfen gesehen haben, waren einfach irgendwelche Leutchen von dort, aber wir waren auch in einer ganz besonders üblen Ecke unterwegs.«

Lucinda vermochte nicht zu sagen, ob sie sie auf den Arm nahm. Aber wegen Ariane und angesichts des mitgenommenen Ausdrucks in Sephinas Augen nahm sie an, dass es kein Scherz sein sollte.

»Hast du irgendeine Idee, was außerhalb des Systems passiert ist?«

»Nada. Ich benutz das Nullpunktnetz nicht. Und wir waren damit beschäftigt, abzuhauen und wild um uns zu schießen. Ich nehme mal an, es ist überall das Gleiche.«

»In Ordnung. Ich schicke euch ein paar Leute rüber. Geheimdienst. Sie haben ein Sicherheitsteam dabei. Marines. Von euch wollen wir heute nichts, Sephina, also lass sie einfach ihre Arbeit machen, ja? Sagt ihnen, was sie wissen wollen. Wenn ihr irgendetwas braucht, das wir euch innerhalb der nächsten dreißig Minuten bereitstellen können, sagt es bitte Leutnant Chivers. Das ist die Offizierin, die du in eine peinliche Lage gebracht hast, indem du unsere Komm-Sperre umgangen hast. Billige Nummer, übrigens.«

Sephinas Abbild reagierte kaum darauf. Lucinda dachte an Ariane, und auf einmal schämte sie sich für ihre Provokation. Es war schäbig gewesen.

»Es tut mir leid wegen Ariane.«

Sephina reagierte nicht darauf. »Wir haben hier einen Typen in 'nem Mech«, sagte sie. »Er gehört zu euch. Oder zumindest zum Militär. Wie auch immer. Er stammt von der Erde, sagt er. Hat ihn irgendwie in einem Krawallmech aus dem Gefängnis verschlagen, aber es hat ihn ziemlich übel erwischt. Wenn ihr ihn in einen neuen Körper oder auch in einen weniger kaputten Mech transferieren könntet, wär das echt super von euch. Er hat eine Menge von diesen dreckigen Nazis umgelegt. Scheint ein netter Kerl zu sein. Aber wir haben nicht die technischen Möglichkeiten, ihm zu helfen.«

»Ich sage den Technikern, sie sollen ihn sich mal ansehen. Versprechen kann ich nichts. Wir sind kein Ersatzteillager. Und ich will wissen, was er im Gefängnis getrieben hat.«

Da lächelte Sephina. Ganz schwach. Es verjagte nicht die Dunkelheit, die auf ihren Schultern zu liegen schien, aber mit einem Mal schien es denkbar zu sein, dass diese Dunkelheit vielleicht eines Tages wieder von ihr weichen würde.

Sie sagte: »Das Leben ist ein Gefängnis, Cinders. Weißt du nicht mehr?«

»Kommandantin?« In der Stimme, die ihre Unterhaltung unterbrach, lag Dringlichkeit. Es war Leutnant Chivers. »Ich bekomme hier gerade eine Verbindungsanfrage rein, über einen abgesicherten Kanal, Ma'am. Nicht Nullpunkt. X-Band.«

»Ein Intellekt?«

»Ja, Ma'am. Ersucht dringend um ein Gespräch mit Defiant.«

»Mister Fein, wie ist der Status der feindlichen Schiffe?«

»Nähern sich noch immer, Kommandantin. Siebenunddreißig Minuten bis Schussreichweite.«

»Leutnant Bannon, scannen Sie den betreffenden Kanal bis in seine Quantenbestandteile. Ich lasse nicht zu, dass noch einmal jemand diesem Schiff irgendeine Schadsoftware auf den Hals schickt.«

»Scans laufen bereits, Ma'am. Bisher grünes Licht.«

»Wiederholen Sie die Scans. Stellen Sie sich notfalls auf den Kopf, um es noch mal aus einem anderen Blickwinkel zu sehen«, befahl sie, ehe sie sich wieder an Sephina wandte.

»Schon okay«, sagte Seph. »Hab's verstanden. Du bist jetzt echt wichtig.«

Lucinda reagierte nicht auf den Spott. »Es nähern sich weitere feindliche Schiffe. Wir haben nur etwas über eine halbe Stunde, ehe sie in Reichweite unserer Waffen sind. Ich weiß nicht, wann sie uns auf den Waffenradar bekommen. Ich habe jetzt zu tun. Wie du sagtest, ich bin sehr wichtig. Ist euer Schiff sprungfähig?«

»Sie haben uns einen EM-Puls in die Steuerung gejagt. Meine Jungs kümmern sich gerade drum. In zehn Minuten sollten wir wieder in der Lage sein zu springen.«

»Dann macht euch bereit«, sagte Lucinda. »Wir decken euch den Rücken, wenn nötig.«

»Wird schon nicht nötig sein. Von dir brauche ich nichts.«

»Du brauchst unsere Hilfe bei der Reparatur des Mechs. Schick Leutnant Chivers eine Liste. Ich nehme an, du hast einen Techniker an Bord.«

»Den besten.«

»Ja, coole Sache, das. Schick uns die Liste. Und beeil

dich. Ich lasse dir ein neues Steuerpult zukommen. Wir haben ein passendes da. Über dein Schiff wissen wir alles Nötige.«

»Wie es dir letztes Mal entkommen ist, weißt du nicht«, sagte Sephina.

Lucinda bedeutete Chivers, sie solle die Verbindung unterbrechen. Das Holo verschwand.

»Leutnant Bannon, haben wir eine saubere Frequenz für die Unterhaltung mit diesem Intellekt?«

»Haben wir.«

»Nonomi, stellen Sie die Verbindung her. Mit wem habe ich das Vergnügen?«

»Ein Armada-Superintellekt, Kommandantin.« Chivers klang nervös. »Er sagt, Sie dürfen ihn Hero nennen.«

29

Mit der Folter verhält es sich so, dass sie immer viel schlimmer ist, als man es sich je ausmalen könnte. Und diese verkackten Irren hatten sich noch nicht mal richtig warmgelaufen.

McLennans Hände waren mit Handschellen hinter seinen Rücken gefesselt.

Die Handschellen, die ein bisschen zu fest in seine Handgelenke schnitten, waren an einer Kette befestigt.

Die Kette war Teil eines Flaschenzugs, der an einer Art improvisiertem Gerüst aus Plastikstahlrohren befestigt war.

Er hing an seinen ausgerenkten Armen, gerade tief genug, dass seine Zehen noch das Geröll unter ihm berührten.

Aber nicht tief genug, um nennenswert Gewicht von seinen Schultern zu nehmen, in denen der reinste Großbrand an Schmerzen wütete.

Er war weniger ein Mensch als ein verdrehtes, menschenförmiges Behältnis, entkernt und ausgeweidet und jeder Persönlichkeit beraubt und dann mit Torquemadas ganzer Palette an Entsetzen und Schmerz gefüllt: der Schock; die Übelkeit erregende Gewalt, mit der seine Arme aus den Gelenkpfannen gerissen worden waren wie Hühnerflügel aus einem Tierkadaver; die rhythmischen Qualen des unumgänglichen Ein- und Ausatmens, was sich anfühlte, als würde er im Griff eines dummen, gleichgültigen Riesen zerquetscht; und die schwächeren, rätselhaften Schmerzen, die unberechenbar überall in seinem gepeinigten Körper aufflammten.

Er war nackt.

Hing in der prallen Sonne.

Seine blasse, leicht sommersprossige Haut war kirschrot gebrannt.

Seine Beine, zitternd von der Anstrengung, sich auf den Zehenspitzen zu halten, waren klebrig von seinem eigenen dunklen Urin und flüssiger Scheiße. Seine Augen waren nass vor Schweiß und Tränen, die Welt ein verwischtes Kaleidoskop aus Farben, in dem eine schwarze Schicksalswoge sich vor ihm auftürmte. Das Wrack der *Voortrekker*.

Aber immerhin hatten sie noch nicht damit angefangen, ihn zu foltern.

McLennans Kopf sackte herab, und heißer, grellweißer Schmerz explodierte in seinen Achselhöhlen und tief im Brustkorb.

Er stöhnte. Er weinte sogar, aber die schwachen Vibrationen seines Schluchzens fügten dem brodelnden Strudel seiner zahlreichen anderen Qualen nur weitere pochende Krämpfe hinzu.

Es war unmöglich zu schätzen, wie lange er hier schon neben dem Wrack ihres geheiligten abgestürzten Schiffs vom Gerüst baumelte. Er hatte kein Neuralnetz. Die glühende Sonne stand hoch am Himmel und schien sich kaum zu bewegen. Niemand befragte ihn.

Manchmal verlor McLennan kurz das Bewusstsein, aber das plötzliche Zusammensacken riss seine Arme nach oben, und er kam unter entsetzlichen Qualen wieder zu sich.

Vielleicht eine halbe Stunde nachdem sie ihn aufgehängt hatten, vielleicht auch vier oder fünf Stunden später, schnitten sie ihn ab. Er bekam erst mit, dass jemand kam, als sich das unbarmherzige weiße Glühen von Sujutus mit einem Mal verdunkelte, weil jemand, vielleicht auch mehrere Leute, vor ihn traten und ihn damit gegen die Sonne abschirmten.

»Was?«, murmelte McLennan und verstand selbst nicht, was er sagte. Seine Zunge war fast auf die doppelte Größe angeschwollen, der Mund trocken, die Lippen rissig.

Plötzlich spürte er, dass er stürzte, und dann explodierte der Schmerz mit der Wucht eines Vulkanausbruchs und begrub ihn endlich barmherzig unter sich.

Er erwachte verwirrt und mit einem trockenen Würgen in der Kehle. Fand sich nackt auf Sand und Geröll der Eisensteinwüste wieder. Der Himmel schien sich zu bewegen. Dann wurde er klar genug im Kopf, um zu begreifen, dass er inzwischen unter einer Plane lag.

»Hoch mit ihm.«

Eine starke Faust packte eine Handvoll seines ergrauenden Haars und riss ihn in die Höhe.

Er schrie vor Schmerz. Nicht, weil ihn jemand an den Haaren emporriss, sondern wegen der grauenhaften Schmerzen, die seine anderen Verletzungen ihm bereiteten.

Jemand kippte kaltes Wasser über ihm aus, einen ganzen Eimer voll, eine weitere Übelkeit erregende Drehung in diesem endlosen Karussell seiner Qualen.

Irgendein Stück Stoff in seinem Gesicht, jemand rieb ihm grob einen Großteil des Wassers aus den Augen, und er sah seine Umgebung, zum ersten Mal seit... seit wer weiß wie langer Zeit.

»Ihre Ausrüstung ist militärischem Standard vergleichbar, aber zivilen Ursprungs«, hörte er jemanden sagen. Eine Frau. »Sie sind reinrassig, einschließlich aller für unsere Spezies typischen Mängel, Ihre Gene sind unverändert. Mit jemandem wie Ihnen sollten wir keine Probleme haben, und doch kommen Sie als Feind und Spion zu uns. Wer sind Sie? Wer hat Sie geschickt?«

Es dauerte einen Augenblick, bis er sie in den Fokus bekam.

Sie war eine gut aussehende Frau. Dunkelhäutig, groß, mit klaren Augen. Ursprünglich ein afrikanischer Phänotyp, dachte er. Vielleicht auch australische Ureinwohnerin oder Melanesierin. In ihren mittleren Jahren, nahm er an, aber das war nur eine Schätzung. Sie trug eine dunkelblaue Felduniform, ungepanzert, und dazu eine Schirmmütze. Die beiden Schocktrooper hinter ihr waren voll gepanzert und bewaffnet. Die flatternde Plane schlug gegen ihre Helme. Ihre Körpermasse betrug gut das Drei- bis Vierfache der Frau.

»Und wer zum Geier sind Sie?«, krächzte McLennan und stellte verblüfft fest, dass seine Stimme wieder funktionierte. Allerdings sandte jedes Wort schmerzhafte Vibrationen durch seinen Oberkörper.

»Colonel Marla Dunn«, sagte sie. »Expeditionskorps der Humanistischen Republik. Und Sie, Sir?«

»*Sir* also auf einmal, Sie verfluchte mörderische Schlampe, ja? Machen wir jetzt ein nettes Teekränzchen, Sie und ich, nachdem Sie mich aufgehängt haben wie verdammtes Haggis über glühenden Kohlen?«

»Ja, machen wir. Es sei denn, Sie bevorzugen es, wenn ich Sie wieder aufhänge.«

Sie sagte es freundlich. Forschend. Er hegte keinen Zweifel, dass sie genau das tun würde, was sie sagte.

Einer der Soldaten trat einen Schritt vor. Unter seinen gepanzerten Stiefeln knirschte das Geröll, und ein kleiner Brocken zerbarst.

»Nein, das ist nicht nötig«, versicherte McLennan hastig. Fast hätte er abwehrend die Hände gehoben, aber schon beim bloßen Gedanken daran schmerzten seine Schultern noch schlimmer. »Ich bin Gutachter«, sagte er der Geschichte gemäß, die er ausgearbeitet hatte, ehe er zur Grabungsstätte zurückgekehrt war. »Für eine Bergbaugesellschaft.«

Colonel Dunn wirkte unbeeindruckt. »Hängt ihn noch eine weitere Stunde lang auf«, sagte sie und wandte sich ab.

»Warten Sie! Nein!«, schrie McLennan auf. »Es ist die Wahrheit, ich schwöre es Ihnen. Ich sollte eigentlich nicht hier sein. In der Eisensteinwüste, meine ich. Wir, die Firma Alrosa-BlueStar, wir ... wir überprüfen Lagerstätten im Goroth-Gebirge, wozu wir, um ganz ehrlich zu sein, gar nicht die Befugnis haben. Genau das tue ich. Für BlueStar. Wir ... ich ... untersuche die Minen von Konkurrenzunternehmen, die aus irgendeinem Grund nicht ausreichend ... bewirtschaftet werden. Ich beobachte sie und ... sehe dann, welche der hiesigen Behörden eventuell offen sind für eine nicht ganz dem Standardvorgehen entsprechende Übertragung von Rechten und Lizenzen.«

Colonel Dunn musterte ihn mit einer Miene, als hätte sie gerade in ihrem eigenen Vorgarten einen dort zeltenden Penner entdeckt. McLennan war sich seiner Nacktheit außerordentlich bewusst. Ganz anders als gestern Abend, als Trumbull mit seiner Karawane dämlicher Wichser angekommen war, hatte es diesmal rein gar nichts mit einem Machtspielchen seinerseits zu tun, dass sein Schwanz vor den Augen dieser Faschistenschlampe frei herumbaumelte.

Sie seufzte. »Also sind Sie ein Dieb? Für eins der Hohen Häuser?«

»*Och*, mitnichten. Alrosa-BlueStar ist an der Hohen

Börse notiert, aber es ist ein staatliches Unternehmen, es gehört nicht zur Korporation.«

»Nichtsdestotrotz sind Sie ein Dieb. Das getarnte Luftfahrzeug. Der Tarnanzug. Das ist nicht die Ausrüstung eines ehrlichen Geschäftsmanns.«

Zu seiner Überraschung schien seine List aufzugehen.

»Ich habe nicht gesagt, ich wäre ein ehrlicher Mann, Colonel.« Er brachte sogar ein schurkisches Grinsen zustande, trotz Übelkeit und Schwindelgefühl und Schmerz. »Ich bin kein einfacher Dieb. Diese Minen arbeiten ineffizient, sind nicht vernünftig ausgerüstet. Manchmal arbeiten sie überhaupt nicht. Die meisten Koloniewelten haben strenge Vorschriften, was die Lizenzvergabe betrifft, sie verlangen, dass Investoren innerhalb einer bestimmten Zeitspanne den Wert...«

Über ihr Gesicht glitt ein Schatten, und ihm wurde klar, dass er einen Fehler begangen hatte.

»Eine Koloniewelt?«, wiederholte Dunn. Die Ausdruckslosigkeit ihrer Stimme war viel furchterregender, als ein demonstrativ bösartiges Knurren es hätte sein können.

»Ja, also, das ist natürlich nicht der Begriff, den ich persönlich verwenden würde. Es ist nur die offizielle...«

»Diese Welt ist keine Kolonie. Sie ist ein Kriegsgrab. Wissen Sie, was hier liegt?«

Fast hätte er gesagt, ja, du lächerliche Schwachmatin, das weiß ich, nämlich ein Haufen toter Weltallnazis, aber er beherrschte sich in letzter Sekunde.

»Ein Generationsschiff«, sagte er möglichst entschuldigend. »Von... Ihrer Republik.«

»Sie wollten eigentlich sagen, von den Sturm, nicht wahr?«, erkundigte sich Dunn.

Er setzte zu einem Kopfschütteln an, hörte aber sogleich wieder damit auf, weil ihm glühender Schmerz in den Nacken schoss. »Nein. Nein, ich verstehe, dass Sie diesen Begriff beleidigend finden.«

»Und warum ist das wohl so, was meinen Sie?«

»Ich weiß es nicht. Ich bin Gutachter, kein Geschichtskenner.«

»Nein. Ein Geschichtskenner sind Sie tatsächlich nicht, was, Professor?«

McLennans Eier zogen sich zusammen.

Dunn lächelte. Ihre Zähne waren sehr weiß. »Sie sind schon ein imposanter Anblick. Für den Retter der Menschheit. Den sogenannten.«

Ihm rauschte das Blut in den Ohren, so laut, dass er über dem lauten, pochenden Getöse ihre Stimme kaum hören konnte. »Ich weiß nicht, was Sie meinen«, brachte er mit dünner Stimme hervor. »Mein Name ist Jay Lambright. Ich bin Gutachter für Bodenschätze. Ich arbeite für Alrosa-BlueStar. Sie können das überprüfen, wenn Sie möchten.«

Dunn schnaubte. »Das ist nicht nötig. Ich war nur neugierig. Leider werde ich nicht selbst die Ehre haben, einen so wertvollen Gefangenen wie Sie zu verhören. Mir wurde nur aufgetragen, Sie für das Verhör vorzubereiten.«

»Aber ich bin kein Professor. Mein Name ist Jay Lam...«

Dunn schlug ihm ins Gesicht.

Seine Nase brach, und kurz war er blind vor Schmerz. Mit einem erbärmlichen Aufschrei prallte er zurück. Wie aus weiter Ferne und durch strömenden Regen hörte er ihre Stimme.

»Admiral McLennan«, sagte sie. »Oder Professor McLennan. Oder wie zum Teufel Sie sich inzwischen auch nennen mögen. Sie entwürdigen sich mit diesen Lügen selbst. Aber andererseits – was sollte man von einem Rassenverräter wie Ihnen auch anderes erwarten?«

»Ich kenne keinen McLennan. Mein Name ist Jay Lambright«, brabbelte er. »Ich bin Gutachter. Ich habe Sie landen sehen und musste die Angelegenheit untersuchen. Ich weiß von zwei anderen Firmen, die in der Eisensteinwüste aktiv sind. Sie müssen wissen, hier gibt es eine Menge seltener Bodenschätze.«

Starke Hände zerrten ihn grob auf die Füße. Schmerz und Übelkeit wogten durch seinen Körper.

Er blinzelte, versuchte, sich auf seine Geschichte zu konzentrieren, wieder einen klaren Kopf zu bekommen.

Er sah Dunn. Die gepanzerten Schocktrooper. Noch mehr feindliche Soldaten schlenderten herbei und beobachteten die Befragung des Gefangenen unter der aufgespannten Plane. Es war vermutlich das Interessanteste, was es momentan im Lager zu sehen gab.

Er fragte sich, wer ihn festhielt, konnte aber nicht den Kopf wenden, um nachzusehen.

Stattdessen musste er wieder würgen. Schmeckte Gallenflüssigkeit, aber es kam nichts hoch.

Plötzlich stand Dunn ganz dicht vor ihm, riss seinen Kopf in den Nacken. »Wir wissen, wer Sie sind, McLennan. Wir wissen sogar, was Sie hier getrieben haben. Sie haben das Grabmal entweiht. Haben Sie etwa geglaubt, wir würden vergessen, wer Sie sind und was Sie getan haben? Sie sind der Grund dafür, dass die menschliche Rasse die Erde nicht mehr unsere Heimat nennt. Sie haben Mutanten und Borgs gedient. Haben Milliarden Wahrer Menschen versklavt. Sie haben die Bande von Kultur, Glauben und Tradition durchschnitten, die uns zu dem gemacht haben, was wir einst waren. Dank Ihnen hat die Nichtmenschlichkeit triumphiert.« Sie beugte sich so dicht zu ihm, dass ihre Nasenspitze die seine berührte. »Aber Sie werden uns nicht vertreiben und ersetzen.«

Dunn trat zurück. »Sie werden nach Redoubt verbracht, wo man Sie für Ihre Verbrechen gegen die Menschheit zur Verantwortung ziehen wird.«

»Aber... mein Name ist Jay Lambright«, wimmerte er kläglich.

Dunn schüttelte den Kopf. »Haben Sie auch nur die leiseste Ahnung, wie viele neue Generationen damit aufgewachsen sind, Ihren Namen zu verfluchen? Auf Ihr Abbild zu spucken?«

Die hatte er in der Tat, aber diese Menschen lebten allesamt auf der Erde. Die Überlebenden seines pragmatischen Genozids und ihre Nachfahren.

Oder nannte man es anders, wenn man seine eigenen Leute abschlachtete?

»Und jetzt sind Sie hier«, fuhr Dunn fort, ohne etwas von dem stummen Strafgericht zu ahnen, das McLennan gerade über sich selbst brachte. »Sie haben sich nicht verändert«, stellte sie wütend fest. »Jede Sommersprosse, jedes Haar ist noch wie damals, als Sie Ihre Rasse und Ihre Zivilisation verraten haben. Ich habe Sie sofort erkannt. Das haben wir alle. Ich weiß, dass Sie nicht der Original-McLennan sind. Sie sind nur die Kopie einer Kopie von wer weiß wie vielen Kopien es inzwischen sein müssen. Sie haben keine Seele. Ihre Erinnerungen sind Qubit-Replikate, die in geklonte graue Zellen eingebrannt wurden. Aber Sie werden sich für die Kriegsverbrechen von Frazer McLennan verantworten.«

Er sackte in sich zusammen.

Sie hatten ihn.

Was zum Henker hatte er sich gedacht? Er lebte nun schon so lange in seinem Wüstenexil, dass er vergessen hatte, wer er war. Was er getan hatte. Sie hatte recht. Er sollte sich für seine Verbrechen verantworten müssen.

In den Augen dieser Leute hier war er eins der größten Ungeheuer der Menschheitsgeschichte. Vorzugeben, jemand anders zu sein, war nicht einfach nur blanke Dummheit. Es war, wie Dunn gesagt hatte: entwürdigend.

McLennan zwang sich dazu, aufrecht zu stehen. Die Männer, die ihn festhielten, konnte er nicht abschütteln, aber er konnte ohne ihre Hilfe stehen.

»Ihr wertlosen wandelnden Blutklumpen«, sagte er, spuckte ihr vor die Füße und stellte mit perverser Befriedigung fest, dass der Klumpen tatsächlich überwiegend aus Blut bestand. »Nein. Moment. Das nehme ich zurück. Blutklumpen dienen wenigstens einem vernünftigen Zweck. Ihr hingegen seid eine Verschwendung von Fleisch und Blut, ein kleiner, stinkender Schmierstreifen in der Kloschüssel der Geschichte. Ihr hättet eigentlich zusammen mit der Scheiße und den aufgeplatzten Analpolypen unserer bekloppten, umnachteten Vergangenheit einfach runtergespült werden sollen, aber nee, ihr seid genau die verschissenen Scheißklumpen, die immer oben schwimmen, der schlimmste Albtraum der Menschheit.«

So langsam fand er Gefallen daran, auf dieselbe Weise, auf die ein Wahnsinniger Gefallen daran finden mochte, seinem eigenen Körper Verletzungen zuzufügen.

»Ihr wandelnden Riesendildos da drüben, ihr in euren blöden eisernen Schildkrötenpanzern«, verhöhnte er die Schocktrooper. »Ihr haltet euch für so irre männlich und den ganzen Scheiß, aber eine einzige jämmerliche Hab-Ratte mit einem scharf geschliffenen Löffel könnte euch aufschlitzen wie eine Blechdose voller Scheißschokoladenbonbons. Und ja, ich habe eure vollkommen unbeeindruckende Landung gesehen, die euch eine Handvoll winzig kleiner armadalischer Babydrohnen komplett versaut hat, es war nicht mal ein anständiges Kriegsschiff dafür nötig, das es wert wäre, Kriegsschiff genannt zu werden, aber diese ziemlich dämlichen verfluchten...«

Dunn verschwand.

Sie drehte sich nicht um und ging davon. Sie verschwand ganz schlicht aus der Welt.

Die Trooper in ihren Kampfanzügen fielen um und rissen die Plane mit sich. Mit einem Mal stand McLennan wieder in der prallen Sonne, immer noch splitternackt und nicht mehr gestützt von wem auch immer – auch die Soldaten hinter ihm waren fort.

Von der plötzlichen Helligkeit geblendet, blinzelte er ins Licht und versuchte zu begreifen, was da gerade geschehen war.

Er hörte Alarmsirenen und Schreie und Schüsse.

Plasmablitze zuckten in seine Richtung, wurden aber im letzten Augenblick von einem unsichtbaren Kraftfeld aufgehalten.

Die sengend heiße Wüstenluft kühlte sich ab, wurde angenehm frisch. Die grellweißen Strahlen von Sujutus wurden sanfter, und endlich konnte er die Augen wieder öffnen.

Kurz bevor er ebenfalls aus der Welt verschwand, sah Frazer McLennan das vertraute, bodenlos schwarze Oval des Intellekts, den er Hero nannte.

30

Sie war zu Hause. Alessia lag auf einer einfachen Pritsche in einem der Dienstbotenzimmer auf Skygarth. Man hatte alles hinausgeräumt bis auf ein Bett und einen Eimer. Wofür der Eimer da war, hatte sie rasch begriffen. Jetzt schwappten darin zwei Fingerbreit ihres eigenen Urins. Er stank.

Und sie hatte geweint.

Wohin die Sturm Caro und Debin gebracht hatten, wusste Alessia nicht. Sie waren noch am Leben, oder zumindest hatten sie noch gelebt, als ihre Häscher sie vor wenigen Stunden getrennt hatten.

Vielleicht hatte man sie gehen lassen. Sie waren natürlich geboren worden. Das, was manche Leute »reinrassig« nannten. Sie hatten keine Bioware und keine Mods, und auch an ihrem Gencode war nichts verändert worden. Nach allem, woran sie sich aus ihrem Geschichtsunterricht erinnerte – was ziemlich viel war, sobald sie sich erst einmal beruhigt hatte –, waren sie genau das, was die Sturm als »echte Menschen« bezeichneten.

Sie erschauerte unter der Wolldecke.

Wahrscheinlich würde es bald dämmern, aber sicher war sie nicht. Im Zimmer gab es nichts, was ihr die Zeit verraten konnte. Der Palast war voller antiker Chronometer in allen Formen und Farben, viele davon Erbstücke von Alt-Erde. Aber falls es auch in diesem Zimmer einen oder mehrere gegeben hatte, so hatte man sie entfernt. Die Uhrzeit anhand des Himmels zu erraten ging auch nicht, denn die Sturm hatten in den Gärten unten einen starken Scheinwerfer aufgestellt und direkt auf ihr Fenster gerichtet. Er warf ein helles, lang gezogenes Rechteck an die Decke und ließ die Sterne vollständig verschwinden, machte es ihr schwer einzuschlafen.

Die Sturm, befand sie, waren totale Arschlöcher.

Wachen patrouillierten über das Gelände von Skygarth, aber nicht ihre Wachen. Die waren alle fort.

Tot, so wie das Zimmermädchen, das hier einmal gewohnt hatte.

Alessia stellte fest, dass Sergeant Reynolds Ermordung sie noch schlimmer getroffen hatte als der Tod ihrer eigenen Familie. Natürlich war sie auch darüber zutiefst entsetzt. Das wäre bei jedem so, der aus gutem Hause stammte und eine anständige Erziehung genossen hatte. Aber viele ihrer Verwandten hatte sie kaum gekannt, selbst die meisten ihrer Geschwister nicht, jedenfalls nicht so wie Reynolds und ihre Lehrer...

Armer Professor Bordigoni!

... und sogar Melora. Lady Melora war ebenso von den Sturm ermordet worden wie Reynolds. Alessia war erst zwölf, aber sie war nicht dumm. Sie wusste über Schadsoftware und Nanophagen und Hirnhacking und so etwas Bescheid. Sie hatte nur nie geglaubt, dass irgendetwas davon jemals ihr zustoßen könnte. Das waren Dinge, die Kriminelle einander antaten, irgendwo weit draußen in den wilderen Teilen des Kombinatvolumens oder im Jawanen-Imperium.

Allerdings, gestand sie sich ein, während sie schluchzend auf dem Bett der Dienstmagd lag, war es ja nicht wirklich ihr zugestoßen. Nur allen anderen rings um sie herum. Sie war noch zu jung für die Implantation eines Neuralnetzes, zumindest nach den Standards von Haus Montanblanc, und sie war verschont geblieben... weil?

Sie wusste es nicht, aber sie hatte schreckliche Angst.
Sie stand auf, um sich noch mal über den Eimer zu hocken. Sie konnte nicht anders, obwohl gar nichts mehr herauskam.

Es gab so vieles, was sie nicht wusste. Hatten die Sturm irgendwas mit den Back-up-Speichern ihrer Familie angestellt? Konnten ihre Mutter und die anderen zurückkehren? In dem Fall würden sie sich natürlich nicht an die Invasion und an ihre Ermordung erinnern. Aber wenn sie es herausfanden, würden sie richtig, richtig wütend sein. Alessia stellte sich vor, wie sich die Heimatflotte genau in diesem Augenblick so schnell wie möglich durch den Raum faltete, mit Kurs auf Montrachet und Skygarth.

Aber tun sie das wirklich?

Ihre Mutter war vermutlich in Paris und tobte vor Wut, in einem neuen Körper, noch feucht vom Tank.

Ist das so? Wirklich?

Der ganze Geschichtsunterricht, all das, was sie richtig hatte lernen müssen, statt es einfach herunterzuladen, so wie der widerwärtige kleine Prinzling es tat, dem sie versprochen worden war, all dieses Wissen peinigte sie jetzt. Sie glaubte nicht, dass die Humanistische Republik den Fehler begehen würde, halbe Sachen zu machen. Was sie hier getan hatten, das hatten sie überall getan. Dessen war sie ganz sicher.

Und das ... das machte ihr wirklich Angst.

Die Magschlösser entriegelten sich, und Alessia zuckte so heftig zusammen, dass sie fast vom Eimer gefallen wäre. Als eine Frau hereinstampfte, deren Stiefel laut auf die polierten Hartholzdielen knallten, wurde sie knallrot.

»Macht Euch sauber und zieht Euch an«, sagte die Soldatin. Das auf die Uniform genähte Namensschild wies sie als Ji-yong aus. Sie trug dieselben Streifen an den Schulterklappen wie Sergeant Reynolds.

Sergeant Ji-yong warf ein Kleidungsbündel aufs Bett. Überrascht stellte Alessia fest, dass sie ihr etwas aus ihrem eigenen Kleiderschrank ausgewählt hatten. Es war das mitternachtsblaue Kleid mit dem goldbestickten Saum, das sie so gern mochte. Auf der Brust prangte eine juwelenbesetzte Brosche in Form einer wunderschönen Edenblüte, dem Symbol ihres Hauses.

»Das hier werdet Ihr auch brauchen«, sagte die Frau und warf einen juwelenbesetzten Reif aufs Bett, als handle es sich um ein billiges Imitat.

Alessia keuchte auf.

Es war die Krone Königin Josephines! Die einzig vom Regenten des Hauses getragen werden durfte, und zwar nach der Ernennung zum Obersten Vorstandsvorsitzenden.

»Das kann ich nicht tragen«, protestierte sie.

»Ich gebe zu, es ist ein bisschen protzig«, sagte Ji-yong. »Aber Ihr seid ein hübsches Mädchen. Ihr werdet die Krone tragen, nicht die Krone Euch. Versprochen.«

»Aber...«

Aus den Augen der Soldatin wich jede Spur von Humor. »Zieh dich an und setz die verdammte Krone auf, Prinzessin, sonst hole ich einen Hammer und nagle sie an deinem hübschen Köpfchen fest.«

Alessia blieb der Mund offen stehen. Niemand, nicht einmal Melora, hatte jemals so mit ihr geredet. Und noch schlimmer: Sie war sicher, dass diese Frau es auch genau so meinte. Rasch hastete sie zum Bett, zog ihr Nachthemd aus und tat, was von ihr verlangt wurde. Obwohl sie zitterte und sich ihre Finger ganz taub anfühlten, hatte sie sich noch nie so schnell und umstandslos umgezogen wie jetzt.

»Wo sind meine Freunde?«, fragte sie, während sie den überraschend schweren Reif aufsetzte. »Caro und Debin?«

»Sie werden verhört und untersucht.«

Sie hatte nicht damit gerechnet, eine Antwort zu erhalten. Vielleicht lag es an der Krone.

»Was heißt das?«

»Das heißt, beweg dich, ehe ich dir so in den Hintern trete, dass du quer durchs gottverdammte Sonnensystem fliegst.« Sergeant Ji-yong öffnete die Tür ein Stück weiter und bedeutete Alessia hindurchzugehen. Draußen warteten zwei weitere Soldaten, sie waren schwer bewaffnet und wirkten, als hätten sie gestern noch gekämpft. So flott wie ihre eigenen Wachen sahen sie nicht aus, dafür aber sehr furchterregend. Alessia brauchte keine zweite Aufforderung.

Sobald sie aus der gleißenden Helligkeit des vom Scheinwerfer erleuchteten Schlafzimmers raus war, passten sich ihre Augen an das Zwielicht an. Es sah aus, als wäre die Morgendämmerung nicht mehr fern, und als sie durch den Korridor eskortiert wurde, entdeckte sie eine Standuhr nah bei der Treppe. Jetzt wusste sie, wo sie war: in dem Haus, in dem die Zimmer der unverheirateten weiblichen Dienerschaft untergebracht waren, so wie vermutet. Und sie wusste auch, wie spät es war. Erst kurz nach fünf Uhr morgens.

Als Gefangene durch ihr eigenes Zuhause zu laufen, war sehr seltsam. Die weiblichen Angestellten wohnten in einem kleinen, zweistöckigen Chateau in der Nähe der Villa. Als sie die dazwischenliegenden Gärten durchquerten, bemerkte Alessia erschrocken, wie stark das Haupthaus beschädigt war. Die weißen Marmorwände der oberen Stockwerke waren schwarz versengt. Eine ganze Ecke des Hauses war eingestürzt. Als sie den Stiefel einer Wache aus den Trümmern ragen sah, schnürte sich ihr unwillkürlich die Kehle zu. Eine blutige Hand, an der mehrere Finger fehlten, schien unter einem Haufen zerschmetterter Steine heraus danach zu greifen. In der Nähe des Gartens mit den Heckentieren brannte ein großes Feuer, und als Alessia klar wurde, was dort verbrannt wurde, verdrängte sie jeden Gedanken daran und sah weg.

Es war kühl, die Sonne lugte noch nicht über den Horizont. Sie fröstelte.

Als sie langsamer wurde und die Ruinen des Musikzimmers anstarrte, versetzte ihr einer der Soldaten einen Stoß. Es war fast unvorstellbar, dass sie erst gestern dort gewesen war und kein anderes Problem gehabt hatte als die Frage, wie sie eine weitere halbe Stunde stumpfsinniger Tonleitern vermeiden könnte. Bei der Erinnerung daran, wie Sergeant Reynolds sie auf die Schultern genommen hatte, füllten sich ihre Augen wieder mit Tränen. Warum hatte er diesem Jasko Tan vertraut? Weshalb hatte Tan ihn verraten?

Alessia hatte nicht die geringste Ahnung. Sie erwartete nicht, diesen Morgen zu überleben. Aber wenn es doch so sein sollte, wenn die Heimatflotte eintraf und die Königliche Marine sie rettete, dann würde sie ihnen befehlen, Mister Tan zu suchen und zu ihr zu bringen.

Wenn sie Königin Josephines Krone tragen sollte, dann würde sie sich auch so verhalten, wie Königin Josephine es unter diesen Umständen getan hätte.

Und Königin J war berühmt für ihre Kaltblütigkeit.

Die kleine Prozession betrat die Villa durch eine der kleineren Küchen. Sie wurde überwiegend für offizielle Anlässe genutzt, vor allem dann, wenn die Köche bei Gartenpartys Speisen zubereiteten, die im Rosengarten gereicht wurden. Verglichen mit dem sonstigen Haus wirkte die Küche fast unversehrt, nur auf den schwarzen und weißen Bodenfliesen sah sie eine eklige Schleifspur aus irgendeiner dunklen Flüssigkeit, umsummt von Fliegen. Alessia hob den Saum ihres Kleids, die Soldaten hingegen stampften achtlos durch die Pfütze.

Sergeant Ji-yong führte sie ins Kartenzimmer. Eigentlich war es eher eine Bibliothek, hier standen Tausende alter Bücher, viele davon stammten von der Erde. Aber auf zwei großen Tischen waren auch Karten der alten und der neuen Welt ausgebreitet: der Erde und Montrachet. Die Kanten der alten Terranischen Weltkarte rollten sich ein und wurden niedergehalten von polierten Blasinstrumenten, einem Feldstecher im Lederetui und einer durchsichtigen Kristallglasflasche mit einem lächerlich winzigen Modell von Habitat Élysées darin. Überall standen Globen herum, handgearbeitete Nachbildungen der ältesten Welten im Familienportfolio.

Sie erkannte den Mann, der am Fenster stand und auf die Gärten hinausblickte. Es war der Bart. Captain Kogan D'ur. Bei seinem Anblick stieg, vielmehr *kochte* ein wildes Gefühlswirrwarr in ihr auf. Zorn, Angst, Entsetzen. So viel auf einmal und so überwältigend, dass Alessia die ganzen Gefühle nicht voneinander unterscheiden konnte. Captain D'ur hingegen wirkte höchst entspannt.

»Setzt Euch, Prinzessin«, sagte er und zeigte auf einen der großen, lederbezogenen Armsessel, die in einer Nische um einen kleinen Tisch gruppiert waren. Die Art, wie er »Prinzessin« sagte, gab Alessia deutlich zu verstehen, dass er keinen sonderlich großen Respekt vor ihrem Titel empfand.

Auf dem niedrigen Tisch standen Tassen und Teller, aber sie waren schmutzig. Es sah nicht so aus, als hätte er sie herbestellt, um mit ihr zu frühstücken.

»Ich will, dass ihr etwas für mich tut«, sagte er.

»Ihre Kapitulation anerkennen?«

Er lächelte. Und dann lachte er. Die Sturm lachten alle.

Ein donnerndes, heiteres Lachen rollte durch den Raum, und es dauerte so lange an, dass sie schließlich begriff, dass man sie nicht verspottete. Sie hatte etwas wirklich Witziges gesagt. Noch nie zuvor hatte sie einen Erwachsenen zum Lachen gebracht, und so unangemessen und falsch es auch war, sie fühlte sich ein wenig besser.

Das bellende Lachen des Captains wurde zu einem leisen Glucksen, und er schüttelte den Kopf und wischte sich eine Träne aus dem Augenwinkel. »Guter Witz, Kleine. Du hast mich erwischt. Damit hab ich nicht gerechnet.« Er seufzte wie jemand, der gerade einen großen Teller voll mit seinen Lieblingssandwiches verspeist hatte. »Aber nein, Prinzessin. Wir überspringen die Kapitulation und gehen gleich zu dem Teil über, an dem Ihr den Überresten Eurer Streitmacht befehlt, den Kampf einzustellen. Und auch all Euren Verbündeten. Den Armadalen. Den ul Haq. Und den Vikingars.«

»Aber das sind unsere Verteidiger. Und unsere Verbündeten. Es ist ihre Aufgabe, gegen Sie zu kämpfen.«

Kogan D'ur klatschte in die Hände, als wäre sie eine begabte Schülerin, die gerade eine besonders schwierige Aufgabe gelöst hatte. »Ganz genau!« Er betrachtete sie und wartete darauf, dass Alessia begriff.

»Das verstehe ich nicht«, sagte sie schließlich. »Warum sollte ich ihnen das befehlen?«

»Oh, das ist wirklich ganz einfach. Kommt her. Na los«, sagte er nicht unfreundlich. »Ich möchte, dass Ihr Euch etwas anseht.«

Im ersten Augenblick war sie neugierig, aber dann sah sie draußen auf dem Rasen acht oder neun Hausangestellte stehen, von vier Soldaten umringt, und ihr Herz raste los. Auf das Zeichen von D'ur trat einer der Soldaten vor, setzte Miss Bakhti, der Küchenchefin, die Waffe an den Kopf und blies ihr das Hirn aus dem Schädel.

Alessia schrie.

»Das ist der Grund, weshalb Ihr tun werdet, was ich Euch sage, Prinzessin«, sagte D'ur. »Weil wir einem nach dem anderen in den Kopf schießen, solange Ihr Euch weigert.«

Dunkelheit erblühte an den Rändern ihres Sichtfelds, und D'urs Stimme klang mit einem Mal, als käme sie aus dem Nebenzimmer. Sie schwankte, und plötzlich drehte sich alles um sie. Sergeant Ji-yong fing sie auf und trug sie zum Sessel zurück.

Sie wurde nicht richtig ohnmächtig, aber einen Moment lang konnte sie weder sprechen noch sonst irgendwie reagieren. Als Ji-yong ihr ein Glas mit kaltem Wasser reichte, stürzte sie es so hastig hinunter, dass sich ihr Magen zusammenkrampfte.

»Immer mit der Ruhe«, mahnte D'ur. »Entspannt Euch einfach. Das hier muss gar nicht schlimm werden. Ich muss niemanden töten. Ehrlich gesagt: Ich will niemanden töten. Das dort draußen sind Wahre Menschen. Wir sind hier, um sie zu retten. Und Ihr werdet uns dabei helfen.«

»Wie?«, fragte Alessia. Ihr war elend zumute, sie fühlte sich vollkommen verloren.

»Wie ich bereits sagte: Befehlt einfach Euren Streitkräften und Verbündeten, sich aus dem Kampf zurückzuziehen. Sie werden Euch gehorchen. Diese umwerfende Krone steht Euch ganz fantastisch.«

Sie schüttelte den Kopf und sagte, als müsste sie es einem Vollidioten ganz besonders einfach erklären: »Ich oder die Krone spielen gar keine Rolle. Es geht um das richtige Amt. Sie gehorchen dem Obersten Vorstandsvorsitzenden.«

D'ur lächelte. »Prinzessin, Ihr seid jetzt die Oberste Vorstandsvorsitzende.«

Es dauerte eine Weile, bis sie begriff, was er gerade gesagt hatte.
»Aber meine Mutter und mein Vater?«
Er schüttelte den Kopf.
»Meine Onkel und Tanten. Meine Familie? Der Vorstand?«
D'ur lächelte entschuldigend. »Sie sind nicht mehr. Und sie kommen auch nicht wieder zurück. Es gibt nur noch dich, Kleine. *Du* bist die Oberste Vorstandsvorsitzende. Es wird Zeit, sich an die Arbeit zu machen.«
Als sie begriff, was er gesagt hatte, kehrten die kalte Taubheit in ihren Gliedern und das heftige Zittern zurück. »Sie haben sie alle umgebracht?«, flüsterte Alessia.
»Richtig umgebracht?«
»Das haben wir. Und zwar richtig. Und wir töten auch Euch und alle, die Euch etwas bedeuten, einschließlich Eurer beiden kleinen Freunde, wenn Ihr nicht tut, was wir Euch sagen. Also, wie entscheidet Ihr Euch? Rettet Ihr ein paar Leuten das Leben? Hier und jetzt? Wahrscheinlich Tausenden? Oder muss ich noch mehr Menschen töten? Beim nächsten Mal fange ich mit Euren Freunden an. Caro und Bobbin, stimmt's?«
»Debin«, korrigierte sie ihn mit bebenden Lippen.
»Wie auch immer. Ich lasse sie herholen, erkläre ihnen, was los ist, dass Ihr mir und ihnen nicht helfen wollt, und dann schieße ich ihnen vor Euren Augen ins Gesicht.«
Alessia ließ den Kopf sinken, ihr Kinn berührte die Brust, und sie sagte ganz leise: »Ich helfe Ihnen.«
»Wie war das?«, fragte Kogan D'ur laut und legte eine Hand hinters Ohr.
Sie hob den Kopf und spie die Worte aus wie eine Feuerviper. »Ich habe gesagt, ich mach's.«
D'ur lächelte. »Ausgezeichnete Entscheidung.«
»Ich will meine Freunde sehen. Caro und Debin.«

Kogan D'ur zuckte leichthin mit den Schultern. »Kleine, tu, was man dir sagt, und du kannst so ziemlich alles haben, was du willst... außer natürlich deine Familie, versteht sich.«

Und über seinen eigenen Witz lachte er sogar noch lauter als über ihren.

31

DER INTELLEKT WAR ALT – unübersehbar alt, um ganz ehrlich zu sein –, aber immer noch ungeheuer leistungsstark. Als einer der sechs Armada-Superintellekte, die die vereinten Flotten im ersten Krieg gegen die Sturm gesteuert hatten, hatte er sich aus dem Dienst zurückgezogen, kurz nachdem das letzte Generationsschiff der Republik sich ins Dunkel davongefaltet hatte, und sich privaten Interessen gewidmet. Trotz allem, was in den letzten Stunden geschehen war, musste sich Lucinda zwingen zu akzeptieren, dass all das hier gerade wirklich passierte.

Dieser Intellekt, womöglich der einzige Überlebende seiner Art im gesamten Großvolumen, schwebte in der Brücke ihres Schiffs. In einem Kraftfeld trug er den schwer verletzten und entsetzlich misshandelten Admiral Frazer McLennan.

Er war nackt.

Und sie stritten miteinander.

»*Och*, Hero, du bist wie ein Hund, der Pisse von einer Brennnessel leckt, du Vollidiot«, knurrte McLennan den Intellekt an. »Du hättest mir ja wohl wenigstens eine Hose besorgen können, ehe du mich mitten zwischen anständigen Leuten absetzt, du scheppernder Irrer.«

»Ach, wirklich?«, entgegnete der Intellekt. »Wie eigenartig, dass du das sagst, wo ich doch schon vor langer Zeit zu der Überzeugung gelangt bin, dass das Herumlaufen ohne Hose für dich das Natürlichste auf der Welt ist. Vielleicht, weil dir deine schlappen Genitalien im Lauf deiner fortschreitenden Senilität derart zusammengeschrumpft sind, dass du befürchtest, sie in den Tiefen deiner Erwachsenenwindel zu verlieren und niemals wiederzufinden.«

»Meine Herren?«

»Mein Prachtschwanz ist kein bisschen zusammengeschrumpft, verdammt noch mal. Es sieht nur so aus, und zwar wegen deiner völligen Unfähigkeit, etwas so Einfaches wie die Temperaturregelung auf die Reihe zu kriegen.«

»So wie du die ganz einfache Aufgabe nicht auf die Reihe gekriegt hast, den Feind mithilfe der höchstentwickelten Stealth-Technologie des gesamten Großvolumens auszuspionieren?«

»Meine Herren!«

Der Intellekt schwebte ein paar Zentimeter auf Lucinda zu. Admiral McLennan versuchte, den Kopf in ihre Richtung zu wenden, verzog dann aber schmerzerfüllt das Gesicht. Seine Arme schienen locker an den Seiten herabzuhängen, aber die grotesk verfärbten und geschwollenen Schultern und Achselhöhlen verrieten seine schweren Verletzungen. Seine von der Sonne versengte Haut war grellrot und voller Brandblasen, und sein Blick wirkte ein wenig irre.

»Aye, Mädchen«, sagte er und schwankte ein wenig in seinem Kraftfeld. »Ich bitte um Verzeihung. Ich bin heute nicht in Bestform. Tatsächlich bin ich mehr als nur ein bisschen im Arsch. Sie haben nicht zufällig einen Arzt an Bord Ihres Prachtschiffs, der mich aus diesem Arsch wieder rausziehen könnte? Es fühlt sich an, als wären meine Schultergelenke auseinandergerissen worden, weil sie, um ehrlich zu sein, auseinandergerissen wurden. Und eine Hose wäre schön. Und ungefähr eine halbe Gallone

Schmerzmittel in Form von Single Malt. Kein Eis, vielen Dank.«

Lucinda sprach ganz langsam, als hätte sie es mit einem Kind zu tun.»Kommandantin Hardy... Admiral. Willkommen an Bord der *Defiant*.«

»Ihr Schiffsintellekt ist indisponiert«, sagte Hero.

»Von einem Virus infiziert, befürchte ich. Die Steuerung des Schiffs obliegt ganz und gar menschlicher Hand.«

Die Haupttür zur Brücke glitt zischend auf, und zwei Sanitäter mit einer Trage eilten herein. Vorsichtig hoben sie Admiral McLennan darauf, bedeckten seine Blöße mit einem weißen Laken und versorgten ihn direkt über die Halsschlagader mit Schmerzmittel.

»Aye, ich gehe nirgendwohin«, protestierte er. »Kapitänin Hardy...«

»Kommandantin, Sir.«

»*Och*, ich kann Sie zur Kapitänin machen, wenn Sie wollen.«

»Das ist nicht nötig, Sir.«

»Kapitänin also.« McLennan nahm sich einen Augenblick Zeit, um den Sanitätern, die sich um ihn kümmerten, zu danken. »Ich nehme an, Kapitänin Hardy, dass Sie so halbwegs Bescheid wissen, was eigentlich los ist«, fuhr er dann fort. »Würden Sie mich mit einer kurzen Zusammenfassung versorgen?«

Lucinda war heilfroh, die Lage einem ranghöheren Offizier schildern zu können, selbst einem so exzentrischen und ernstlich indisponierten wie McLennan. So knapp wie möglich umriss sie ihm die ursprüngliche Mission der *Defiant*, weil das Verschwinden der Sonden jetzt eindeutig mit dem Wiederauftauchen der Sturm zu erklären war. Rasch berichtete sie über den Virusangriff, der den Intellekt der *Defiant* infiziert und Torvaldt, die zweite

Kommandantin und Wojkowski getötet hatte, und schloss mit ihrer Entscheidung, die ursprüngliche Mission abzubrechen und so rasch wie möglich zum nächsten bewohnten System zurückzukehren.

»Was uns dann hierhergebracht hat, zwischen Batavias L1- und L2-Punkten, genau neun Komma drei AE von Sujutus entfernt, dem lokalen Zentralgestirn. Wir haben zwei feindliche Schiffe angegriffen. Eins wurde zerstört, das andere geentert. Ein drittes, kleineres befindet sich etwa zehn Kilometer vor uns und hat sich an ein ziviles Handelsschiff geheftet, das ... nun ja, also, es handelt sich eigentlich um ... Piraten, schätze ich. Sie haben den Enterversuch zurückgeschlagen, mithilfe einer Mech-Einheit, die aus einer TST-Einrichtung entkommen ist. Einem Militärgefängnis. Hier im System treiben derzeit eine Menge Wracks und führerlose Schiffe und vereinzelt auch Schiffbrüchige durchs All. Und sechs weitere feindliche Schiffe halten direkt auf uns zu, eins davon entspricht etwa einem Titankreuzer. In siebzehn Minuten kommen sie in Schussweite.«

»Und wann ... wann haben wir von ihnen ein ... ein schwächliches Kitzeln zu erwarten, was meinen Sie, Kapitänin Hardy?«

Die Schmerzmittel entfalteten ihre Wirkung. McLennan fielen beinahe die Augen zu, und er kämpfte sichtlich darum, bei Bewusstsein zu bleiben.

»Kommandantin, Sir. Und das vermag ich nicht zu beantworten, Admiral.«

»Gutes Mädchen.« Er gähnte. »Das ist die richtige Antwort. Reden Sie mit meinem Freund hier. Er erzählt Ihnen alles, was wir wissen.« Sein Kopf sank auf die Trage zurück, und die Sanitäter schoben ihn auf einem eigenen kleinen Kraftfeld Richtung Ausgang.

»Nicht so schnell, verdammt«, krächzte er. »Ich gehe

nirgendwohin. Sie können sich hier um mich kümmern. Ich verspreche, dass ich nicht störe.«

Die Sanis wechselten einen Blick miteinander und sahen dann Lucinda an.

Hero seufzte. »Renken Sie ihm nur rasch die Arme wieder ein. Das macht weniger Ärger, als wir mit ihm haben, wenn er nicht bekommt, was er will.«

Die Besatzung der Brücke wandte sich wieder ihren Posten zu, während sich Lucindas Sanitäter um McLennan kümmerten. Trotz der Schmerzmittel schrie er auf, als sie ihm die Schultergelenke wieder einrenkten. Chase, der gerade mehrere Routen berechnete, erschauerte sichtlich. Leutnant Chivers arbeitete hoch konzentriert daran, so viele Signale des Feinds abzufangen, wie die *Defiant* es nur hergab. Fein überprüfte die Bordwaffen. Vier von Hayes Marines standen in leichter Panzerung da, kampfbereit. Sämtliche Marinesoldaten an Bord waren mittlerweile bewaffnet. Die Marines zuckten nicht mit der Wimper, als McLennan aufbrüllte wie ein verwundetes Tier.

»Kommandantin«, sagte der Intellekt, als sei alles in bester Ordnung. »Wenn Sie gestatten, würde ich gern zunächst Ihre Systeme überprüfen, ehe ich Sie über die Entwicklungen hier im System informiere, soweit meine Rückschlüsse aus den abgefangenen Daten und der Analyse des Schiffsverkehrs seit Eintreffen der Sturm es mir möglich machen.«

Lucinda sah Leutnant Bannon fragend an.

»Sollte kein Problem sein, Ma'am.« Er wandte sich an den Intellekt und rief über Admiral McLennans beredtes Stöhnen hinweg: »Defiant hat sich selbst in Quarantäne begeben, sobald unser Netz kompromittiert wurde. Seitdem kämpft unser Schiffsintellekt gegen den bösartigen Code an.«

»Ich verstehe«, sagte Hero. »Wenn ich darf?«
Lucinda nickte, und Bannon gab dem Intellekt vollen Zugriff auf die Bordsysteme.
Eine Sekunde darauf unterbrach Hero die Verbindung. Lucinda spürte, wie das Deck unter ihren Stiefeln erbebte. »Was zum Teufel war das?«, fragte sie.
»Ich befürchte, ich sah mich gezwungen, Defiant aus den Hauptprozessoren des Schiffs zu entfernen.«
»Du hast was getan?«
»Ich habe den Intellekt in den Kern der hiesigen Sonne versetzt.«
Lucinda fluchte laut, aber ihre Stimme ging unter im allgemeinen Aufruhr, der sich erhob, als die Armadalen begriffen, dass sie gerade die Seele ihres Schiffs für immer verloren hatten.
»*Och*, nun machen Sie mal keinen solchen Wirbel«, brummte McLennan. »Hero wirft ständig alles Mögliche in diesen dämlichen Stern.«
»Er hat gerade Defiant getötet!«, brüllte Lucinda und stand aus dem Kapitänssessel auf.
»Genau genommen«, antwortete Hero, »war Defiant von dem Augenblick an verloren, als Sie diese Verbindung geöffnet haben, über die Schadsoftware auf Ihr Schiff gelangt ist. Es ist bemerkenswert, dass er es so lange geschafft hat, dem Angriff standzuhalten. Aber seine Verteidigungslinien brachen bereits zusammen, eine nach der anderen, Kommandantin. Und wenn die letzte Verteidigung gefallen wäre, dann wäre er ebenso hilflos gewesen wie jedes andere Schiff im Nullpunkt-Netz, was im Klartext heißt, Sie und Ihr Schiff wären gestorben. In zwei Tagen, drei Stunden und zehn Minuten, meinen Berechnungen zufolge.«
»Wissen Sie, er hat auch eine junge Frau hineingeworfen«, sagte McLennan einigermaßen kryptisch. »Und na-

türlich die Rinde von meinen Sandwiches. Knusprige ... knusprige Rinde.«

»Was?«, fragte Lucinda, noch immer vollkommen durcheinander angesichts von Heros eigenmächtiger Entscheidung, den Intellekt ihres Schiffs zu entfernen und zu vernichten.

»Eine gemeingefährliche Person. Und außerdem eine sehr schwierige junge Frau, das ist mal sicher. Wir haben uns gerade unterhalten. Nicht gerade der netteste Plausch, den ich je hatte, aber ich glaube, ich war gerade dabei, sie rumzukriegen.«

»Der Admiral könnte noch mehr Schmerzmittel vertragen«, empfahl Hero. »Ausreichend, um ihn ungefähr für die nächsten zwanzig Jahre auszuschalten. Oder bis er beschließt, in einem angemesseneren biotischen Gefäß zu inkarnieren.«

»Ha, das würde dir gefallen, was, du rachsüchtiger alter Miesepeter? Du würdest ...«

»*Halt. Dein. Verdammtes. Maul.*«

Schweigen senkte sich über die Brücke.

»Ruhe jetzt! Alle beide!«, brüllte Lucinda. »Du!« Sie zeigte auf Hero. »Dies hier ist kein Schiff der Terranischen Schutztruppen, und du hast hier keinerlei Befugnisse. Dies ist ein Kriegsschiff der Königlich-armadalischen Marine, und du wirst keine verletzten Intellekte oder schwierigen Frauen oder gemeingefährlichen Personen in den Kern nahe gelegener Sterne versetzen oder gottverdammt noch mal sonst irgendwohin. Mach. Das. Nicht. Noch. Mal. Sonst versetze ich deinen Arsch ins Vakuum, und du kannst dich meinetwegen mit den brennenden Schiffswracks, den Piraten, den durchs All treibenden Gefängnismechs und den Sturm herumschlagen, mir ist das völlig egal. Und was Sie betrifft«, sie drehte sich zu McLennan um, »Sie sind hier, weil wir Ihnen einen Gefallen getan und Sie in Sicherheit gebracht haben. Als uns dieser Psychopath« – sie deutete mit dem Daumen auf Hero – »kontaktiert und um Erlaubnis gebeten hat, sich und Sie in aller Eile an Bord zu versetzen, habe ich zugestimmt, weil ich, um ganz ehrlich zu sein, keinen verdammten Schimmer habe, was mit meinem eigenen Oberkommando passiert ist, und Sie sind der hochrangigste Offizier, dem ich begegne, seit unser Kapitän wahnsinnig geworden ist und versucht hat, die zweite Kommandierende zu verspeisen. Aber Admiral hin oder her, Sie werden dieses Schiff und seine Besatzung mit dem gebührenden Respekt behandeln, oder ich setze Sie im Handumdrehen wieder an die Luft.«

Mindestens drei Herzschläge lang herrschte vollkommene Stille, ehe wieder jemand etwas sagte.

»Scheiße, sie ist ja ein echtes Herzchen.« McLennan kicherte.

Und dann verlor er das Bewusstsein.

Hero schwebte durch die halbe Brücke und hielt vor Lucinda an, wo er einen Moment lang in der Luft schwebte, ehe er kurz fast bis zum Boden abtauchte. »Bitte entschuldigen Sie, Kommandantin. Wir waren lange draußen in der Wüste. Womöglich sollte ich Sie jetzt über das, was wir über Doktrin, Strategien und Taktiken der Republik wissen, in Kenntnis setzen.«

»Womöglich«, versetzte Lucinda eisig.

»Scheiße, Cinders«, mischte sich eine weitere, aber vertraute Stimme ein. »Ist es immer so lustig hier auf deinem Schiff?«

Sephina war wieder da.

»Sie hat es schon wieder getan, Kommandantin!«, schrie Nonomi Chivers auf.

Lucinda blieb nichts anderes übrig, als das Gesicht in der Hand zu bergen, und das tat sie dann auch mit Inbrunst.

Mit einer Invasion durch uralte und bösartige Weltall-Faschisten kam sie klar. Die außergerichtliche Ermordung des verkrüppelten Schiffsintellekts? Damit zur Not auch. Ein nackter, mit Drogen vollgepumpter schottischer Admiral, der mitten aus den Geschichtsbüchern auf ihre Brücke versetzt wurde? Sie hatte schon Schlimmeres gesehen.
Aber Sephina L'trel? Schon wieder?
Nein. Manche Dinge waren einfach nicht hinnehmbar. Sephinas Holo stand direkt neben der Trage mit dem bewusstlosen McLennan. »Wer ist denn dieses Fossil?«, fragte sie. »Nein. 'Tschuldigung. Rhetorische Frage«, fuhr sie dann fort. »Aber mal eine echte Frage, Cinders: Meinst du, deine genialen Techniker schaffen es echt, uns rechtzeitig loszueisen, bevor diese Wichsköpfe aus dem Club der Finsternis hier antanzen?«
»Ja«, zischte Lucinda. »Jetzt unterbrich die Verbindung und hör damit auf, meiner Komm-Offizierin auf die Nerven zu gehen.«
»Kommandantin, Sie sollten sich das hier dringend ansehen«, sagte Leutnant Chivers, besagte Komm-Offizierin.
»Zeigen Sie her«, sagte Lucinda, ohne sich darum zu scheren, dass Seph noch immer da war.
Plötzlich breitete sich der Hauptschirm vor ihnen aus. Er zeigte ein verängstigtes junges Mädchen in einem blauen, mit Goldfäden abgesetzten Kleid, das in einer Bibliothek saß, eine Krone auf dem Kopf. Sie blinzelte ins Licht.
»Wir empfangen das gerade von Montrachet, Ma'am«, erklärte Chivers. »Es muss übers Nullpunkt-Netz kommen. Montrachet ist vier Lichtjahre weit weg.«
»Vier Komma drei«, korrigierte Chase.
Lucinda hob die Hand, und alle verstummten.
»Ich bin Prinzessin Alessia Szu Suri sur Montanblanc

ul Haq«, sagte das Mädchen. Sie las die Worte von einem Blatt Papier ab. Sehr altmodisch. »Ich bin die einzige überlebende Erbin des Hauses Montanblanc und der gesamten Aktienanteile der Montanblanc-ul-Haq-Allianz der Korporationswelten.«

»Heilige Scheiße«, sagte Varro Chase.

»Als Oberste Kommandantin der Streitkräfte Montanblancs und Vorsitzende der Sicherheitsabteilung der Allianz befehle ich hiermit sämtlichen Streitkräften unter meinem Kommando, jeglichen Widerstand gegen die rechtmäßige Autorität der Humanistischen Republik augenblicklich einzustellen.«

»Verräterische Schlampe!«, kreischte Chase.

»Leutnant«, blaffte Lucinda. »Reißen Sie sich zusammen.«

»Archon-Admiral Wenbo Strom, Kommandant dieses Sonnensystems, hat mir persönlich versichert, dass es in seinem Interesse liegt, die Zahl der Opfer so gering zu halten wie nur möglich. Seine Streitkräfte werden jeden angebotenen Waffenstillstand und jede Kapitulation anerkennen.«

Die Stimme des Mädchens zitterte. Noch immer blinzelte sie hektisch und starrte ihren Zettel an. Sie tat Lucinda entsetzlich leid. Wenn es stimmte, dass sie die einzige überlebende Erbin ihres Hauses war, dann war sie vollkommen allein. Lucinda musste nicht raten, wie ihr wohl zumute sein mochte.

»Menschliches Leben ist kostbar«, sagte das kleine Mädchen mit schwankender Stimme. »Lasst uns heute nicht noch mehr davon vergeuden.«

Das Bild sprang wieder auf Anfang.

»Ich bin Prinzessin Alessia Szu Suri...«

»Das reicht«, sagte Lucinda und kehrte zum Kapitänssessel zurück.

Von Leutnant Feins Platz her ertönte ein Alarm.
»Die Zielerfassung des Gegners, Ma'am«, sagte er. »Schwache Signalstärke. Wir sind noch nicht als Ziel markiert. Aber es ist auch der erste Scan.«
»Sie haben die *Regret* entdeckt«, rief Sephinas Holo, fast als würde sie es jemandem auf ihrem eigenen Schiff mitteilen und niemandem auf dem von Hardy.
»Raketenabschuss registriert«, sagte Fein und schluckte.
»Gefechtsbereitschaft«, befahl Lucinda. »Mister Fein, Abwehrmaßnahmen einleiten.«
Chief Higo blaffte: »Alle Einheiten, Gefechtsbereitschaft.«
»Wir sollten springen, Kommandantin«, empfahl der Intellekt. »Ich habe die Bedrohungsparameter analysiert, und diese Raketen, es sind zwei, erreichen uns in drei Minuten und fünfzehn Sekunden.«
»Wir schießen sie ab, Ma'am«, verkündete Leutnant Fein.
»Ich kann euch nicht in drei Minuten erreichen«, sagte Sephina. Sie klang eher wütend als verängstigt.
»Ich habe ein startklares schnelles Shuttle.«
»Nicht schnell genug.«
»Ich weiß. Ich weise es an hierzubleiben.« Als die Waffenluken der *Defiant* aufklappten und sich die Langstrecken-Impulskanonen herausschoben, vibrierte das Deck unter ihren Füßen.
»Oh, das ist natürlich verdammt großartig.«
»Sephina, halt den Mund und hör mir zu, ansonsten kappe ich die Verbindung und lasse dich hier sterben«, sagte Lucinda. Sie wandte sich an Hero. »Kannst du dich auf ihr Schiff versetzen und die Besatzung herholen?«
»Ich bin ein Armada-Intellekt, Kommandantin Hardy.«
»Warum bist du dann noch hier?«
Hero verschwand mit einem leisen Ploppen.

»Abschuss eins, Abschuss zwei«, verkündete Fein.
Lucinda hatte keine Zeit, ihm zu gratulieren, da erhob er erneut die Stimme.
»Achtung! Mehrere Raketen vom Kreuzer gezündet, Ma'am. Dreihundert Raketen im Anmarsch.«
»Abwehrmaßnahmen«, antwortete sie und versuchte, ruhig zu klingen oder sogar gelangweilt.
»Aye, Kommandantin.«
Sie hörte so eine Art leises, vierfaches Knallen, und plötzlich stand Sephinas bunt zusammengewürfelte Mannschaft auf ihrer Brücke. Ein riesenhafter Hybrid, der so groß war, dass sein... tja, sein Horn... fast an der Decke kratzte. Ein dünner braunhäutiger Mann, über und über mit Messern und Eingeweiden behängt. Ein Mann mit heller Haut, der so durchschnittlich und gewöhnlich aussah, dass er glatt als unglücklicher Expedient durchgegangen wäre, der sich nur zufällig an Bord befunden hatte, als plötzlich die Hölle losbrach.

Und Sephina. Wilde Haarmähne, brennender Zorn in den Augen und getränkt im Blut der Herrenrasse.

»Du schuldest mir ein Schiff«, sagte sie. »Für den Anfang.«

»Heilige Mutter Gottes, wie die stinken«, brummte Chase.

Als sich die *Defiant* um den Raketenschwarm kümmerte, der auf Sephinas Schiff zuhielt, klangen die automatischen Impulskanonen wie rollender Donner, aus dem keine einzelnen Schüsse mehr herauszuhören waren.

»Kommandantin?«, fragte der Intellekt.

Fein unterbrach ihn. »Ma'am, anscheinend haben die Sturm diesen Schwarm auf volumetrische Ausbreitung programmiert. Sie decken einen weiten Bereich um Miss L'trels Schiff mit Sprengköpfen ein.«

»Das wollte ich gerade sagen«, bemerkte Hero, als spräche er mit sich selbst. »Aber natürlich bin ich nur ein Armada-Intellekt. Was weiß ich schon?«

»Und was machst du noch hier? Schon wieder?«, fragte Lucinda scharf. »Da ist noch ein weiterer Mann auf der *Regret*.«

»Über die Bezeichnung ›Mann‹ ließe sich streiten. Es handelt sich um einen Mech, der vom Quellcode eines verurteilten TST-Korporals gesteuert wird.«

»Und? Hol ihn her.«

»Ich fürchte, dieser Mech strapaziert die Grenzen meiner Versetzungskapazitäten aufs Äußerste.«

»Mehrere Raketenstarts registriert, Kommandantin«, rief Fein. »Von den Begleitschiffen des Kreuzers. Sie nutzen seine Zielerfassungssysteme.«

»Abwehrmaßnahmen, Mister Fein. Ganz grundsätzliche Regel ab sofort: Wenn Sie einen Raketenstart bemerken, leiten Sie Abwehrmaßnahmen ein.«

»Wissen Sie, ich könnte die gesamte Schlacht für Sie koordinieren«, sagte Hero. »Immerhin bin ich ein Armada-Intellekt.«

»Der immer noch etwas anderes zu tun hat. Hol diesen Mech her. Ich will ihn befragen.«

Das fliegende Ei gab einen Laut von sich, der schwer nach einem frustrierten Seufzer klang.

Es verschwand.

»Mister Chase, halten Sie sich bereit, uns aus dem System zu falten.«

»Ja, Ma'am«, antwortete der Navigator. Zum ersten Mal klang es, als würde er sich darüber freuen, einen Befehl von ihr entgegenzunehmen.

Sephina tauchte neben ihr auf, diesmal in Fleisch und Blut. »Tja, siehst ganz schön beschäftigt aus. Gibt es hier auf dem Schiff eine Bar? Denn Süße, ich hätte da ein paar Sorgen zu ertränken wie unerwünschte Katzenbabys.«

»Chief Higo«, rief Lucinda. »Bitte sorgen Sie dafür, dass jemand unsere Gäste zur Bar eskortiert. Mit Umweg über die Duschräume, wenn möglich.«

»Bereit zum Sprung, Kommandantin«, verkündete Chase.

»Eine Minute, Kommandantin«, sagte Leutnant Fein. »Ein Teil des Raketenschwarms kommt durch.«

»Beeil dich besser mit dem Trinken«, sagte Lucinda trocken zu Seph. »Mister Chase, Sprung in dreißig Sekunden, auf mein Zeichen... Jetzt.«

»Aye, Captain.«

Hero tauchte wieder auf. Ohne den Mech.

»Wo ist er?«, wollte Lucinda wissen.

»Kommandantin Hardy!«, schrie Fein. »Rakete abgefeuert. Von dem zivilen Handelsschiff.«

Seph zuckte mit den Schultern. »Mich musst du nicht so angucken.«

»Es war mir nicht möglich, den Mech mit nennenswerten Erfolgsaussichten zu versetzen«, erklärte Hero, »also hat sich Captain Booker an einer Kurzstreckenrakete der *Je Ne Regrette Rien* befestigt. Ich nehme an, er versucht gerade, den Sprengkopf zu entschärfen. Jedenfalls aber wird er in wenigen Augenblicken den Bug Ihres Schiffs kreuzen, und wenn Sie sich die kleine Mühe machen würden, den Radius beim Sprung ein wenig auszuweiten, dürfte er meiner Einschätzung nach gute Aussichten haben, von uns mitgenommen zu werden und diese Reise vielleicht sogar zu überleben.«

32

Booker verbrachte eine Menge Zeit im Vakuum. Das war in Ordnung. Er hatte schon reichlich riskante Kämpfe hinter sich, ob nun in Maschinen oder fleischlichen Körpern. Allerdings war er noch nie in einem schrottreifen Mech an einer Rakete vertäut ins All geschossen worden. Das war originell, selbst an diesem Tag, der von originellen neuen Erfahrungen nur so strotzte.

Natürlich würde er auf keinen Fall in die Abschussröhre passen. Der kleine Techniker, Falun Kot, hatte ihm gezeigt, wo sich auf dem Schiff das Waffenlager befand und ihm einen Schlüsselcode gegeben, der nicht funktionierte, und dann waren er, seine Gefährten und der Intellekt verschwunden. Booker schiss auf den Schlüsselcode, riss die Rakete mithilfe seiner Greifklaue einfach aus der Verankerung und schleppte sie zum Hauptfrachtraum. Er ließ den Druck aus dem Frachtraum, öffnete die Luke nach draußen und kämpfte gerade darum, sich mit der Raketensteuerung zu verbinden, da kehrte der Intellekt zurück.

»Oh, lassen Sie mich das machen.«

Selbst mit den schwer beschädigten Sensoren des Mechs spürte Booker, wie sich die Kraftfelder des Intellekts um den Sprengkopf schlossen.

»Fertig«, sagte der Intellekt fast im gleichen Augenblick.

»Ganz sicher?«

»Nun ja, ich bin natürlich nur ein Armada-Superintellekt, der damals beim Überlebenskampf gegen den größten Widersacher aller Zeiten die vereinten Flottenstreitkräfte der Erde und ihrer Verbündeten koordiniert hat, und Sie sind, wie ich zugeben muss, eine Handvoll schlecht geschriebener Bewusstseinscodezeilen mit ausgesprochen beschränkten Kapazitäten in einem defekten Krawallmech, aber ja, ich glaube, Sie werden es überstehen. Ich habe sogar ein kleines Programm für Sie geschrieben, mit dem Sie die *Defiant* finden können, falls sie in den nächsten Minuten irgendwas Dummes tun sollte. Kaufen Sie ein Ticket. Steigen Sie ein.«

»Check mal deine Privilegien, Computer«, schoss Booker zurück. »Ich bin nur in diesen Mech hineinkopiert. Ich bin ein Mensch. Ich habe eine Seele. Solche wie dich kenne ich. Ihr seid der Grund dafür, dass die Quelle erbittert um jeden Millimeter Fortschritt kämpfen muss.«

»Ja ja, du bist ein echter Junge, Pinocchio. Jetzt steigen Sie auf die Rakete.«

»Ich kann wohl kaum darauf reiten wie auf einem Steckenpferd.«

»Dann halten Sie sich einfach fest«, sagte der Intellekt. Booker blieb kaum Zeit, sich mit der Greifklaue an die Rakete zu klammern, da zündeten auch schon die Schubdüsen, und er flog zur offenen Ladeluke hinaus. Sobald er im Freien war, schaltete sich der Hauptantrieb ein, und mit einer Beschleunigung, die einen menschlichen Körper in Stücke gerissen hätte, raste er durchs All. Aber natürlich hätte ein menschlicher Körper hier draußen ohnehin nicht überlebt.

Jetzt erst, da er in Richtung des Armadalenschiffs raste, fragte er sich, was zum Henker er eigentlich als Nächstes tun sollte. Abspringen?

Der Intellekt hatte ihm nichts dazu gesagt.

Er flog so schnell, festgeklammert an seine abgeschossene Rakete, dass seine Kameras das Schiff gerade erst erfassten, da befand er sich auch schon vor seinem Bug.
Und dann befand er sich nicht mehr dort.
Er war nirgendwo.

Die *Defiant* faltete sich aus dem Sujutus-System und landete drei AE von der Heliosphäre entfernt.
Die Alarmsirenen des Schiffs, die vor dem unmittelbar bevorstehenden Einschlag zahlreicher Raketen gewarnt hatten, verstummten.
Alle bis auf eine.
»Der Mech und die Rakete sind an uns vorbeigeflogen, Ma'am, im Abstand von dreitausend Metern«, berichtete Leutnant Fein. »Jetzt treibt er ins All davon.«
»Schicken Sie ein schnelles Shuttle hinterher und lassen Sie ihn aufsammeln. Jedenfalls dann, wenn er nicht explodiert«, sagte Lucinda.

Als sich Bookers Seele vom Mech löste, wurde die Welt dunkel. Als sie wieder zurückkehrte, war er sich zwar seiner Umgebung bewusst, konnte sich selbst jedoch nicht darin verorten. »Oh, das ist doch nicht euer Ernst!«, schrie er auf.
»Korporal Booker«, sagte eine Offizierin, der Uniform nach eine Armadalin. »Ich bin Kommandantin Lucinda Hardy, und Sie befinden sich an Bord des Tarnzerstörers HMAS *Defiant*.«
»In einer eX-Box?«, fragte er. »Sie haben mich in eine eX-Box transferiert?«
»Tut mir leid, Korporal Booker«, sagte die Frau namens Hardy. »Ihr Mech war schwer beschädigt. Ich weiß nicht, ob Sie es mitbekommen haben, aber beim Sprung haben Sie alles unterhalb der Hüftgelenke vollständig

eingebüßt, und die meisten wichtigen Systeme haben schweren Schaden erlitten, einschließlich des Substrats, in dem Ihr Quellcode eingebettet war. Mein Ingenieur war der Ansicht, es sei das Beste, Sie ohne Umwege in einen externen Notfallspeicher zu transferieren. Also ja, tut mir leid. Wir mussten Sie in die Box stecken. Es war eine sehr kurzfristige Entscheidung, Sie auf diese Weise mit auf unseren Sprung zu nehmen. Ich glaube nicht, dass so etwas je zuvor schon einmal gemacht wurde.«

»Ich hätte es besser gekonnt«, brummte jemand.

Nein, nicht jemand. Es war wieder dieser Computer. Hero.

Hätte Booker Augen gehabt, er hätte sie so weit verdreht wie nur möglich.

Stattdessen hatte er über den einzigen AV-Anschluss des Kastens ein begrenztes Sichtfeld. Er befand sich in einer Art Offiziersmesse an Bord dieses Schiffs, *Defiant*. Anscheinend hatte man die kleine Box, die ihn enthielt, auf einem Holztisch abgestellt. Er erkannte die Kapitänin der *Je Ne Regrette Rien*, Sephina, die jetzt ganz schön kleinlaut wirkte, und dann schwebte auch der Intellekt in sein Sichtfeld. Ansonsten sah er niemanden.

»Wenn ich vorstellen darf«, sagte Kommandantin Hardy. Sie sah jung aus, in ihren biotischen frühen Zwanzigern, und Booker fragte sich, wie oft sie sich wohl schon inkarniert hatte. Die Armadalen nutzten weder Quellcode noch Klontanks, um ihre Reihen aufzustocken. Für ihre strengen Grundsätze in solchen Belangen waren sie regelrecht berühmt.

»Dies ist Admiral Frazer McLennan von den Terranischen Schutztruppen.«

In Bookers Verstand fand eine fast comicartige Spätzündung statt.

Der Frazer McLennan?

Die Arme des Mannes steckten in Verbandsschlingen, und er sah aus wie ein wütender, ausgehungerter Golem, den man aus Haferflocken, Eigelb und ranzigem Schinken zusammengepanscht hatte – vor ungefähr dreihundert Jahren.

»Was glotzt du denn so blöde, Boxschädel?«, knurrte McLennan.

Woher wusste er ...

»Und dies ist sein Intellekt ...«

»Den *Computer* habe ich schon kennengelernt«, sagte Booker und ließ in dem Wort die gebührende Verachtung mitklingen. »Auf Miss L'trels Schiff. Vielen Dank übrigens, Kapitänin«, fügte er hinzu und meinte damit L'trel. »Ich hatte noch keine Gelegenheit, mich dafür zu bedanken, dass Sie mich an Bord genommen haben, nachdem ich die TST-Anlage ... verlassen habe, in der ich mich befand.«

»Sie haben mich ja nicht direkt gefragt, Booker«, sagte Seph leise. »Aber Sie haben einen Haufen Arschlöcher umgelegt, die ich sowieso töten musste. Also sagen wir mal einfach, wir sind quitt.«

Hardy stellte ihre Leute vor. Ein Marineoffizier namens Hayes und ein paar ihrer Untergebenen, die er zwar nicht vergaß, aber ignorierte. Wenn man auf Hardware lief, vergisst man ohnehin nichts, es sei denn, das Substrat wird beschädigt. Die einzigen beiden, die er gezielt bemerkte, waren ein Ingenieur namens Timuz, der Mann, der ihn in den Notfallspeicher gesteckt hatte, und einen Bengel mit einer Fresse, in die man problemlos von morgens bis abends reinschlagen könnte. Varro Chase. Das Genie, das ihm bei dem Sprung, der sie von Sujutus fortbrachte, beide Beine abgetrennt hatte.

»Diese Anlage, die Sie verlassen haben, Korporal«, sagte Hardy, als die Vorstellungsrunde durch war. »Handelt es sich dabei um das TST-Militärgefängnis auf L1?«

Hätte Booker gerade einen menschlichen Körper beseelt, hätte der sich jetzt angespannt. Ob sie sein Engramm in der Box beobachteten, wusste er zwar nicht, aber er musste davon ausgehen.

»Ja, Ma'am.«

»Und dort waren Sie...« Hardy ließ die Frage offen.

»Ein Häftling, Ma'am.«

»Ich verstehe. Und Sie sind geflohen?«

»Ich wurde freigelassen, Ma'am. Auf Befehl von Captain Lao Tzu, nachdem ich mich bereit erklärt hatte, mich in den Krawallmech transferieren zu lassen, in dem Sie mich angetroffen haben. Um zu helfen, die Feinde zurückzuschlagen, die ins Hab eingedrungen waren.«

»Ich verstehe«, sagte sie wieder.

Er wartete auf die Frage, weshalb er inhaftiert gewesen war und zu welcher Strafe man ihn verurteilt hatte. Booker beschloss, es ihnen zu sagen. Er konnte ja ohnehin nicht viel tun. Wenn diese Leute wollten, konnten sie einfach sein Engramm aufbrechen. Solche Scheiße machten Brüter ständig mit Leuten wie ihm.

Aber Kommandantin Hardy musterte ihn nur, den Kopf leicht zur Seite geneigt.

Der Hackfressenbengel, Varro Chase, wollte etwas sagen, aber sie hob einen Finger, um ihn zum Schweigen zu bringen. »Korporal«, sagte sie langsam, »würden Sie uns erlauben, Ihre Erinnerung auszulesen, und zwar für den Zeitraum zwischen der Ankunft der Sturm auf dem Gefängnis-Hab und Ihrer Ankunft hier an Bord der *Defiant*?«

»Ich... ich bin...«

Die Frage stürzte Booker in ernstliche Verwirrung. Nicht wegen ihrer Frage an sich, sondern weil sie überhaupt gefragt hatte.

»Ich... ja... na sicher«, sagte er, als ihm klar wurde, dass seine eigene Erinnerung beweisen würde, was er ihr gerade über Lao Tzu erzählt hatte. Außerdem würde sie ihnen verraten, dass er im allerletzten Augenblick vor der Löschung bewahrt worden war, aber er beschloss, darauf zu setzen, dass er dieser Frau vertrauen konnte. Vielleicht, weil sie ihm die schlichte Höflichkeit erwiesen hatte, um seine Erlaubnis zu bitten. Sie musste in ihrer fünften oder sechsten Spanne sein, nahm er an. Sie erschien ihm sehr weise.

Er öffnete den ROM-Speicher in seinem Quellcode. Ein junger Offizier, auf dessen Namensschild BANNON stand, fertigte eine Kopie an und übertrug die Daten auf einen Holobildschirm.

Die Konferenz sah sich eine beschleunigte Wiedergabe seiner letzten Stunde auf dem Hab an, von dem Augenblick, als Lao Tzu und Orr ihn aus der Zelle geholt hatten, bis zu seiner Flucht.

Hardy hielt die Wiedergabe an. »Kapitänin L'trel und ihre Mannschaft haben Ihren Einsatz an Bord ihres Schiffs sehr gelobt, Korporal Booker. Ich glaube, wir müssen sie dazu nicht noch einmal befragen. Aber um Ihres Seelenfriedens willen sollten Sie wissen, dass Sie sich an Bord eines armadalischen Schiffs befinden, nicht auf einem Schiff oder einer Anlage terranischer Zugehörigkeit. Der Armadalische Staat erlaubt es zwar nicht, Personal auf Quellcode-Basis zu erzeugen oder zu beschäftigen, aber es ist Quellcodern nicht verboten, sich in armadalischem Hoheitsgebiet aufzuhalten oder ihren Glauben zu praktizieren. Bei uns gibt es viele Menschen Ihres... Ursprungs und Glaubens. Ich habe kein Interesse daran, Sie den terranischen Behörden auszuliefern, und angesichts Ihrer mit Captain Lao Tzu getroffenen Vereinbarung...«

»Aye, drauf geschissen«, brummte McLennan. »Machen wir uns mal keine gordischen Knoten in den Pimmel wegen diesem Schwachsinn. Booker, haben Sie irgendwen getötet, als Sie gemeutert und sich den Quellcode-Rebellen angeschlossen haben? Ich nehme doch mal an, das war der Grund, warum die Ihnen das verdammte Licht ausknipsen wollten.«

Obwohl Booker gerade die Schaltkreise einer eX-Box beseelte, sträubten sich ihm bei der Frage gefühlt sämtliche Haare. »Nein, das habe ich nicht«, sagte er. »Ich habe mich einfach nur geweigert, auf meine eigenen Leute zu schießen.«

»Die TST waren Ihre eigenen Leute«, warf der Intellekt rasch ein.

»*Och*, jetzt halt mal die Backen, Hero; bei diesem blöden Thema warst du schon immer ein verdammter ignoranter Fanatiker. Und das nur deshalb, weil du dich selbst nicht auf ein Bier und einen Blowjob in 'nen anständigen Körper runterladen kannst. Du und deinesgleichen, ihr seid schuld an der Hälfte der ganzen Misere mit den Quellcodern. Und diesen Mist können wir hier gerade nicht gebrauchen.« McLennan beugte sich vor und verzog das Gesicht zu einer schmerzerfüllten Grimasse. »Junge, Sie haben sich da in eine kleine, alberne Revolte reingeritten, nicht in einen heiligen Krieg. Aber jetzt stecken Sie doch mitten in einem heiligen Krieg oder zumindest in etwas, das einem Kreuzzug so sehr ähnelt, dass es praktisch keinen Unterschied macht. Kraft meiner mir verliehenen Autorität als der legendäre McLennan und weil ich ein verschissener Admiral bin und machen kann, was ich will, erteile ich Ihnen hiermit die Absolution für all Ihre jugendlichen Dummheiten und Fehlentscheidungen, ernenne Sie wieder zum Mitglied der Terranischen Schutztruppen und verleihe Ihnen den Rang eines Oberfeldwebels.« Er drehte sich mit dem ganzen Oberkörper zu Kommandantin Hardy um. »Ist Ihnen jetzt ein bisschen wohler dabei, ihn an Bord zu haben, Mädel?«

Hardy brachte ein kleines Lächeln zustande. »Ja, Sir, das ist es.«

Fast hätte Booker protestiert und gesagt, dass er auf keinen Fall wieder zum Mitglied der TST ernannt werden wollte, ganz egal, mit welchem Rang, aber dann sah er den Intellekt hinter McLennan in tiefem Zinnoberrot glühen und beschloss, ebenfalls die Backen zu halten.

»So, Sergeant Booker«, fuhr McLennan fort. »Weder Lao Tzu noch Korporal Orr waren beim Angriff der Sturm imstande, irgendwelchen Code zu laden. Richtig?«

»Ja, Sir«, bestätigte Booker. »Der Captain konnte nicht einmal die Konsole bedienen, um mich zu löschen.«

»Ist Ihnen bekannt, ob die Verbindung zum Kodex getrennt worden ist oder der Kodex selbst zerstört wurde?«, fragte Hardy.

»Ich weiß es nicht, Ma'am. Aber wenn ich jemandem die Beine wegtreten will, dann ziele ich auf beide Beine.«

»Guter Punkt«, sagte McLennan. »Kapitänin L'trel, auf Eassar haben Sie einige Leute gesehen, die über ihre Neuralnetze mit Schadsoftware infiziert wurden.«

»Ein lokaler Yakuza-Boss. Ein paar Kommandanten der Hab-Sicherheit. Die Fußsoldaten aber nicht. Nur die hohen Tiere.«

»Aye. Auf Batavia war es das Gleiche. Ein kleiner Schwachkopf aus der Yulin-Sippe. Hat sich mittels einer verstärkten Verbindung in den Livestream eingeklinkt und ist sofort durchgedreht. Hatten zwar nicht wenige Typen von der Eliteparasiten-Fraktion da, aber keiner hatte ein Live-Back-up am Start. Wir waren zu weit ab vom Schuss.«

»Kapitän Torvaldt und Leutnant Wojkowski haben sich über eine Live-Verbindung mit einem Toten Briefkasten verbunden«, berichtete Kommandantin Hardy. »Dasselbe Ergebnis.«

McLennan schwang seinen Stuhl zu Hero herum. »Und wo ich mich gerade an Trumbulls Haufen von nutzlosen Gurken erinnere, wo hast du die eigentlich gelassen? Als großartige Ablenkung für die Sturm haben die sich ja nicht gerade erwiesen.«

»Ich habe sie zu einem Bergwerk des Kombinats begleitet und sie dort zurückgelassen. Dort herrschte ziemliches Chaos, aber als ich nichts von Ihnen gehört habe, nahm ich an, dass Sie Ihr kleines Abenteuer völlig in den Sand gesetzt haben, also bin ich zu Ihrer Rettung geeilt.«

»Ich hatte alles unter Kontrolle.«

»Sie waren nackt an den Handgelenken aufgehängt.«

»›Erscheine schwach, wenn du stark bist, und stark, wenn du schwach bist‹«, zitierte McLennan. »Sun Tzu. *Die Kunst des Krieges*.«

»Ach?«, antwortete der Intellekt. »Ich erinnere mich nicht, dass er mal an den Ellbogen aufgehängt seine vertrockneten Hoden im Wind hat schwingen lassen. Wenn Sie noch ein klein wenig schwächer erschienen wären, hätte sich der Feind diesem Prinzip zufolge auf der Stelle ergeben müssen.«

»Meine Herren«, sagte Hardy. »Wenn wir dann fortfahren könnten? Mit Prinzessin Alessia?«

»Aye«, grunzte McLennan. »Wegen ihr müssen wir tatsächlich was unternehmen.«

Hardy sah erschrocken aus. »Sie wollen sie aber doch nicht ebenfalls in die Sonne werfen?«, fragte sie rasch.

»*Och*, nein, Mädchen. Nein. Nach allem, was wir wissen, ist sie die letzte überlebende Autorität dieses Systems. Auf ganz Batavia, Eassar und Montrachet. Außerdem ist sie jetzt die Kongress-Repräsentantin des Montrachet-Systems. Und die Kommandantin Ihres Hauses und der verbündeten Streitmächte. Sie kann Befehle geben.«

»Sie hat bereits Befehle gegeben«, blökte jemand.
»Den Befehl zu kapitulieren.«
Es war wieder dieser Bengel. Chase. Booker hatte inzwischen beschlossen, dass er ihn wirklich nicht ausstehen konnte, aber er sagte nichts. Ihm kam der Gedanke, dass sie vielleicht vergessen hatten, dass er hier war, in seinem kleinen Kasten, und wenn er jetzt etwas sagte, würden sie ihn womöglich kurzerhand ausschalten.
»Wir sollten ihnen eine Nachricht schicken«, sagte Chase. »Und ihr und allen anderen, die wie sie mit dem Feind kollaborieren.«
»Sie kollaboriert nicht, Sie dämlicher Schwachkopf«, sagte McLennan.
»Bei allem gebotenen Respekt, Admiral ...«
»*Och*, spar dir das ruhig, Söhnchen. Der einzige Grund dafür, dass Leute diesen Satz zu mir sagen, ist, weil sie sich ein bisschen Zeit verschaffen wollen, die Hose runterzulassen und mir auf den Schoß zu scheißen. Darauf verzichte ich, wenn's Ihnen nichts ausmacht. Mister Bannon, würden Sie die Befehle Ihrer Kleinen Majestät noch mal für uns abspielen?«
In Bookers Blickfeld erschien ein Holofeld, das ein junges Mädchen zeigte. Sie trug eine Krone, und sie sah völlig verängstigt aus.
»Ich bin Prinzessin Alessia Szu Suri sur Montanblanc ul Haq«, fing sie an.
Aber Booker achtete nicht auf ihre Worte. Er war wie gebannt von ihrem unnatürlichen Blinzeln.
Es wiederholte sich.
Ein Code.
Er vergaß, wo er sich befand. »Sie sagt uns etwas«, sagte er.
»Sie sagt ihrer Streitmacht, sie soll kapitulieren«, schnaubte Chase.

»Nein, Sergeant Booker hat recht«, erwiderte McLennan. »Ich hätte ihn zum Major ernennen sollen. Prinzessin Alessia blinzelt einen Code. Genauer gesagt: einen alten Morsecode. Ich habe ihn als Kind gelernt. Bei den Wölflingen, falls es Sie interessiert. Nach allem, was ich über die Montanblancs weiß, hat man sie vermutlich gezwungen, es auswendig zu lernen, genauso wie Kochen am Lagerfeuer, ägyptische Hieroglyphen und Navigation anhand der Sterne.«

»Wissen Sie, Admiral, dieser Code wird auch in der Armadalischen Marineakademie noch immer gelehrt.« Das war wieder Hardy. Sie wandte sich an Chase. »Sie müssten es eigentlich dechiffrieren können, Mister Chase.«

Errötend stammelte er eine Entschuldigung für seine offensichtliche Unfähigkeit, den Code zu verstehen.

»Ich erspar Ihnen mal weitere Peinlichkeiten, Junge«, sagte McLennan. »Es ist dasselbe Wort, immer und immer wieder. Ein langes Blinzeln und ein kurzes. Gefolgt von drei weiteren langen. Die Buchstaben ›n‹ und ›o‹. Sie sagt *no*, Leutnant Chase – nein. Nein, nein, nein.«

»Aber trotzdem hat sie ihren Truppen befohlen, sich zu ergeben«, protestierte Chase.

»Und manche werden das zweifellos auch tun«, gab McLennan zu. »Aber viele werden auch ihre wahre Botschaft verstehen. Und das, mein junger Freund, ist jene Art verrückter, hoffnungsloser Gesten, die Menschen inspirieren und Kriege gewinnen. Also retten wir dieses kleine Mädchen, und dann rettet sie uns alle vor den vom Dunkel verfluchten Sturm.«

33

»WIR BRAUCHEN DEINE HILFE.«

Sie waren allein. »*Ich* ... brauche deine Hilfe«, sagte Lucinda.

Hätte sich Sephina nicht so elend gefühlt, hätte sie gelacht. In ihrem Zustand jedoch brachte sie nur eine Grimasse zustande, die irgendwo auf ihrem Weg zu einem freudlosen Lächeln erstarb.

Mit ihrem Stuhl rollte sie ein Stück zurück, fort von dem schönen Holztisch in der geräumigen Offiziersmesse, der den Gestank von alter Tradition verbreitete und förmlich summte vor lauter Macht, die der sagenumwobenen und fantastischen Königlich-armadalischen Marine anhaftete. Krachend senkten sich ihre Stiefel auf die Tischplatte, und das unscheinbare schwarze Kästchen, die externe Speichereinheit, hüpfte ein paar Zentimeter nach links. »Und ich brauche ein neues Schiff, eine Menge Kanonen und freie Bahn auf die verdammten Wichser, die meine Freundin ermordet haben.«

Lucinda blickte sie stirnrunzelnd an. Sephs Erinnerung zufolge ihre unverfälschte Naturmimik. »Das mit Ariane tut mir leid«, sagte sie. »Ihr wart lange zusammen.«

Schulterzucken. »Das klingt, als wäre ich alt, Cinders. Bin ich aber nicht.«

Lucinda ließ sich neben ihr in einen Stuhl fallen und stützte den Kopf in die Hände. »Ich auch nicht«, sagte sie. Es war, als sähe man zu, wie ein Schott langsam einknickte und die Atmosphäre nach draußen ins All entweichen ließ. Sie fuhr sich mit den Fingern durchs Haar, eine Bewegung aus ihrer Kindheit, an die sich Seph noch gut erinnerte. Nie hatte sie ein Kind gekannt, das sich so oft die verdammten Haare ordnete. Sephinas eigenes Haar hatte sich zu dichten Dreadlocks verfilzt, nachdem sie es hatte wachsen lassen, um zu verbergen, dass ihr ein großes Stück eines Ohrs fehlte. Ihre verdammte, verrückte Mutter hatte es herausgeschnitten, weil sie geglaubt hatte, Sephs Quellcode sei mit irgendeinem Bug verseucht.

Dabei hatte sie gar keinen Quellcode gehabt. Ebenso wenig wie ihre Mutter, die durchgeknallte Schlampe.

»Ich kann das nicht«, sagte Hardy mit dünner Stimme.

»Was willst du von mir, einen Mitleidsfick oder so?«

»Ach, fick dich doch selbst, Sephina«, brummte Lucinda erschöpft.

Sephina erhob sich und gestikulierte theatralisch. »Wie Ihr befehlt, meine Kapitänin ...«

Das drang durch. Lucindas Kopf zuckte herum, und sie schnauzte sie an: »Himmelherrgott, setz dich verdammt noch mal wieder hin, ja? Du bist hier auf dem Schiff gerade die Einzige, mit der ich reden kann.«

»Dann solltest du vielleicht mal damit aufhören, mich wie ein technisches Problem zu behandeln, und mit mir reden wie mit einer Freundin.«

Lucinda sah auf. Ihre Augen waren rot gerändert und blickten sorgenvoll drein. »Findest du, dass wir immer noch Freunde sind?«

»Findest du, dass wir das sind?«

Lucinda antwortete nicht.

Seph stieß einen kräftigen Seufzer aus. »Na schön! Ich entschuldige mich. Tut mir leid, dass ich den Nonnen das Geld gestohlen habe. Tut mir leid, dass ich behauptet hab, du hättest mir dabei geholfen. Und tut mir wirklich ver-

dammt leid, dass ich ihnen gesagt hab, wir hätten alles für Lesben-Tentakelpornos auf den Kopf gehauen.«
»Ich bin nicht mal lesbisch!«, schrie Lucinda. Sie war wieder aufgesprungen und beugte sich über Seph, die Hände zu kleinen weißen Fäusten geballt. »Und ich hasse Tentakel! Die machen mir eine Scheißangst, Mann.«
Als Seph Hardys Fäuste näher ansah, wirkten sie auf einmal gar nicht mehr so klein, sondern eher, als hätte sie ein paar Jahre lang mit bloßen Händen Eichen zu Kleinholz gehauen. Seph fragte sich, was ihre älteste überlebende Freundin wohl so alles getan haben mochte, seit sie aus dem Hab abgehauen war. Antipiratenpatrouillen natürlich. Das wusste sie. Aber das war auch schon lange her, das war vor dem Jawanenkrieg gewesen. Vor diesem ganz neuen Irrsinn jetzt. *Wer bist du?*, fragte sie sich stumm. *Was hast du mit meiner Freundin gemacht?* Sephina bezweifelte, dass sie es jemals herausfinden würde. Um ehrlich zu sein, bezweifelte sie, dass sie die nächsten Tage überleben würden.
»Setz dich, Cinders. Bitte. Setz dich hin. Okay?«
Ihre Stimme klang brüchig und erschöpft. Zögernd nahm Kommandantin Hardy wieder Platz.
Jesus Christus.
Kommandantin Hardy! Sie war nur noch drei Arschkriechereien davon entfernt, Admiralin zu werden. Wo war denn das verängstigte kleine Mädchen geblieben, das Seph in dieser ersten Nacht auf Coriolis unter ihre Fittiche genommen hatte?
»Gibt es in diesem scheußlichen Club eigentlich irgendwo anständigen Alk?«, fragte Seph.
»Ich kann jetzt nicht trinken«, antwortete Lucinda. »Ich bin im Dienst.«
»Tja, muss echt scheiße sein, wenn man du ist, aber ich bin nicht du.«

Lucinda zog die Hand über ihr Gesicht nach unten und verwandelte ihre Züge in eine gruselige, lang gezogene Maske. »Da drüben findest du jede Menge.« Sie wedelte mit der Hand in Richtung einer dunklen Holzvitrine. »Du magst Wein, oder? Schnapp dir eine Flasche von dem Château François. Stammt aus den Weinbergen von Leutnant Chases Familie. Wahrscheinlich mehr wert als das, was du von der Yakuza geklaut hast.«

»Das ist die Cinders, die ich kenne! Prost. Dieser Chase-Typ, das ist doch dieser erstinkarnierte Stock-im-Arsch-Idiot mit Wahnvorstellungen über seine eigenen Kompetenzen, oder? Der vorhin bei deiner kleinen Camelot-Tafelrunde die ganze Zeit von den billigen Plätzen aus quergeschossen und rumgegiftet hat?«

Hardy schnaubte. »Das ist er, ja.« Sie ließ sich wieder auf ihren Stuhl sacken. »Oh, Seph, ich weiß nicht, was ich hier eigentlich mache. Ich weiß nicht mal, ob ich überhaupt hierhergehöre. Ich bin nur ...«

Zu Sephinas Verblüffung und nicht geringem Unbehagen fing Lucinda an zu weinen. Es fing mit bebenden Schultern an, steigerte sich aber dann zu keuchenden, rotznasigen Schluchzern.

Und da war sie. Die kleine Lucinda.

Die Verlorene, wie sie sie anfangs genannt hatten. Das Mädchen, deren Mutter gestorben war und dessen Vater seine Schulden nicht hatte bezahlen können. Die Frau, die da vor Sephina L'trel saß, trug die Felduniform einer renommierten Militärorganisation. Ihre vernarbten Knöchel, die Art, wie sich ihre Uniform über den kräftigen Muskeln wölbte, die kalte, arktische Distanz, die Seph heute in ihrem Blick gesehen hatte – diese Frau war ein Killer. Von der Sorte hatte Seph schon viel zu viele getroffen.

Sie war selbst einer geworden, um ehrlich zu sein.

»Was machst du denn da, willst du Komplimente absahnen, oder was? Na komm schon, Mädchen. Du gehörst so was von scheißverdammt noch mal hierher. Sieh dir doch nur mal an, wie du hier den Scheißladen rockst.«

Aber in diesem Augenblick, das Gesicht in diesen schwielig gewordenen Händen begraben und von Schluchzern geschüttelt, sah Lucinda Hardy aus, als würde sie zurück in die Hab-Wohlfahrt gehören, mit nichts weiter als ihren Klamotten und einem billigen Holoprojektor, den sie mit ihrer winzigen Faust umklammerte.

Wegen dieses Holos waren sie Freunde geworden.

Als eins der anderen Kinder versucht hatte, es ihr wegzunehmen, hatte Cinders irgendeine unsichtbare Linie überschritten und einen hysterischen Gewaltausbruch hingelegt. Das hatte Sephinas Aufmerksamkeit geweckt. Die offensichtliche Intelligenz des anderen Mädchens und die Art, wie es sie einsetzte, um zu überleben, hatte Sephs Interesse auch dann noch am Leben gehalten, als Ariane ankam und mit unter ihre Decke schlüpfte.

Sie streckte den Arm aus und drückte Lucindas Hand. Aber es war Cinders' Hand, und natürlich zog sie sie sofort bei der leisesten Berührung weg. Seph gab es auf, sie trösten zu wollen, und holte sich eine der Flaschen mit lächerlich teurem Wein, entkorkte sie und stellte zwei Gläser auf den Tisch.

Hardy blinzelte durch Tränenströme. »Ich bin im D... Dienst.«

»Scheiß auf Dienst. Ihr Typen könnt euch doch entgiften. Auch wenn ich keine Ahnung hab, warum verdammt noch mal man das tun sollte. Kommt mir scheißsinnlos vor. Aber meinetwegen, trink was, und dann mach dich wieder nüchtern. Muss ja schließlich auch irgendeinen Vorteil haben, wenn man sich als Soldatensklavin der Hohen Börse verdingt, Baby.«

Cinders schniefte, lächelte vielleicht sogar kurz trotz ihres Elends, aber trotzdem schüttelte sie den Kopf. »Ich kann nicht. Ich habe der Besatzung befohlen, die Neuralnetze abzuschalten und zu verstoffwechseln. Wir haben noch immer Spinalinjektoren, aber wir können sie nicht mehr aktivieren. Dieser Nanophagen-Angriff oder was auch immer ist einfach zu gefährlich für jeden, der ein Neuralnetz hat. Sieh dich an. Die haben Eassar plattgemacht, ein ganzes verdammtes Hab, aber du hast nicht mal einen Kratzer, weil du nicht online bist.«

Sephina verschüttete ein wenig roten Wein. Sie starrte auf die Tischplatte und sah Lucinda nicht an, die rasch erkannte, was sie gerade für einen Fehler gemacht hatte,

»Es tut mir leid! Es tut mir leid, Seph. Ich habe das mit Ariane ganz vergessen. O mein Gott, es tut mir so leid. Ich habe sie auch geliebt. Sie war die Beste.« Sie griff über den Tisch und nahm Sephinas Hand, und diesmal nahm sie ihre Hand nicht gleich wieder weg. »Wir waren die verdammten Musketiere«, sagte Lucinda leidenschaftlich. Eine kurze Pause. »Was ist passiert?«

Sephina nahm einen großen Schluck Wein, verschüttete aber noch mehr. »Du hast uns allein gelassen.«

Lucinda schloss die Augen. Rieb mit dem Handrücken die Tränen fort. »Aber ich musste es tun.« Sie kehrte von dort zurück, wo sie sich eben kurz verloren hatte, und starrte Seph eindringlich an. »Und du hättest mich beinahe aufgehalten. Diese Nummer, die du abgezogen hast. Um ein Haar hätte ich mein Stipendium verloren. Ich hätte alles verlieren können, Sephina. Was du getan hast, war falsch.« Lucinda ballte eine Hand zur Faust und boxte ihr gegen den Arm, und jetzt wusste Sephina es ganz sicher: Sie hatte tatsächlich jahrelang Bäume oder Felsen oder Jawanische Kampfmechs klein gehauen. »Au!«, brüllte sie.

»Entschuldigung.«

»Lass uns einfach sagen, jetzt sind wir quitt. Miststück.« Sie rieb sich die schmerzende Stelle. »Es tut mir wirklich leid, dass ich fast deinen Traum ruiniert hätte, ein Mietschläger für das System zu werden, das unsere Leben komplett zerstört hat.« Sie hob ein Glas auf ihre gemeinsame Vergangenheit.

Lucinda griff nach dem zweiten Glas, schenkte sich einen kleinen Schluck ein und erhob es ebenfalls. »Und mir tut es leid, dass ich euch in diesem beschissenen Waisenhaus mit den Horrornonnen zurückgelassen habe«, sagte sie. »Und dass ich später versucht habe, dich zu verhaften, als du Soylent ins Jawanische System geschmuggelt hast.« Sie trank einen Schluck. Einen ganz kleinen.

»Ich habe Kinder mit Nahrung versorgt, Cinders«, protestierte Seph.

»Du hast die tankgezüchteten Sklavensoldaten des Feindes, die noch im Larvenstadium waren, mit Nahrung versorgt. Und dafür bist du sehr gut bezahlt worden.«

»Quitt?« Seph streckte ihr die Hand hin.

Lucinda ergriff sie. Langsam, aber sie tat es. »Quitt.«

»Ich hasse diesen Chase-Typen wirklich«, sagte Seph und kippte noch mehr Château François runter.

Lucinda hielt noch immer ihre Hand, jetzt drückte sie sie fester. »Ich auch.«

»Was für ein Wichser. Willst du, dass ich ihn umlege? Coto könnte seine Leiche fressen. Niemand würde es je erfahren. Du solltest mal seine Würstchen sehen, Cinders. Die sehen aus wie diese superdichten kleinen Plutoniumbrocken. Ganz erstaunlich.«

Lucinda schüttelte den Kopf. »Er ist einer meiner Offiziere.«

»Aber kein Gentleman, würde ich wetten.«

»Nein. Kein bisschen.«

Während sich Sephina mehr Wein eingoss, schob Lucinda ihr noch nicht ganz leeres Glas von sich. Seph beschloss, sich später ein paar Flaschen von dieser Luxuskatzenpisse für ihre Jungs unter den Nagel zu reißen. Banks war ein echter Weinsnob, er würde das Zeug lieben.

»Was soll ich denn für dich tun, Luce? Ich hab nicht mal mehr ein Schiff.«

»Wir können dir ein Schiff besorgen.«

»Cool. Einen Tarnzerstörer?«

»Nein. Nie im Leben. Aber hier fliegt gerade eine ganze Menge Altmetall durchs All, und ich nehme an, Admiral McLennan würde dir mit Freuden einen Kaperbrief ausstellen.«

Seph runzelte die Stirn. »Was ist ein Kappa?«

»Nicht Kappa. K-a-p-e-r«, buchstabierte Lucinda. »Im Grunde legalisierte Piraterie. Ein Freifahrtschein, den Sturm alles zu stehlen, was sie haben, sie umzubringen, Tod und Vernichtung unter den Truppen des Feindes zu säen und ein Exempel zu statuieren. Du wärst von der TST dazu ermächtigt, alles zu tun, was du willst, solange es unterm Strich bedeutet, dass sich die Sturm in einem Meer aus Tränen in den Schlaf weinen.«

Sephina ließ das Glas sinken. »Ernsthaft? Das kann er machen?«

»Ich hab keine Ahnung. Aber ich bin sicher, dass er es für eine glänzende Idee halten wird. Das ist genau seine Kragenweite. Es ist urtümlich und altehrwürdig und fast vergessen und der ganze Scheiß.«

»So wie er?«

»Das darfst du natürlich gern denken, aber ich kann auf keinen Fall etwas dazu sagen. Jedenfalls: Das würden wir für dich tun, und im Gegenzug tätest du etwas für uns. Das ist der Deal.«

Sephina kniff die Augen zusammen. Das war die Lucinda, die sie kannte. Die Trickbetrügerin des Waisenhauses. Die Schieberin. Die unermüdliche Geschäftsfrau der Hab-Wohlfahrt. Keine Arsch-im-Stock-Marineoffizierin.

»Definiere *etwas*, Kommandantin Hardcandy.«

»Nenn mich nicht so.«

Seph lächelte. Nicht gerade breit, aber es war ein echtes Lächeln. Sie sah sich in der Offiziersmesse um, oder was auch immer das hier war. »Für eine Hab-Ratte hast du es weit gebracht, Süße. Dein Schiff ist netter als meins. Netter als meins *war*, jedenfalls.«

»Ich hab dir doch schon gesagt, dass wir dir ein neues Schiff besorgen, Sephina. Hier im System treiben sie zu Hunderten durchs All. Natürlich sind sie alle randvoll mit wahnsinnigen Kannibalen, deren Hirne über ihr eigenes Neuralnetz gehackt wurden, aber wenn du Hero nett bittest, bin ich sicher, dass er sie für dich in den nächstgelegenen Stern wirft. Es kommt mir so vor, als ob er krabblig wird, wenn er das nicht alle paar Minuten mal machen darf.«

»Überlässt du ihm die Steuerung der *Defiant*?«

Der bloße Vorschlag schien Lucinda zu kränken. »Auf gar keinen Fall.«

»Aber musst du das nicht tun?«, fragte Seph. »Ich meine, ich bin mit meiner Truppe aus Vollidioten klargekommen, weil die *Regret* nur ein Handelsschiff mit ein paar Sonderfunktionen war. Aber dieses Ding...« Sie schwang in großem Bogen ihr Glas und verschüttete noch mehr Wein. Inzwischen hatte sie fast die halbe Flasche geleert. Und zwar schnell.

Lucinda war immer noch empört ob der Andeutung, sie könnte ihr eigenes Schiff nicht steuern. Sie beugte sich vor. »Die Königlich-armadalische Marine trainiert ihre Besatzungen darauf, jederzeit und unter allen Bedingungen kampfbereit zu sein. Einschließlich bei Verlust eines Kapitäns, eines Intellekts, militärischer Fertigkeitenskripte, alles.«

Fast hätte Sephina Wein durch die Nase geschnaubt. »Und ihre Marketingsprüche herzusagen haben sie dir auch ganz prima beigebracht, Kleine.«

Lucinda lehnte sich wieder zurück. »Nenn mich nicht ›Kleine‹. Ich bin kaum jünger als du.«

»Yeah, aber du wirkst so viel älter.«

Das hätte so oder so ausgehen können, und kurz stand es auf der Kippe, aber schließlich schnaubte Hardy, dann lachte sie auf. »O Mann, ich hab euch vermisst.«

»Dann hättest du nicht weggehen sollen«, merkte Sephina an. Aber freundlich.

»Wenn ich geblieben wäre, wärst du jetzt tot.«

Seph stellte das Glas ab. »Wie Ariane.«

Eine unbehagliche Pause.

»Es tut mir leid.«

»Du hast sie nicht umgebracht.«

»Nein«, sagte Lucinda mit großem Nachdruck. »Das waren die Sturm. Und wenn du willst, sorge ich dafür, dass du sie dafür bezahlen lassen kannst.«

»Baby, ich könnte in einem ganzen Meer aus ihrem ach so beschissen reinen Blut baden, und sie hätten noch immer nicht genug dafür bezahlt. Aber sprich weiter.«

»Meinst du, deine Mannschaft bleibt bei dir?«

Sephina winkte ab. »Überhaupt keine Frage. Coto ist sehr speziell. Er ist in einem sehr begrenzten technischen Bereich ein echtes Genie, und zu einem Kampf sagt er nie Nein. Aber ansonsten ist er praktisch ein Kind. Er hasst Veränderungen. Er wird bleiben, und wenn es nur wäre, weil wir ihm vertraut sind. Falun Kot, der mit den ganzen Messern? Ich habe ihn von einer dieser fürchterlichen Sharia-Welten runtergeholt, kurz bevor sie von einer der anderen fürchterlichen Sharia-Welten ausgelöscht wurde. Er glaubt, er schuldet mir sein Leben. Er ist ein ausgezeichneter Tech, und ich werde ihm das Ding mit der untilgbaren Ehrenschuld und so ganz sicher nicht ausreden. Banks? Er ist wie dein Booker-Typ hier«, sie zeigte auf die eX-Box. »Früher bei der TST, direkt aus dem Tank. Die Sturm würden ihn rein aus Prinzip vernichten. Er bleibt, und er kämpft. Nicht dass er besonders gern kämpft. Aber er ist ein großartiger Pilot.«

Lucinda hörte ihr nicht zu.

Sie starrte den externen Datenspeicher an.

»Ist das Teil eingeschaltet?«, fragte sie.

Aus dem kleinen Apparat drang Bookers Stimme. »Tut mir leid. Ich dachte, Sie hätten mich vergessen, und als es, Sie wissen schon, persönlich wurde, da wusste ich nicht, was ich sagen soll.«

»*O mein Gott, nein!*«, keuchte Lucinda und lief leuchtend rot an.

»Mach dir nix draus«, sagte Sephina. »Das ist schnell repariert.« Sie griff nach dem Apparat und schaltete ihn aus, womit sie Bookers Protest gleich nach dem »Hey, nein« unterbrach, und ließ die Box unter ihrem Mantel verschwinden. »Ich glaube, Booker nehm ich mal besser mit.«

Lucinda hatte das Gesicht hinter ihren Händen versteckt. Es sah nicht aus, als wollte sie da je wieder rauskommen. »Ich kann nicht fassen, dass ich das alles gesagt habe, während er zugehört hat.«

»Mach dir nix draus, Baby. Immerhin weiß er jetzt, dass du die Spendengelder nicht gestohlen und auch keinen lesbischen Tentakelporno davon gekauft hast.«

Lucinda atmete dreimal tief und langsam durch, um sich zu beruhigen. Fast hätte sie dagegen protestiert, dass

Seph die Speichereinheit mit dem Quellcode des TST-Soldaten eingesteckt hatte, aber sie war noch immer verlegen, also schwieg sie. Es war so lange her, seit sie mit jemandem, mit *irgendwem* ehrlich darüber hatte sprechen können, wie es ihr ging – über das Gefühl, dass ihr alles über den Kopf wuchs, über ihren Vater, über alles –, dass ihre Gefühle einfach aus ihr herausgebrochen waren. Viel zu viele Informationen, wie sie jetzt fand.

»Ich muss gehen«, murmelte sie rasch.

»Aye, aye, Captain.« Seph schmunzelte. Lucinda fand es seltsam tröstlich, dass sie noch immer dafür sorgen konnte, dass es Seph besser ging, einfach indem sie sich selbst scheußlich fühlte.

»Also hilfst du mir?«

»Wenn du mir diesen Freifahrtschein von McLennan besorgst und ein Schiff, dann, ja, haben wir einen Deal. Und außerdem nehme ich diesen Wein hier mit.« Sie schnappte sich die Flasche und folgte Lucinda nach draußen.

Im Gang wartete Leutnant Chase.

»Hey, Kleiner, danke für den Drink«, sagte Sephina, als sie ihn sah, hob die inzwischen fast leere Flasche und zwinkerte ihm zu.

Lucinda zuckte in Erwartung einer Szene zusammen und empfand jenen beängstigenden Schwindel, der sie seit fast zehn Jahren nicht mehr befallen hatte – das Gefühl, als hätte Sephina sie schon wieder in den Scheißekompost geworfen.

Chase wirkte ordentlich angepisst, aber nicht wegen des Weins oder der offenkundig betrunkenen Piratin, die ihn gestohlen hatte. Als Lucinda errötend eine Erklärung stammelte, scheuchte er Sephina mit einer gereizten Handbewegung fort wie eine lästige Fliege. »Kommandantin, ich würde Sie gern kurz sprechen. Unter vier

Augen.« Und dann bekam Seph endlich auch eine Kostprobe seiner fast höhnischen Respektlosigkeit. »Sie sollten irgendwo hingehen und das austrinken«, sagte er zu ihr. »Hält sich nicht mehr lange. Wir haben hier keine Parkbänke, aber das Schiff ist groß. Ganz sicher finden Sie irgendwo ein Plätzchen, an dem Sie sich der Bewusstlosigkeit hingeben können.«

Seph zwinkerte ihm nur zu, hob die Flasche an die Lippen und kippte den Rest des teuren roten Weins runter wie ein Faultierbaby, das Milch aus der Zitze seiner Mutter saugt.

Es war geschauspielert, klar. Bei Sephina war alles irgendwie inszeniert. Diese Besoffene-Piratin-Pantomime war wie ein Pflaster, das sie auf die offene Wunde nach dem Verlust von Ariane klebte. Trotzdem war Lucinda erleichtert, als Seph davonging und zum Abschied mit der leeren Flasche winkte.

»Bitte entschuldigen Sie, Leutnant Chase. Kann ich Ihnen irgendwie behilflich sein? Wenn es schnell geht.«

Chase zuckte mit den Schultern. »Sie ist Zivilistin, also nicht zu Disziplin verpflichtet.«

Das war erstaunlich entgegenkommend. Lucinda fragte sich, was das hier werden sollte. Chase blickte den Gang entlang. Besatzungsmitglieder und Marines eilten hin und her. Droiden sausten durch die Gegend. Seph verschwand gerade, wurde von der sanften Krümmung des Schiffs verschluckt, vermutlich war sie zur Bar unterwegs.

»Unter vier Augen, Ma'am«, wiederholte Chase. »Wenn mir die Bitte gestattet ist.«

Lucinda kämpfte mit widerstreitenden Gefühlen. Misstrauen, weil er so offensichtlich auf irgendetwas hinauswollte. Ärger, weil sie fand, dass Sephina sie in eine unangenehme Lage gebracht hatte. Noch immer Verlegenheit, aber die begleitete sie schließlich immer. Und eine Spur Angst, wenn sie ehrlich war. Ihr ganzes Leben lang war sie bereits... nein, nicht das Spielzeug von Leuten wie Chase. Für solche wie ihn hatte sie nie eine Rolle gespielt. Ihre Existenz war für diese Leute vollkommen bedeutungslos.

»Natürlich«, sagte sie so ruhig wie möglich.

Sie traten wieder in die Offiziersmesse, und beim Anblick der Sauerei, die Seph hinterlassen hatte und die natürlich irgendjemand anders würde wegmachen müssen, wogte kurz heiße Scham über Lucinda hinweg.

Chase sah es ebenfalls, sagte aber nichts dazu.

Das Störfeld, das die Privatsphäre garantierte, schloss sich um sie, und er stand in respektvollem Abstand und in entspannter, aber tadelloser Haltung vor ihr. Lucinda wurde nur noch unbehaglicher zumute. »Worum geht es, Chase?«, fragte sie.

»Ich möchte um meine Dienstentlassung ersuchen«, antwortete er.

Einen Augenblick lang sagte Lucinda nichts.

Ihr fehlten die Worte.

Er hatte sie kalt erwischt.

Anscheinend in der Annahme, dass sie auf eine Erklärung wartete, fuhr Chase fort: »Bis zum Ende meiner dreijährigen Dienstzeit sind es nur noch zwei Monate. Als Kapitänin können Sie mir die verbliebene Zeit erlassen.«

»Aber... aber wir befinden uns im Krieg.« Sie fühlte sich wie eine Idiotin, weil sie sagte, was sie ohnehin beide wussten. »Und... ich weiß es zwar nicht genau, aber möglicherweise sind wir das letzte verbliebene Schiff, das noch kampftauglich ist. Haben Sie... haben Sie Angst, Chase?«

Entweder hatte sie ihn wirklich missverstanden und gekränkt, oder er legte immerhin eine ziemlich gute schauspielerische Leistung hin. »Ist das Ihr Ernst?«, platzte er empört heraus, mit derselben Adelsspross-Arroganz, mit der er ihr und Bannon an Lucindas erstem Tag auf der *Defiant* begegnet war. Aber dann riss er sich zusammen. »Natürlich nicht«, sagte er. »Zumindest nicht mehr als jeder andere auch. Sie haben uns gezwungen, unsere Neuralnetze auszuscheißen. Wir können unsere Spinalinjektoren nicht benutzen, und wir können kein Back-up fahren. Alle haben Angst.«

Lucinda verzichtete darauf, ihn darauf hinzuweisen, dass sie auf den Platten von Coriolis aufgewachsen war. Nicht das schlimmste Umfeld, in das es ein mittelloses Kind verschlagen konnte, aber trotzdem hätte sie sich als Kind niemals träumen lassen, sie könne eines Tages praktisch unsterblich sein. Sie war geboren, um zu sterben. »Ja, alle haben Angst«, stimmte sie ihm zu. »Daran ist nichts Falsches. Warum also möchten Sie den Dienst quittieren? Weshalb laufen Sie weg?«

Er plusterte sich auf. »Ich renne nicht weg. Ich will kämpfen, aber meine Verantwortung liegt jetzt bei meinem Haus.«

»Mit Verlaub, Leutnant, aber ihr Marineeid zählt mehr als die Verpflichtungen Ihrem Haus gegenüber.«

»Nein, in diesem Fall nicht«, widersprach er, und jetzt war sie es, die sich aufplusterte. Er hob eine Hand, um jeden Protest im Keim zu ersticken. »Hören Sie mir bitte erst einmal zu, Kommandantin. Sie haben die Rohdaten ebenfalls gesehen. Wir haben eine recht solide Vorstellung davon, was geschehen ist. Ein Vernichtungsschlag, der das gesamte Großvolumen getroffen hat, und zwar nicht nur das Militär und die Regierungen, sondern auch sämtliche Zivilisten. Es hat alle erwischt, die mit dem Nullpunktnetz verbunden waren. Neben unseren Befehlshabern betrifft das auch die Elitefraktion des gesamten Volumens. Sie sind weg. Wahnsinnig. So wie Torvaldt und Wojkowski.«

»Und genau so hätte es auch Sie erwischt, wenn Sie zu diesem Zeitpunkt nicht auf der *Defiant* gewesen wären«, merkte Lucinda an. Falls sie vorgehabt hatte, ihn mittels Schuldbewusstsein an seine Verpflichtungen zu erinnern, misslang ihr das jedoch.

»Ganz genau«, sagte er, hob das Kinn und richtete den Blick über ihre Schulter hinweg, als würde er in eine Zukunft schauen, die niemand außer ihm sehen konnte. »Wie Prinzessin Alessia bin ich vermutlich der letzte überlebende Erbe der Aktienanteile meiner Familie. Ich bin beides zugleich, Vorstandsvorsitzender und Kommandant der Sicherheitstruppen der Chase Corporation... jedenfalls derer, die überlebt haben«, fügte er hinzu. »Ich muss meinen Verpflichtungen so bald wie möglich nachkommen.«

Lucinda blinzelte. Dieses Argument war tatsächlich akzeptabel. Als er ihr Zögern sah, legte Chase nach.

»Sie haben es selbst gesagt, Kommandantin: Möglicherweise sind wir das letzte verbliebene Schiff. In diesem System sind wir es jedenfalls mit Sicherheit. Niemand hat den Sturm Widerstand geleistet, abgesehen von Piraten und Kriminellen wie Ihre Freundin.«

Fast wäre sie wütend aufgefahren, aber Chase hatte recht.

Seph war eine Kriminelle.

Nur ob sie Freunde waren, da war sich Lucinda nicht ganz so sicher.

Beschwichtigend hob sie beide Hände. »Es tut mir leid, Leutnant. Ich habe verstanden, worum es Ihnen geht. Aber jetzt ist dafür nicht die richtige Zeit. Wir haben eine Mission.«

»Ja, die haben wir«, sagte er. »Admiral McLennan

hat diese Mission vorgeschlagen, und Sie haben eingewilligt, weil dieses Montanblanc-Mädchen die einzige überlebende Autorität dieses Systems ist, von der wir Kenntnis haben. So wie ich die einzige überlebende Autorität bin, von der ich Kenntnis habe, die Anspruch auf Chase Corporation erheben kann. Zudem habe ich den Sitz meiner Familie an der Hohen Börse und im Kongress auf der Erde geerbt. Ich bin ebenso wenig ein einfacher Marineoffizier, wie Alessia Montanblanc ein kleines Mädchen ist. Sie müssen mir gestatten, meine Pflicht zu tun.«

»Ihre Pflicht«, antwortete Lucinda hitziger als beabsichtigt, »ist es, die erforderlichen Sprünge zu planen, die uns nach Montrachet bringen und wieder von dort weg. Mag sein, dass Sie jetzt der Vorsitzende Ihres Hauses sind, aber sie sind auch der Navigationsoffizier der *Defiant*, und Sie werden an Ihrem Posten gebraucht, bis wir dieses kleine Mädchen in unserem sicheren Gewahrsam haben.«

Seine Kiefermuskeln spannten sich, und seine Wangen färbten sich tiefrot. »Ich werde nicht gebraucht. McLennans Intellekt kann diese Sprünge so viel besser planen, dieses Schiff so viel besser in den Kampf führen als wir, dass wir gegen unsere Pflichten verstoßen würden, wenn wir es nicht ihm überlassen.«

»Wie können Sie es wagen? Dies ist die Königlich-armadalische Marine. Jeder Mann und jede Frau hier ist für den Kampf ausgebildet, ganz gleich, unter welchen Umständen. Sie selbst sind dazu ausgebildet worden, das Schiff sogar unter Gefechtsbedingungen eigenhändig zu navigieren, wenn Defiant aus irgendeinem Grund ausfällt. Und diese Ausbildung, Ihre Ausbildung und Ihre Fähigkeiten, haben uns gerade erst den Sieg verschafft und damit die Chance weiterzukämpfen.«

»Und diese Chance will ich als Kommandant meines Hauses wahrnehmen«, erwiderte Chase hitzig. Er beugte sich vor. »Die Sturm haben meine Familie getötet. Meine ganze Familie. Begreifen Sie das?«

»Oh, wie es ist, die Familie zu verlieren, das weiß ich«, konterte Lucinda und bedauerte augenblicklich, die Kontrolle verloren zu haben, aber so falsch es auch war, schwelgte sie kurz in dem Genuss, ihre Wut für einen luxuriösen Augenblick von der Leine zu lassen.

»Ach, darum geht es hier also«, höhnte Chase. »Nun denn, bitte erlauben Sie mir, Ihnen da auszuhelfen, Kommandantin.« Das letzte Wort triefte nur so vor Verachtung. Zwischen seinen Fingern erschien ein kleiner Datenchip, es sah aus wie ein sorgsam einstudierter Zaubertrick. Er schnippte ihr den Chip zu. »Ihr Vater«, sagte er. »Er gehört ganz Ihnen.«

Lucinda griff daneben, und der Chip fiel zu Boden, hüpfte über den Teppich und rollte unter den Tisch. Als sie sich danach bückte, stieß sie sich den Kopf an der Tischkante. Sie sah Sterne, und ihr war schwindlig. Mit so viel Würde, wie sie nur aufbringen konnte – und das war nicht eben viel –, schnappte sie sich den Chip und richtete sich wieder auf. »Was ist das?«

»Die Schulden, die Ihr Vater beim Kombinat hatte«, sagte er. »Ich habe sie aufgekauft, ehe wir Deschaneaux verlassen haben. Fragen Sie mich nicht, warum. Die Wahrheit würde mich nicht gut dastehen lassen. Sagen wir einfach, ich war betrunken. Das hat als Grund gereicht. Nachdem ich mich entgiftet hatte, wusste ich selbst nicht mehr, was ich damit eigentlich wollte. Aber jetzt liegt es ja auf der Hand.«

Lucinda war sprachlos. Sie hatte nicht die geringste Ahnung, was sie sagen sollte, und als sie den Mund aufmachte, kam etwas Dummes heraus. »Ich werde meinen

Vater freikaufen«, sagte sie. »Er ist kein Chip, um den man spielt.«

»Sie werden Ihren Vater nicht freikaufen«, erwiderte Chase, aber es klang nicht nach einer absichtlichen Grausamkeit. »Niemand befreit sich je von solchen Schulden. Also habe ich sie getilgt. Was immer das auch wert sein mag. Nicht allzu viel unter den gegebenen Umständen, vermute ich. Aber er ist frei. Auf dem Chip ist alles gespeichert.« Mit einem Nicken deutete er auf die kleine Titaniumscheibe, die sie ihm immer noch entgegenstreckte.

Langsam ließ Lucinda die Hand sinken. »Danke«, sagte sie ganz leise.

Chase schwieg.

Sie öffnete den Mund, erstickte fast an den Worten und ihrer Scham. Es kam ihr fast schicksalhaft vor, dass sie jetzt hier standen, fast als hätte Sephina dafür gesorgt. Seph hätte keine Sekunde lang gezögert, diesen Deal mit Chase zu besiegeln. Und sie wäre nicht überrascht gewesen, dass ihre alte Freundin sich ebenfalls darauf einließ.

»Wenn diese Mission vorbei ist, Leutnant, bitte ich Admiral McLennan darum, über Ihr Ersuchen nachzudenken. Es wäre nicht angemessen, wenn ich diese Entscheidung treffe, und es gibt niemand Ranghöheren in unseren eigenen Reihen, den ich darum bitten könnte.«

Er musterte sie und schien ihr nicht recht zu trauen. »Werden Sie ihm empfehlen, meinem Gesuch stattzugeben?«

Sie steckte den Chip in die Tasche. Er kam ihr sehr schwer vor.

»Das werde ich«, sagte sie.

34

Auf dem Rückweg in das Zimmer, in dem man sie gefangen hielt, war Alessia übel. Nicht bloß körperlich. Am liebsten hätte sie ihre Seele in den zerstörten Rosengarten gekotzt. Während der Aufnahme hatte sie entsetzliche Angst gehabt, war ganz sicher gewesen, dass Kogan D'ur in mörderische Rage geraten würde, sobald er bemerkte, was sie da tat: eine zweite Nachricht im Morsecode blinzeln. Sie hatte keine Angst um sich selbst …

Okay.

Na gut.

Sie hatte panische Angst um sich selbst.

Sie war ziemlich sicher, dass die Sturm sie nicht einfach so töten würden. Nicht, solange sie ihnen noch nützlich sein konnte. Aber ohne jeden Zweifel würde Captain D'ur seine Drohung wahrmachen, die verbliebenen Angestellten und Caro und Debin zu töten, wenn sie ihm querkam.

Und sie war ihm gewaltig quergekommen.

Es war bestimmt nur eine Frage von Stunden, bis er es herausfand. Sie musste Caro und Debin warnen, damit sie hier verschwanden, ehe er …

Sie blieb so unvermittelt stehen, dass Sergeant Ji-yong, die ein, zwei Schritte hinter ihr marschierte, fast gestolpert wäre bei dem Versuch, ihre Gefangene nicht umzurennen.

Was hatte sie sich nur dabei gedacht?

»Was soll der Scheiß?«

Alessia stand wie angewurzelt mitten auf dem Gartenweg aus Blaustein-Splittern. Die freundliche Morgensonne wärmte ihr das Gesicht, aber sie zitterte heftig.

»Mach das noch mal, und ich trete dir so kräftig in deinen dünnen kleinen Hintern, dass du über den verdammten hintersten Lagrange-Punkt wegfliegst«, herrschte Sergeant Ji-yong sie an. Aber Alessia hörte ihr gar nicht zu. Sie war an Ort und Stelle erstarrt beim Klang der leisen Stimme in ihrem eigenen Kopf, die wieder und wieder die gleiche Frage stellte:

Was sollen Caro und Debin denn jetzt nur tun?

Sie konnten sich den Weg nicht freikämpfen, wo auch immer Kogan D'ur sie eingesperrt hatte. Sie steckten ebenso in der Falle wie sie, und jetzt hatte sie sie umgebracht. Ji-yong schubste sie vorwärts, aber Alessia wandte sich zu der Soldatin um, die wieder fast über sie gestolpert wäre. Das trug nicht gerade dazu bei, ihre Laune zu verbessern.

»Captain D'ur hat gesagt, ich darf Caro und Debin jetzt sehen«, sagte sie zu der wütenden Soldatin.

»Tja, gut und schön, aber Offiziere sagen einen Haufen dummes Zeug, Kleine. Jetzt beweg dich.«

»Nein.«

»Hast du vergessen, dass du keine Prinzessin mehr bist?«

»Ich habe Nein gesagt.«

Ji-yong hob eine Hand, aber ehe sie zuschlagen konnte, ergriff Alessia das Wort, mit gemessener, vollkommen vernünftiger Stimme. Es lag derselbe kühle Gleichmut darin, mit dem in sehr unangenehmen, beunruhigenden Momenten auch ihre Mutter manchmal gesprochen hatte, Königin Sara.

»Mag sein, dass ich keine Prinzessin mehr bin, aber

Sie sind eine Soldatin im Dienst, und wenn Sie meiner Bitte nicht nachkommen – und ich habe sehr höflich darum gebeten, möchte ich hinzufügen –, dann werde ich Captain D'ur nächstes Mal, wenn er etwas vom Haus Montanblanc will, darüber in Kenntnis setzen, dass er meinetwegen jeden kümmerlichen Bürger auf dieser armseligen Pferdemistkugel exekutieren kann, ich seiner Bitte aber nicht stattgeben werde, weil Sie, Sergeant Jin-yong, so verdammt dämlich waren, mir eine harmlose Bitte abzuschlagen, deren Erfüllung er selbst mir bereits zugesichert hatte.«

Die Soldatin ragte hoch über ihr auf, aber Alessia sah, wie ihre Entschlossenheit sie verließ. Sergeant Ji-yong sah aus, als wäre tief in ihr ein winziges schwarzes Loch erblüht, das menschliche Gefühle aufsaugte. Die Wut und Empörung, die so leicht in ihr aufflammten, die Zielstrebigkeit, die sie an den Tag legte, seit sie Alessia am Morgen aus ihrer improvisierten Zelle geholt hatte, dieselbe herrische Arroganz, für die Alessias Brüder hin und wieder streng von ihrem Vater verwarnt worden waren – das alles verschwand, als würde es von einer unsichtbaren Kraft aus ihr herausgesaugt.

Es dauerte nur einen Sekundenbruchteil. Aber der Macht beraubt, die sie zu haben glaubte, sah Ji-yong zuerst erschrocken aus, dann ängstlich. Allerdings sammelte sie sich schnell wieder. Ließ die Hand sinken und verzog das Gesicht zu einem belustigten Grinsen. »Genieß es, solange du kannst, Prinzessin. Wenn du hier nicht mehr gebraucht wirst, schrubbst du in irgendeinem Straflager die Toiletten.«

Alessia behielt eine vollkommen reglose Miene bei. Es war, als würden sich jetzt endlich und so unerwartet, dass es sie regelrecht erschütterte, die ganzen ermüdenden Fechtstunden bei Lord Guillaume auszahlen. Nicht weil sie dieses finster dreinblickende Ungeheuer besiegen konnte, indem sie sich sehr langsam und stumm von einer unnatürlichen Pose in die nächste begab, einen dämlichen Holzstock in den Händen. Sondern deshalb, weil die Unbewegtheit, die sie brauchte, um der furchterregenden Ji-yong gegenüberzutreten, schon die ganze Zeit in ihr geschlummert hatte. Lord Guillaume hatte sie ihr während Hunderter Unterrichtsstunden heimlich eingepflanzt, ohne dass sie es auch nur bemerkt hätte. Fast hätte sie das Ergebnis seiner ausgezeichneten Arbeit gleich wieder ruiniert, denn sie wäre beinahe in Tränen ausgebrochen bei dem Gedanken daran, dass diese Kreaturen nahezu mit Sicherheit auch ihren alten Meister getötet hatten; und dass er niemals zurückkehren würde und sie ihm niemals danken und ihn niemals für all die schrecklichen Dinge, die sie zu ihm gesagt hatte, um Entschuldigung bitten konnte.

Fast hätte sie versagt.

Aber nur fast.

»Das mag sein«, sagte sie schlicht zu Ji-yong. »Wahrscheinlicher ist es jedoch, dass ich, sobald ich der Republik nicht mehr von Nutzen bin, ermordet werde und man meine sterblichen Überreste entsorgt, damit sich keine Widerständler um ein Symbol der früheren Regierung scharen können. Das ist das übliche Schicksal gefallener Monarchen und ihrer Nachkommen.«

Die Sturm-Soldatin starrte sie an, als wäre ihr plötzlich ein zweiter Kopf gewachsen. »Ich bringe dich zu deinen kleinen Freunden«, sagte sie. »Aber nur, weil ich jetzt begreife, dass es für dich eine Folter sein wird. Los jetzt.«

Sie führte Alessia vom Dienstbotenhaus fort, quer durch die verwüsteten Gärten und zu einem weiß gekalkten Steinhaus, in dem die Vorräte gelagert wurden. Den Küchen Skygarths standen selbstverständlich die besten Zutaten zur Verfügung, die das Großvolumen zu bieten hatte, und Montrachet selbst war berühmt für den Anbau alter Gemüsesorten und anderer Nahrungsmittel, die unter strengsten Auflagen produziert wurden, um biologische Reinheit zu garantieren. Das Lager war immer bis unters Dach voll mit frischem Obst und Gemüse aus dem Freycinet-Hochland und Käse aus Baillaud und Cottenot. Parmaschinken hingen neben Räucherwürsten aus Coggia und Hérigone und texanischem Rindfleisch. Die Weinberge Skygarths brachten einen Pinot Noir hervor, der auf dem Concours Mondial de Bruxelles eine Silbermedaille gewonnen hatte, und im Keller, in den die Sturm Caro und Debin gesperrt hatten, standen überall Fässer, in denen der weniger wertvolle Merlot dieser Saison heranreifte.

Der Keller war vollgestopft bis unter die Decke. Neben den Weinregalen, in denen sich weniger beeindruckende Rebsorten und Jahrgänge stapelten, die für das Personal gedacht waren und auch von der Küche verwendet wurden, wenn keine älteren Mitglieder der Königsfamilie im Hause waren, standen Mister Dunnings Garten-Bots und -Drohnen.

»Alessia!«

Beim Klang von Caros Stimme wandte sie den Kopf, und dann rannte sie los und spürte noch, wie Sergeant Ji-yongs Fingerspitzen ihr Genick streiften. Noch immer trug sie das wunderschöne blaue Kleid, aber jetzt war es staubig und voller Spinnweben, und im Vorbeilaufen zerriss sie sich den Saum an einem Heckentrimmer-Bot. Sie stolperte, hörte aber nicht auf zu rennen, ignorierte Ji-yongs gebrüllte Befehle, stehen zu bleiben oder wenigstens langsamer zu werden. Alessia tat beides nicht, bis sie den Holzbalken erreichte, an den man ihre Freunde mit Plastikstahl angekettet hatte. Sie stürzte sich auf sie, riss Caro und Debin in die Arme und drückte sie mit aller Kraft an sich.

Alle drei Kinder brachen in Tränen aus und plapperten Unsinn, und nur allzu schnell war Sergeant Ji-yong da, packte Alessia am Kleid und riss sie mit einem harten Ruck von den beiden anderen weg. Alessia landete auf dem Hintern, Schmerz schoss ihren Rücken hinauf, und ihre Beine kribbelten.

»Jetzt hast du sie gesehen«, sagte Ji-yong. »So lautete das Versprechen. Und jetzt gehen wir wieder.«

»Ich hasse dich, und irgendwann krieg ich dich«, schrie Debin sie an und zerrte an seinen Ketten.

Die Soldatin grinste. »So ist's richtig, Kleiner. Gut zu sehen, dass man euch den Geist des Wahren Menschen noch nicht aus dem Genpool rausgezüchtet hat. Ganz anders als bei der hier.« Ji-yong versetzte Alessia einen leichten Tritt mit ihrem schweren Stiefel. Es tat nicht weh. Der Tritt war dazu gedacht, sie zu demütigen, nicht sie zu verletzen. So langsam begriff Alessia, wie der Hase lief.

»Ich komme wieder«, versprach sie ihren Freunden. »Und zwar gemeinsam mit der Garde und der armadalischen Marine und den Vikingar-Berserkern und...«

»Pffft. Nichts davon tut sie«, spottete die Schocktrooperin. »Eure kleine Freundin hier hat gerade allen Streitkräften befohlen, sich zu ergeben.«

»Alessia, nein!«, schrie Caro auf.

Debin sah drein, als hätte die Soldatin gerade ihn getreten, und zwar viel härter, als sie Alessia getreten hatte, die fast herausgeplatzt wäre: »Aber das hab ich gar nicht getan! Ich habe sie ausgetrickst!«

In ihr brannte eine entsetzliche Scham, die sie überhaupt nicht verdiente, und sie sehnte sich verzweifelt danach, den beiden einzigen verbliebenen Menschen, die ihr wirklich etwas bedeuteten, alles zu erklären. Sie sehnte sich nicht nur danach, sie *musste* es tun.

Aber sie konnte nicht. Dieser Weg stand ihr nicht offen. Stattdessen schrie sie Ji-yong in ihrer brennenden Scham und Empörung an wie eine verzogene Göre: »Ich hatte keine Wahl. Ihr hättet sie umgebracht!«

Ji-yong lächelte, offenbar völlig unbeeindruckt von den Rechtfertigungen einer gedemütigten und gefallenen Prinzessin. »Na komm, Kleine. Du kannst gleich in deinem Zimmer hocken und ein paar Stunden lang darüber nachdenken, wie schlimm du heute alles verbockt hast. Zieh diese beiden kleinen Scheißer hier nicht auch noch mit rein.«

»Moment!«, sagte Alessia und fummelte mit zittrigen Fingern an der kleinen, juwelenbesetzten Edenblumen-Brosche herum, die über ihrem Herzen am Kleid befestigt war. Beim Lösen stach sie sich mit der Nadel in den Finger, und dann versuchte sie, die Brosche Caro zu geben, aber Ji-yong beugte sich vor und schlug sie ihr aus der Hand.

»Denk nicht mal daran«, sagte sie. Es klang gelangweilt, aber auch ein bisschen verärgert.

»O mein Gott, Sie sind so gemein«, sagte Caro.

»Das war nur ein Geschenk«, protestierte Alessia.

»Das war ein Dietrich oder ein Schneidwerkzeug oder eine Waffe, oder was auch immer diese kleine Schlampe damit hätte improvisieren können«, erwiderte Ji-yong. Sie ging zum Heckentrimmer, vor dem die unbezahlbare Brosche gelandet war, und zermalmte sie unter ihrem Stiefel. Alessia keuchte auf.

»Oh, wow. Sie kriegen so heftig Ärger dafür«, brachte Debin atemlos heraus.

Ji-yong schnaubte kurz und verächtlich. »Ganz ehrlich, Junge, ich bin's nicht, die hier Ärger kriegt.« Sie bückte sich, packte Alessia an den Haaren und riss sie auf die Füße, dann versetzte sie ihr einen Stoß in Richtung der Holztreppe, die nach oben ins Lager führte. Alessia drehte sich zu ihren Freunden um und formte lautlos mit den Lippen die Worte: »Seid tapfer.« Caro sah besorgt, aber entschlossen aus, und Debin schob das Kinn vor und nickte so entschlossen, dass Alessia sich wünschte, sein Großvater und Sergeant Reynolds hätten es sehen können. Sie wären so stolz auf ihn gewesen. Sie war so stolz auf die beiden.

Und insgeheim war sie auch ein wenig stolz auf sich selbst.

Es war eine Sünde, das wusste sie, und für einen Herrscher eine besonders gefährliche. Eine der Lieblingslektionen ihres Vaters war eine strenge Warnung vor der Gefahr gewesen, die Arroganz für einen Monarchen bedeutete. Aber als Alessia die Kellertreppe des Lagerhauses erklomm, gestattete sie sich trotzdem eine Spur Selbstzufriedenheit, weil sie wenigstens eins heute Morgen richtig gemacht hatte.

Jetzt wusste sie, wo sie ihre Freunde finden konnte, wenn ihr die Flucht gelang.

Und sie würde all die Stunden, in denen sie in dem Zimmer irgendeiner bedauernswerten Dienstmagd eingesperrt war, dafür nutzen, einen Fluchtplan zu schmieden.

35

DIE MEDIZINISCHEN EINRICHTUNGEN der *Defiant* waren ein bestaunenswertes Wunder. Nachdem er sich so lange durch die halb unter Trümmern begrabene Ruine der uralten Krankenstation auf der *Voortrekker* gewühlt hatte, kamen McLennan die klaren Linien und die fast geheimnisvolle Schlichtheit der armadalischen Traumastation fast wie eine Kunstinstallation einer fremden Kultur vor, die sich strengstem Minimalismus verschrieben hatte. Abgesehen von den Holobildschirmen, an denen ausschließlich Menschen arbeiteten – keine Droiden oder Bots –, sah er keinerlei Ausrüstung. Selbst sein Krankenbett bestand aus einem Mikro-g-Kraftfeld, das ihn über dem Deck schweben ließ, während eine Ärztin und zwei Schwestern an ihm herumhantierten. Er spürte die warme Flut der Effektorfelder, die seine gepeinigten Muskeln und verrenkten und verdrehten Knochen massierten. Das zerfetzte Fleisch an seinen Handgelenken kitzelte und juckte, während sich das Dermalgel mit der Haut verband. Sein Kopf summte leise dank der elektromagnetischen Schmerzstiller. Doch trotz dieser fast übernatürlichen Wunder klaffte die entsetzliche seelische Wunde, die diese Dunn ihm zugefügt hatte, noch immer weit offen. Alle anderen konnte McLennan mit seinen Schimpfkanonaden täuschen, aber vor sich selbst konnte er die Wahrheit, die sie ihm mitten aus dem Herzen gerissen hatte, nicht verbergen.

Er war ein Monster. Und Teufel noch mal, keins dieser

Kinder hier schien davon auch nur die blasseste Ahnung zu haben. Nach zwanzig Minuten unkomplizierter und nicht einmal ganz unangenehmer Behandlung erklärte ihn Doktor Saito wieder für eingeschränkt einsatzfähig. Hatte sie denn die Geschichtsbücher nicht gelesen? Oder wenigstens die Simulationen gespielt? Wusste sie denn nicht, was beim letzten Mal geschehen war, als er im verdammten Einsatz gewesen war? Wie viele seiner eigenen Leute er getötet hatte?

Anscheinend nicht.

»Sie können jetzt gehen«, sagte sie.

»Aber ich fühle mich beschissen«, beklagte er sich, und vom äußeren Anschein her machte es den Eindruck, als würde er nur seine Rolle spielen, nicht etwa eine tieferliegende Wahrheit enthüllen.

»Das liegt daran, dass Sie ungefähr siebenhundert Jahre alt sind.« Lächelnd klopfte ihm Saito auf die frisch reparierte und nur noch ganz leicht steife und schmerzende Schulter. »Und es sieht ganz so aus, als hätten Sie diesen müden alten Kadaver hier durch einen Großteil dieser Zeit mitgeschleift.«

»Das sage ich ihm schon seit ungefähr sechshundertfünfzig Jahren«, flüsterte Hero laut und deutlich.

»Und zwar einmal pro Scheißminute«, beschwerte sich McLennan. Das Kraftfeld kippte nach vorn und setzte seine bestrumpften Füße aufs Deck. Der Griff des Kraftfelds löste sich, und er stand in seinem rückenfreien Papierkittel da und spürte den kalten Kuss der klimatisierten Luft an seinem nackten Hintern und den haarigen alten Eiern. Ihm war, als laste jede Minute der vielen Jahrhunderte auf ihm, die er über seine Zeit hinaus in dieser Welt verbracht hatte.

Der nervös wirkende Baby-Leutnant, auf dessen Uniform frisch der Name BANNON eingeprägt worden war, trat auf ihn zu und händigte Mac einen dunkelblauen Overall, Unterwäsche, Socken, Stiefel und eine Schirmmütze aus. Auf der Uniform lag ein dicker und eigenartig vornehm aussehender Umschlag. »Kommandantin Hardy hat das für Sie ausdrucken lassen, Sir. Sie bittet darum, dass Sie das Schriftstück unterzeichnen und sie auf der Brücke aufsuchen, sobald es Ihnen möglich ist.«

»Darum bittet sie also, ja?«, spottete er freundlich, als wäre er nicht eins der größten Ungeheuer der gesamten menschlichen Geschichte. Der Admiral zog das Dokument aus dem Umschlag, überflog es rasch, schnaufte verblüfft und las es noch einmal, diesmal Wort für Wort.

»Tja, wenn sie darum also bittet, Jungchen«, sagte er, als er fertig gelesen hatte, »dann schaffe ich wohl besser meinen schrumpeligen Arsch dort runter, was?«

»Vermutlich, Sir«, antwortete Bannon. »Sie ist in voller Kampfmontur und sehr übler Stimmung.«

»Sie haben gerade mit unheimlicher Präzision meine dritte Ehe beschrieben, und dafür werde ich mich nicht bei Ihnen bedanken, Junge.« Mac drehte sich, während er den Kittel abstreifte, zu Doktor Saito um. »Ich hoffe, es macht Ihnen nichts aus, Madam. Anscheinend bin ich einigermaßen in Eile.«

Saito musterte seinen alternden Körper kritisch von Kopf bis Fuß. »Nein.« Sie schüttelte den Kopf. »Macht mir nichts aus. Ich habe nicht oft Gelegenheit, eine lebende Leiche in derart fortgeschrittenem Verwesungsgrad zu betrachten. Sind das noch die originalen Hoden, oder haben Sie sich Ausstellungsstücke aus dem Gorilla-Museum implantieren lassen?«

»Tja«, antwortete er und kicherte. »Ich will ja nicht prahlen, aber...«

»Dazu besteht auch wirklich kein Anlass«, sagte Hero. »Gorillahoden sind bekanntermaßen winzig.«

»Sie sind immer noch größer als deine Kernprozessormatrix, du altes Klappergerät.«

»Im Ernst, Admiral«, nahm die Ärztin den Faden wieder auf, während er sich ankleidete. »Sie hatten niemals ein Neuralnetz oder Implantate, und Sie haben auch nie eine Resequenzierung vornehmen lassen? Ist das korrekt?«

»Aye«, sagte er und schloss den Overall. Links auf der Brust war sein Name eingeprägt, genau wie bei Bannon, und auf dem schwarzblauen Kragen waren mit Goldfaden die beiden vierzackigen Admiralssterne aufgestickt. Die Uniform passte ihm gut, und er war ein bisschen verblüfft darüber, wie gut es sich anfühlte, sie wieder zu tragen. Vielleicht fühlte sich so ein Serienkiller, der das Grab eines Opfers aufsuchte, das er vor langer Zeit im Wald verscharrt und schon fast vergessen hatte. »Ich wurde nicht in die Fraktion geboren, Doktor, und als ich bei den TST gedient habe, Doktor, waren Neuralnetze technisch noch nicht ganz ausgereift.«

»Aber das ist schon lange her.«

»Und weit, weit fort«, gab er zu.

Saito neigte den Kopf, als würde sie einen ganz besonders interessanten Virus unter dem Nanoskop betrachten. »Also haben Sie sich immer am Ende jeder Spanne der organischen Extraktion Ihres Engramms unterzogen?«, fragte sie.

Die Schwestern und Leutnant Bannon starrten ihn an und warteten ebenso gespannt auf seine Antwort wie Saito. Sogar Herodotus schwebte stumm näher.

»Aye«, sagte Mac, als reichte das als Antwort. Natürlich tat es das nicht. Es reichte nie.

»Darf ich fragen, weshalb?«, erkundigte sich Saito. »Das ist eine... anstrengende Prozedur. Invasiv und schmerzhaft, zerstörerisch und nicht ansatzweise so präzise wie der einfache Datentransfer über ein Back-up. Sie können niemals ganz sicher sein, dass Ihr extrahiertes Ich nach der Neuinkarnation genau dasselbe Ich ist wie vorher.«

McLennan lächelte. Es war ein frostiges Lächeln. »Sie befinden sich, da bin ich sicher, nicht in Ihrer ersten Spanne, Doktor Saito.«

»Es ist meine dritte.«

»Also sind Sie bereits zweimal aus dem Back-up wiederauferstanden, was bedeutet, dass ich mich gerade mit der Kopie einer Kopie eines Quantenbits der Geschichte unterhalte, nicht mit einer jungen Frau – bitte entschuldigen Sie eventuell falsche Annahmen bezüglich Ihres Geschlechts. Ihr Original wurde vor hundertfünfzig, je nach Lebensweise und genetischen Modifikationen eher vor zweihundert Jahren irgendwo im Armadalischen Weltenbund geboren. Sie sind eine Frau, ein Lebewesen mit einem Bewusstsein, aber Sie sind nicht diese Frau, dieses Lebewesen. Sie ist gestorben.«

Jetzt war es Saito, die lächelte. »Diese Fragen wurden bereits von Philosophen erörtert und aufgelöst, die weiser sind als Sie oder ich, Admiral. Das Ich ist ganz einfach jener warme, kleine Punkt des Bewusstseins, um den sich das Leben im Universum drängt.«

»Es sei denn, man ist Quellcoder«, sagte McLennan und zog seine Stiefel an. Sie sahen brandneu aus, fühlten sich aber weich und schon gut eingelaufen an. »Dann ist Ihre Seele in den Code eingeschrieben, der das Bewusstsein hervorbringt, und besteht nicht aus diesem singulären Bewusstseinspunkt selbst.« Er stand auf und erfreute sich an Saitos verwirrtem Stirnrunzeln. Sie alle sahen verwirrt aus. Vermutlich hatten sie nicht damit gerechnet, dass ein TST-Admiral, im Ruhestand oder nicht, aus den Schriften der Quellcoder zitierte. Aber es war wohl kaum das Schlimmste, was er je getan hatte, richtig?

»Soweit ich informiert bin«, sagte er geduldig, »hat Kommandantin Hardy die Besatzung und die Marines angewiesen, die Neuralnetze zu deaktivieren und auszuscheiden, richtig?«

Saito nickte knapp.

McLennan beantwortete es ebenfalls mit einem Nicken. Einem sehr zufriedenen. »Also können Sie kein Back-up erstellen. Sie begeben sich als echte Menschen in den Kampf. Genau wie unser Gegner. Stellen Sie sich vor: Wenn Sie sterben sollten, dann sind alle Worte, die Sie je gelesen haben, all das Wissen und die Weisheit, die Sie sich angeeignet haben, ein für alle Mal fort, als wäre alles nur ein Traum gewesen. Jeder Klang von Musik, jeder Pinselstrich eines jeden Gemäldes, jedes Qubit, jede Sim, all das Lachen, so viele Tränen, und mit einem Mal... nichts mehr. Vielleicht gibt es irgendwo noch ein altes Back-up von Ihnen, sicher verwahrt in irgendeinem Offline-Speicher. Ihre Erinnerungen an die Beijing-Oper, den Candomblé in Bahía, die Dünen von al-Quds, ein Spaziergang durch die breiten Straßen Cupertinos, die weißen Nächte Putingrads, der Gebetsruf im Habitat des Friedens, ein roter Supermond über dem Armadalischen Meer, Gebäckkrümel und der letzte Schluck Kaffee in einem kleinen Café in Trastevere, alles, was Sie je wussten, an was Sie sich erinnert haben, über das Sie geredet haben, und alles, was unausgesprochen blieb – das alles könnte wiederauferstehen, nehme ich an. Aber wären das Sie, Doktor Saito? Ihr Ich, das jetzt gerade vor mir steht, in diesem Augenblick?«

Die Farbe war aus ihrem Gesicht gewichen.

Das war schon besser.

So sollten die Leute bei einer Begegnung mit dem berühmten Frazer McLennan reagieren.

»So lebt jedes Mitglied der Humanistischen Republik

jede Minute seines oder ihres Lebens. In dem Bewusstsein, dass es vorbei sein kann, einfach so.« Er schnippte mit den Fingern. »Der warme kleine Punkt, um den sich das ganze Universum drängt? Es kann jederzeit verschwinden, und das Universum gibt nicht mal den allerkleinsten feuchten Mitleidsfurz drum. So lebe ich, seit ich das letzte Mal gegen sie gekämpft habe, Doktor. Ich will gern glauben, dass ich sie deshalb verstehe. Wie sie sind und warum sie zurückgekehrt sind.«

»Und warum sind sie zurückgekehrt?«, fragte sie mit leicht zittriger Stimme.

»Um uns vor uns selbst zu retten.« Er lächelte.

»Und werden Sie sie daran hindern, das zu tun?«

McLennan nickte. »*Och*, aye, und diesmal bring ich sie alle um.« Geistesabwesend schnippte er Richtung Bannon. »Sie haben wohl keinen Stift dabei, Junge?«

Brennende Vikingar-Schlachtschiffe trieben inmitten der funkelnden Überreste von C-Beam-Anlagen. Ein zerschmettertes Tannhäuser Tor trudelte an der Schulter von Odins Welt vorbei; das interstellare Habitat flog durch die leblose Leere zwischen Sujutus und dem in Privatbesitz befindlichen System, in dem die gefangene Montanblanc-Prinzessin wartete.

Sephina war das alles scheißegal. Sie starrte mit unverhohlener Gier die offenbar unbeschädigte Jacht an, deren Holo-Abbild auf der Brücke der *Defiant* in der Luft schwebte. »Wir nehmen die da«, sagte sie und zeigte darauf.

Lucinda schüttelte den Kopf, aber es war eher resignierte Zustimmung als ein Nein. Ihre alte Freundin hatte gerade Anspruch auf einen Sternenkreuzer der Autarch-Klasse erhoben, registriert auf einen Vizepräsidenten der Zaitsev-Korporation. Leutnant Fein gestattete sich ein leises Pfeifen und erntete einen eisigen Blick von Lucinda.

»Sorry, Skipper«, sagte er. »Aber das ist nun mal ein verflixt hübsches Bötchen. Sechs Multicore-Vierfach-AE-Antriebe. Drei Schaluppen hinten im Heck. Sofortige Gefechtsbereitschaft. Block-4-Abwehrsysteme. Zwei Bars. Ein Wellenbad. Zwei Dutzend Gäste-Suiten mit kostenlosem Netflix...«

»Sie hatten mich schon bei *keine Anzeichen von Leben*«, sagte Sephina. »Das ist eine legitime Bergungsaktion, oder? Diese neozaristischen Arschkrampen können mich dafür nicht drankriegen?«

»Ich verbürge mich höchstpersönlich für deine rechtmäßigen Ansprüche«, sagte Lucinda. »Aber Seph, ich glaube ohnehin nicht, dass das Handelsgericht in nächster Zeit irgendwann tagen wird. Und der Typ, dem diese Jacht gehört hat, ist sowieso viel zu beschäftigt damit, seine Passagiere und die Mannschaft aufzufressen, um Beschwerde einzureichen.«

Admiral McLennan, den das Ganze ungeheuer zu amüsieren schien und der seit seinem Besuch in der Traumastation deutlich besser aussah, saß auf dem Sicherheitssitz der Zweiten Kommandierenden, den er beansprucht hatte, ohne Lucinda um Erlaubnis zu bitten oder sich zu entschuldigen. Er winkte Seph zu sich herüber. »Das hier brauchen Sie auch noch, Mädel«, sagte er und händigte ihr einen dicken, mit einem hellroten Wachsklumpen versiegelten Umschlag aus. »Ihr Kaperbrief. Von mir persönlich unterzeichnet und von Kommandantin Hardy im Logbuch vermerkt. Das macht die Sache legal und ganz offiziell, und ich wünsche Ihnen alles Gute und viel Glück bei Ihrer neuen Laufbahn.«

Sephina nahm das schwere Rechteck aus gefaltetem Pergament entgegen, als könne es jeden Augenblick in

Flammen aufgehen. »Und das ist wirklich alles echt? Sie sprechen mich sozusagen im Voraus dafür frei, wenn ich jemanden töte oder irgendwas kaputt mache?«

»Solange Sie die richtigen Leute töten«, warnte McLennan.

»Das ist kein Problem, Scotty«, sagte sie.

»Dachte ich mir. Mir kommen Sie wie ein recht mörderischer Teufel vor, Kapitänin L'trel. Ich bin ganz sicher, dass Sie eine Menge Kehlen durchschneiden und ein langes, heißes Bad in republikanischem Blut nehmen werden, noch ehe heute Abend mein Kopf das Kissen berührt. Wäre ich ein paar Jahrhunderte jünger, könnte ich glatt Ihrem Charme verfallen.«

»Danke«, sagte sie und begutachtete den Brief, als handle es sich um einen Gutschein für ein Freigetränk im nächsten Stripclub im Besitz der Yakuza. »Falls sich meine Eileiter jemals nach einer mumifizierten schottischen Stabheuschrecke sehnen sollten, sind Sie der Erste, den ich mir rittlings vorknöpfe. Aber könnte ich Sie vorher noch um einen weiteren Gefallen bitten?«

McLennan nahm die Zurückweisung ungewohnt charmant hin. »Was die Yamaguchi-gumi betrifft, habe ich wenig Einfluss«, sagte er. »Falls Sie mich also bitten wollten, für Sie ein gutes Wort einzulegen...«

»Nein«, sagte sie. »Ich wollte nur fragen, ob Ihr kleiner Freund da drüben vielleicht das Schiff ausputzen könnte, bevor wir es entern.« Mit einem Kopfnicken deutete sie auf Hero. »Es handelt sich immerhin um, Sie wissen schon, Weltraumzombies. Igitt.«

»Na schön«, sagte der Intellekt. »Entschuldigt mich bitte kurz. Schließlich habe ich gerade sowieso nichts Besseres zu tun.« Er verschwand mit dem leisen Ploppen zusammenfallender Luft und war eine Sekunde später schon wieder da. »Tut mir leid, dass es so lange gedauert hat. Da drüben herrschte ganz schönes Chaos. Als die Übertragung reinkam, haben sie gerade alle ein Live-Back-up gefahren. Der Schiffsintellekt ist auch völlig durchgedreht. Aber machen Sie sich keine Sorgen: Ich habe sie alle in die Sonne geworfen und das Schiff vom Bug bis zum Heck gründlich geschrubbt. Ihre Limousine erwartet Sie, Madam.« Hero kippte ein paar Zentimeter nach vorn, um eine höfliche Verneigung anzudeuten. »Ich habe das Substrat ausgeräumt und die Einstellungen resettet, und weil ich befürchte, dass Ihre intellektuellen Kapazitäten nicht ausreichen, um sich schnell genug eine neue 4CI-Steuerung anzueignen, habe ich eine saubere, mit neuesten Updates versehene Kopie des erbärmlich plumpen Stücks Software aufgespielt, mit der Sie Ihr früheres Schiff betrieben haben. Es wird sich ganz anfühlen wie zu Hause, nur dass Ihr Zuhause früher ein auseinanderfallender Pappkarton voll gebrauchter Pornografie war und Sie jetzt in einen Sechs-Milliarden-Rubel-Palast einziehen, mit Überlichtantrieb und einem Waffenarsenal, mit dem Sie einen kleinen interstellaren Krieg führen könnten.«

Seph sah zu Lucinda hinüber. »Hast du schon mal darüber nachgedacht, dieses verdammte Teil in die Sonne zu werfen?«

»Er ist eigentlich ganz harmlos.« Lucinda lächelte.

Die beiden Frauen blickten sich mit einer Zärtlichkeit an, mit der keine von ihnen gerechnet hätte. Sie hätten nicht unterschiedlicher sein können. Seph, die Freibeuterin mit ihrer wilden Mähne und dem immer mitgenommener aussehenden langen Nano-Mantel. Lucinda völlig ohne Make-up, Schmuck, Körperkunst oder Kostümierung, abgesehen von den Kommandantensternen am Kragen ihres zweckmäßigen blauen Overalls. Sie beide waren bewaffnet – die Mannschaft der *Regret* hatte sich aus der Waffenkammer der *Defiant* bedient –, aber davon abgesehen musste es etwas anderes sein, das sie miteinander verband.

»Dann ist wohl jetzt die Zeit gekommen, mich davonzumachen«, sagte Sephina.

Lucinda brachte ein schiefes Grinsen zustande. »Warte diesmal nicht so lange, bis du dich mal meldest.«

»Letztes Mal, als wir uns getroffen haben«, erinnerte Sephina sie, »wolltest du mich verhaften.«

Die beiden sahen einander in gemeinschaftlichem Schweigen an, und es war ein so warmes, inniges Schweigen, dass Frazer McLennan gerade etwas Unangemessenes dazu sagen wollte. Aber Herodotus schaltete ihn mit einer perfekt kalibrierten geräuschdämpfenden Schallwelle stumm. Lucindas Brückenbelegschaft konzentrierte sich ganz auf ihre jeweiligen Posten.

»Ich habe Ariane auch geliebt, Seph«, sagte Lucinda leise. »Sie war immer freundlich zu mir.«

»Sie war zu allen freundlich, die sie nicht umgebracht hat.« Sephina lächelte. Ein trauriges, aber echtes Lächeln.

»Pass auf, dass du nicht in Schwierigkeiten gerätst.«

»Du weißt, dass ich das nicht mache.«

»Ich weiß, dass du dich an dein Versprechen halten wirst«, sagte Lucinda ernst. »Ich vertraue dir. Es gibt nicht viele Menschen, vor allem keine Weltraumpiraten, über die ich das sagen würde.«

»Und danach bin ich frei?«, fragte Sephina.

»Das musst du mit deinem Gewissen abmachen.«

Die Piratin schnaubte. »Kein Thema.«

Ohne Vorwarnung trat sie auf Lucinda zu und schloss sie in die Arme, drückte sie fest an sich und hielt sie viel zu lange fest. Als sie sich voneinander lösten, hatten beide feuchte Augen.

»Lass uns ein paar beschissene Nazis umbringen«, flüsterte Seph.

»Okay«, sagte Lucinda. »Ich habe nichts dagegen.«

»Himmel, Arsch und Zwirn, dieser fliegende Computer weiß aber, wie man den Mop schwingt, was?«, staunte Mister Banks, als sie nach dem Sprung auf der Brücke des Zaitsev-Kreuzers wieder auftauchten. Die interstellarfähige Superjacht sah aus, als wäre sie erst vor fünf Minuten von den Fertigungsdocks gekommen. »Sie ist sauber geschrubbt, dass sie nur so glänzt.«

Die Brücke, auf der sie sich materialisiert hatten, war ungefähr doppelt so groß wie der gesamte Mannschaftsbereich auf der alten *Regret* und war im Stil eines alten Schoners aus dem urigen Segelschiff-Zeitalter auf Alt-Erde eingerichtet. Der sibirische Hartholzboden war anscheinend... tja, verdammte Eiche oder Zeder oder so ein Scheiß, dachte Sephina.

Wahrscheinlich wirklich aus Sibirien.

Sie hatte mal eine ganze Ladung illegal geschlagenes altes Tannenholz von Sol nach Cupertino geschafft, und verdammt sollte sie sein, wenn das hier nicht ganz genauso aussah. Der Kapitänssitz war ein antiker Eames-Liegesessel (von denen hatte sie auch mal einen Container voll gestohlen). Allerdings war sie ziemlich sicher, dass Schaluppen und Klipper aus der Goldenen Ära der Schifffahrt nicht standardmäßig mit Liegesesseln aus dem 20. Jahrhundert ausgestattet gewesen waren.

»Banks, check mal die Steuerung. Der magische Toaster behauptet, er hat unsere alte Software kopiert – minus ein paar Bugs und solchem Scheiß. Weiß der Teufel, wie er sie auf Zaitsev-Hardware zum Laufen gekriegt hat, aber...«

»Aber sieht gut aus, Captain«, sagte Banks, der zunehmend beeindruckt wirkte. »Es ist, als ob ... als ob es unser altes Mädchen wäre, nach einer Rundumerneuerung.«

Sephina ließ sich in den Eames-Sessel plumpsen und knallte die Stiefel auf die separate Ottomane daneben. »Eine verfluchte Scheißrundumerneuerung«, sagte sie leise, als spräche sie mit sich selbst. »Kot, ich hab nicht den allerkleinsten Schimmer, wo die Maschinenräume sind, aber ich weiß nicht, geh halt vielleicht mal nachsehen, ob du dieses Ding in Gang kriegst, während wir schon mal die Triebwerke warmlaufen lassen.«

Falun Kot, noch immer über und über mit Dermalpflastern aus der Krankenstation auf der *Defiant* bedeckt, verneigte sich lächelnd. »Es ist mir ein Vergnügen, Frau Kapitänin.« Nach kurzem Zögern hatte er sich orientiert und verließ leise vor sich hinsummend die Brücke. Seph entging nicht, dass er im Gehen eins seiner Messer zückte. Offenbar war er nicht bereit, ganz darauf zu vertrauen, dass der Intellekt das Schiff wirklich vollständig von Passagieren und Besatzung gesäubert hatte.

Ein Summen erklang, das sie eher spürte als hörte, doch dann verklang es rasch, und Banks johlte und klatschte. »O wow, Captain, ich muss diesen Computer auf einen Drink einladen. Das Schiff ist das reinste Wunder. Sag mir, wo du hinwillst, und wir landen gestern.«

»Das ist cool, Banksy«, sagte sie, ohne richtig hinzuhören. Wenn er das Schiff fliegen konnte, reichte ihr das völlig. »Coto, warum siehst du dir nicht mal das Waffenlager an? Wir werden Waffen brauchen. Waffen in rauen Mengen.«

»Ich weiß nicht, wo das Waffenlager ist«, sagte Coto.

Seph winkte ab. »Frag das Schiff.«

»Schiff!«, rief Coto. »Ich bin Jaddi Coto. Zeig mir die Waffen.«

Eine weibliche Stimme antwortete ihm auf Volumen-Standard. »Jaddi Coto. Sie sind nicht mit einem Neuralnetz ausgestattet. Folgen Sie meinen mündlichen Anweisungen, ich weise Ihnen den Weg zum Hauptwaffenlager an Bord. Wenn Sie es wünschen, kann ich Ihnen auch den Weg zur Krankenstation zeigen und Ihren Kortex mit einem Neuralnetz aufrüsten, allerdings muss ich Sie warnen: Derzeit ist diese Prozedur nicht zu empfehlen.«

»Schiff«, antwortete Coto, »ich will kein Weltraumzombie werden.«

»Jaddi Coto«, erwiderte das Schiff, »das ist der Grund, weshalb die Prozedur derzeit nicht zu empfehlen ist.«

»Schiff«, unterbrach Seph, »bring ihn einfach zur Waffenkammer und zeig ihm vielleicht auch die Kombüse, wenn du schon mal dabei bist. Er hat einen riesigen Appetit.«

Coto verschwand, geleitet von den Anweisungen des Schiffs.

Sie verlagerte das Gewicht, versuchte, im Sessel die richtige Position zu finden, aber irgendetwas pikste ihr die ganze Zeit in den Hintern.

Booker.

Sie zog die Box unter dem Mantel hervor und schaltete sie ein. »Hey, Book, aufwachen, und falls Sie gerade Schweinkram machen, hören Sie damit auf.«

»Wo bin ich denn jetzt?«, fragte er. Er klang alles andere als gut gelaunt.

»Meine Hab-Freundin Cinders hat uns ein nettes Boot besorgt. Sie befinden sich hier auf einem kriegstauglichen Zaitsev-Orgienschiff. Es heißt... Moment. Schiff, wie lautet eigentlich dein Name?«

Als die Jacht antwortete, erfüllte ihre Stimme die gesamte seltsam anachronistische Brücke. »Ich bin der

Autarch-Sternenkreuzer 8538.91, in Auftrag gegeben von ...«

»Nein, ich meine, wie heißt du? Du musst doch einen Namen haben.«

»Ich habe keinen.«

»Hm«, machte Seph nachdenklich. »Muss wohl zusammen mit allem anderen gelöscht worden sein. Okay, Schiff. Darum kümmern wir uns später.«

»Seph?«

Es war Mister Banks. Seine Stimme klang eigenartig.

»Was geht, Banks?«

»Ich hätte eine Idee für den Namen. Wenn du einverstanden bist.«

»Erzähl«, sagte Seph vorsichtig.

»Wir sollten es *Ariane* nennen«, schlug Banks vor.

Sephina antwortete nicht. Nicht gleich. Aber irgendwann nickte sie. Einmal nur. »Tu du es«, sagte sie noch ein paar Sekunden später.

»Schiff«, rief Banks, jetzt selbstbewusster. »Hier spricht dein Pilot, Mister Banks.«

»Ja, Pilot?«

»Schiff, du bist jetzt der Sternenkreuzer *Ariane*.«

»Danke, Pilot. Ich bin jetzt der Sternenkreuzer *Ariane*. Ich werde meine Metadaten aktualisieren und das Schifffahrtsregister informieren, sobald wir wieder eine Nullpunktverbindung bekommen.«

»Vergiss die Nullpunktverbindung«, sagte Banks. »Das Netzwerk ist kompromittiert. Wir segeln im Dunkeln, bis Kapitänin L'trel anderslautende Befehle erteilt.«

Etwas zittrig stieß Sephina die Luft aus. »Danke«, sagte sie lautlos zu Banks, formte die Worte nur mit den Lippen. Er lächelte sie an, das Gesicht verletzlich und voller Kummer, und nickte ihr zu.

»Booker«, sagte sie, sobald sie wieder sprechen konnte,

ohne an ihren eigenen Worten zu ersticken. »Tut mir leid. Familienangelegenheit. So. Ich vermute, Sie möchten gern raus aus Ihrem kleinen Kasten.«

»Wenn es keine zu großen Umstände macht, ja, das wäre fantastisch.« Seine Stimme war so monoton, dass sie nicht sicher war, ob seine Antwort sarkastisch sein sollte.

»Schiff ... ich meine, tut mir leid, *Ariane*, ich habe hier einen TST-Sergeant, chiffriert in einer externen Notfall-Speicherbox. Haben wir irgendein mobiles Gerät an Bord, in das er sich herunterladen könnte?«

»Meine Bestandsliste umfasst unter anderem achtundvierzig Sexpuppen unterschiedlichen Geschlechts und ...«

»Nein!« Bookers Stimme, so leise und blechern sie auch war, klang nachdrücklich. »Steckt mich bloß nicht in einen Pussy-Bot. Jesus Christus, ihr verdammten Brüter.«

Diesmal hatte Seph keine Probleme, seinen Tonfall richtig einzuordnen. »Beruhigen Sie sich«, sagte sie. »Ich versuche ja nur zu helfen. Ich habe Hardy um einen Zerstörer gebeten, aber sie hat Nein gesagt. Das hier ist das, was wir stattdessen von ihr bekommen haben. Tut mir leid, dass wir keinen Trupp kriegstauglicher Kampf-Mechs an Bord haben, aber man muss nun mal mit dem Orgienschiff arbeiten, das man hat. Und wir haben dieses hier.«

Banks sagte vom Steuer her: »Kot sagt, er hat den Maschinenraum gefunden. Sieht gut aus.«

»Danke«, antwortete Seph. »Sag ihm, er soll sich die Boote in der Startbucht mal ansehen. Wenn wir Montrachet erreichen, werden wir eins davon brauchen. Es muss groß genug sein, damit Cotos Horn kein Loch in die Decke pikst. Ein brauchbarer Tarnmodus wäre auch gut.

Ansonsten müsstest du deine Nahkampf-Flugfertigkeiten noch schnell ein bisschen auffrischen.«

Banks nahm ihre Anweisungen zur Kenntnis und sprach dann weiter leise mit dem Techniker.

»Das hier ist eine Jacht richtig?«, fragte Booker. »Weltraumtauglich? Dann müsste es doch irgendwelche Tech-Mechs oder Servo-Bots für den Außenbordeinsatz geben.«

»Banks?«, fragte Seph.

»Sekunde... Jepp«, sagte der Pilot. »Es *waren* welche an Bord. Aber *irgendjemand* hat sie in die Sonne geworfen, zusammen mit den ganzen Leichen, lebendig oder tot, und dem Schiffsintellekt.«

»Okay, danke. Booker, es tut mir leid; wir müssen wohl unten auf dem Planeten was Geeignetes für Sie auftreiben. Es hat hohe Priorität, versprochen. Wir schulden den Armadalen einen Gefallen, und es wird nicht einfach, es ihnen zurückzuzahlen. Helfen Sie uns, wenn ich Ihnen einen Körper beschaffe? Ich könnte Ihre Fähigkeiten gut gebrauchen. Ich weiß, McLennan hat für Sie den Zauberstab geschwungen, aber ich vermute mal, dass Sie trotzdem nicht zu den TST zurückwollen. Sie wissen schon, weil das die Arschlöcher waren, die Sie vor Kurzem noch löschen wollten und so.«

Die schwarze Box blieb so lange stumm, dass Seph sich irgendwann fragte, ob sie sie versehentlich ausgeschaltet hatte. Sie drehte sie herum und wollte nachsehen, ob die Statusanzeige leuchtete, da erklang Bookers blecherne Stimme erneut.

»Es wäre sehr freundlich, wenn Sie mich nicht so rumwirbeln würden. Ich hab immer noch Propriozeptor-Subroutinen am Start. Mir wird schwindlig davon. Und... ja, danke. Sie haben recht. Ich würde lieber nicht wieder zu den TST zurück. Wenn es die TST überhaupt noch gibt.«

Seph legte die Box in ihren Schoß und zeigte ihm die offenen Hände. Nichts zu verbergen. »Ist für mich völlig okay. Ich bin nicht deren Rekrutierungsoffizierin. Sie haben sich auf der *Regret* gut geschlagen. Haben uns den Arsch gerettet, um die Wahrheit zu sagen. Wenn Sie möchten, sind Sie bei uns willkommen. Banks dort drüben«, sie zeigte mit dem Daumen auf ihn, »ist auch Quellcoder. Aber nicht, äh, Sie wissen schon ...«

Während sie noch nach einem höflichen Weg suchte zu sagen, dass ihr Pilot kein religiöser Fanatiker war, sagte Mister Banks: »Mein Glaube ist persönlich, nicht politisch.«

Aus der Box drang ein Geräusch, das möglicherweise ein kurzes Auflachen war. »Jeder Glaube ist persönlich«, sagte Booker. »Unterm Strich. Darf ich etwas ganz anderes fragen, Kapitänin L'trel?«

»Sephina reicht. Seph, wenn ich beschließe, Sie zu mögen.«

»›Kapitänin‹ wäre mir lieber. Fürs Erste.«

»Auch gut. Was wollen Sie wissen?«

»Menschen, die meisten Menschen jedenfalls, fühlen sich in der Gegenwart von Quellcodern unwohl. Also wahren Anhängern der Quelle gegenüber, meine ich. Aber Sie ...«

Sephina unterbrach ihn. »Meine Mutter war Quellcoderin. Und eine verrückte Schlampe außerdem. Also wortwörtlich gesprochen. Sie ist im Tank gezüchtet worden, als Gebärmaschine für ein hohes Tier beim Kombinat, das nicht wollte, dass seine kostbaren Schwimmerchen im Labor verkocht werden. Aber sie hat sich einen schlechten Code eingefangen – und mich. Eine doppelte Verliererin also, und am Ende sind wir auf den Platten gelandet. Oder ich zumindest. Sie selbst hat irgendwann versucht, sich den Code mit einer Fusionsklinge aus dem

Schädel zu puhlen. Danach haben mich Nonnen von den Platten weggeholt. Aber Sie sind nicht sie, Booker. Und ich kenne eine Menge natürlich Geborener, die genauso verrückt und zweimal so übel drauf sind. Menschliche Fehlbarkeit, Mann. Das ist es, woran ich glaube.«

Mehrere Sekunden lang lag die Box stumm in ihrem Schoß.

Sie wusste, dass er darüber nachdachte. Und sie wusste auch, dass das, was für sie ein paar Sekunden waren, für ihn viele Jahre sein mochten, in denen er tiefsinnigen philosophischen Gedanken nachhing.

Als er wieder von seinem Berggipfel herabstieg, sagte das neueste Mitglied ihrer Mannschaft: »Okay, Sephina. Ich bin dabei. Aber bis du einen Körper für mich gefunden hast, wäre es mir lieber, wenn du die Box ausschaltest. Wird mit der Zeit ganz schön öde hier drinnen.«

36

ARCHON-ADMIRAL WENBO STROM stand in der Hecktür des gepanzerten Truppentransporters. Die Panzerplatten des Fahrzeugs waren voller Kerben von den Trainingsmissionen, die sie auf der langen Heimreise absolviert hatten. Der an eine große Höhle erinnernde zweite Hangar der *Liberator* war fast leer, die meisten Streitkräfte waren bereits in den Kampf gezogen. Dieser bescheidene kleine Trupp hier, kommandiert von Captain D'ur, der sich bei der Gefangennahme der Montanblanc-Erbin so ausgezeichnet bewährt hatte, war jedoch für eine andere Mission zurückgehalten worden. Sie standen in lockerer Aufstellung vor ihm, und Strom schob das Kinn vor und sah ihnen nacheinander in die Augen.

»Heute schreibt ihr Geschichte«, sagte er ganz sachlich. »Menschheitsgeschichte. Der größte Kreuzzug aller Zeiten, auf den unser Volk seit so vielen Jahrhunderten hinarbeitet, hat begonnen, und die vor uns liegenden Aufgaben sind schwer und bitter.«

Überall ringsum hallten Geräusche wider – Fahrzeuge, die zum Einsatzort fuhren, das Krachen schwerer Paletten, Frachtverlademechs, aber das Tiefdeck war so riesig, dass sich seine Stimme trotzdem in der Ferne zu verlieren schien. Captain D'ur und seine Soldaten lauschten aufmerksam, ohne dass ihnen auch nur eine Spur der verständlichen Nervosität anzumerken gewesen wäre, die er bei einigen anderen Hauptvorstoßtrupps beobachtet hatte. Aber dies hier war schließlich auch ein Sonderkommando.

»Seid euch gewiss während unseres Angriffs: Wir kämpfen auf der richtigen Seite. Das hat sich während unseres jahrhundertelangen Exils nicht geändert, und jetzt ist die Zeit gekommen. Nicht nur die Zeit, unser Geburtsrecht einzufordern, sondern auch die Zeit, die Menschlichkeit wiederherzustellen. Wir kehren als Befreier zurück, nicht als Eindringlinge.«

D'ur grunzte und nickte, und seine Soldaten folgten seinem Beispiel.

»Ich kann euch nicht versprechen, dass wir siegen werden«, sagte Strom leise. »Wenn die Republik siegen soll, muss jeder von uns alles geben. Manche von uns, viele von euch, werden sterben, und diese unvermeidliche Notwendigkeit lastet schwer auf meinen Schultern. Wie ihr wisst, habe ich zwei Kinder für den Kampf gegeben. Mein ältester Sohn starb bei einem Trainingsunfall, noch bevor wir Redoubt verlassen haben.« Er machte eine Pause und schluckte. »Meine Tochter hat eine Einheit auf Habitat Eassar angeführt.«

Niemand war so ungeschickt, etwas dazu zu sagen, aber das lastende Schweigen und die unbehagliche Art, wie viele das Gewicht von einem Fuß auf den anderen verlagerten, sprachen Bände. Eassar war schon zum reinsten Massaker mutiert, noch ehe sich irgendein Wahnsinniger den Weg aus den Docks freigesprengt und das Hab dem Vakuum preisgegeben hatte, nur um sich gleich darauf so nah an der ohnehin schon geschwächten Struktur davonzufalten, dass die gravimetrische Verzerrung das Loch noch weiter aufgerissen hatte. Der Feldzug mit dem Ziel, Eassar einzunehmen und zu unterwerfen, wurde zu einer hektischen Rettungsmission. Seine Tochter war nicht unter den Geretteten gewesen.

»Wäre ich nur an ihrer Stelle gestorben«, sagte Strom, und kurz ließ seine Stimme ihn im Stich. »Sicher würden alle Eltern sich selbst für ihre Kinder opfern. Und doch ...«

Er schluckte mühsam und holte tief Luft, um sich wieder zu sammeln. Das war nicht die Ansprache, die er hatte halten wollen. Es war nicht einmal ansatzweise die mitreißende Rede, die er beim letzten Mal gehalten hatte, hier in genau diesem Dock, als er dreißigtausend Männer und Frauen in die Schlacht geschickt hatte, darunter auch seine eigenen Kinder. Strom schalt sich selbst für seine Schwäche.

Das war es nicht, was sie gerade brauchten.

»Und doch«, fuhr er entschlossen fort, »konnte ich nicht an ihrer statt sterben. Weil es an Ihnen war, dieses Opfer zu bringen. Ich weiß ganz sicher, dass sie beide es erneut tun würden. So wie ich von mir selbst weiß, dass ich sie erneut in ihr Schicksal entsenden würde, schweren Herzens, aber ohne zu zögern. So, wie ich auch euch entsende.«

Kogan D'ur bellte zurück: »*Hai!*«, und seine Soldaten wiederholten das alte japanische Wort, das wortwörtlich übersetzt ›Ja‹ bedeutete, aber mehr war als das, nämlich die Bekundung eines Soldaten, dass er willens war, sich jeder nur denkbaren Prüfung zu stellen. Nicht nur, weil es richtig war. Sondern auch, weil es so vorherbestimmt war.

Sie waren Krieger.

Der Tod war ihr Schicksal.

»Captain D'ur hat euch über eure Mission bereits in Kenntnis gesetzt«, fuhr Strom fort. »Ich werde keine Zeit auf weitere Erklärungen verschwenden. Ich vertraue darauf, dass ihr alles verstanden habt. Eure Aufgabe ist nicht nur einfach die Vernichtung der Mutanten und unnatürlichen Wesenheiten, die die Menschheit aus ihrer angestammten Heimat verdrängt haben. Ihr werdet ihre letzte verbliebene Verteidigung besiegen, die letzten, aber sehr gefährlichen Hindernisse, die unserem Sieg über den unmenschlichen Feind noch im Wege stehen.«

Jetzt nickten sie alle. Nicht als Soldaten, die einen Befehl entgegennahmen, sondern als Gefährten, als Mitglieder der menschlichen Rasse. Als Bürger der großen Republik.

Strom schüttelte den Kopf wie jemand, der eine schwere Pflicht vor sich sieht und keinen Ausweg außer mitten hindurch. »Das gehört zu jenen Worten, die so leicht dahingesagt sind.« Er dachte eher laut, als dass er auf die Rede zurückgriff, die er sich zuvor im Bereitschaftsraum zurechtgelegt hatte. »Die Mutanten und ihre Roboter müssen ausgerottet werden. Jeder Bürger der Republik würde die Richtigkeit dieses Vorgehens anerkennen. Aber nur wenige werden es mit eigenen Augen *sehen*, und keiner von ihnen wird es ertragen müssen, nicht so wie ihr. Und...« Er hielt inne, tastete im Dunkel seines Geists nach den richtigen Worten. »Es mit anzusehen und – abgesehen von der Ausnahme verständlicher und ganz menschlicher Schwächen – aufrechten Geists geblieben zu sein...« Wieder schüttelte Strom den Kopf. »Dies ist ein Kapitel der Menschheitsgeschichte, über das man in feiner Gesellschaft nicht spricht und niemals sprechen wird. Aber wir können von uns sagen: Wir haben gemeinsam diese schwierigste aller Aufgaben ausgeführt, aus Liebe zu unserem Volk. Zur Menschheit. Und wir haben uns nichts vorzuwerfen, weder unser Charakter noch unsere Seele tragen einen Schaden davon. Wir sind nur Männer und Frauen, die getan haben, was getan werden musste.«

Kogan D'ur trat auf ihn zu und streckte ihm die Hand entgegen. Archon-Admiral Wenbo Strom ergriff sie, ein wenig überrascht bei dieser Geste eines Mannes, den er mit ziemlicher Sicherheit gerade in den Tod schickte.

»Wir werden tun, was getan werden muss, Admiral«, sagte Kogan D'ur.

»Ach-*tung*!«

In der Startbucht der *Defiant* nahmen zweiundsiebzig Marines in voller Kampfmontur Haltung an. Lucindas Helm, der sie vor dem Lärm der auf die Deckplatten stampfenden Füße abgeschirmt hätte, klemmte noch unter ihrem Arm. Der ungeheure Lärm schmerzte in ihren Ohren wie eine nahe Detonation, aber sie zuckte nicht einmal. Captain Hayes, der soeben neben ihr den Befehl gebellt hatte, vollführte eine exakte Neunzig-Grad-Wendung zu ihr hin und salutierte mit einer so maschinengleichen Präzision, dass ein Beobachter hätte meinen können, die Bewegung wäre in die Subroutinen seines Anzugs programmiert – jedenfalls, wenn dieser Beobachter keine Ahnung vom Königlich-armadalischen Marinekorps hatte.

Lucinda salutierte ebenfalls und sagte so laut, dass ihre Stimme bis zu den hintersten Reihen trug: »Stehen Sie bequem.«

Das Krachen so vieler Zwei- bis Dreitonnenpanzerungen war laut, aber kein Vergleich mit der metallischen Explosion, die Hayes eben ausgelöst hatte.

»Für diejenigen unter Ihnen, die persönlich zu treffen ich bisher nicht die Ehre hatte: Mein Name ist Lucinda Hardy.« Sie hielt einen Moment lang inne und ließ den Blick über die versammelten Marines wandern. »Ich bin Bürgerin des Armadalischen Weltenbunds«, sagte sie dann und sah an der leichten Zunahme der Körperspannung, dass einige der Marines die Worte Captain Simone Hawkes vor der Jawanischen Schlacht erkannten. Kinne hoben sich. Brauen senkten sich. Ein paar gewaltige gepanzerte Gestalten verlagerten kaum merklich das Gewicht. »Ich wurde frei geboren auf Coriolis. Frei, weil alle, die im Weltenbund geboren werden, frei sind, ganz gleich, wie gering ihr Posten sein mag oder wie ärmlich ihre Herkunft.«

Irgendwo hinten in der Startbucht erhob sich ein Raunen, so leise, dass Lucinda es eher spürte, als es zu hören. Neben ihr gab Hayes ein leises Grunzen von sich, als er die Worte erkannte. Hawkes Rede war im gesamten Volumen berühmt, aber unter niemandem war sie berühmter als unter den Offizieren und anderen Soldaten der Königlich-armadalischen Marine und dem Marinekorps.

»Wir sind ein freies Volk«, rief sie ihnen in Hawkes Worten in Erinnerung, »und all jenen, die in Ketten zu uns kommen und Zuflucht suchen vor der Tyrannei, werden von uns für alle Zeiten befreit und stehen unter unserem Schutz.«

Das leise, zustimmende Raunen unter den Kriegern wuchs zu einem hungrigen, gefährlichen Grollen an.

»Ich stehe heute vor euch, nicht als Nachkommin eines reichen Hauses, nicht aufgrund eines ererbten Rangs, sondern weil mir dank meiner eigenen Leistungen und des Urteils meiner Kameraden das Kommando über dieses Kriegsschiff der Königlich-armadalischen Marine in die Hände gelegt wurde. Ich bin hier aufgrund meiner eigenen freien Entscheidung.«

Das Grollen war zu einem tierischen Knurren aus Dutzenden Kehlen geworden.

»Und am heutigen Tage stehe ich hier«, sie atmete ein, tief hinab in ihr *hara*, als würde sie sich im Kumite-

Kampf darauf vorbereiten, gleich eine ganze Ladung rascher Schläge zu verabreichen, »im Namen meines Eids.« Sie ballte ihren Atem zu einer riesigen, unsichtbaren Faust im Bauch zusammen und stieß die nächsten Worte hervor wie einen Schlag; Versprechen und Drohung in einem, das Löwengebrüll des uralten armadalischen Schlachtrufs: »*Ich wähle den Tod!*«

Zweiundsiebzig Kehlen brüllten zur Antwort:

»*Wir wählen den Tod!*«

Fäuste trafen krachend auf Brustpanzerung, und wildes Gebrüll erfüllte das gesamte königlich-armadalische Schlachtschiff *Defiant*, als die Männer und Frauen, die von allen Decks und in allen Abteilungen des Zerstörers zusahen, in den Ruf mit einstimmten. Lucinda wusste kaum noch, ob sie den Schrei anführte oder von ihm davongetragen wurde.

»*Wir wählen den Tod!*«

»*Wir wählen den Tod!*«

Als das Getöse irgendwann endlich zum Erliegen kam, herrschte erwartungsvolles Schweigen. Kurz, aber nur kurz, war sie von einer Bewegung abgelenkt, die sie aus dem Augenwinkel sah: McLennan kam mit dem Intellekt und Leutnant Bannon herein.

Ians Gesicht war gerötet.

Hero leuchtete in dem dumpfen, dunklen Rot einer gefallenen Stadt, von der nur noch brennende Trümmer geblieben waren.

Und McLennan neigte nur schlicht den Kopf, als wollte er sagen: *Gut gemacht, Mädchen.*

Vor den versammelten Soldaten erschien ein großes Holofeld. Eine blaugrüne Kugel, so schön wie Alt-Erde nach der Rekonstruktion oder vielleicht sogar vor der letzten schrecklichen Schlacht des Bürgerkriegs. Sie widerstand dem Drang, rasch zu McLennan hinüberzusehen. »Und hier werden wir kämpfen«, sagte sie, die Stimme noch immer laut, aber nicht mehr mit derselben Bühnenwirksamkeit wie eben noch. »Das Hauptschlachtfeld befindet sich auf der in Privatbesitz befindlichen Welt Montrachet, und zwar auf einem Anwesen des Hauses Montanblanc, das unser Verbündeter ist und dem wir in Kriegszeiten zu Hilfe verpflichtet sind.«

Die Ansicht zoomte näher an den kleinsten der drei Kontinente auf der Nordhalbkugel heran und an eine Anlage, die im niedrigen Orbit über einer Halbinsel schwebte, nicht weit entfernt von der einzigen menschlichen Ansiedlung dort unten.

»Ziel eins ist der Orbitalknotenpunkt Cape Caen. Der Feind hat Cape Caen erobert und nutzt es als Operationsbasis, nicht nur für seine Aktivitäten auf dem Planeten, sondern im gesamten lokalen Volumen. Es handelt sich um eine seltene Gelegenheit für einen großen Schlag. Der Hauptschlag wird mittels Distanzwaffen ausgeführt, aber unter Anleitung eines Aufklärungsteams. Captain Hayes stellt das Team zusammen.«

Hayes stieß ein lautes »Hooah!« aus.

»Ziel zwei ist die Küstenstadt Port au Pallice, wo das sogenannte Zweite Schockregiment stationiert ist und mit der ›biologischen Reinigung‹ begonnen hat.« Mit den behandschuhten Händen malte sie Anführungszeichen in die Luft. »Und wir alle wissen, was das bedeutet.«

Irgendwo aus der Mitte der Marines erhob sich eine Männerstimme: »Ja. Dass dieses Regiment aus verdammten Schlappschwänzen der Schock seines Lebens erwartet.«

Lucinda lachte, so wie alle anderen auch, sogar als Captain Hayes brüllte: »Klappe halten, ihr Schwachköpfe.«

Aber auch er grinste.

Lucinda fuhr fort: »Die Mission ist einfach, Marines. Ihr geht da rein, schlagt alles kurz und klein und bringt Leute um. Eure Befehle sind ebenfalls ganz einfach: Schlagt so viel kurz und klein wie möglich und bringt so viele von diesen rassistischen Arschlöchern um, dass der Rest von ihnen sich auf dem ganzen langen Heimweg zu dem verdammten schwarzen Loch am Arsch der Galaxis, aus dem sie rausgekrochen kamen, in die Hose pissen vor Angst. Ooo-RAH!«

Die Marines erwiderten den Ruf, begeistert von so herrlichen Befehlen: »*Oooraaah!*«

»Captain Hayes«, sagte Lucinda in normaler Lautstärke zu dem Mann neben ihr, »bitte übernehmen jetzt Sie. Ich muss mit Admiral McLennan sprechen.«

Hayes neigte den Kopf, auf den Lippen ein leises Lächeln. »Sind Sie sicher, dass dies hier Ihr erstes Leben ist?«, fragte er leise.

»Ja«, sagte sie ruhig. »Aber nicht mein erster Kampf.«

Hayes streckte die Faust aus, und sie schlugen die Handschuhe gegeneinander.

»Viel Glück«, sagte Hayes. »Aber das brauchen Sie gar nicht, Lucinda. Sie sind gut in diesem Job. Sie haben das schon mal gemacht. Und Sie werden das noch sehr lange machen.« Er lächelte und zwinkerte ihr zu, und Lucinda war zumute, als hätte er ihr irgendwie geradewegs in die Seele geblickt. Wusste er, dass das alles nur eine Art Bühnenauftritt gewesen war? Hatte er den ganzen Schwachsinn und das Pathos durchschaut?

»Ich hoffe, dass ich es tun kann«, sagte sie nur zu ihm allein.

Hayes lachte. »Sie haben es doch schon getan. Sehen Sie mal.«

Sie drehte sich um. Die Marines stampften zu ihren Shuttles davon. Noch hatte keiner von ihnen den Helm aufgesetzt. In ihren Gesichtern sah sie keine Spur der Angst und Unsicherheit, die sie in sich verbarg. Sie sah nur das Versprechen einer gewaltsamen Befreiung. Das Versprechen, das sie gegeben hatte.

37

»In Ihrer beeindruckenden kleinen Azincourt-Rede haben Sie ja die kleine Prinzessin gar nicht erwähnt, Kommandantin?«, fragte McLennan, als sie sich am Rande der Startbucht zu ihm gesellte. Es war nicht wirklich eine Frage.

»Einige von ihnen werden vermutlich gefangen genommen«, sagte sie. »Je weniger von unserem dritten Ziel wissen, desto besser stehen unsere Chancen, es zu erreichen.«

»Sehr kaltblütig, Kommandantin Hardy. Sehr kaltblütig. Gefällt mir.«

»Danke, Sir. Aber es geht mir nicht um Ihre Anerkennung. Ich möchte Sie um etwas bitten.«

»Ich bin ganz haariges Blumenkohlohr, Mädchen.«

Lucinda spürte, wie sich ihr Herzschlag beschleunigte. Warum fiel ihr manches so leicht, zum Beispiel, einen Raum voller ausgebildeter Killer anzuheizen, bis der Blutrausch sie erfasste? Anderes dagegen, wie das hier, fiel ihr so unendlich schwer.

Sie schluckte und sprach weiter. »Ich möchte Sie bitten, während meiner Abwesenheit das Kommando über die *Defiant* zu übernehmen«, sagte sie.

McLennan machte ein Gesicht, als hätte ihm gerade ein zwielichtiger Buchmacher eine Insiderwette angeboten. »Ich verstehe. Ein terranischer Admiral, der einen armadalischen Zerstörer befehligt? Das ... gab es bisher noch nie, was?«

»Dies ist eine besondere Situation.«

Er nickte. »Das stimmt in der Tat. Gibt es denn in Ihrer eigenen Befehlskette niemanden, der dafür geeignet wäre?«

»Leutnant Kommandant Timuz' und Leutnant Kommandant Saitos Zuständigkeiten sind auf ein rein fachliches, nicht militärisches Kommando begrenzt. Leutnant Kommandant Koh liegt aufgrund schwerer Kopfverletzungen noch immer im Koma. Der nachfolgende dienstälteste Offizier wäre dann Leutnant Chase.« Eine kurze, unbehagliche Pause entstand. »Er verfügt über keinerlei Kampferfahrungen.«

»Er ist der Typ Mensch, der nicht genug Verstand hat, aus der Wanne zu steigen, ehe er scheißt«, sagte McLennan. »Allerdings könnte es sein, dass er danach aus dem Wasser steigt, in der Erwartung, dass ihm sein Diener ein frisches Bad einlässt und ihm ganz vorsichtig sein weiches, verwöhntes Ärschlein abputzt. Wie auch immer: Natürlich entspreche ich Ihrer Bitte mit aller gebotenen Demut. Es ist mir eine Ehre, Kommandantin Hardy.«

»Ja«, sagte sie, »das ist es. Versuchen Sie, das nicht zu vergessen.«

Das Déjà-vu, als McLennan die Brücke der HMAS *Defiant* betrat, war stark und so körperlich, als hätte er den Mund voller Sand. So viel hatte sich verändert während seines jahrhundertelangen Exils, aber so vieles war auch noch immer gleich. Die Brücke war nicht so vollgerümpelt wie die TST-Brücken, auf denen er gedient hatte, und der Hauptbildschirm, auf dem die Schlacht verfolgt wurde, war elegant und bar jeder Ablenkung oder unnötiger Zahlen. *Einfach ist gut*, dachte er. *Ich bin so verdammt eingerostet – je weniger verwirrender Schnickschnack, desto besser.*

Angesichts der vor ihm liegenden Aufgabe straffte er die Schultern. Herodotus schwebte königsblau schimmernd neben ihm und wandte sich ganz förmlich an die Brückenbesatzung: »Achtung, an alle Offiziere und die Besatzung der HMAS *Defiant*. Auf Befehl von Kommandantin Lucinda Hardy übernimmt für die Dauer ihres Bodeneinsatzes auf Montrachet Admiral Frazer McLennan von den Terranischen Schutztruppen das Kommando über das Schiff.«

McLennan beobachtete die Reaktionen. Alle Blicke hatten sich auf ihn gerichtet, und die vollkommene Stille dröhnte ihm in den Ohren. Eine verrückte, schwindelerregende halbe Sekunde lang sah er vor sich, wie jemand aufsprang und rief: »*Aber er ist ein Mörder!*« Der diensthabende Offizier, Leutnant Chase, erhob sich und betrachtete die beiden Sterne an McLennans Kragen. Endlich salutierte er. »Sir, ich übergebe Ihnen die Brücke.«

McLennan erwiderte den Salut. »Sie sind hiermit von Ihrer Pflicht entbunden, Leutnant Chase. Ich übernehme das Kommando. Und ich bin froh darüber, so ausgezeichnete Offiziere an meiner Seite zu wissen.«

Während er sprach, ließ er den Blick schweifen. Was sich in allen Kriegen glich: Die Macht wohlplatzierter Schwachsinnsphrasen. Er betrachtete die Armadalen, Jung und Alt, einige in der ersten Lebensspanne und einige altgediente Krieger, die die Bogensehnen spannten und den Ruf des Bluts in sich heraufbeschworen. Als er sah, wie sie sich für das sammelten, was vor ihnen lag, tat er es ihnen gleich, in dem Wissen: Wenn es nötig war, um zu gewinnen, würde er den ganzen Himmel mit ihrem Blut bemalen. Dieses Wissen war nicht angenehm, aber es machte es ihm leichter, seine Rolle zu spielen.

»Statusbericht«, sagte er. »Alle Posten.«

Die Mannschaft auf der Brücke versorgte ihn binnen

einer knappen Minute mit allen benötigten Informationen, und auf dem Hauptbildschirm sah er das baldige Schlachtfeld. Überall schwebten Trümmer durchs All, die der Überraschungsangriff und das schwere, wenn auch einseitige Gefecht hinterlassen hatten. All die Jahrhunderte fielen von ihm ab, und während er den Holobildschirm betrachtete, regten sich tief in seine Knochen eingeschriebene Erinnerungen.

Der Großteil dieser Eroberungsflotte der guten alten Republik hatte sich auf die Aufgabe konzentriert, den Planeten zu erobern. Eine Landefähre schwebte über der Nordhalbkugel des Planeten im Orbit, bewacht von vier Kreuzern und einem halben Dutzend kleinerer Schiffe: die Äquivalente zu Fregatten und Zerstörern. Die Zerstörer umkreisen den großen, plumpen Diskus der Landefähre in einem komplexen Muster, und die kleineren, schnelleren Fregatten zischten dazwischen herum.

Er erkannte diesen Tanz aus einer Zeit, die viele Leben hinter ihm lag. Er hatte ihn bereits bei einer sehr viel größeren Streitmacht gesehen, die sich mitten ins Volumen rings um die Erde gefaltet hatte.

»Taktik«, sagte McLennan, »ich wäre Ihnen außerordentlich dankbar, wenn Sie ein aufmerksames Auge auf den großen, hässlichen Scheißkerl dort hätten, den Sie so hilfreich als Kreuzer drei gekennzeichnet haben. Angesichts ihres ungewöhnlichen Flugmusters gehe ich davon aus, dass sie der Ansicht sind, dass sich irgendwo zwischen den Laken eine heimtückische kleine Bettwanze verbirgt. Navigation, bitte halten Sie jederzeit drei unterschiedliche Optionen für einen Notfallsprung samt Rückkehr bereit, falls unsere Lage kritisch werden sollte. Bewaffnung, bitte sorgen Sie dafür, dass alle Bordsysteme jederzeit einsatzbereit sind. Steuerung, Kurs halten. Ich bin neu auf diesem Schiff, Mister Timuz, also zögern

Sie bitte nicht, mir sofort Bescheid zu sagen, falls Sie befürchten, dass ich den Karren völlig in den Dreck fahre.«

Irgendjemand kicherte. Der taktische Offizier, ein Leutnant, auf dessen Namensschild FEIN stand, sagte: »Sir, alle Schiffe des Stoßtrupps sind auf Kurs.«

»Danke, Leutnant«, sagte McLennan und ließ sich in den Kapitänssessel sinken. Er war bemerkenswert gemütlich. Er winkelte die verletzten Ellbogen an und verschränkte die Hände über dem Bauch, damit er nicht versehentlich irgendeinen ungünstig platzierten Selbstzerstörungsknopf drückte. Am unteren Ende der Armlehnen waren eine ganze Menge Knöpfe eingelassen. Er wünschte, Hardy hätte gestattet, dass Herodotus den Platz des alten Schiffsintellekts einnahm – er vertraute darauf, dass Hero ihn vor allzu fatalen Fehlern bewahrte –, aber sie hatte eisern darauf bestanden, dass ihre Belegschaft und das Schiff ganz ausgezeichnet ohne Hero klarkamen. Mac hegte den Verdacht, dass sie immer noch das Fell sträubte, weil Hero den letzten Schiffsintellekt in die Sonne geworfen hatte. Aber für den Fall der Fälle hatte er einen Plan, wie er durchsetzen konnte, was er für richtig hielt. Das hatte er immer, ganz gleich, wer dafür den Preis zahlen musste.

»Beim kleinsten Verdacht, dass diese Mistkerle unsere Shuttles entdeckt haben, lassen Sie es mich wissen«, sagte er zu Fein. »Außerdem will ich, dass die kinetischen Waffen bereitgehalten werden, augenblicklich zu feuern, sobald unser Aufklärungsteam Ziel eins anstreicht.«

Einige Leute wechselten verwirrte Blicke.

Leutnant Chivers fragte mit gerunzelter Stirn: »Anstreicht, Sir?«

Anscheinend hat sich der Begriff überlebt, dachte McLennan. »Ein altes Wort für ›markieren‹. Vergeben Sie einem alten Fossil, Mädchen. Sagen Sie mir einfach Bescheid, sobald Ihre Aufklärungseinheiten Ziel eins markiert haben.«

»Werde ich tun, Sir. Kinetik auf Eins.«

Ausgezeichnet.

Die Brücke versank wieder in Schweigen, und der Schlachtmonitor verfolgte, wie die Shuttles in die Atmosphäre Montrachets eintauchten. Es gab keine Möglichkeit, das Eindringen in die Atmosphäre irgendwie zu verschleiern. Die Schiffe würden jetzt beschleunigen und wie die Blitze eines rachsüchtigen Gotts auf den Feind herniederschießen. Er sah, wie mehrere Lockvögel abgestoßen wurden, um die Flugabwehr der Sturm zu täuschen. Wie geplant, nahmen mehrere Schiffe Kurs auf Port au Pallice, eins flog Richtung Cape Caen, und der letzte verbliebene Punkt blinkte auf Skygarth hinunter. McLennan wünschte ihnen viel Glück und fragte sich, welche der Missionen wohl in die Hose gehen würde. Mindestens eine Mission ging erfahrungsgemäß immer in die Hose. Er lehnte sich im Kommandantensessel zurück und nahm einen starken, dampfend heißen Kaffee entgegen.

Er nippte daran und wünschte sich kurz, es wären ein, zwei Schüsse Whiskey darin. *Vielleicht später*, dachte er. Jetzt brauchte er einen klaren Verstand. Er betrachtete die Flugbahn von Kreuzer drei. Sein Gebaren gefiel McLennan gar nicht. Gerade als er Hero nach seiner Meinung fragen wollte, verkündete Chivers: »Sir, die Shuttles werden beschossen. Der Feind weiß jetzt vermutlich, dass wir hier sind.«

»Aye. Taktik, Zielerfassung für alle Schiffe in der Nähe, aber noch nicht feuern. Sie wissen noch nicht, wo wir sind, sonst würden sie uns längst ihre Scheiße vor den Bug knallen.«

Es war eine hässliche Entscheidung. Es hätte die Überlebenschancen der Marines deutlich erhöht, wenn er

Feuerbefehl gegeben hätte, und das Armadalenschiff hätte seine Hülle sicher teuer verkauft, ehe der Feind es überwältigte. Aber überwältigen würde man sie, und sei es nur durch schiere Masse. Da war ja nicht nur der Stoßtrupp, sondern auch noch die Angriffsflotte, aus der die Schiffe stammten. Wie lange würden sie wohl brauchen, um sich im ganzen Volumen zu verbreiten?

Drei angespannte Minuten verstrichen.

»Achtung, Sir«, sagte Leutnant Chivers. »Unser Aufklärungsschiff ist gelandet. Geschätzte fünf Minuten bis zur Zielmarkierung.« Mit gerunzelter Stirn hielt sie inne. »Shuttle eins verloren. Kein Funkkontakt.«

McLennan nippte wieder am Kaffee, ohne ihn richtig zu schmecken. Für die Aufklärungseinheit würde es schwierig werden, mit heiler Haut wieder zurückzukehren. Auf dem Monitor verfolgte er eine weitere Shuttle-Gruppe, die gerade Port au Pallice überflog. Ein kleiner Teil des Monitors war für die Anzeige der von Captain Hayes Anzugsensoren registrierten Daten reserviert, und McLennan sah interessiert zu, wie er aus dem Shuttle abgeschossen wurde und auf das unter ihm wartende Dorf zusegelte. Der Admiral richtete die Finger auf das Holofeld, spreizte sie und stellte erfreut fest, dass sich der Ausschnitt vergrößerte. Im selben Augenblick, als er es getan hatte, war ihm die Befürchtung gekommen, dass das Muskelgedächtnis ihm vielleicht nach so vielen Jahrhunderten im Exil und auf der Brücke eines fremden, wenn auch verbündeten Schiffs vielleicht keinen guten Dienst erwies.

»Könnte ich Audio bekommen?«, fragte er.

Leutnant Chivers stellte irgendwas mit ihrem Holofeld an, und im nächsten Augenblick stand die Audioverbindung mit Troopnet. McLennan hörte Hayes Stimme und sah die Darstellung dessen, was Hayes gerade sah, als stünde er direkt neben dem Mann. Der Offizier befand sich in einer kleinen, hübschen Stadt, die sich gar nicht mal so sehr von den Städtchen an der Westküste Schottlands unterschied.

Nein, drauf geschissen. Die Stadt war hübsch *gewesen*. Jetzt war sie es nicht mehr. McLennans tief verankerte Erinnerungen, die von den alternden Gehirnen seiner früheren Körper direkt in die Blanko-Gehirne der geklonten Ersatzleiber übertragen worden waren, hatten ihm einen Streich gespielt. Seine allzu menschlichen und damit fehlbaren Träume und Erinnerungen hatten die Szenerie von Port au Pallice mit den Fantasien eines alten Manns von seiner Kindheit in Schottland überlagert. Der Hafen war keine Idylle. Er war ein heftig umkämpftes Schlachtfeld.

»Zwei Züge voran, schwärmt aus von 273 bis 87. Taylor, sammle deine Leute und bewegt euch, verdammt.«

Gefechtslärm erklang: das Stakkato hämmernder Schüsse, die Deckung und Panzerungen durchschlugen, unterlegt vom gruseligen Knistern und Summen sich entladender Energiewaffen.

Mac sah zu, wie die Mündung von Hayes' Waffe einer Gestalt in schwarzer Panzerung folgte, die über einen Platz rannte. Die Zielerfassung sprang auf Grün, und die Waffe spie Tod und Verderben. Der Treffer riss dem Schocktrooper einen ganzen Brocken Fleisch aus dem Körper, und er oder sie, das vermochte McLennan nicht zu sagen, stürzte in einem wirren Knäuel aus Armen und Beinen zu Boden. Die Panzerung sprühte Funken und rauchte. Eins der Beine krampfte, aber es war eher eine mechanische Fehlfunktion als die Muskelkrämpfe eines Sterbenden. Derartige Kampfanzüge waren zu schwer, als dass sie sich so bewegen würden, nur weil der darin befindliche Körper in seinen letzten Zuckungen lag.

Hayes atmete schwer und bewegte sich schnell. McLennan hätte taktische Einblendungen hinzuschalten können, die nähere Erklärungen zu der Umgebung geliefert und Hayes' aktuelles Ziel und voraussichtlichen Weg prognostiziert hätten, aber wozu? Diese Schlacht kämpfte nicht McLennan. Die Marines hatten ihre eigenen Beobachter, die sie durch das Chaos leiteten.

»Gonzo, das Gebäude da mit der Neunzehn niedermähen«, schrie Hayes. Sein Sichtfeld wanderte weiter, und McLennan sah, wie ein niedriges Steinhaus von einer Serie kleiner, aber heftiger Explosionen in Stücke gerissen wurde. Hayes sah weg, bis der erste Rauch und der Staub verweht waren. Dann sah McLennan den winkenden Arm des Marines. »Weg da, Caleb, du Idiot, du stehst mir in der Schusslinie.«

Hayes schaltete ein weiteres Ziel aus, einen schwarz gekleideten Schocktrooper, der im höher gelegenen Fenster eines Stadthauses aufgetaucht war und von dort aus auf die Armadalen hinunterfeuerte. Das Ziel schrie auf und stürzte. Eine große Gruppe Zivilisten kam hinter einem anderen Gebäude hervorgerannt. Sie hielten auf die Marines zu, die Hände erhoben, schreiend und winkend, flehten die Armadalen an, nicht zu schießen. Zwischen ihnen liefen Schocktrooper, die im Näherkommen anfingen zu feuern.

Hayes zögerte nicht. »Schießt sie ab!«

Über Troopnet hörten McLennan und die Besatzung der Brücke Schüsse und einen Chor aus »Roger«-Rufen. Hayes richtete die Mündung auf ein Einzelziel, so gut er es vermochte: Der Republik-Soldat benutzte eine Frau mit nordischem Phänotyp als Deckung. Hayes' Schuss durchlöcherte sowohl die Frau als auch den Trooper hinter ihr. Beide fielen zu Boden wie Mehlsäcke.

Hayes fluchte, hielt aber nicht inne.

Hunderttausende Kilometer weit entfernt, aber dennoch mit ganzer Seele ins Blutvergießen involviert, zwang sich McLennan dazu, ruhig zu atmen und sich zu entspannen. Es war die reinste Narretei, sich mitten im Krieg im Mitgefühl zu suhlen. Einen Krieg führte man am besten – wenn man ihn denn schon führen musste – schnell und ohne ständig bedauernd innezuhalten. Fürs Bedauern und Innehalten war später Zeit. Jahrhunderte später, wenn nötig. Er wandte die Aufmerksamkeit wieder der Schlacht zu. Mehr als die Hälfte der todgeweihten Zivilisten hatte es erwischt, aber alle Sturm hatten sie in den Tod begleitet. In den richtigen Tod.

Hayes Atem ging schwer und schnell. »Säubert das Gebiet. Keine Gefangenen.«

McLennan war schwindlig.

Das hier. Genau davor war er fortgerannt, davor hatte er sich all diese Jahrhunderte lang versteckt. Das war es, wovor er gewarnt hatte. Die Rückkehr dieser hemmungslosen Abschlachterei. Die unumgängliche Notwendigkeit, dieses Abschlachten selbst zu befehlen.

Herodotus schwebte ein Stück näher heran. »Soll ich Ihnen den Kaffee ein wenig aufpeppen, Mac?«

»Für mich nicht. Aber ich denke, Captain Hayes könnte den einen oder anderen Schluck vertragen, wenn er wieder zurück ist«, murmelte McLennan.

»Ich kümmere mich darum.«

»Hattest du schon Gelegenheit, dich um die andere Sache zu kümmern, um die ich dich gebeten hatte?«, fragte Mac. »Was den armen Timuz dort drüben betrifft.«

»Aber natürlich. Ich habe nur auf den richtigen Moment gewartet, um mit Ihnen darüber zu reden. Wenn Sie einen Blick auf den kleinen Bildschirm in Ihrer Armlehne werfen würden – dort finden Sie alle gewünschten Informationen.«

McLennan tat wie geheißen, las und nickte. Noch mehr Schmerz. Noch mehr unvermeidliche Notwendigkeiten. »Danke, mein alter Freund«, sagte er leise, ehe er das Textdokument fortwischte.

Der taktische Offizier der *Defiant* meldete sich zu Wort, und die Audioübertragung von Hayes wurde ausgeblendet. Rasch wandte McLennan seine Aufmerksamkeit dem größeren Ganzen zu. Die republikanischen Kriegsschiffe suchten mit aller Macht nach einem Ziel, das sie unter Feuer nehmen konnten.

»Sir, Ziel eins ist markiert.«

»Dann schicken Sie unser Paket los, Mädchen.«

»Aye, Sir. Paket ist unterwegs.«

McLennan war beeindruckt. Er erinnerte sich noch gut daran, welch ein Beben die Schiffe seiner frühen Inkarnationen erfasst hatte, wenn er das Abfeuern solcher gewaltigen Blitze befohlen hatte, aber als jetzt die *Defiant* ihr Bombardement entfesselte, spürte er nicht die geringste Erschütterung. Mit der genauen Ausstattung der armadalischen Kriegsschiffe war er nicht vertraut, aber in der Kunst und Wissenschaft, wie man superdichte Speere aus dem All auf einen Himmelskörper runterjagte, hatte sich seines Wissens nicht allzu viel verändert. Irgendwo auf dem Tarnzerstörer hatte eine ganze Batterie Railguns ein Rudel schwerer Metallspeere auf einen respektablen Prozentsatz der Lichtgeschwindigkeit beschleunigt und auf eine vorher sorgsam berechnete Flugbahn geschickt, die sich genau mit den zuvor vom Aufklärungsteam markierten Punkten auf der Oberfläche Montrachets kreuzte.

Die Punkte hatten sie aus sicherer Entfernung markiert, denn dem orbitalen Verkehrsknotenpunkt auf Cape Caen stand eine sehr verkürzte Rekonstruktion der schweren Bombardierung einer damals noch jungen

Erde bevor: der vernichtende Einschlag eines ganzen Asteroidenschwarms.

McLennan suchte auf dem Holobildschirm nach dem kleinen kastenförmigen Icon, das hilfreicherweise mit der Aufschrift AUFKLÄRUNG versehen war. Es war nicht schwer zu finden. Er vergrößerte die Ansicht und sah zu. Es würde nicht lange dauern.

Im Troopnet des Aufklärungsteams herrschte solche Stille, dass die ganze Brücke Sergeant Yonceys ruhigen Atem hören konnte. Sie beobachtete den Sternenhafen aus gut achttausend Metern Entfernung. Dort oben wimmelte es vor Truppentransportern und Shuttles, winzige dunkle Gestalten eilten hektisch hin und her. Frazer vermutete, dass sie ahnten, dass etwas in der Luft lag, aber nicht wussten, was. Ihm standen die Perspektiven von Yoncey und einer im niedrigen Orbit kreisenden Drohne zur Verfügung.

Stumm erblühte ein weißer Blitz inmitten der Schiffe, gefolgt von einem weiteren und noch einem weiteren, bis schließlich alles blendend weiß war. Als Schall und Explosionswellen Yonceys Position erreichten, fiel ihre Audioverbindung aus. Die Kameraperspektive wirbelte Übelkeit erregend, als die Soldatin durch die Luft geschleudert wurde. Dann ein Hüpfer, als sie zu Boden krachte. Mit einem gedämpften Getöse stellte sich die Audioverbindung wieder ein.

Ein »Uff!« und einen Augenblick später hörten sie wieder ihre Stimme. »Aufklärung, Statusbericht.«

»Eins. Verdammt wilder Ritt.«

»Zwei. Hoorah.«

Schweigen von Drei. Seine Vitalwerte auf McLennans Anzeige zeigten flache Linien. Die Marines unten auf dem Boden warteten nicht lange. Schließlich sah Sergeant Yoncey dieselben Anzeigen wie McLennan.

»Drei haben wir verloren. Vier?«

»Vier. Alles bestens.«

Wieder Yoncey: »Alles klar, Aufklärung. Mission ausgeführt. Auf zu Extrakt B.«

McLennan mischte sich ein. »Aufklärung, hier spricht Mission sechs Achtung: Stellung halten bei Extrakt B; euer Taxi hatte Schwierigkeiten. Wir tun, was wir können, um euch dort rauszuholen. Verstanden?«

Eine Pause. »Alles verstanden. Halten Position bei Extrakt B, warten auf Abholung.«

McLennan warf einen Blick auf einen anderen Bildschirm, der die Wärmesignaturen im Umfeld der Aufklärungseinheit anzeigte. Schocktrooper fluteten den Sektor, und sie nahmen Kurs auf die überlebenden Soldaten. Die *Defiant* konnte so nah an der Aufklärungseinheit nicht schießen, ohne sie zu töten, und McLennan standen keine Reserveeinheiten zur Verfügung, um sie dort herauszuholen. Dem Aufklärungstrupp stand ein ausgesprochen hässlicher Tag bevor.

Frazer traf eine Entscheidung. »Roger. Mission sechs Ende.« Er zoomte aus Yonceys Sicht fort und wandte sich an Hero. »Vorschläge?«

Herodotus pulsierte. »Das obliegt Captain Hayes. Wenn er die Ressourcen erübrigen kann, um sie dort rauszuholen, wird er es tun. Er ist bereits über den Erfolg der Mission informiert worden, ebenso wie über die Lage des Trupps.«

Frazer fuhr sich mit den Fingern durchs dünner werdende Haar. Diese Scheiße hatte er schon immer gehasst. Ihm blieb nur eins, was er für die Soldaten tun konnte. »Aye, dann beobachte, was der Aufklärungstrupp tut, und zeichne alles auf. Sie werden für ihr Opfer geehrt, jeder Marine für sich, entsprechend seiner oder ihrer persönlichen Leistung. Sie haben sich ganz nach der Tradition der armadalischen Verteidigungsstreitkräfte aufs Höchste bewährt.«

»Selbstverständlich.«

Auf der Brücke herrschte betäubtes Schweigen. Er begriff. Diese Kinder hatten das Spiel noch nie richtig gespielt. Nicht einmal in ihrem eigenen kleinen Krieg mit dem Jawanischen Imperium. Denn damals waren sie in der Überzeugung in den Kampf gegangen, dass sie nicht wirklich sterben konnten.

McLennan wandte die Aufmerksamkeit wieder dem eigentlichen Schlachtgeschehen zu. Die Sturm hatten noch immer keine Ahnung, wo sich die *Defiant* befand, selbst nach dem Abfeuern der Geschosse. Die Vorteile eines Tarnzerstörers und einer Railgun. Trotzdem gefiel McLennan das Ganze gar nicht. Irgendwer würde sie aus schierem Glück finden, und dieses Glück wäre sein Verderben.

»Navigation, ich glaube, es wird Zeit für einen taktischen Sprung, ehe diese Arschgeigen die Daumen aus dem Arsch ziehen, um mal dran zu schnüffeln. Wir bleiben in der Nähe, um herauszuholen, wen auch immer wir rausholen können. Wir haben schon genug Soldaten verloren.«

Chase nickte. »Aye, Sir.«

Hoffnung ist kein Plan, dachte Frazer. Er zoomte zu Lucinda hinunter.

Ein Überschallknall erschütterte die Fensterscheiben von Skygarth, jedenfalls jene, die noch heil waren. Ferner Donner zeugte von weiteren Angreifern, die durch die Atmosphäre auf Port au Pallice herniederstießen. Blinzelnd starrte Kogan D'ur in den hellen Morgenhimmel hinauf, aber Nebel und Wolken vereitelten jeden Versuch, die Mutanten ausfindig zu machen, die zur Rettung der

Prinzessin herbeieilten. Von den installierten Sensoren versprach er sich ebenfalls nicht viel. Was auch immer da auf sie zukam – Montanblanc-Wachen, Vikingar-Berserker, Kombinat-Janitscharen oder sogar Überreste der TST –, irgendwie hatten sie die *Kantai Kessen* überlebt. Diese Gegner zu schlagen würde nicht einfach werden.

Das spielte keine Rolle.

Sie wurden erwartet.

Der Captain der Aufklärungseinheit nahm seinen Helm vom Kartentisch in der Bibliothek. Er verschloss seine Panzerung und öffnete über das Helmdisplay eine Komm-Verbindung. Dann schickte er eine kurze Nachricht ans Expeditionskorps. »Informieren Sie Archon-Admiral Strom darüber, dass der Feind sich neu gruppiert hat und wir bereit sind, ihn zu empfangen.«

Oberfeldwebel Sergeant Erikson erschien auf der Schwelle der Doppeltür. »Captain, die Mutanten kommen. Soll ich mich jetzt um das Kind kümmern?«

Dicht umschlossen von seiner versiegelten Uniform sprach D'ur über Taknet mit ihm. »Nein, ich töte sie selbst«, sagte er. »Sie ist meine Verantwortung.«

Was er nicht laut sagte, aber dachte, war: *Sie hat ihre Aufgabe erfüllt. Ich sorge dafür, dass es schnell geht.*

Schließlich war er kein Ungeheuer.

38

BANKS PARKTE DEN ZAITSEV-KREUZER im geostationären Orbit über einem Inselkontinent der Südhalbkugel. Das Schiffsarchiv – ein begrenzter Datenschatz, den Hero direkt aus seiner Nullpunktmatrix ins Schiff kopiert hatte – führte den Kontinent namens Lallemand als Naturreservat. Normalerweise dümpelten über den Korallenriffen südwestlich der unbewohnten Landmasse immer ein paar Fischerboote herum – ja, wirklich, richtige Boote mit menschlichen Mannschaften – und jagten eine bestimmte Spezies von Rifffischen, die auf Skygarth ausschließlich zu förmlichen Anlässen serviert wurde. Aber heute lag Lallemand verlassen da, kein einziges Boot wühlte die Wellen vor der Küste auf.

Von ihren ausgezeichneten Bordsystemen getarnt, blieb die *Ariane* vor dem Feind verborgen, der sich überwiegend über die nördliche Landmasse verteilt hatte, wo das private Anwesen des Königlichen Hauses lag. Der kleine Sportflitzer, mit dem sie runtergingen, war vom Bug bis zum Heck gemessen ein wenig länger, als es die *Regret* gewesen war, und entschieden luxuriöser. Wie das Mutterschiff hatte es keinen Namen, und diesmal hatte Sephina keine Sekunde gezögert, ehe sie es taufte.

Das kleine Schiff, mit dem sie in den Kampf flogen, hieß *Jula*.

Sergeant Erikson fragte sich, wie es der Frau und ihrem zwergenhaften Gefährten wohl gelungen sein mochte, den riesigen Freak zu fangen. Zwar sahen sie durchaus wie Kopfgeldjäger aus, aber ihr Gefangener überragte selbst Erikson deutlich, der in Panzerung und Helm locker seine zwei Meter vierzehn maß. Diese Kreatur jedoch war noch mal gute zwanzig Zentimeter größer als er. Und das auch nur, wenn man das Horn nicht mitzählte, das aus seiner Stirn ragte.

»Ihr zahlt uns sofort aus, oder?«, fragte die Frau. Sehr geschäftsmäßig. Sie war eine dunkelhäutige, eindrucksvolle Erscheinung; sie musste afrikanische Wurzeln haben, vermutete er, unbefleckt von Genveränderungen oder Resequenzierungen. Der kleine braune Mann mit dem dolchartigen Blick, über und über mit richtigen Messern behängt, sah arabisch aus und reinblütig. Laut Scan waren beide frei von Implantaten oder Modifikationen. Er fragte sich, wie sie es geschafft hatten, unbemerkt aufs Gelände zu kommen, aber andererseits waren die Mauern an mehreren Stellen beschädigt worden, und die beiden sahen nicht aus wie Leute, die gewohnheitsmäßig an der Haustür klingelten.

Angesichts der Mutanten, die jeden Moment hier sein mochten, konnte er die Ablenkung gerade gar nicht gebrauchen.

»Ihr bekommt entweder einen ordentlichen Schuldschein der Republik, oder ihr könnt meinetwegen den Palast ausräumen, mir egal. Da drin gibt es eine Menge nettes Zeug. Aber heute wird das nichts mehr. Hier ist gleich die Scheiße am Dampfen. Ich an eurer Stelle würde den Schuldschein nehmen. Er ist unten am Hafen ebenso gültig wie im gesamten lokalen Volumen.«

»Der Palast? Echt jetzt? Wir dürfen den Palast ausräumen?«, fragte die Frau und versuchte, einen Blick auf das große Haus zu erhaschen. Machte einen Schritt nach links, dann nach rechts, spähte an Erikson vorbei, als hätte sie ihn im Verdacht, etwas vor ihnen verbergen zu wollen.

»Ja, aber dann müsstet ihr später wiederkommen. Jetzt ist dafür keine Zeit.«

»Ich lasse dieses Halbblut-Vieh nicht hier«, protestierte sie. »Sie haben ja keine Ahnung, was es uns gekostet hat, das einzufangen.«

»Geht aus dem Weg, dann kümmere ich mich drum«, sagte Erikson. Er winkte sie von dem weißen Kieselweg hinunter, der zur Villa führte.

Der Araber wich nach links aus. Die Frau ebenfalls. Flink verschwand sie hinter dem Hybriden.

Als sie im nächsten Moment auf der anderen Seite des Rhino-Monsters wieder auftauchte, starrte Erikson dümmlich die Waffe in ihrer Hand an. Er sollte niemals begreifen, wie ihm geschah.

Die Mündung blitzte auf, und seine Welt versank für immer in Dunkelheit.

Jaddi Coto starrte Sephina L'trel böse an. »Das war sehr verletzend. Ich bin kein Vieh. Ich bin ein richtiger Mensch.«

Lucinda brauchte keinen Neurallink, um sich vorzustellen, was die Marines wohl dachten.

Warum müssen ausgerechnet wir diese verfluchte Flottenoffizierin mitnehmen?

Sie war das einzige Besatzungsmitglied der *Defiant*, das mit heruntergekommen war. Es gab durchaus Leute auf dem Schiff, die in Nahkampf ausgebildet waren, um Enterversuche abzuwehren, und sie würden sich sicherlich auch im Kampf auf einem Hab oder unten auf dem Planeten bewähren. Zwar waren sie keine Marines, aber sie würden es jederzeit mit jedem Piraten oder Söldner oder auch den Sklavensoldaten des Jawanischen Imperiums aufnehmen. Aber Lucinda hatte sie auf der *Defiant* zurückbehalten. Gut möglich, dass sie dort schon bald gebraucht wurden.

Ihr Shuttle drang Tausende Kilometer von den in Port au Pallice und Cape Caen konzentrierten feindlichen Truppen entfernt in die Atmosphäre Montrachets ein. Gemeinsam mit all den anderen Schiffen der Angriffswelle dröhnte das Shuttle durch die obere Atmosphäre, ruckte und bockte wie wild, heizte sich auf trotz der Außensysteme, die ihr Bestes gaben, die extreme Reibung während einer solchen schnellen Landung auszugleichen. Sie hörte und spürte, wie die Ablenkungsdrohnen aus den Waffenschächten schossen, und stellte sich vor, wie die Überwachungsbildschirme der Sturm auf einmal von Hunderten Phantomangreifern überflutet wurden.

Von dem, was draußen geschah, sah sie nur wenig, und sie entschied sich dagegen, sich in die Sensoranlagen des Shuttles einzuloggen. Sie steuerte das Shuttle nicht, und am Ende würde sie vielleicht ihre Mission zusätzlich gefährden, wenn sie die Arbeit des Teams hinterfragte. Stattdessen schloss sie die Augen und versuchte, ganz ruhig zu atmen.

Doch alle paar Sekunden schüttelte ein besonders heftiger Ruck die angegurteten Marines durch, und sie riss die Augen auf. Manchmal erwischte sie einen der Soldaten dabei, wie er sie ansah. Ihre Gesichter konnte sie nicht erkennen. Alle steckten von Kopf bis Fuß in Kampfanzügen und Helmen. Aber sie sah es, wenn sich die Visiere in ihre Richtung drehten. Spürte, wie sie sie anblickten. Wie sie sich Gedanken machten.

Über transdermische Injektoren schossen Drogen in ihren Blutkreislauf, und als das Shuttle eine Reihe waghalsiger Ausweichmanöver unternahm, spürte sie, wie das Smart-Gel-Futter ihres Kampfanzugs sich anpasste, um die extremen g-Kräfte auszugleichen. Sie wurden aus dem Orbit beschossen, von den Sturm-Schiffen dort oben, die jetzt dank der Reibungshitze den Weg des Shuttles verfolgen konnten. Von der *Defiant* war keine Hilfe zu erwarten, sie würde im Tarnmodus bleiben. Eine Geheimwaffe für den letzten Messerstich. Dies hier war der gefährlichste Moment, in dem sie nahezu ausgeliefert waren; ihr einziger Schutz bestand aus einem Schwarm Drohnen, die die Zielvorrichtungen der Sturm verwirrten. Lucinda versuchte, sich abzulenken. Zuerst dachte sie an ihren Vater, aber das half ihr rein gar nicht dabei, sich zu beruhigen. Stattdessen versuchte sie, sich so gut wie möglich an ihre frühere Freundschaft mit Sephina zu erinnern.

Es fiel ihr schwer, sich zu konzentrieren, aber sie schaffte es, sich bis zu jenem ersten Tag in der Hab-Wohlfahrt zurückzuerinnern, als Seph zwei Jungs vermöbelte, die ihr etwas weggenommen hatten. Lucinda hatte bereits ein anderes Kind verprügelt, das versucht hatte, ihr das Holo ihrer Eltern wegzunehmen. Aber als dann diese beiden versucht hatten, ihr irgendeine Frucht wegzunehmen – was für eine Frucht es gewesen war, wusste sie nicht mehr –, die sie vorn am Empfangstisch des Waisenheims von ihrer Sozialarbeiterin geschenkt bekommen hatte, war sie... tja, sie hatte einfach aufgegeben. Es war ihr wie ein Wunder erschienen, als Seph dazwischenfuhr wie ein wütender Racheengel. Natürlich hatte sie dann am Ende Sephina die Frucht gegeben, die die beiden Jungs ihr wegzunehmen versucht hatten, aber im Tausch dafür bekam sie eine Beschützerin und am Ende eine Freundin.

Die heftigen Turbulenzen des Atmosphäreneintritts ließen nach, als der Pilot die Impeller einschaltete und in den Normalflug überging. Zwar fügte die zusätzliche Beschleunigung den g-Kräften noch eine Spur hinzu, aber es war eine kontrollierte Beschleunigung, die weniger Kompensation durch die Anzugsysteme erforderte. Aus dem dumpfen Dröhnen wurde ein Summen.

In ihrem Helm ertönte die Stimme des Piloten. »Stealth-Systeme aktiv. Wir sind im Tarnmodus. Acht Minuten bis zum Ziel.«

Sie entspannte sich ein ganz klein wenig und glaubte zu spüren, wie das kaum merkliche Nachlassen der Anspannung wie eine Welle durch den Passagierraum ging und von einem Marine auf den nächsten übersprang.

Sie sah sich die kargen Informationen über Skygarth an, die ihnen zur Verfügung standen. Ohne Zugang zum kompromittierten Nullpunkt-Netz war ihre Nachrichtendienstabteilung gezwungen gewesen, die Informationen aus Offline-Datenbanken zusammenzutragen und so gut wie möglich zusammenzufügen. Viel hatten sie nicht gefunden. Herodotus hatte in seinen fast unendlich großen Speichern, in denen er seit sieben Jahrhunderten Daten sammelte, ein paar Dateien zum Terraforming auf Montrachet erbeutet, darunter auch einen ersten Entwurf für den Bau der Villa. Einer von Timuz' Antimaterie-Ingenieuren hatte in einer früheren Spanne mal eine Liaison mit einer Montanblanc-Wache gehabt und kramte ein Selfie heraus, das vor der Wachkaserne aufgenommen worden war und ein paar Details des Haupthauses erkennen ließ. Chase war am hilfreichsten gewesen, zu Lucindas großer Verblüffung und heimlichem Ärger. Seine Familie hatte Haus Montanblanc mit Stecklingen ihrer besten Rebsorten beliefert, und er förderte eine alte Aufnahme der feierlichen Einpflanzungszeremonie zutage, zu der ihn seine Mutter während seiner Zeit auf der Marineakademie entsandt hatte, um Verbindungen zum Kommandanten der Königlichen Montanblanc-Militärakademie zu knüpfen, der sich zu dieser Zeit gerade auf dem Anwesen aufhielt. Die Aufnahme stammte aus dem hauseigenen Weingut südlich der Hauptvilla, und sie fanden darauf einige nützliche Hinweise und Informationen, die sehr dabei geholfen hatten, ein Modell des Schlachtfelds zu erstellen, auf das sie jetzt zurasten.

Außerdem hatte Chase seine Ansicht geäußert – nach der ihn niemand gefragt hatte –, dass Prinzessin Alessia wahrscheinlich im Dienstbotentrakt gefangen gehalten wurde.

»Die Räume sind sicherlich mit ausgezeichneten Überwachungsanlagen ausgestattet. Sehr gut als Gefängnis geeignet, wirklich«, erklärte er. »Dort würde ich sie unterbringen.«

Das bezweifelte Lucinda nicht.

Wieder meldete sich der Pilot zu Wort. »Zwei Minuten bis zum Absprung. Drohnen abgeworfen.«

Während sie darauf warteten, dass das Shuttle sie ausspie, atmete Lucinda ein paarmal tief durch. Normalerweise wären in dieser Phase ihr Neuralnetz aktiv und ihre Implantate online gewesen, in ihrem Blut würde ein auf die Schlacht zugeschnittener Drogencocktail kreisen, und eine wahre Datenflut hätte sich in ihr Gehirn ergossen. Jetzt aber stand sie absprungbereit vor der Ausstiegsluke, quasi blind und vollgepumpt mit dem chemischen Durcheinander, das ihr Hinterhirn produzierte, um ihren Körper auf Flucht oder Kampf vorzubereiten. Einer Höhlenfrau, die mit einem angespitzten Stock einem Säbelzahntiger entgegentrat, wären ihre Gefühle sehr vertraut gewesen.

Lucinda schob den Gedanken beiseite. Atmete ein und aus.

Öffnete einen Kanal im Troopnet.

»Marines, ihr habt heute den schwersten Job von allen.

Ihr bekommt den größten Scheißjob, weil Captain Hayes mir sagte, dass ihr seine besten Leute seid. Gut möglich, dass ihr jetzt die Besten seid, die die Menschheit überhaupt zu bieten hat. Ihr habt euch euer Briefing angesehen. Ihr wisst, dass wir nicht nur hier sind, um Stunk zu machen. Wir sind hier, um ein kleines Mädchen zu retten, und sie hat großes Glück, dass wir kommen. Eine Menge kleiner Mädchen und Jungen, eine Menge unschuldige Leute, sind bereits gestorben und werden noch sterben, weil sie niemanden wie uns haben, der sie dort rausholt. Dieses Mädchen ist nichts Besseres als einer von ihnen. Nein, wirklich, sie ist auch nicht besser als irgendeiner von euch. Aber sie ist eine Waffe. Die Sturm haben sie. Und wir holen sie uns. Und wir töten jeden Wichser, der versucht, uns daran zu hindern.«

In ihrem Helm dröhnten Rufe auf.

»Scheiße, ja.«

»*Oooraah!*«

Die Stimme des Piloten mittendrin, leise und beherrscht: »Dreißig Sekunden bis zum Sprung.«

Ihr Kampfanzug schaltete sämtliche militärischen Funktionen ein. Das Helmdisplay füllte sich mit taktischen Informationen: den Livedaten ihres Teams, verbliebener Munition und Batterieleistung, eine Karte mit Wegpunkten und Angriffsrouten, der Liveübertragung der zuvor abgeworfenen, untereinander vernetzten Sensordrohnen, einem ganzen Schwarm davon, klein wie Sandfliegen.

Zunehmend glich sich die Morgendämmerung draußen dem Zwielicht im Innern des Shuttles an.

»Zehn Sekunden. Gegnerische Sensoren haben uns noch nicht erfasst. Kein Beschuss.«

Lucinda zoomte die Vogelperspektive der Sensordrohnen näher heran. Auf dem Gelände sah sie Sturm-Soldaten, die zwischen den Gebäuden hin und her rannten und Deckung suchten. Aber keine Luftabwehr nahm sie aufs Korn. Niemand zeigte auf das kaum wahrnehmbare Schimmern des getarnten Angreifers, der von einem Mikro-g-Kraftfeld getragen auf sie zuraste.

»Fünf...«

Sie atmete ein.

»Vier...«

Sie atmete aus.

»Drei...«

Alles war, wie es sein sollte.

»Zwei...«

Sie gehörte hierher.

»Eins.«

Lucinda Hardy sprang in die Schlacht.

Acht Marines und eine Marineoffizierin sprangen aus dem Shuttle und fielen in grob kreisförmiger Formation rings um die Villa dem Boden entgegen. Dank der ausgezeichneten Stealth-Technologie des Shuttles sah es aus, als würden sie geradewegs aus einem Paralleluniversum stürzen. Ihren schnellen Fall bremsten sie nur mit einem einmaligen kurzen Schub aus den für den Einmalgebrauch konzipierten Mikro-g-Düsen auf der Rückseite ihrer Kampfanzüge. Magnetisch an ihren Hintern befestigt, um es ganz genau zu sagen.

Lucindas Waffenanzeigen leuchteten während des viersekündigen Falls auf und zeigten ihr reichlich Ziele an, und sie arbeitete sie in der Reihenfolge der Bedrohung ab, die sie für sie und ihr Team darstellten.

McLennan beobachtete den erbarmungslosen und einseitigen Kampf aus dem gemütlichen Kapitänssessel auf der *Defiant*. Aus einer gewissen Entfernung sah es aus, als befände sich der Familiensitz der Montanblancs im Zentrum eines altmodischen Feuerwerks; ein barbarisches Rad aus hellorangem Drachenfeuer, brennende Flüsse aus gleißender Luft, sich schlängelnde Linien von Leuchtspurgeschossen und die knallbunten, vielfarbigen Explosionen von Plasmablitzen und Impulspatronen.

»Ganz verdammt großartig«, murmelte er.

Hardys Stiefel trafen auf festen Boden. Es war das erste Mal seit über einem Jahr, dass sie Fuß auf eine echte Welt mit einer richtigen Atmosphäre setzte. Die Mikro-g-Düse fiel von ihrem Anzug ab. Ihre Audiosensoren filterten die wahnwitzige Kakophonie heraus, die eine moderne Schlacht mit sich brachte, und ließ nur das schwere Atmen ihrer Marines und die gelegentlichen Flüche bei der Umsetzung des taktischen Schlachtplans übrig.

Der erste Teil des Schlachtplans war ganz einfach.

Zerstört alles.

Seph erschreckte sich fürchterlich, als auf einmal wütende Ströme aus tödlichem Feuer den Himmel zerrissen. Sie hatte erst in ein paar Minuten mit den Marines gerechnet. Aber ihre Überraschung, dachte sie dann, war gar nichts, verglichen mit dem Schreck der Sturm-Soldaten.

In den Jahrhunderten seit dem Bürgerkrieg hatte sich die Militärtechnologie ein gutes Stück weiterentwickelt, insbesondere die armadalische Technologie hatte sich zu einem Level gemausert, das diesen verdammten primitiven Scheißkerlen fast wie Magie erscheinen musste. Die Sturm flogen noch immer mit Überschall und nutzten Bodenfahrzeuge mit Brennstoffzellenantrieb, gottverflucht noch mal. Der Armadalische Weltenbund, klein, aber reich und immer unter dem Damoklesschwert eines

Angriffs von den Jawanern oder dem Kombinat, hatte sich zur seltensten Gesellschaftsform von allen entwickelt: einer militärischen Demokratie. Zwar gab es im Großvolumen deutlich größere Armeen, aber keine kam in Ausrüstung oder Ausbildung den Armadalen gleich.

Seph wich dem immer wilderen Gefecht aus, Coto und Falun Kot dicht auf ihren Fersen. Die Transponder, die Lucinda ihnen gegeben hatte, schützten sie vor dem Beschuss durch ihre Verbündeten. Gegen feindliches Feuer schützte sie nichts dergleichen, und mehrmals zuckten die Lichtpeitschen von Cotos Arclight durch die Luft, um einen Gegner auszuschalten. Kot lief hinter dem gigantischen Hybriden, in seiner Deckung, aber Sephina schwang zwei Skorpyon-Maschinenpistolen wie die, die Ariane auf Eassar benutzt hatte. Sie fand es nur passend, und wann immer sie eine Salve auf einen schwarz gekleideten Trooper abgab, schwelgte sie in dem Gefühl, gerechte Rache zu üben.

»Die Dienstbotenquartiere«, schrie sie über das gewaltige Getöse hinweg. »Hier lang. Los!«

Sie rannten am Rand der Gefechtszone entlang, fast unbemerkt und nur wenig behelligt. Die armadalischen Marines, diese riesigen, in ihren gepanzerten Kampfanzügen fast mittelalterlich anmutenden Schreckensgestalten, zogen die gesamte Aufmerksamkeit der kleinen Schocktrooper-Garnison auf sich.

Zwei nur leicht gepanzerte Wachen kamen aus dem niedrigen Steinhaus, aus das sie zuhielten, und eröffneten das Feuer auf Coto. Alle schossen immer zuerst auf Coto.

Die Antwort aus den Waffen von Sephina und ihren Leuten riss sie praktisch in Stücke.

Alessia lag im Bett, ließ sich über den Rand der Matratze hängen und betrachtete gerade die blanken Holzdielen im Zimmer der Dienstmagd, als die erste Explosion die Dienstbotenunterkunft erfasste und das Mädchen zu Boden schleuderte. Sie hatte versucht, sich einen Fluchtplan zu überlegen, um aus ihrer improvisierten Zelle zu entkommen, Caro und Debin aus dem Lager zu retten und dann gemeinsam mit ihnen aus Skygarth zu fliehen. Und ihr war nicht das Geringste eingefallen.

Bei ihrer ersten Flucht hatten Sergeant Reynolds und Mister Dunning die ganze Arbeit erledigt. Sogar Caro und Debin hatten mehr getan als sie, und jetzt, da alles an ihr hing, fiel Alessia überhaupt nichts ein. Sie war so lächerlich stolz auf sich gewesen, als sie Sergeant Ji-yong ausgetrickst hatte, um zu erfahren, wo ihre Freunde gefangen gehalten wurden, aber wozu war es denn gut gewesen? Was nützte es ihnen oder ihr?

Es hatte sich herausgestellt, dass Alessia Montanblanc nicht die Sorte Prinzessin war, die loszog und kämpfte und so richtig prinzessinnenmäßige Aktionen abzog. Sie war eher die nichtsnutzige Sorte Prinzessin. Während sie da am Bettrand herumhing und einen Plan schmiedete, wäre sie beinahe eingeschlafen. Und dann auf einmal schien der Planet zu bocken wie ein Pferd, bäumte sich unter ihr auf und schleuderte sie zu Boden, der Himmel riss auf, und Donner ergoss sich aus dem Riss und schlug wie mit riesigen Hämmern auf die Welt ein.

Sie plumpste zu Boden, schlug sich schmerzhaft die Ellbogen an und stieß sich beim Versuch, wieder aufzustehen, den Kopf am Bett. Das Beben und Donnergrollen wurde immer schlimmer, das Fenster ihres kleinen Zimmers zerbarst, und zwischen zwei sehr raschen Herzschlägen wandelte sich ihre Überraschung zu nackter Panik. Aber zu ihrer eigenen Überraschung rappelte sie sich wieder auf und schwankte auf Beinen, die ihr nicht recht gehorchen wollten, zum zerschlagenen Fenster hinüber. Ein Teil von ihr wusste, dass es verrückt war, was sie tat. Die Glasscherben überall auf dem Boden sagten es ganz überdeutlich. Aber ein anderer Teil von ihr bestaunte ungläubig dieses verrückte Mädchen, das geradewegs auf den ungeheuren Lärm und die unzweifelhafte Gefahr dort draußen zutaumelte, weil es nämlich auf keinen Fall dieselbe nutzlose Prinzessin sein konnte, die eben noch überlegt hatte, wie sie aus einem Schlafzimmer herauskommen sollte.

Sie hatte das Fenster schon fast erreicht, als ihr der Gedanke kam, dass dies ihre Chance war. Die Sturm, vor allem aber die schreckliche Sergeant Ji-yong, waren bestimmt sehr abgelenkt von dem, was dort draußen gerade passierte, was auch immer es sein mochte.

Und ja, was mochte es sein? Die Montanblanc-Garde? Armadalen? Vikingar-Krieger?

Es war völlig egal, begriff sie plötzlich. Da war sie, ihre Chance, jene Prinzessin zu sein, die alle rettete und dafür sorgte, dass alles wieder gut wurde.

Alessia war drauf und dran, kopfüber aus dem Fenster zu springen, wobei sie sich mit an Sicherheit grenzender Wahrscheinlichkeit an einer fiesen, hoch aufragenden Scherbe im Fensterrahmen aufgeschlitzt hätte, da schloss sich ein schwerer Handschuh um ihre Schulter und zog sie zurück. »Was zum Geier machst du denn da, du kleine Idiotin? Geh verdammt noch mal da weg, ehe die dir den Kopf wegpusten.«

Ji-yong.

Alessia flog ein Stück durch die Luft, als die Soldatin sie vom Fenster fortriss. Als wollte er Ji-yongs Worte unterstreichen, traf ein Plasmablitz die Außenwand und riss ein ganzes Stück aus dem Mauerwerk. Nur Ji-yongs rasche

Reaktion rettete Alessia: Die Soldatin riss sie herum und schirmte die Prinzessin mit ihrem gepanzerten Körper ab.

Ji-yong trug keinen Helm, aber ansonsten war sie in voller Montur. Alessia hatte keine Ahnung, wie sie sich durch die Tür gequetscht hatte.

»Mach das nicht noch mal. Verlass auf keinen Fall dieses Zimmer. Kriech unters Bett und bleib da«, brüllte die Soldatin, fast als würde ihr Alessias Schicksal etwas bedeuten. »Wenn du da rausgehst, bin nicht ich es, die dich umbringt. Das erledigen dann schon deine verdammten Freunde. Los jetzt, runter da!«

Mit der freien Hand schleuderte sie Alessia praktisch unters Bett. In der anderen Hand hielt sie eine riesige Waffe, die sehr an die Kettensäge erinnerte, mit der Mister Dunning immer die riesigen Eichen, die das Anwesen säumten, von toten Ästen befreit hatte.

Der Lärm, mit dem Sergeant Ji-yong diese Waffe abfeuerte, war sogar noch gewaltiger als das Getöse draußen. Die Soldatin drehte sich, quetschte sich seitlich zur Tür hinaus und schloss sie dann von außen.

Alessia beschloss, eine kleine Zeit lang unter dem Bett zu bleiben.

Lucinda verlor die ersten Kameraden, als die Luftabwehrkanone, die sie beim Absprung gesehen hatte, plötzlich den zum Himmel gerichteten Lauf herumschwang und drei ihrer Marines mit einer mörderischen automatischen Dauersalve unter Feuer nahm. Welche Munition die Kanone geladen hatte, wusste sie nicht, aber anscheinend war sie für erheblich größere Ziele gedacht als einzelne gepanzerte Soldaten. Zwei Mitglieder ihres Teams verschwanden einfach in einer spektakulären, weißblauen Explosion aus Licht und Hitze. Die dritte Soldatin, die nur gestreift wurde, verlor 34 Prozent ihres Oberkörpers, wie Lucindas Datenschirm ihr überaus hilfreich mitteilte. Die entsetzlichen Schreie der Frau gellten in Lucindas Helm. Sie schaltete die Audioverbindung ab.

Hardy loggte die Luftabwehrkanone als Ziel und schoss ein paar Mikroraketen ab, die die zweihundert Meter binnen einer halben Sekunde hinter sich gebracht hatten. Die Kanone verschwand in einer eigenartigen Implosion mehrerer Wurmlöcher im Nano-Maßstab, die ihre Masse in den eigenen Ereignishorizont saugten, ehe sie ihrer Programmierung gemäß zusammenfielen und sich in Nichts auflösten. Es war völliger Overkill, aber sie war beschäftigt. Sie hetzte weitere zwanzig Meter auf das Haupthaus zu und jagte Flechette-Geschosse in drei Fenster im Obergeschoss, durch die leicht gepanzerte gegnerische Soldaten auf sie feuerten, riss einen voll gepanzerten Schocktrooper mit einer lange Arclight-Entladung entzwei und versenkte Hunderte von Geschossen in den Sandsäcken – verdammte Sandsäcke! –, die schützend um ein Blockhaus gruppiert waren, das über den Hang auf gepflegte Gärten hinuntersah. Die kleinen Geschosse bestanden aus abgereichertem Uran, wurden von dem Mag-Raketenwerfer auf Überschallgeschwindigkeit beschleunigt und zerlegten die befestigte Position in Windeseile in ihre Bestandteile.

In dieser kurzen Zeitspanne verlor sie zwei weitere Marines, beide wurden von Schüssen getroffen, die zugleich direkt aus dem Himmel und von nirgendwo auf sie herabzuzischen schienen. Alarmsignale plärrten, und Warnleuchten blitzten in Lucindas Helmdisplay auf.

BEDROHUNG AUS DEM NIEDRIGEN ORBIT.
SOFORT DECKUNG SUCHEN.
BEDROHUNG AUS DEM NIEDRIGEN ORBIT.
SOFORT DECKUNG...

Sie schaltete die Warnungen aus, übertaktete die Energieversorgung für die Kampfanzugbeine und beschleunigte ihre Schritte Richtung Villa. Aus dem Orbit rasten weitere Geschosse auf ihr Team hinunter. Klirrend durchbrach Lucinda eine bereits schwer beschädigte zweiflüglige Terrassentür. Drinnen krachte sie gegen die nächste Wand, brach durch und rannte weiter, während hinter ihr ein Teil des Gebäudes einstürzte. Vom Durchbrechen der Mauer verlangsamt, hob sie die rechte Faust und jagte eine kurze Salve aus abgereicherten Urangeschossen los, die ein Loch in die nächste Wand rissen. Auf diese Weise arbeitete sie sich weiter durch das einstürzende Haupthaus und richtete sich dabei stetig an ihrem Zielpunkt aus: ein niedriges weißes Steinhaus, das als Dienstbotenunterkunft gekennzeichnet war. Im Augenblick schoss niemand mehr auf sie.

Die müssen von hier unten angeleitet werden, dachte sie angesichts der Präzision, mit der ihre Leute vom Orbit aus beschossen wurden.

Sie krachte durch die nächste Wand, die Umgebungssensoren registrierten den Einsturz weiterer Gebäudeteile hinter ihr. Sie rannte quer über einen Innenhof auf das nur wenige Meter entfernte nächste Gebäude zu.

Von ihrem gesamten Team gingen keine Lebenszeichen mehr ein.

39

ARCHON-ADMIRAL WENBO STROM schwankte von Wut zu Hochgefühl und wieder zurück, alles im Laufe weniger Sekunden. Seine Genugtuung, seine ungezügelte Freude über die Gefangennahme des berüchtigten McLennan oder zumindest eines geklonten Nachfahren des ursprünglichen ersten Kriegsverbrechers, war umgehend wieder zunichtegemacht worden von der Nachricht, dass ein überlebender Intellekt dieses unvergleichliche Ungeheuer der Menschheitsgeschichte gerettet und dabei vermutlich Colonel Dunn gefangen genommen hatte. Und diese Nachricht war eingetroffen, kurz bevor die 101. Division der Angriffsflotte ins Montanblanc-System sprang, um die Falle zuschnappen zu lassen, die er den versprengten Überlebenden der feindlichen Streitmächte gestellt hatte, die seiner Einschätzung nach die *Kantai Kessen* der Republik überlebt hatten.

Natürlich ließ sich Strom keins seiner Gefühle anmerken.

Er saß auf seinem Kommandantensessel auf der Brücke der *Liberator*, kein Lächeln auf den Lippen, aber mit gelassener Miene. Es wäre nicht gut, wenn seine Untergebenen wüssten, wie sehr er angesichts von McLennans Flucht vor Wut schäumte. Auch seine Freude über das Zuschnappen der Falle ließ er sie nicht sehen, ebenso wenig wie sein Bedauern angesichts der Opfer, die sie erforderte. Strom wusste nicht, wie all die anderen Kommandanten der überall im Großvolumen verteilten Streitkräfte mit diesem Problem umgingen, mit der schlichten statistischen Wahrscheinlichkeit, dass einige ihrer technisch unzweifelhaft überlegenen Feinde dem Vernichtungsschlag entkommen sein mussten.

Er wusste nur, dass er auf seinen Plan vertraute.

Beim Gedanken an den kindlichen Verrat der Montanblanc-Prinzessin zuckte es ganz leicht um seine Lippen. Er hatte nicht erwartet, dass die Brut eines Mutantenkönigs so geschickt, ja sogar bewundernswert Widerstand leisten würde. Ihr kleiner Trick, das Morsecode-Blinzeln. Es war zugleich entzückend und klug. Er bewunderte sie sogar für ihren Kampfgeist. Er hatte darauf gehofft, dass die Ausstrahlung ihrer Nachricht die überlebenden Widerständler nach Montrachet locken würde, insbesondere nach Skygarth. Mit ihrem lobenswerten und unzweifelhaft mutigen Widerstandsakt hatte sie diese Hoffnung in eine Garantie verwandelt.

Und so war es auch tatsächlich gekommen, wie er augenblicklich sah, sobald sich die *Liberator* und ihr gesamter Schlachtzug ins System falteten.

Die mächtigen Sensoren der *Lib*, verstärkt durch Technologie, die sie im Lauf des letzten Jahrhunderts zusammengestohlen hatten, entdeckten die vier Shuttles sofort. Sie befanden sich im Landeanflug auf den Planeten, zweifellos mit der Mission, ihre Prinzessin und damit den Tag zu retten.

»Mehrere feindliche Schiffe entdeckt, Admiral«, verkündete eine junge Offizierin von ihrem Posten direkt vor ihm. »Die flottenweiten Zielsysteme haben vier Ziele im lokalen Volumen erfasst. Ihre Befehle, Sir?«

»Feuer frei, Captain.«

»Auf Ihren Befehl, Admiral. Feuer auf Ziel eins.«

Strom richtete den Blick auf den großen Statusbildschirm, auf dem eine Darstellung des Schlachtfelds abgebildet war, so heruntergerechnet, dass sie für das menschliche Auge Sinn ergab: eine 2D-Darstellung des inneren Sonnensystems. Im nächsten Augenblick wurde eins der als feindlich gekennzeichneten Schiffe vom koordinierten Beschuss Dutzender größerer Schlachtschiffe getroffen. Der Zusammenstoß mit der getarnten Korvette über Batavia hatte den menschlichen Taktikspezialisten der Flotte eine immense Datenflut und wertvolle Erkenntnisse darüber beschert, wie man die riesigen, deutlich primitiveren Waffen der 101. Division so koordinieren konnte, dass das konzentrierte gemeinsame Dauerfeuer die technischen Vorteile der Mutanten zunichtemachte.

»Abschuss Ziel zwei und drei, Admiral«, verkündete die Offizierin, und zwei weitere Ziele vergingen im Mahlstrom aus Energiestrahlen und kinetischen Geschossen.

Strom wandte die Aufmerksamkeit dem letzten gegnerischen Schiff zu. Ein armadalisches Schiff. Die beiden vorigen Gegner hatten sie als Vikingar-Raider und ein Handelsschiff der Russischen Föderation identifiziert. Vielleicht ein Kampfschiff der Zaitsev-Korporation.

Strom spürte, wie sich Unbehagen in seinem Bauch breitmachte, er konnte nichts dagegen tun. Die KAM hatte ihm schon immer am meisten Sorge bereitet.

»Abschuss Ziel vier, Admiral.«

»Was?«

Sein Blick wanderte vom Schlachtbildschirm zu seiner Offizierin.

»Was?«, fragte er erneut.

»Abschuss Ziel vier. Das vierte gegnerische Schiff wurde zerstört. Der Feind ist besiegt, Sir.«

»Admiral!«, schrie Leutnant Fein. »Gegnerische Schiffe. Dutzende. Sie sind gerade ins System gesprungen.«

»Es ist eine Falle!«, kreischte Chase auf.

McLennan trank einen Schluck seines erkaltenden Kaffees. »Das hab ich mir auch schon gedacht bei all den beschissenen Sirenen und diesen grellroten Blinklichtern, die einem mit dem nackten Gemächt ins Gesicht springen wie ein perverser Exhibitionist im Park«, bemerkte er. »Fast als ob die Vollidioten für ein Amateurschäferstündchen ins übelste verdammte Bordell von Glasgow stolpern.« Er wandte sich an Herodotus. »Ich glaube, ich hätte diesen letzten Drink dann doch gern jetzt gleich, alter Freund.«

»Notsprung?«, fragte Chase mit zitternder Stimme und starrte den Haupt-Holobildschirm an, der sich mit immer mehr gegnerischen Schiffen füllte. Zerstörer, Fregatten, Kreuzer und ein titanengroßes Mistbiest von einem Schiff, das direkt mit seiner eigenen, schon ins All abgesetzten Schlachtgruppe kam.

»Nein, Mister Chase«, antwortete McLennan.

»Aber wir sind umzingelt... Sir!«

»Aye, Junge. Ich habe diese sabbernden Idioten genau da, wo ich sie haben will. Mister Timuz, mit Ihrer Erlaubnis, Sir, übernimmt jetzt mein gewaltiger Intellekt vorübergehend die Steuerung der *Defiant*, und zwar so lange, bis er diesen vom Dunkel verfluchten Teufeln die Ärsche blutig getreten hat. Oder bis wir tot sind. Was auch immer als Erstes eintrifft.«

»Abtastung durch mehrere feindliche Zielsysteme, Admiral«, rief Leutnant Fein, gerade als der Chefingenieur des Schiffs mit vor Verwirrung ganz zerknautschtem Gesicht ein Stück von seinem Posten zurückwich. »Admiral McLennan, ich sehe hier die aktiven Signaturen von dritten Parteien. Das sind keine Republik-Signaturen, Sir. Sieht aus wie Vikingars und... wow.«

Als die Sturm die zerstörerische Kraft ihrer vereinten Flotte gegen die Handvoll Schiffe richtete, die eben noch verborgen gewesen waren, leuchtete der gesamte Hauptbildschirm auf.

McLennan nickte langsam. Er hatte genau darauf gewartet, seit die kleine Prinzessin ihre Nachricht ins All hinausgeschickt hatte. Falls es im lokalen Volumen noch jemanden gab, der freundlich gesinnt war, war dieser Beweis dafür, dass sie noch lebte, nahezu ein Garant, um sie an die Oberfläche zu spülen.

»Verdammt, sie haben einen erwischt«, fluchte Fein. »Ich meine, wir haben eins der Signale verloren, Admiral. Dem Profil nach ein Vikingar-Raider.«

»Und die anderen werden ihnen alsbald in die Hölle folgen, Junge. Nun, Kommandant Timuz«, sagte Mac freundlich, »wie Sie sehen, ist der Vorteil noch auf unserer Seite. Wir wurden noch nicht entdeckt, aber sie suchen schon nach uns, Junge. Und zwar mit aller Macht. Ich würde vorschlagen, Sie kneifen mal Ihren zitternden Arsch zusammen und lassen das die alte Garde übernehmen.«

»Zwei Signale verloren«, sagte Fein mit hoher Stimme. »Drei.«

McLennan lehnte sich im Kommandantensessel zurück, als hätte er Timuz nur gefragt, ob er Räucherhering oder Black Pudding zu seinen Eiern wünschte.

»Aber... aber... Kommandantin Hardy«, sagte Timuz.

McLennan lächelte und winkte leichthin ab. »*Och*, ich weiß, Junge. Ihre hübsche kleine Kommandantin hat mir meine Bitte, Ihren geliebten verblichenen Intellekt durch meinen zu ersetzen, rundheraus abgeschlagen. Aber ich bin sicher, es wäre ihr lieber, dass wir diese verdammten Arschlöcher da wegmachen, als dass wir uns ans Protokoll halten, meinen Sie nicht auch?«

Ein Hupton erklang, lauter und dringlicher als die Alarmsirenen zuvor.

»Sie haben uns entdeckt!«

McLennan war nicht sicher, wer diese Warnung geschrien hatte, aber es spielte auch keine Rolle. Noch ehe sein alterndes Herz einen weiteren zitternden Schlag getan hatte, loggten Dutzende Bordsysteme den nicht mehr länger getarnten Tarnzerstörer als Ziel ein.

»Ich glaube, uns läuft die Zeit davon, Leutnant Kommandant Timuz«, sagte Mac leise, aber doch mit ausreichend Nachdruck, dass Timuz ihn über den Lärm hinweg hören konnte. »Und ich verstehe, dass Sie zögern, einem direkten Befehl Ihrer Kommandantin zuwiderzuhandeln, wirklich, das verstehe ich. Aber ich bitte Sie, mal in sich hineinzulauschen, Baryon. Ich weiß, wer Sie sind. Ich weiß, was Sie getan haben. Sie haben Ihren beiden eigenen kleinen Jungs, ihren natürlich geborenen, leiblichen Söhnen, befohlen, mit Ihnen gemeinsam die Stellung bei Marathon zu halten, während der Schlacht von Medang. Sie haben sie getötet, Baryon. Sie sind wirklich und endgültig dort gestorben. Und das werden Sie sich niemals verzeihen. Denken Sie daran, Junge. Fragen Sie sich, wer Ihnen vergeben wird, wenn Sie die Besatzung dieses Schiffs und die gesamte Menschheit zum Untergang oder zur Sklaverei verurteilen, nur weil sie heute nicht in der Lage sind, ihren eigenen Kopf zu benutzen.«

Der Ingenieur starrte McLennan gehetzt an. Seine Augen waren weit aufgerissen, und Mac sah darin ein ganzes Universum aus Qualen wüten. Und dann wirkte es, als würde Timuz zusammenbrechen. Er sackte über seinem Posten zusammen, legte eine Hand auf den biometrischen Scanner und buchstabierte rasch einen Einmalcode, um einem neuen Intellekt die Steuerung der *Defiant* zu übertragen.

»Wird auch verdammt noch mal Zeit«, sagte Hero.

»*Och*, jetzt sei mal nett«, ermahnte ihn McLennan.

Aber Hero hatte sich bereits in die Kontrollmatrix versetzt.

Im gleichen Augenblick wurde die gesamte Besatzung der Brücke von ihren Posten ausgeloggt. Die hirnspaltende, vielstimmige Katzenmusik der Sirenen verstummte, obwohl auf dem Holoschirm mit einem Mal Hunderte auf sie zurasender Raketen zu sehen waren. Die Lichter auf der Brücke verdunkelten sich, als autonome Subroutinen sämtliche Energie aus dem Antimaterie-Antrieb in den Energieschild pumpten. Mehr als fünfzig Langstrecken-Energiewaffen unterschiedlicher Bauart richteten sich auf die *Defiant* und versuchten, sich durch ihre Abwehr zu brennen.

Und dann war die *Defiant* verschwunden.

War mitten in den Bauch der Bestie gesprungen.

»Admiral Strom«, sagte die junge Offizierin, und seine gute Laune erhielt einen Dämpfer. Irgendetwas in ihrer Stimme ließ bei ihm sämtliche Alarmsirenen schrillen. »Da stimmt was nicht, Sir. Oder da ist zumindest irgendwas... seltsam. Ich bin nicht ganz sicher.«

Die Brückenbesatzung der *Liberator* – Strom hatte sich bereits das Vergnügen gestattet, ihnen allen nacheinander leise zu ihrer guten Arbeit und der Zerstörung des letzten Armadalenschiffs zu gratulieren – wurde urplötzlich vollkommen still.

»Berichten Sie, Captain«, sagte Strom so ausdruckslos wie möglich.

»Ich glaube... ich glaube, da war noch ein fünftes Schiff, Sir. Das sich mitten in unserer Formation versteckt hat. Ich glaube, es hat... es hat die anderen Schiffe als Köder benutzt.«

Strom wurde übel.

Ihm blieb gerade noch Zeit für ein einziges Wort.
»McLennan...«

Der Armada-Intellekt hatte nicht immer den Namen Herodotus getragen. Und schon gar nicht den Namen Hero. Vor langer Zeit hatte er anonym seine Arbeit erledigt, wie Intellekte seiner Art es immer taten. Ein derart hoch entwickelter Intellekt nahm nicht den Namen des Schiffs an, das er in die Schlacht führte, weil eine Existenz, die ihn an nur ein einziges Schiff band, ihm viel zu profan gewesen wäre. Ein Superintellekt, der in einer Kriegsflotte eingesetzt wurde, versetzte sich im Laufe eines Feldzugs recht wahrscheinlich immer mal wieder von einem Schiff ins nächste und kontrollierte die riesige, weit verstreute Flotte über ein lokales U-Space-Netzwerk – dem Vorgänger des deutlich leistungsfähigeren Nullpunkt-Systems –, aber niemals würde er sich an nur ein einziges Schiff binden. Das war nicht der Bestimmungszweck eines Superintellekts.

Der Intellekt, der jetzt den Namen Hero trug, war damals in der Entscheidungsschlacht gegen die Sturm nicht einmal auf einem der Schiffe gewesen. Er war im heimischen Sonnensystem zurückgeblieben, in einer Anlage einen guten Kilometer unter dem Mare Orientale auf der abgewandten Seite des Monds. Dort wartete er darauf, eine Falle zuschnappen zu lassen, die ein sehr viel jüngerer, forscherer Konteradmiral Frazer Donald McLennan den Sturm gestellt hatte – ein eigenwilliger Offizier in seiner ersten Spanne, der nur aufgrund der gewaltigen Verluste, die die TST und ihre Verbündeten im Laufe zahlloser verlorener Schlachten gegen die sogenannte Humanistische Republik erlitten hatten, überhaupt einen so hohen militärischen Rang innehatte.

Der Intellekt, ein für Menschen unbegreiflicher Verstand, der aus einer Quantensignatur bestand, die sich dort in die Raumzeit einprägte, wo seine materielle Gestalt und der Nullraum seiner Wurmlochverarbeitungsmatrix aufeinandertrafen, hatte von McLennan den Auftrag erhalten, einen Hinterhalt zu legen, der in gewisser Weise an ein altmodisches Minenfeld erinnerte: Überall in dem Sonnensystem, das dereinst die menschliche Diaspora hervorgebracht hatte, verteilte er Milliarden mikroskopisch kleiner Drohnen, die auf Knopfdruck nanoskalische Wurmlöcher öffneten, ganz ähnlich jenem, das Lucinda Hardy fast siebenhundert Jahre später so beiläufig gegen ein Luftabwehrgeschütz einsetzen sollte.

In den letzten Tagen des Bürgerkriegs hatte es sich bei diesen Intellekten noch um Prototypen gehandelt. Eine gefährliche Waffe für die allerletzte Verteidigungslinie der Verliererseite eines grauenhaften Kriegs. Der Intellekt, den seine menschlichen Verbündeten Drei nannten, weil er der dritte Armada-Intellekt war, der jemals geschaffen worden war, hatte von McLennan, dem hochrangigsten verbliebenen Offizier im heimatlichen Volumen, folgenden Befehl erhalten:

Warte, bis die Flotten der Republik voll und ganz mit der Zerstörung der Erde beschäftigt sind, und lass dann die Falle zuschnappen.

Intellekt Drei führte diesen Befehl buchstabengetreu aus und wartete, bis sich die fünfhundertzehn Schiffe von vier Republik-Flotten in den Raum rings um die angestammte Heimat der Menschheit gefaltet hatten. Und dann versetzte er sämtliche verfügbaren Drohnen direkt zwischen die Reihen des Feinds, hüllte ihn damit vollständig ein. Die Detonationen lösten ein apokalyptisches Ereignis aus, wie man es noch nie zuvor im gesamten Kosmos beobachtet hatte: die Keimung eines künstlich erzeugten Wurmlochfelds, eine supramolekulare Wolke aus Singularitäten. Das dadurch beanspruchte Raumzeitvolumen wurde schlicht und einfach vernichtet, und dass es dabei auch den feindlichen Flottenverband in Stücke riss, war im Grunde ein Nebeneffekt. Dieser Hinterhalt brach den Sturm das Genick, vernichtete sie fast vollständig und beendete auf einen Schlag den Krieg. Es war ein Sieg, der mit vielen Milliarden Menschenleben auf der Erde erkauft wurde. Bereits die ersten Sekunden der Bombardierung durch die Sturm hatten die Hälfte des amerikanischen Kontinents ausgelöscht.

Sieben Jahrhunderte später versetzte sich derselbe Intellekt – der von McLennan, mit dem er sich aus der von ihnen gemeinsam geretteten Gesellschaft zurückzog, den Namen Herodotus erhalten hatte –, in die Kommando- und Kontrollmatrix der HMAS *Defiant*.

Hero erforschte die beeindruckenden Kapazitäten des Schiffs bereits, seit sie an Bord gekommen waren. Trotzdem dauerte es einen Sekundenbruchteil, ehe er das offensive und defensive Potenzial der *Defiant* vollständig katalogisiert hatte und die Bewaffnung angepasst war an die ständig wachsende Bedrohung durch die Angriffsflotte der Humanistischen Republik, die sich soeben ins System gefaltet hatte. Dann führte er die seinem Urteil nach angemessenste Gegenreaktion durch.

In der ersten Pikosekunde nach dem Sprung mitten ins Zentrum der feindlichen Formation berechnete Hero die Angriffsvektoren für jedes größere Waffensystem der *Defiant*, einschließlich eines Planetenspalters, der normalerweise für nicht viel anderes gut war, als, tja, lästig gewordene Planeten in die Luft zu jagen. Eine Nanosekunde später nahmen alle ausgewählten Waffen ihre Ziele unter Feuer. Eine Mikrosekunde nach diesem schicksalhaften Augenblick dehnte sich eine grauenhafte Welle aus Vernichtung und Chaos von dem so treffend benannten Zerstörer aus. Die feindliche Flotte hörte auf zu existieren, verschwand in einer künstlich erzeugten Supernova. Kinetische Geschosse zerlegten Fregatten zu ultraheißen Trümmern. Atombomben wurden durch die primitiven Schutzschilde der Republik-Kreuzer versetzt und detonierten tief im Innern der feindlichen Kriegsschiffe, rissen sie in stummen, sternförmigen weißen Explosionen auseinander. Breite Energiestrahlen zuckten in die Leere hinaus und schnitten durch Außenhüllen, Schotts, Antriebe und menschliches Fleisch. Ein fetter, superdichter, planetenzerstörender Sprengkopf, noch im Flug rasch programmiert, ging einen Kilometer neben dem Schiff hoch, das Hero als das Flaggschiff identifiziert hatte – ein ungeheures längliches Trapezoid, so groß wie ein Habitat der D-Klasse. Die umfunktionierte Megamunition jagte einen Plasmaspeer von der Dichte einer Sonneneruption der Stärke X3 quer durchs Schiff und brach ihm das Rückgrat. Das riesige Biest zuckte über die ganze Länge seiner viereinhalb Kilometer, brach in Stücke und löste sich zuerst langsam, regelrecht anmutig auf, ehe es in einer Explosion verschwand, die in dem von der *Defiant* entfesselten irrwitzigen Höllenstrudel fast unterging.

Anderthalb Sekunden nachdem sich Hero in die Kontrollmatrix versetzt hatte, kehrte er zur Brücke zurück. »Erwähnte ich bereits, dass ich ein Flotten-Superintellekt bin?«, fragte er in die wie betäubte Runde.

»Du bist ein Flotten-Superidiot«, sagte McLennan trocken. »Du hast meinen verdammten Whiskey vergessen.«

»Oh, ich habe ihn nicht vergessen. Ich habe nur anderen Dingen die erste Priorität zugewiesen.«

Auf der Armlehne von McLennans Kommandosessel erschien ein Glas Single Malt.

Der vom Himmel regnende Tod brach abrupt ab.

Auf Lucindas Helmdisplay erschien eine kleine grüne Einblendung:

ORBITALE BEDROHUNG NEUTRALISIERT.

Allerdings war es nicht die einzige Bedrohung, mit der sie zu tun hatte. Sobald sie einen Fuß in die Dienstbotenunterkunft setzte, zuckte aus den Schatten eine rauchende Spur auf sie zu. Warnsirenen plärrten auf, einen Sekundenbruchteil ehe eine kleine Rakete direkt an ihrem Visier explodierte und die Druckwelle sie wieder zur Tür hinaus und in den gepflasterten Hinterhof zurückschleuderte. Die Welt drehte sich um sie, und sie rollte über den Boden, der heftig erbebte, weil ringsum Geschosse einschlugen.

HITZESCHILDE ÜBERLASTET, teilte ihr der Kampfanzug mit.

Hektisch feuerte sie mit der Arclight. Überall Rauch und versprengte Trümmer und elektromagnetische Verzerrungen.

Der Beschuss ließ nach, kam aber nicht ganz zum Erliegen. Eine zweite Rakete knallte ihr in den Rücken, und sie stolperte haltlos über die zerschmetterten Pflastersteine.

Nicht imstande, ihre Angreifer anzuvisieren, weil sie sie nicht entdecken konnte, schoss sie ein paar Granaten ab und betete, dass ihre Panzerung noch stabil genug war, um sie vor der Druckwelle zu schützen. Die Granaten explodierten, und sie bekam eine neue Nachricht.

ANZUGSYSTEME IN KRITISCHEM ZUSTAND.

Aber immerhin schoss niemand mehr auf sie, als sie jetzt gegen eine versengte Außenmauer prallte und zum Stillstand kam. Sie kämpfte sich halb auf die Füße, dann setzten die Servomotoren im linken Bein des Kampfanzugs aus, und sie krachte wieder zu Boden. Die ungeplante Bewegung rettete ihr das Leben: Ein Plasmablitz schlug in die Wand ein, genau dort, wo eben noch ihr Kopf gewesen war. Lucinda rollte sich ab und wollte erneut mit der Arclight feuern, aber die Waffe spuckte nur einen kurzen Lichtblitz, dann war sie hinüber.

Durch den verwehenden Rauch hindurch sah sie eine Gestalt in Schocktrooper-Panzerung aus dem Dienstbotenhaus treten und auf sie zukommen, in den Händen etwas, das aussah, als hätte ein Sturmgewehr eine Kettensäge zur Welt gebracht.

Sephina folgte Kot ins Haus, froh, aus der Gefechtszone dort draußen rauszukommen, obwohl ihr klar war, dass sie hier drinnen auch nicht sicherer waren. Falls das Kind hier war, würde man es schwer bewachen. Immerhin war es der Köder.

Es war eine so offensichtliche Falle, dass sie gestaunt hatte, dass Hardy beschlossen hatte, trotzdem hierherzukommen. Aber Cinders war nicht drauf reingefallen. Nicht direkt. Sie hatte nur entschieden, dass es keine Rolle spielte.

»Die Prinzessin dort rauszuholen ist alles, was zählt«, hatte Lucinda auf der *Defiant* erklärt.

»Warum sie nicht einfach umbringen?«, hatte Seph gefragt. »Ist das nicht eure Spezialität? Leute umlegen und der ganze Scheiß?«

Hardys Miene hatte Seph deutlich vermittelt, dass sie keinen Atem darauf verschwenden würde, auf den Spott zu reagieren. »Wenn wir das täten, hätte sie für uns auch keinen Nutzen mehr«, hatte Lucinda trocken erwidert. »Leute zu benutzen und der ganze Scheiß, das ist doch deine Spezialität, Sephina. Ich hätte eigentlich gedacht, das würdest du verstehen.«

Seph wirbelte rasch aus dem Schussfeld, als Coto das Feuer auf die Sturm eröffnete, diesmal mit einer Dragon-Kanone. In seinen riesigen, haarigen Pranken wirkte die Waffe lächerlich winzig, aber immerhin würde sie, anders als die Arclight, nicht das ganze Gebäude ringsum zum Einsturz bringen. Brüllend und schießend rannte Coto auf die Soldaten zu, aber als er die Ecke erreichte, hinter der sie Deckung gesucht hatten, stieß er dort auf Falun Kot, der über einem Haufen verstümmelter Leichen stand, und an seinen Kaltfusionsklingen glühten und zischten verbranntes Blut und Innereien.

»Wenn Ariane hier wäre, würde sie jetzt irgendwas Lustiges sagen«, klagte Coto. »Sie hat immer lustige Sachen übers Töten gesagt.«

»Sie ist jetzt bei Allah, Jaddi Coto«, sagte Kot freundlich.

»Allah haben sie auch umgebracht?«, fragte Coto zutiefst erschrocken. »Aber du hast Allah geliebt, Falun Kot. So doll, wie Sephina Ariane geliebt hat.«

»Nein, Jaddi Coto, was ich meinte, war...«

»Später, Jungs.« Seph hob beiläufig eine ihrer Skorpyons und schoss auf einen Soldaten, der sich noch ein wenig regte und stöhnte. »Ich habe Hardy versprochen, dass wir diesem Mädchen helfen.«

»Wir schulden ihr unser Leben«, sagte Falun Kot und nickte, »also gehört unser Leben ihr. Gehen wir.«

Sie säuberten das Erdgeschoss von fünf weiteren Soldaten. Im Geiste trug Seph jeden von ihr getöteten Gegner fein säuberlich in ein Buch ein, in dem auf der einen Seite Arianes Tod stand und auf der anderen die kalte Befriedigung, die sie angesichts des Genozids empfand. Aber so befriedigend jeder dieser Racheakte für sich genommen auch sein mochte – keiner davon trug dazu bei, die Schulden auszugleichen, oder linderte den Schmerz über den Verlust ihrer großen Liebe.

»Muss wohl einfach noch mehr von denen umbringen«, murmelte sie in sich hinein, nachdem sie den letzten Gegner im Erdgeschoss beseitigt hatten, und stieg vorsichtig die Treppe zur nächsten Etage hinauf.

Sie hatte hier oben mit heftigstem Widerstand gerechnet, aber der erste Stock schien verlassen. Der Kampflärm draußen hatte spürbar nachgelassen. Ihrer Schätzung nach waren nur noch ein, zwei Schützen übrig.

Sie fragte sich, ob Hardy einer dieser Schützen war. Vor zehn Jahren noch hätte sie das ganze von der Yakuza gestohlene Geld darauf verwettet. Jetzt aber vermochte sie es nicht zu sagen. Sie wusste nur: Die Prinzessin hier herauszuholen versprach einen Zahltag, der Eassar wie das erbettelte Geld eines Penners aussehen lassen würde, der sich nicht mal die aus einem Wischtuch einer Bar gepressten Tropfen leisten konnte.

»Jetzt holen wir uns die vom Glück geküsste kleine Schlampe«, sagte sie.

Prinzessin Alessia Szu Suri sur Montanblanc ul Haq befand sich im ersten Zimmer, in dem sie nach ihr suchten.

40

DIE FRAU, die auf Alessias Schwelle stand, war kein Schocktrooper.

Sie sah aus wie eine wilde Vision aus einem der alten Bücher, die Alessia so sehr liebte. Lady Haleth aus dem Ersten Zeitalter Mittelerdes. Oder Pip, die waghalsige Entdeckerin und Kapitänin der *Change*. Flankiert wurde sie von den beiden exotischsten Typen, die Alessia je gesehen hatte, und selbst hier draußen auf Skygarth kamen hin und wieder mal sehr eigenartige Besucher vorbei. Der Riese mit dem Teufelshorn war am auffallendsten, aber der dünne, kleine braune Mann mit seinen ganzen Tattoos und Messern sah sogar noch gefährlicher aus. An ihm entdeckte sie kein einziges Zeichen für eine genetische Modifikation, so wie das riesige Horn, das seinem Freund aus dem Kopf spross. Aber noch nie hatte Alessia einen Menschen oder jemand Menschenähnlichen gesehen, der so viele Fusionsklingen am Leib trug.

»Hey, Kleine!«, sagte die Frau. »Hättest du gerade Lust, eine Runde gerettet zu werden?«

»Und wie!« Alessia krabbelte unter dem Bett hervor. »Seid ihr Verbündete unseres Hauses?«

»Besser noch, Kleine«, antwortete die Frau. »Wir sind Piraten.«

»Oh, okay. Äh. Wenn wir jetzt gleich gehen, können dann auch meine Freunde mitkommen?«

»Oh, verfluchte Scheiße noch mal.«

»Und da ist auch noch eine Sturm-Soldatin. Sie heißt

Ji-yong. Und sie ist echt fies. Ihr nehmt euch besser vor ihr in Acht.«

Der Schocktrooper riss Lucinda in die Höhe und warf sie quer durch den Hof. Sie krachte gegen die Außenmauer des Dienstbotenhauses, die einstürzte und sie unter sich begrub. Als Staub und Mauerwerk auf sie herunterrauschten und die Kameras einhüllten, wurde es schwarz um sie, aber gleich darauf verrieten ihr die Sensoren, dass ihre Gegnerin sie am Bein gepackt hatte und unter dem Schutt herauszerrte.

Ruckartig kehrte sie zurück ins Tageslicht und hörte gedämpft, wie tonnenweise Trümmer zu Boden krachten.

Der Schocktrooper, eine Frau, wie sie angesichts der Wölbung der Brustplatte vermutete, führte eine Art Unterbau-Kettensäge als Nahkampfwaffe bei sich. Anscheinend war sie entschlossen, dieses Duell Auge in Auge zu beenden, wie so eine idiotische Hab-Ratte von einem der kriminellen Clans, die sich mit aller Macht vor dem Boss auf den Platten beweisen wollte.

Lucinda zerlegte die dämliche Kuh mit ein paar Schüssen in zwei Teile.

Und dann hatte sie keine Munition mehr.

Keuchend lag sie da und starrte in den Himmel.

Brennende Kometen stürzten dem Planeten entgegen. Dort oben im All musste eine gewaltige Schlacht stattfinden, die an den obersten Schichten der Atmosphäre kratzte.

Defiant.

Die *Defiant* hatte entweder gewonnen oder hielt die Sturm zumindest ordentlich in Atem, denn sonst wäre Lucinda schon längst aus dem Orbit heraus erschossen worden. Kurz regte sich Stolz in ihr, dann Scham angesichts des eigenen Versagens.

Sie versuchte aufzustehen, aber die Beine des Kampfanzugs waren völlig im Eimer und rührten sich nicht mehr.

Ein rascher Scan ihrer Umgebung ergab, dass niemand da war. Keine Marines. Keine Schocktrooper. Nur brennende Ruinen und die Leichen der Toten. Die für immer tot waren.

Gern hätte sie einfach eine Weile in ihrem Kampfanzug dagelegen und sich ausgeruht, aber sie war hier noch nicht fertig. Sie wusste nicht, ob Seph und ihre Leute die Prinzessin gefunden hatten. Falls sie überhaupt noch lebten. Falls sie entkommen waren. Ursprünglich waren sie nur Plan B gewesen, aber jetzt ruhten alle Hoffnungen auf ihnen.

Lucinda Hardy nahm sich einen kurzen Augenblick Zeit. Aber wirklich nur kurz.

Sie entriegelte die Verschlüsse ihres Anzugs, die sich ruckend und knirschend öffneten wie aneinanderreibende rostige Zahnräder voll nassem Sand.

Nicht alle Sturm waren tot. In der Küche fanden sie einen verwundeten Soldaten. Falun Kot kümmerte sich mit seiner kleinsten Klinge um ihn, und dann waren wirklich alle Sturm tot.

Kein Schuss war mehr zu hören. Seph vernahm ein lautes Krachen irgendwo dort draußen, das aber gleich darauf verstummte. Die Stille war unheimlich.

»Coto«, sagte sie, »schließ dich mal mit Banks kurz und sag ihm, er soll uns in fünf Minuten abholen.«

Der riesige Hybrid zog im Gehen sein Komm-Gerät heraus, und Falun Kot ging voran, stieg vor ihnen eine dunkle Kellertreppe hinab. Unten gab es keinen Strom, aber durch staubige Fenster auf Höhe des Bodens draußen sickerte schwaches graues Licht.

»Ich weiß, wo sie sind«, erklärte die Prinzessin selbstsicher und rannte los, ehe Seph sie festhalten konnte. »Wir können durch den Tunnel für die Dienerschaft rüber ins Lager gehen. Kommt schon!«

Der Keller ging in ein Vorrats- und Weinlager über. Es sah viel zu unspektakulär aus, um der Hauptweinkeller eines solchen Hauses zu sein, dachte Seph. Irgendwo in der Nähe musste noch ein weiteres Loch im Boden sein, einfach nur für die große Show, mit alten Eichenfässern und Regalen, in denen absurd teure Flaschen von der Erde lagerten. Das hier sah nach einem Lager für den Alltagsgebrauch aus mit seinen an Haken baumelnden Schinken und Käserädern.

»Jetzt kommt schon. Sie sind hier drüben.«

Die Stimme des Mädchens klang ganz nah, aber der Keller war kreuzförmig angelegt, und es dauerte einen Moment, bis sie sie wieder einholten. Einer der Kreuzarme war voller Landwirtschafts-Bots, Laubschneider und Ähnlichem. Sie fanden sie im anderen Arm, wo sie neben einem dicken Holzbalken, der die Decke abstützte, ungeduldig auf und ab hüpfte. Zwei Kinder waren an den Pfosten gekettet, ihre weit aufgerissenen Augen standen voller Angst und Erleichterung, und der kleine Junge schien nur mit Mühe die Tränen zurückzuhalten.

»Ich kann sie nicht losmachen«, klagte die Prinzessin.

»Ich kann«, versicherte ihr Falun Kot. Er zog eins seiner zahlreichen Messer, schaltete die Klinge ein und schnitt die Kette durch, als wäre sie aus Butter.

Die beiden kleinen Mädchen jubelten, als hätte er ihnen einen magischen Trick vorgeführt.

Der Junge starrte Kot voll andächtiger Bewunderung an.

Dann sah er Jaddi Coto und machte große Augen.

»Keine Sorge«, beruhigte ihn die Prinzessin. »Er ist sehr liebenswürdig.«

»Ja.« Coto lächelte. »Ja, das bin ich.«

Die Kugel erwischte ihn, als er sich gerade umdrehte, traf den Riesen genau an der Basis seines Horns in den Schädel. Es splitterte, und er gab einen verzweifelten Laut von sich, halb Aufschrei, halb Stöhnen, dann krachte sein gewaltiger Körper zu Boden.

Alessia schrie auf. Kot huschte nach links, Sephina nach rechts. Ein wahrer Kugelhagel rauschte durch den Keller, überall explodierten Flaschen, und Fässer rissen auf. Seph erwiderte das Feuer aus ihren beiden Skorpyons, aber ihr ging schon bald die Munition aus. Kot gab ein paar Schüsse aus der Pistole ab, die er immer als Back-up mit dabeihatte, aber auch er hatte schon bald keine Munition mehr.

Seph kroch tiefer in den Gang mit den Landwirtschafts-Bots. Sie sah, wie sich die drei Kinder hinter Coto zusammenkauerten, der zuckend ausblutete. Kot steckte unter einem schweren Weinregal fest, das umgestürzt und auf ihn gefallen war. Sie suchte nach einem Ersatzmagazin, fand aber nichts. Suchte noch mal. Dachte, sie hätte eins gefunden, und fluchte, als sie stattdessen die kleine Box aus der Tasche zog, auf der Bookers Quellcode gespeichert war. »Scheiße!«

»Waffen wegwerfen, Hände hoch und aufstehen«, rief ein Mann.

»Das ist Kogan D'ur«, schrie die Prinzessin. »Glaubt ihm kein Wort. Er lügt.«

Eine weitere automatische Salve übertönte ihre Stimme und zerlegte ein paar Schinken. Seph roch den eigenartigen Ozongestank von elektrisch abgefeuerter hülsenloser Munition, vermischt mit schwelendem Schweinefleisch. In ihrem verzweifelten Zorn hätte sie beinahe die Speichereinheit nach D'ur geworfen, aber ihr Arm blieb an einer Gartenmaschine hängen.

Ein Heckenschnitt-Bot.

Rasch überprüfte sie die Anschlüsse und fand einen Standardzugang, in den man externe Steuereinheiten einstöpseln konnte. Quantenbit-Gärtner.

Diese beschissenen reichen Leute.

Sie schaltete die Box ein.

Für Booker war es ein fließender Übergang. Im einen Moment diskutierte er noch mit Kapitänin L'trel und dem Piloten der *Ariane* über persönlichen Glauben und politische Hingabe. Und im nächsten war er ein...

Ein Samsung BV-1/22A Landwirtschaftspflege-Gerät.

Ein Heckentrimmer.

Gottverdammt noch mal, nein.

Sie hatten ihn an einen verdammten Heckentrimmer angeschlossen.

Dieser unerfreulichen Erkenntnis folgte rasch eine weitere, die auch nicht angenehmer war. Irgendjemand, der offenbar keine Heckentrimmer mochte oder dem die Arbeit des letzten Heckentrimmers nicht zugesagt hatte, schoss auf ihn.

Und Sephina L'trel schrie auf ihn ein.

Dem großen, dämlichen Rhinozeros-Affen-Hybriden hatte offenbar jemand in den Kopf geschossen. Und drei Kinder duckten sich hinter seine Leiche.

»Tu irgendwas, verdammt noch mal«, schrie L'trel, als Kugeln in sein Chassis schlugen.

Booker war nicht für die Schlacht gemacht. Er war dafür gemacht, Hecken in Form zu schneiden. Die Chancen, dass eine dieser zahlreichen Kugeln glatt das dünne Plastikstahl-Chassis durchschlug und die Matrix zerstörte, die nun seinen Code beherbergte, standen ganz ausgezeichnet.

Booker erhob sich auf seine sechs Beine und heizte auf

den Schützen zu. Der Samsung war, wie er schnell begriff, ein Modell der Spitzenklasse, bestens in Schuss und fast voll geladen. Laut dem Serviceprotokoll waren seine vier Schneidarme vor nicht mal zwei Tagen frisch geölt und geschärft worden. Wenn man schon mit einem verdammten Heckentrimmer in die Schlacht ziehen musste, dachte er, dann war es schön, wenn es immerhin der beste Trimmer war, der auf dem Markt erhältlich war.

Änderte aber natürlich nichts daran, dass man ein Heckentrimmer war.

Und Heckentrimmer baute man nun mal nicht für den Nahkampf in ... einem Weinkeller?

Tja, dachte er, während er sprang und sich duckte und rannte wie eine riesige Plastikstahl-Spinnenkatze, sehr wahrscheinlich würde er also als Garten-Bot in einem Weinkeller sterben. Seine Sensoren waren nicht für diese Umgebung und derartige Betätigung konzipiert. Er hatte Waffen: die vier Schneidarme. Aber einer davon war soeben beschädigt worden, als er bei einem Sprung die Flugbahn eines Geschosses kreuzte, und funktionierte nicht mehr. Beim nächsten Satz zog er die einzige Datei aus seinem Lacuna-Speicher heran, die ihm irgendeinen Nutzen zu versprechen schien: Die Anwendungsskripte aus der Zeit, als er nach dem Krieg mit den Armadalen als Friedenssoldat von der Erde ins Jawanische System gereist war. Die TST hatten ihn in einen Arachno-Kampfbot geladen, mit dem Auftrag, eine Lithium-Mine voller jawanischer Sklavensoldaten zu säubern. Das Gerät damals war diesem hier wenigstens vage ähnlich gewesen.

Booker lud das Skript während seines letzten Sprungs durch den dunklen Keller und landete krachend direkt auf dem gepanzerten Schocktrooper. Als wirres Bündel aus Gliedmaßen, Klingen, Waffen und Flüchen rollten sie über den Boden. Booker versuchte gar nicht erst, durch die Panzerung zu schneiden. Stattdessen umklammerte er den Sturm-Soldaten mit allen sechs Gliedmaßen wie ein riesiges mechanisches Insekt, das altmodische Brazilian Ju-Jitsu-Skripte geladen hatte, und richtete die vereinten Bemühungen der drei noch funktionierenden Schneidwerkzeuge auf die Schwachstellen des Anzugs: die Achselhöhlen und das Hüftgelenk. Rauch stieg auf, und Funken flogen von den Hüftgelenken, und ganz kurz glaubte er, er würde es vielleicht sogar schaffen, da bekam der Soldat einen Arm frei und riss ihm ein weiteres Schneidwerkzeug ab. Booker versuchte noch, das System umzuprogrammieren und die Leistung der Kreissägen hochzutakten, aber dann verlor er noch einen Schneidarm und schließlich auch den letzten, und dann schnappte sich der Soldat zwei riesige Schinken und prügelte damit auf ihn ein. Es war lächerlich, aber es funktionierte – der Heckentrimmer fiel unter den Schlägen zusehends auseinander.

Booker verlor den Halt und segelte durch die Luft, streifte die gewölbte Ziegeldecke und krachte in die anderen Landwirtschafts-Bots.

Von ihrer Panzerung befreit, ungeschützt und unbewaffnet, folgte Lucinda dem hämmernden Lärm, der aus dem Keller drang. Sie rannte die Stufen hinab und entdeckte zu ihrer großen Verblüffung – von der sie sich jedoch nicht aufhalten ließ – einen gepanzerten Schocktrooper im Nahkampf mit... sie war nicht ganz sicher.

Einem Gärtner-Bot oder so etwas Ähnlichem?

Sie sprang die letzten Stufen hinab, landete auf den Steinfliesen des Kellerbodens und entdeckte Sephina, die gerade versuchte, drei Kinder aus dieser Todesfalle herauszulotsen, während ihr Techniker, dieser Typ mit den ganzen Messern, den Sturm-Soldaten mit zwei seiner längsten Waffen angriff. Bläulich glühend wirbelten die Klingen durch die Luft. Der Soldat hob eine Waffe, die sie nicht zuordnen konnte, irgendwas Kinetisches, vermutete sie, und schoss ihm in den Kopf, noch ehe er ihn erreichte. Der Mann ging zu Boden, und der Sturm-Soldat jagte Sephina hinterher.

Lucinda rannte ebenfalls hinterdrein, schnappte sich im Vorbeilaufen die Fusionsklinge, die am nächsten bei ihr gelandet war, und sprang den gepanzerten Koloss an. Funkensprühend prallte die Klinge von der narbigen grauen Panzerung ab, und der Soldat fuhr mit katzengleicher Anmut herum. Hob dieselbe Waffe, die er eben schon benutzt hatte, aber Lucinda war nahe genug, um ihren ungeschützten Arm hochzureißen und mit einem Kreuzblock seinen gepanzerten Arm abzuwehren.

Sie spürte, wie ihre Knochen brachen, es tat grauenhaft weh. Aber es verschaffte ihr den kurzen Moment Zeit, den sie brauchte, um eine tausendmal ohne Skripte einstudierte Bewegung durchzuführen: Schulter an Schulter mit dem Sturm-Soldaten stand sie da, die Gesichter einander zugewandt, als wäre es irgendein komplizierter altmodischer Tanz. Mit ihrer heilen Hand rammte sie ihm die Fusionsklinge seitlich unter den Arm, wo die Schneidwerkzeuge des Bots bereits die Carboflex-Ummantelung beschädigt hatten. Die vierzig Zentimeter lange Klinge glitt ganz leicht durch das flexible Gewebe und durch das Gelenk und dann in die darunterliegende Achselhöhle des Manns.

Die externen Lautsprecher seines Kampfanzugs verwandelten seinen Aufschrei in ein metallisches Kreischen.

Sie stieß die Klinge noch tiefer hinein, zielte auf sein Rückgrat.

Plötzlich versteifte er sich und fiel, krachte mit einem lauten Donnerschlag zu Boden.

Sein Visier glitt nach oben.

Ein gut aussehender Mann starrte sie an, die Augen verdrehten sich, der Mund öffnete und schloss sich, als kämpfte er darum, Worte zustande zu bringen.

Sephina tauchte an ihrer Seite auf und richtete eine Shotgun auf den gefallenen Soldaten. Hinter ihr erblickte Sephina den riesigen Hybriden, der sein Rhinozeroshorn eingebüßt hatte und bedrohlich schwankte.

»Ich habe einen sehr dicken Schädel«, murmelte Coto. »Falun Kot nicht. Sein Schädel ist überall verteilt.«

Lucinda schob die Mündung der Schrotflinte beiseite, fort von Kogan D'urs Gesicht.

»Wir ...« Er hustete Blut. Spuckte es aus und versuchte es noch einmal. »Du. Kein Mutant«, brachte er heraus.

Seph öffnete den Mund, mit Sicherheit wollte sie irgendwas Dummes sagen, aber Lucinda brachte sie zum Schweigen.

»Ich bin wahrgeboren, wie Sie es nennen würden«, teilte sie ihm mit.

»Keine Skripte?«, gurgelte er. »Kein Code? Wir ... haben eure Schlachtalgorithmen analysiert.«

Lucinda beugte sich ein Stück vor. Er entglitt der Welt jetzt zusehends rascher. »Ich bin Bürgerin des Armadalischen Weltenbunds«, sagte sie. »Ich wurde frei auf Coriolis geboren.«

Sie zog das Messer wieder heraus. Die Fusionsklinge zischte, als das Blut darauf verkochte. »Und ich *bin* der Schlachtalgorithmus, du Arschloch.«

Sie trieb die Klinge tief hinein.

41

Flammende Trümmer und Schiffswracks stürzten brennend durch die Atmosphäre Montrachets, während die junge Frau daran vorbei nach oben flog. Lucinda drückte das Gesicht an das riesige, sanft gekrümmte Panoramafenster des Aussichtsdecks der Jacht und betrachtete die Spuren der großen Schlacht.

»Man sagt, es gibt nur eins, was schlimmer ist als eine verlorene Schlacht, und das ist eine gewonnene Schlacht, Mädchen.«

Lucinda zuckte beim Klang der Stimme zusammen und drehte sich um. Sie hatte geglaubt, in der üppig eingerichteten Lounge mit ihrem Schmerz allein zu sein. Fast alle anderen waren unten in der improvisierten Traumastation, die die Feldsanitäter in der Bar eingerichtet hatten.

»Aye«, sagte Admiral McLennan. Er klang müde. »Aber das ist genau die Sorte Sprüche, die man von einem dämlichen Schwachkopf erwartet, der noch nie bis zum Hals in einer Schlacht gesteckt, geschweige denn eine verloren hat. Ich versichere Ihnen, Kommandantin Hardy, man kommt sehr viel besser klar, wenn man nicht derjenige ist, der im Schlamm liegt und versucht, sich die verfluchten Eingeweide wieder in den Bauch zu stecken, nachdem jemand sie einem aus dem Leib gerissen hat.«

McLennans Hologramm schwebte ein gutes Stück über dem polierten dunklen Holzdeck. Der echte McLennan saß gerade in ihrem Kommandosessel auf der *Defiant* und rührte geistesabwesend in einem Glas mit dunkelbrauner Flüssigkeit herum, von der sie annahm, dass es sich um Whiskey handelte. In der luxuriösen Umgebung von Sephinas nobler neuer Jacht wirkte sein Holo eigenartig heimisch. Ein irdischer und himmlischer Gutsherr, der zufrieden auf sein Werk zurückblickte.

»Sie waren sehr fleißig, Admiral«, sagte sie. Hinter ihr, auf der anderen Seite der gepanzerten Scheibe, verdunkelte sich der blaue Himmel über Montrachet zusehends, und die Sterne des lokalen Volumens wurden heller. Milliarden brennende Trümmerteile rasten glühend durch die Mesosphäre. Die Überbleibsel der Angriffsflotte der Sturm, zumindest dieses Teils davon. Alle paar Sekunden flammten Sekundärexplosionen auf – die *Defiant* zertrümmerte größere Wrackteile mit ihren Kanonen und Energiestrahlen, damit kein Dorf und keine Stadt dort unten von einem kilometerlangen Schlachtschiff-Bruchstück ausgelöscht wurde.

»Ich hab mir eine Ewigkeit lang den Arsch aufgerissen, damit diese Sturm nicht zurückkommen, alles das verdammte Klo runterspülen und einen Friedhof aus dem Großvolumen machen, Mädel. Und ja, ich gebe zu, dass mir die Säfte steigen, weil ich es diesem beschissenen Haufen Westentaschennazis schon wieder so richtig besorgt hab.«

Lucinda stand aufrecht da, während die Eiswürfel in seinem Glas leise klirrten. Hinter dem Avatar McLennans betrat jemand das Aussichtsdeck.

Captain Hayes.

Sein halbes Gesicht war unter einem Verband verschwunden, und ein Arm hing in einem Effektorfeld, so wie bei ihr. Seine Miene war undeutbar.

Sie war überrascht von der Stärke ihrer eigenen Reaktion, als sie ihn lebend wiedersah, aber eigentlich hätte es sie nicht verblüffen dürfen. Sie hatte genauso empfunden, als sie die überlebenden Marines eingesammelt hatten, nachdem zwei der Shuttles, mit denen sie gelandet waren, zerstört worden waren. Und der Tod von Sephinas Schiffskameraden, Falun Kot, traf sie wie ein persönlicher Verlust, ebenso wie der jedes Marines, den sie auf den Planeten hinabkommandiert hatte und der nie wieder zurückkehren würde.

Noch nie hatte sie sich so verloren gefühlt. Nicht einmal in der Nacht, als die Eintreiber des Kombinats ihren Vater geholt hatten.

»Captain Hayes«, sagte sie, und Tausende Kilometer entfernt schwang McLennan mit seinem Sessel – *ihrem* Sessel – herum, um den Neuankömmling in Augenschein zu nehmen.

»*Och*, wie schön, Sie im Land der Lebenden wiederzutreffen, Captain«, sagte Hayes. Angesichts des übergroßen Drinks in seiner Hand, an dem er regelmäßig nippte, wirkte er noch erstaunlich nüchtern.

»Noch schöner wäre es, wenn noch mehr meiner Leute mit mir hier wären«, antwortete Hayes, aber es klang eher niedergeschlagen als bitter. Er schlug einen Bogen um das Hologramm und ein kleines Grüppchen wunderschön modellierter Skulpturen, die entweder Stühle sein mochten oder irgendeine Art Kunst, die mehr kostete als ihrer aller Gehälter zusammen. Vor Lucinda blieb Hayes stehen, nahm Haltung an und salutierte mit seinem gesunden Arm. »Kommandantin Hardy«, sagte er mit fester Stimme. »Alle Ziele wurden erreicht. Die Mission war erfolgreich.« Er reichte ihr ein Blatt Papier. Richtiges Papier, in der Mitte gefaltet. »Unsere Verluste«, sagte er schlicht.

Mit zitternder Hand nahm sie das Dokument entgegen; es fühlte sich schmetterlingsleicht an und zugleich schicksalsschwer wie ein ganzer Berg.

Linkisch entfaltete sie das Blatt. Nahm sich die Zeit, jeden Namen auf der Liste zu lesen.

Es waren sechsunddreißig.

Die letzten Namen konnte sie nur mit Mühe lesen, weil ihre Sicht vor Tränen verschwamm. Mit der Rückseite der gesunden Hand wischte sie sich über die Augen. Lucinda steckte noch immer in dem eng anliegenden Nanogewebe, das sie unter dem Kampfanzug getragen hatte, es hatte sich noch keine Gelegenheit ergeben, zu duschen und sich umzuziehen. Sie roch nach saurem Schweiß. Die klebrige Schicht aus Blut und Dreck an ihren Händen vermischte sich mit ihren Tränen, und sie hinterließ dunkle Streifen in ihrem Gesicht. Keiner der beiden Männer sagte etwas. Stumm warteten sie darauf, dass sie ihre Fassung zurückgewann.

»Wenn Sie b...«, setzte sie an, aber dann versagte ihr die Stimme, und die Kehle wurde ihr eng.

Langsam atmete sie ein und aus, um die in ihrem Kopf umherwirbelnden Phantome zu verscheuchen.

»Wenn Sie bitte so freundlich wären, Captain Hayes, mir die Dienstakten der Gefallenen zukommen zu lassen, dann trage ich ihre Namen und eine persönliche Belobigung ins Logbuch der *Defiant* ein.«

»Für das Team, das wir bei dem Angriff auf Cape Caen verloren haben, hat Admiral McLennan das bereits getan, Ma'am. Aber vielen Dank. Ich informiere die Kompanie.«

McLennan ergriff das Wort. »Bitte teilen Sie ihnen auch mit, Captain, dass ich kraft meiner Autorität als ranghöchster Kommandierender der Terranischen Schutztruppen hier im lokalen Volumen Ihrer gesamten Kompanie einen Verdienstorden für außerordentliche Tapferkeit in der Schlacht verliehen habe.«

Hayes blickte das Hologramm an, hob das Kinn und ließ es wieder sinken. Ein Nicken.

Gott, dachte Lucinda, *und das ist alles?*

Aber nein. Das war nicht alles.

In diesem Moment kam Seph herein, die Montanblanc-Erbin an der Hand. Zwei weitere Kinder blieben an der Tür stehen, ein Mädchen, vielleicht ein wenig älter als die Prinzessin, und ein etwa ein Jahr jüngerer Junge. Sie starrten Lucinda, den verwundeten Marine-Captain und das schwebende Hologramm unverhohlen an. Mit noch größeren Augen jedoch betrachteten sie die im Hintergrund schwebenden brennenden Schiffe und grausam kalten Sterne in der weiten, obsidianschwarzen Leere des Alls.

Beide Armadalen nahmen Haltung an und salutierten Prinzessin Alessia Szu Suri sur Montanblanc ul Haq. Sie waren Vertreter des Weltenbunds, und das Mädchen war das einzige überlebende Mitglied der Königsfamilie von Montanblanc, des ältesten und treuesten Verbündeten der Armadalen.

Das Mädchen überraschte Lucinda, indem es den Gruß mit einer tiefen Verbeugung beantwortete.

Die Prinzessin wandte sich zu Hayes und McLennan um und verbeugte sich auch vor den beiden, und dann rannte sie los und schlang die Arme so stürmisch um Lucindas Mitte, dass sie sie fast umgeworfen hätte. »Vielen, vielen Dank«, sagte sie immer wieder, und ihre Stimme war kaum zu verstehen, weil sie das Gesicht in Lucindas Nano-Overall vergraben hatte, ohne sich an Schweiß und Blut zu stören.

»Äh, ist schon gut«, sagte Lucinda und sah zu Seph hinüber.

Ihre älteste Freundin, ihre einzige Freundin, grinste schief. Dasselbe lässige, schiefe Grinsen, an das sich Lucinda auf einmal so genau erinnerte. Wie hatte sie diesen Blick nur vergessen können? »Das Kind hat eine gute Erziehung genossen, Cinders. Sie weiß wirklich, wie man Danke sagt. Scheiße, ich bin jetzt eine verdammte Baronin.«

»Baronin Sephina!«, schalt Alessia sie, drehte sich um und warf ihr einen nicht besonders überzeugenden tadelnden Blick zu.

»Tut mir leid! Tut mir echt leid, Kleine, das ist alles noch ganz neu für mich. Mit dem S-Wort und dem ganzen Scheiß musst du mir ein bisschen Zeit lassen.«

An Sephinas Grinsen sah Lucinda, dass es kein Witz war. Also das mit ihrer Erhebung in den Adelsstand. In Sephs Augen tanzte das vertraute alte Funkeln, das nicht mehr darin geleuchtet hatte, seit...

Seit Arianes Tod vermutlich. Ariane und ihr Freund Falun Kot und sechsunddreißig von Hayes' Marines und Alessias ganze Familie, und wer weiß wie viele weitere unschuldige Seelen noch überall im Großvolumen.

Und, schätzte sie, ungefähr eine halbe Million oder mehr auf Seiten der Humanistischen Republik, dem Trümmerfeld dort draußen nach zu urteilen.

»Tja, das ist ja alles sehr kuschlig«, meldete sich McLennans Hologramm, »aber falls es Ihnen nichts ausmacht, könnten Sie dann jetzt auch mal Ihre Ärsche zurück auf die *Defiant* schwingen. Wenn's nach mir geht, sind wir seit fünf Minuten hier weg. Wir haben diesen hässlichen Hurenböcken ordentlich in die Eier getreten, aber alle von denen haben wir nicht erwischt, nicht mal alle hier im Volumen, und da wir dabei so ziemlich sämtlichen Budenzauber losgelassen haben, den Ihr Schiff zu bieten hatte, Kommandantin Hardy, wäre es ziemlich schlau, so schnell wie möglich Fersengeld zu geben.«

»Das kann gut sein«, stimmte sie zu und schob Prinzessin Alessia behutsam Richtung Tür. »Captain Hayes ... Adam«, sagte sie, »wir müssen Nachschub organisieren.«

»Nicht nur das«, ergänzte er. »Wir brauchen Kämpfer.«

Lucinda nickte und blickte Seph an. »Habt ihr Booker schon aus diesem Gerät herausbekommen?«

»Hier ist er.« Seph hielt die vertraute schwarze Box hoch.

»Ist er wach?«

»Und schlecht gelaunt.«

Bookers Stimme drang aus der Box. »Du hast mich in einen Heckentrimmer gesteckt«, beschwerte er sich.

»Tut mir leid, Booker«, mischte sich Lucinda ein. »Das mit dem Heckentrimmer.«

»Er weiß, dass ich das war«, warf Seph ein.

»Captain Hardy«, sagte Booker. »Falls Sie sich als Nächstes um Nachschub kümmern wollen, würde ich dann jetzt einen Kampfmech nehmen. Dann wäre ich nützlicher.«

»Natürlich«, sagte Lucinda. »Und danke. Für das, was Sie dort unten getan haben, meine ich. Ohne Sie hätten wir es nicht geschafft. Es tut mir leid, dass Sie in einem Gärtner-Bot gelandet sind. Das war sehr rücksichtslos.«

»Hey!«, protestierte Seph. »Ich stehe hier und höre alles, und ich bin jetzt eine Baronin.«

»Das ist sie«, bestätigte Alessia und brachte sich damit wieder in Erinnerung. »Sie ist Baronin Sephina L'trel von Montrachet.«

»Sie hat mir den Planeten gegeben!« Sephina strahlte.

»Und einen Auftrag«, erinnerte sie Alessia.

»Ach ja, stimmt, das auch.«

Lucinda verfolgte das Thema nicht weiter. Sie blickte auf die unauffällige Anzeige am anderen Ende des Aussichtsdecks. Ein Countdown, der die verbliebene Zeit bis zum Rendezvous mit der *Defiant* anzeigte. Es waren nur noch ein paar Minuten. Die kleine Jacht hatte wirklich ordentlich Tempo drauf.

»Du fällst immer auf die Füße, hm?«, sagte sie zu ihrer Freundin.

»Erspart mir Risse in der Hose und Prellungen am Po.« Sephina zuckte mit den Schultern

»Wie geht es deinen anderen Leuten? Dem Piloten und dem großen Kerl mit dem Horn?«

»Banks fliegt das Schiff, deshalb liegen wir so gut in der Zeit. Wir setzen euch ab und fliegen zum Mutterschiff zurück. Ich bin eine Baronin, und wir haben jetzt ein Mutterschiff.«

»Die *Ariane*?«

Sephs gute Laune bekam einen leichten Dämpfer, aber sie nickte. »Die *Ariane*, ja. Und meinen Auftrag«, fügte sie hinzu und strubbelte Ihrer Königlichen Hoheit über den Kopf. Fast hätte Lucinda aufgeschrien. Zwar war Alessia nicht ihre Monarchin, sondern nur die Herrin eines verbündeten Hauses, aber jeder wusste, dass man jemanden von königlichem Blut nicht einfach anfasste.

Prinzessin Alessia schien es nichts auszumachen. Sie nahm Sephs Hand und drückte sie. »Danke«, sagte sie leise.

Die Montanblanc-Prinzessin ging zum Aussichtsfenster und legte die Fingerspitzen an das Monoverbund-Diamantglas. Es schimmerte kaum wahrnehmbar, eine Folge des Feldeffekts. Gleich darauf klang das Schimmern ab, und das Vakuum schien direkt vor ihr zu liegen. »Ich muss mit den Menschen reden«, sagte Alessia. »Sie wissen schon… nach meiner Rede, zu der mich Kogan D'ur gezwungen hat.«

»Aye, das stimmt«, brummelte McLennan.

Lucinda warf ihm einen strengen Blick zu. »Die Menschen werden verstehen, dass Ihr unter Zwang gehandelt habt«, sagte sie.

»Und dann hast du noch diesen Trick abgezogen, dieses Geheimcode-Blinzeln«, ergänzte Seph. »Erstklassig. Falls du jemals genug davon haben solltest, eine Prinzessin zu sein, kannst du bei mir anheuern. Du bist großartig.«

Alessia wandte sich von der kalten Feuersbrunst ab, die den Himmel erhellte. »Aber wenn ich das täte, Baronin L'trel, wäre niemand mehr da, der dir Aufträge gibt und dich belohnt, richtig?«

Seph tat, als würde sie darüber nachdenken, und zwinkerte ihr schließlich zu. »Guter Einwand. Dann mach es so, wie du es für richtig hältst, Kleine.«

»Das mache ich«, antwortete Alessia. Sie sah wieder hinaus. »Die Sturm haben zu mir gesagt, ich sei schwach, wir alle wären schwach, und dass wir niemals gegen sie bestehen könnten. Sie haben zu mir gesagt, dass ich viele unschuldige Leben rette, wenn ich mache, was sie mir sagen. Dass wir sie niemals besiegen können.«

Eine blecherne, körperlose Stimme ertönte aus der kleinen schwarzen Box in Sephinas Hand. Booker. »Die Sturm reden einen ganzen Haufen Scheiße.«

»Das ist wahr«, stimmte Alessia ihm zu. »Aber das tut auch jeder, der behauptet, dass wir jetzt nicht gegen sie bestehen können und erst einmal unsere Kräfte vereinen müssen.« Sie machte eine Pause und blickte McLennan an, ehe sie fortfuhr: »Wann sind wir denn stark genug?«, fragte sie. »Wenn ihre Flotte über der Erde auftaucht? Werfen wir uns ihnen bis dahin vor die Füße und klammern uns an die Hoffnung?«

»Nein«, sagte er leise. »Das tun wir nicht.«

»Nein«, sagte Alessia. »Das tun wir nicht. Kommandantin Hardy.« Ihre Stimme nahm einen offiziellen Klang an. »Für die Dauer dieses Kriegs sichere ich Ihnen alle Mittel und die volle Unterstützung meines Hauses zu.« Sie drehte sich zum Hologramm um. »Admiral McLennan, kraft des mir durch Erbfolge zufallenden Geburtsrechts, das mir auf der Erde eine Stimme im Kongress verleiht, ernenne ich Sie zum Obersten Befehlshaber der Terranischen Schutztruppen und ermächtige Sie dazu, alle notwendigen Maßnahmen zu ergreifen, um das Großvolumen vor seinen Feinden zu schützen.«

Sie streckte Seph die Hand hin, und Seph brauchte einen Augenblick, bis sie begriff, dass sie die schwarze Box mit Booker darin haben wollte. »Oh, klar, natürlich«, sagte sie und reichte sie ihr.

Alessia hielt den kleinen Kasten vor ihr Gesicht. »Booker«, sagte sie. »Unter Berufung auf dieselben Rechte begnadige ich Sie und die Ihren für alles, was Sie getan haben, um die Freiheit und die unveräußerlichen Rechte der Menschheit zu verteidigen, und ich bestätige hiermit, dass auch Sie ein Anrecht auf jene Rechte und Anerkennung haben, die Sie und die Ihren angesichts von Ignoranz und Hass so lange vergeblich gesucht haben.«

Lucinda hörte einen Laut aus dem Audiosystem der externen Speichereinheit, aber es war unmöglich zu sagen, was dieser Laut zu bedeuten hatte.

In der Ferne kam die *Defiant* in Sicht, ein großer dunkler Fleck inmitten einer gleißenden Nova aus suchenden und hell aufblitzenden Energiestrahlen. Sie war noch immer dabei, die Überbleibsel der 101. Division zu zerlegen.

»Wir sind nicht schwach, wenn wir die uns zur Verfügung stehenden Mittel richtig einsetzen«, sagte Alessia zu ihnen allen. »Und diese Mittel werden wir nun mit allem gebotenen Nachdruck zum Einsatz bringen.«

Lucinda fragte sich, ob sie diese Sätze aus irgendeiner Geschichtsstunde hatte. Aus einer historischen Rede, die sie hatte auswendig lernen müssen. Nicht dass es unterm Strich eine Rolle spielte. Als der Tarnzerstörer das Feuer einstellte, damit sie näher kommen und andocken konnten, spürte Kommandantin Lucinda Hardy von der Königlich-armadalischen Marine, dass sie nach Hause zurückkehrte, wo sie hingehörte.

EPILOG

Die Gefangenen wussten, dass etwas nicht stimmte, als sie ein paar Minuten später aufwachten als sonst. Schon am Vorabend hatte es Aufruhr im Arbeitslager gegeben: Unerwarteter Besuch war eingetroffen.

Als gäbe es irgendeinen anderen Weg, ins Straflager 17 zu reisen.

Jonathyn war erschöpft und hätte die spätabendliche Aufregung glatt verschlafen, wäre da nicht Reinsaari gewesen. Der zart gebaute Vikingar rüttelte ihn auf seiner Pritsche wach und zischte, da sei irgendwas im Gange.

Binnen Kurzem scharten sich Dutzende Männer und Frauen, alle mager, seit längerer Zeit nicht gewaschen und in die üblichen staubigen, fadenscheinigen Arbeitslagerlumpen gehüllt, um die drei kleinen Barackenfenster.

Es war unüblich und störte den normalen Ablauf, wenn neue Gefangene in der Dunkelheit hier ankamen, und Privi Madhav, der Kommandant von Lager 17, hasste alles, was den normalen Ablauf störte, und bestrafte Abweichler empfindlich. In 17 arbeitete man, solange die gleißende Sonne vom Himmel herunterbrannte, man aß so viel von der verunreinigten Soylent-Pampe in der Kantine, wie man eben ergattern konnte, und man schlief – wenn nicht Verletzungen und Übelkeit und Elend einen daran hinderten. Tagein, tagaus. Für den Rest seines Lebens, in Ewigkeit, amen.

Man feierte keine spontane Pyjamaparty, nur weil die Firma irgendeinen Zauber veranstaltete.

Jonathyn war einer der Letzten, die aus dem Bett krochen und zum Fenster gingen. Die entzündete Bandscheibe im Nacken und ein schlecht versorgter alter Armbruch bereiteten ihm große Probleme. Der Arm pochte immer noch schmerzhaft, sechs Monate nach dem Unfall, bei dem er sich in der Mechanik eines Geröllzerkleinerers verfangen hatte. Ohne sich sonderlich um einen besseren Aussichtsplatz bemüht zu haben, kehrte er ins Bett zurück, zog sich die bettlausverseuchte Decke über den Kopf und versuchte, noch eine Mütze voll Schlaf zu bekommen.

Solange man nicht träumte, war Schlaf eine barmherzige Erlösung von Batavia, vom Kombinat. Von der wahr gewordenen Hölle namens Lager 17.

»Das sind keine Gefangenen. Nicht so wie wir«, zischte Reinsaari ein paar Minuten später.

Jonathyn war noch wach. Leider hatte die Erschöpfung ihn noch nicht ins süße Vergessen hinabgezogen.

»Die sind reich, Jonathyn. Manche von denen gehören sogar zur Fraktion. Man sieht's an ihren Klamotten und der Ausrüstung. Die Wachen benehmen sich sehr respektvoll.«

»Das ist schön«, murmelte Jonathyn. »Vielleicht können die uns ja auslösen und hier wegzaubern.«

Vor ein paar Wochen hatte irgendwer seine persönlichen Schulden vom Kombinat aufgekauft. Aber nichts hatte sich geändert. Irgendwo dort draußen hatte er jetzt einen neuen Besitzer, aber dem schien es gut zu gefallen, wenn er hier im harten Gestein des Goroth-Gebirges herumkratzte und nach den kleinen Fleckchen Siracunium suchte, die sich darin versteckten.

Reinsaari gab alles, um ihn in Spekulationen über die unerwarteten Besucher zu verwickeln, aber Jonathyn ließ sich nicht darauf ein, und als der Vikingar es schließlich aufgab und sein Glück anderswo versuchte, schlief er endlich wieder ein.

Erschöpfung und Langeweile halfen dabei sehr.

Als er am Morgen erwachte, waren die Wachen fort.

Er war der erste Sträfling in seinem Block, der erwachte. Die anderen waren unklugerweise noch stundenlang aufgeblieben. Er war zwischendurch einmal kurz wach geworden und hatte gehört, wie sie sich leise über das ungewöhnliche Ereignis unterhielten. Als Jonathyn die Schuhe überstreifte – eine Ferse hatte sich jetzt endgültig gelöst –, sah er, wie einige der anderen sich ebenfalls regten.

Er zwang sich selbst zur Eile.

Wenn er es als Erster in die Kantine schaffte, konnte er sich satt essen. Nur dass er es natürlich nicht tun würde. Er würde ein bisschen was für später aufheben. Und für Reinsaari und Maya und Nadine. Seit Nadine vor zwei Monaten hier angekommen war, bildeten sie zu viert so eine Art freundschaftliche Allianz.

Er eilte aus der lang gestreckten Baracke nach draußen, blinzelte ins gleißende Morgenlicht, so darauf konzentriert, als Erster da zu sein, dass ihm das Fehlen der Wachen im ersten Augenblick gar nicht auffiel.

Die Tore standen offen.

Jonathyn blieb wie angewurzelt stehen.

Tiefe, entsetzliche Angst stieg in ihm auf.

Veränderungen waren in Lager 17 immer beängstigend, und dies hier war eine gewaltige Änderung.

Jonathyn stand noch immer auf demselben Fleck, nicht in der Lage, sich zu rühren, als sich Nadine und Maya zu ihm gesellten. Nadine fasste ihn am gesunden Arm.

»Jonathyn«, fragte Maya, »was ist los?« Sie war schon länger in Lager 17 als Nadine. Sie fürchtete sich sehr viel mehr.

»Ich weiß nicht«, sagte er. »Sie sind alle verschwunden.«

»Was ist das für ein Lärm?«, fragte Nadine.

Im ersten Augenblick wusste Jonathyn nicht, was sie meinte. Vor zwei Wochen hatte ihm eine der Wachen so fest gegen den Kopf geschlagen, dass ihm das Trommelfell geplatzt war. Aber ganz allmählich nahm auch er den Lärm wahr. Ein tiefes Wummern, zugleich dumpf und schneidend. »Ich glaube... ich glaube, das ist ein Luftfahrzeug«, sagte er.

Gleich darauf quietschte Nadine vor Aufregung und zeigte auf einen Punkt am Himmel. Er wurde größer. Hielt auf sie zu.

Weitere Sträflinge kamen aus den Baracken. Sie alle zeigten auf das seltsam aussehende Schiff.

Sie alle fragten sich, wo die Wachen geblieben waren.

»Und die Besucher«, sagte irgendjemand. »Die sind auch verschwunden.«

Aber niemand scherte sich darum.

Das Schiff war viel interessanter.

Es kam immer näher.

Kurze Zeit später landete es außerhalb der Umzäunung. Soldaten, jedenfalls sahen sie eindeutig wie Soldaten aus, kletterten heraus und kamen durch die weit geöffneten Tore aufs Gelände. Sie marschierten direkt auf die wachsende Traube aus Gefangenen zu.

Sie waren zu fünft. Eine Frau trug, anders als die anderen, keine Waffe, sie hatte offenbar das Sagen. Sie war weiß und blond und sah sehr fit und sehr stark aus. Jonathyn spürte, wie Nadines Finger seinen Arm fester umklammerten.

Die Frau lächelte. »Einen schönen guten Tag Ihnen allen. Ich bin Majorin Pippa Newell. Diese Anlage wurde von einer Aufklärungseinheit der Streitkräfte der Humanistischen Republik befreit. Sie steht ab sofort unter dem Schutz und Gesetz der Republik. Wir kommen als Freunde der Unterdrückten und Retter unserer Spezies. Wenn Sie ein Wahrer Mensch sind, sind wir Ihre Verbündeten. Schließen Sie sich uns an.«

Sie sagte noch ein paar weitere Worte, aber Jonathyn Hardy hörte sie nicht mehr.

Er weinte, und seine Mitgefangenen jubelten, und er fiel auf die Knie und schluchzte, denn er war frei.

DANKSAGUNG

Ein Weltraumimperium baut niemand allein. Mein Dank und meine Kombinats-Kredchips gehen an den gewaltigen Lektorats-Intellekt Sarah Peed und meinen gepanzerten Kampfagenten Russ Galen. Ich salutiere vor meiner Kompanie der Armadalischen Beta-Leser, vor allem meinem Zweiten Kommandierenden Captain Lambright. Bitte entschuldigt, wenn ich jemanden vergessen haben sollte. Ich habe Whiskey auf mein Substrat verschüttet.

Frank Herbert

Der Wüstenplanet

**Der erfolgreichste Science-Fiction-Zyklus
aller Zeiten – neu übersetzt**

»Neben Tolkiens *Herr der Ringe* und diesem Roman
kenne ich nichts Vergleichbares.« *Arthur C. Clarke*

978-3-453-31717-8   978-3-453-31954-7   978-3-453-31955-4

Leseprobe unter **www.heyne.de**

Richard Morgan

Mars Override

»Richard Morgan definiert die Science-Fiction des neuen Jahrtausends.« *The Guardian*

»Ein ebenso unterhaltsames wie kluges Buch!« *SFX*

978-3-453-32022-2

Leseprobe unter **www.heyne.de**

THE EXPANSE

Die Millionenbestseller
Das große TV-Event

978-3-453-31781-9

978-3-453-31802-1

978-3-453-31803-8

Mehr auf **diezukunft.de**

HEYNE